詞綜

【清】朱彝尊 汪森 编

上海古籍出版社

國學典藏

图书在版编目(CIP)数据

词综/(清)朱彝尊,(清)汪森编. —上海：上海古籍出版社，2014.5（2019.1重印）
(国学典藏)
ISBN 978-7-5325-7238-0

Ⅰ.①词… Ⅱ.①朱… ②汪… Ⅲ.①词(文学)—作品集—中国—古代 Ⅳ.①I222.82

中国版本图书馆CIP数据核字(2014)第069781号

(本书索引下载二维码)

国学典藏
词　综
[清]朱彝尊　汪　森　编
上海世纪出版股份有限公司
上 海 古 籍 出 版 社　出版
(上海瑞金二路272号　邮政编码200020)
(1)网址:www.guji.com.cn
(2)E-mail:guji1@guji.com.cn
(3)易文网网址:www.ewen.co
上海世纪出版股份有限公司发行中心发行经销
江阴金马印刷有限公司印刷
开本890×1240　1/32　印张20.375　插页5　字数480,000
2014年5月第1版　2019年1月第6次印刷
印数:8,101—10,200
ISBN 978-7-5325-7238-0
I·2811　定价:48.00元
如有质量问题,请与承印公司联系

ISBN 978-7-5325-7238-0
9 787532 572380 >

前　言

词源于唐，盛于宋。词人、词作既众，就随之出现了选本。南宋时选本已有数种，金元迄明，词虽渐衰，各种选刻却增多。然而这些选本，或量少，或面窄，或收录芜杂，或编次不清，大都缺乏广泛的社会性和持久的生命力；即便是被称为“精于持择”的《花庵词选》和“捃摭繁富”的《花草粹编》，也因时代的推移而日益显现其不足。明末清初，词选迭出，又多局限于近时。直到朱彝尊、汪森编辑的大型选集《词综》问世，局面才有了根本的转变。

朱彝尊(1629—1709)，字锡鬯，号竹垞，又号驱舫、金风亭长，晚年自称小长芦钓鱼师，浙江秀水(今嘉兴市)人。他博极群书，是经学大家，康熙中举博学鸿词，授检讨，与修《明史》；又工诗词，皆负盛誉，诗与王士禛齐名，号“南朱北王”，词与宜兴陈维崧齐名，并称“朱陈”。汪森(1653—1723)，字晋贤，号碧巢，浙江桐乡人，康熙拔贡，官户部郎中。秀水、桐乡明清同属嘉兴府。两人不仅是同乡好友，而且对词有共同的见解和主张。这就是宗尚南宋，师法姜夔、张炎，提倡清空醇雅，讲究格律、声韵、修辞，由此开创了浙西词派。其宗旨，可以归纳为一个“雅”字。

朱彝尊在《词综·发凡》中，一则说：“词至南宋始极其工，至宋季而始极其变，姜尧章氏最为杰出。”再则说：“宋人选词，多以雅为目……填词最雅无过石帚。”他为曹溶《静惕堂词》作序，更明确指出：“倚声虽小道，当其为之，必崇尔雅，斥淫哇。”称自己的词“不师秦七，不师黄九，倚新声玉田差近”(《解佩令·自题词集》)。汪森则在《词综序》中说：宋词“言情者或失之俚，使事者或失之伉。鄱阳姜夔出，句琢字炼，归于醇雅”。明季词风，纤艳浮靡，趋于“淫哇”，所谓“俗气薰入骨髓”（《词综·发凡》）。崇祯间，以陈子龙为首的云间词派虽重新振起，然尚不能力挽颓波。朱彝尊提出的以“雅”医“俗”的主张，可谓对症下药。《词综》的编选，就是为推行其词论宗旨提供一个范本。影响所及，一时词人风起云从，“浙西填词者，家白石而户玉田”（《静惕堂词序》）。王昶在《明词综序》中叙述《词综》与浙西词派形成的渊源说：“国朝词人辈出，其始犹沿明之旧。及竹垞太史甄选《词综》，斥淫哇，删浮俗，取宋季姜夔、张炎诸词以为规范，由是江浙词人继之，蔚然跻于南宋之盛。”吴衡照称朱彝尊“标举准绳，起衰振聋，厥功甚伟”，这个“准绳”，也指的是《词综》。自康熙以至乾、嘉，浙西派百馀年间领袖词坛，馀韵至今不绝，很大程度上得力于《词综》的风行。同时阳羡词派的代表人物陈维崧，其知名度与号召力决不亚于朱彝尊，而阳羡词派始终未能形成大气候，原因之一恐怕也在于没有推出自己的范本。《词综》的价值于此可见。

《词综》规模宏大，上起唐五代，中包两宋，下该金元，共收作者六百馀家，词作二千二百馀首。虽以浙西派宗旨为依归，但仍能注意搜罗众多家数和流派，采摭所及，除各种专集、选本、丛书外，凡笔记、小说、野史，亦在遴选之列，一些不知名的作者、作品借此得以汇集留存。而作为“雅词”范本，《词综》所选自然多“温雅芊丽，咀宫含商”之作，既不收陈言秽语、淫亵浮艳的“俚”词，也排斥号嚣叫呶、粗俗直露的“伉”音，尤其对艳词“去取特严”，“一洗《草堂》之陋”（汪森《词综序》），故《四库总目提要》称其“简择不苟”，读来确有春容大雅，盛世元音的气象。在体例上，《词综》能纠正前代选本之失，作了大量艰苦的考证校订工作，改正了作者、词调、字句、音韵等方面的许多讹误，并将姓氏、字号、官爵、籍贯等各种杂乱无章的署名方式按照“以集归人，以字归名”的原则统一编写作者小传，依时代先后排列，使览者一目了然。虽然还不能尽如人意（如卷三十陈凤仪为宋人，同卷王行、卷三十三王燧、梦庵为明人，均误系于元；梦庵名张肯，亦失考等），而大醇小疵，功不可没。《词综》所以一出来就受到词学界的广泛重视和各方面读者的欢迎，绝非偶然。此后，朱彝尊续辑《明词综》未竟，乾嘉中由王昶补成，王昶并编选《国朝词综》。嗣后，黄燮清、丁绍仪及近人林葆恒分别辑成《国朝词综续编》、《国朝词综补》及《词综补遗》，形成了一个通代的《词综》系列。时至今日，《词综》仍不失为较佳的选本。

但《词综》也有其明显的局限性。既奉姜夔、张炎为圭臬，则选录中必然有畸重畸轻的倾向。这一点首先表现在各家作品入选的数量上。姜派词人吴文英、周密、张炎最多，分别为57、57、48首；姜夔、王沂孙虽只选23首与34首，但若考虑到姜夔传世的全部词作只有84首、王沂孙更只有65首这一实际情况，便可以明了其入选比例之高。相反，豪放派大家如苏轼仅选15首，只占其全部词作的二十四分之一，甚至不及同时的毛滂（选21首）。另外也同样表现在所选作品的内容上，豪放派词人激昂慷慨的代表作多不入选。如南宋著名辛派词人、与姜夔同时的刘过，其狂逸雄健的壮词悉被摒除，却选咏美人足、美人指甲的庸俗无聊之作，完全歪曲了刘过的形象；刘克庄充满爱国激情的词不下数十首，其《满江红》（金甲雕戈）、《沁园春》（何处相逢）等名篇脍炙人口，竟无一见采，所选11首主要抒写闲情逸致。这固然有当时政治背景的因素，但门户壁垒也未免太过分明。又《词综·发凡》中提出要保留"一句之工，形诸口号"的警句佳什，而晏殊的"无可奈何花落去，似曾相识燕归来"（《浣溪沙》），宋祁的"红杏枝头春意闹"（《玉楼春》）等却被有意无意地"漏"掉了。这也令人不无沧海遗珠之憾。

《词综》的成书有一个过程。首刻于康熙十七年（1678），三十卷，其中二十六卷是朱彝尊用了八年搜讨甄选工夫编成的，另四卷为汪森增补。此后，汪森又与友人周篔（青士）、沈进（山子）、柯崇朴（寓匏）等继续搜辑遗佚，订正阙失，又续补了六卷，共三十六卷。康熙三十年（1691）由裘杼楼印行，遂为传世定本。这次整理，即以此为底本。其中有些地方吸收了李庆甲先生校勘《词综》的成果，不敢掠美，特此说明。

【编者按】为方便读者检阅本书，我们另编写了《作品索引》（包括调名、首句、作者、页码），并制作成二维码，置于本书的版权页上，请读者自行扫取。

序

自有诗而长短句即寓焉,《南风》之操、《五子之歌》是已。周之《颂》三十一篇,长短句居十八;汉《郊祀歌》十九篇,长短句居其五;至《短箫铙歌》十八篇,篇皆长短句:谓非词之源乎?迄于六代,《江南》、《采莲》诸曲,去倚声不远,其不即变为词者,四声犹未谐畅也。自古诗变为近体,而五七言绝句传于伶官乐部,长短句无所依,则不得不更为词。当开元盛日,王之涣、高适、王昌龄诗句流播旗亭,而李白《菩萨蛮》等词亦被之歌曲。古诗之于乐府,近体之于词,分镳并骋,非有先后;谓诗降为词,以词为诗之馀,殆非通论矣。西蜀、南唐而后,作者日盛。宣和君臣,转相矜尚。曲调愈多,流派因之亦别。短长互见,言情者或失之俚,使事者或失之伉。鄱阳姜夔出,句琢字炼,归于醇雅。于是史达祖、高观国羽翼之,张辑、吴文英师之于前,赵以夫、蒋捷、周密、陈允衡、王沂孙、张炎、张翥效之于后,譬之于乐,舞《箾》至于九变,而词之能事毕矣。世之论词者,惟《草堂》是规,白石、梅溪诸家,或未窥其集,辄高自矜诩。予尝病焉,顾未有以夺之也。友人朱子锡鬯,辑有唐以来迄于元人所为词,凡一十八卷,目曰《词综》,访予梧桐乡。予览而有契于心,请雕刻以行。朱子曰:"未也。宋元词集传于今者,计不下二百家,吾之所见,仅及其半而已。子其博搜,以辅吾不足,然后可。"予曰:"唯!唯!"锡鬯仍北游京师,南至于白下。逾三年归,广为二十六卷。予亦往来苕霅间,从故藏书家抄白诸集,相对参论,复益以四卷,凡三十卷。计览观宋、元词集一百七十家,传记、小说、地志共三百馀家,历岁八稔,然后成书,庶几可一洗《草堂》之陋,而倚声者知所宗矣。若其论世而叙次词人爵里,勘雠同异而辨其讹,则柯子寓匏、周子青士力也。

时康熙戊午嘉平之朔,休阳汪森书于裘杼楼。

词综后序

往岁壬子，锡鬯偕青士过余，商榷词选，稍引其端而未究其绪。既而青士去馆桐川，余与锡鬯奔走四方，碌碌无宁晷。越七年所，汪子晋贤增定《词综》告竣，复寓书于余，相参诠次之故。余惟词学在废兴间者数百年，良以表章无人，整齐莫自，故散而无统。迩者海内风气攸开，从事者众。兹编搜罗既广，潜隐靡遗，其亦可以豁词林之耳目，使不蔽于近矣。然所患向来选本，或以调分，或以时类，往往杂乱无稽，凡名姓、里居、爵仕，彼此错见，后先之序，几于倒置，况重以相沿日久，以讹继讹，于兹之选，可无详订以救其失？如李珣之作“李询”，鹿虔扆之作“扈虔扆”，王观之作“王冠”：此姓氏之当别者也。李白蜀人，一云山东人；欧阳炯中书舍人，一云大学士：此里与爵之当考者也。徐昌图宋殿中丞，而或列之唐；仇远元儒学教授，而或列之宋：此世次之当审者也。又若同一张先也，而一为博州人，一为吴兴人；同一孙氏也，而一为黄铢母，一为郑文妻：此当析其人之同者也。白玉蟾之即葛长庚，顾瑛之即顾德辉：此当厘其号之异者也。至如苏庠养直为苏坚伯固子，而云苏庠字伯固；朱敦儒字希真，朱秋娘亦名希真，而遂以敦儒《樵歌》为秋娘所作：此当辨其舛误之最甚者也。种种混淆，未克枚举。今为博证史传，旁考稗乘，参以郡邑载志、诸家文集，汇而订之。姓氏之下著其地，爵仕之前序其世，赠谥、称号、撰述系之爵仕之后，无所依据者姑阙之。由是先后之次可得而稽，词人之本末可得而尚论也。间欲窥其寄托，致其抑扬，求如元遗山之《中州集》、钱虞山之《列朝诗选》序例，实惭谫陋，有所未遑。若夫溯词旨之源流，采之精而取之粹，晋贤氏固已论列甚详，余又何赘焉。

嘉善柯崇朴。

补遗后序

《词综》之刻，成于戊午。会锡鬯以应荐入都，官翰林，嗣不省故集。继典试江南，事竣，会予与青士于故里，论及前刻，挂漏尚多，欲谋为定本而卒难刊改，思补辑以成完书。未几北去，间遗一二钞本前此所未经见者，然约而未广，不足以成卷。辛酉春，青士偕山子过舍，相与燕坐草堂，出其远近所搜辑，并锡鬯所遗，复从故集繙阅，汇为两卷，得词若干首，犹未备也。久之，各以事罢去。其后，从吴门藏书家得《梅苑》、《翰墨全书》、《铁网珊瑚》及宋、元小集二十馀种，青士又从魏塘柯南陔携草窗所辑《绝妙好辞》，偕山子相为讨论，目视手钞，日无宁晷，而郡城曹子民表亦时有缄寄，佐所不逮，共补人百二十有二，补词三百六十馀首，裒然可观矣。乃青士旅食京华二载，几归里门而又客死徐塘，山子则继去北游，余复哭伯兄于岭表，风流云散，悲何可言！夫边马依北风以嘶，越鸟望南枝而逝，古人所以兴感于离别也。矧百年有尽之身，为升沉，为聚散，日月如驶，其中之笑言晨夕，曾几何时，而顾可长恃乎哉！辛未秋，残暑未退，山子过予别业，消散于梧风桂月间，留两月而去。冬初重过，将送予还新安，遽捐馆舍。老友凋零，为之伤悼不已。爰亟诠次其先后，凡六卷，以附于初刻之末，并志其岁月，以道其感慨云。

休宁汪森书。

词综发凡

朱彝尊纂

唐宋以来作者，长短句每别为一编，不入集中，以是散佚最易。常熟吴氏讷汇有《宋元百家词》，抄传绝少，未见全书。近日毛氏晋刻有汲古阁《六十家宋词》，颇有裨于学者。是编所录，半属抄本，白门则借之周上舍雪客、黄征士俞邰，京师则借之宋员外牧仲、成进士容若，吴下则借之徐太史健庵，里门则借之曹侍郎秋岳，馀则汪子晋贤购诸吴兴藏书家，互为参定。其已经选辑者，《南唐二主词集》一卷、冯延巳《阳春录》一卷、潘阆《逍遥词》一卷、林逋《和靖先生集》词、晏殊《珠玉词》一卷、欧阳修《六一居士词》三卷、王安石《半山老人词》一卷、晏幾道《小山词》二卷、张先《子野词》一卷、柳永《乐章集》九卷、苏轼《东坡居士词》二卷、黄庭坚《琴趣外篇》二卷、秦观《淮海词》三卷、《晁补之词》一卷、陈师道《后山长短句》二卷、李之仪《姑溪集》词二卷、贺铸《东山寓声乐府》三卷、毛滂《东堂词》二卷、《杜安世词》一卷、黄裳《演山集》词二卷、葛胜仲《丹阳词》一卷、周紫芝《竹坡居士乐府》三卷、谢逸《溪堂词》一卷、谢薖《竹友词》一卷、葛郯《信斋词》一卷、廖行之《省斋诗馀》、周邦彦《清真集》三卷、晁端礼《闲斋琴趣外篇》一卷、徐伸《青山乐府》一卷、《吕渭老词》一卷、徐积《节孝集》附词、陈瓘《了斋词》一卷、王安中《初寮集》词一卷、向子諲《酒边集》四卷、蔡伸《友古词》一卷、王庭珪《卢溪词》二卷、叶梦得《石林词》一卷、王之道《相山居士词》二卷、向镐《乐斋词》二卷、沈瀛《竹斋词》一卷、刘弇《云龙集》词一卷、汪藻《浮溪文粹》附词、赵师侠《坦庵长短句》一卷、陈与义《无住词》一卷、刘一止《苕溪词》一卷、赵长卿《惜香乐府》十卷、王灼《颐堂词》一卷、张纲《华阳老人长短句》、岳飞《金陀粹编家集》附词、张元幹《芦川词》一卷、邓肃《栟榈集》词一卷、刘子翚《屏山集》附词、张抡《莲社词》一卷、朱敦儒《樵歌》三卷、曾觌《海野词》一卷、杨无咎《逃禅词》三卷、侯寘《孏窟词》一卷、《曾惇词》一卷、朱雍《梅词》一卷、辛弃疾《稼轩乐府》十二卷、范成大《石湖词》一卷、黄公度《知稼翁词》一卷、葛立方《归愚词》一卷、张孝祥《于湖词》一卷、程垓《书舟雅词》二卷、韩元吉《焦尾集》词一卷、周必大《近体乐府》一卷、倪偁《绮川词》一卷、姚述尧《箫台公馀词》一卷、京镗《松坡居士乐府》一卷、朱熹《晦庵词》一卷、洪适《盘洲集》词二卷、吴儆《竹洲词》一卷、杨万里《诚斋乐府》一卷、李处全《晦庵词》一卷、丘崇《文定公词》一卷、罗愿《鄂州小集》附词、刘克庄《后村别调》一卷、赵彦端《介庵词》四卷、管鉴《养拙堂词》一卷、张镃《玉照堂词》一卷、刘儗《招山集》乐章、程泌《铭水集》词一卷、王千秋《审斋词》一卷、姜夔《白石词》一卷、陆游《渭南集》词二卷、陈亮《龙川集》词二卷、刘过《龙洲词》一卷、杨炎《西樵语业》一卷、张辑《东泽绮语债》一卷、谢懋《静寄居士乐章》二卷、黄机《竹斋诗馀》一卷、刘镇《随如百咏》、吴礼之《顺受老人词》五卷、许棐《梅屋诗馀》一卷、戴复古《石屏词》一卷、毛开《樵隐词》一卷、洪咨夔《平斋词》一卷、郭应祥《笑笑词》一卷、卢祖皋《蒲江词》一卷、高观国《竹屋痴语》一卷、史达祖《梅溪词》二卷、汪莘《方壶存稿》词二卷、吴潜《履斋诗馀》三卷、李昴英《文溪词》一卷、赵以夫《虚斋乐府》二卷、陈经国《龟峰词》一卷、方岳《秋厓先生小稿》词四卷、张矩《芸窗词》一卷、洪瑹《空同词》一卷、方千里《和清真词》一卷、杨泽民《续和清真词》一卷、卢炳《哄堂词》一卷、沈端节《克斋词》一卷、黄昇《散花庵词》一卷、严羽《沧浪集》附词、《王以宁词》一卷、吴文英《梦窗甲乙丙丁稿》四卷、蒋捷《竹山词》一卷、陈允平《日湖渔唱》二卷、周密《草窗词》二卷、王沂孙《碧山乐府》二卷、张炎《玉田词》二卷、石孝友《金谷遗音》一卷、林正大《风雅遗音》四卷、张矩《梅渊词》、陈德武《白雪遗音》一卷、文天祥《文山集》词一卷、《王鼎翁遗集》附词、何梦桂《潜斋词》一卷、惠洪《石门文字禅》附词、葛长庚《海璚词》二卷、李清照《漱玉集》一卷、朱淑真《断肠集》一卷、韩玉《东浦词》一卷、段克己《遯斋乐府》一卷、段成己《菊轩乐府》一卷、元好问《遗山乐府》二卷、许衡《鲁斋集》附词、程钜夫《雪楼集》词一卷、王恽《秋涧集》词四卷、赵孟頫《松雪词》一卷、刘因《樵庵词》一卷、汪宗臣《紫岩集》附词、吴澄《草庐词》一卷、虞集《道园学古录》词一卷、宋褧《燕石集》词一卷、刘诜《桂隐集》附词、曹伯启《汉泉漫稿》词一卷、许有壬《圭塘小藁》词一卷、萨都剌《雁门集》词一卷、张翥《蜕岩词》二卷、袁易《静春词》一卷、沈禧《竹窗词》一卷、洪希文《续轩渠集》词一卷、张可久《小山乐府》二卷、乔吉《惺惺老人乐府》一卷、张埜《古山乐府》一卷、倪瓒《清闷阁词》一卷、顾瑛《玉山璞》附词、陶宗仪《南村集》附词、邵亨贞《蛾术词选》四卷、凌云翰《柘溪集》词一卷、王行《半轩集》词一卷、张雨《贞居词》一卷，凡百六十馀家。虽已览观，未入选者，杨杰《无为集》、徐经孙《文惠集》、徐鹿卿《清正集》、魏了翁《鹤山词》、王义山《稼轩类稿》，又《顺斋乐府》、《虚靖真君词》、《洞玄珠玉集》，凡八家。

藏书家编目录，词集多不见收。惟莆田陈氏《书录解题》论其大略，鄱阳马氏采入《通考》。志中所载，晁冲之《具茨集》、王观《冠柳集》、赵令畤《聊复集》、苏庠《后湖集》、万俟雅言《大声集》、陈克《赤城词》、康与之《顺庵乐府》、赵鼎《得全居士集》、刘光祖《鹤林词》、左誉《筠庵长短句》、姚宽《西溪居士乐府》、苏泂《泠然阁集》、严仁《清江欸乃词》、孙惟信《花翁词》、《魏子敬词》、《王武子词》、《李洪兄弟花萼集》、吴激《东山集》、蔡松年《萧闲公集》，旧本散失，未经寓目，或诗集虽在，而词则阙如，仅于选本中录其一二。至于汪元量《水云词》、蔡柟《浩歌集》、黄人杰《可轩曲林》、黄定《凤城词》、曹冠《燕喜集》、马宁祖《退圃词》、吴镒《敬斋词》、《袁去华词》、侯延庆《退斋词》、黄谈《涧壑词》、林淳《定斋诗馀》、邓元《漫堂集》、王大受《近情集》、张孝忠《野适堂词》、刘德秀《默轩词》、钟将之《岫云词》、徐得之《西园鼓吹》、李叔猷《东老词》、方信儒《好庵游戏》、陈从古《洮湖词》、韩子耕《萧闲词》，只字未见。此外轶者尚多，海内收藏之家，或有存本，倘许借观，愿仿曾氏《雅词》之例，别为拾遗，附于卷末。

世人言词，必称北宋。然词至南宋，始极其工，至宋季而始极其变，姜尧章氏最为杰出，惜乎《白石乐府》五卷，今仅存二十馀阕也。《东泽绮语》，传亦寥寥。至施乘之、孙季蕃，盛以词鸣，沈伯时《乐府指迷》亦为矜誉，今求其集，不可复睹。周公谨、陈君衡、王圣与，集虽抄传，公谨赋西湖十景，当日属和者甚众，而今集无之；《花草粹编》载有君衡二词，陆辅之《词旨》载有圣与《霜天晓角》等调中语，均今集所无。至张叔夏词集，晋贤所购，合之牧仲员外、雪客上舍所抄，暨常熟吴氏《百家词》本，较对无异，以为完书，顷吴门钱进士宫声相遇都亭，谓家有藏本，乃陶南村手书，多至三百阕，则予所见，犹未及半。漏万之讥，殆不免矣。

古词选本，若《家宴集》、《谪仙集》、《兰畹集》、《复雅歌辞》、《类分乐章》、《群公诗馀后编》、《五十大曲》、《万曲类编》及草窗周氏《选》，皆轶不传，独《草堂诗馀》所收最下最传，三百年来，学者守为《兔园册》，无惑乎词之不振也。是集兼采赵弘基《花间集》、黄昇《花庵绝妙词》、《中兴以来绝妙词》、陈景沂《全芳备祖乐府》、元好问《中州乐府》、彭致中《鸣鹤馀音》、凤林书院《元词乐府补题》、许有孚《圭塘欸乃集》、顾梧芳《尊前集》、杨慎《词林万选》、陈耀文《花草粹编》、沈际飞《草堂诗馀广集》、茅映《词的》、卓人月《词统》诸书，务去陈言，归于正始。至如曾慥《乐府雅词》、《天机馀锦》采入《花草粹编》，赵粹夫《阳春白雪集》见李开先《小山乐府后序》，则诸书嘉、隆间犹未散轶；而《天机碎锦》、《片玉珠玑》二集，闻江都藏书家有之；又如

《百一选曲》、《太平乐府》、《诗酒馀音》、《仙音妙选》、《乐府新声》、《乐府群珠》、《乐府群玉》、《曲海》之内，定有词章可采：惜俱未之见也。

向客太原，见晋祠石刻，多北宋人唱和词，而平遥县治西古寺庑下有金人所作小令，勒石嵌壁，令工人拓回。经十馀年，简之故簏，则已为鼠啮尽。是集成，未克采入，深以为恨。计海内名山，苔龛石壁，宋、元人留题长短句尚多，好事君子，惠我片楮，无异双金也。

词有当时盛传，久而翻逸者，遗珠片玉，往往见于稗官载纪。是编自《百川学海》、《古今小说》、《唐宋丛书》、曾氏《类说》、吴氏《能改斋漫录》、阮氏《诗话总龟》、胡氏《苕溪渔隐丛话》、陶氏《说郛》、商氏《稗海》、陆氏《说海》、陈氏《秘笈》外，缙阅小说，又不下数十家。片词足采，辄事笔疏，故多他选未见之作，庶几一开生面。佐予讨论编纂者，汪子而外，则安丘曹舍人升六，无锡严征士荪友，江都汪舍人季甪，宜兴陈征士其年，华亭钱舍人葆馚，吴江俞处士无殊，休宁汪上舍周士、季青，钱塘龚主事天石，同郡俞处士右吉，沈上舍融谷，缪处士天自，沈布衣覃九，叶舍人元礼，李征士武曾、布衣分虎，沈秀才山子，柯孝廉翰周，浦布衣傅功，暨门人周灊岳也。锓版未竟，而钱、叶二君，相继奄逝，可为泫然！

词人姓氏爵里，选家书法不一：先系爵后书名者，《花间集》、《中州乐府》体也；书字于官爵下者，《绝妙词选》体也；书名者，《全芳备祖》体也；书字者，《草堂》体也；冠别字于姓名之前者，凤林书院体也；至杨氏《词林万选》、陈氏《花草粹编》，或书名，或书字，或书别字，或书官，或书集。览者茫然，莫究其世次。甚有别本以朱三十五《樵歌》为秋娘作者，良可大噱。是集考之正史，参以地志、传纪、小说，以集归人，以字归名，得十之八九。论世之功，柯子寓匏有焉。

周布衣青士，隐于廛市，于书无所不窥，辨证古今字句音韵之讹，辄极精当。是集藉其校雠：如史梅溪《绮罗香》后阕“还被春潮晚急”，原系六字为句，《草堂》坊本脱去“晚”字，诸本因之。周晴川《十六字令》“眠，月影穿窗白玉钱”，原系“眠”字为句，选本讹作“明”字，遂以“明月影”为句。欧阳永叔《越溪春》结语“沉麝不烧金鸭，玲珑月照梨花”，并系六字句，坊本讹“玲”为“冷”、“珑”为“笼”，遂以七字五字为句。德祐太学生《祝英台近》“那人何处，怎知道愁来不去”，讹“不”为“又”，一字之乖，全旨皆失。今悉为改正。他如苏子瞻《念奴娇》则从《容斋随笔》，汪彦章《点绛唇》则从《能改斋漫录》，王晋卿《烛影摇红》则从《漫录》去其前阕，李后主《临江仙》则从《耆旧续闻》补其结语。其馀纠定，难更仆数。坊间虽有图谱，倚声者宜考质焉。

四声二十八调，各有其伦。柳屯田《乐章集》有同一曲名，字数长短不齐分入各调者，姜石帚《湘月》词注云“此《念奴娇》之鬲指声也”，则曲同字数同，而《湘月念奴娇》调实不同，合之为一非矣。词固有一曲而各异其名者，是选悉依集本，不敢更易，审音者度无勿知，似不必比而同之也。

张子野《吊林君复》诗“‘烟雨’词亡草更青”，蔡君谟《寄李良定》诗“《多丽》新词到海边”，一篇之工，见之吟咏。“山抹微云”秦学士，“露华倒影”柳屯田，“晓风残月”柳三变，“滴粉搓酥”左与言，一句之工，形诸口号。当日风尚所存，甄藻自尔不爽。故是集多缀宋、元人评语。有明用修、元美诸家品骘，容有未当，或置不录焉。

宣、政而后，士大夫争为献寿之词，联篇累牍，殊无意味，至魏华父，则非此不作矣。是集于千百之中，止存一二，虽华甫亦置不录也。

元人小曲，如《干荷叶》、《天净沙》、《凭栏人》、《平湖乐》一名《小桃红》等调，平、上、去三声并用，往往编入词集。然按之宋词，如《戚氏》、《西江月》、《换巢鸾凤》、《少年心》、《惜分钗》、《渔家傲》杜安世集中体诸阕，已为曲韵滥觞矣。是集间有采录，盖仿杨氏《词林万选》之例，览者幸勿以词曲混一为讪。

言情之作，易流于秽，此宋人选词，多以雅为目。法秀道人语涪翁曰“作艳词当堕犁舌地狱”，正指涪翁一等体制而言耳。填词最雅无过石帚，《草堂诗馀》不登其只字，见胡浩《立春吉席》之作，蜜殊《咏桂》之章，亟收卷中，可谓无目者也。甚而易静《兵要》寓声于《望江南》，张用成《悟真篇》按调为《西江月》，词至此亦不幸极矣。是集于黄九之作，去取特严，不敢曲徇后山之说。

宋人编集歌词，长者曰慢，短者曰令，初无中调、长调之目。自顾从敬编《草堂词》，以臆见分之，后遂相沿，殊属牵率。岁在癸丑，舍馆京师宣武门右，与葆酚舍人户庭相望。予辑是书，葆酚辑《词瞍》，辨晰体制，以字数多寡为先后，最为精密，计一千调，编为三十卷。比年闻更增益。予所见《鸣鹤馀音》、《洞玄金玉集》及他抄本，曲调异同，《词瞍》未经采入者约又百馀，惜未遑邮寄。今葆酚逝矣，遗书在笥，雕刻无期，诚倚声家之阙事也。

《花间》体制，调即是题，如《女冠子》则咏女道士，《河渎神》则为送迎神曲，《虞美人》则咏虞姬是也。宋人词集，大约无题，自《花庵》、《草堂》，增入闺情、闺思、四时景等题，深为可憎，今俱准集本删去。

明初作手，若杨孟载、高季迪、刘伯温辈，皆温雅芊丽，咀宫含商。李昌祺、王达善、瞿宗吉之流，亦能接武。至钱唐马浩澜以词名东南，陈言秽语，俗气薰入骨髓，殆不可医。周白川、夏公谨诸老，间有硬语，杨用修、王元美则强作解事，均与乐章未谐。然三百年中，岂无合作？当遍搜文集，发其幽光，编为二集，继是编之后。

《古今词话》一书，博访未得。词人琐事，散见各家诗话及传记、小说中，捃拾需时，是集未能附缀。将仿孟棨《本事诗》、计敏夫《唐诗纪事》，别为一集，以资谈柄。近吴江徐征士电发著《词苑丛谭》一书，可云先获我心，当让其单行矣。

目　录

卷三 五代十国词

卷四 宋词

卷五 宋词

卷六　宋词

卷七　宋词

卷八　宋词

卷九 宋词

卷十 宋词

卷十一 宋词

卷十二 宋词

卷十三 宋词

卷十四　宋词

卷十五　宋词

卷十六　宋词

卷十七　宋词

卷十八　宋词

卷十九　宋词

卷二十　宋词

卷二十一　宋词

卷二十二　宋词

卷二十三　宋词

卷二十四 宋词

卷二十五 宋词

卷二十六　金词

卷二十七　元词

卷二十八 元词

卷三十二补人 宋词

卷三十三补人　金元词

卷三十四补词　宋词

卷三十五补词　宋词

卷三十六补词　宋金元词

词综卷一

唐　词

昭宗皇帝

巫山一段云

题宝鸡驿壁

蝶舞梨园雪，莺啼柳带烟。小池残日艳阳天，苎萝山又山。青鸟不来愁绝，忍看鸳鸯双结！春风一等少年心，闲情恨不禁。

菩　萨　蛮

登华州城楼

登楼遥望秦宫殿，茫茫只见双飞燕。渭水一条流，千山与万丘。远烟笼碧树，陌上行人去。安得有英雄，迎归大内中？《唐诗纪事》作："何处是英雄，迎侬归故宫？"按尉迟偓《中朝故事》云："乾宁三年，李茂贞犯阙，帝次华州，韩建迎归郡中。帝郁郁不乐，每登城西齐云楼远望。明年秋，制此词云。"

李　白 字太白，蜀人，一云山东人。供奉翰林。

菩　萨　蛮

平林漠漠烟如织，寒山一带伤心碧。暝色入高楼，有人楼上愁。　玉阶一作"阑干"空伫立，宿鸟归飞急。何处是归程？长亭更一作"连"短亭。《湘山野录》云:"此词不知何人写在鼎州沧水驿楼,复不知何人所撰。魏道辅泰见而爱之。后至长沙,得《古风集》于曾子宣内翰家,乃知李白所撰。"

忆　秦　娥

箫声咽,秦娥梦断秦楼月。秦楼月,年年柳色,灞陵伤别。
乐游原上清秋节,咸阳古道音尘绝。音尘绝,西风残照,汉家陵阙。

清　平　乐　令

禁闱秋夜,月探金窗罅。玉帐鸳鸯喷兰麝,时落银灯香灺。
女伴莫话孤眠,六宫罗绮三千。一笑皆生百媚,宸游教在谁边!

桂　殿　秋

仙女下,董双成,汉殿夜凉吹玉笙。曲终却从仙官去,万户千门惟月明。

又

河汉女,玉炼颜,云軿往往在人间。九霄有路去无迹,袅袅香风生佩环。吴虎臣云:"此太白词也。有得于石刻而无其腔,刘无言倚其声歌之,音极清雅。"

张志和　字子同,金华人。擢明经,肃宗命待诏翰林,坐贬,不复仕,自称烟波钓徒。

渔　歌　子

西塞山前白鹭飞,桃花流水鳜鱼肥。青蒻笠,绿蓑衣,斜风细雨不须归。黄鲁直云:"有远韵。"

又

松江蟹舍主人欢，菰饭莼羹亦共餐。枫叶落，荻花干，醉宿渔舟不觉寒。

韦应物 京兆人。官左司郎中，历苏州刺史。

调　笑

河汉，河汉，晓挂秋城漫漫。愁人起望相思，塞北江南别离。离别，离别，河汉虽同路绝。

戴叔伦 字幼公，金坛人。官抚州刺史，封谯县男，迁容管经略使。

转　应　词

边草，边草，边草尽来兵老。山南山北雪晴，千里万里月明。明月，明月，胡笳一声愁绝。

王　建 字仲初，颍州人。大历十年进士，太和中为陕州司马。

调　笑

团扇，团扇，美人并来遮面。玉颜憔悴三年，谁复商量管弦？弦管，弦管，春草昭阳路断。

又

蝴蝶，蝴蝶，飞上金枝玉叶。君前对舞春风，百叶桃花树红。红树，红树，燕语莺啼日暮。

韩 翃 字君平，南阳人。天宝十三载进士，以驾部郎中知制诰，终中书舍人。

章台柳

寄柳氏

章台柳，章台柳，往日依依一作"青青"今在否？纵使长条似旧垂，也应攀折他人手。

白居易 字乐天，其先太原人，徙下邽。贞元十四年进士，历官中书舍人，出知杭州，以刑部尚书致仕，卒，赠仆射，谥文。有《长庆集》。

花非花

花非花，雾非雾。夜半来，天明去。来如春梦不多时，去似朝云无觅处。

忆江南

江南好，风景旧曾谙：日出江花红胜火，春来江水绿如蓝。能不忆江南？

又

江南忆，最忆是杭州：山寺月中寻桂子，郡亭枕上看潮头。何日更重游？

又

江南忆，其次忆吴宫：吴酒一杯春竹叶，吴娃双舞醉芙蓉。早晚得相逢。

长　相　思

深画眉，浅画眉，蝉鬓鬅鬙云满衣，阳台行雨回。　巫山高，巫山低，暮雨潇潇郎不归，空房独守时。

刘禹锡 字梦得，中山人。贞元中进士，仕为太子宾客，会昌中，检校礼部尚书。

春　去　也

春去也！多谢洛城人。弱柳从风疑举袂，丛兰裛露似沾巾，独坐亦含嚬。

潇　湘　神

斑竹枝，斑竹枝，泪痕点点寄相思。楚客欲听瑶瑟怨，潇湘深夜月明时。

温庭筠 本名岐，字飞卿，太原人。官方山尉。有《握兰》、《金荃》等集。黄叔旸云："飞卿词极流丽，宜为《花间集》之冠。"

菩　萨　蛮

小山重叠金明灭，鬓云欲度香腮雪。懒起画蛾眉，弄妆梳洗迟。　照花前后镜，花面交相映。新帖绣罗襦，双双金鹧鸪。

又

水精帘里颇黎枕，暖香惹梦鸳鸯锦。江上柳如烟，雁飞残月天。　　藕丝秋色浅，人胜参差剪。双鬓隔香红，玉钗头上风。

又

玉楼明月长相忆，柳丝袅娜春无力。门外草萋萋，送君闻马嘶。　　画罗金翡翠，香烛销成泪。花落子规啼，绿窗残梦迷。

又

牡丹花谢莺声歇，绿杨满院中庭月。相忆梦难成，背窗灯半明。　　翠钿金压脸，寂寞香闺掩。人远泪阑干，燕飞春又残。

又

满宫明月梨花白，故人万里关山隔。金雁一双飞，泪痕沾绣衣。　　小园芳草绿，家住越溪曲。杨柳色依依，燕归君不归。

又

宝函钿雀金鸂鶒，沉香阁上吴山碧。杨柳又如丝，驿桥春雨时。　　画楼音信断，芳草江南岸。鸾镜与花枝，此情谁得知？

又

竹风轻动庭除冷，珠帘月上玲珑影。山枕隐浓妆，绿檀金凤凰。　　两蛾愁黛浅，故国吴宫远。春恨正关情，画楼残点声。

更　漏　子

柳丝长，春雨细，花外漏声迢递。惊塞雁，起城乌，画屏金鹧鸪。　　香雾薄，透帘幕，惆怅谢家池阁。红烛背，绣帘垂，梦长君不知。

又

星斗稀，钟鼓歇，帘外晓莺残月。兰露重，柳风斜，满庭堆落花。　虚阁上，倚阑望，还似去年惆怅。春欲暮，思无穷，旧欢如梦中。

又

玉炉香，红蜡泪，偏照画堂秋思。眉翠薄，鬓云残，夜长衾枕寒。　梧桐树，三更雨，不道离情正苦。一叶叶，一声声，空阶滴到明。胡元任云："庭筠工于造语，极为奇丽，此词尤佳。"

归国遥

香玉，翠凤宝钗垂𦆈𦆈。钿筐交胜金粟，越罗春水绿。　画堂照帘残烛，梦馀更漏促。谢娘无限心曲，晓屏山断续。

又

双脸，小凤战篦金飐艳。舞衣无力风敛，藕丝秋色染。　锦帐绣帏斜掩，露珠清晓簟。粉心黄蕊花靥，黛眉山两点。

酒泉子

楚女不归，楼枕小河春水。月孤明，风又起，杏花稀。　玉钗斜篸云鬟重，裙上镂金双凤。八行书，千里梦，雁南飞。

南歌子

手里金鹦鹉，胸前绣凤凰，偷眼暗形相。不如从嫁与，作鸳鸯。

又

似带如丝柳，团酥握雪花，帘卷玉钩斜。九衢尘欲暮，逐香车。

又

倭堕低梳髻，连娟细扫眉，终日两相思。为君憔悴尽，百花时。

又

转盼如波眼，娉婷似柳腰，花里暗相招。忆君肠欲断，恨春宵。

又

懒拂鸳鸯枕，休缝翡翠裙，罗帐罢炉薰。近来心更切，为思君。

河渎神

河上望丛祠，庙前春雨来时。楚山无限鸟飞迟，兰棹空伤别离。　何处杜鹃啼不歇？艳红开尽如血。蝉鬓美人愁绝，百花芳草佳节。

又

孤庙对寒潮，西陵风雨萧萧。谢娘惆怅倚兰桡，泪流玉箸千条。　暮天愁听《思归乐》，早梅香满山郭。回首两情萧索，离魂何处飘泊？

女冠子

含娇含笑，宿翠残红窈窕，鬓如蝉。寒玉簪秋水，轻纱卷碧烟。　雪胸鸾镜里，琪树凤楼前。寄语青娥伴，早求仙。

玉蝴蝶

秋风凄切伤离，行客未归时。塞外草先衰，江南雁到迟。
芙蓉凋嫩脸，杨柳堕新眉。摇落使人悲，断肠谁得知？

清 平 乐

洛阳愁绝，杨柳花飘雪。终日行人争攀折，桥下水流呜咽。上马争劝离觞，南浦莺声断肠。愁杀平原年少，回首挥泪千行。

遐 方 怨

凭绣槛，解罗帏。未得君书，肠断潇湘春雁飞。不知征马几时归？海棠花谢也，雨霏霏。

诉 衷 情

莺语，花舞，春昼午，雨霏微。金带枕，宫锦，凤凰帷。柳弱燕交飞，依依。辽阳音信稀，梦中归。

思 帝 乡

花花，满枝红似霞。罗袖画帘肠断，卓香车。回面共人闲语，战篦金凤斜。惟有阮郎春尽，不归家。

梦 江 南

梳洗罢，独倚望江楼。过尽千帆皆不是，斜晖脉脉水悠悠，肠断白蘋洲！

河 传

江畔，相唤。晓妆鲜，仙景个女采莲。请君莫向那岸边，少年，好花新满船。　　红袖摇曳逐风软，垂玉腕，肠向柳丝断。浦南归，浦北归，莫知，晚来人已稀！

又

湖上，闲望。雨萧萧，烟浦花桥路遥。谢娘翠蛾愁不销，终朝，梦魂迷晚潮。 荡子天涯归棹远，春已晚，莺语空肠断。若耶溪，溪水西，柳堤，不闻郎马嘶。

蕃 女 怨

万枝香雪开已遍，细雨双燕。钿蝉筝，金雀扇，画梁相见。雁门消息不归来，又飞回。

又

碛南沙上惊雁起，飞雪千里。玉连环，金镞箭，年年征战。画楼离恨锦屏空，杏花红。

荷 叶 杯

镜水夜来秋月，如雪，采莲时。小娘红粉对寒浪，惆怅，正思惟一作“相思”。

又

楚女欲归南浦，朝雨，湿愁红。小船摇漾入花里，波起，隔西风。

皇甫松 字子奇，湜之子。

天 仙 子

晴野鹭鸶飞一只，水葓花发秋江碧。刘郎此日别天仙，登绮席，泪珠滴，十二晚峰青一作“高”历历。

又

踯躅花开红照水，鹧鸪飞绕青山觜。行人经岁始归来，千万里，错相倚，懊恼天仙应有以。

摘　得　新

酌一卮，须教玉笛吹。锦筵红蜡烛，莫来迟。繁红一夜经风雨，是空枝。

梦　江　南

兰烬落，屏上暗红蕉。闲梦江南梅熟日，夜船吹笛雨潇潇，人语驿边桥。

又

楼上寝，残月下帘旌。梦见秣陵惆怅事，桃花柳絮满江城，双髻坐吹笙。

郑　符 字梦复。官秘书监。

闲　中　好

题永寿寺

闲中好，尽日松为侣。此趣人不知，轻风度僧语。

段成式 字柯古，文昌子。会昌中，官太常少卿。

闲　中　好

闲中好，尘务不萦心。坐对当窗木，看移三面阴。

司空图 字表圣，泗州人。咸通中进士，官礼部员外郎，黄巢之乱，避地中条山，昭宗反正，以户部侍郎召，至京，复归，再以兵部侍郎召，不赴。有《一鸣集》。

酒　泉　子

买得杏花，十载归来方始坼。假山西畔药栏东，满枝红。
旋开旋落旋成空，白发多情人更惜。黄昏把酒祝东风，且从容。

韩　偓 字致尧，一作致光，万年人。龙纪中进士，累官兵部侍郎，朱全忠恶之，贬濮州司马。有《香奁集》。

生　查　子

侍女动妆奁，故故惊人睡。那知本未眠，背面偷垂泪。　　懒卸凤凰钗，羞入鸳鸯被。时复见残灯，和烟坠金穗。

张　曙 小字阿灰，侍郎祎子。

浣　溪　沙

枕障薰炉隔绣帷，二年终日两相思，杏花明月始应知。　　天上人间何处去？旧欢新梦觉来时，黄昏微雨画帘垂。

吕　岩 字洞宾，关右人。咸通中，举进士不第，携家隐终南。

梧　桐　影

景德寺僧房

落日斜，秋风冷。今夜故人来不来？教人立尽梧桐影。按别本首句皆作“落月斜”,非是,今从《竹坡诗话》更正。又景德寺蛾眉院壁所题,“今夜故人”作“幽人今夜”。

柳　氏 韩翃宠姬。

杨　柳　枝

答韩员外

杨柳枝,芳菲节,可恨年年赠离别。一叶随风忽报秋,纵使君来岂堪折!

王丽真女郎 见《才鬼录》。

字　字　双

床头锦衾斑复斑,架上朱衣殷复殷。空庭明月闲复闲,夜长路远山复山。

无名氏

后　庭　宴

千里故乡,十年华屋,乱魂飞过屏山簇。眼重眉褪不胜春,菱花知我销香玉。　　双双燕子归来,应解笑人幽独。断歌零舞,遗恨清江曲。万树绿低迷,一庭红扑簌。

词综卷二

五代十国词

后唐庄宗皇帝

一　叶　落

一叶落，褰朱箔，此时景物正萧索。画楼月影寒，西风吹罗幕。吹罗幕，往事思量著。

忆　仙　姿

曾宴桃源深洞，一曲舞鸾一作"清歌"歌凤。长记别伊时，和泪出门相送。如梦，如梦，残月落花烟重。

蜀主王衍

醉　妆　词

者边走，那边走，只是寻花柳。那边走，者边走，莫厌金杯酒。

《北梦琐言》云："蜀主衍，尝裹小巾，其尖如锥。宫女多衣道服，簪莲花冠，施胭脂夹脸，号醉妆。作此词。"

蜀主孟昶

玉　楼　春

夜起避暑摩诃池上作

冰肌玉骨清无汗，水殿风来暗香满。绣帘一点月窥人，欹枕钗横云鬓乱。　　起来琼户启无声，时见疏星渡河汉。屈指西风几时来？只恐流年暗中换。按：苏子瞻《洞仙歌》本檃括此词，然未免反有点金之憾。

南唐中宗李景

山　花　子

菡萏香销翠叶残，西风愁起绿波间。还与韶光共憔悴，不堪看。　　细雨梦回鸡塞远，小楼吹彻玉笙寒。多少泪珠何限恨，倚阑干。

又

手卷真珠上玉钩，依前春恨锁重楼。风里落花谁是主？思悠悠。　　青鸟不传云外信，丁香空结雨中愁。回首渌波三峡暮，接天流。

后主李煜

相　见　欢

林花谢了春红，太匆匆。无奈朝来寒雨晚来风。　　胭脂泪，相留醉，几时重？自是人生长恨水长东。

又

无言独上西楼，月如钩。寂寞梧桐深院锁清秋。　剪不断，理还乱，是离愁，别是一般滋味在心头。黄叔旸云：“此词最凄惋，所谓‘亡国之音哀以思’。”

清平乐

别来春半，触目愁肠断。砌下落梅如雪乱，拂了一身还满。　雁来音信无凭，路遥归梦难成。离恨恰如春草，更行更远还生。

浪淘沙

帘外雨潺潺，春意阑珊。罗衾不暖五更寒。梦里不知身是客，一晌贪欢。　独自暮凭栏，无限江山。别时容易见时难。流水落花归去也，天上人间。蔡絛云：“含思凄惋。”

又

往事只堪哀，对景难排。秋风庭院藓侵阶，一行珠帘闲不卷，终日谁来？　金剑已沉埋，壮气蒿莱。晚凉天静月华开，想得玉楼瑶殿影，空照秦淮。

玉楼春

晚妆初了明肌雪，春殿嫔娥鱼贯列。凤箫声断水云闲，重按《霓裳》歌遍彻。　临风谁更飘香屑？醉拍阑干情未切。归时休放烛花红，待踏马蹄清夜月。

子夜

花明月暗笼一作“飞”轻雾，今宵好向郎边去。刬一作“衩”袜步香阶一作“苔”，手提金缕鞋。　　画堂南畔见，一晌偎人颤。好一作“奴”为出一作“去”来难，教君恣意怜。

又

人生愁恨何能免，消魂独我情何限！故国梦重归，觉来双泪垂。　　高楼谁与上？长记秋晴望。往事已成空，还如一梦中。

虞　美　人

风回小院庭芜绿，柳眼春相续。凭栏半日独无言，依旧竹声新月似当年。　　笙歌未散樽罍在，池面冰初解。烛明香暗画楼深，满鬓清霜残雪思难禁。

又

春花秋月何时了，往事知多少！小楼昨夜又东风，故国不堪回首月明中。　　雕栏玉砌应犹在，只是朱颜改。问君能有几多愁？恰似一江春水向东流。

临　江　仙

樱桃落尽春归去，蝶翻轻粉双飞。子规啼月小楼西。玉钩罗幕，惆怅暮烟垂。　　别巷寂寥人散后，望残烟草低迷。炉香闲袅凤凰儿。空持罗带，回首恨依依。苏子由云：“凄凉怨慕，真亡国之声也。”按：是词相传后主在围城中赋，未就而城破，阙后三句，刘延仲补之云：“何时重听玉骢嘶。扑帘柳絮，依约梦回时。”而《耆旧续闻》所载，故是全作，当从之。

和　凝　字成绩，郓州人。举进士，仕后唐，知制诰，翰林学士，晋天福中拜中书侍郎、同中书门下平章事，归后汉，拜太子太傅，封鲁国公。有《红叶稿》。

春 光 好

蘋叶软，杏花明，画船轻。双浴鸳鸯出绿汀，棹歌声。　　春水无风无浪，春天半雨半晴。红粉相随南浦晚，几含情。

采 桑 子

蝤蛴领上诃梨子，绣带双垂。椒户闲时，竞学樗蒲赌荔枝。　　丛头鞋子红编细，裙窣金丝。无事嚬眉，春思翻教阿母疑。

河 满 子

写得鱼笺无限，其如花锁春辉！目断巫山云雨，空教残梦依依！却爱薰香小鸭，羡他长在屏帏。

渔 父

白芷汀寒立鹭鸶，蘋风轻剪浪花时。烟幂幂，日迟迟，香引芙蓉惹钓丝。

韦 庄 字端己，杜陵人。乾宁元年进士，入蜀，王建辟掌书记，寻召为起居舍人，建表留之，后为蜀散骑常侍、判中书门下事。有《浣花集》。

菩 萨 蛮

红楼别夜堪惆怅，香灯半卷流苏帐。残月出门时，美人和泪辞。　　琵琶金翠羽，弦上黄莺语。劝我早归家，绿窗人似花。

又

人人尽说江南好，游人只合江南老。春水碧于天，画船听雨眠。　　垆边人似月，皓腕凝霜雪。未老莫还乡，还乡须断肠！

又

如今却忆江南乐，当时年少春衫薄。骑马倚斜桥，满楼红袖招。　　翠屏金屈曲，醉入花丛宿。此度见花枝，白头誓不归！

又

洛阳城里春光好，洛阳才子他乡老。柳暗魏王堤，此时心转迷。　　桃花春水渌，水上鸳鸯浴。凝恨对斜晖，忆君君不知。

归　国　遥

金翡翠，为我南飞传我意：罨画桥边春水，几年花下醉？
别后只知相愧，泪珠难远寄。罗幕绣帏鸳被，旧欢如梦里。

应　天　长

绿槐阴里黄鹂语，深院无人春昼午。画帘垂，金凤舞，寂寞绣屏香一炷。　　碧天云，无定处，空有梦魂来去。夜夜绿窗风雨，断肠君信否？

又

别来半岁音书绝，一寸离肠千万结。难相见，易相别，又是玉楼花似雪。　　暗相思，无处说，惆怅夜来烟月。想得此时情切，泪沾红袖黦。

荷　叶　杯

绝代佳人难得，倾国。花下见无期。一双愁黛远山眉，不忍更思惟。　　闲掩翠屏金凤，残梦。罗幕画堂空。碧天无路信难通，惆怅旧房栊。《古今词话》云：“韦庄以才名寓蜀，王建割据，遂羁留之。庄有宠人，姿质艳丽，兼善词翰。建闻之，托以教内人为词，强庄夺去。庄追念悒怏，作《小重山》及此词，情意悽怨。人相传播，盛行于时。姬后传闻之，遂不食而卒。”

又

记得那年花下，深夜，初识谢娘时。水堂西面画帘垂，携手暗相期。　惆怅晓莺残月，相别，从此隔音尘。如今俱是异乡人，相见更无因。

清平乐

野花芳草，寂寞关山道。柳吐金丝莺语早，惆怅香闺暗老！罗带悔结同心，独凭朱栏思深。梦觉半床斜月，小窗风触鸣琴。

又

莺啼残月，绣阁香灯灭。门外马嘶郎欲别，正是落花时节。妆成不画蛾眉，含愁独倚金扉。去路香尘莫扫，扫即郎去归迟。

河传

何处？烟雨，隋堤春暮。柳色葱茏，画桡金缕，翠旗高飐香风，水光融。　青娥殿脚春妆媚，轻云里，绰约司花妓。江都宫阙，清淮月映迷楼，古今愁。

又

春晚，风暖，锦城花满。狂杀游人，玉鞭金勒，寻胜驰骤轻尘，惜良晨。　翠蛾争劝临邛酒，纤纤手，拂面垂丝柳。归时烟里，钟鼓正是黄昏，暗销魂。

又

锦浦，春女，绣衣金缕。雾薄云轻，花深柳暗，时节正是清明，雨初晴。　　玉鞭魂断烟霞路，莺莺语，一望巫山雨。香尘隐映，遥望翠槛红楼，黛眉愁。

诉　衷　情

烛烬香残帘半卷，梦初惊。花欲谢，深夜，月笼明。何处按歌声？轻轻。舞衣尘暗生，负春情。

又

碧沼红芳烟雨净，倚兰桡。垂玉佩，交带，袅纤腰。鸳梦隔星桥，迢迢。越罗香暗销，坠花翘。

上　行　杯

芳草灞陵春岸，柳烟深，满楼弦管。一曲离声肠寸断。　　今日送君千万，红镂玉盘金镂盏。须劝，珍重意，莫辞满。

女　冠　子

四月十七，正是去年今日。别君时，忍泪佯低面，含羞半敛眉。　　不知魂已断，空有梦相随。除却天边月，没人知。

更　漏　子

钟鼓寒，楼阁暝，月照古桐金井。深院闭，小庭空，落花香露红。　　烟柳重，春雾薄，灯背水窗高阁。闲倚户，暗沾衣，待郎郎不归。

薛昭蕴 仕至侍郎。

浣 溪 沙

粉上依稀有泪痕，郡庭花落欲黄昏，远情深恨与谁论？　记得去年寒食日，延秋门外卓金轮，日斜人散暗销魂。

相 见 欢

罗襦绣袂香红，画堂中。细草平沙蕃马，小屏风。　卷罗幕，凭妆阁，思无穷。暮雨轻烟魂断，隔帘栊。

女 冠 子

求仙去也，翠钿金篦尽舍。入岩峦。雾卷黄罗帔，云雕白玉冠。　野烟溪洞冷，林月石桥寒。静夜松风下，礼天坛。

谒 金 门

春满院，叠损罗衣金线。睡觉水精帘未卷，帘前双语燕。　斜掩金铺一扇，满地落花千片。早是相思肠欲断，忍教频梦见！

牛　峤 字松卿，一字延峰，陇西人。乾符五年进士，历官拾遗，补尚书郎。王建镇蜀，辟判官，后仕蜀，为给事中。

女 冠 子

锦江烟水，卓女烧春浓美。小檀霞。绣带芙蓉帐，金钗芍药花。　额黄侵腻发，臂钏透红纱。柳暗莺啼处，认郎家。

感 恩 多

两条红粉泪，多少香闺意。强攀桃李枝，敛愁眉。　陌上莺啼蝶舞，柳花飞。柳花飞，愿得郎心，忆家还早归。

望江怨

东风急，惜别花时手频执，罗帏愁复入。　　马嘶残雨春芜湿，倚马立。寄语薄情郎，粉香和泪泣。

菩萨蛮

舞裙香暖金泥凤，画梁语燕惊残梦。门外柳花飞，玉郎犹未归。　　愁匀红粉泪，眉剪春山翠。何处是辽阳？锦屏春昼长。

又

绿云鬓上飞金雀，愁眉敛翠春烟薄。香阁掩芙蓉，画屏山几重。　　窗寒天欲曙，犹结同心苣。啼粉涴罗衣，问郎何日归？

西溪子

捍拨双盘金凤，蝉鬓玉钗摇动。画堂前，人不语，弦解语。弹到昭君怨处，翠蛾愁，不抬头。

江城子

鵁鶄飞起郡城东，碧江空，半滩风。越王宫殿，蘋叶藕花中。帘卷水楼鱼浪起，千片雪，雨濛濛。

毛文锡 字平珪。唐进士，事蜀，为翰林学士，迁内枢密使，历文思殿大学士、司徒。

虞美人

鸳鸯对浴银塘暖，水面蒲梢短。垂杨低拂麴尘波，蛛丝结网露珠多，滴圆荷。　　遥思桃叶吴江碧，便是天涯隔。锦鳞红鬣影沉沉，相思空有梦相寻，意难任。

又

宝檀金缕鸳鸯枕，绶带盘宫锦。夕阳低映小窗明，南园绿树语莺莺，梦难成。　　玉炉香暖频添炷，满地飘轻絮。珠帘不卷度沉烟，庭前闲立画秋千，艳阳天。

更 漏 子

春夜阑，春恨切，花外子规啼月。人不见，梦难凭，红纱一点灯。　　偏怨别，是芳节，庭下丁香千结。宵雾散，晓霞辉，梁间双燕飞。

纱 窗 恨

新春燕子还来至，一双飞。垒巢泥湿时时坠，涴人衣。　　后园里看百花发，香风拂，绣户金扉。月照纱窗，恨依依。

又

双双蝶翅涂铅粉，咂花心。绮窗绣户飞来稳，画堂阴。　　二三月爱随飘絮，伴落花，来拂衣襟。更剪轻罗片，傅黄金。

醉 花 间

休相问，怕相问，相问还添恨。春水满塘生，鸂鶒还相趁。昨夜雨霏霏，临明寒一阵。偏忆戍楼人，久绝边庭信。

又

深相忆，莫相忆，相忆情难极。银汉是红墙，一带遥相隔。金盘珠露滴，两岸榆花白。风摇玉佩清，今夕为何夕？

巫山一段云

雨霁巫山上，云轻映碧天。远风吹散又相连，十二晚峰前。暗湿啼猿树，高笼过客船。朝朝暮暮楚江边，几度降神仙。

牛希济 峤兄子。仕蜀，为御史中丞，降于后唐。

生查子

春山烟欲收，天澹稀星少。残月脸边明，别泪临清晓。语已一本无"已"字多，情未了，回首犹重道：记得绿罗裙，处处怜芳草。

又

新月曲如眉，未有团圞意。红豆不堪看，满眼相思泪。　终日劈桃穰，人在心儿里。两朵隔墙花，早晚成连理。

欧阳炯 事后蜀，为中书舍人，《宣和画谱》《贯休传》云"大学士"。

三字令

春欲尽，日迟迟，牡丹时。罗幌卷，翠帘垂。彩笺书，红粉泪，两心知。　人不在，燕空归，负佳期。香烬落，枕函欹。月分明，花淡薄，惹相思。

南乡子

嫩草如烟，石榴花发海南天。日暮江亭春影绿，鸳鸯浴，水远山长看不足。

又

画舸停桡，槿花篱外竹横桥。水上游人沙上女，回顾，笑指芭蕉林里住。

又

岸远沙平，日斜归路晚霞明。孔雀自怜金翠尾，临水，认得行人惊不起。

又

洞口谁家？木兰船系木兰花。红袖女郎相引去，南浦，笑倚春风相对语。

又

路入南中，桄榔叶暗蓼花红。两岸人家微雨后，收红豆，树底纤纤抬素手。

又

袖敛鲛绡，采香深洞笑相邀。藤杖枝头芦酒滴，铺葵席，豆蔻花间趖晚日。

贺　明　朝

忆昔花间初识面，红袖半遮妆脸，轻转石榴裙带，故将纤纤玉指，偷捻双凤金线。　　碧梧桐锁深深院，谁料得两情，何日教缱绻？羡春来双燕，飞到玉楼，朝暮相见。

江 城 子

晓日金陵岸草平，落霞明，水无情。六代繁华，暗逐逝波声。空有姑苏台上月，如西子镜，照江城。

凤 楼 春

凤髻绿云丛，深掩房栊。锦书通，梦中相见觉来慵。匀面泪，脸珠融。因想玉郎何处去？对淑景谁同？　　小楼中，春思无穷。倚阑凝望，暗牵愁绪，柳花飞趁东风。斜日照帘，罗幌香冷粉屏空。海棠零落，莺语残红。

清 平 乐

春来街砌，春雨如丝细。春径满飘红杏蒂，春燕舞随风势。春幡细缕春缯，春闺一点春灯。自是春心撩乱，非关春梦无凭。

词综卷三

五代十国词

顾　夐 仕蜀，为太尉。

河　传

燕飏晴景，小窗屏暖，鸳鸯交颈。菱花掩却翠鬟欹，慵整，海棠帘外影。　　绣帏香断金鸂鶒，无消息，心事空相忆。倚东风，春正浓，愁红，泪痕衣上重。

又

棹举，舟去，波光渺渺，不知何处？岸花汀草共依依，雨微，鹧鸪相逐飞。　　天涯离恨江声咽，啼猿切，此意向谁说？倚兰桡，独无憀，魂销，小炉香欲焦。

醉　公　子

漠漠秋云澹，红藕香侵槛。枕倚小山屏，金铺向晚扃。　　睡起横波慢，独望情何限！衰柳数声蝉，魂销似去年。

又

岸柳垂金线，雨晴莺百啭。家住绿杨边，往来多少年。　　马嘶芳草远，高楼帘半卷。敛袖翠蛾攒，相逢尔许难！

玉　楼　春

月照玉楼春漏促，飒飒风摇庭砌竹。梦惊鸳被觉来时，何处管弦声断续？　　惆怅少年游冶去，枕上两蛾攒细绿。晓莺帘外语花枝，背帐犹残红蜡烛。

诉　衷　情

香灭帘垂春漏永，整鸳衾。罗带重，双凤，缕黄金。窗外月光临，沉沉。断肠无处寻，负春心。

又

永夜抛人何处去？绝来音。香阁掩，眉敛，月将沉，争忍不相寻？怨孤衾。换我心，为你心，始知相忆深。

临　江　仙

碧染长空池似镜，倚楼闲望凝情。满衣红藕细香清，象床珍簟，山障掩，玉琴横。　　暗想昔年欢笑事，如今赢得愁生。博山炉暖澹烟轻，蝉吟人静，残日傍，小窗明。

杨　柳　枝

秋夜香闺思寂寥，漏迢迢。鸳帏罗幌麝烟销，烛光摇。　　正忆玉郎游荡去，无寻处。更闻帘外雨潇潇，滴芭蕉。

鹿虔扆 事蜀，为永泰军节度使，加太保。

临　江　仙

金锁重门荒苑静，绮窗愁对秋空。翠华一去寂无踪，玉楼歌吹，声断已随风。　　烟月不知人事改，夜阑还照深宫。藕花相向野塘中，暗伤亡国，清露泣香红。

阎　选 后蜀处士，事后主。

浣　溪　沙

寂寞流苏冷绣茵，倚屏山枕惹香尘。小庭花露泣浓春。　　刘阮信非仙洞客，嫦娥终是月中人。此生无路访东邻。

河　　传

秋雨，秋雨，无昼无夜，滴滴霏霏。暗灯凉簟怨分离，妖姬，不胜悲。　　西风稍急喧窗竹，停又续，腻脸悬双玉。几回邀约雁来时，违期，雁归人不归。

魏承班 仕至太尉。

玉　楼　春

寂寂画堂梁上燕，高卷翠帘横数扇。一庭春色恼人来，满地落花红几片。　　愁倚锦屏低雪面，泪滴绣罗金缕线。好天凉月尽伤心，为是玉郎长不见。

生　查　子

烟雨晚晴天，零落花无语。难话此时心，梁燕双来去。　　琴韵对薰风，有恨和情抚。肠断断弦频，泪滴黄金缕。

尹　鹗 官参卿。

临　江　仙

深秋寒夜银河静，月明深院中庭。西窗幽梦等闲成。逡巡觉后，特地恨难平。　　红烛半消残焰短，依稀暗背银屏。枕前何事最伤情？梧桐叶上，点点露珠零。

菩　萨　蛮

陇云暗合秋天白，俯窗独坐窥烟陌。楼际角重吹，黄昏方醉归。荒唐难共语，明日还应去。上马出门时，金鞭莫与伊。

毛熙震 蜀人。官秘书监。

临　江　仙

幽闺欲曙闻莺啭，红窗月影微明。好风频谢落花声。隔帏残烛，犹照绮屏筝。　　绣被锦茵眠玉暖，炷香斜袅烟轻。淡蛾羞敛不胜情，暗思闲梦，何处逐云行？

清　平　乐

春光欲暮，寂寞闲庭户。粉蝶双双穿槛舞，帘卷晚天疏雨。含愁独倚闺帏，玉炉烟断香微。正是销魂时节，东风满树花飞。

南　歌　子

远山愁黛碧，横波慢脸明，腻香红玉茜罗轻。深院晚堂人静，理银筝。　　鬓动行云影，裙遮点屐声，娇羞爱问曲中名。杨柳杏花时节，几多情？

后 庭 花

越罗小袖新香茜，薄笼金钏。倚阑无语摇轻扇，半遮匀面。春残日暖莺娇懒，满庭花片一作"绽"。争不教人长相见，画堂深院。

河 满 子

寂寞芳菲暗度，岁华如箭堪惊。缅想旧欢多少事，转添春思难平。曲槛丝垂金柳，小窗弦断银筝。　　深院空闻燕语，满园闲落花轻。一片相思休不得，忍教长日愁生！谁见夕阳孤梦？觉来无限伤情。

李　珣 梓州人。蜀秀才。有《琼瑶集》。

黄休复《茅亭客话》："其先波斯人，有诗名，预宾贡。"

巫山一段云

古庙依青嶂，行宫枕碧流。水声山色锁妆楼，往事思悠悠。云雨朝还暮，烟花春复秋。啼猿何必近孤舟？行客自多愁！黄叔旸云："唐词多缘题所赋，《临江仙》则言仙事，《女冠子》则述道情，《河渎神》则咏祠庙，大概不失本题之意。尔后渐变，失题远矣。如珣此作，实唐人本来词体如此。"

南 乡 子

烟漠漠，雨凄凄，岸花零落鹧鸪啼。远客扁舟临野渡，思乡处，潮退水平春色暮。

又

兰桡举，水纹开，竞携藤笼采莲来。回塘深处遥相见，邀同宴，渌酒一卮红上面。

又

归路近，扣舷歌，采真珠处水风多。曲岸小桥山月过，烟深锁，豆蔻花垂千万朵。

又

乘彩舫，过莲塘，棹歌惊起睡鸳鸯。带香游女偎人笑一作“游女带香偎伴笑”，争窈窕，竞折团荷遮晚照。

又

倾绿蚁，泛红螺，闲邀女伴簇笙歌。避暑信船轻浪里，闲游戏，夹岸荔支红蘸水。

又

渔市散，渡船稀，越南云树望中微。行客待潮天欲暮，迷春浦，愁听猩猩啼瘴雨。

又

相见处，晚晴天，刺桐花下越台前。暗里回眸深属意，遗双翠，骑象背人先过水。

又

携笼去，采菱归，碧波风起雨霏霏。趁岸小船齐棹急，罗衣湿，出向桄榔树下立。

又

登画舸，泛清波，采莲时唱《采莲歌》。拦棹声齐罗袖敛，池光飐，惊起沙鸥八九点。

又

双髻坠，小眉湾，笑随女伴下春山。玉纤遥指花深处，争回顾，孔雀双双迎日舞。

菩 萨 蛮

回塘风起波纹细，刺桐花里门斜闭。残日照平芜，双双飞鹧鸪。　　征帆何处客？相见还相隔。不语欲魂销，望中烟水遥。

又

隔帘微雨双飞燕，砌花零落红深浅。捻得宝筝调，心随征棹遥。　　楚天云外路，动便经年去。香断画屏深，旧欢何处寻？

西 溪 子

金缕翠钿浮动，妆罢小窗圆梦。日高时，春已老，人未到，满地落花慵扫。无语倚屏风，泣残红。《尊前集》作“离思正难缄，燕喃喃”。

河 传

去去，何处？迢迢巴楚，山水相连。朝云暮雨，依旧十二峰前，猿声到客船。　　愁肠岂异丁香结？因离别，故国音书绝。想佳人花下，对明月春风，恨应同。

孙光宪 字孟文,陵州人。游荆南,高从晦署为从事。仕南平,累官检校秘书、兼御史大夫,劝高继冲献三州之地,宋太祖授以黄州刺史,将用为学士,未及而卒。有《荆台》、《笔佣》、《橘斋》、《巩湖》诸集。

河　渎　神

汾水碧依依,黄云落叶初飞。翠娥一去不言归,庙门空掩斜晖。　　四壁阴森排古画,依旧琼轮羽驾。小殿沉沉清夜,银灯飘落香灺。

又

江上草芊芊,春晚湘妃庙前。一方卵色楚南天,数行斜雁联翩。独倚朱阑情不极,魂断终朝相忆。两桨不知消息,远汀时起鸂鶒。

后　庭　花

石城依旧空江国,故宫春色。七尺青丝芳草碧,绝世难得。玉英落尽何人识?野棠如织。只是教人添怨忆,怅望无极。

清　平　乐

愁肠欲断,正是青春半。连理分枝鸾失伴,又是一场离散。掩镜无语眉低,思随芳草萋萋。凭仗东风吹梦,与郎终日东西。

女　冠　子

淡花瘦玉,依约神仙妆束,佩琼文。瑞露通宵贮,幽香尽日焚。碧纱笼绛节,黄藕冠浓云。勿以吹箫伴,不同群。

风　流　子

楼倚长堤欲暮,瞥见神仙伴侣。微傅粉,拢梳头,隐映画帘开处。无语，无绪，慢曳罗裙归去。

又

金络玉衔嘶马，系向绿杨阴下。朱户掩，绣帘垂，曲院水流花谢。欢罢，归也，犹在九衢深夜。

思 帝 乡

如何？遣情情更多！永日水晶帘下，敛羞蛾。六幅罗裙窣地，微行曳碧波。看尽满池疏雨，打团荷。

上 行 杯

离棹逡巡欲动，临极浦，故人相送，去住心情知不共。　　金船满捧。绮罗愁，丝管咽。回别，帆影灭，江浪如雪。

浣 溪 沙

蓼岸风多橘柚香，江边一望楚天长，片帆烟际闪孤光。　　目送征鸿飞杳杳，思随流水去茫茫，兰红波碧忆潇湘。

谒 金 门

留不得，留得也应无益。白纻春衫如雪色，扬州初去日。　　轻别离，甘抛掷，江上满帆风疾。却羡彩鸳三十六，孤鸾还一只。

思 越 人

古台平，芳草远，馆娃宫外春深。翠黛空留千载恨，教人何处相寻？　　绮罗无复当时事，露花点滴香泪。惆怅遥天横渌水，鸳鸯对对飞起。

又

渚莲枯，宫树老，长洲废苑萧条。想像玉人空一作"何"处所，月明独上溪桥。　　经春初败秋风起，红兰绿蕙愁死。一片风流伤心地，魂销目断西子。

张　泌 字子澄，江南人。仕南唐，为内史舍人。

酒　泉　子

紫陌青门，三十六宫春色。御沟辇路暗相通，杏园风。　　咸阳沽酒宝钗空。笑指未央归去，插花走马落残红，月明中。

南　歌　子

柳色遮楼暗，桐花落砌香。画堂开处远风凉。高卷水精帘额衬斜阳。

江　城　子

碧阑干外小中庭，雨初晴，晓莺声。飞絮落花，时节近清明。睡起卷帘无一事，匀面了，没心情。

又

浣花溪上见卿卿，脸波明，黛眉轻。高绾绿云，金簇小蜻蜓。好是问他来得么？和笑道：莫多情。

浣　溪　沙

钿毂香车过柳堤，桦烟分处马频嘶，为他沉醉不成泥。　　花满驿亭香露细，杜鹃声断玉蟾低，含情无语倚楼西。

冯延巳 字正中，其先彭城人，唐末徙家新安。事南唐，为左仆射同平章事。有《阳春录》一卷。

陈世修序云："冯公，余外舍祖。乐府思深词丽，韵逸调新。"

罗敷艳歌

马嘶人语春风岸，芳草绵绵。杨柳桥边，落日高楼酒旆悬。旧愁新恨知多少？目断遥天。独立花前，更听笙歌满画船。

又

小堂深静无人到，满院春风。惆怅墙东，一树樱桃带雨红。愁心似醉兼如病，欲语还慵。日暮疏钟，双燕归来画阁中。

清平乐

雨晴烟晚，绿水新池满。双燕飞来垂柳院，小阁画帘高卷。黄昏独倚朱栏，西南初月眉湾。砌下落花风起，罗衣特地春寒。

又

春愁南陌，故国音书隔。细雨霏霏梨花白，燕拂画帘金额。尽日相望王孙，尘满罗衣泪痕。谁向桥边吹笛？驻马西望销魂。

芳草渡

梧桐落，蓼花秋；烟初冷，雨才收，萧条风物正堪愁。人去后，多少恨，在心头！　燕鸿远，羌笛怨，渺渺澄波一片。山如黛，月如钩；笙歌散，魂梦断，倚高楼。

归　国　谣

江水碧，江上何人吹玉笛？扁舟远送潇湘客。　　芦花千里霜月白，伤行色，明朝便是关山隔。

蝶　恋　花

六曲阑干偎碧树。杨柳风轻，展尽黄金缕。谁把钿筝移玉柱？穿帘燕子双飞去。　　满眼游丝兼落絮。红杏开时，一霎清明雨。浓睡觉来莺乱语，惊残好梦无寻处。

又

谁道闲情抛弃久？每到春来，惆怅还依旧。日日花前常病酒，不辞镜里朱颜瘦。　　河畔青芜堤上柳。为问新愁，何事年年有？独立小桥风满袖，平林新月人归后。

又

几日行云何处去？忘却归来，不道春将暮。百草千花寒食路，香车系在谁家树？　　泪眼倚楼频独语。双燕来时，陌上相逢否？撩乱春愁如柳絮，依依梦里无寻处。

又

庭院深深深几许？杨柳堆烟，帘幕无重数。玉勒雕鞍游冶处，楼高不见章台路。　　雨横风狂三月暮。门掩黄昏，无计留春住。泪眼问花花不语，乱红飞过秋千去。

南　乡　子

细雨湿秋风，金凤花残满地红。闲蹙黛眉慵不语，情绪。寂寞相思知几许！　　玉枕拥孤衾，抱恨还同岁月深。帘卷曲房谁共醉？憔悴，惆怅秦楼弹粉泪。

喜　迁　莺

宿莺啼，乡梦断，春树晓朦胧。残灯和烬闭朱栊，人语隔屏风。香已寒，灯已绝，忽忆去年离别：石城花雨倚江楼，波上木兰舟。

虞　美　人

玉钩鸾柱调鹦鹉，宛转留春语。云屏冷落画堂空，薄晚春寒无奈落花风。　　搴帘燕子低飞去，拂镜尘鸾舞。不知今夜月眉弯，谁佩同心双结倚阑干？

抛　球　乐

梅落新春入后庭，眼前风物可无情。曲池波晚冰还合，芳草迎船绿未成。且上高楼望，相共凭栏看月生。

又

霜积秋山万树红，倚岩楼上挂朱栊。白云天远重重恨，黄叶烟深淅淅风。仿佛《梁州》曲，吹在谁家玉笛中？

菩　萨　蛮

欹鬟堕髻摇双桨，采莲晚出清江上。顾影约流萍，楚歌娇未成。　　相逢颦翠黛，笑把珠珰解。家住柳阴中，画桥东复东。

三　台　令

春色，春色，依旧青山紫陌。日斜柳暗花蔫，醉卧春风少年。年少，年少，行乐直须及早。

又

南浦，南浦，翠鬓离人何处？当时携手高楼，依旧楼前水流。流水，流水，中有伤心双泪。

浣　溪　沙

马上凝情忆旧游：照花淹竹小溪流，钿筝罗幕玉搔头。　　早是出门长带月，可堪分袂又经秋，晚风斜日不胜愁！

应　天　长

一钩初月临妆镜，蝉鬓凤钗慵不整。重帘静，层楼迥，惆怅落花风不定。　　绿烟低柳径，何处辘轳金井？昨夜更阑酒醒，春愁过却病。

成幼文 江南人。仕南唐，官大理卿。

谒　金　门

风乍起，吹皱一池春水。闲引鸳鸯香径里，手挼红杏蕊。　　斗鸭阑干遍倚，碧玉搔头斜坠。终日望君君不至，举头闻鹊喜。陈质斋云："世言'风乍起'为冯延巳作，或云成幼文也。今《阳春集》无有，当是幼文作。"

耿玉真女郎 《南唐书》云："卢绛病痁，且死。夜梦白衣妇人歌此词劝酒，歌数阕，因谓绛曰：'子之疾，食蔗即愈。'如言果差。迨数夕，又梦前妇人曰：'妾乃玉真也。他日富贵，相见于固子坡。'后入金陵，累官柱国。唐亡归宋，以龚慎仪事坐诛。临刑，有白衣妇人同斩，姿貌宛如所梦。问其姓名，曰：'耿玉真。'问受刑之地，即固子坡也。"

菩 萨 蛮

玉京人去秋萧索，画檐鹊起梧桐落。欹枕悄无言，月和清梦圆。　　背灯惟暗泣，何处砧声急？眉黛远山攒，芭蕉生暮寒。

词综卷四

宋　词

徽宗皇帝

探　春　令

帘旌微动，悄寒天气，龙池冰泮。杏花笑吐香犹浅，又还是春将半。　　清歌妙舞从头按，等芳时开宴。记去年对著东风，曾许不负莺花愿。

燕　山　亭

见杏花作

裁剪冰绡，轻叠数重，冷淡胭脂匀注。新样靓妆，艳溢香融，羞杀蕊珠宫女。易得凋零，更多少无情风雨！愁苦，问院落凄凉，几番春暮？　　凭寄离恨重重，这双燕，何曾会人言语！天遥地远，万水千山，知他故宫何处？怎不思量，除梦里有时曾去。无据，和梦也有时一作“新来”不做。

高宗皇帝

渔　父　词

水涵微雨湛虚明，小笠轻蓑未要晴。明镜里，縠纹生，白鹭飞来空外声。廖莹中《江行杂录》云:"《渔父词》清新简远,虽古之骚人词客,老于江湖、擅名一时者,不能企及。"

徐昌图 莆阳人。太祖时,守国子博士,累迁殿中丞。

临 江 仙

饮散离亭西去,浮生长恨飘蓬。回头烟柳渐重重,淡云孤雁远,寒日暮天红。　今夜画船何处?潮平淮月朦胧。酒醒人静奈愁浓!残灯孤枕梦,轻浪五更风。

潘 阆 字逍遥,大名人。太宗朝赐进士第,坐事遁中条山,后收系,得释,以为滁州参军。有词一卷。

酒 泉 子

长忆孤山,山在湖心如黛簇,僧房四面向湖开,轻棹去还来。　芰荷香细连云阁,阁上清声檐下铎。别来尘土污人衣,空役梦魂飞。山阴陆子遹云:"句法清古,语带烟霞,近时罕及。"

又

长忆西湖,灵隐寺前天竺后,冷泉亭上几曾游,三伏似清秋。　白猿时见攀高树,长啸一声何处去?别来几向画图看,终是欠峰峦。

又

长忆西湖湖水上,尽日凭栏楼上望。三三两两钓鱼舟,岛屿正清秋。　　笛声依约芦花里，白鸟成行忽惊起。别来闲想整纶竿，思入水云寒。《古今词话》云：“石曼卿见此词，使画工绘之作图。”又湘山云：“钱希白爱之，自书玉堂屏风。”

夏　竦 字子乔，德安人。举贤良方正，庆历中同中书门下平章事，判大名府，召入为宰相，改枢密使，封英国公，进郑国公，卒，赠太师、中书令，谥文正，刘敞言竦奸邪，谥为“正”不可，改谥文庄。有集。

喜迁莺令

宫词

霞散绮，月垂钩，帘卷未央楼。夜凉银汉截天流，宫阙锁清秋。　　瑶台树，金茎露，凤髓香盘烟雾。三千珠翠拥宸游，水殿按《凉州》。

寇　准 字平仲，下邽人。太平兴国中进士，累官尚书右仆射、集贤殿大学士，景德中同中书门下平章事，封莱国公，为丁谓所构，乾兴初贬雷州司户参军，卒，赠中书令，谥忠愍。有《巴东集》。

点绛唇

小陌轻寒，社公雨足东风慢。定巢新燕，湿雨穿花转。　　象尺薰炉，拂晓停针线。愁蛾浅，飞红零乱，侧卧珠帘卷。

江南春

波渺渺，柳依依。孤村芳草远，斜日杏花飞。江南春尽离肠断，蘋满汀洲人未归。

阳关引

塞草烟光阔，渭水波声咽。春朝雨霁，轻尘敛，征鞍发。指青青杨柳，又是轻攀折。动黯然，知有后会甚时节？　　更尽一杯酒，歌一阕。叹人生里，难欢聚，易离别。且莫辞沉醉，听取《阳关》彻。念故人，千里自此共明月。

王禹偁 字元之，钜野人。太平兴国八年进士第，累知制诰，入翰林为学士，咸平初出守黄州，徙蕲州，卒。有《小畜集》。

点绛唇

雨恨云愁，江南依旧称佳丽。水村渔市，一缕孤烟细。　　天际征鸿，遥认行如缀。平生事，此时凝睇，谁会凭栏意？

钱惟演 字希圣，吴越王俶之子。少补牙门将，归宋，为右屯卫将军，累迁枢密使，罢为镇国军节度观察留后，改保大军节度使，知河阳，入朝，加同中书门下平章事，坐擅议宗庙，且与后家通婚，落平章事，为崇信军节度使，归镇，卒，谥曰思，改谥文僖。有《拥旄集》。

玉楼春

城上风光莺语乱，城下烟波春拍岸。绿杨芳草几时休？泪眼愁肠先已断。　　情怀渐变成衰晚，鸾镜朱颜惊暗换。昔年多病厌芳樽，今日芳樽惟恐浅。黄叔旸云："此暮年作，词极凄惋。"

晏　殊 字同叔，临川人。景德二年同进士出身，庆历间拜集贤殿学士，同中书门下平章事，兼枢密使，卒，赠司空兼侍中，谥元献。有《珠玉词》一卷。

晁无咎云："元献不蹈袭人语，而风调闲雅，如'舞低杨柳楼心月，歌尽桃花扇底风'，知此人不住三家村也。"刘贡父云："元献尤喜冯延巳歌词，其所自作，亦不减延巳。"

破　阵　子

燕子来时新社，梨花落后清明。池上碧苔三四点，叶底黄鹂一两声，日长飞絮轻。　　巧笑东邻女伴，采桑径里逢迎。疑怪昨宵春梦好，元是今朝斗草赢，笑从双脸生。

清　平　乐

金风细细，叶叶梧桐坠。绿酒初尝人易醉，一枕小窗浓睡。紫薇朱槿初残，斜阳却照阑干。双燕欲归时节，银屏昨夜微寒。

又

红笺小字，说尽平生意。鸿雁在云鱼在水，惆怅此情难寄。斜阳独倚西楼，遥山恰对帘钩。人面不知何处，绿波依旧东流。

踏　莎　行

碧海无波，瑶台有路，思量便合双飞去。当时轻别意中人，山长水远知何处？　　绮席凝尘，香闺掩雾，红笺小字凭谁附？高楼目尽欲黄昏，梧桐叶上萧萧雨。

又

小径红稀，芳郊绿遍，高台树色阴阴见。春风不解禁杨花，濛濛乱扑行人面。　　翠叶藏莺，珠帘隔燕，炉香静逐游丝转。一场愁梦酒醒时，斜阳却照深深院。

蝶恋花

槛菊愁烟兰泣露，罗幕轻寒，燕子双飞去。明月不谙离别苦，斜光到晓穿朱户。　　昨夜西风凋碧树，独上高楼，望尽天涯路。欲寄彩鸾无尺素，山长水阔知何处？

清商怨

关河愁思望处满，渐素秋向晚。雁过南云，行人回泪眼。
双鸾衾裯悔展，夜又永，枕孤人远。梦未成归，《梅花》闻塞管。

相思儿令

昨日探春消息，湖上绿波平。无奈绕堤芳草，还向旧痕生。
有酒且醉瑶觥，更何妨檀板新声。谁教杨柳千丝，就中牵系人情。

贾昌朝 字子明，获鹿人。天禧中进士，累拜同中书门下平章事，兼侍中，封许国公，进魏国公，卒，谥文元。有集。

木兰花令

都城水渌嬉游处，仙棹往来人笑语。红随远浪泛桃花，雪散平堤飞柳絮。　　东君欲共春归去，一阵狂风和骤雨。碧油红旆锦障泥，斜日画桥芳草路。黄叔旸云："文元公平生惟赋此一词，极有风味。"

王　琪 字君玉，华阳人。举进士，历官知制诰，加枢密直学士，以礼部侍郎致仕。

陈辅之云："君玉有《望江南》十首，自谓谪仙。荆公酷爱其'红绡香润入梅天'之句。"

望江南

江南雨，风送满长川。碧瓦烟昏沉柳岸，红绡香润入梅天，飘洒正潇然。　　朝与暮，长在楚峰前。寒夜愁欹金带枕，春江深闭木兰船，烟渚远相连。

又

江南岸，云树半晴阴。帆去帆来天亦老，潮生潮落日空沉，南北别离心。　　兴废事，千古一沾襟。山下孤烟渔市远，柳边疏雨酒家深，行客莫登临。

林　逋　字君复，钱塘人，结庐孤山二十年，足不及城市。真宗赐以粟帛，诏长吏岁时劳问。既卒，仁宗赐谥和靖先生。有集。

霜天晓角

梅

冰清霜洁，昨夜梅花发。甚处玉龙三弄？声摇动，枝头月。梦绝，金兽热，晓寒兰烬灭。要卷珠帘清赏，且莫扫阶前雪。

点绛唇

草

金谷年年，乱生春色谁为主？馀花落处，满地和烟雨。　　又是离歌，一阕长亭暮。王孙去，萋萋无数，南北东西路。

李遵勖　字公武，崇矩孙。第进士，尚荆国大长公主，授左龙武军驸马都尉，累迁宁国军节度使,徙镇国军,知许州,卒,赠中书令,谥和文。有《闲宴集》。

滴 滴 金

帝城五夜宴游歇,残灯外看残月。都来犹在醉乡中,听更漏初彻。　　行乐已成闲话说,如春梦觉时节。大家同约探春行,问甚花先发?

叶清臣 字道卿,长洲人。天圣初进士,历官翰林学士,权三司使,罢知河阳,卒,赠左谏议大夫。有集。

贺 圣 朝

满斟绿醑留君住,莫匆匆归去。三分春色二分愁,更一分风雨。花开花谢,都来几许,且高歌休诉。不知来岁牡丹时,再相逢何处?

聂冠卿 字长孺,新安人。举进士,庆历中入翰林为学士,判昭文馆,兼侍读学士。有《蕲春集》。

多 丽

李良定席上赋

想人生,美景良辰堪惜。向其间赏心乐事,古来难是并得。况东城凤台沁苑,泛晴波浅照金碧。露洗华桐,烟霏丝柳,绿阴摇曳,荡春一色。画堂迥,玉簪琼佩,高会尽词客。清欢久,重燃绛蜡,别就瑶席。　　有飘若惊鸿体态,暮为行雨标格。逞朱唇缓歌妖丽,似听流莺乱花隔。慢舞萦回,娇鬟低亸,腰肢纤细困无力。忍分散,彩云归后,何处更寻觅?休辞醉,明月好花,莫谩轻掷。黄叔旸云:"冠卿词不多见，如此篇亦可谓才情富丽矣。其‘露洗华桐’四句，又所谓玉中之珙璧，珠中之夜光。每一观之，抚玩无斁。”胡元任云：“‘露洗华桐’二语，此是仲春天气。下乃云‘绿阴摇曳，荡春一色’，其时未有‘绿阴’，亦语病也。”

李师中 字诚之，楚丘人。中进士科，仁宗朝，权主管经略司文字，提点广西刑狱，历天章阁待制，河东都转运使，贬和州团练副使安置，迁右司郎中。

菩 萨 蛮

子规啼破城楼月，画船晓载笙歌发。两岸荔支红，万家烟雨中。　　佳人相对泣，泪下罗衣湿。从此信音稀，岭南无雁飞。

韩　琦 字稚圭，安阳人。天圣中进士，嘉祐初，同中书门下平章事、集贤殿大学士，迁昭文馆大学士，封仪国公，进封卫国公，再进魏国公，拜右仆射，卒，赠尚书令，谥忠献，徽宗追论定策勋，赠魏郡王。有《安阳集》。

吴虎臣云：“魏公皇祐初镇扬州，撰《维扬好》四章，所谓‘二十四桥千步柳，春风十里上珠帘’者是也。其后罢相，出镇安阳，复作《安阳好》词十章。”

点 绛 唇

病起恹恹，庭前花影添憔悴。乱红飘砌，滴尽真珠泪。　　惆怅前春，谁向花前醉？愁无际，武陵凝睇，人远波空翠。

范仲淹 字希文，吴县人。大中祥符八年进士，仕至枢密副使，参知政事，卒，赠兵部尚书、楚国公，谥文正。有集。

苏 幕 遮

碧云天，红叶地，秋色连波，波上寒烟翠。山映斜阳天接水，芳草无情，更在斜阳外。　　黯乡魂，追旅意，夜夜除非好梦留人睡。明月楼高休独倚，酒入愁肠，化作相思泪。

御 街 行

纷纷坠叶飘香砌。夜寂静，寒声碎。真珠帘卷玉楼空，天澹银河垂地。年年今夜，月华如练，长是人千里。　　愁肠已断无由醉，酒未到，先成泪。残灯明灭枕头欹，谙尽孤眠滋味。都来此事，眉间心上，无计相回避。

渔 家 傲

塞下秋来风景异，衡阳雁去无留意。四面边声连角起，千嶂里，长烟落日孤城闭。　　浊酒一杯家万里，燕然未勒归无计。羌管悠悠霜满地，人不寐，将军白发征夫泪。

宋　祁 字子京，安州安陆人，徙开封之雍丘。天圣中进士，累官翰林学士承旨，卒，赠尚书，谥景文。有《出麾小集》、《西洲猥稿》。

李端叔云："宋景文、欧阳永叔以馀力游戏，而风流闲雅，超出意表。"

好 事 近

睡起玉屏风，吹去乱红犹落。天气骤生轻暖，衬沉香帷箔。　　珠帘约住海棠风，愁拖两眉角。昨夜一庭明月，冷秋千红索。

浪 淘 沙

别刘原父

少年不管，流光如箭，因循不觉韶华换。到如今，始惜月满、花满、酒满。　　扁舟欲解垂杨岸，尚同欢宴。日斜歌阕将分散，倚兰桡，望水远、天远、人远。

郑　獬 字毅夫，安陆人。皇祐五年举进士第，累官翰林学士，坐不肯用按问新法，王安石恶之，出为侍读学士、知杭州，徙青州。有《郧溪集》。

好　事　近

江上探春回，正值早梅时节。两行小槽双凤，按《凉州》初彻。谢娘扶下绣鞍来，红靴踏残雪。归去不须银烛，有山头明月。

韩　缜 字玉汝，雍丘人。第进士，累官太中大夫，知枢密院事，拜尚书右仆射、兼中书侍郎，以太子太保致仕，赠司空、崇国公，谥庄敏。

芳　　草

即《凤箫吟》

锁离愁连绵无际，来时陌上初熏。绣帏人念远，暗垂珠露，泣送征轮。长行长在眼，更重重远水孤云。但望极楼高，尽日目断王孙。消魂，池塘别后，曾行处绿妒轻裙。恁时携素手，乱花飞絮里，缓步香茵。朱颜空自改，向年年芳意长新。遍绿野嬉游醉眼，莫负青春。

张　昪 字杲卿，韩城人。第进士，累官参知政事，以彰信军节度使、同中书门下平章事判许州，改镇河阳，以太子太师致仕，赠司徒兼侍中，谥康节。

离　亭　燕

一带江山如画，风物向秋潇洒。水浸碧天何处断？霁色冷光相射。蓼屿荻花洲，掩映竹篱茅舍。　　云际客帆高挂，烟外酒旗低亚。多少六朝兴废事，尽入渔樵闲话。怅望倚层楼，寒日无言西下。

谢　绛 字希深，富阳人。举进士，历官兵部员外郎，擢知制诰，判吏部流内铨、太常礼院，出知邓州。有集。

夜　行　船

昨夜佳期初共，鬓云低翠翘金凤。尊前和笑不成歌，意偷传眼波微送。　　草草不容成楚梦，渐寒深翠帘霜重。相看送到断肠时，月西斜画楼钟动。

欧阳修 字永叔，庐陵人。第进士，历官礼部侍郎、兼翰林侍读学士，拜枢密副使、参知政事，以太子少师致仕，卒，赠太子太师，谥文忠。有《六一居士词》三卷。

陈质斋云："欧阳公词多有与《花间》、《阳春》相混，亦有鄙亵之语厕其中，当是仇人无名子所为也。"罗长源云："公尝致意于《诗》，为之《本义》，温柔宽厚，所得深矣。今词之浅近者，前辈多谓是刘煇伪作。"又云："元丰中，崔公度跋冯延巳《阳春录》，谓其间有误入《六一词》者。今柳三变词亦有杂之《平山集》中。则其浮艳者，殆亦非皆公少作也。"

摸　鱼　儿

卷绣帘梧桐院落，一霎雨添新绿。小池闲立残妆浅，向晚水纹如縠。凝远目，恨人去寂寥，凤枕孤难宿。倚栏不足，看燕拂风檐，蝶翻露草，两两镇相逐。　　双眉蹙，可惜年华婉娩，西风初弄庭菊。况伊家年少，多情未已难拘束。那堪更趁凉景，追寻甚处垂杨曲？佳期过尽，但不说归来，多应忘了，云屏去时祝。按：后半阕较他集未协，疑有误。

采　桑　子

轻舟短棹西湖好：渌水逶迤，芳草长堤，隐隐笙歌处处随。无风水面琉璃滑，不觉船移。微动涟漪，惊起沙禽掠岸飞。

又

群芳过后西湖好：狼籍残红，飞絮濛濛，垂柳阑干尽日风。笙歌散尽游人去，始觉春空。垂下帘栊，双燕归来细雨中。

踏　莎　行

候馆梅残，溪桥柳细，草熏风暖摇征辔。离愁渐远渐无穷，迢迢不断如春水。　　寸寸柔肠，盈盈粉泪，楼高莫近危栏倚。平芜尽处是春山，行人更在春山外。

蝶　恋　花

越女采莲秋水畔，窄袖轻罗，暗露双金钏。照影摘花花似面，芳心只共丝争乱。　　鸂鶒滩头风浪晚，雾重烟轻，不见来时伴。隐隐歌声归棹远，离愁引著江南岸。

又

小院深深门掩乍一作“亚”，寂寞珠帘，画阁重重下。欲近禁烟微雨罢，绿杨深处秋千挂。　　傅粉狂游犹未舍，不念芳时，眉黛无人画。薄幸未归春去也，杏花零落红香谢。

玉　楼　春

春山敛黛低歌扇，暂解吴钩登祖宴。画楼钟动已魂销，何况马嘶芳草岸。　　青门柳色随人远，望未断时肠已断。洛阳春色待君来，莫到落花飞似霰。

又

湖边柳外楼高处，望断云山多少路。阑干倚遍使人愁，又是天涯初日暮。　　轻无管系狂无数，水畔飞花风里絮。算伊浑似薄情郎，去便不来来便去。

又

西湖南北烟波阔，风里丝簧声韵咽。舞馀一作“徐”裙带绿双垂，酒入香腮红一抹。　　杯深不觉琉璃滑，贪看《六幺花十八》。明朝车马各东西，惆怅画桥风与月。

虞美人影

莺愁燕苦春归去，寂寂花飘红雨。碧草绿杨岐路，况是长亭暮！　　少年作客情难诉，泣对东风无语。目断两三烟树，翠隔江淹浦。

浪淘沙

把酒祝东风，且共从容。垂杨紫陌洛城东。总是当时携手处，游遍芳丛。　　聚散苦匆匆，此恨无穷。今年花胜去年红。可惜一作“料得”明年花更好，知与谁同？

又

今日北池游，漾漾轻舟，波光潋滟柳条柔。如此春来春又去，白了人头。　　好妓好歌喉，不醉难休，劝君满满酌金瓯。纵使花时常病酒，也是风流。

浣　溪　沙

堤上游人逐画船，拍堤春水四垂天。绿杨楼一作“梢”外出秋千。白发戴花君莫笑，《六幺》催拍盏频传，人生何处似尊前？晁无咎云：“只一‘出’字，自是后人道不到。”

又

红粉佳人白玉杯，木兰船稳棹歌催，绿荷风里笑声来。　　细雨轻烟笼草树，斜桥曲水绕楼台，夕阳高处画屏开。

越　溪　春

三月十三寒食日，春色遍天涯。越溪阆苑繁华地，傍禁垣，珠翠烟霞。红粉墙头，秋千影里，临水人家。　　归来晚驻香车，银箭透窗纱。有时三点两点雨霁，朱门柳细风斜。沉麝不烧金鸭，玲珑月照梨花。

夜　行　船

满眼东风飞絮，催行色短亭春暮。落花流水草连云，看看是断肠南浦。　　檀板未终人去一作“又”去，扁舟在绿杨深处。手把金樽难为别，更那听乱莺疏雨！

少　年　游

草

阑干十二独凭春，晴碧远连云。千里万里，二月三月，行色苦愁人。　　谢家池上，江淹浦畔，吟魄与离魂。那堪疏雨滴黄昏？更特地忆王孙。吴虎臣云：“不惟君复、圣俞二词不及，虽求诸唐人温、李集中，殆与之为一矣。”

南　歌　子

凤髻金泥带，龙纹玉掌梳。去来窗下笑相扶，爱道“画眉深浅入时无”。　　弄笔偎人久，描花试手初。等闲妨了绣工夫，笑问“双鸳鸯字怎生书”。

临　江　仙

柳外轻雷池上雨，雨声滴碎荷声。小楼西角断虹明，阑干倚处，待得月华生。　　燕子飞来窥画栋，玉钩垂下帘旌。凉波不动簟纹平，水精双枕，傍有堕钗横。

又

记得金銮同唱第，春风上国繁华。如今薄宦老天涯，十年岐路，空负曲江花。　　闻说阆山通阆苑，楼高不见君家。孤城寒日等闲斜，离愁难尽，红树远连霞。

青　玉　案

一年春事都来几？早过了三之二。绿暗红嫣浑可事，垂杨庭院，暖风帘幕，有个人憔悴。　　买花载酒长安市，又争似家山见桃李。不住东风吹客泪，相思难表，梦魂无据，惟有归来是。

梅尧臣　字圣俞，宣城人。初以荫为河南主簿，历镇安判官，仁宗召试，赐进士出身，为国子监直讲，迁都官员外郎。有《宛陵集》。

苏　幕　遮

草

露堤平，烟墅杳，乱碧萋萋，雨后江天晓。独有庾郎年最少，窣地春袍，嫩色宜相照。　　接长亭，迷远道，堪怨王孙，不记归期早。落尽梨花春又了，满地残阳，翠色和烟老。

石延年 字曼卿，宋州人。补三班奉职，累迁大理寺丞，通判海州，终校理。

燕　归　梁

芳草年年惹恨幽，想前事悠悠。伤春伤别几时休？算从古为风流。　　春山总把深匀翠黛，千叠在眉头。不知供得几多愁？更斜日凭危楼。

司马光 字君实，夏县人。宝元初中进士甲科，累官资政殿学士、尚书左仆射、兼门下侍郎，赠太师、温国公，谥文正。

阮　郎　归

渔舟容易入深山，仙家日日闲。绮窗纱幌映朱颜，相逢醉梦间。松露冷，海霞殷，匆匆整棹还。落花寂寂水潺潺，重寻此路难。

王安石 字介甫，临川人。举进士，熙宁初同中书门下平章事，封舒国公，加司空，卒，赠太傅，谥曰文，崇宁中追封舒王。有《临川集》词一卷。

桂　枝　香

金陵怀古

登临送目，正故国晚秋，天气初肃。千里澄江似练，翠峰如簇。征帆去棹残阳里，背西风酒旗斜矗。彩舟云淡，星河鹭起，图画难足。　　念自昔豪华竞逐。叹门外楼头，悲恨相续。千古凭高对此，谩嗟荣辱。六朝旧事随流水，但寒烟衰草凝绿。至今商女，时时犹唱，《后庭》遗曲。

伤 春 怨

梦中作

雨打江南树，一夜花开无数。绿叶渐成阴，下有游人归路。与君相逢处，不道春将暮。把酒祝东风，且莫恁匆匆去。

范纯仁 字尧夫，仲淹子。第进士，累官尚书右仆射、兼中书侍郎，赠开府仪同三司，谥忠宣。

鹧 鸪 天

和韩持国

腊后春前暖律催，日和风暖欲开梅。公方结客寻佳景，我亦忘形趁酒杯。　　添管籥，续尊罍，更阑秉烛未能回。清欢莫待相期约，乘兴来时便可来。

词综卷五

宋　词

晏幾道 字叔原，殊幼子。监颍昌许田镇。有《小山词》一卷。

黄鲁直云："叔原乐府，寓以诗人句法，清壮顿挫，能动摇人心。合者《高唐》、《洛神》之流，下者不减《桃叶》、《团扇》。"　陈质斋云："叔原词，在诸名胜中，独可追逼《花间》，高处或过之。"　程叔微云："伊川闻诵晏叔原'梦魂惯得无拘检，又踏杨花过谢桥'，笑曰：'鬼语也。'意亦赏之。"

临　江　仙

梦后楼台高锁，酒醒帘幕低垂。去年春恨却来时，落花人独立，微雨燕双飞。　　记得小蘋初见，两重心字罗衣。琵琶弦上说相思，当时明月在，曾照彩云归。

清　商　怨

庭花香信尚浅，最玉楼先暖。梦觉香衾，江南依旧远。　　回文锦字暗剪，谩寄与也应归晚。要问相思，天涯犹自短。

点　绛　唇

明日征鞭，又将南陌垂杨折。自怜轻别，拚得音尘绝。　　杏子枝边，倚遍阑干月，依前缺。去年时节，旧事无人说。

又

妆席相逢，旋匀红泪歌《金缕》。意中曾许，欲共吹花去。

长爱荷香，柳色殷桥路。留人住，淡烟微雨，好个双栖处。

虞　美　人

闲敲玉镫隋堤路，一笑开朱户。素云凝澹月婵娟，门外鸭头春水木兰船。　　吹花拾蕊嬉游惯，天与相逢晚。一声长笛倚楼时，应恨不题红叶寄相思。

生　查　子

金鞍美少年，去跃青骢马。萦系玉楼人，绣被春寒夜。　　消息未归来，寒食梨花谢。无处说相思，背面秋千下。

采　桑　子

秋千散后朦胧月，满院人间。几处雕栏？一夜风吹杏粉残。昭阳殿里春衣就，金缕初干。莫信朝寒，明日花前试舞看。

六　幺　令

绿阴春尽，飞絮绕香阁。晚来翠眉宫样，巧把远山学。一寸狂心未说，已向横波觉。画帘遮匝。新翻曲妙，暗许闲人带偷掐。前度书多隐语，意浅愁难答。昨夜诗有回文，韵险还慵押。都待笙歌散了，记取留时霎。不消红蜡。闲云归后，月在庭花旧栏角。

又

雪残风信，悠飏春消息。天涯倚楼新恨，杨柳几丝碧。还是南云雁少，锦字无端的。宝钗瑶席。彩弦声里，拚作尊前未归客。遥想疏梅此际，月底香英坼。别后谁绕前溪？手拣繁枝摘。莫道伤高恨远，付与临风笛。尽堪愁寂。花时往事，更有多情个人忆。

清　平　乐

留人不住，醉解兰舟去。一棹碧涛春水路，过尽晓莺啼处。渡头杨柳青青，枝枝叶叶离情。此后锦书休寄，画楼云雨无凭。

又

春云绿处，又见归鸿去。侧帽风前花满路，冶叶倡条情绪。红楼桂酒初开，曾携翠袖同来。醉弄影蛾池水，短箫吹落残梅。

又

波纹碧皱，曲水清明后。折得疏梅香满袖，暗喜春红依旧。归来紫陌东头，金钗换酒销愁。柳影深深细路，花梢小小层楼。

又

幺弦写意，意密弦声碎。书得凤笺无限事，犹恨春心难寄。卧听疏雨梧桐，雨馀淡月朦胧。一夜梦魂何处？那回杨叶楼中。

玉　楼　春

秋千院落重帘暮，彩笔闲来题绣户。墙头丹杏雨馀花，门外绿杨风后絮。　　朝云信断知何处？应作襄王春梦去。紫骝认得旧游踪，嘶过画楼东畔路。

又

采莲时候慵歌舞，永日闲从花里度。暗随蘋末晓风来，直待柳梢斜月去。　　停桡共说江头路，临水楼台苏小住。细思巫峡梦回时，不减秦源肠断处。

浪　淘　沙

小绿间长红，露蕊烟丛，花开花落昔年同。惟恨花前携手处，往事成空。　　山远水重重，一笑难逢，已拚长在别离中。霜鬓知他从此去，几度春风！

碧　牡　丹

翠袖疏纨扇，凉叶催归燕。一夜西风，几处伤高怀远？细菊枝头，开嫩香还遍，月痕依旧庭院。　　事何限？怅望秋意晚，离人鬓华将换。静忆天涯，路比此情还短。试约鸾笺，传素期良愿，南云应有新雁。

蝶　恋　花

碧玉高楼临水住，红杏开时，花底曾相遇。一曲《阳春》春已暮，晓莺声断朝云去。　　远水来从楼下度，过尽流波，未得鱼中素。月细风尖垂柳渡，梦魂长在分襟处。

又

喜鹊桥成催凤驾，天为欢时，乞与初凉夜。乞巧双蛾加意画，玉钩斜傍西南挂。　　分钿擘钗凉叶下，香袖凭肩，谁记当时话？路隔银河犹可借，世间离恨何年罢？

又

醉别西楼醒不记，春梦秋云，聚散真容易。斜月半窗还少睡，画屏闲展吴山翠。　　衣上酒痕诗里字，点点行行，总是凄凉意。红烛自怜无好计，夜寒空替人垂泪。

又

庭院碧苔红叶遍，金菊开时，已近登高宴。日日露荷凋绿扇，粉塘烟水澄如练。　　试倚凉风醒酒面，雁字来时，恰向层楼见。几点护霜云影转，谁家芦管吹秋怨？

破　阵　子

柳下笙歌庭院，花间姊妹秋千。记得青楼当日事，写向红窗夜月前，凭伊寄小莲。　　绛蜡等闲陪泪，吴蚕到了缠绵。绿鬓能供多少恨？未肯无情比断弦，今年老去年。

张　先 字子野，吴兴人。为都官郎中。有《安陆集》词一卷。

李端叔云："子野词，才不足而情有馀。"　晁无咎云："子野与耆卿齐名，而时以子野不及耆卿。然子野韵高，是耆卿所乏处。"　《古今词话》云："有客谓子野曰：'人皆谓公张三中，即心中事、眼中泪、意中人也。'公曰：'何不目之为张三影？'客不晓。公曰：'云破月来花弄影；娇柔懒起，帘压卷花影；柳径无人，堕飞絮无影：此余平生所得意也。'""天圣间，一时有两张先，皆字子野，俱第进士，其能诗、寿考悉同。一博州人，号张三影者，是也。一吴兴人。见《齐东野语》。"胡应麟《笔丛》所载如此。

清　平　乐

屏山斜展，帐卷红绡半。泥浅曲池飞海燕，风度杨花满院。
云愁雨恨空深，觉来一枕春阴。陇上梅花落尽，江南消息沉沉。

卜算子慢

溪山别意，烟树去程，日落采蘋春晚。欲上征鞍，更掩翠帘回面。相盼，惜弯弯浅黛长长眼。奈画阁欢游，也学狂花乱絮轻散。　　水影横池馆，对静夜无人，月高云远。一饷凝思，两眼泪痕还满。难遣，恨私书又逐东风断。纵梦泽层楼万尺，望湖城那见！

木 兰 花

西湖杨柳风流绝，满缕青春看赠别。墙头簌簌暗飞花，山外阴阴初落月。　　秦姬秾丽云梳发，持酒听歌留晚发。骊驹应亦解人情，欲出重城嘶不歇。

又

邠州作

青钱贴水萍无数，临晓西湖春涨雨。泥新轻燕面前飞，风慢落花衣上住。　　红裙空解烟蛾聚，云月却能随马去。明朝何处上高台？回认玉峰山下路。

又

去春自湖归杭，忆南园花已开，有“当时犹有蕊如梅”之句。今岁还乡，南园正盛，复为此词以寄意。

去年春入芳菲国，青蕊如梅终忍摘。栏边徒欲说相思，绿腊密缄朱粉饰。　　归来故苑重寻觅，花满旧枝心更惜。鸳鸯从小自相双，若不多情头不白。

又

乙卯吴兴寒食

龙头舴艋吴儿竞，笋柱秋千游女并。芳洲拾翠暮忘归，秀野踏青来不定。　　行云去后遥山暝，已放笙歌池院静。中庭月色正清明，无数杨花过无影。

忆 秦 娥

参差竹，吹断相思曲。情不足，西北有楼穷远目。　　忆苕溪，寒影透清玉。秋雁南飞速，菰草绿，应下溪头沙上宿。

庆　春　泽

飞阁危桥相倚，人独立东风，满衣轻絮。还记忆江南，如今天气。正白蘋花，绕堤涨流水。　　寒梅落尽谁寄？方春意无穷，青空千里。愁草树依依，关城初闭。对月黄昏，角声傍烟起。

山　亭　宴

有美堂赠彦猷主人

宴堂永昼喧箫鼓，倚青空画栏红柱。玉莹紫微人，蔼和气春融日煦。故宫池馆更楼台，约风月今宵何处？湖水动鲜衣，竞拾翠湖边路。　　落花荡漾怨空树，晓山静数声杜宇。天意送芳菲，正黯淡疏烟短雨。新欢宁似旧欢长，此会散几时还聚？试为挹飞云，问解寄相思否？

剪　牡　丹

舟中闻双琵琶

野绿连空，天青垂水，素色溶漾都净。柔柳摇摇，坠轻絮无影。汀洲日落人归，修巾薄袂，撷香拾翠相竞。如解凌波，泊渚烟春暝。彩绦朱索新整，宿绣屏画船风定。金凤响双槽，弹出今古幽思谁省？玉盘大小乱珠迸。酒上妆面，花艳媚相并。重听，尽汉妃一曲，江空月静。

好　事　近

和毅夫内翰梅花

月色透横枝，短叶小葩无力。北客一声长笛，怨江南先得。谁教强半腊前开？多情为春忆。留取大家须醉，幸雨休风息。

画堂春

外湖莲子长参差，霁山青处鸥飞。水天溶漾画桡迟，人影鉴中移。　　桃叶浅声双唱，杏红深色轻衣。小荷障面避斜晖，分得翠阴归。

踏莎行

衾凤犹温，笼鹦尚睡，宿妆稀淡眉成字。映花避月上回廊，珠裙褶褶轻垂地。　　翠幕成波，新荷贴水，纷纷烟絮低还起。重墙绕院更重门，春风无路通深意。

于飞乐

宝奁开，菱鉴净，一掬清蟾。新妆脸旋学花添。蜀红衫，双绣蝶，裙缕鹣鹣。寻思前事，小屏风仍画江南。　　怎空教草解宜男。柔桑暗又过春蚕。正阴晴天气，更暝色相兼。幽期消息，曲房西碎月筛帘。

惜琼花

汀蘋白，苕水碧，每逢花驻乐，随处欢席。别时携手看春色，萤火而今，飞破秋夕。　　汴河流，如带窄。任身轻似叶，何计归得？断云孤鹜青山极，楼上徘徊，无尽相忆。

河满子

陪杭守泛湖夜归

溪女送花随处，沙鸥避乐分行。游舸已如图障里，小屏犹画潇湘。人面新生酒艳，日痕更欲春长。　　衣上交枝斗色，钗头比翼相双。片段落霞明水底，风纹时动妆光。宾从夜归无月，千灯万火湖塘。

醉垂鞭

钱塘送祖择之

酒面滟金鱼。吴娃唱，吴潮上。玉殿白麻书，待君归后除。
勾留风月好，平湖晓，翠峰孤。此景出关无，西州空画图。

又

双蝶绣罗裙。东池宴，初相见。朱粉不深匀，闲花淡淡春。
细看诸处好，人人道，柳腰身。昨日乱山昏，来时衣上云。

谢池春慢

玉仙观道中逢谢媚卿

缭墙重院，时闻有流莺到。绣被掩馀寒，画阁明新晓。朱槛连空阔，飞絮无多少。径莎平，池水渺。日长风静，花影闲相照。
尘香拂马，逢谢女城南道。秀艳过施粉，多媚生轻笑。斗色鲜衣薄，碾玉双蝉小。欢难偶，春过了。琵琶流怨，都入相思调。

减字木兰花

赠伎

垂螺近额，走上红裀初趁拍。只恐惊飞，拟倩游丝惹住伊。
文鸳绣履，去似风流尘不起。舞彻《梁州》，头上宫花颤未休。

醉落魄

美人吹笛

云轻柳弱，内家髻子新梳掠。生香真色人难学。横管孤吹，月淡天垂幕。　　朱唇浅破樱桃萼，倚楼人在阑干角。夜寒指冷罗衣薄。声入霜林，簌簌惊梅落。

师师令

赠美人

香钿宝珥，拂菱花如水。学妆皆道称时宜，粉色有天然春意。蜀彩衣长胜未起，纵乱霞垂地。　都城池苑夸桃李，问东风何似？不须回扇障清歌，唇一点小于朱蕊。正值残英和月坠，寄此情千里。

系裙腰

惜霜蟾照夜云天，朦胧影画勾阑。人情纵似长情月，算一年年，又能得几番圆？　欲寄西江题叶字，流不到五亭前。东池始有荷新绿，尚小如钱，问何日藕几时莲？

渔家傲

巴子城头青草暮，巴山重叠相逢处。燕子占巢花脱树，杯且举，瞿塘水阔舟难渡。　天外吴门清霅路，君家正在吴门住。赠我柳枝情几许？春满缕，为君将入江南去。

碧牡丹

步障摇红绮，晓月堕，沉烟砌。缓板香檀，唱彻伊家新制。怨入眉头，敛黛峰横翠。芭蕉寒，雨声碎。　镜华翳，闲照孤鸾戏。思量去时容易，钿合瑶钗，至今冷落轻弃。望极蓝桥，但暮云千里，几重山？几重水？《道山清话》云：“晏元献为京兆，辟张先为通判。新纳侍儿，公甚属意。先能为诗词，公雅重之。每张来，令侍儿出侑觞，往往歌子野所为之词。其后，王夫人寖不容，公即出之。一日，子野至，公与之饮。子野作此词，令营妓歌之，至末句，公闻之怃然曰：‘人生行乐耳，何自苦如此！’亟命于宅库支钱若干，复取前所出侍儿。既来，夫人亦不复谁何也。”

青门引

乍暖还轻冷，风雨晚来方定。庭轩寂寞近清明，残花中酒，又是去年病。　　楼头画角风吹醒，入夜重门静。那堪更被明月，隔墙送过秋千影！

生查子

弹筝

含羞整翠鬟，得意频相顾。雁柱十三弦，一一春莺语。　　娇云容易飞，梦断知何处？深院锁黄昏，阵阵芭蕉雨。

柳　永　初名三变，字耆卿，崇安人。景祐元年进士，官至屯田员外郎。有《乐章集》九卷。

晁无咎云："世言柳耆卿曲俗，非也。如'渐霜风凄紧，关河冷落，残照当楼'，此真不减唐人语。"李端叔云："耆卿词铺叙展衍，备足无馀，较之《花间》所集，韵终不胜。"　孙敦立云："耆卿词虽极工，然多杂以鄙语。"　叶少蕴云："尝见一西夏归朝官云：'凡有井水饮处，即能歌柳词。'"　吴虎臣云："仁宗留意儒雅，深斥浮艳虚华之文。三变好为淫冶之曲，传播四方，尝有《鹤冲天》词云：'忍把浮名，换了浅斟低唱。'及临轩放榜，特落之，曰：'好去浅斟低唱，何要浮名？且填词去！'"　刘潜夫云："耆卿有教坊丁大使意。"　黄叔旸云："耆卿长于纤艳之词，然多近俚俗。"　陈质斋云："柳词格不高，而音律谐婉，词意妥帖，承平气象形容曲尽，尤工于羁旅行役。"

斗百花

煦色韶光明媚，轻霭低笼芳树，池塘浅蘸烟芜，帘幕闲垂风絮。春困厌厌，抛掷斗草工夫，冷落踏青心绪，终日扃朱户。　　远恨绵绵，淑景迟迟难度。年少傅粉，依前醉眠何处？深院无人，黄昏乍拆秋千，空锁满庭花雨。

女冠子

断烟残雨，洒微凉生轩户，动清籁萧萧庭树。银河浓淡，华星明灭，轻云时度。莎阶寂静无睹，幽蛩切切秋吟苦。疏篁一径，流萤几点，飞来又去。　　对月临风，空恁无眠耿耿，暗想旧日牵情处。绮罗丛里，有人人那回饮散，略略曾谐鸳侣。因循忍便睽阻，相思不得长相聚。好天良夜，无端惹起，千愁万绪。

雨霖铃

寒蝉凄切，对长亭晚，骤雨初歇。都门帐饮无绪，方留恋处，兰舟催发。执手相看泪眼，竟无语凝咽。念去去千里烟波，暮霭沉沉楚天阔。　　多情自古伤离别，更那堪冷落清秋节！今宵酒醒何处？杨柳岸晓风残月。此去经年，应是良辰好景虚设。便总有千种风情，更与何人说？

倾杯乐

木落霜洲，雁横烟渚，分明画出秋色。暮雨乍歇，小楫夜泊，宿苇村山驿。何人月下临风处，起一声羌笛？离绪万端，闻岸草切切蛩吟如织。　　为忆芳容别后，水遥山远，何计凭鳞翼？想绣阁深沉，争知憔悴损天涯行客！楚峡云归，高阳人散，寂寞狂踪迹。望京国，空目断远峰凝碧。

卜算子慢

江枫渐老，汀蕙半凋，满目败红衰翠。楚客登临，正是暮秋天气。引疏砧，断续残阳里。对晚景伤怀念远，新愁旧恨相继。
脉脉人千里，念两处风情，万重烟水。雨歇天高，望断翠峰十二。尽无言，谁会凭高意？纵写得离肠万种，奈归鸿谁寄！

少年游

参差烟树霸陵桥，风物尽前朝。衰杨古柳，几经攀折，憔悴楚宫腰。　　夕阳闲淡秋光老，离思满蘅皋。一曲《阳关》，断肠声尽，独自上兰桡。

夜半乐

冻云黯淡天气，扁舟一叶，乘兴离江渚。渡万壑千岩，越溪深处，怒涛渐息，樵风乍起。更闻商旅相呼，片帆高举。泛画鹢翩翩过南浦。　　望中酒旆闪闪，一簇烟村，数行霜树。残日下渔人鸣榔归去。败荷零落，衰杨掩映，岸边两两三三，浣纱游女，避行客含羞笑相语。　　到此因念：绣阁轻抛，浪萍难驻。叹后约丁宁竟何据？惨离怀，空恨岁晚归期阻。凝泪眼杳杳神京路，断鸿声远长天暮。

玉蝴蝶

望处雨收云断，凭栏悄悄，目送秋光。晚景萧疏，堪动宋玉悲凉。水风轻蘋花渐老，月露冷梧叶飘黄。遣情伤，故人何在？烟水茫茫。　　难忘：文期酒会，几辜风月，屡变星霜。海阔天遥，未知何处是潇湘？念双燕难凭远信，指暮天空识归航。黯相望，断鸿声里，立尽斜阳。

望远行

雪

长空降瑞，寒风剪，淅淅瑶华初下。乱飘僧舍，密洒歌楼，迤逦渐迷鸳瓦。好是渔人，披得一蓑归去，江上晚来堪画。满长安，高却旗亭酒价。　　幽雅，乘兴最宜访戴，泛小棹，越溪潇洒。皓鹤夺鲜，白鹇失素，千里广铺寒野。须信幽兰歌断，同云收尽，别有琼台瑶榭。放一轮明月，交光清夜。

八 声 甘 州

对萧萧暮雨洒江天，一番洗清秋。渐霜风凄紧，关河冷落，残照当楼。是处红衰绿减，苒苒物华休。惟有长江水，无语东流。
不忍登高临远，望故乡渺邈，归思难收。叹年来踪迹，何事苦淹留？想佳人妆楼长望，误几回天际识归舟。争知我，倚阑干处，正恁凝愁。

安　公　子

远岸收残雨，雨残稍觉江天暮。拾翠汀洲人寂静，立双双鸥鹭。望几点渔灯掩映蒹葭浦。停画桡两两舟人语，道去程今夜，遥指前村烟树。　　游宦成羁旅，短樯吟倚闲凝伫。万水千山迷远近，想乡关何处？自别后风亭月榭孤欢聚。刚断肠惹得离情苦。听杜宇声声，劝人不如归去。

雪　梅　香

景萧索，危楼独立一作“倚”面晴空。动悲秋情绪，当时宋玉应同。渔市孤烟袅寒碧，水村残叶舞愁红。楚天阔，浪浸斜阳，千里溶溶。
临风，想佳丽，别后愁颜，镇敛眉峰。可惜当年，顿乖雨迹云踪。雅态妍姿正欢洽，落花流水忽西东。无憀恨，相思意，尽分付征鸿。

婆 罗 门 令

昨宵里恁和衣睡，今宵里又恁和衣睡。小饮归来，初更过醺醺醉。中夜后何事还惊起？　　霜天冷，风细细，触疏窗，闪闪灯摇曳。空床展转重追想，云雨梦，任欹枕难继。寸心万绪，咫尺千里。好景良天，彼此空有相怜意，未有相怜计。

西 平 乐

尽日凭高寓目，脉脉春情绪。嘉景清明渐近，时节轻寒乍暖，天气才晴又雨。烟光澹荡，装点平芜远树。黯凝伫。台榭好，莺燕语。正是和风丽日，几许繁红嫩绿，雅称嬉游去。奈阻隔寻芳伴侣。秦楼凤吹，楚台云约，空怅望在何处？寂寞韶光暗度。可堪向晚，村落声声杜宇！

阳 台 路

楚天晚，坠冷风败叶，疏红零乱。冒征尘匹马区区，愁见水遥山远。追念年时，正恁凤帏倚香偎暖。嬉游惯，又岂知前欢云雨分散？此际空劳回首，望帝里难收泪眼。暮烟衰草，算暗锁路岐无限。今宵又依前寄宿，甚处苇村山馆？寒灯畔，夜厌厌，凭何消遣？

二 郎 神

七夕

炎光初谢，过暮雨芳尘轻洒。乍露冷风清庭户爽，天如水，玉钩遥挂。应是星娥嗟久阻，叙旧约飙轮欲驾。极目处微云暗度，耿耿银河高泻。　　闲雅！须知此景，古今无价。运巧思穿针楼上女，抬粉面云鬟相亚。钿合金钗私语处，算谁在回廊影下？愿天上人间，占得欢娱，年年今夜。

诉 衷 情 近

雨晴气爽，伫立江楼望处：澄明远水生光，重叠暮山耸翠。遥想断桥幽径，隐隐渔村，向晚孤烟起。　　残阳里，脉脉朱栏静倚。黯然情绪，未饮先如醉。愁无际，暮云过了，秋风老尽，故人千里。竟日空凝睇！

竹 马 子

登孤垒荒凉，危亭旷望，静临烟渚。对雌霓挂雨，雄风拂槛，微收烦暑。渐觉一叶惊秋，残蝉噪晚，素商时序。览景想前欢，指神京非雾非烟深处。　　向此成追感，新愁易积，故人难聚。凭高尽日凝伫，赢得销魂无语。极目霁霭霏微，断鸦零乱，萧索江城暮。南楼画角，又逐残阳去。

玉 山 枕

骤雨新霁，荡原野，清如洗。断霞散彩，残阳倒影，天外云峰，数朵相倚。露莎烟芰满池塘，见次第几番红翠。当是时河朔飞觞，避炎蒸，想风流堪继。　　晚来高树清风起，动帘幕，生秋气。画楼昼寂，兰堂夜静，舞艳歌姝，渐任罗绮。讼闲时泰足风情，便争奈雅欢都废！省教成几阕新歌，尽新声，好尊前重理。

河 传

淮岸，渐晚，圆荷向背，芙蓉深浅。仙娥画舸，露影红芳交乱，难分花与面。　　采多乍觉轻舸满，呼归伴，急桨烟村远。隐隐棹歌，渐被蒹葭遮断，曲终人不见。

木 兰 花 慢

清明

坼桐花烂漫，乍疏雨，洗清明。正艳杏烧林，缃桃绣野，芳景如屏。倾城，尽寻胜赏，骤雕鞍绀幰出郊坰。风暖繁弦脆管，万家竞奏新声。　　盈盈，斗草踏青。人艳冶，递逢迎。向路傍往往，遗簪坠珥，珠翠纵横。欢情，对佳丽地，任金罍罄竭玉山倾。拚却明朝永日，画堂一枕春酲。

词综卷六

宋　词

苏　轼 字子瞻，眉山人。嘉祐初试礼部第一，历官翰林学士，绍圣初安置惠州，徙昌化，元符初北还，卒于常州，高宗即位，赠资政殿学士，复赠太师，谥文忠。有《东坡居士词》二卷。

晁无咎云："居士词，人谓多不谐音律，然横放杰出，自是曲子内缚不住者。" 陈无己云："东坡以诗为词，如教坊雷大使之舞，虽极天下之工，要非本色。" 陆务观云："世言东坡不能歌，故所作乐府词多不协。晁以道谓：'绍圣初，与东坡别于汴上，东坡酒酣，自歌《古阳关》。'则公非不能歌，但豪放不喜裁剪以就声律耳。"又云："试取东坡诸词歌之，曲终，觉天风海雨逼人。" 周煇云："岂无去国流离之思，殊觉哀而不伤。"《吹剑续录》云："东坡在玉堂日，有幕士善歌，因问：'我词比柳耆卿何如？'对曰：'柳郎中词，只好十七八女孩儿，按执红牙拍，歌"杨柳岸、晓风残月"。学士词，须关西大汉，执铁绰板，唱"大江东去"。'公为之绝倒。" 胡致堂云："词曲至东坡，一洗绮罗香泽之态，摆脱绸缪宛转之度，使人登高望远，举首高歌，逸怀浩气，超乎尘垢之外，于是《花间》为皁隶，而耆卿为舆台矣。" 张叔夏云："东坡词，清丽舒徐处高出人表，周、秦诸人所不能到。"

醉　翁　操

琴曲

琅然，清圜，谁弹？响空山，无言，惟翁醉中和其天。月明风露娟娟，人未眠。荷蒉过山前，曰有心也哉此贤。　　醉翁笑咏，声和流泉。醉翁去后，空有朝吟夜怨。山有时而童巅，水有时而回川，思翁无岁年。翁今为飞仙，此意在人间，试听徽外三两弦。

行 香 子

携手江村，梅雪飘裙。情何限，处处消魂。故人不见，旧曲重闻。向望湖楼、孤山寺、涌金门。　　寻常行处，题诗千首，绣罗衫，与拂轻尘。别来相忆，知有何人？有湖中月、江边柳、陇头云。

哨 遍

睡起画堂，银蒜押帘，珠幕云垂地。初雨歇，洗出碧罗天，正溶溶养花天气。一霎晴风回芳草，荣光浮动，卷皱银塘水。方杏靥匀酥，花须吐绣，园林翠红排比。见乳燕捎蝶过繁枝，忽一线炉香惹游丝。昼永人闲，独立斜阳，晚来情味。　　便携将佳丽，乘兴深入芳菲里。拨胡琴语，轻拢慢捻总伶俐。看紧约罗裙，急趣檀板，《霓裳》入破惊鸿起。颦月临眉，醉霞横脸，歌声悠飏云际。任满头红雨落花飞，渐鳷鹊楼西玉蟾低，尚徘徊未尽欢意。君看今古悠悠，浮幻人间世。这些百岁光阴几日？三万六千而已。醉乡路稳不妨行，但人生要适情耳。

贺 新 凉

乳燕飞华屋，悄无人，槐阴转午，晚凉新浴。手弄生绡白团扇，扇手一时似玉。渐困倚孤眠清熟。帘外谁来推绣户？枉教人梦断瑶台曲。又却是，风敲竹。　　石榴半吐红巾蹙。待浮花浪蕊都尽，伴君幽独。秾艳一枝细看取，芳意千重似束。又恐被秋风惊绿。若待得君来向此，花前对酒不忍触。共粉泪，两簌簌。胡元任云："托意高远。"

水 龙 吟

和章质夫《杨花》韵

似花还似非花，也无人惜从教坠。抛家傍路，思量却似，无情有思。萦损柔肠，困酣娇眼，欲开还闭。梦随风万里，寻郎去处，又还被莺呼起。　　不恨此花飞尽，恨西园落红难缀。晓来雨过，遗踪何在？一池萍碎。春色三分，二分尘土，一分流水。细看来不是杨花，点点是离人泪。张叔夏云："后片愈出愈奇，真是压倒今古。"

又

黄州梦过栖霞楼

小舟横截春江，卧看翠壁红楼起。云间笑语，使君高会，佳人半醉。危柱哀弦，艳歌馀响，遏云萦水。念故人老大，风流未减，独回首烟波里。　　推枕惘然不见，但空江月明千里。五湖闻道，扁舟归去，仍携西子。云梦南州，武昌南岸，昔游应记。料多情梦里，端来见我，也参差是。

浣　溪　沙

游蕲水清泉寺

山下兰芽短浸溪，松间沙路净无泥，潇潇暮雨子规啼。　　谁道人生难再少？君看流水尚能西，休将白发唱黄鸡。寺前水西流。

卜　算　子

雁

缺月挂疏桐，漏断人初定一作"静"。时见幽人独往来，缥缈孤鸿影。　　惊起却回头，有恨无人省。拣尽寒枝不肯栖，寂寞沙洲冷。黄鲁直云："语意高妙，似非吃烟火食人语。"

江　城　子

天涯流落思无穷。既相逢，却匆匆。携手佳人，和泪折残红。为问东风馀几许，春纵在，与谁同？　　隋堤三月水溶溶。

背归鸿，去吴中。回望彭城，清泗与淮通。寄我相思千点泪，流不到，楚江东。

念　奴　娇

赤壁怀古

大江东去，浪声沉千古风流人物。故垒西边，人道是三国孙吴赤壁。乱石崩云，惊涛掠岸，卷起千堆雪。江山如画，一时多少豪杰！　　遥想公瑾当年，小乔初嫁了，雄姿英发。羽扇纶巾，谈笑间樯橹灰飞烟灭。故国神游，多情应是，笑我生华发。人间如寄，一尊还酹江月！按他本“浪声沉”作“浪淘尽”，与调未协。“孙吴”作“周郎”，犯下“公瑾”字。“崩云”作“穿空”，“掠岸”作“拍岸”。又“多情应是，笑我生华发”，作“多情应笑我，早生华发”，益非。今从《容斋随笔》所载黄鲁直手书本更正。至于“小乔初嫁”宜句绝，“了”字属下句，乃合。

蝶　恋　花

春事阑珊芳草歇，客里风光，又过清明节。小院黄昏人忆别，落花处处闻啼鴂。　　咫尺江山分楚越，目断魂消，应是音尘绝。破梦五更心欲折，角声吹落《梅花》月。

如　梦　令

有寄

为向东坡传语，人在画一作“玉”堂深处。别后有谁来？雪压小桥无路。归去，归去，江上一犁春雨。

昭　君　怨

谁作桓伊《三弄》？惊破绿窗幽梦。新月与愁烟，满江天。
欲去又还不去，明日落花飞絮。飞絮送行舟，水东流。

点绛唇

重九

不用悲秋，今年身健还高宴。江村海甸，总作空花观。　尚想横汾，兰菊纷相半。楼船远，白云飞乱，空有年年雁。

采桑子

润州多景楼与孙巨源遇

多情多感仍多病，多景楼中，樽酒相逢，乐事回头一笑空。
停杯且听琵琶语，细捻轻拢。醉脸春融，斜照江天一抹红。

黄庭坚 字鲁直，分宁人。举进士，元祐初为校书郎，迁集贤校理，擢起居舍人，追谥文节。有《山谷词》二卷。

晁无咎云："鲁直小词固高妙，然不是当行家语。"

减字木兰花

中秋无雨，醉送月衔西岭去。笑口须开，几度中秋见月来。
前年江外，儿女传杯兄弟会。此夜登楼，小谢清吟慰白头。

丑奴儿令

樱桃著子如红豆，不管春归。闻道开时，蜂惹香须蝶惹衣。
楼台灯火明珠翠，酒恋歌迷。醉玉东西，少个人人暖被携。

念奴娇

断虹霁雨，净秋空山染修眉新绿。桂影扶疏，谁便道今夕清辉不足？万里清天，姮娥何处，驾此一轮玉？寒光零乱，为谁偏照醽醁？　　年少从我追游，晚城幽径，绕张园森木。共倒金荷家万里，难得樽前相属。老子平生，江南江北，最爱临风曲。孙郎微笑，坐来声喷霜竹。

虞美人

宜州见梅作

天涯也有江南信，梅破知春近。夜阑风细得香迟，不道晓来开遍向南枝。　　玉台弄粉花应妒，飘到眉心住。平生个里愿杯深，去国十年老尽少年心。

秦　观 字少游，高邮人。登第后，苏轼荐于朝，除太学博士，迁正字，兼国史院编修官，坐党籍徙。徽宗立，放还，至藤州卒。有《淮海词》三卷。

晁无咎云："近来作者，皆不及少游，如'斜阳外，寒鸦数点，流水绕孤村'，虽不识字人，亦知是天生好言语。"　蔡伯世云："子瞻辞胜乎情，耆卿情胜乎辞，辞情相称者，惟少游而已。"　张綖云："少游多婉约，子瞻多豪放，当以婉约为主。"　释觉范云："少游小词奇丽，咏歌之，想见其神情在绛阙、道山之间。"　叶少蕴云："少游乐府，语工而入律，知乐者谓之作家。子瞻戏云：'山抹微云秦学士，露花倒影柳屯田。'微以气格为病也。"

满庭芳

山抹微云，天粘衰草，画角声断谯门。暂停征棹，聊共引离尊。多少蓬莱旧事，空回首烟霭纷纷。斜阳外，寒鸦数点，流水绕孤村。　　消魂，当此际，香囊暗解，罗带轻分。谩赢得青楼薄幸名存。此去何时见也？襟袖上空染啼痕。伤情处，高城望断，灯火已黄昏。

又

晚色云开，春随人意，骤雨方过还晴。高台芳树，飞燕蹴红英。舞困榆钱自落，秋千外绿水桥平。东风里，朱门映柳，低按小秦筝。　多情，行乐处，珠钿翠盖，玉辔红缨。渐酒空金榼，花困蓬瀛。豆蔻梢头旧恨，十年梦屈指堪惊。凭栏久，疏烟淡日，寂寞下芜城。

望　海　潮

洛阳怀古

梅英疏淡，冰澌溶泄，东风暗换年华。金谷俊游，铜驼巷陌，新晴细履平沙。长记误随车。正絮翻蝶舞，芳思交加。柳下桃蹊，乱分春色到人家。　西园夜饮鸣笳。有华灯碍月，飞盖妨花。兰苑未空，行人渐老，重来事事堪嗟！烟暝酒旗斜。但倚楼极目，时见栖鸦。无奈归心，暗随流水到天涯。

如　梦　令

遥夜月明如水，风紧驿亭深闭。梦破鼠窥灯，霜送晓寒侵被。无寐，无寐，门外马嘶人起。

生　查　子

眉黛远山长，新柳开青眼。楼阁断霞明，罗幕春寒浅。　杯嫌玉漏迟，烛厌金刀剪。月色忽飞来，花影和帘卷。

浣　溪　沙

漠漠轻寒上小楼，晓阴无赖似穷秋，淡烟流水画屏幽。　自在飞花轻似梦，无边丝雨细如愁，宝帘闲挂小银钩。

减字木兰花

天涯旧恨，独自凄凉人不问。欲见回肠，断续薰炉小篆香。

黛蛾长敛，任是东风吹不展。困倚危楼，过尽飞鸿字字愁。

忆 秦 娥

暮云碧，佳人不见愁如织。愁如织，两行征雁，数声羌笛。
锦书难寄西飞翼，无言只是空相忆。空相忆，纱窗月淡，影双人只。

阮 郎 归

满天风雨破寒初，灯残庭院虚。丽谯吹彻《小单于》，迢迢清夜徂。　乡梦断，旅情孤，峥嵘岁又除。衡阳犹有雁传书，郴阳和雁无。

好 事 近

梦中作

春路雨添花，花动一山春色。行到小桥深处，有黄鹂千百。
飞云当面化龙蛇，夭矫转空碧。醉卧古藤阴下，了不知南北。

画 堂 春

东风吹柳日初长，雨馀芳草斜阳。杏花零乱燕泥香，睡损红妆。
宝篆烟消龙凤，画屏云锁潇湘。暮寒初透薄罗裳，无限思量。

鹊 桥 仙

纤云弄巧，飞星传恨，银汉迢迢暗度。金风玉露一相逢，便胜却人间无数。　柔情似水，佳期如梦，忍顾鹊桥归路！两情若是久长时，又岂在朝朝暮暮！

虞 美 人

高城望断尘如雾，不见连骖处。夕阳村外小湾头，只有柳花无数送归舟。　　琼枝玉树频相见，只恨离人远。欲将幽恨寄青楼，争奈无情江水不西流。

踏　莎　行

郴州旅舍

雾失楼台，月迷津渡，桃源望断无寻处。可堪孤馆闭春寒，杜鹃声里斜阳暮。　　驿寄梅花，鱼传尺素，砌成此恨无重数。郴江幸自绕郴山，为谁流下潇湘去？释天隐云："末二句从'沅湘日夜东流去，不为愁人住少时'变化来。"　黄山谷云："此词高绝，但'斜阳暮'三字为重犯耳。"又云："极似刘梦得楚蜀间语。"　胡元任云："子瞻绝爱尾两句，自书于扇，曰：'少游已矣，虽万身何赎！'"

江　城　子

西城杨柳弄春柔，动离忧，泪难收。犹记多情曾为系归舟。碧野朱桥当日事，人不见，水空流。　　韶华不为少年留，恨悠悠，几时休？飞絮落花时候一登楼。便做春江都是泪，流不尽，许多愁。

八　六　子

倚危亭，恨如芳草，萋萋刬尽还生。念柳外青骢别后，水边红袂分时，怆然暗惊。　　无端天与娉婷。夜月一帘幽梦，春风十里柔情。怎奈何一作"向"欢娱渐随流水，素弦声断，翠绡香减，那堪片片飞花弄晚，濛濛残雨笼晴。正销凝，黄鹂又啼数声。

金　明　池

琼苑金池，青门紫陌，似雪杨花满路。云日淡天低昼永，过三点两点细雨。好花枝半出墙头，似怅望芳草王孙何处。更水绕人家，桥当门巷，燕燕莺莺飞舞。　　怎得东君长为主，把绿鬓朱颜，一时留住？佳人唱《金衣》莫惜，才子倒玉山休诉。况春来倍觉伤心，念故国情多，新年愁苦。纵宝马嘶风，红尘拂面，也只一作"则"寻芳归去。

水　龙　吟

小楼连苑横空，下窥绣毂雕鞍骤。疏帘半卷，单衣初试，清明时候。破暖轻风，弄晴微雨，欲无还有。卖花声过尽，垂杨院落，红成阵，飞鸳甃。　玉佩丁东别后，怅佳期参差难又。名缰利锁，天还知道，和天也瘦。花下重门，柳边深巷，不堪回首。念多情，但有当时皓月，照人依旧。

南　柯　子

赠陶心儿

玉漏迢迢尽，银潢淡淡横。梦回宿酒未全醒，已被邻鸡催起，怕天明。　臂上妆犹在，襟间泪尚盈。水边灯火渐人行，天外一钩残月，照三星。《高斋诗话》云："少游在蔡州，与官奴娄婉字东玉者甚密，赠之词云'小楼连苑横空'，又云'玉佩丁东别后'者是也。又《赠陶心儿》词云'天外一钩横月，带三星'，谓心字也。"

晁补之 字无咎，钜野人。举进士，元祐初除秘书省正字，迁校书郎，以秘阁校理通判扬州，召还，为著作郎，坐党籍徙。大观末知泗州，卒。有《鸡肋集》词一卷。

陈质斋云："无咎尝云：'今代词手，惟秦七、黄九。'然两公之词，亦自有不同。若无咎佳者，固未多逊也。"

满　江　红

东武城南，新堤固，涟漪初溢。隐隐遍长陵高阜，卧红堆碧。枝上残花吹尽也，与君试向江边觅。问向前犹有几多春？三之一。

官里事，何时毕？风雨外，无多日。相将泛曲水，满城争出。不见兰亭修禊事，当时座上皆豪逸。到如今修竹满山阴，空陈迹。

临　江　仙

信州作

谪宦江城无屋买，残僧野寺相依。松间药臼竹间衣。水穷行到处，云起坐看时。　　一个幽禽缘底事？苦来醉耳边啼。月斜西院愈声悲。青山无限好，犹道不如归。

又

绿暗汀洲三月暮，落花风静帆收。垂杨低映木兰舟，半篙春水滑，一段夕阳愁。　　灞水桥东回首处，美人新上帘钩。青鸾无计入红楼，行云归楚峡，飞梦到扬州。

永　遇　乐

东皋寓居

松菊堂深，芰荷池小，长夏清暑。燕引雏还，鸠呼妇往，人静郊原趣。麦天已过，薄衣轻扇，试起绕园徐步。听衡宇欣欣童稚，共说夜来初雨。　　苍苔径里，紫葳枝上，数点幽花垂露。东里催锄，西邻助饷，相戒清晨去。斜川归兴，翛然满目，回首帝乡何处？只愁恐轻鞍犯夜，灞陵旧路。

摸　鱼　儿

买陂塘旋栽杨柳，依稀淮岸湘浦。东皋雨足轻痕涨，沙觜鹭来鸥聚。堪爱处，最好是，一川夜月光流渚。无人自舞。任翠幕张天，柔茵藉地，酒尽未能去。　　青绫被，休忆金闺故步。儒冠曾把身误。弓刀千骑成何事？荒了邵平瓜圃。君试觑，满青镜，星星鬓影今如许！功名浪语。便做得班超，封侯万里，归计恐迟暮。

忆少年

无穷官柳，无情画舸，无根行客。南山尚相送，只高城人隔。罨画园林溪绀碧，算重来尽成陈迹。刘郎鬓如此，况桃花颜色。

下水船

上客骊驹系，惊唤银瓶睡起。困倚妆台，盈盈正解罗髻。凤钗坠，缭绕金盘玉指，巫山一段云委。　　半窥镜向我横秋水，斜领花枝交镜里。淡拂铅华，匆匆自整罗绮。敛眉翠，虽有愔愔密意，空作江边解佩。《能改斋漫录》："廖明略与无咎同登科。明略所游田氏，丽姝也。一日，明略邀无咎晨过田氏。田遽起，对鉴理发，且盼且语，草草妆掠，以与客对。无咎以明略故，有意而莫传也，因赋《下水船》一阕。"

满庭芳

赴信日，舟中别次膺十二叔。

鸥起蘋中，鱼惊荷底，画船天上来时。翠湾红渚，宛似武陵迷。更晚青山更好，孤云带远雨丝垂。清歌里，金尊未掩，谁使动分携？　　竹林高晋阮，阿咸潇散，犹愧风期。便弃官终隐，钓叟苔矶。纵是冥鸿云外，应念我垂翼低飞。新词好，他年认取，天际片帆归。

迷神引

贬玉溪，对江山作。

黯黯青山红日暮，浩浩大江东注。馀霞散绮，回向烟波路。使人愁，长安远，在何处？几点渔灯小，迷近坞。一片客帆低，傍前浦。　　暗想平生，自悔儒冠误。觉阮途穷，归心阻。断魂素目，一千里，伤平楚。怪《竹枝歌》，声声怨，为谁苦？猿鸟一时啼，惊岛屿。

烛暗不成眠,听津鼓。

古阳关

寄无斁八弟宰宝应

衰草蛩吟咽,暗柳萤飞灭。空庭雨过,西风紧,飘黄叶。卷书帷寂静,对此伤离别。重感叹,中秋数日又圆月。　　沙觜樯竿上,淮水阔。有飞凫客,词珠玉,气冰雪。且莫教皓月,照影惊华发。问几时,清樽夜景共佳节?

好事近

南都寄历下人

丝管闹南湖,湖上醉游时晚。独看山桥官柳,泪无言偷满。　　坐中谁唱解愁词?红妆劝金盏。物是奈人非是,负东风心眼。

水龙吟

始去齐,路逢次膺叔,感别叙旧。

去年暑雨钩盘,夜阑睡起同征辔。今年芳草,齐河古岸,扁舟同舣。萍梗孤踪,梦魂浮世,别离常是。念当时绿鬓,狂歌痛饮,今憔悴东风里。　　此去济南为说,道愁肠不醒犹醉。多情北渚,两行烟柳,一湖春水。还唱新声,后人重到,应悲桃李。待归时,揽取庭前皓月,也应堪寄。

惜奴娇

歌阕琼筵,暗失金貂侣。说衷肠丁宁嘱付。棹举帆开,黯行色,秋将暮。欲去,待却回,高城已暮。　　渔火烟村,但触目伤离绪。此情向阿谁分诉?那里思量,争知我思量苦?最苦,睡不著,西风夜雨。

斗百花

小小盈盈珠翠，忆得眉长眼细。曾共映花低语，已解伤春情意。重向溪堂，临风看舞《梁州》，依旧照人秋水，转更添姿媚。　与问阶上，簸钱时节记，微笑但把纤腰，向人娇倚。不见还休，谁教见了厌厌，还是向来情味。

调笑

西子

肠断，越江岸。越女江头纱自浣，天然玉貌铅红浅。　自弄芙蓉日晚，紫骝嘶去犹回盼，笑人荷花不见。

张　耒 字文潜，淮阴人。第进士，历官起居舍人，以直龙图阁知润州，坐党籍谪官，晚监南岳庙，主管崇福宫，建炎初赠集英殿修撰。有《宛丘集》。

风流子

亭皋木叶下，重阳近，又是捣衣秋。奈愁入庾肠，老侵潘鬓，谩簪黄菊，花也应羞。楚天晚，白蘋烟尽处，红蓼水边头。芳草有情，夕阳无语，雁横南浦，人倚西楼。　玉容知安否？香笺共锦字，两处悠悠。空恨碧云离合，青鸟沉浮。向风前懊恼，芳心一点，寸眉两叶，禁甚闲愁？情到不堪言处，分付东流。

少年游

含羞倚醉不成歌，纤手掩香罗。偎花映烛，偷传深意，酒思入横波。　看朱成碧心迷乱，翻脉脉，敛双蛾。相见时稀隔别多。又春尽，奈愁何？

秋 蕊 香

帘幕疏疏风透，一线香飘金兽。朱栏倚遍黄昏后，廊上月华如昼。　　别离滋味浓如酒，著人瘦。此情不及墙东柳，春色年年依旧。

陈师道 字履常，一字无己，彭城人。元祐初以苏轼等荐为徐州教授，迁太学博士，终秘书省正字。有《后山集》长短句二卷。

胡元任云："后山自谓：'他文未能及人，独于词不减秦七、黄九。'其自矜如此！"

菩 萨 蛮

筝

哀筝一弄《湘江曲》，声声写尽湘波绿。纤指十三弦，细将幽恨传。　　当筵秋水慢，玉柱斜飞雁。弹到断肠时，春山眉黛低。

减字木兰花

晁无咎出小鬟佐饮

娉娉袅袅，芍药枝头红样一作"玉"小。舞袖低回一作"迟迟"，心到郎边客已知。　　金尊玉一作"当筵举"酒，劝我花前千万寿。莫莫休休，白发簪花我自羞。

李　廌 字方叔，华山人。乡举，试礼部不遇，绝意进取，定居长社。有《月岩集》。

清 平 乐

《落梅》呜咽，黯淡城头月。吹满江天惊梦蝶，唤起画楼伤别。

帘风轻触银钩，梧桐玉露新秋。底事琐窗深夜，素娥长伴人愁？

虞 美 人

玉阑干外清江浦，渺渺天涯雨。好风如扇雨如帘，时见岸花汀草涨痕添。　　青林枕上关山路，卧想乘鸾处。碧芜千里思悠悠，惟有霎时凉梦到南州。

李之仪 字端叔，无棣人。历枢密院编修官，通判原州，徽宗初提举河东常平，坐为范纯仁遗表、作行状，编管太平，遂居姑熟，久之，徙唐州，终朝请大夫。有《姑溪词》二卷。

卜 算 子

我住长江头，君住长江尾。日日思君不见君，共饮长江水。
此水几时休？此恨何时已？只愿君心似我心，定不负相思意。

如 梦 令

回首芜城旧苑，还是翠深红浅。春意已无多，斜日满帘飞燕。
不见，不见，门掩落花庭院。

清 平 乐

萧萧风叶，似与更声接。欲寄明珰非为怯，梦断兰舟桂楫。
学书但写鸳鸯，却应无那愁肠。安得一双飞去，春风芳草池塘。

好 事 近

春到雨初晴，正在小楼时节。柳眼向人微笑，傍阑干堪折。
暮山浓淡锁烟霏，梅杏半明灭。玉斝莫辞沉醉，判归时斜月。

词综卷七

宋 词

贺 铸 字方回，卫州人，孝惠皇后族孙。元祐中通判泗州，又倅太平州，退居吴下，自号庆湖遗老。有《东山寓声乐府》三卷。

张文潜云："方回乐府，妙绝一世，盛丽如游金、张之堂，妖冶如揽嫱、施之袪，幽洁如屈、宋，悲壮如苏、李。"周少隐云："方回有'梅子黄时雨'之句，人谓之贺梅子。方回寡发，郭功父指其髻，谓曰：'此真贺梅子也。'" 陆务观云："方回状貌奇丑，俗谓之贺鬼头。其诗文皆高，不独工长短句也。"

薄 幸

淡妆多态，更滴滴，频回盼睐。便认得琴心先许，欲绾合欢双带。记画堂风月逢迎，轻颦浅笑娇无奈。待翡翠屏开，芙蓉帐掩，羞把香罗暗解。　　自过了烧灯后，都不见踏青挑菜。几回凭双燕，丁宁深意，往来却恨重帘碍。约何时再？正春浓酒困，人闲昼永无聊赖。厌厌睡起，犹有花梢日在。

青 玉 案

凌波不过横塘路。但目送芳尘去。锦瑟年华谁与度？月台花榭，琐窗朱户，惟有春知处。　　碧云冉冉蘅皋暮，彩笔新题断肠句。试问闲愁都几许？一川烟草，满城风絮，梅子黄时雨。《中吴纪闻》云："铸有小筑在姑苏盘门之内十馀里，地名横塘，方回往来其间，作此词。后山谷有诗云：'解道江南肠断句，只今惟有贺方回。'其为前辈推重如此。"潘子真云："寇莱公诗：'杜鹃啼处血成花，梅子黄时雨如雾。'世推方回所作'梅子黄时雨'为绝唱，盖用莱公语也。"

柳 色 黄

薄雨催寒，斜照弄晴，春意空阔。长亭柳色才黄，远客一枝先折。烟横水际，映带几点归鸦，东风消尽龙沙雪。还记出门时一作“关来”，恰而今时节。　将发，画楼芳酒，红泪清歌，顿一作“便”成轻别。已是经年，杳杳音尘都绝。欲知方寸，共有几许清愁，芭蕉不展丁香结。枉望断天涯，两厌厌风月。《能改斋漫录》：“方回眷一姝，别久，姝寄诗云：‘独倚危栏泪满襟，小园春色懒追寻。深恩纵似丁香结，难展芭蕉一寸心。’贺因所寄诗，遂成此调。”

清 平 乐

小桃初谢，双燕还来也。记得年时寒食下，紫陌青门游冶。楚城满目春华，可堪游子思家！惟有夜来归梦，不知身在天涯。

望 湘 人

厌莺声到枕，花气动帘，醉魂愁梦相半。被惜馀熏，带惊剩眼，几许伤春春晚。泪竹痕鲜，佩兰香老，湘天浓暖。记小江风月佳时，屡约非烟游伴。　须信鸾弦易断，奈云和再鼓，曲终人远。认罗袜无踪，旧处弄波清浅。青翰棹舣，白蘋洲畔，尽目临皋飞观。不解寄一字相思，幸有归来双燕。

踏 莎 行

急雨收春，斜风约水，浮红涨绿鱼文起。年年游子惜馀春，春归不解招游子。　留恨城隅，关情纸尾，阑干长对西曛倚。鸳鸯俱是白头时，江南渭北三千里。

忆 秦 娥

晓朦胧，前溪百鸟啼匆匆。啼匆匆，凌波人去，拜月楼空。

旧年今日东门东，鲜妆辉映桃花红。桃花红，吹开吹落，一任东风。

又

桑

著春衫，玉鞭鞭马南城南。南城南，柔桑细草，留住金衔。粉蛾采叶供亲蚕，蚕饥略许携纤纤。携纤纤，湔裙淇上，更待初三。

感 皇 恩

兰芷满汀洲，游丝横路。罗袜尘生步，回顾。整鬟颦黛，脉脉多情难诉。细风吹柳絮，人南渡。 回首旧游，山无重数。花底深朱户，何处？半黄梅子，向晚一帘疏雨。断魂分付与，春归去。

毛 滂 字泽民，江山人。为杭州法曹，以乐府受知苏轼得名，尝知武康县，又知秀州。有《东堂词》二卷。

浣 溪 沙

泛舟还馀英馆

烟柳风蒲冉冉斜，小窗不用著帘遮。载将山影转湾沙。 略彴断时分岸色，蜻蜓立处过汀花。此情此水共天涯。

又

寒食初晴东堂对酒

小雨初收蝶做团，和风轻拂燕泥干。秋千院落落花寒。 莫对清尊追往事，更催新火续馀欢。一春心绪倚阑干。

又

泛舟

银字笙箫小小童，《梁州》吹过柳桥风。阿谁劝我玉杯空。　小醉径须眠锦瑟，夜归不用照纱笼。画船帘卷月明中。

惜 分 飞

泪湿阑干花著露，愁到眉峰碧聚。此恨平分取，更无言语空相觑。　断雨残云无意绪，寂寞朝朝暮暮。今夜山深处，断魂分付潮回去。陈质斋云："泽民他辞虽工，未有能及此者。"　周煇云："语尽而意不尽，意尽而情不尽。"

踏 莎 行

早春即事

阶影红迟，柳苞黄遍，纤云弄日阴晴半。重帘不卷篆香横，小花初破春丛浅。　风绣犹重，鸭炉长暖，屏山翠入江南远。醉轻梦短枕闲欹，绿窗窈窕风光转。

蝶 恋 花

寒食

红杏梢头寒食雨，燕子泥香，不住飞来去。行傍柳阴闻好语，莺儿穿过黄金缕。　桑落酒寒杯懒举，总被多情，做得无情绪。春过二分能几许？银台新火重帘暮。

蓦 山 溪

杨花

雪堂毡径，扑扑怜飞絮。柔弱不胜春，任东风吹来吹去。墙阴花外，一半落谁家？叶依依，烟郁郁，依旧如张绪。　　那人拈得，吹向钗头住。不定却飞扬，满眼前搅人情愫。蜂儿蝶子，教得越轻狂，隔斜阳，点芳草，断送青春暮。

烛　影　摇　红

松窗午梦初觉

一亩清阴，半天小雨松窗午。床头秋色小屏山，碧帐垂烟缕。枕畔风摇绿户，唤人醒不教梦去。可怜恰到，瘦石寒泉，冷云生处。

粉　蝶　儿

雪遍梅花，素光都共奇绝，到窗前认君时节。下重帏，香篆冷，兰膏明灭。梦悠扬，空绕断云残月。　　沈郎带宽，同心放开重结。褪罗衣楚腰一捻。正春风，新著摸，花花叶叶。粉蝶儿，这回共花同活。

最　高　楼

微雨过，深院芰荷中。香冉冉，绣重重。玉人共倚阑干角，月华犹在小池东。入人怀，吹鬓影，可怜风。　　分散去轻如云与叶，剩下了许多风与月。侵枕簟，冷帘栊。刚能小睡还惊觉，略成轻醉早惺忪。仗行云，将此恨，到眉峰。

玉　楼　春

盱眙作

长安回首空云雾，春梦觉来无觅处。冷烟寒雨又黄昏，数尽一堤杨柳树。　　楚山照眼青无数，淮口潮生催晓渡。西风吹面立苍茫，欲寄此情无雁去。

青玉案

芙蕖花上濛濛雨，又冷落池塘暮。何处风来摇碧户？卷帘凝望，淡烟疏柳，翡翠穿花去。　　玉京人去无由驻，忍独在凭栏处！试问绿窗秋到否？可人今夜，新凉一枕，无计相分付。

七娘子

舟中早秋

山屏雾帐玲珑碧，更绮窗临水新凉入。雨短烟长，柳桥萧瑟。这番一日凉一日。　　离多绿鬓年时白，这离情不似而今惜。云外长安，斜晖脉脉，西风吹梦来无迹。

西江月

烟雨半藏杨柳，风光初著桃花。玉人细细酌流霞，醉里将春留下。　　柳外鸳鸯作伴，花边蝴蝶为家。醉翁醉也且由他，月在柳桥花榭。

夜行船

馀英溪

弄水馀英溪畔，绮罗香日迟风慢。桃花春浸一篙深，画桥东柳低烟远。　　涨绿流红空满眼，倚兰桡旧愁无限。莫把鸳鸯惊飞去，要歌时少低檀板。

忆秦娥

春夜松轩

夜夜，夜了花朝也。连忙，指点银瓶索酒尝。　　明朝花落知多少？莫把残红扫。愁人，一片花飞减却春。

散馀霞

墙头花口寒犹噤，放绣帘昼静。帘外时有蜂儿，趁杨花不定。阑干又还独凭，念翠低眉晕。春梦枉恼人肠，更厌厌酒病。

调笑

盼盼

无力，倚瑶瑟。罢舞《霓裳》今几日？楼空雨小春寒逼，钿晕罗衫烟色。帘前归燕看人立，却趁落花飞入。

又

莺莺

何处？长安路。不记墙东花拂树。瑶琴理罢《霓裳》谱，依旧月窗风户。薄情年少如飞絮，梦逐玉环西去。

又

苕子

芳草，恨春老。自是寻春来不早。落花风起红多少？记得一枝春小。绿阴青子空相恼，此恨平生怀抱。

感皇恩

镇江待闸

绿水小河亭，朱栏碧甃。江月娟娟上高柳。画楼缥缈，尽挂窗纱帘绣。月明知我意，来相就。　　银字吹笙，金貂取酒。小小微风弄襟袖。宝熏浓炷，人共博山烟瘦。露凉钗燕冷，更深后。

王 仲 字与善。吴虎臣云元祐间人。

烛影摇红

烟雨江城，望中绿暗花枝少。惜春长待醉东风，却恨春归早。纵有幽欢会巧，奈如今风情渐老。凤楼何处？画栏愁倚，天涯芳草。

杜安世 字寿域，京兆人。有词一卷。

折红梅

喜轻澌初绽，微和渐入，郊原时节。春消息，夜来陡觉，红梅数枝争发。玉溪仙馆，不似个寻常标格。化工别与一种风情，似匀点胭脂，染成香雪。　　重吟细阅，比繁杏夭桃，品流终别。只愁共彩云易散，冷落谢池风月。凭谁向说，三弄处龙吟休咽。大家留取，时倚阑干，闻有花堪折，劝君须折。

鹤冲天

清明天气，永日愁如醉。台榭绿阴浓，薰风细。燕子巢方就，盆池小，新荷蔽。恰是逍遥际，单夹衣裳，半笼软玉肌体。　　石榴美艳，一撮红绡比。窗外数修篁，寒相倚。有个关心处，难相见，空凝睇。行坐深闺里，懒更妆梳，自知新来憔悴。

卜算子

樽前一曲歌，歌里千重意。才欲歌时泪已流，恨更多于泪。试问缘何事？不语浑如醉。我亦情多不忍闻，怕和我成憔悴。

李元膺 南京教官。

洞 仙 歌

雪云散尽，放晓晴庭院。杨柳于人便青眼。更风流多处，一点梅心，相映远，约略颦轻笑浅。　　一年春好处，不在浓芳，小艳疏香最娇软。到清明时候，百紫千红，花正乱，已失春风一半。早占取韶光共追游，但莫管春寒，醉红自暖。

又

雨

廉纤细雨，殢东风如困。萦断千丝为谁恨？向楚宫一梦，多少悲凉，无处问，愁到而今未尽。　　分明都是泪，泣柳沾花，长与骚人伴孤闷。记当年得意处，酒力方酣，怯轻寒玉炉香润。又岂识情怀苦难禁，对点滴檐声，夜寒灯晕。

茶 瓶 儿

悼亡

去年相逢深院宇，海棠下曾歌《金缕》。歌罢花如雨，翠罗衫上，点点红无数。　　今岁重寻携手处，空物是人非春暮。回首青门路，乱英飞絮，相逐东风去。

思 佳 客

寂寞秋千两画旗，日长花影转阶迟。燕惊午梦周遮语，蝶困春游落拓飞。　　思往事，入颦眉，柳梢阴重又当时。薄情风絮难拘束，吹过东墙不肯归。

孙　洙 字巨源，广陵人。举进士，元丰中官翰林学士。

菩　萨　蛮

记恨

楼头尚有三通鼓，何须抵死催人去？上马苦匆匆，琵琶曲未终。　回头凝望处，那更廉纤雨。谩道玉为堂，玉堂今夜长。黄叔旸云："孙公于元丰间为翰苑，与李端愿太尉往来尤数。会一日锁院，宣召者至其家，则出，数十辈踪迹，得之于李氏。时李新纳妾，能琵琶，公饮不肯去，而迫于宣命，入院几二鼓矣。遂草三制，罢，复作此长短句，以记别恨，迟明遣以示李。"

朱　服 字行中，乌程人。熙宁中进士甲科，累官国子司业、起居舍人，以直龙图阁知润州，徙泉、婺、宁、庐、寿五州。绍圣初召为中书舍人，历礼部侍郎，坐与苏轼游，贬海州团练副使，蕲州安置，改兴国军，卒。

渔　家　傲

东阳郡斋作

小雨纤纤风细细，万家杨柳青烟里。恋树湿花飞不起。愁无际，和春付与东流水。　九十光阴能有几？金龟解尽留无计。寄语东阳沽酒市：拚一醉，而今乐事他年泪。

章　楶 字质夫，浦城人。以荫为孟州司户参军，试礼部第一，以平夏州功累擢枢密直学士、龙图阁、端明殿学士，拜同知枢密院事，卒，赠右银青光禄大夫，谥庄简，《挥麈录》作庄敏。

水　龙　吟

柳花

燕忙莺懒芳残，正堤上柳花飘坠。轻飞乱舞，点画青林，全无才思。闲趁游丝，静临深院，日长门闭。傍珠帘散漫，垂垂欲下，依前被风扶起。　　兰帐玉人睡觉，怪春衣，雪沾琼缀。绣床渐满，香球无数，才圆却碎。时见蜂儿，仰粘轻粉，鱼吞池水。望章台路杳，金鞍游荡，有盈盈泪。　黄叔旸云：“‘傍珠帘’数语，形容尽矣。”

舒　亶　字信道，慈溪人。试礼部第一，累官御史中丞，以罪斥，终直龙图阁待制，卒，赠直学士。

菩　萨　蛮

画船挝鼓催君去，高楼把酒留君住。去住若为情，江头潮欲平。　　江潮容易得，却是人南北。今日此尊空，知君何日同？　黄叔旸云：“此词极有味。”

散　天　花

云断长空落叶秋。寒江烟浪尽，月随舟。西风偏解送离愁。声声南去雁，下汀洲。　　无奈多情去复留。骊歌齐唱罢，泪争流。悠悠别恨几时休？不堪残酒醒，凭危楼。

李清臣　字邦直，魏人。举进士，历官知制诰、翰林学士，迁尚书左丞，罢为资政殿学士，寻拜中书侍郎，以大学士知河南府，徽宗初立，入为门下侍郎，出知大名府，卒，赠金紫光禄大夫。

谒　金　门

杨花落，燕子横穿朱阁。苦恨春醪如水薄，闲愁无处著。
绿野带红山落角，桃杏参差残萼。历历危樯沙外泊，东风晚来恶。

王 诜 字晋卿，太原人，徙开封，尚英宗女魏国大长公主。历官定州观察使、开国公、驸马都尉，赠昭化军节度使，谥荣安。

黄鲁直云："晋卿乐府，清丽幽远，工在江南诸贤季孟之间。"

忆故人

烛影摇红，向夜阑乍酒醒心情懒。尊前谁为唱《阳关》？离恨天涯远。　　无奈云沉雨散。凭阑干，东风泪眼。海棠开后，燕子来时，黄昏庭院。《能改斋漫录》："都尉《忆故人》作，徽宗喜其词意，犹以不丰容宛转为憾，遂令大晟府别撰腔。周美成增益其词，而以首句为名，谓之《烛影摇红》云。"按：原词甚佳，美成增益，真所谓续凫为鹤也。

撼庭竹

绰略青梅弄春色，真艳态堪惜。经年费尽东君力，有情先到探春客。无语泣寒香，时暗度瑶席。　　月下风前空怅望，思携手同摘。画栏倚遍无消息，佳辰乐事再难得。还是夕阳天，空暮云凝碧。

赵令畤 字德麟，燕懿王玄孙。元祐中，签书颍州公事，历右朝请大夫，改右监门卫大将军，营州防御使，迁洪州观察使，袭封安定郡王，寻迁宁远军承宣使、同知行在大宗正事，赠开府仪同三司。有《聊复集》。

蝶恋花

欲减罗衣寒未去。不卷珠帘，人在深深处。残杏枝头花几许？啼红止恨清明雨。　　尽日水沉香一缕。宿酒醒迟，恼破春情绪。飞燕又将归信误，小屏风上西江路。

乌夜啼

楼上萦帘弱絮，墙头碍月低花。年年春事关心事，肠断欲栖鸦。　舞镜鸾衾翠减，啼珠凤蜡红斜。重门不锁相思梦，依旧一作“随意”绕天涯。

王安礼 字和甫，安石弟，累官尚书左丞。

点绛唇

秋气微凉，梦回明月穿罗幕。井梧萧索，正绕南枝鹊。　宝瑟尘生，金雁空零落。情无托，鬓云慵掠，不似君恩薄。

王安国 字平甫，安石弟。举进士，又举茂才异等，熙宁初除西京国子教授，终秘阁校理。有《王校理集》。

清平乐

留春不住，费尽莺儿语。满地残红宫锦污，昨夜南园风雨。　小怜初上琵琶，晓来思绕天涯。不肯画堂朱户，春风自在杨花。

减字木兰花

画桥流水，雨湿落红飞不起。月破黄昏，帘里馀香马上闻。　徘徊不语，今夜梦魂何处去？不似垂杨，犹解飞花入洞房。

曾肇 字子开，南丰人。举进士，累官翰林学士、兼侍读，以龙图阁学士提举中太一宫，崇宁中安置汀州，归润而卒，绍兴初谥文昭。有《曲阜集》。

好　事　近

亳州秩满归江南别诸僚旧

岁晚凤山阴，看尽楚天冰雪。不待牡丹时候，又使人轻别。如今归去老江南，扁舟载风月。不似画梁双燕，有重来时节。

晁冲之 字叔用，一字用道，钜野人。有《具茨集》词一卷。

感　皇　恩

蝴蝶满西园，啼莺无数。水阁桥南路，凝伫。两行烟柳，吹落一池风絮。秋千斜挂起，人何处？　　把酒劝君，闲愁莫诉。留取笙歌住，休去。几多春色，怎禁许多风雨？海棠花谢也，君知否？

又

寒食不多时，牡丹初卖。小院重帘燕飞碍。昨宵风雨，尚有一分春在。今朝犹自得，阴晴快。　　熟睡起来，宿酲微带，不惜罗襟揾眉黛。日长梳洗，看看花影移改。笑拈双杏子，连枝戴。

临　江　仙

忆昔西池池上饮，年年多少欢娱！别来不寄一行书。寻常相见了，犹道不如初。　　安稳锦屏今夜梦，月明好渡江湖。相思休问定何如。情知春去后，管得落花无？

上 林 春 慢

上元

帽落宫花，衣惹御香，凤辇晚来初过。鹤降诏飞，龙衔一作"擎"烛戏，端门万枝灯火。满城车马，对明月有谁闲坐？任狂游，更许傍禁街，不扃金锁。　　玉楼人暗中掷果，珠帘下笑著春衫袅娜。素蛾绕钗，轻蝉扑鬓，垂垂柳丝梅朵。夜阑饮散，但赢得翠翘双亸。醉归来，又重向晓窗梳裹。

传言玉女

前题

一夜东风，吹散柳梢残雪。御楼烟暖，对鳌山彩结。箫鼓向晚，凤辇初回宫阙。千门灯火，九衢风月。　　绣阁人人，乍嬉游困又歇。艳妆初试，把珠帘半揭。娇波溜人，手捻玉梅低说。相逢长是，上元时节。

秦　觏 字少章，观弟。

黄金缕

足司马才仲梦中苏小小词

妾本一作“在”钱塘江上住。花落花开，不管一作“记”流年度。燕子衔将春色去，纱窗几阵黄梅雨一作“黄昏几度潇潇雨”。　　斜插一作“蝉鬓”犀梳云半一作“欲”吐。檀板轻敲一作“新声”，唱彻《黄金缕》。梦断彩云一作“酒醒梦回”无觅处，夜一作“凄”凉明月生南浦。

王　观 字通叟。官翰林学士，赋应制词，宣仁太后以其近亵，谪之，自号逐客。一云官大理寺丞，知江都县事。有《冠柳集》一卷。

黄叔旸云：“通叟词名《冠柳》，至《踏青》一词，风流楚楚，又不独冠柳词之上也。”　陈质斋云：“逐客词格不高，以《冠柳》自名，则可见矣。”

清 平 乐

应制

黄金殿里，烛影双龙戏。劝得官家真个醉，进酒犹呼万岁。折旋舞彻《伊州》，君恩与整搔头。一夜御前宣住，六宫多少人愁。

《耆旧续闻》作王仲甫，字明之。按：王介字仲甫，衢州人，好为助语诗。

庆 清 朝 慢

踏青

调雨为酥，催冰做水，东君分付春还。何人便将轻暖，点破残寒？结伴踏青去好，平头鞋子小双鸾。烟郊外，望中秀色，如有无间。　　晴则个，阴则个，饾饤得天气有许多般。须教撩花拨柳，争要先看。不道吴绫绣袜，香泥斜沁几行斑。东风巧，尽收翠绿，吹上眉山。

菩 萨 蛮

《单于》吹落山头月，漫漫江上沙如雪。谁唱《缕金衣》？水寒船舫稀。　　芦花枫叶浦，忆抱琵琶语。身未发长沙，梦魂先到家。

生 查 子

关山魂梦长，塞雁音书少。两鬓可怜青，一夜相思老。　　归傍碧纱窗，说与人人道。真个别离难，不似相逢好。

临 江 仙

别浦相逢何草草？扁舟两岸垂杨。绣屏珠箔绮香囊，酒深歌拍缓，愁入翠眉长。　　燕子归来人去也，此时无奈昏黄。桃花应似我柔肠，不禁微雨，流泪湿红妆。

词综卷八

宋　词

孔平仲 字毅父，新喻人。第进士，官秘书丞、集贤校理，谪知衡州，徙韶州，复责惠州别驾安置，召为户部金部郎中，出提举永兴路刑狱，帅鄜、延、环、庆。有《清江集》。

千　秋　岁

次韵少游见赠

春风湖外，红杏花初退。孤馆静，愁肠碎。泪馀痕在枕，别久香销带。新睡起，小园戏蝶飞成对。　　惆怅人谁会？随处聊倾盖。情暂遣，心何在？锦书消息断，玉漏花阴改。迟日暮，仙山杳杳空云海。

米　芾 字元章，吴人。历官太常博士，知无为军，召为书画学博士，擢礼部员外郎，出知淮阳军。有《襄阳集》。

满　庭　芳

与周熟仁试赐茶甘露寺

雅燕飞觞，清谈挥麈，使君高会群贤。密云双凤，初破缕金团。窗外炉烟自动，开瓶试一品香泉。轻涛起，香生玉杵，雪溅紫瓯圆。娇鬟，宜美盼，双擎翠袖，稳步红莲。坐中客翻愁，酒醒歌阑。点上纱笼画烛，花骢弄月影当轩。频相顾，馀欢未尽，欲去且留连。

滕宗谅 字子京，河南人。举进士，历官天章阁待制，徙庆州，再知虢州，复徙岳州，终知苏州。

临　江　仙

巴陵

湖水连天天连水，秋来分外澄清。君山自是小蓬瀛。气蒸云梦泽，波撼岳阳城。　　帝子有灵能鼓瑟，凄然依旧伤情。微闻兰芷动芳馨。曲终人不见，江上数峰青。

郑　仅 字彦能，彭城人。第进士，累官吏部侍郎，知徐州，迁显谟阁直学士、通议大夫，赠光禄大夫，谥修敏。

调　　笑

武陵

烟暖，武陵晚。洞里春长花烂漫。红英满地溪流浅，渐听云中鸡犬。刘郎迷路香风远，误到蓬莱仙馆。

又

苏苏

声切，恨难说。千里潮平春浪阔。梅风不解相思结，忍送落花飞雪。多才一去芳音绝，更对珠帘新月。

黄　裳 字勉仲，延平人。历官端明殿学士，赠少傅。有《演山集》词二卷。

雨　霖　铃

天南游客，甚而今却送君南国。西风万里无限，吟蝉暗续，离情如织。秣马脂车，去即去，多少人惜。望百里烟惨云山，送两城愁作行色。　　飞帆过浙西封域，到秋深且舣荷花泽。就船买得鲈鳜，新谷破，雪堆香粒。此兴谁同？须记东秦，有客相忆。愿听了一阕歌声，醉倒拚今日。

张景修 字敏叔，常州人。元丰末为饶州浮梁令，迁曹郎中。

选冠子

咏柳

嫩水挼蓝，遥堤影翠，半雨半烟桥畔。鸣禽弄舌，梦草萦心，偏称谢家池馆。红粉墙头，步摇金缕，纤柔舞腰低软。被和风搭在阑干，终日画帘高卷。　　春易老，细叶舒眉，轻花吐絮，渐觉绿阴成幔。章台系马，灞水维舟，谁念凤城人远？惆怅故国阳关，杯酒飘零，惹人肠断。恨青青客舍，江头风笛，乱云空晚。

孙　舣 字济师。

菩萨鬘

落梅

一声羌管吹鸣咽，玉溪夜半梅翻雪。江月正茫茫，断桥流水香。　　含章春欲暮，落日千山雨。一点著枝酸，吴姬先齿寒。

程　过 字观过。

满　江　红

梅

春欲来时，长是与江梅有约。还又向竹林疏处，一枝开却。对酒渐惊身老大，看花应念人离索。但十分沉醉祝东君，长如昨。
芳草渡，孤舟泊。山敛黛，天垂幕。黯销魂无奈，暮云残角。便好折来和雪戴，莫教酒醒随风落。待殷勤留此寄相思，谁堪托？

谒　金　门

江上路，依约数家烟树。一枕归心村店暮，更乱山深处。
梦过江南芳草渡，晓色又催人去。愁似游丝千万缕，倩东风约住。

解　昉 字方叔。

永　遇　乐

风暖莺娇，露浓花重，天气和煦。院落烟收，垂杨舞困，无奈堆金缕。谁家巧纵，青楼弦管？惹起梦云情绪。忆当时文衾粲枕，未尝暂孤鸳侣。　　芳菲易老，故人难聚，到此翻成轻误。阆苑仙遥，蛮笺纵写，何计传深诉？青山渌水，古今长在，惟有旧欢何处？空赢得斜阳暮草，淡烟细雨。

陈　亚 字亚之，扬州人。尝知润州，仕至司封郎中，一云太常少卿。有《澄源集》。吴处厚云："虽一时俳谐之词，寄兴亦有深意。"

生　查　子

相思意已深，白纸书难足。字字苦参商，故要檀郎读。　　分明记得约当归，远至樱桃熟。何事菊花时，犹未回乡曲？

张舜民 字芸叟，别号浮休居士。以荐为谏官，仕至吏部侍郎。有《画墁集》。

卖　花　声

题岳阳楼

木叶下君山，空水漫漫。十分斟酒敛芳颜。不是渭城西去客，休唱《阳关》。　　醉袖抚危栏，天淡云闲。何人此路得生还？回首夕阳红尽处，应是长安。

王　雱 字元泽，安石子。举进士，累官天章阁待制、兼侍讲，迁龙图阁直学士，卒，赠左谏议大夫。

眼　儿　媚

杨柳丝丝弄轻柔，烟缕织成愁。海棠未雨，梨花先雪，一半春休。　　而今往事难重省，归梦绕秦楼。相思只在，丁香枝上，豆蔻梢头。

蔡　挺 字子政，一作子正，宋城人。第进士，熙宁中拜枢密副使，卒，赠工部尚书，谥敏肃。子政在渭久，郁郁不自得，寓意词曲，有“玉关人老”之叹，中使至，令优伶歌之，遂达禁掖，有枢密之拜。

喜　迁　莺

霜天秋晓，正紫塞故垒，黄云衰草。汉马嘶风，边鸿叫月，陇上铁衣寒早。剑歌骑曲悲壮，尽道君恩须报。塞垣乐，尽櫜鞬锦领，山西年少。　　谈笑。刁斗静，烽火一把，时送一作“报”平安耗。圣主忧边，威怀遐远，骄虏尚宽天讨。岁华向晚愁思，谁念玉关人老？太平也，且欢娱，莫惜金樽频倒。

汪辅之 字正夫，宣州人。熙宁中登第，为职方郎中，广南转运使，降知虔州，卒。有集三十卷。

行　香　子

晚绿寒红，芳意匆匆。惜年华今与谁同？碧云零落，数字宾鸿。看渚莲凋，宫扇旧，怨秋风。　　流波坠叶，佳期何在？想天教离恨无穷。试将前事，闲倚梧桐。有销魂处，明月夜，锦屏空。

赵鼎臣 字承之，卫城人。元祐中进士，宣和中以右文殿修撰知邓州，召为太府卿，卒，赠待制。有《竹隐畸士集》。

念　奴　娇

送王长卿赴河间司录

旧游何处？记金汤形胜，蓬瀛佳丽。绿水芙蓉，元帅与宾僚，风流济济。万柳亭边，雅歌堂上，醉倒春风里。十年一梦，觉来烟水千里。　　惆怅送子重游，南楼依旧否？朱栏谁倚？要识当时，惟是有明月，曾陪珠履。量减杯中，雪添头上，甚矣吾衰矣！酒徒相问，为言憔悴如此。

苏　庠 字养直，丹阳人。绍圣中同徐俯荐于朝，不起，自放江湖间。有《后湖集》一卷。

菩　萨　鬘

自宜兴还西风作

园林寂寂春归去，濛濛柳下飘一作“飞”香絮。野水接云横，绿烟啼晓莺。　江南鹍鸠梦，山色朝来重。小艇小湾头，蘋花蘋叶洲。

木兰花令

江云叠叠遮鸳浦，江水无情流薄暮。归帆初张苇边风，客梦不禁篷背雨。　渚花不解留人住，只作深愁无尽处。白沙烟树有无中，雁落沧洲何处所？

临　江　仙

荷花

猎猎风蒲初暑过，潇然庭户秋清。野航渡口带烟横。晚山千万叠，别鹤两三声。　秋水芙蕖聊荡桨，一樽同破愁城。蓼花滩上白鸥明。暮云连极浦，急雨暗长汀。

刘　泾 字巨济，简州人。举进士，元符末官职方郎中。有《前溪集》。

清　平　乐

深沉院宇，枕簟清无暑。睡起花阴初转午，一霎飞云过雨。　雨馀隐隐残雷，夕阳却照庭槐。莫把珠帘垂下，妨他双燕归来。

潘元质 金华人。

倦寻芳

兽镮半掩，鸳甃无尘，庭院潇洒。树色沉沉，春尽燕娇莺姹。梦草池塘青渐满，海棠轩槛红相亚。听箫声，记秦楼夜约，彩鸾齐跨。渐迤逦更催银箭，何处贪欢，犹系骢马。旋剪灯花，两点翠眉谁画？香灭羞回空帐里，月高犹在重帘下。恨疏狂，待归来碎揉花打。

丑奴儿慢

愁春未醒，还是清和天气。对浓绿阴中庭院，燕语莺啼。数点新荷，翠钿轻泛水平池。一帘风絮，才晴又雨，梅子黄时。　　忍记那回，玉人娇困，初试单衣。共携手，红窗描绣，画扇题诗。怎有而今，半床明月两天涯。章台何处？多应为我，蹙损双眉。

苏　过 字叔党，轼第三子。初监太原府税，次知颍昌府郾城县，皆以法令罢，晚权通判中山府，留家颍昌，自号斜川居士，时称为小坡。有《斜川集》。

点绛唇

高柳蝉嘶，采菱歌断秋风起。晚云如髻，湖上山横翠。　　帘卷西楼，过雨凉生袂。天如水，画栏十二，少个人同倚。

秦　湛 字处度，观子。官宣教郎。

谒金门

鸳鸯浦，春涨一江花雨。隔岸数声初过橹，晚风生碧树。

舟子相呼相语，载取暮愁归去。寒食江村芳草路，愁来无著处。

许　庭 字伯扬，濠梁人。

临　江　仙

咏柳

不见灞陵原上柳，往来过尽蹄轮。朝离南楚暮西秦。不成名利，赢得鬓毛新。　　莫怪枝条憔悴损，一生惟苦征尘。两三烟树倚孤村。夕阳影里，愁杀宦游人。

葛胜仲 字鲁卿，丹阳人。绍圣四年进士，历官礼部员外郎，权国子司业，迁太常卿、兼谕德，除国子祭酒，寻知汝州，改湖州，绍兴十四年卒，谥文康。有《丹阳集》词一卷。

点　绛　唇

县斋愁坐

秋晚寒斋，藜床香篆横轻雾。闲愁几许？梦逐芭蕉雨。　　云外哀鸿，似替幽人语。归不去！乱山无数，斜日荒城鼓。

鹧　鸪　天

玉琯还飞换岁灰，定山新棹酒船回。年时梁燕双双在，肯为人愁便不来？　　衰意绪，病情怀。玉山今夜为谁颓？年时梅蕊垂垂破，肯为人愁便不开？

李　冠 字世英，山东人。

蝶　恋　花

遥夜亭皋闲信步。才过清明，渐觉伤春暮。数点雨声风约住，朦胧淡月云来去。　　桃杏依稀香暗度。谁在秋千，笑里轻轻语？一寸相思千万绪，人间没个安排处。王介甫云："张子野'云破月来花弄影'不如冠'朦胧淡月云来去'也。"

张表臣 官承议郎，通判常州。著《珊瑚钩诗话》。

蓦　山　溪

游甘露寺

楼横北固，尽日厌厌雨。欸乃数声歌，但渺漠江山烟树。寂寥风物，三五过元宵，寻柳眼，觅花须，春色知何处？　　《落梅》呜咽，吹彻江城暮。脉脉数飞鸿，杳归期东风凝伫。长安不见，烽起夕阳间，魂欲断，酒初醒，独下危梯去。

查　荎

透　碧　霄

舣兰舟，十分端是载离愁。练波送远，屏山遮断，此去难留。相从争奈，心期久要，屡变霜秋。叹人生杳似萍浮。又翻成轻别，都将深恨，付与东流。　　想斜阳影里，寒烟明处，双桨去悠悠。爱渚梅，幽香动，须采撷，倩纤柔。艳歌粲发，谁传馀韵，来说仙游？念故人留此遐州。但春风老后，秋月圆时，独倚江楼。

周紫芝 字少隐，宣城人。举进士，为枢密编修，守兴国。有《竹坡词》三卷。高邮孙竞序云：“竹坡乐章，清丽婉曲，非苦心刻意为之。”

鹧 鸪 天

一点残红欲尽时，乍凉秋气满屏帏。梧桐叶上三更雨，叶叶声声是别离。　　调宝瑟，拨金猊，那时同唱《鹧鸪词》。如今风雨西楼夜，不听清歌也泪垂。

醉 落 魄

江天云薄，江头雪似杨花落。寒灯不管人离索，照得人来，真个睡不著。　　归期已负梅花约，又还春动空飘泊。晓寒谁看伊梳掠？雪满西楼，人在阑干角。

生 查 子

金鞍欲别时，芳草溪边渡。不忍上西楼，怕看来时路。　　帘幕卷东风，燕子双双语。薄幸不归来，冷落春情绪。

又

春寒入翠帷，月淡云来去。院落半晴天，风撼梨花树。　　人醉掩金铺，闲倚秋千柱。满眼是相思，无说相思处。

又

青丝结晓鬟，临镜心情懒。知为晓愁浓，画得双蛾浅。　　柳困玉楼空，花落红窗暖。相对语春愁，只有春闺燕。

谒 金 门

春雨细，开尽一番桃李。柳暗曲栏花满地，日高人睡起。

绿浸小池春水，沙暖鸳鸯双戏。薄幸更无书一纸，画楼愁独倚。

朝　中　措

雨馀庭院冷萧萧，帘幕度微飙。鸟语唤回残梦，春寒勒住花梢。无聊睡起，新愁黯黯，归路迢迢。又是夕阳时候，一炉沉水烟销。

又

黄昏楼阁乱栖鸦，天末淡微霞。风里一池杨柳，月边满树梨花。阳台路远，鱼沉尺素，人在天涯。想得小窗遥夜，哀弦拨断琵琶。

宴　桃　源

林外野塘烟腻，衣上落梅香细。瘦马步凌兢，人在乱山丛里。憔悴，憔悴，回望小楼千里。

品　　令

九日上西庵绝顶

霜蓬零乱，笑绿鬓光阴晚。紫萸时节，小楼长醉，一川平远。休说龙山佳会，此情不浅。　　黄花香满，记《白苎》吴歌软。如今却向，乱山丛里，一枝重看。对著西风搔首，为谁肠断？

清　平　乐

烟鬟敛翠，柳下门初闭。门外一川风细细，沙上暝禽飞起。今宵水畔楼边，风光宛似当年。月到旧时明处，共谁同倚阑干？

点　绛　唇

西池桃花落尽，赋此。

燕子风高，小桃枝上花无数。乱溪深处，满地飞红雨。　　唤得春来，又送春归去。浑无绪！刘郎前度，空记来时路。

一　剪　梅

送杨师醇赴官

无限江山无限愁，两岸斜阳，人上扁舟。阑干吹浪不多时，酒在离樽，情满沧洲。　　早是霜华两鬓秋，目送飞鸿，那更难留。问君尺素几时来？莫道长江，不解西流。

江　城　子

夕阳低尽柳如烟，澹平川，断肠天。今夜十分霜月更娟娟。怎得人如天上月，虽暂缺，有时圆。　　断云飞雨又经年，思凄然，泪涓涓。且做如今，要见也无缘。因甚江头来去雁，飞不到，小楼边？

谢　逸 字无逸，临川人。再举进士不第。有《溪堂词》一卷。

花　心　动

风里杨花，轻薄性，银烛高烧心热。香饵悬钩，鱼不轻吞，辜负钓儿虚设。桑蚕到老丝长绊，针刺眼泪流成血。思量起，粘枝花朵，果儿难结。　　海样情深忍撇！似梦里相逢，不胜欢悦。出水双莲，摘取一枝，可惜并头分拆。猛期月满会姮娥，谁知是初生新月。折翼鸟，甚日于飞时节？沈天羽云："此词句句比方，用《小雅·鹤鸣》篇体也。"

蝶　恋　花

豆蔻梢头春色浅，新试纱衣，拂袖东风软。红日三竿帘幕卷，画楼影里双飞燕。　　拢鬓步摇青玉碾，缺样花枝，叶叶蜂儿颤。独倚阑干凝望远，一川烟草平如剪。

如 梦 令

花落莺啼春暮，陌上绿杨飞絮。金鸭晚香寒，人在洞房深处。无语，无语，叶上数声秋雨。

柳 梢 青

香肩轻拍，樽前忍听，一声将息。昨夜浓欢，今朝别酒，明日行客。　　后回来则须来，便去也如何去得？无限离情，无穷江水，无边山色。

燕 归 梁

六曲阑干翠幕垂，香烬冷金猊。日高花外啭黄鹂，春睡觉，酒醒时。　　草青南浦，云横西塞，锦字杳无期。东风只送柳绵飞，全不管，寄相思。

南 歌 子

雨洗溪光净，风掀柳带斜。画楼朱户玉人家。帘外一眉新月浸梨花。　　金鸭香凝袖，铜荷烛映纱。凤盘宫锦小屏遮。夜静寒生春笋理琵琶。

江 神 子

一江秋水碧湾湾，绕青山，玉连环。帘幕低垂，人在画图间。闲抱琵琶寻旧曲，弹未了，意阑珊。　　飞鸿数点拂云端，倚栏看，楚天寒。拟倩东风，吹梦到长安。恰似梨花春带雨，愁满眼，泪阑干。

青 玉 案

芦花飘雪迷洲渚，送秋水，连天去。一叶小舟横别浦，数声鸿雁，两行鸥鹭，天淡潇湘暮。　　蓬窗醉梦惊箫鼓，回首青楼在何处？柳岸风轻吹残暑，菊开青蕊，叶飞红树，江上潇潇雨。

清　平　乐

花边柳际，已渐知春意。归信不知何日是，旧恨欲拚无计。故人零落西东，题诗待倩归鸿。惟有多情芳草，年年处处相逢。

谢　薖 字幼槃，逸从弟。布衣。有《竹友词》一卷。

醉　蓬　莱

中秋怀无逸兄

望晴峰染黛，暮霭澄空，碧天无汉。圆镜高飞，又一年秋半。皓色谁同？归心暗折，听唳云孤雁。问月停杯，锦袍何处？一樽无伴。好在南邻，诗盟酒社，刻烛争成，引觞愁缓。今夕楼中，继阿连清玩。饮剧狂歌，歌终起舞，醉冷光零乱。乐事难穷，疏星易晓，又成浩叹。

蝶　恋　花

留董之南过七夕

一水盈盈牛女渡，目送经年，脉脉无由语。后夜鹊桥知暗度，持杯乞与闲情绪。　　君似庾郎愁几许？万斛愁生，更作征人去。留定征鞍君且住，人间岂有无愁处？

葛　郯 字谦问，丹阳人。有《信斋词》一卷。

念　奴　娇

和人

冯夷微怒,披鲛人水府织成绡縠。何处飞来双白鹭?点破一溪寒玉。岸柳烟迷,海棠酒困,赢得春眠足。凭栏搔首,为谁消遣愁目?
遥想居士床头,竹渠新雨,溜瓮中春醁。不惜千钟为客寿,倒卧南山新绿。晚月催归,春风留住,费尽纱笼烛。恍疑仙洞,梦游天柱林屋。

洞　仙　歌

壬辰六月十二日纳凉

璚楼十二,无限神仙侣,紫绂丹麾彩鸾驭。步虚声,杳霭碧落天高;微云淡,点破瑶阶白露。　　暗香来水阁,冰簟纱幮,一枕风轻自无暑。更上水晶帘,斗挂阑干,银河浅天孙将渡。终不如归去在苕川,看千顷菰蒲,乱鸣秋雨。

廖行之 字天民,衡阳人。有《省斋诗馀》一卷。

青　玉　案

重九忆罗舜举

家山去此无多路,久没个音书去。一别而今佳节度,黄花开未?白衣到否?篱落荒凉处。　　峥嵘岁月还秋暮,空腹便便无好句。菊意愆期开未许,那堪惹恨,年来此日,长是萧萧雨。

点　绛　唇

送人归新城

音信西来,匆匆思作东归计。别怀萦系,为个人留滞。　　樽酒团圞,莫惜通宵醉。还来未?满期君至,只在初三是。

词综卷九

宋 词

周邦彦 字美成，钱唐人。历官秘书监，进徽猷阁待制，提举大晟府，出知顺昌府，徙处州，卒，赠宣奉大夫。有《清真集》二卷，后集一卷。

晋阳强焕序云："美成词，模写物态，曲尽其妙。" 刘潜夫云："美成颇偷古句。" 陈质斋云："美成词多用唐人诗语，檃括入律，混然天成，长调尤善铺叙，富艳精工，词人之甲乙也。" 张叔夏云："美成词，浑厚和雅，善于融化诗句。" 沈伯时云："作词当以清真为主，盖清真最为知音，且下字用意，皆有法度。"

瑞 龙 吟

章台路，还是一作"见"褪粉梅梢，试华桃树。愔愔坊陌一作"曲"人家，定巢燕子，归来旧处。　　黯凝伫，因记个人痴小，乍窥门户。侵晨浅约宫黄，障风映袖，盈盈笑语。　　前度刘郎重到，访邻寻里，同时歌舞。唯有旧来秋娘，声价如故。吟笺赋笔，犹记燕台句。知谁伴名园露饮，东城闲步？事与孤鸿去，探春尽是伤离绪，官柳低金缕。归骑晚，纤纤池塘飞雨。断肠院落，一帘风絮。黄叔旸云："此词自'章台路'至'归来旧处'是第一段，自'黯凝伫'至'盈盈笑语'是第二段，此之谓双拽头，属正平调。自'前度刘郎'以下即犯大石，系第三段。至'归骑晚'以下四句，再归正平。诸本皆以'吟笺赋笔'处分段，非也。"

兰 陵 王

柳

柳阴直，烟里丝丝弄碧。隋堤上，曾见几番，拂水飘绵送行色。

登临望故国，谁识，京华倦客。长亭路，年去岁来，应折柔条过千尺。　　闲寻旧踪迹，又酒趁哀弦，灯照离席。梨花榆火催寒食。愁一箭一作“剪”风快，半篙波暖，回头一作“首”迢递便数驿，望人在天北。　　凄恻，恨堆积！渐别浦萦回，津堠岑寂，斜阳冉冉春无极。念月榭携手，露桥闻一作“吹”笛。沉思前事，似梦里，泪暗滴。

锁窗寒

寒食

暗柳啼鸦，单衣伫立，小帘朱户。桐花一作“阴”半亩，静锁一庭愁雨。洒空阶更阑未休，故人剪烛西窗语。似楚江暝宿，风灯零乱，少年羁旅。　　迟暮。嬉游处，正店舍无烟，禁城百五。旗亭唤酒，付与高阳俦侣。想东园桃李自春，小唇秀靥今在否？到归时定有残英，待客携樽俎。

侧犯

暮霞霁雨，小莲出水红妆靓。风定，看步袜江妃照明镜。飞萤度暗草，秉烛游花径。人静，携艳质追凉就槐影。　　金环皓腕，雪藕清泉莹。谁省？满身香犹是旧荀令。见说胡姬，酒垆寂静。烟锁漠漠，藻池苔井。

齐天乐

绿芜凋尽台城路，殊乡又逢秋晚。暮雨生寒，鸣蛩劝织，深阁时闻裁剪。云窗静掩，叹重拂罗裀，顿疏花簟。尚有练囊，露萤清夜照书卷。　　荆江留滞最久，故人相望处，离思何限？渭水西风，长安乱叶，空忆诗情宛转。凭高眺远，正玉液新刍，蟹螯初荐。醉倒山翁，但愁斜照敛。

苏幕遮

燎沉香，消溽暑。鸟雀呼晴，侵晓窥檐语。叶上初阳干宿雨，水面清圆，一一风荷举。　　故乡遥，何日去？家住吴门，久作长安旅。五月渔郎相忆否？小楫轻舟，梦入芙蓉浦。

六丑

蔷薇谢后作

正单衣试酒，怅客里光阴虚掷。愿春暂留，春归如过翼，一去无迹。为问家何在？夜来风雨，葬楚宫倾国。钗钿堕处遗香泽，乱点桃蹊，轻翻柳陌。多情更谁追惜？但蜂媒蝶使，时叩窗槅。　　东园岑寂，渐蒙笼暗碧。静绕珍丛底，成叹息。长条故惹行客，似牵衣待话，别情无极。残英小，强簪巾帻。终不似一朵钗头颤袅，向人欹侧。漂流处莫趁潮汐。恐断鸿一作“红”尚有相思字，何由见得？

大酺

对宿烟收，春禽静，飞雨时鸣高屋。墙头青玉旆，洗铅霜都尽，嫩梢相触。润逼琴丝，寒侵枕障，虫网吹粘帘竹。邮亭无人处，听檐声不断，困眠初熟。奈愁极频一作“顿”惊，梦轻难记，自怜幽独。　　行人归意速，最先念流潦妨车毂。怎奈向一作“何”兰成憔悴，卫玠清羸，等闲时易伤心目。未怪平阳客，双泪落笛中哀曲。况萧索青芜国，红糁铺地，门外荆桃如菽。夜游共谁秉烛？

法曲献仙音

蝉咽凉柯，燕飞尘幕，漏阁签声时度。倦脱纶巾，困便湘竹，桐阴半侵朱户。向抱影凝情处，时闻打窗雨。　　耿无语。叹文园近来多病，情绪懒，樽酒易成间阻。缥缈玉京人，想依然京兆眉妩。翠幕深中，对徽容空在纨素。待花前月下，见了不教归去。

满 庭 芳

夏日溧水无想山作

风老莺雏，雨肥梅子，午阴嘉树清圆。地卑山近，衣润费炉烟。人静乌鸢自乐，小桥外新绿溅溅。凭栏久，黄芦苦竹，拟泛九江船。 年年，如社燕，飘流瀚海，来寄修椽。且莫思身外，长近樽前。憔悴江南倦客，不堪听急管繁弦。歌筵畔，先安枕簟，容我醉时眠。

应 天 长 慢

寒食

条风布暖，霏雾弄晴，池台遍满春色。正是夜堂无月，沉沉暗寒食。梁间燕，社前客，似笑我闭门愁寂。乱花过，隔苑芸香，满地狼籍。 长记那回时，邂逅相逢，郊外驻油壁。又见汉宫传烛，飞烟五侯宅。青青草，迷路陌。强载酒细寻前迹。市桥远，柳下人家，犹自相识。

玉 楼 春

桃溪不作从容住，秋藕绝来无续处。当时相候赤栏桥，今日独寻黄叶路。 烟中列岫青无数，雁背夕阳红欲暮。人如风后入江云，情似雨馀粘地絮。

少 年 游

并刀如水，吴盐胜雪，纤指破新橙。锦幄初温，兽香不断，相对坐调笙。 低声问向谁行宿？城上已三更。马滑霜浓，不如休去，直是少人行。

拜星月慢

夜色催更，清尘收露，小曲幽坊月暗。竹槛灯窗，识秋娘庭院。笑相遇，似觉琼枝玉树，暖日明霞光烂。水盼兰情，总平生稀见。画图中旧识春风面，谁知道自到瑶台畔，眷恋雨润云温，苦惊风吹散。念荒寒寄宿无人馆。重门闭败壁秋虫叹。怎奈何一作“向”一缕相思，隔溪山不断！

尉迟杯

隋堤路，渐日晚密霭生深树。阴阴淡月笼沙，还宿河桥深处。无情画舸，都不管烟波隔前一作“南”浦，等行人醉拥重衾，载将离恨归去。　　因思旧客京华，长偎傍疏林小槛欢聚。冶叶倡条俱相识，仍惯见珠歌翠舞。如今向渔村水驿，夜如岁焚香独自语。有何人念我无聊？梦魂凝想鸳侣！

西河

金陵怀古

佳丽地，南朝盛事谁记？山围故国，绕清江髻鬟对起。怒涛寂寞打孤城，风樯遥度天际。　　断崖树，犹倒倚，莫愁艇子曾系。空馀旧迹，郁苍苍雾沉半垒。夜深月过女墙来，伤心东望淮水。酒旗戏鼓甚处市？想依稀王谢邻里。燕子不知何世，入寻常巷陌人家，相对如说兴亡，斜阳里。

点绛唇

辽鹤归来，故乡一作“人”多少伤心地一作“事”！短书不寄，鱼浪空千里。　　凭仗桃根，说与相思意。愁无际，旧时衣袂，犹有东风泪。《夷坚支志》云：“美成在姑苏，与营妓岳楚云相恋。后从京师过吴，则岳已从人久矣。因饮于太守蔡峦子高坐上，见其妹，因作此词寄之。楚云读之，感泣者累日。”

又

征骑初停，酒行莫放离歌举。柳汀莲浦，看尽江南路。　苦恨斜阳，冉冉催人去。空回顾，淡烟横素，不见扬鞭处。

一落索

杜宇催归声苦，和春催去。倚栏一霎酒旗风，任扑面桃花雨。　目断陇云江树，难逢尺素。落霞隐隐日平西，料想是分携处。

荔枝香近

照水残红零乱，风掀去。尽日恻恻轻寒，帘底吹香雾。黄昏客枕无聊，细响当窗雨，看两两相依燕新乳。　楼下水，渐绿遍行舟浦。暮往朝来，心逐片帆轻举。何日迎门，小槛朱笼报鹦鹉，共剪西窗蜜炬？

又

向夜寒侵酒席，露微泫。舄履初会，香泽方薰，无端暗雨催人，但怪灯偏帘卷。回顾，始觉惊鸿去远。　大都世间，最苦惟聚散。到得春残，看即是开离宴。细思别后，柳眼花须更谁剪？此怀何处消遣？

霜叶飞

露迷衰草，疏星挂，凉蟾低下林表。素娥青女斗婵娟，正倍添凄悄。渐飒飒丹枫撼晓，横天云浪鱼鳞小。见皓月相看，又透入清辉半晌，特地留照。　迢递望极关山，波穿千里，度日如岁难到。凤楼今夜听西风，奈五更愁抱！想玉匣哀弦闭了，无心重理相思调。念故人，牵离恨，屏掩孤颦，泪流多少？

伤情怨

枝头风信渐小，看暮鸦飞了。又是黄昏，闭门收返照。　江南人去路杳，信未通愁已先到。怕见孤灯，霜寒催睡早。

秋蕊香

乳鸭池塘水暖，风紧柳花迎面。午妆粉指印窗眼，曲里长眉翠浅。　闻知社日停针线，探新燕。宝钗落枕梦魂远，帘影参差满院。

菩萨蛮

银河宛转三千曲，浴凫飞鹭澄波绿。何处望归舟？夕阳江上楼。　天憎梅浪发，故下封枝雪。深院卷帘看，应怜江上寒。

南柯子

咏梳

桂魄分馀晕，檀槽破紫心。晓妆初试鬓云侵，每被兰膏香染色深沉。　指印纤纤粉，钗横隐隐金。有时云雨凤帏深，长是枕前不见殢人寻。

关河令

秋阴时作渐向暝，变一庭凄冷。伫听寒声，云深无雁影。　更深人去寂静，但照壁孤灯相映。酒已都醒，如何消夜永？

过秦楼

一本作《惜馀春慢》

水浴清蟾，叶喧凉吹，巷陌马声初断。闲依露井，笑扑流萤，惹破画罗轻扇。人静夜久凭栏，愁不归眠，立残更箭。叹年华一瞬，人今千里，梦沉书远。　空见说鬓怯琼梳，容销金镜，渐懒趁时匀染。梅风地溽，虹雨苔滋，一架舞红都变。谁信无聊？为伊才减江淹，情伤荀倩。但明河影下，还看稀星数点。

六 幺 令

重阳

快风收雨，亭馆清残燠。池光静横秋影，岸柳如新沐。闻道宜城酒美，昨日新醅熟。轻镳相逐，冲泥策马，来折东篱半开菊。
华堂花艳对列，一一惊郎目。歌韵巧共泉声，间杂琮琤玉。惆怅周郎已老，莫唱当时曲。幽欢难卜，明年谁健？更把茱萸再三嘱。

氐 州 第 一

波落寒汀，村渡向晚，遥看数点帆小。乱叶翻鸦，惊风破雁，天角孤云缥缈。官柳萧疏，甚尚挂微微残照。景物关情，川途换目，顿来催老。　渐解狂朋欢意少，奈犹被思牵情绕。座上琴心，机中锦字，觉最萦怀抱。也知人悬望久，蔷薇谢归来一笑。欲梦高唐，未成眠，霜空已晓。

瑞 鹤 仙

悄郊原带郭，行路永，客去车尘漠漠。斜阳映山落，敛馀红犹恋孤城栏角。凌波步弱，过短亭何用素约。有流莺劝我，重解绣鞍，缓引春酌。　不记归时早暮，上马谁扶？醒眠朱阁。惊飙动幕，扶残醉，绕红药。叹西园已是花深无地，东风何事又恶？任流光过却，犹喜洞天自乐。

望 江 南

歌席上，无赖是横波。宝髻玲珑欹玉燕，绣巾柔腻掩香罗，人好自宜多。　　无个事，因甚敛双蛾？浅淡梳妆疑见画，惺忪言语胜闻歌，何况会婆娑！

花　　犯

梅花

粉墙低，梅花照眼，依然旧风味。露痕轻缀，疑净洗铅华，无限清丽。去年胜赏曾孤倚，冰盘共宴喜。更可惜雪中高士，香篝薰素被。　　今年对花太匆匆，相逢似有恨，依依憔悴。凝望久，青苔上旋看飞坠。相将见脆圆荐酒，人正在空江烟浪里。但梦想一枝潇洒，黄昏斜照水。黄叔旸云："此只咏梅花，而纡徐反覆，道尽三年间事，圆美流转如弹丸。"

浪淘沙慢

晓一作"昼"阴重，霜凋岸草，雾隐城堞。南陌脂车待发，东门帐饮乍阕。正拂面垂杨堪揽结，掩红泪玉手亲折。念汉浦离鸿去何许，经时信音绝。　　情切，望中地远天阔。向露冷风清无人处，耿耿寒漏咽。嗟万事难忘，唯是轻一作"离"别！翠樽未竭，凭断云留取，西楼残月。　　罗带光销纹衾叠。连环解，旧香顿歇。怨歌永，琼壶敲尽缺。恨春去不与人期，弄夜色，空馀满地梨花雪。

夜　飞　鹊

河桥送人处，良夜何其？斜月远堕馀辉。铜盘烛泪已流尽，霏霏凉露沾衣。相将散离会，探风前津鼓，树杪参旗。花骢会意，纵扬鞭亦自行迟。　　迢递路回清野，人语渐无闻，空带愁归。何意重经前地，遗钿不见，斜径都迷。兔葵燕麦，向斜阳影与人齐。但徘徊班草，欷歔酹酒，极望天西。

解 语 花

元宵

风销焰蜡，露浥烘炉，花市光相射。桂华流瓦，纤云散耿耿素娥欲下。衣裳淡雅，看楚女纤腰一把。箫鼓喧，人影参差，满路飘香麝。因念帝城放夜：望千门如昼，嬉笑游冶；钿车罗帕，相逢处，自有暗尘随马。年光是也，惟只见旧情衰谢。清漏移，飞盖归来，从舞休歌罢。

垂 丝 钓

缕金翠羽，妆成才见眉妩。倦倚绣帘，看舞风絮。愁几许？寄风丝雁柱。春将暮。　　向层城苑路，钿车似水，时时花径相遇。旧游伴侣，还到曾来处，门掩风和雨。梁间燕语，问那人在否？

晁端礼 字次膺。熙宁六年进士，两为县令，晚以承事郎为大晟府协律。有《闲适集》一卷。

《能改斋漫录》："政和癸巳，大晟乐成，蔡元长以次膺荐，诏乘驿赴阙。次膺至都，会禁中嘉莲生，遂属词以进，名《并蒂芙蓉》。上览之，称善，除大晟府协律郎，不克受而卒。"

水 龙 吟

倦游京洛风尘，夜来病酒无人问。九衢雪少，千门月淡，元宵灯近。香散梅梢，冻消池面，一番春信。记南楼醉里，西城宴阕，都不管人春困。　　屈指流年未几，早惊人潘郎双鬓。当时体态，而今情绪，多应瘦损。马上墙头，纵教瞥见，也难相认。凭阑干，但有盈盈泪眼，把罗襟揾。

又

杏花

小桃零落春将半，双燕却来池馆。名园相倚，初开繁杏，一枝遥见。竹外斜穿，柳间深映，粉愁春怨。任红欹宋玉，墙头十里，曾牵惹人肠断。　　常记山城斜路，喷清香日迟风暖。春阴挫后，马前惆怅，满枝妆浅。深院帘垂，雨愁人处，碎红千片。料明年更发，多应更好，约邻翁看。

宴　桃　源

又是青春将暮，望极桃溪归路。洞户悄无人，空锁一庭红雨。凝伫，凝伫，人面不知何处？

满　庭　芳

绿绕群峰，红摇千柄，夜来暑雨初收。共君乘兴，轻舫信悠悠。且尽一樽别酒，荷香里满酌轻讴。明朝去，征帆夜落，何处好汀洲？　　风流，吾小阮，朝辞东观，夕向南州。况圣时争教贾傅淹留！若过浔阳亭上，琵琶泪莫洒清秋。堤边柳，从今爱惜，留待系归舟。

田不伐

南　柯　子

梦怕愁时断，春从醉里回。凄凉怀抱向谁开？些子清明时候被莺催。　　柳外都成絮，栏边半是苔。多情帘燕独徘徊，依旧满身花雨又归来。

又

团玉梅梢重，香罗芰扇低。帘风不动蝶交飞，一样绿阴庭院锁斜晖。　　对月怀歌扇，因风念舞衣。何须惆怅惜芳菲？拚却一年憔悴待春归。

曹　组 字元宠，颍昌人。宣和三年进士，有旨换武阶，兼阁职，仍给事殿中，《挥麈录》云官止副使。有《箕颍集》。

青玉案

碧山锦树明秋霁，路转陡疑无地。忽有人家临曲水。竹篱茅舍，酒旗沙岸，一簇渔樵市。　凄凉只恐乡心起，凤楼远，回头谩凝睇。何处今宵孤馆里？一声征雁，半窗斜月，总是离人泪。

蓦山溪

梅

护霜云际，远日明芳树。竹外一枝斜，想佳人天寒日暮。黄昏小院，无处著清香；风细细，雪垂垂，何况江头路！　月边疏影，梦到消魂处。结子欲黄时，又须作廉纤细雨。孤芳一世，供断有情愁；消瘦损，东阳也，试问花知否？

又

草薰风暖，楼阁笼轻雾。墙短出花梢，映谁家绿杨朱户？寻芳拾翠，绮陌自青春；江南远，踏青时，谁念方羁旅？　昔游如梦，空忆横塘路。罗袖舞台风，想桃花依然旧树。一怀离恨，满眼欲归心；山连水，水连云，怅望人何处？

点绛唇

云透斜阳，半楼红影明窗户。暮山无数，归雁愁边去。　十里平芜，花远重重树。空凝伫，故人何处？可惜春将暮！

好事近

梅

茅舍竹篱边，雀噪晚枝时节。一阵暗香飘处，已不胜愁绝。

江南得地故先开，不待有飞雪。肠断几回山路，恨无人攀折。

忆少年

年时酒伴，年时去处，年时春色。清明又近也，却天涯为客。念过眼光阴难再得，想前欢尽成陈迹。登临恨无语，把阑干暗拍。

望月婆罗门引

涨云暮卷，漏声不到小帘栊。银河淡扫澄空。皓月当轩高挂，秋入广寒宫。正金波不动，桂影朦胧。　　佳人未逢，叹此夕，与谁同？望远伤怀对影，霜满秋红。南楼何处？想人在长笛一声中。凝泪眼，立尽西风。

万俟雅言 自号词隐。崇宁中充大晟府制撰。有《大声集》五卷。

黄叔旸云："雅言精于音律，自号词隐，发妙旨于律吕之中，运巧思于斧凿之外，平而工，和而雅，比诸刻琢句意而求精丽者，远矣。"

春草碧

草

又随芳渚，坐一作"生"看翠连霁空，愁遍征路。东风里，谁望断西塞，恨迷南浦？天涯地角，意不尽，消沉万古。曾是送别长亭下，细绿暗烟雨。　　何处？乱红铺绣茵，有醉眠荡子，拾翠游女。王孙远，柳外共残照，断云无语。池塘梦生，谢公后还能继否？独上画楼，春山暝，雁飞去。

三台

清明应制

见梨花初带夜月，海棠半含朝雨。内苑春不禁过青门，御沟涨潜通南浦。东风静细柳垂金缕。望凤阙非烟非雾。好时代朝野多欢，遍九陌太平箫鼓。　　乍莺儿百啭断续，燕子飞来飞去。近渌水台榭映秋千，斗草聚双双游女。饧香更酒冷踏青路，会暗识夭桃朱户。向晚骤宝马雕鞍，醉襟惹乱花飞絮。　　正轻寒轻暖漏永，半阴半晴云暮。禁火天已是试新妆，岁华到三分佳处。清明看汉宫传蜡炬，散翠烟飞入槐府。敛兵卫阊阖门开，住传宣又还休务。

卓　牌　儿

春晚

东风绿杨天，如画出清明院宇。玉艳淡泊，梨花带月；胭脂零落，海棠经雨。单衣怯黄昏，人正在珠帘笑语。相并戏蹴秋千，共携手同倚阑干，暗香时度。　　翠窗绣户，路缭绕潜通幽处。断魂凝伫，嗟不似飞絮。闲闷闲愁难消遣，此日年年意绪。无据，奈酒醒春去。

忆　秦　娥

天如洗，金波冷浸冰壶里。冰壶里，一年得似，此宵能几？
等闲莫把阑干倚，马蹄去便三千里。三千里，几重云岫？几重烟水？

昭　君　怨

春到南楼雪尽，惊动灯期花信。小雨一番寒，倚阑干。　莫把阑干频倚，一望几重烟水。何处是京华？暮云遮。

徐　伸　字幹臣，三衢人。政和初以知音律为太常典乐，出知常州。有《青山乐府》一卷。

二　郎　神

闷来弹鹊，又搅碎一帘花影。漫试著春衫，还思纤手，熏彻金猊烬冷。动是愁端如何向，但怪得新来多病。嗟旧日沈腰，而今潘鬓，怎一作"不"堪临镜？　重省，别时泪渍，罗襟犹凝。料为我厌厌，日高慵起，长托春酲未醒。雁足一作"翼"不来，马蹄难去，门掩一庭芳景。空伫立，尽日阑干倚遍，昼长人静。黄叔旸云："青山词多杂调，惟《二郎神》一曲，天下称之。"

词综卷十

宋　词

陈　克 字子高，临海人，侨寓金陵。元丰间以吕安老荐入幕府，得官。有《赤城词》一卷。

陈质斋云："子高词，格颇高丽，晏、周之流亚也。"

菩　萨　蛮

赤栏桥尽香街直，笼街细柳娇无力。金碧上晴空，花晴帘影红。　黄衫飞白马，日日青楼下。醉眼不逢人，午香吹暗尘。

又

绿芜墙绕青苔院，中庭日淡芭蕉卷。蝴蝶上阶飞，风帘自在垂。　玉钩双语燕，宝甃杨花转。几处簸钱声，绿窗春梦轻。

谒　金　门

愁脉脉，目断江南江北。烟树重重芳信隔，小楼山几尺？
细草孤云斜日，一晌弄晴天色。帘外落花飞不得，东风无气力。

又

花满院，飞去飞来双燕。红雨入帘寒不卷，晓屏山六扇。
翠袖玉笙凄断，脉脉两蛾愁浅。消息不知郎近远，一春长梦见。《耆旧续闻》云："和凝词：'拂水双飞来去燕，曲槛小屏山六扇。'"

又

柳丝碧，柳下人家寒食。莺语匆匆花寂寂，玉阶春藓湿。闲凭薰笼无力，心事有谁知得！檀炷绕窗灯背壁，画檐残雨滴。

临　江　仙

四海十年兵不解，胡尘直到江城。岁华消尽客心惊。疏髯浑似雪，衰涕欲生冰。　　送老齑盐何处是？我缘应在吴兴。故人相望若为情。别愁深夜雨，孤影小窗灯。

李　祁 字萧远。官至尚书郎，宣和间，责监汉阳酒税。

点　绛　唇

楼下清歌，水流歌断春风暮。梦云烟树，依约江南路。　　碧水黄沙，梦到寻梅处。花无数，问花无语，明月随人去。

朝　中　措

郎官湖上探春回，初见照江梅。过尽竹溪流水，无人知道花开。佳人何处？江南梦远，殊未归来。唤取小丛教看，隔江烟雨楼台。

风　蝶　令

袅袅秋风起，萧萧败叶声。岳阳楼上听哀筝。楼下凄凉江月为谁明？　　雾雨沉云梦，烟波渺洞庭。可怜无处问湘灵，只有无情江水绕孤城。

吕渭老 一作滨老，字圣求，秀州人。宣和末朝士。有词一卷。

赵师秀云:“圣求词,婉媚深窈,视美成、耆卿伯仲。”

薄 幸

青楼春晚,昼寂寂,梳匀又懒。乍听得鸦啼莺弄,惹起新愁无限。记年时偷掷春心,花间隔雾遥相见。便角枕题诗,宝钗贳酒,共醉青苔深院。　　怎忘得回廊下,携手处花明月满!如今但暮雨,蜂愁蝶恨,小窗闲对芭蕉展。却谁拘管?尽无言闲品秦筝,泪满参差雁。腰肢渐小,心与杨花共远。

选 冠 子

雨湿花房,风斜燕子,池阁昼长春晚。檀盘战象,宝局铺棋,筹画未分还懒。谁念少年,齿怯梅酸,病疏霞盏!正青钱遮路,绿丝明水,倦寻歌扇。　　空记得小阁题名,红笺青制,灯火夜深裁剪。明眸似水,妙语如弦,不觉晓霜鸡唤。闻道近来,筝谱慵看,金铺长掩。瘦一枝梅影,回首江南路远。

念 奴 娇

赠希文宠姬

暮云收尽,霁霞明高拥一轮寒玉。帘影横斜房户静,小立啼红簌簌。素鲤频传,蕉心微展,双蕊明红烛。开门疑是,故人敲撼窗竹。　　长记那里西楼,小寒窗静,尽掩风筝鸣屋。泪眼灯光情未尽,尽觉语长更促。短短霞杯,温温罗帕,妙语书裙幅。五湖何日,小舟同泛春绿?

情 久 长

冰梁跨水,沉沉霁色遮千里。怎向我小舟孤棹,天外飘坠。夜寒侵短发,睡不稳,窗外寒风渐起。岁华暮,蟾光射雪,碧瓦飘霜,尘不动，寒无际。　　鸡咽荒郊，梦也无归计。拥绣枕断魂残魄，清吟无味。想伊睡起，又念远，楼阁横枝对倚。待归去西窗剪烛，小阁凝香，深翠幕，饶春睡。

满　路　花

同柳仲修在赵屯

西风秋日短，小雨菊花寒。断云低古木，暗江天。星娥尺五，佳约误当年。小语凭肩处，犹记西园，画桥斜月阑干。　　鸟啼花落，春信遣谁传？尚容清夜梦，小留连。青楼何处，宝镜注婵娟？应念红笺事，微晕春山，背窗愁枕孤眠。

浣　溪　沙

烟柳濛濛鹊做巢，青青弱草带斜桥，莺声多在杏花梢。　　逐伴不知春路远，见人时著小词招，阿谁有分伴吹箫？

南　歌　子

策杖穿花圃，登临啸晚风。无穷秋色蔽晴空。遥见夕阳江上卷飞蓬。　　雁过菰蒲远，山遥梦寐通。一林枫叶堕愁红。归去暮烟深处听疏钟。

祝　英　台　近

宝蟾明，朱阁静，新燕近帘语。还记元宵，灯火小桥路。逢迎春笋柔微，凌波纤稳，悄不顾斗斜三鼓。　　甚无据！谁信一霎春愁，莺声留不住。柳色苔痕，风雨暗花圃。细看罗带银钩，绡巾香泪，算不枉那时分付。

江　城　子

晓参垂户宿酲醒。坐南亭，对疏星。点点萤光，偏向竹梢明。望断长空何处是？云叶乱，彩霞横。　　西楼依旧抱重城。小银屏，此时情。鸦阵翻丛，枯柳两三声。欹枕欲寻初夜梦，鸡唱远，晓蟾倾。

小 重 山

七夕病中

半夜灯残鼠上檠。小窗风动竹，月微明。梦魂偏寄水西亭。琅玕碧，花影弄蜻蜓。　　千里暮云平。南楼催上烛，晚来晴。酒阑人散斗西倾。天如水，团扇扑流萤。

减字木兰花

雨帘高卷，芳树阴阴连别馆。凉气侵楼，蕉叶荷枝各自秋。前溪夜舞，化作惊鸿留不住。愁损腰肢，一桁香消旧舞衣。

江 城 子 慢

新枝媚斜日，花径霁，晚碧泛红滴。近寒食，蜂蝶乱，点检一城春色。倦游客，门外昏鸦啼梦破，春心似游丝飞远碧。燕子又语斜檐，行云自没消息。　　当时乌丝夜语，约桃花时候，同醉瑶瑟。甚端的，看看是榆角杨花飞掷。怎忘得，斜倚红楼回泪眼，天如水沉沉连翠壁，想伊不整啼妆影帘侧。

百 宜 娇

隙月垂篦，乱蛩催织，秋晚嫩凉房户。燕拂帘旌，鼠窥窗网，寂寂飞萤来去。金铺镇掩，谩记得花时南浦。约重阳萸糁菊英，小楼遥夜歌舞。　　银烛暗，佳期细数。帘幕渐西风，半窗秋雨。叶底翻红，水面皴碧，灯火裁缝砧杵。登高望极，正雾锁官槐归路。定须相将，宝马钿车，访吹箫侣。

梦玉人引

上危梯望，画阁迴，绣帘垂。曲水飘香，小园莺唤春归。舞袖弓弯，正满城烟草凄迷。结伴踏青，趁蝴蝶双飞。　　赏心欢计，从别后无意到西池。自检罗囊，要寻红叶留诗。懒约无凭据，莺花都不知。怕人问，强开怀细酌荼蘼。

倾杯令

隔座藏钩，分曹射覆，烛焰渐催三鼓。筝按教坊新谱，楼外月生春浦。　　徘徊争忍忙归去？怕明朝无情风雨。珍花美酒团坐，且作樽前笑侣。

一落索

蝉带残声移别树，晚凉房户。秋风有意染黄花，下几点凄凉雨。　　渺渺双鸿飞去，乱云深处。一山红叶为谁愁？供不尽相思句。

西江月慢

春风淡淡，清昼永落英千尺。桃杏散平郊，晴蜂来往，妙香飘掷。傍画桥煮酒青帘，绿杨风外，数声长笛。记去年紫陌朱门，花下旧相识。　　向宝帕裁书凭燕翼。望翠阁烟林似织。闻道春衣犹未整，过禁烟寒食。但记取，角枕题情，东窗休误，这些端的。更莫待，青子绿阴春事寂。

赵　企 字循道。大观中宰绩溪。

感皇恩

骑马踏红尘，长安重到。人面依然似花好。旧欢才展，又被新愁分了。未成云雨梦，巫山晓。　　千里断肠，关山古道。回首高城似天杳。满怀离恨，付与落花啼鸟。故人何处也？青春老。

李持正 字季秉。政和五年进士，历知德庆、南剑、潮阳三郡，终朝请大夫。

明月逐人来

上元

星河明澹，春来深浅，红莲正满城开遍。禁街行乐，暗尘香拂面。皓月随人近远。　　天半鳌山，光动凤楼两观。东风静珠帘不卷。玉辇待归，云外闻弦管。认得宫花影转。苏子瞻云："好个'皓月随人近远'！"

王　寀 字辅道，一云字道辅，韶子。宣和中官侍郎。

玉楼春

秋闺思入江南远，帘幕低垂闲不卷。玉珂声断晓屏空，好梦惊回还起懒。　　风轻只觉香烟短，阴重不知天色晚。隔窗人语退朝归，旋整宿妆匀睡眼。

蝶恋花

梨花

镂雪成花檀作蕊。爱伴秋千，摇曳东风里。翠袖年年寒食泪，为伊牵惹愁无际。　　幽艳偏宜春雨细。红粉阑干，有个人相似。钿合金钗谁与寄？丹青传得凄凉意。

韩　驹 字子苍，仙井监人。政和初进士，历迁中书舍人，兼权直学士院，赠中奉大夫。有《陵阳集》。

昭　君　怨

雪

昨日樵村渔浦，今日琼川银渚。山色卷帘看，老峰峦。　　锦帐美人贪睡，不觉天孙剪水。惊问是杨花？是芦花？

徐　积 字仲车，楚州山阳人。中进士第，除扬州司户参军、楚州教授，改和州防御推官，徽宗初立，改宣德郎，卒，赠谥节孝处士。有集。

渔　父　乐

水曲山隈四五家，夕阳烟火隔芦花。渔唱歇，醉眠斜，纶竿蓑笠是生涯。

何　籀 字子初，信安人。

宴　清　都

细草沿阶软。迟日薄，惠风轻霭微暖。春工靳惜，桃英尚小，柳芽犹短。罗帏绣幕高卷，早已是歌慵笑懒。凭画楼，那更天远，山远，水远，人远。　　堪怨！傅粉疏狂，窃香俊雅，无计拘管。青丝绊马，红巾寄羽，甚处迷恋？无言泪珠零乱，翠袖尽重重渍遍。故要得别后思量，归时觑见。

蒋子云 字元龙。

好 事 近

叶暗乳鸦啼，风定乱红犹落。蝴蝶不随春去，入薰风池阁。休歌《金缕》劝金卮，酒病煞如昨。帘卷日长人静，任杨花飘泊。

宋齐愈 字退翁。宣和间为大学官。按：吴曾《能改斋漫录》称谏议。

眼 儿 媚

梅词应制

霏霏疏影一作“雨”转征鸿，人语暗香中。小桥斜渡，曲屏深院，水月濛濛。　人间不是藏春处一作“所”，玉笛晓霜空。江南处处，黄垂密雨，绿涨薰风。

李　甲 字景元，华亭人。

帝 台 春

芳草碧色，萋萋遍南陌。暖絮乱红，也知人春愁无力。忆得盈盈拾翠侣，共携赏凤城寒食。到今来，海角逢春，天涯倦客。　愁旋释，还似织。泪暗拭，又偷滴。漫伫立倚遍危栏，尽黄昏，也只是暮云凝碧。拚则而今已拚了，忘则怎生便忘得？又还问鳞鸿，试重寻消息。

望 云 涯 引

秋容江上，岸花老，蘋洲白。露湿蒹葭，浦屿渐增寒色。闲渔唱晚，鹜雁惊飞处，映远碛。数点轻帆，送天际归客。　　凤台人散，漫回首，沉消息。素鲤无凭，楼上暮云凝碧。时向西风下，认远笛。宋玉悲怀，未信金樽消得。

八　宝　妆

门掩黄昏，画堂人寂，暮雨乍收残暑。帘卷疏星庭户悄，隐隐严城钟鼓。空街烟暝半开，斜月朦胧，银河澄淡风凄楚。还是凤楼人远，桃源无路。　　惆怅夜久星繁，碧云望断，玉箫声在何处？念谁伴茜裙翠袖，共携手瑶台归去。对修竹森森院宇，曲屏香暖凝沉炷。问对酒当歌，情怀记得刘郎否？

过　秦　楼

卖酒垆边，寻芳原上，乱花飞絮悠悠。已蝶稀莺散，便拟把长绳系日无由。谩道草忘忧，也徒将酒解闲愁。正江南春尽，行人千里，蘋满汀洲。　　有翠红径里，盈盈侣，簇芳茵禊饮，时笑时讴。当暖风迟景，任相将永日，烂熳狂游。谁信盛狂中，有离情忽到心头！向尊前拟问，双燕来时，曾过秦楼？

夏　倪 字均父，蕲州人。自府曹左官祁阳监酒。

减字木兰花

宣和庚子登浯台作

江涵晓日，荡漾波光摇桨入。笑指浯溪，漫叟雄文锁翠微。休嗟不偶，归到中州何处有？独立风烟，湘水浯台总接天。

沈会宗 字文伯。

小重山

花过园林清荫浓。琅玕新脱笋，绿成丛。语一作"雨"声只在小楼一作"池"东。闲欹枕，敌一作"直"面芰荷风。　长一作"斜"日蔽帘栊。轻尘飞不到，画堂空。一樽今夜与谁同？人如玉，相对月明中。

菩萨鬘

落花迤逦层阴少，青梅竞弄枝头小。江色雨和烟，行人江那边。　好花都过了，满地空芳草。落日醉醒间，一春无此寒。

蓦山溪

想伊不住，船在蓝桥路。别语未甘听，更忍问而今是去？门前杨柳，几日转西风？将行色，欲留心，忽忽城头鼓。　一番幽会，只觉添愁绪。邂逅却相逢，又还有此时欢否？临岐把酒，莫惜十分斟；尊前月，月中人，明夜知何处？

清商怨

城上鸦啼斗转，渐玉壶冰满。月淡寒梅，清香来小院。　谁遣鸾笺写怨？翻锦字叠叠和愁卷。梦破胡笳，江南烟树远。

廖世美

好事近

落日水熔金，天淡暮烟凝碧。楼上谁家红袖？倚阑干无力。　鸳鸯相对浴红衣，短棹弄长笛。惊起一双飞去，听波声拍拍。

烛影摇红

安陆浮云楼

霭霭春空，画楼森耸凌云渚。紫薇登览最关情，绝妙夸能赋。惆怅相思迟暮，记当日朱栏共语。塞鸿难问，岸柳何穷，别愁纷絮。　　催促年光，旧来流水知何处？断肠何必更残阳，极目伤平楚。晚霁波声带雨，悄无人舟横野渡。数峰江上，芳草天涯，参差烟树。

林少瞻

眼儿媚

晓行

霁霞散晓月犹明，疏木挂残星。山径人稀，翠萝深处，啼鸟两三声。　　霜华重逼云裘冷，心共马蹄轻。十里青山，一溪流水，都做许多情。

何大圭 字晋之，广德军人。进士。

小重山

绿树莺啼春正浓。钗头青杏小，绿成丛。玉船风动酒鳞红。歌声咽，相见几时重？　　车马去匆匆。路随芳草远，恨无穷。相思只在梦魂中。今宵月，偏照小楼东。临邛高耻庵云：“‘玉船’句，如云锦月钩，夺造化之巧。”

沈公述

念 奴 娇

杏花过雨，渐残红零落，胭脂颜色。流水飘香人渐远，难托春心脉脉。恨别王孙，墙阴目断，手把青梅摘。金鞍何处？绿杨依旧南陌。　消散云雨须臾，多情因甚，有轻离轻拆？燕子千般争解说，些子伊家消息。厚约深盟，除非重见，见了方端的。而今无奈，寸肠千恨堆积。

鲁逸仲

南　浦

风悲画角，听《单于》三弄落谯门。投宿骎骎征骑，飞雪满孤村。酒市渐阑灯火，正敲窗乱叶舞纷纷。送数声惊雁，乍离烟水，嘹唳度寒云。　好在半胧淡月，到如今无处不销魂。故国梅花归梦，愁损绿罗裙。为问暗香闲艳，也相思万点付啼痕。算翠屏应是，两眉馀恨倚黄昏。

何　㮚 字子缜，一云字文缜，仙井人。政和丙申进士第一，历官尚书右仆射、兼中书侍郎，死靖康之难，赠观文殿大学士。

虞 美 人

赠妓惠柔

分香帕子揉蓝腻，欲去殷勤惠。重来约在牡丹时，只恐花枝相妒故开迟。　别来看尽闲桃李，日日阑干倚。催花无计问东风，梦作一双蝴蝶绕芳丛。

陈　瓘 字莹中，延平人，中甲科，建中靖国初为右司谏，尝移书责曾布及言蔡京、蔡卞之奸，章疏十上，除名，编隶合浦以死，靖康中赠谏大夫，绍兴中追赠谥忠肃。有《了斋集》词一卷。

满　庭　芳

淮叶缤纷，江烟浓淡，别尊同倒寒晖。未逢春信，霜露惹征衣。往事元无是处，何须待回一作“白”首知非？春鹃语，从来劝我，长道不如归。　　家山，何处近？江楼帘栋，夕卷朝飞。问西江笋蕨，何似鲈肥？且署一作“置”华胥旧梦，忘言处千古同时。君知我，平生心事，相契古来希。

王安中 字履道，阳曲人。进士及第，宣和中累官翰林学士承旨、尚书左丞，金人来归燕，授庆远军节度使、河北、河南、燕山府路宣抚使，加少师，郭药师将叛，求罢，召还，靖康初安置象州，绍兴初复左中大夫。有《初寮集》词一卷。

玉　楼　春

秋鸿只向秦筝住，终寄青楼书不去。手因春梦有携时，眼到花开无著处。　　泥金小字回文句，翠袖红裙今在否？欲寻巫峡旧时云，问取高唐台畔路。

一　落　索

塞柳未传春信，霜花侵鬓。送君西去指秦关，看日近长安近？玉帐同时英俊，合离无定。路逢新雁北飞来，寄一字燕山问。

清 平 乐

和晁倅

花时微雨，未减春分数。占取帘疏花密处，把酒听歌《金缕》。斜风轻度浓香，闲情正与春长。向晚红灯入坐，尝新青杏随觞。

洞 仙 歌

深庭夜寂，但凉蟾如昼。鹊起高槐露华透。听曲楼，玉管吹彻《伊州》，金钏响，轧轧朱扉暗叩。　迎人巧笑道：好个今宵，怎不相寻暂携手！见淡净，晚妆残，对月偏宜，多情更越饶纤瘦。早促分飞霎时休，便恰似阳台梦云归后。

杨　适 字时可，棣州人。举进士，为尚书比部员外郎。

南 柯 子

送淮漕向伯恭

怨草迷南浦，愁花傍短亭。有情歌酒莫催行！看取无情花草也关情。　旧日临岐曲，而今忍泪听。淮山何在暮云平，待倩春风吹梦过江城。

方　乔 乐至人。

生 查 子

赠紫竹

晨莺不住啼，故唤愁人起。无力晓妆慵，闲弄荷钱水。　欲呼女伴来，斗草花阴里。娇极不成狂，更向屏山倚。

李　玉

贺　新　郎

篆缕消金鼎。醉沉沉，庭阴转午，画堂人静。芳草王孙知何处？惟有杨花糁径。渐玉枕腾腾春醒。帘外残红春已透，镇无聊殢酒厌厌病。云鬓乱，未忺整。　　江南旧事休重省。遍天涯寻消问息，断鸿难倩。月满西楼凭栏久，依旧归期未定。又只恐瓶沉金井。嘶骑不来银烛暗，枉教人立尽梧桐影。谁伴我，对鸾镜？黄叔旸云："李君词虽不多见，然风流蕴藉，尽此篇矣。"

沈子山 宿州狱掾。

剔　银　灯

途次南京忆营妓张温卿

一夜隋河风劲，霜湿水天如镜。古柳堤长，寒烟不起，波上月无流影。那堪频听，疏星外离鸿相应？　　须信情多是病，酒到愁肠还醒。数叠罗衾，馀香未减，甚时枕鸳重并？教伊须更将兰约，见时先定。

谢克家 字任伯。官参政。

忆　君　王

徽宗北行，作此。

依依宫柳拂宫墙，楼殿无人春昼长。燕子归来依旧忙。忆君王，月照黄昏人断肠。《避戎夜话》云："渊圣幸金营不返，谢元及作此词。"《鼠璞》云："语意悲凉，读之使人堕泪，真忧君忧国之语。"

词综卷十一

宋　词

向子諲 字伯恭，临江人，敏中玄孙。以钦圣宪肃皇后从侄恩补假承奉郎，建炎初迁直龙图阁、江淮发运副使，为黄潜善所斥，寻起知潭州，累迁户部侍郎，自号芗林居士。有《酒边集》四卷。

胡致堂云："芗林居士，步趋苏堂而哜其胾者也。"

如　梦　令

午夜凉生翠幔，帘外行云撩乱。可恨白蘋风，欲雨又还吹散。肠断，肠断，楚梦惊残一半。

生　查　子

近似月当怀，远似花藏雾。好是月明时，同醉花深处。　看花不自持，对月空相顾。愿学月频圆，莫作花飞去。

又

娟娟月入眉，整整云归鬓。镜里弄妆迟，帘外风移影。　斜窥秋水长，软语春莺近。无计奈情何，只有相思分。

鹧　鸪　天

说著分飞百种猜，泥人细数几时回。风流可惯长孤冷？怀抱如何得好开？　垂玉箸，下香阶，并肩小语更兜鞋。再三莫遣归期误,第一频教入梦来。

梅　花　引

戏代李师明作

花如颊,梅如叶,小时笑弄阶前月。最盈盈,最惺惺,闲愁未识无计说深情。一年空省春风面,花落花开不相见。要相逢,得相逢,须信灵犀中自有心通。　　同杯杓,同斟酌,千愁一醉都忘却。花阴边,柳阴边,几回拟待偷怜不成怜。伤春玉瘦慵梳掠,抛掷琵琶闲处著。莫猜疑,莫嫌迟,鸳鸯翡翠终是一双飞。

虞　美　人

宣和辛丑

去年雪满长安树,望断扬州路。今年看雪在扬州,人在蓬莱深处若为愁。　　而今不恨伊相误,自恨来何暮。平山堂下旧嬉游,只有舞春杨柳自风流。

殢　人　娇

席上赠侍人轻轻

白似雪花,柔于柳絮,蝴蝶儿镇长一处。春风骀荡,蓦然吹去。争得倩游丝半空惹住?　　波上精神,掌中态度,分明是彩云团做。当年飞燕,从今不数。只恐是高唐梦中神女。

南　歌　子

柳眼风前动,梅心雪后寒。年华浑似雾中看。报答风光无处可为欢。　　一曲聊收泪,三杯强自宽。新愁不耐上眉端,怕见长安归路懒凭栏。

又

碧落飞明镜，晴烟幂远山。扁舟夜下广陵滩。照我白蘋红蓼一杯残。　　初望同盟饮，如何两处看？遥知香雾湿云鬟，凭暖琼楼十二曲阑干。

蔡　伸　字伸道，莆田人，襄之孙。宣和中官彭城倅，历左中大夫。有《友古词》一卷。

水调歌头

用卢赞元韵别彭城

醉击玉壶缺，恨写绿琴哀。悠悠往事谁问？离思渺难裁。绿野堂前桃李，燕子楼中歌吹，那忍首重回？唯有旧时月，远远逐人来。　　小庭空，清夜永，独徘徊。伴人幽怨，一枝潇洒陇头梅。心断云帆西去，目送烟波东注，千里接长淮。为我将双泪，好过楚王台。

满庭芳

烟锁长堤，云横孤屿，断桥流水溶溶。凭栏凝望，远目送征鸿。桃叶蹊边旧事，如春梦回首无踪。难忘处，蔷薇花下，清夜一樽同。　　城东，携手地，寻芳选胜，赏遍珍丛。念紫箫声阕，燕子楼空。好是卢郎未老，佳期在，端有相逢。重重恨，聊凭红叶，和泪寄西风！

苏武慢

雁落平沙，烟笼寒水，古垒鸣笳声断。青山隐隐，败叶萧萧，天际暝鸦零乱。楼上黄昏，片帆千里归程，年华将晚。望碧云空暮，佳人何处？梦魂俱远。　　忆旧游邃馆朱扉，小园香径，尚想桃花人面。书盈锦轴，恨满金徽，难写寸心幽怨。两地离愁，一樽芳酒，凄凉危栏倚遍。尽迟留，凭仗西风，吹干泪眼。

飞雪满群山

冰结金壶，寒生罗幕，夜阑霜月侵门。翠筠敲韵，疏梅弄影，数声雁过南云。酒醒欹檠枕，怆然犹有残妆泪痕。绣被孤拥，馀香未减，犹是那时薰。　　长记得扁舟寻旧约，听小窗风雨，灯火黄昏。锦茵才展，琼签报曙，宝钗又是轻分。黯然携手处，倚朱箔愁凝黛颦。梦回云散，山遥水远空断魂。

虞美人

瑶琴一弄清商怨，楼外桐阴转。月华淡淡露华浓，寂寞小池烟水冷芙蓉。　　攀花撷翠当时事，绿叶同心字。有情还解忆人无？过尽寒沙新雁甚无书？

南乡子

宣和壬寅，予与向伯恭俱为大漕属官，

向有词云"凭书续断肠"，因为此词。

木落雁南翔，锦鲤殷勤为渡江。泪墨银钩相忆字，成行，滴损云笺小凤凰。　　陈事费思量，回首烟波卷夕阳。尽道凭书聊破恨，难忘，及至书来更断肠。

洞仙歌

莺莺燕燕，本是于飞伴。风月佳时阻幽愿。但人心坚固后，天也怜人，相逢处依旧桃花人面。　　绿窗携手乍，帘幕重重，烛影摇红夜将半。对樽前如梦，欲语魂惊；语未竟，已觉衣襟泪满。我只为相思特特来，这度更休推后回相见。

七 娘 子

天涯触目伤离绪,登临况值秋光暮。手捻黄花,凭谁分付?雝雝雁落蒹葭浦。　　凭高目断桃溪路,屏山楼外青无数。绿水红桥,琐窗朱户,如今总是销魂处。

侍 香 金 童

宝马行春,缓辔随油壁。念一瞬韶光堪重惜。还是去年同醉日,客里情怀,倍添凄恻。　　记南城锦径名园曾遍历,更柳下人家似织。此际凭栏愁脉脉,满目江山,暮云空碧。

苍 梧 谣

天,休使圆蟾照客眠。人何在?桂影自婵娟。

点 绛 唇

登历阳连云观

水绕孤城,乱山深锁横江路。帆归别浦,冉冉兰皋暮。　　人在天涯,雁背南云去。空凝伫,凤楼何处?烟霭迷津渡。

又

人面桃花,去年今日津亭见。瑶琴锦荐,一弄《清商怨》。　　今日重来,不见如花面。空肠断,乱红千片,流水天涯远。

王庭珪 字民瞻,庐陵人。政和八年进士,为国子监主簿,晚直敷文阁。有《卢溪集》词二卷。

点　绛　唇

花外红楼，当时青鬓颜如玉。淡烟残烛，醉入花间宿。　　白发相逢，犹唱当时曲。当时曲，断弦难续，且尽杯中醁。

又

上元鼓子词

玉漏春迟，铁关金锁星桥夜。暗尘随马，明月应无价。　　天半朱楼，银汉星光射。更深也，翠蛾如画，犹在凉蟾下。

感　皇　恩

一叶下西风，寒生南浦，椎鼓鸣桡送君去。长亭把酒，却倩阿谁留住？樽前人似玉，能留否？　　醉中暂听，离歌几许，听不能终泪如雨。无情江水，断送扁舟何处？归时烟浪卷，朱帘暮。

叶梦得 字少蕴，吴县人。绍圣四年进士，累迁翰林学士、兼侍读，除户部尚书，以崇信军节度使致仕，赠检校少保。有《建康集石林词》一卷。

关子东云："叶公妙龄词甚婉丽，晚岁落其华而实之，能于简淡时出雄杰，合处不减东坡。"

贺　新　郎

睡起啼莺语。掩苍苔房栊向晚，乱红无数。吹尽残花无人见，惟有垂杨自舞。渐暖霭初回轻暑。宝扇重寻明月影，暗尘侵，上有乘鸾女。惊旧恨，遽如许。　　江南梦断横江渚，浪黏天葡萄涨绿，半空烟雨。无限楼前沧波意，谁采蘋花寄取？但怅望兰舟容与。万里云帆何时到？送孤鸿目断千山阻。谁为我，唱《金缕》？

菩 萨 蛮

湖光亭晚景

平波不尽蒹葭远，清霜半落沙痕浅。烟树晚微茫，孤鸿下夕阳。　　梅花消息近，试向南枝问。记得水边春，江南别后人。

水 调 歌 头

九月望日，与客习射西园，予病不能射。

霜降碧天静，秋事促西风。寒声隐地初听，中夜入梧桐。起瞰高城四顾，寥落关河千里，一醉与君同。叠鼓闹清晓，飞骑引雕弓。　　岁将晚，客争笑，问衰翁：平生豪气安在？走马为谁雄？何似当筵虎士，挥手弦声响处，双雁落遥空。老矣真堪惜，回首望云中。

王之道 字彦猷，濡须人。宣和六年进士，历朝奉大夫。有《相山居士词》二卷。

如 梦 令

江上对雨

一晌凝情无语，手捻梅花何处？倚竹不胜愁，暗想江头归路。东去，东去，短艇淡烟疏雨。

向　镐 字丰之，河内人。有《乐斋词》二卷。

南 歌 子

路尽湘江水，人行瘴雾间。昏昏西日度严关。天外一簪初见岭南山。　　北雁连书断，新霜点鬓斑。此行休问几时还。准拟桂林佳处过春残。

如　梦　令

次韵邢子文

梦断绿窗莺语，消遣客愁无处。小槛俯青郊，恨满楚江南路。归去，归去，花落一川烟雨。

又

书弋阳楼

楼上千峰翠巘，楼下一湾清浅。宝簟酒醒时，枕上月华如练。留恋，留恋，明日水村烟岸。

沈　瀛 字子寿，吴兴人。有《竹斋词》一卷。

叶水心云："子寿少入太学，仕四十馀年，绌于王官，再入郡，三佐帅幕。其平生业，嗜文字若性命在身，非外物也。"

念　奴　娇

郊原浩荡，正夺目花光，动人春色。白下长干佳丽最，寒食嬉游人物。露卷香轮，风嘶宝骑，云表歌声遏。归来灯火，不知斗柄西揭。　　六代当日繁华，幕天席地，醉拍江流窄。游女人人争唱道，缓缓踏青阡陌。乐事何穷，赏心无限，可惜年光迫。须臾聚散，人生真信如客。

李　邴 字汉老，任城人。崇宁五年进士第，绍兴初参知政事，授资政殿学士，卒，谥文敏。有《云龛草堂集》。

洞 仙 歌

柳花

一团孅软，是将春揉做。撩乱随风到何处？自长亭人去后，烟草萋迷，归未定装点离愁无数。　飘扬无个事，刚被萦牵，长是黄昏怕微雨。记那回，深院静，帘幕低垂，花阴下霎时留住。又只恐伊家忒疏狂，更蓦地和春带将归去。

汉 宫 春

潇洒江梅，向竹梢疏处，横两三枝。东风也不爱惜，雪压霜欺。无情燕子，怕春寒轻失花期。惟是有，南来塞雁，年年长见开时。　清浅小溪如练，问玉堂何似，茅舍疏篱？伤心故人去后，冷落新诗。微云淡月，对孤芳分付他谁？空自倚，清香未减，风流不在人知。王仲言云："汉老少日作《汉宫春》词，脍炙人口，所谓'问玉堂何似，茅舍疏篱'是也。政和间，自书省丁忧归山东，服终造朝，举国无与谈者。方伥伥无计。时王黼为首相，忽遣人招至东阁，开宴，出其家姬十数人，酒半，唱是词侑觞。大醉而归，数日，遂有馆阁之命。"

玉 楼 春

美人书字

沉吟不语晴窗畔，小字银钩题欲遍。云情散乱未成篇，花骨欹斜终带软。　重重说尽情和怨，珍重提携常在眼。暂时得近玉纤纤，翻羡镂金红象管。

刘　弇 字伟明，庐陵人。登元丰进士第，继中博学宏词科。有《龙云集》。

惜双双令

风外橘花香暗度，飞絮绾残春归去。酝造黄梅雨，冷烟晓占横塘路。　　翠屏人在天低处，惊梦断行云无据。此恨凭谁诉！恁时却倩危弦语。

清平乐

东风依旧，著意隋堤柳。搓得鹅儿黄欲就，天气清明时候一作“厮勾”。　　去年紫陌青门，今朝雨魄云魂。断送一生憔悴，能消一作“知他”几个黄昏？

汪　藻 字彦章，婺源人。进士第，历官中书舍人、兼直学士院，擢给事中，迁兵部侍郎、兼侍讲，拜翰林学士。有《浮溪集》。

小重山

月下潮生红蓼汀，残霞都敛尽，四山青。柳梢风急堕流萤，随波去，点点乱寒星。　　别语寄丁宁，如今能间隔，几长亭？夜来秋气入银屏。梧桐雨，还恨不同听。

点绛唇

永夜厌厌，画檐低月山衔斗。起来搔首，梅影横窗瘦。　　好个霜天，闲却传杯手。君知否？晓鸦啼后，归梦浓于酒。《能改斋漫录》云：“彦章在翰苑，屡致言者，作此词。或问曰：‘归梦浓于酒，何以在晓鸦啼后？’公曰：‘无奈这一队畜生聒噪何！’”按：“晓鸦”《草堂》改作“乱鸦”，“归梦”改作“归兴”，便少意味。今从吴虎臣《能改斋漫录》正之。

曾　纡 字公衮，南丰人，布之子。为司农少卿，直宝文阁，知衢州。有《空青集》。

菩　萨　鬘

月夜

山光冷浸清溪底，溪光直到柴门里。卧对白蘋洲，攲眠数钓舟。　　溪山无限好，恨不相逢早。老病独醒多，如斯良夜何！

徐　俯 字师川，分宁人。由通直郎历进右谏议大夫，绍兴初赐进士出身，累擢端明殿学士，签书枢密院事，权参知政事。有《东湖集》。

卜　算　子

天生一作"胸中"百种愁，挂在斜阳树。绿叶阴阴占得春，草满莺啼处。　　不见凌波步，空忆如簧语。柳外重重叠叠山，遮不断愁来路。

赵师侠 一作师使，字介之，汴人。燕王德昭七世孙，举进士。有《坦庵长短句》一卷。

尹先之云："坦庵先生词章，摹写风景，体状物态，俱极精巧，初不知其得之之易。"又云："先生为文，如泉出不择地。"

谒　金　门

驰岗迓陆尉

沙畔路，记得旧时行处。蔼蔼疏烟迷远树，野航横不渡。
竹里疏花梅吐，照眼一川鸥鹭。家在清江江上住，水流愁不去。

陈与义 字去非，季常孙，本蜀人，后徙居河南叶县。政和中登上舍甲科，绍兴中拜翰林学士，知制诰，参知政事。有《简斋集无住词》一卷。

黄叔旸云："去非词虽不多，语意超绝，识者谓可摩坡仙之垒。"

虞　美　人

大光祖席醉中

张帆欲去仍搔首，更醉君家酒。吟诗日日待春风，及至桃花开后却匆匆。　歌声频为行人咽，记著樽前雪。明朝酒醒大江流，满载一船离恨向衡州。

临　江　仙

忆昔午桥桥上饮，坐中都是豪英。长沟流月去无声。杏花疏影里，吹笛到天明。　二十馀年成一梦，此身虽在堪惊。闲登小阁眺新晴。古今多少事，渔唱起三更。张叔夏云："真是自然而然。"　胡仔云："清婉奇丽，简斋词惟此最优。"

刘一止 字行简，归安人。宣和三年进士，绍兴中官监察御史，累迁给事中，以直学士致仕。有《苕溪词》一卷。

洞　仙　歌

梅

细风轻雾，锁山城清晓。冷蕊疏枝为谁好？对斜桥孤驿，流水溅溅，无限意，清影徘徊自照。　何郎空立马，恼乱馀香，绮思凭花更娟妙。肠断处，天涯路远音稀，行人怨角声吹老。叹客里经春又三年，向月地云阶，负伊多少！

夜行船

十顷疏梅开半就，折芳条嫩香满袖。今度何郎，樽前疑怪，花共人俱瘦。　　测测轻寒吹散酒，高城近怕听更漏。可惜溪桥，月明风露，长是人归后。

清平乐

相望吴楚，远信无凭据。欲倩春风吹泪去，化作愁云恨雨。　　春应已到三吴，楚江日夜东徂。唯有溯流鱼上，不知尺素来无？

青玉案

小山遮断蓝桥路。恨短梦，难飞去。长记修眉萦曲度。约花开槛，映风招袖，总是怜渠处。　　追欢我已伤迟暮，犹有多情旧时句。极目高楼千尺许。《竹枝》三唱，为君凄断，东日西边雨。

梦横塘

浪痕经雨，鬓影吹寒，晚来无限萧瑟。野色分桥，剪不断前溪风物。船系朱藤，路迷烟寺，远鸥浮没。听疏钟断鼓，似近还遥，惊心事伤羁客。　　新醅旋压鹅黄，拚清愁在眼，酒病萦骨。绣阁娇慵，争解说短封传忆。念谁伴涂妆绾髻，嚼蕊吹花弄秋色？恨对南云，此时凄断，有何人知得？

喜迁莺

晓光催角，听宿鸟未惊，邻鸡先觉。迤逦烟村，马嘶人起，残月尚穿林薄。泪痕带霜微凝，酒力冲寒犹弱。叹倦客，悄不禁，重染风尘京洛。　　追念人别后，心事万重，难觅孤鸿托。翠幌娇深，曲屏香暖，争念岁寒飘泊？怨月恨花，须不是不曾经著。这情味，望一成消减，新来还恶。陈质斋云：“行简是词，盛传京师，号刘晓行。”

赵长卿 自号仙源居士，南丰宗室。有《惜香乐府》十卷。

临　江　仙

春事犹馀十日，吴蚕早已三眠。多情忍对落花前。酴醿飘暖雪，荷叶媚晴天。　　香淡无心浸酒，绿浮可意邀船。时光堪恨也堪怜！单衣三月暮，歌扇一番圆。

又

过尽征鸿来尽雁，故园消息茫然。一春憔悴有谁怜？怀家寒食夜，中酒落花天。　　见说江头春浪渺，殷勤欲送归船。别来此处最萦牵！短篷南浦雨，疏柳断桥烟。

更　漏　子

烛消红，窗送白，冷落一衾寒色。鸦唤起，马驮行，月来衣上明。
酒香唇，妆印臂，忆共个人春睡。魂蝶乱，梦鸾孤，知他睡也无？

浪　淘　沙

绿树啭鸣禽，已是春深。杨花庭院日阴阴。帘外飞来双语燕，不寄归音。　　旧事懒追寻，空惹芳心。天涯消息远沉沉。记得年时中酒后，直至而今。

卜　算　子

春水满江南，三月多芳草。幽鸟衔将远恨来，一一都啼了。
不学鸳鸯老，回首临平道。人道长眉似远山，山不似长眉好。

虞　美　人

雨声破晓催行桨，拍拍溪流长。绿杨绕岸水痕斜，恰似画桥西畔那人家。　　人家楼阁临江渚，应是停歌舞。珠帘整日不开钩，目断征帆犹未识归舟。

画　堂　春

长新亭

小亭烟柳水溶溶，野花白白红红。恼人池上晚来风，吹损春容。又是清明天气，当年小院相逢。凭栏幽思几千重，残杏香中。

菩　萨　蛮

隔江一带春山好，平林新绿春光老。休去倚阑干，飞红不忍看。东流何处去？便是归舟路。芳草外斜阳，行人更断肠。

朝　中　措

乱山叠叠水泠泠，南北短长亭。客路如天杳杳，归心特地宁宁。春光荏苒，花期冷落，酒伴飘零。柳一作"鬓"影黄边渐绿，烧痕黑处重青。

王　灼 字晦叔，遂宁人。有《颐堂词》。

长　相　思

来匆匆，去匆匆。短梦无凭春又空，难随郎马踪。　　山重重，水重重。飞絮流云西复东，音书何处通？

清　平　乐

坠红飘絮，收拾春归去。长恨春归无觅处，心事欲谁分付？卢家小苑回塘，于飞多少鸳鸯？纵使东墙隔断，莫愁应念王昌。

张　纲

字彦正，金坛人。政和四年赐上舍及第，释褐授承事郎，徽宗以纲三中首选，特除太学官，绍兴中参知政事。

好　事　近

梅柳

梅柳约东风，迎腊暗传消息。粉面翠眉偷笑，似欣逢佳客。晚来歌管破馀寒，沉烟袅轻碧。老去不禁卮酒，奈樽前春色！

王十朋

字龟龄，乐清人。由太学廷对擢第一，除著作郎，迁大宗正丞，累迁国子司业，升侍讲，历四郡守，除侍御史，以龙图阁学士致仕，谥忠文。有《梅溪集》。

点　绛　唇

酴醾

野态芳姿，枝头占得春长久。怕钩衣袖，不放攀花手。　　试问东风：花似当时否？还依旧。谪仙去后，风月今谁有？

陈济翁

蓦　山　溪

去年今日，从驾游西苑。彩仗压金波，看水戏鱼龙曼衍。宝津南殿，宴坐近天颜；金杯酒，君王劝，头上宫花颤。　　六军锦绣，万骑穿杨箭。日暮翠华归，拥钧天笙歌一片。如今关外，千里未归人，前山雨，西楼晚，望断思君眼。

词综卷十二

宋 词

赵 鼎 字元镇，闻喜人。崇宁初进士，累官尚书左仆射、同中书门下平章事、兼枢密使，卒，赠太傅，谥忠简，追封丰国公。有《得全居士集》词一卷。

黄叔旸云："赵公中兴名相，词章婉媚，不减《花间》。"

蝶 恋 花

尽日东风吹绿树。向晚轻寒，数点催花雨。年少凄凉天付与，更堪春思萦离绪！　临水高楼携酒处，曾倚哀弦，歌断《黄金缕》。楼下水流何处去？凭栏目送苍烟暮。

点 绛 唇

香冷金炉，梦回鸳帐馀香嫩。更无人问，一枕江南恨。　消瘦休文，顿觉春衫褪。清明近，杏花吹尽，薄暮东风紧。

又

惜别伤离，此生此念无重数。故人何处？还送春归去。　美酒一杯，谁解歌《金缕》？无情绪，淡烟疏雨，花落空庭暮。

满 江 红

丁未九月南渡，泊舟仪真江口。

惨结秋阴，西风送丝丝雨湿。凝望眼，征鸿几字，暮投沙碛。欲问乡关何处是？水云浩荡连南北。但修眉一抹有无中，遥山色。江上路，天涯客。肠已断，头应白。空搔首兴叹，暮年离隔。欲待忘忧除是酒，奈酒行有尽愁无极。便挽将江水入尊罍，浇胸臆。

岳　飞 字鹏举，汤阴人。累官少保、枢密副使，封国公，谥武穆，追赠鄂王。

小　重　山

昨夜寒蛩不住鸣。惊回千里梦，已三更。起来独自绕阶行。人悄悄，帘外月胧明。　　白首为功名。旧山松竹老，阻归程。欲将心事付瑶琴。知音少，弦断有谁听？

李弥逊 字似之，吴县人。大观初登第，迁起居郎、试中书舍人，再试户部侍郎，以争和议忤秦桧，乞归田，隐连江西山。有《筠溪集》。

菩　萨　蛮

江城烽火连三月，不堪对酒长亭别。休作断肠声，老来无泪倾。　　风高帆影疾，目送舟痕碧。锦字几时来？薰风无雁回。

朱　翌 字新仲，龙舒人。政和中进士，历官中书待制。有《灊山集》。

点　绛　唇

梅

流水泠泠，断桥横路梅枝亚。雪花飞下，浑似江南画。　　白璧青钱，欲买春无价。归来也，风吹平野，一点香随马。

张元幹 字仲宗，长乐人。绍兴中，坐送胡铨及寄李纲词除名。有《归来集芦川词》一卷。

贺新郎

送胡邦衡待制赴新州

梦绕神州路，怅秋风连营画角，故宫离黍。底事昆仑倾砥柱，九地黄流乱注？聚万落千村狐兔。天意从来高难问，况人情老易悲难诉！更南浦，送君去。　　凉生岸柳摧残暑。耿斜河疏星淡月，断云微度。万里江山知何处？回首对床夜语。雁不到书成谁与？目尽青天怀今古，肯儿曹恩怨相尔汝？举大白，听《金缕》。

石州慢

寒水依痕，春意渐回，沙际烟阔。溪梅晴照生香，冷蕊数枝争发。天涯旧恨，试看几许消魂，长亭门外山重叠。不尽眼中青，是愁来时节。　　情切，画楼深闭，想见东风，暗消肌雪。辜负枕前云雨，樽前花月。心期切处，更有多少凄凉，殷勤留与归时说。到得再相逢，恰经年离别。

柳梢青

海山浮碧。细风丝雨，新愁如织。慵试春衫，不禁宿酒，天涯寒食。　　归期莫数芳辰，误几度回廊夜色。入户飞花，隔帘双燕，有谁知得？

点绛唇

秋社前一日溪光亭大雨作

山暗秋云，暝鸦接翅啼榕树。故人何处？一夜溪亭雨。　　梦入新凉，只道消残暑。还知否？燕将雏去，又是流年度。

又

春晓轻雷，采蘋洲上清明雨。乱云遮树，黯澹江村路。　　今夜归舟，绿润红香处。遥山暮，画楼何许？唤取潮回去。

又

呈洛滨、筠溪二老

清夜沉沉，暗蛩啼处檐花落。乍凉帘幕，香绕屏山角。　　堪恨归鸿，情似秋云薄。书难托，尽教寂寞，忘了前时约。

怨 王 孙

霁雨天迥，平林烟暝。灯闪汀沙，水生钓艇。楼外暗柳谁家，乱昏鸦？　　相思怪得今番甚，寒食近，小砚鱼笺信。屏山半掩，微醉独倚阑干，恨春寒。

清 平 乐

明珠翠羽，小绾同心缕。好去吴淞江上路，寄与双鱼尺素。　　兰桡飞取归来，愁眉待得伊开。相见嫣然一笑，眼波先入郎怀。

洪　皓 字光弼，乐平人。第进士，建炎中以徽猷阁待制、假礼部尚书为通问使，还，除徽猷阁直学士，提举万寿观，兼权直学士院，忤秦桧，责濠州团练副使，安置英州，后徙袁州，卒，谥忠宣。

江 梅 引

天涯除馆忆江梅，几枝开？使南来，还带馀杭春信到燕台。准拟寒英聊慰远，隔山水，应销落，赴愬谁？　　空恁遐想笑摘蕊。断回肠，思故里。谩弹绿绮，引《三弄》不觉魂飞！更听胡笳哀怨泪沾衣。乱插繁华须异日，待孤讽，怕东风，一夜吹。

吕本中 字居仁，公著曾孙，好问子。授承务郎，绍兴六年赐进士，累迁中书舍人，兼权直学士院，秦桧讽御史劾罢之，提举太平观，卒，谥文靖。有《东莱集》。

南 歌 子

驿路侵斜月，溪桥度晓霜。短篱残菊一枝黄，正是乱山深处过重阳。　　旅枕原无梦，寒更每自长。只言江左好风光，不道中原归思转凄凉。

减字木兰花

去年今夜，同醉月明花树下。今夜江边，月暗长堤柳暗船。故人何处？带我离愁江外去。来岁花前，还似今年忆去年。

清 平 乐

柳花

柳塘新涨，艇子操双桨。闲倚曲楼成怅望，是处春愁一样。傍人几点飞花，夕阳又送栖鸦。试问画楼西畔，暮云恐近天涯。

邓　肃 字志宏，延平人。高宗朝官左正言。所著有《栟榈集》词一卷。

南 歌 子

云绕风前鬓，春开镜里妆。凤屏清昼袅龙香，浅画蛾眉新样远山长。　　比翼曾同梦，双鱼隔异乡。玉楼依旧暗垂杨，楼下落花流水自斜阳。

长 相 思

一重溪，两重溪。溪转山回路欲迷，朱栏出翠微。　　梅花飞，雪花飞。醉卧幽亭不掩扉，冷香寻梦归。

生 查 子

执手两潸然，情极都无语。去马更匆匆，一息迷回顾。　　孤馆得村醪，一醉空离绪。酒醒却无人，帘外三更雨。

刘子翚 字彦冲，崇安人。以父韐任授承务郎，通判兴化军，辞归武夷山，学者称为屏山先生。有《屏山集》。

蓦 山 溪

九日

浮烟冷雨，此日还重九。秋去又秋来，但黄花年年依旧。平台戏马，无处问南徐；茅舍小，竹篱疏，兀坐空搔首。　　客来何有？草草三杯酒。一醉万缘空，休贪他金印如斗。病翁老矣，谁共赋归欤？芟陇麦，网溪鱼，未落他人后。

张　抡 字才甫，南渡故老。有《莲社词》一卷。

霜 天 晓 角

晓风摇幕，攲枕闻残角。霜月到窗寒影，金猊冷，翠衾薄。　　旧恨无处著，新愁还又作。夜夜《单于》声里，灯花共泪珠落。

朱敦儒 字希真，一作希直，洛阳人。以荐起，赐进士出身，为秘书省正字、兼兵部郎官，迁两浙东路提点刑狱，上疏乞归，居嘉禾，晚除鸿胪少卿。有《樵歌》三卷。

张正夫云："希真赋月词：'插天翠柳，被何人推上一轮明月？'自是豪放。赋梅词：'横枝销瘦一如无，但空里疏花数点。'语意奇绝，如不食烟火语。" 汪叔耕云："希真词多尘外之想，虽杂以微尘，而其清气自不可没。" 黄叔旸云："希真东都名士，词章擅名，天资旷远，有神仙风致。"

念奴娇

别离情绪，奈一番好景，一番悲戚。燕语莺啼人乍远，还是他乡寒食。桃李无言，不堪攀折，总是风流客。东君也自，怪人冷淡踪迹。花艳草草春工，酒随花意薄，疏狂何益。除却清风并皓月，脉脉此情谁识？料得文君，重帘不卷，且等闲消息。不如归去，受他真个怜惜。

朝中措

当年挟弹五陵间，行处万人看。雪猎星飞羽箭，春游花簇雕鞍。　　飘零到此，天涯倦客，海上苍颜。多谢江南苏小，尊前怪我青衫。

十二时

连云衰草，连天晚照，连山红叶。西风正摇落，更前溪呜咽。燕去鸿归音信绝，问黄花又共谁折！征人最愁处，送寒衣时节。

好事近

春雨细如尘，楼外柳丝黄湿。风约绣帘斜去，透窗纱寒碧。美人慵剪上元灯，弹泪倚瑶瑟。却卜紫姑香火，问辽东消息。

又

渔父

摇首出红尘，醒醉更无时节。生计绿蓑青笠，惯披霜冲雪。

晚来风定钓丝闲,上下是新月。千里水天一色,看孤鸿明灭。

又

渔父长身来,只共钓竿相识。随意转船回棹,似飞空无迹。芦花开落任浮生,长醉是良策。昨夜一江风雨,都不曾听得!

又

拨转钓鱼船,江海尽为吾宅。恰向洞庭沽酒,却钱塘横笛。醉颜禁冷更添红,潮落下前碛。经过子陵滩畔,得梅花消息。

又

短棹钓船轻,江上晚烟笼碧。塞雁海鸥分路,占江天秋色。锦鳞拨刺满篮鱼,取酒价相敌。风顺片帆归去,有何人留得?

又

失却故山云,索手指空为客。莼菜鲈鱼留我,住鸳鸯湖侧。偶然添酒旧葫芦,小醉度朝夕。吹笛月波楼下,有何人相识?

点 绛 唇

客梦初回,卧听吴语开帆索。护霜云薄,淡淡芙蓉落。　　画舫无情,人去天涯角。思量著,翠蝉金雀,别后新梳掠。

双 鸂 鶒

拂破秋江烟碧,一对双飞鸂鶒。应是远来无力,稍下相偎沙碛。　　小艇谁吹横笛?惊起不知消息。悔不当时描得,如今何处寻觅?

相　见　欢

金陵城上西楼，倚清秋。万里夕阳垂地大江流。　　中原乱，簪缨散，几时收？试倩悲风吹泪过扬州。

柳　　枝

江南岸，柳枝；江北岸，柳枝；折送行人无尽时，恨分离，柳枝。酒一杯，柳枝；泪双垂，柳枝；君到长安百事违，几时归？柳枝。

康与之 字伯可。渡江初，以词受知高宗，官郎中。有《顺庵乐府》五卷。

陈质斋云："伯可词鄙亵之甚。"　黄叔旸云："伯可以文词待诏金马门，凡中兴粉饰治具，及慈宁归养，两宫欢集，必假伯可之歌咏，故应制之词为多。"　王性之云："伯可乐章，令晏叔原不得独擅。"　沈伯时云："康伯可、柳耆卿音律甚协，但未免时有俗语。"

洞 仙 歌 令

荷花

若耶溪路，别岸花无数。欲敛娇红向人语，与绿荷相倚，恨回首西风，波淼淼，三十六陂烟雨。　　新妆明照水，汀渚生香，不嫁东风被谁误？遣踟蹰骚客意，千里绵绵，仙浪远，何处凌波微步？想南浦潮生画桡归，正月晓风清，断肠凝伫。

应　天　长

管弦绣陌，灯火画桥，尘香旧时归路。肠断萧娘，旧日风帘映朱户。莺能舞，花解语。念后约顿成轻负。缓雕辔独自归来，凭栏情绪。　楚岫在何处？香梦悠悠，花月更谁主？惆怅后期，空有鳞鸿寄纨素！枕前泪，窗外雨。翠幕冷夜凉虚度。未应信此度相思，寸肠千缕。

喜　迁　莺

秋夜闻雁

秋寒初劲。看云路雁来，碧天如镜。湘浦烟深，衡阳沙远，风外几行斜阵。回首塞门何处，故国关河重省。汉使老，认上林欲下，徘徊清影。　　江南烟水暝。声过小楼，烛暗金猊冷。送目鸣琴，裁诗挑锦，此恨此情无尽。梦想洞庭飞下，散入云涛千顷。过尽也，奈杜陵人远，玉关无信！

诉 衷 情 令

长安怀古

阿房废址汉荒丘，狐兔又群游。豪华尽成春梦，留下古今愁。君莫上，古原头，泪难收。夕阳西下，塞雁南来，渭水东流。

玉　楼　春

青笺后约无凭据，误我碧桃花下语。谁将消息问刘郎？怅望玉溪溪上路。　　春来无限伤情绪，拟欲题诗都付与。东风吹落一庭花，手把新愁无写处。

吴　亿 字大年，南渡时人。有《溪园自怡集》。

南　乡　子

江上雪初消，暖日晴烟弄柳条。认得裙腰芳草绿，魂消。曾折梅花过断桥。　　蝉鬓为谁凋？长恨含娇那处娇！遥想晚妆呵手罢，无聊。更傍朱唇暖玉箫。

曾　觌 字纯甫，汴人。绍兴中以寄班祗候，与龙大渊同为建王内知客。孝宗受禅，以潜邸旧人除权知阁门事，淳熙初，除开府仪同三司，加少保、醴泉观使。有《海野词》一卷。

黄叔旸云："纯甫东都故老，词多感慨，如《金人捧露盘》、《忆秦娥》等曲，凄然有《黍离》之感。"

金人捧露盘

庚寅春奉使过京师感怀作

记神京，繁华地，旧游踪。正御沟春水溶溶。平康巷陌，绣鞍金勒跃青骢。解衣沽酒醉弦管，柳绿花红。　到如今馀霜鬓，嗟前事梦魂中。但寒烟满目飞蓬。雕栏玉砌，空馀三十六离宫。塞笳惊起暮天雁，寂寞东风。

忆秦娥

邯郸道上

风萧瑟，邯郸古道伤行客。伤行客，繁华一瞬，不堪思忆。
丛台歌舞无消息，金樽玉管空陈迹。空陈迹，连天草树，暮云凝碧。

菩萨蛮

次韵龙深甫

杏花寒食佳期近，一帘烟雨琴书润。砌下水潺潺，玉笙吹暮寒。　阳台云易散，往事寻思懒。花底醉相扶，当时人在无？

阎苍舒 蜀人。官至侍郎，尝北使汴京。

水龙吟

少年闻说京华，上元景色烘晴昼。朱轮画毂，雕鞍玉勒，金衢争骤。春满鳌山，夜沉陆海，一天星斗。正红球过了，鸣鞘声断，回鸾驭，钧天奏。　　谁料此生亲到，五十年都城如旧。而今但有，伤心烟雾，萦愁杨柳。宝箓宫前，绛霄楼下，不堪回首。愿黄图早复，端门灯火，照人还又。

左　誉 字与言，天台人。历仕后，去为浮屠。所著有《筠翁长短句》。

王仲言云："与言策名之后，籍甚宦途。钱塘幕府乐籍，有名姝张芸女，名秾，色艺妙天下，君颇顾之。如'盈盈秋水，淡淡春山'与'一段离愁堪画处，横风斜雨挹衰柳'及'帷云剪水，滴粉搓酥'，皆为秾作。当时都人有'晓风残月柳三变，滴粉搓酥左与言'之对。后秾委身立勋大将家，易姓章，疏封大国。绍兴中，因觅官行阙，暇日访西湖两山间，忽逢车舆甚盛，中睹一丽人，褰帘顾君而颦曰：'如今若把菱花照，犹恐相逢是梦中。'视之，乃秾也。君醒然，悟入，即拂衣东渡，一意空门。"

眼　儿　媚

楼上黄昏杏花寒，斜月小阑干。一双燕子，两行征雁，画角声残。　　绮窗人在东风里，洒泪对春闲。也应似旧，盈盈秋水，淡淡春山。

陆凝之 字永仲，号石室，馀杭人。布衣，高宗召见，不赴。

念　奴　娇

观潮

远山一带，溯晴空，极目天涯浮白。枫落鸦翻，谈笑处，不觉云涛横席。酒病方苏，睡魔犹殢，一扫无留迹。吴帆越棹，恍然飞上空碧。　　长记草赋梁园，凌云笔势，倒三江秋色。对此惊心空怅望，老作红尘闲客。别浦烟平，小楼人散，回首千波寂。西风扫露，为君重喷霜笛。

杨无咎 字补之，清江人。高宗朝，累征不起，自号清夷长者。有《逃禅集》二卷。

南　歌　子

次东坡《端午》韵

小雨疏疏过，长江滚滚流。落霞残照晚明楼。又是一番重午，身寄南州。　　罗绮纷香陌，鱼龙漾彩舟。不堪回首凤池头。谁道于今霜鬓，犹是淹留！

生　查　子

秋来愁更深，黛拂双蛾浅。翠袖怯天寒，修竹萧萧晚。　　此意有谁知？恨与孤鸿远。小立背西风，又是重门掩。

甘　草　子

秋暮。永夜西楼，冷月明窗户。梦破橹声中，忆在松江路。　　攲枕试寻曾游处，记历历风光堪数。谁与浮家五湖去，尽醉眠秋雨。

明 月 棹 孤 舟

周三五

宝髻双垂烟缕缕，年纪小未周三五。压众精神，出群标格，偏向众中翘楚。　　记得谯门初见处，禁不定乱红飞去。掌托鞋儿，肩拖裙子，悔不做闲男女。

于　中　好

墙头艳杏花初试，绕珍丛细挼红蕊。欲知占尽春明媚，悄无意看桃李。　　持杯准拟花前醉，早一叶两叶飞坠。晚来旋旋深无地，更听得东风起。

阮　阅 一作闳，字阅休，一作闳休。建炎初，知袁州，致仕，寓居宜春。著《诗话总龟》。

洞　仙　歌

赠宜春官妓赵佛奴

赵家姊妹，合在昭阳殿，因甚人间有飞燕？见伊底，尽道独步江南，便江北也何曾惯见？　　惜伊情性好，不解嗔人，长带桃花笑时脸。向尊前酒底，见了须归，似恁地能得几回细看？待不眨眼儿觑著伊，将眨眼工夫，看伊几遍。

侯　寘 字彦周，东武人，晁说之甥。绍兴中，以直学士知建康。有《嬾窟词》一卷。

朝　中　措

元夕上潭帅刘共甫

年来玉帐罢兵筹，灯市小迟留。花外香随金勒，酒边人倚红楼。沙堤此去，传柑侍宴，天上风流。还记月华小队，春风十里潭州。

风　入　松

少年心醉杜韦娘，曾格外疏狂。锦笺预约西湖上，共幽深竹院松庄。愁夜黛眉颦翠，惜归罗帕分香。　　重来一梦绕湖塘，空烟水微茫。同心眼底无苏小，记旧游凝伫凄凉。入扇柳风残酒，点衣花雨斜阳。

曾　慥 字端伯。编《乐府雅词》。

调　笑

梅

清友，群芳右，万缟纷披兹独秀，天寒月薄黄昏后。　缟袂亭亭招手，故山千树连云岫，借问如今安否？

曾　惇 字竑父。有词一卷。

黄叔旸云："竑父，故相之孙，辞播乐府。"

点　绛　唇

重九饮栖霞

九日传杯，要携佳客栖霞去。满城风雨，记得潘郎句。　紫菊红萸，何意留侬住！愁如许，暮烟一缕，正在归时路。

朱　雍 绍兴中，乞召试贤良。有《梅词》二卷。

好　事　近

梅

春色为谁来？枝上半留残雪。恰近小园香径，对霜林寒月。　危栏凄断笛声长，吹到偏呜咽。最好短亭归路，有行人先折。

姚进道 华亭人。

青 玉 案

和贺方回韵送伯固归吴中

三年枕上吴中路，遣黄耳随君去。若到松江呼小渡，莫惊鸥鹭，四桥尽是，老子经行处。《辋川图》上看春暮，常记高人右丞句。作个归期天已许。春衫犹是，小蛮针线，曾湿西湖雨。

刘之翰 荆南人。

水 调 歌 头

献田都统

凉露洗金井，一叶下梧桐。谪仙浪游何处，华发作诗翁？乌帽萧萧一幅，坐对清泉白石，矫首抚长松。独鹤归来晚，声在碧霄中。
神仙宅，留玉节，驻金狨。黔南一道，十万貔虎控雕弓。笑折碧荷倒影，自唱《采莲》新曲，词句满秋风。剑佩八千岁，长入大明宫。田世辅为金州都统制，时之翰待峡州远安主簿阙，作此词献之，田览之大喜，致书约来金城，欲厚加资给，而之翰遽亡。明年，田出阅武，恍惚见之翰立道左，因大惊异，亟送千缗与其孤。

江 纬

向 湖 边

退处乡关，幽栖林薮，舍宇第须茅盖。翠巘清泉，启轩窗遥对。遇等闲邻里过从，亲朋临顾，草草便成欢会。策杖携壶，向湖边柳外。　旋买溪鱼，便斫银丝脍。谁复欲痛饮，如长鲸吞海。共惜醺酣，恐欢娱难再。矧清风明月非钱买。休追念金马玉堂心胆碎。且斗尊前，有阿谁身在？

词综卷十三

宋 词

辛弃疾 字幼安，历城人。耿京聚兵山东，节制忠义军马，留掌书记，令奉表南归，高宗召见，授承务郎，累官浙东安抚使，加龙图阁待制，进枢密都承旨。德祐初，以谢枋得请，赠少师，谥忠敏。有《稼轩长短句》十二卷。

青 玉 案

元夕

东风夜放花千树。更吹陨星如雨。宝马雕车香满路。凤箫声动，玉壶光转，一夜鱼龙舞。　　蛾儿雪柳黄金缕，笑语盈盈暗香去。众里寻他千百度，蓦然回首，那人却在，灯火阑珊处。

踏 莎 行

中秋后二夕，带湖篆岗小酌。

夜月楼台，秋香院宇，笑吟吟地人来去。是谁秋到便凄凉？当年宋玉悲如许。　　随分杯盘，等闲歌舞，问他有甚堪悲处？思量却也有悲时，重阳节近多风雨。

又

和赵国兴知录韵

吾道悠悠，忧心悄悄。最无聊处秋先到。西风林外有啼鸦，夕阳山下多衰草。　　长忆商山，当年四老。尘埃也走咸阳道。为谁书到便憣然，至今此意无人晓。

念 奴 娇

书东流村壁

野塘花落，又匆匆过了清明时节。刬地东风欺客梦，一枕云屏寒怯。曲岸持觞，垂杨系马，此地曾经别。楼空人去，旧游飞燕能说。　　闻道绮陌东头，行人曾见，帘底纤纤月。旧恨春江流不尽，新恨云山千叠。料得明朝，尊前重见，镜里花难折。也应惊问，近来多少华发？

破 阵 子

为陈同甫赋壮诗以寄之

醉里挑灯看剑，梦回吹角连营。八百里分麾下炙，五十弦翻塞外声，沙场秋点兵。　　马作的卢飞快，弓如霹雳弦惊。了却君王天下事，赢得生前身后名，可怜白发生！

祝 英 台 近

宝钗分，桃叶渡，烟柳暗南浦。怕上层楼，十日九风雨。断肠点点飞红，都无人管，更谁劝流莺声住？　　鬓边觑。试把花卜归期，才簪又重数。罗帐灯昏，哽咽梦中语：是他春带愁来，春归何处，却不解带将愁去。

沁 园 春

带湖新居

三径初成，鹤怨猿惊，稼轩未来。甚云山自许，平生意气；衣冠人笑，抵死尘埃。意倦须还，身闲贵早，岂为莼羹鲈脍哉？秋江上，看惊弦雁避，骇浪船回。　　东岗更葺茅斋，好都把轩窗临水开。

要小舟行钓，先应种柳；疏篱护竹，莫碍观梅。秋菊堪餐，春兰可佩，留待先生手自栽。沉吟久，怕君恩未许，此意徘徊。

满　江　红

家住江南，又过了清明寒食。花径里，一番风雨，一番狼籍。红粉暗随流水去，园林渐觉清阴密。算年年落尽刺桐花，寒无力。

庭院静，空相忆。无处说，闲愁极。怕流莺乳燕，得知消息。尺素如今何处也？绿云依旧无踪迹。谩教人羞去上层楼，平芜碧。

又

敲碎离愁，纱窗外风摇翠竹。人去后，吹箫声断，倚楼人独。满眼不堪三月暮，举头已觉千山绿。但试把一纸寄来书，从头读。

相思字，空盈幅。相思意，何时足？滴罗襟点点，泪珠盈掬。芳草不迷行客路，垂杨只碍离人目。最苦是立尽月黄昏，阑干曲。

又

送李正之提刑入蜀

蜀道登天，一杯送绣衣行客。还自叹，中年多病，不堪离别。东北看誊诸葛《表》，西南更草相如《檄》。把功名收拾付君侯，如椽笔。　　儿女泪，君休滴。荆楚路，吾能识。要新诗准备，庐山山色。赤壁矶头千古浪，铜鞮陌上三更月。正梅花万里雪深时，须相忆。

又

江行，简杨济翁、周显先。

过眼溪山，怪都是旧时曾识。还记得，梦中行遍，江南江北。佳处径须携杖去，能消几两平生屐？笑尘劳三十九年非，长为客。

吴楚地，东南坼。英雄事，曹刘敌。被西风吹尽，了无尘迹。楼观甫成人已去，旌旗未卷头先白。叹人生哀乐转相寻，今犹昔。

水调歌头

舟次扬州，和杨济翁、周显先韵。

落日塞尘起，胡马猎清秋。汉家组练十万，列舰耸层楼。谁道投鞭飞渡？忆昔镝鸣血污，风雨佛狸愁。季子正年少，匹马黑貂裘。今老矣，搔白首，过扬州。倦游欲去江上，手种橘千头。二客东南名胜，万卷诗书事业，尝试与君谋。莫射南山虎，直觅富平侯。

又

四坐且勿语，听我醉中吟。池塘春草未歇，高树变鸣禽。鸿雁初飞江上，蟋蟀还来床下，时序百年心。谁要卿料理？山水有清音。欢多少，歌长短，酒浅深。而今已不如昔，后定不如今。闲处直须行乐，良夜更教秉烛，高会惜分阴。白发短如许，黄菊倩谁簪？

又

壬子三山被召，陈端仁给事饮饯。

长恨复长恨，裁作短歌行。何人为我楚舞？听我楚狂声？余既滋兰九畹，又树蕙之百亩，秋菊更餐英。门外沧浪水，可以濯吾缨。　一杯酒，问何似，身后名？人间万事，毫发常重泰山轻。悲莫悲生离别，乐莫乐新相识，儿女古今情。富贵非吾事，归与白鸥盟。

又

带湖吾甚爱，千丈翠奁开。先生杖屦无事，一日走千回。凡我同盟鸥鹭，今日既盟之后，来往莫相猜。白鹤怎何处？尝试与偕来。　破青萍，排翠藻，立苍苔。窥鱼笑汝痴计，不解举吾杯。废沼荒丘畴昔，明月清风此夜，人世几欢哀？东岸绿阴少，杨柳更须栽。

贺　新　郎

别茂嘉十二弟

绿树听鹈鴂。更那堪杜鹃声住，鹧鸪声切？啼到春归无啼处，苦恨芳菲都歇。算未抵人间离别。马上琵琶关塞黑，更长门翠辇辞金阙。看燕燕，送归妾。　　将军百战身名裂，向河梁回头万里，故人长绝。易水萧萧西风冷，满座衣冠似雪。正壮士悲歌未彻。啼鸟还知如许恨，料不啼清泪长啼血。谁伴我，醉明月！

又

赋琵琶

凤尾龙香拨。自开元《霓裳曲》罢，几番风月？最苦浔阳江头客，画舸亭亭待发。记出塞黄云堆雪。马上离愁三万里，望昭阳宫殿孤鸿没。弦解语，恨难说。　　辽阳驿使音尘绝。琐窗寒轻拢慢捻，泪珠盈睫。推手含情还却手，一抹《梁州》哀彻。千古事云飞烟灭。贺老定场无消息，想沉香亭北繁华歇。弹到此，为呜咽！

木　兰　花　慢

滁州送范倅

老来情味减，对别酒，怯流年。况屈指中秋，十分好月，不照人圆。无情水都不管，共西风只管送归船。秋晚莼鲈江上，夜深儿女灯前。　　征衫便好去朝天，玉殿正思贤。想夜半承明，留教视草，却遣筹边。长安故人问我，道愁肠殢酒只依然。目断秋霄落雁。醉来时响空弦。

摸 鱼 儿

淳熙己亥，自湖北漕移湖南，同官王正之置酒小山亭，赋。

更能消几番风雨，匆匆春又归去！惜春长怕花开早，何况落红无数。春且住！见说道天涯芳草无一作"迷"归路。怨春不语，算只有殷勤，画檐蛛网，尽日惹飞絮。　　长门事，准拟佳期又误。蛾眉曾有人妒。千金纵买相如赋，脉脉此情谁诉？君莫舞，君不见玉环飞燕皆尘土。闲愁最苦。休去倚危栏，斜阳正在，烟柳断肠处。罗大经云："词意殊怨。使在汉、唐时，宁不贾种豆、种桃之祸？然闻寿皇见此词，颇不悦，终不加以罪，可谓盛德。"

太 常 引

建康中秋夜为吕潜叔赋

一轮秋影转金波，飞镜又重磨。把酒问姮娥：被白发欺人奈何！　　乘风好去，长空万里，直下看山河。斫去桂婆娑，人道是清光更多。

水 龙 吟

过南硐双溪楼

举头西北浮云，倚天万里须长剑。人言此地，夜深长见，斗牛光焰。我觉山高，潭空水冷，月明星淡。待燃犀下看，凭栏却怕，风雷怒，鱼龙惨。　　峡束苍江对起，过危楼欲飞还敛。元龙老矣，不妨高卧，冰壶凉簟。千古兴亡，百年悲笑，一时登览。问何人又卸片帆沙岸，系斜阳缆？

又

旅次登楼

楚天千里清秋，水随天去秋无际。遥岑远目，献愁供恨，玉簪螺髻。落日楼头，断鸿声里，江南游子。把吴钩看了，阑干拍遍，无人会，登临意。　　休说鲈鱼堪脍，尽西风，季鹰归未？求田问舍，怕应羞见，刘郎才气。可惜流年，忧愁风雨，树犹如此！倩何人唤取红巾翠袖，揾英雄泪？

鹧　鸪　天

鹅湖归，病起作。

枕簟溪堂冷欲秋，断云依水晚来收。红莲相倚深如怨，白鸟无言定是愁。　　书咄咄，且休休。一丘一壑也风流。不知筋力衰多少，但觉新来懒上楼。

西　　河

送钱仲耕自江西移守婺州

西江水，道是西江人泪。无情却解送行人，月明千里。从今日日倚高楼，伤心烟树如荠。　　会君难，别君易。草草不如人意。十年著破绣衣茸，种成桃李。问君可是厌承明？东方鼓吹千骑。对梅花更消一醉。看明年调鼎风味，老病自怜憔悴。过吾庐定有幽人相问：岁晚渊明归来未？

永　遇　乐

京口北固亭怀古

千古江山，英雄无觅，孙仲谋处。舞榭歌台，风流总被，雨打风吹去。斜阳草树，寻常巷陌，人道寄奴曾住。想当年金戈铁马，气吞万里如虎。　　元嘉草草，封狼居胥，赢得仓皇北顾。四十三年，望中犹记，灯火扬州路。可堪回首，佛狸祠下，一片神鸦社鼓。凭谁问：廉颇老矣，尚能饭否？岳倦翁云："此作微觉用事多。"

汉 宫 春

立春

春已归来，看美人头上，袅袅春幡。无端风雨，未肯收尽馀寒。年时燕子，料今宵梦到西园。浑未办黄柑荐酒，更传青韭堆盘。
却笑东风从此，便薰梅染柳，更没些闲。闲时又来镜里，转变朱颜。清愁不断，问何人会解连环？生怕见花开花落，朝来塞雁先还。

又

会稽秋风亭观雨

亭上秋风，记去年袅袅，曾到吾庐。山河举目虽异，风景非殊。功成者去，觉团扇便与人疏。吹不断斜阳依旧，茫茫禹迹都无。
千古茂陵犹在，甚风流章句，解拟相如。只今木落江冷，渺渺愁余。故人书报：莫因循忘却莼鲈。谁念我新凉灯火，一编《太史公书》？

新 荷 叶

和赵德庄韵

人已归来，杜鹃欲劝谁归？绿树如云，等闲付与莺飞。兔葵燕麦，问刘郎几度沾衣？翠屏幽梦，觉来水绕山围。　　有酒重携，小园随意芳菲。往日繁华，而今物是人非。春风半面，记当年初识崔徽。南云雁少，锦书无个因依。

南 乡 子

登京口北固亭

何处望神州？满眼风光北固楼。千古兴亡多少事，悠悠，不尽长江滚滚流。　　年少万兜鍪，坐断东南战未休。天下英雄谁敌手？曹刘，生子当如孙仲谋。

蝶　恋　花

元日立春

谁向椒盘簪彩胜？整整韶华，争上春风鬓。往日不堪重记省，为花常抱新春恨。　　春未来时先借问。晚恨开迟，早又飘零近。今岁花期消息定，只愁风雨无凭准。

清　平　乐

独宿博山王氏庵

绕床饥鼠，蝙蝠翻灯舞。屋上松风吹急雨，破纸窗间自语。平生塞北江南，归来华发苍颜。布被秋宵梦觉，眼前万里江山。

菩　萨　蛮

书江西造口壁

郁孤台下清江水，中间多少行人泪？西北是长安，可怜无数山。　　青山遮不住，毕竟东流去。江晚正愁余，山深闻鹧鸪。罗大经云："南渡初，金人追隆祐太后御舟，至造口，不及而还。'鹧鸪'之句，谓恢复之事，行不得也。"

生　查　子

有觅词者，为赋。

去年燕子来，绣户深深处。花径得泥归，都把琴书污。　　今年燕子来，谁听呢喃语？不见卷帘人，一阵黄昏雨。

浪　淘　沙

山寺夜作

身世酒杯中，万事皆空。古来三五个英雄。雨打风吹何处是，汉殿秦宫？　　梦入少年丛，歌舞匆匆。老僧夜半误鸣钟。惊起西窗眠不得，卷地西风。

定　风　波

暮春漫兴

少日春怀似酒浓，插花走马醉千钟。老去逢春如病酒，唯有，茶瓯香篆小薰笼。　　卷尽残花风未定，休恨，花开原自要春风。试问春归谁得见？飞燕，来时相遇夕阳中。

范成大 字致能，吴郡人。绍兴中进士，累官权吏部尚书、参知政事，寻帅金陵，以病请闲，进资政殿学士，领洞霄宫，加大学士，卒，谥文穆。有《石湖集》词一卷。

眼　儿　媚

萍乡道中

酣酣日脚紫烟浮，妍暖破轻裘。困人天气，醉人花气，午梦扶头。　　春慵恰似春塘水，一片縠纹愁。溶溶曳曳，东风无力，欲皱还休。

菩　萨　蛮

湘东驿

客行忽到湘东驿，明朝真是潇湘客。晴碧万重云，几时逢故人？　　江南如塞北，别后书难得。先自雁来稀，那堪春半时？

谒　金　门

宜春道中野塘春水可喜，有怀旧隐。

塘水碧，仍带麴尘颜色。泥泥縠纹无气力，东风如爱惜。

恰似越来溪侧，也有一双鸂鶒。只欠柳丝千百尺，系船春弄笛。

秦楼月

寒食日湖南提举胡元高家席上闻琴

湘江碧，故人同作湘中客。湘中客，东风回雁，杏花寒食。
温温月到蓝桥侧，醒心弦里春无极。春无极，明朝残梦，马嘶南陌。

霜天晓角

梅

晚晴风歇，一夜春堪折。脉脉花疏天淡，云来去，数枝雪。
胜绝，愁更绝。此情谁与说？惟有两行低雁，知人倚，画楼月。

黄公度 字师宪，莆阳人。绍兴八年进士第一，官尚书考功员外郎。有《知稼翁集》词一卷。

好事近

湖上送残春，已负别时归约。好在故园桃李，为谁开谁落？
还家应是荔支天，浮蚁要人酌。莫把舞裙歌扇，便等闲抛却。

卜算子

别士季弟之官

薄宦各东西，往事随风雨。先自离歌不忍闻，又何况春将暮？
愁共落花多，人逐征鸿去。君向潇湘我向秦，后会知何处？

青玉案

邻鸡不管离怀苦，又还是催人去。回首高城音信阻。霜桥月馆，水村烟市，总是思君处。　　裛残别袖燕支雨，谩留得愁千缕。欲倩归鸿分付与，鸿飞不住。倚栏无语，独立长天暮。按本集，公登第后，为赵忠简所器，而秦桧颇衔之，及召赴行在，虽知非当路意，而迫于君命，故寓意此词，盖去就早定矣。

葛立方 字常之，丹阳人，胜仲子。绍兴八年进士，官至吏部侍郎。有《归愚集》词一卷。

卜　算　子

袅袅水芝红，脉脉蒹葭浦。淅淅西风淡淡烟，几点疏疏雨。　　草草展杯觞，对此盈盈女。叶叶红衣当酒船，细细流霞举。

张孝祥 字安国，乌江人。绍兴二十四年廷试第一，累迁中书舍人，直学士院、兼都督府参赞军事，领建康留守，寻以荆南湖北路安抚使请祠，进显谟阁直学士。有《于湖集》词一卷。

黄叔旸云："于湖有《紫微雅词》，汤衡为序，称其平昔未尝著藁，笔酣兴健，顷刻即成，却无一字无来处。"

满　江　红

听雨

斗帐高眠，寒窗静潇潇雨意。南楼近，更移三鼓，漏传一水。点点不离杨柳外，声声只在芭蕉里。也不管滴破故乡心，愁人耳。　　无似有，游丝细。聚复散，真珠碎。天应分付与，别离滋味。破我一床蝴蝶梦，输他双枕鸳鸯睡。向此际别有好思量，人千里。

念　奴　娇

星沙初下，望重湖远水，长云漠漠。一叶扁舟谁念我？今日天涯飘泊。平楚南来，大江东去，处处风波恶。吴中何地？满怀俱是离索。　　长记送我行时，绿波亭上，泣透青罗薄。樯燕低飞人去后，依旧湘城帘幕。不尽山川，无穷烟浪，辜负秦楼约。渔歌声断，为君双泪倾落。

鹧　鸪　天

日日青楼醉梦中，不知楼外已春浓。杏花未湿疏疏雨，杨柳初摇短短风。　　扶画鹢，跃花骢。涌金门外小桥东。行行又入笙歌里，人在珠帘第几重？

西　江　月

洞庭

问讯湖边春色，重来又是三年。东风吹我过湖船，杨柳丝丝拂面。　　世路如今已惯，此心到处悠然。寒光亭下水连天，飞起沙鸥一片。

六 州 歌 头

长淮望断，关塞莽然平。征尘暗，霜风劲，悄边声。黯销凝！追想当年事，殆天数，非人力，洙泗上，弦歌地，亦膻腥。隔水毡乡，落日牛羊下，区脱纵横。看名王宵猎，骑火一川明。笳鼓悲鸣，遣人惊。　　念腰间箭，匣中剑，空埃蠹，竟何成！时易失，心徒壮，岁将零，渺神京。干羽方怀远，静烽燧，且休兵。冠盖使，纷驰骛，若为情？闻道中原遗老，常南望翠葆霓旌。使行人到此，忠愤气填膺，有泪如倾。《朝野遗记》云："安国在建康留守席上，赋此歌阕，魏公为罢席而入。"

姚　宽　字令威，剡川人。为六部监门。有《西溪居士乐府》一卷。

忆 王 孙

毵毵杨柳绿初低，淡淡梨花开未齐。楼上情人听马嘶，忆郎归。细雨春风湿酒旗。

生 查 子

郎如陌上尘，妾似堤边絮。相见两悠扬，踪迹无寻处。　　酒面扑春风，泪眼零秋雨。过了别离时，还解相思否？

踏 莎 行

蘋叶烟深，荷花露湿。碧芦红蓼秋风急。采菱渡口日将沉，飞鸿楼上人空立。　　彩凤难双，红绡暗泣。回纹未剪吴刀涩。梦魂归处不留踪，厌厌一夜凉蟾入。

程 垓 字正伯，眉山人。有《书舟雅词》一卷。

按：正伯与子瞻为中表兄弟，故其词有相乱者。

酷 相 思

月挂霜林寒欲坠，正门外催人起。奈离别如今真个是：欲住也留无计，欲去也来无计。　　马上离魂衣上泪，各自个供憔悴。问江路梅花开也未？春到也须频寄，人别也须频寄。

小 桃 红

不恨残花嚲，不恨残春破。只恨流光，一年一度，又催新火。纵青天白日系长绳，也留春得么！　　花院从教锁，春事从教过。烧笋园林，尝梅台榭，有何不可？已安排珍簟小胡床，待日长闲坐。

芭　蕉　雨

雨过凉生藕叶。晚庭消尽暑，浑无热。枕簟不胜香滑。争奈宝帐情生，金尊意惬！　玉人何处梦蝶？思一见冰雪。须写个帖儿叮咛说。试问道：肯来么？今夜小院无人，重楼有月。

摸　鱼　儿

掩凄凉黄昏庭院，角声何处呜咽？矮窗曲屋风灯冷，还是苦寒时节。凝伫切，念翠被熏笼，夜夜成虚设。倚窗愁绝，听凤竹声中，犀帏影外，簌簌酿寒雪。　伤心处，却忆当年轻别。梅花满院初发。吹香弄蕊无人见，惟有暮云千叠。情未彻，又谁料而今好梦分吴越。不堪重说。但记得当初，重门锁处，犹有夜深月。

念　奴　娇

秋风秋雨，正黄昏供断一窗愁绝。带减衣宽谁念我？难忍重城离别。转枕褰帷，挑灯整被，总是相思切。知他别后，负人多少风月？　不是怨极愁浓，只愁重见了，相思难说。料得新来魂梦里，不管飞来蝴蝶。排闷人间，寄愁天上，终有归时节。如今无奈，乱云依旧千叠。

南　　浦

金鸭懒熏香，向晚来，春酲一枕无绪。浓绿涨瑶窗，东风外吹尽乱红飞絮。无言伫立，断肠惟有流莺语。碧云欲暮，空惆怅韶华，一时虚度。　追思旧日心情，记题叶西楼，吹花南浦。老去觉欢疏，伤春恨，多付断云残雨。黄昏院落，问谁犹在凭栏处？可堪杜宇，但只解声声，催他春去。

满 庭 芳

临安晚登

南月惊乌，西风破雁，又是秋满平湖。采莲人静，寒色战菰蒲。旧信江南好景，一万里轻觅莼鲈。谁知道，吴侬未识，蜀客已情孤。凭高增怅望，湘云尽处，都是平芜。问故乡何日，重见吾庐？纵有荷纫芰制，终不似菊短篱疏。归情远，三更雨梦，依旧绕庭梧。

渔 家 傲

彭门道中

独木小舟烟雨湿，燕儿乱点春江碧。江上青山随意觅。人寂寂，落花芳草催寒食。　昨夜青楼今日客，吹愁不得东风力。细拾残红书怨泣。流水急，不知那个传消息？

南 乡 子

几日诉离尊，歌尽《阳关》不忍分。此度天涯真个去，消魂。相送黄花落叶村。　斜日又黄昏，萧寺无人半掩门。今夜粉香明日泪，休论。只要罗巾记旧痕。

忆 秦 娥

青门深，海棠开尽春阴阴。春阴阴，万重云水，一寸归心。玉楼深锁烟消沉，知他何日同登临？同登临，待收红泪，细说如今。

谒 金 门

春夜雨，催润柳塘花坞。小院重门深几许？画帘香一缕。独立晚庭凝伫，细把花枝闲数。燕子不来天欲暮，说愁无处所。

卜　算　子

独自上层楼，楼外青山远。望到斜阳欲尽时，不见西飞雁。独自下层楼，楼下蛩声怨。待到黄昏月上时，依旧柔肠断。

菩　萨　鬘

画桥拍拍春江绿，行人正在春江曲。花润接平川，有人花底眠。　　东风元自好，只怕催花老。安得万垂杨，系教春日长。

愁倚栏令

春犹浅，柳初芽，杏初花。杨柳杏花交映处，有人家。　　玉窗明暖烘霞，小屏上水远山斜。昨夜酒多春睡重，莫惊他。

水　龙　吟

夜来风雨匆匆，故园定是花无几。愁多怨极，等闲孤负，一年芳意。柳困桃慵，杏青梅小，对人容易。算好春长在，好花长见，元只是人憔悴。　　回首池南旧事，恨星星不堪重记。如今但有，看花老眼，伤时清泪。不怕逢花瘦，只愁怕老来风味。待繁红乱处，留云借月，也须拚醉。

洞庭春色

锦字亲裁，泪巾偷裹，细说旧时。记笑桃门巷，妆窥宝靥；弄花庭榭，香湿罗衣。几度相随游冶去，任月细风尖犹未归。多少事，有垂杨眼见，红烛心知。　　如今事都过也，但赢得双鬓成丝。叹半妆红豆，相思有分；两分青镜，重合难期。惆怅一春飞絮梦，恁悠飏教人分付谁？销魂处，又梨花雨暗，半掩重扉。

词综卷十四

宋　词

韩元吉 字无咎，号南涧，许昌人。官吏部尚书。有《焦尾集》一卷。

六州歌头

东风著意，先上小桃枝。红粉腻，娇如醉，倚朱扉。记年时，隐映新妆面，临水岸，春将半，云日暖，斜阳转，夹城西。草软沙平，跋马垂杨渡，玉勒争嘶。认蛾眉凝笑，脸薄拂胭脂。绣户曾窥，恨依依。
昔携手处，香如雾，红随步，怨春迟。消瘦损，凭谁问？只花知，泪空垂。旧日堂前燕，和烟雨，又双飞。人自老，春长好，梦佳期。前度刘郎，几许风流地，也自应悲。但茫茫暮霭，目断武陵溪，往事难追。

薄　幸

送君南浦，对烟柳青青万缕。更满眼残红吹尽，叶底黄鹂自语。甚动人多少离情，楼头水阔山无数。记竹里题诗，花边载酒，魂断江干春暮。　都莫问功名事，白发渐星星如许。任鸡鸣起舞，乡关何在？凭高目尽孤鸿去。漫留君住，趁酴醾香暖，持杯且醉瑶台路。相思记取，愁绝西窗夜雨。

谒金门

春雪

春尚浅，谁把玉英裁剪？尽道梅梢开未遍，卷帘花满院。

楼上酒融歌暖，楼下水平烟远。却似涌金门外见，絮飞波影乱。

霜天晓角

题采石蛾眉亭

倚天绝壁，直下江千尺。天际两蛾横黛，愁与恨，几时极？暮潮风正急，酒阑闻塞笛。试问谪仙何处？青山外，远烟碧。

水龙吟

题三峰阁咏英华女子

雨馀叠巘浮空，望中秀色仙都是。洞天未锁，人间春好，玉妃曾坠。锦瑟繁弦，凤笙清响，九霄歌吹。问分香旧事，刘郎去后，知谁伴风前醉？　回首暝烟千里，但纷纷落红如泪。多情易老，青鸾何许？诗成谁寄？斗转参横，半帘花影，一溪寒水。怅飞凫路杳，行云梦断，有三峰翠。

周必大 字子充，一字弘道，庐陵人。绍兴二十一年进士，历官左丞相，封益国公，赠太师，谥文忠。有《省斋集》近体乐府一卷。

点绛唇

赠歌者小琼

秋夜乘槎，客星容到天孙渚。眼波微注，将谓牵牛渡。　见了还非，重理《霓裳》舞。虽无误，几年一遇，莫讶周郎顾。

京　镗 字仲远，豫章人。登绍兴二十七年进士第，由县令擢御史，迁右司郎官，出为四川安抚使，进刑部尚书，庆元初官左丞相，卒，赠太保，初谥文穆，以家讳从其子请，谥文忠，改谥庄定。有《松坡居士乐府》一卷。

雨 中 花

重阳

玉局祠前，铜壶阁畔，锦城药市争奇。正紫萸缀席，黄菊浮卮。巷陌连镳并辔，楼台吹竹弹丝。登高望远，一年好景，九日佳期。 自怜行客，犹对佳宾，留连岂是贪痴。谁会得心驰北阙，兴寄东篱？惜别未催鹢首，追欢且醉蛾眉。明年此会，他乡今日，总是相思。

尤 袤 字延之，无锡人。绍兴中进士，累官礼部尚书、正奉大夫，赠光禄大夫，谥文简。有《梁溪集》。

瑞 鹧 鸪

咏落梅

清溪西畔小桥东，落月纷纷水映空。五夜客愁花片里，一年春事角声中。 歌残《玉树》人何在？舞破《山香》曲未终。却忆孤山醉归路，马蹄香雪衬东风。

仲 并 字弥性，江都人。绍兴中进士，授平江教授，改左承奉郎，历光禄寺丞，终朝请大夫、淮东安抚司参议。有《浮山集》。

水 调 歌 头

浮远堂

静练平千顷，华栋俯中流。凌晨画戟来看，宿雨断虹收。八九胸中云梦，三千笔端风月，无处快凝眸。笑咏一堂上，挥麈气横秋。　　俯危栏，红日下，暮云收。无穷伟观，只应天意为君谋。容我时醒时醉，独泛微烟微雨，浩荡逐轻鸥。不羡岳阳胜，丹碧耸层楼。

念　奴　娇

同前

练江风静，卧冰奁，百尺朱栏飞入。江远浮天天在水，水满半天云湿。白鸟明边，青山断处，眼冷江头立。月明潮上，苇间渔唱声急。　　几度吹老蘋花，野香无数，欲寄应难及。天借诗人供醉眼，尊俎一时收拾。竹里行厨，花间步障，风雨生呼吸。酒阑歌罢，钓船先具蓑笠。

朱　熹　字元晦，一字仲晦，婺源人。第进士，仕至转运副使、崇政殿说书、焕章阁待制，致仕，赠太师，封信国公，改徽国，谥文。有《文公集》词一卷。

水　调　歌　头

檃括杜牧之《九日齐州》诗

江水浸云影，鸿雁欲南飞。携壶结客何处？空翠渺烟霏。尘世难逢一笑，况有紫萸黄菊，堪插满头归。风景今朝是，身世昔人非。　　酬佳节，须酩酊，莫相违。人生如寄，何事辛苦怨斜晖！无尽今来古往，多少春花秋月，那更有危机。与问牛山客，何必泪沾衣？

真德秀　字景元，更景希，浦城人。第庆元进士，历官翰林学士、知制诰，赠银青光禄大夫，谥文忠，学者称西山先生。

蝶 恋 花

红梅

两岸月桥花半吐。红透肌香，暗把游人误。尽道武陵溪上路，不知迷入江南去。　　先自冰霜真态度。何事枝头，点点胭脂污？莫是东君嫌淡素，问花花又娇无语。

赵汝愚 字子直，汉王元佐七世孙，家馀干。举进士第一，累官光禄大夫、右丞相，赠太师，追封沂国公，谥忠定。

柳 梢 青

题丰乐楼

水月光中，烟霞影里，涌出楼台。空外笙箫，人间笑语，身在蓬莱。　　天香暗逐风回，正十里荷花尽开。买个轻舟，山南游遍，山北归来。

洪　适 字景伯，皓子。中博学宏词科，累官尚书右仆射、同中书门下平章事、兼枢密使，谥文惠。有《盘洲集》词二卷。

好 事 近

别傅丈

柳岸碧漪深，底事催人行色？无计相留情话，只别愁如织。　　小蛮樊素两倾城，几度醉狂客？明日扁舟西去，听歌声不得。

生 查 子

桃疏蝶惜香，柳困莺衔絮。日影过帘旌，多少闲愁绪！　　红绽武陵溪，绿暗章台路。春色似行人，无意花间住。

浣　溪　沙

饯范子芬行

整顿春衫欲跨鞍，一杯相属少开颜，愁蛾不似旧时弯。　未见两星添柳宿，忍教三叠唱《阳关》？相思空望会稽山！

虞　美　人

芭蕉滴滴窗前雨，望断江南路。乱云重叠几多山？不似倦飞鸥鸟便知还。　角声更听谯门弄，夜夜思归梦。鄱江楼下水含漪，姑负钓滩烟艇绿蓑衣。

吴　儆　字益恭，休宁人。绍兴二十七年进士，淳熙初通判邕州，已除知州、兼广南西路安抚都监，以亲老丐祠，主管台州崇道观，转朝散郎，致仕，宝祐中追谥文肃。有《竹洲集》词一卷。

满　庭　芳

寄叶蔚宗

草满池塘，莺啼杨柳，燕忙知为泥融。飘花流水，竹外小桥通。又是一春憔悴，摘残英，遍绕芳丛。长安远，平芜尽处，叠叠但云峰。
西湖，行乐处，牙樯漾鹢，锦帐翻虹。想年时桃李，应已成空。欲写相思寄与，云天阔难觅征鸿。空凝想，时时残梦，依约上阳钟。

浣　溪　沙

题星州寺

十里青山溯碧流，夕阳沙晚片帆收。重重烟树出层楼。　人去人归芳草渡，鸥飞鸥没白蘋洲。碧桐翠竹记曾游。

又

题馀干传舍

画楯朱栏绕碧山，平湖徙倚水云宽。人家杨柳带汀湾。　　目力已随飞鸟尽，机心还逐白鸥闲。萧萧微雨晚来寒。

减字木兰花

中秋独与静之饮

碧梧秋老，满地琅玕纷不扫。门掩黄昏，惟有年时月照人。　　凄凉满眼，肯作六年灯火伴。莫说凄凉，来岁如今又一方。

杨万里 字廷秀，吉水人。绍兴中进士，历秘书监，以宝文阁待制致仕，进宝谟阁学士，赠光禄大夫，谥文节。有《诚斋集》乐府一卷。

好事近

月未到诚斋，先到万花川谷。不是诚斋无月，隔一庭修竹。　　如今才是十三夜，月色已如玉。未是秋光奇绝，看十五十六。

李处全 字粹伯。淳熙中侍御史。有《晦庵词》一卷。

水调歌头

送王景文

上马趣携酒，送客古朱方。秋风斜日山际，低草见牛羊。酩酊不知更漏，但见横江白露，清映月如霜。平睨广寒殿，谁说路岐长？　醉还醒，时起舞，念吾乡。江山尔尔，回首千载几兴亡！一笑书生事业，谁信管城居士，不换碧油幢？好在中泠水，击节奏《伊凉》。

菩萨鬘

杜鹃只管催归去，知渠教我归何处？故国泪生痕，那堪枕上闻？　严装吾已具，泛宅吴中路。弭楫唤东邻，江东日暮云。

张　震 字东父，号无隐居士，益宁人。孝宗朝为谏官。

黄叔旸云："无隐居士词甚婉媚，盖富贵人语也。"

蓦山溪

青梅如豆，断送春归去。小绿间长红，看几处云歌柳舞。偎花识面，对月共论心；携素手，采香游，踏遍西池路。　水边朱户，曾记销魂处。小立背秋千，空怅望娉婷韵度。杨花扑面，香糁一帘风；情脉脉，酒厌厌，回首斜阳暮。

蝶恋花

梅子初青春已暮。芳草连云，绿遍西池路。小院绣帘才半举，衔泥紫燕双飞去。　人在赤栏桥畔住。不解伤心，还解相思否？清梦欲寻犹间阻，纱窗一夜萧萧雨。

罗　愿 字端良，号存斋，歙县人。绍兴中以荫补承务郎，监临安新城税，历鄂州守。有《鄂州小集》。

水调歌头

中秋和施司谏

秋宇净如水，月镜不安台。郁孤高处张乐，语笑脱尘埃。檐外白毫千丈，坐上银河万斛，心境两佳哉。俯仰共清绝，底处著风雷。　　问天公，邀月姊，愧凡才。婆娑人世，羞见蓬鬓漾金罍。来岁公归何处？照耀彩衣簪橐，禁直且休催。一曲庾江上，千古继《韶陔》。

崔与之 字正子，广州人。绍熙四年进士，累官广东经略安抚使、兼知广州，拜参知政事、右丞相，皆力辞，以观文殿大学士致仕，封南海郡公，卒，谥清献。有集。

水调歌头

万里云间戍，立马剑门关。乱山极目无际，直北是长安。人苦百年涂炭，鬼哭三边锋镝，天道久应还。手写留屯奏，炯炯寸心丹。
对青灯，搔白发，漏声残。老来勋业未就，妨却一身闲。梅岭绿阴青子，蒲涧清泉白石，怪我旧盟寒。烽火平安夜，归梦到家山。

刘克庄 字潜夫，莆田人。以荫仕，淳熙中，赐同进士出身，官龙图阁直学士。有《后村别调》一卷。

忆秦娥

游人绝，绿阴满野芳菲歇。芳菲歇，养蚕天气，采茶时节。
枝头杜宇啼成血，陌头杨柳吹成雪。吹成雪，淡烟疏雨，江南三月。

玉 楼 春

呈林节推

年年跃马长安市，客里似家家似寄。青钱唤酒日无何，红烛呼卢宵不寐。　　易挑锦妇机中字，难得玉人心下事。男儿西北有神州，莫洒水西桥畔泪。

贺 新 郎

端午

思远楼前路。望平堤十里湖光，画船无数。绿盖盈盈红粉面，叶底荷花解语。斗巧结同心双缕。尚有经年离别恨，一丝丝总是相思处。相见也，又重午。　　清江旧事传荆楚。叹人情千载如新，尚沉菰黍。且尽樽前今日醉，谁肯独醒吊古？泛几盏菖蒲绿醑。两两龙舟争竞渡，奈珠帘暮卷西山雨。看未足，怎归去？

又

游周氏花园

溪上收残雨。倚危栏薄绵乍脱，日阴亭午。闹市不知春色处，散在荒园废墅。渐小白长红无数。客子虽非河阳令，也随缘暂作莺花主。那可负，瓮中醑！　　碧云四合千岩暮。恨匆匆余方有事，子姑归去。趁取群芳未摇落，暇日提鱼就煮。叹激电光阴如许。回首明年何处在？问桃花尚记刘郎否？公莫笑，醉中语。

满 江 红

落日登楼，谁管领倦游狂客？待唤起沧浪渔父，隔江吹笛。看水看山身尚健，忧晴忧雨头先白。对暮云不见美人来，遥天碧。
山中鹤，应相忆。沙上鹭，浑相识。想石田茅屋，草深三尺。空有鬓如潘骑省，断无面见陶彭泽。便倒倾海水浣衣尘，难湔涤。

清　平　乐

赠维扬陈师文参议家舞姬

宫腰束素，只怕能轻举。好筑避风台护取，莫遣惊鸿飞去。　一团香玉温柔，笑颦俱有风流。贪与萧郎眉语，不知舞错《伊州》。

摸　鱼　儿

怪新来倚楼看镜，清狂浑不如旧。暮云千里伤心处一作“色”，那更乱蝉疏柳。凝望久，怆故国百年陵阙谁回首？功名大谬。叹采药名山，读书精舍，此计几时就？　封侯事，久矣输人妙手。沧洲一作“扁舟”聊作渔叟。高冠长剑都闲物，世上切身惟酒。千载后，君试看拔山扛鼎俱乌有。英雄骨朽。问顾曲周郎，而今还解，来听小词否？

长　相　思

朝有时，暮有时。潮水犹知日两回，人生长别离。　来有时，去有时。燕子犹知社后归，君行无定期。

楼　锷 字巨山。淳熙中知江阴军。

浣　溪　沙

双桧堂

夏半阳乌景最长，小池不断藕花香。电影雷声催急雨，十分凉。　芡剥明珠随意嚼，瓜分琼玉趁时尝。双桧堂深新酿好，且传觞。

吴　琚 字居夫，汴人，宪圣皇后侄，太宁郡王益之子。历尚书郎、部使者、直学士，庆元中以镇安节度使守建康，迁少保，卒，谥忠惠。有《云壑集》。

酹　江　月

观潮应制

玉虹遥挂，望青山隐隐，有如一抹。忽觉天风吹海立，好似春霆初发。白马凌空，琼鳌驾水，日夜朝天阙。飞龙舞凤，郁葱环拱吴越。　　此景天下应无，东南形胜，伟观真奇绝。好是吴儿飞彩帜，蹴起一江秋雪。黄屋天临，水犀云拥，看击中流楫。晚来波静，海门飞上明月。

赵彦端 字德庄。乾道、淳熙间，以直宝文阁知建宁府。有《介庵词》四卷。

千　秋　岁

杏花风下，独立春寒夜。微雨度，疏星挂。辉辉浓艳出，袅袅繁枝亚。朱槛倚，轻罗醉里添还卸。　　寂寞情犹乍，怅望骖鸾驾。衣褪玉，香欺麝。一花拚一醉，杯重凭谁把？春去也，重帘翠幕人如画。

谒　金　门

休相忆，明日远如今日。楼外绿烟村幂幂，花飞如许急。　　柳外晚来船集，波底夕阳红湿。送尽去云成独立，酒醒愁又入。张正夫云：“德庄，宗室之秀，赋西湖《谒金门》云：‘波底夕阳红湿。’阜陵问：‘谁词？’答云：‘彦端所作。’上云：‘我家里人也会作此等语！’喜甚。”

青　玉　案

赠勉道琵琶人

当年万里龙沙路，载多少离愁去？冷压层帘云不度。芙蓉双带，垂杨娇髻，弦索初调处。　　花凝玉立东风暮，曾记江边丽人句。异县相逢能几许？多情谁料，琵琶洲畔，同醉清明雨！

沙　塞　子

春水绿波南浦，渐理棹行人欲去。黯销魂柳际轻烟，花梢微雨。长亭放艭无计住，但芳草迷人去路。忍回头断云残日，长安何处？

清　平　乐

席上赠人

桃根桃叶，一树芳相接。春到江南三二月，迷损东家蝴蝶。殷勤踏取青阳，风前花正低昂。与我同心支子，报君百结丁香。

点　绛　唇

途中逢管倅

憔悴天涯，故人相遇情如故。别离何遽！忍唱《阳关》句？我是行人，更送行人去。愁无据。寒蝉鸣处，回首斜阳暮。

虞　美　人

断蝉高柳斜阳处，池阁丝丝雨。绿檀珍簟卷新红，屈曲杏花蝴蝶小屏风。　　春山叠叠秋波漫，收拾残针线。又成娇困倚檀郎，无事更抛莲子打鸳鸯。

豆　叶　黄

粉墙丹槛柳丝中。帘箔轻明花影重。午醉醒来一面风。绿葱葱，几颗樱桃叶底红。

管　鉴 字明仲。有《养拙堂词》一卷。

生　查　子

天教百媚生，赋得多情怨。背整玉搔头，宽了黄金钏。　　情随歌意深，故故回娇盼。不是不相知，只为难相见。

魏子敬

生　查　子

愁盈镜里山，心叠琴中恨。露湿玉兰秋，香伴金屏冷。　　云归月正圆，雁到人无信。孤损凤凰钗，立尽梧桐影。刘兴伯云："此词，题道涂壁，甚工。"

甄龙友 字云卿，永嘉人。绍兴中进士，官国子监簿。

霜　天　晓　角

题赤壁

峨眉仙客，四海文章伯。来向东坡游戏，人间世，著不得。　　去国谁爱惜？在天何处觅？但见樽前人唱：《前赤壁》，《后赤壁》。

俞国宝 "俞"，一作"于"。临川人。淳熙间太学生。有《醒庵遗珠集》。

风入松

题酒肆

一春长费买花钱，日日醉湖边。玉骢惯识西湖路，骄嘶过沽酒楼前。红杏香中歌舞，绿杨影里秋千。　　暖风十里丽人天，花压鬓云偏。画船载得春归去，馀情付湖水湖烟。明日重扶残醉，来寻陌上花钿。

卫元卿 洋州人。领荐不得志，游山谷间。

谒金门

花过雨，又是一番红素。燕子归来愁不语，故巢无觅处。　　谁在玉楼歌舞？谁在玉关辛苦？若使边尘吹得去，东风侯万户。

李　石 字知幾，资阳人。乾道中以荐任太学博士，出为成都倅。有《方舟集》。

临江仙

烟柳疏疏人悄悄，画楼风外吹笙。倚栏闻唤小红声。薰香临欲睡，玉漏已三更。　　坐待不来来又去，一方明月中庭。粉墙东畔小桥横。起来花影下，扇子扑流萤。

渔家傲

赠鼎湖官伎

西去征鸿东去水，几重别恨千山里！梦绕绿窗书半纸。何处是？桃花溪畔人千里。　　瘦玉倚香愁黛翠，劝人须要人先醉。问道明朝行也未？犹自记，灯前背立偷垂泪。

张　镃 字功甫，号约斋，西秦人。官奉议郎。有《玉照堂词》一卷。

鹊　桥　仙

菱

连汀接溆，萦蒲带藻，万镜香浮光满。湿烟吹霁木兰轻，照波底红娇翠婉。　　玉纤采来，银笼携去，一曲山长水远。彩鸳双惯贴人飞，恨南浦离多梦短。

兰　陵　王

荷花

蓼汀侧，朝霭依依弄色。知何许湘女淡妆，羽节飞来带秋碧！轻裙素绡织，谁与明珰竞饰？无言处相倚溯洄，应有柔情正堆积。　　当年驻香鹢，记草媚罗裙，波映文席。□□□□□□□，□□□□□，□□□□，斜阳返照暮雨湿，爱天际凉入。　　愁寂，念畴昔。谩太华峰头，幽梦寻觅。而今两鬓如花白。但一线才思，半星心力。新词奇句，便做有，怎道得？

满　庭　芳

促织

月洗高梧，露漙幽草，宝钗楼外秋深。土花沿翠，萤火坠墙阴。静听寒声断续，微韵转凄咽悲沉。争求侣，殷勤劝织，促破晓机心。　　儿时曾记得，呼灯灌穴，敛步随音。任满身花影，犹自追寻。携向画堂试斗，亭台小笼巧装金。今休说，从渠床下，凉夜听孤吟。

杜 旟 字伯高，号桥斋，金华人。吕成公门下士，与弟四人并有名誉。

陈同甫云："伯高奔风逸足，而鸣以和鸾。仲高丽句，晏叔原不得擅美。叔高戈矛森立，有吞虎食牛之气。左右辉映，匪独一门之盛，可谓一时之豪。"叶正则《赠幼高》云："杜子五兄弟，词林俱上头。"

酹江月

石头城

江山如此，是天开万古东南王气。一自髯孙横短策，坐使英雄鹊起。《玉树》声销，金莲影散，多少伤心事？千年辽鹤，并疑城郭非是。　　当日万驷云屯，潮生潮落处，石头孤峙。人笑褚渊今齿冷，只有袁公不死。斜日荒烟，神州何在？欲堕新亭泪。元龙老矣，世间何限馀子！

摸鱼儿

湖上

放扁舟万山环处，平铺碧浪千顷。仙人怜我征尘久，借与梦游清枕。风乍静，望两岸群峰，倒浸玻璃影。楼台相映，更日薄烟轻，荷花似醉，飞鸟堕寒镜。　　中都内，罗绮千街万井，天教此地幽胜。仇池仙伯今何在？堤柳几眠还醒。君试问：问此意只今更有何人领？功名未竟，待学取鸱夷，仍携西子，来动五湖兴。

蓦山溪

春风如客，可是繁华主。红紫未全开，早绿遍江南千树。一番新火，多少倦游人；纤腰柳，不知愁，犹作风前舞。　　小阑干外，两两幽禽语。问我不归家，有佳人天寒日暮。老来心事，惟只有春知；江头路，带春来，更带春归去。

刘　儗 一云名山仙抡，字叔儗，庐陵人。有《招山集》。
黄叔旸云："叔儗有《招山诗集》，乐章尤为人所脍炙。"

菩　萨　蛮

海棠

东风去了秦楼畔，一川烟草无人管。芳树雨初晴，黄鹂三两声。　海棠花已谢，春事无多也。只有牡丹时，知他归不归？

念　奴　娇

送张明之赴京西幕

艅艎东下，望西江千里，苍茫烟水。试问襄州何处是？雉堞连云天际。叔子残碑，卧龙陈迹，遗恨斜阳里。后来人物，如君瑰伟能几？　其肯为我来耶？河阳下士，正是强人意。勿谓时平无事也，便以言兵为讳。眼底山河，楼头鼓角，都是英雄泪。功名机会，要须闲暇先备。

又

长沙赵帅席上作

西风何事，为行人扫荡，烦襟如洗！熏涨蒸澜都卷尽，一片潇湘清泚。酒病惊秋，诗愁入鬓，对影人千里。楚宫故事，一时分付流水。　江上买取扁舟，排云涌浪，直过金沙尾。归去江南丘壑处，不用重寻月姊。风露杯深，芙蓉裳冷，笑傲烟霞里。草庐如旧，卧龙知为谁起？

诉　衷　情

征衣薄薄不禁风，长日雨丝中。又是一年春事，花信到梧桐。
云漠漠，水溶溶，去匆匆。客怀今夜，家在江西，身在江东。

岳 珂 字肃之,号倦翁,飞孙。管内劝农使,知嘉兴府,历户部侍郎,淮东总领兼制置使。有《玉楮集》。

祝英台近

北固亭

淡烟横,层雾敛,胜概分雄占。月下鸣榔,风急怒涛飐。关河无限清愁,不堪临鉴,正双鬓秋风尘染。 谩登览,极目万里沙场,事业频看剑。古往今来,南北限天堑。倚楼休弄新声,重城门掩,历历数西州更点。

程 珌 字怀古,休宁人。绍熙四年进士,累官宝文阁学士,知福州、兼福建安抚使,封新安郡侯,以端明殿学士致仕,卒,赠特进、少师。有《洺水集》词一卷。

念奴娇

忆先庐春山之胜

归来一笑,尚看看趁得人间寒食。阿寿牵衣仍问我,双鬓新来添白。忍见庭前,去年芳草,依旧青青色!西湖雨后,绿波两岸平拍。 天教断送流年,三之一矣,又是成疏隔。燕子春寒浑未到,谁说江南消息?玉树熏香,冰桃翻浪,好个真消息。这回归去,松风深处横笛。

王千秋 字锡老,东平人。有《审斋词》一卷。

贺新郎

石城吊古

吊古城头去。正高秋霜晴木落,路通洲渚。欲问紫髯分鼎事,只有荒祠烟树。巫觋去久无箫鼓。霸业荒凉遗堞坠，但苍崖日阅征帆渡。兴与废，几今古？　　夕阳细草空凝伫。试追思当时子敬，用心良误。要约刘郎铜雀醉，底事遽争荆楚？遂但见蜀吴烽举。致使五官伸脚睡，唤诸儿画取长陵土。遗此恨，欲谁语？

程　先 字传之，休宁人。父官团练，以偏师御金人于池州，殉节死，当录其嗣，固让不受，隐居东山，遣其子永奇师事晦庵，即《语录》所称程次卿是也。

锁　窗　寒

有感

雨洗红尘，云迷翠麓，小车难去。凄凉感慨，未有今年春暮！想曲江水边丽人，影沉香歇谁为主？但兔葵燕麦，风前摇荡，径花成土。　　空被多情苦。叹嘉会难逢，少年几许？纷纷沸鼎，负了青阳百五。待何时重睹太平？典衣贳酒相尔汝。算兰亭有此欢娱，又却悲今古。

苏　洞 字召叟，山阴人。有《泠然阁集》。

雨　中　花

怀刘改之

十载尊前，放歌起舞，人间酒户诗流。尽期君凌厉，羽翮高秋。世事几如人意？儒冠还负身谋。叹天生李广，才气无双，不得封侯。　　榆关万里，一去飘然，片云甚处神州？应怅望家人父子，重见无由。陇水寂寥传恨，淮山宛转供愁。这回休也，燕鸿南北，长隔英游。

刘圻父 字子寰，号篁嵲。游朱文公之门。有《麻沙集》。

花发沁园春

呈史沧洲

换谱《伊凉》，选歌燕赵，一番乐事重起。花新笑靥，柳软纤腰，济楚众芳围里。年年佳会，长是傍清明天气。正魏紫衣染天香，蜀红妆破春睡。　一簇猩罗凤翠。遍东园西城，点检芳事。铨斋吏散，昼馆人稀，几阕管弦清脆。人生适意，流转共风光游戏。到遇景取次成欢，怎教良夜休醉！

词综卷十五

宋　词

姜　夔 字尧章，鄱阳人，流寓吴兴。有《白石词》五卷。

范石湖云："白石有裁云缝月之妙手，敲金戛玉之奇声。"赵子固云："白石，词家之申、韩也。"黄叔旸云："白石词极精妙，不减清真，其高处，有美成所不能及。"沈伯时云："白石清劲知音，亦未免有生硬处。"张叔夏云："姜白石如野云孤飞，去留无迹。"又云："白石词，不惟清虚，且又骚雅，读之使人神观飞越。"

探　春　慢

过雪溪，别郑次皋诸君。

衰草愁烟，乱鸦送日，飞沙回旋平野。拂雪金鞭，欺寒茸帽，还记章台走马。谁念漂零久？谩赢得幽怀难写。故人青盼相逢，小窗闲共情话。　　长恨离多会少，重访问竹西，珠泪盈把。雁碛沙平，渔汀人散，老去不堪游冶。无奈苕溪月，又唤我扁舟东下。甚日归来？梅花零乱春夜。

一　萼　红

人日登长沙定王台

古城阴，有官梅几许，红萼未宜簪。池面冰胶，墙腰雪老，云意还又沉沉。翠藤共闲穿径竹，渐笑语惊起卧沙禽。野老林泉，故王台榭，呼唤登临。　　南去北来何事？荡湘云楚水，目极伤心。朱户黏鸡，金盘簇燕，空叹时序侵寻。记曾共西楼雅集，想垂柳还袅万丝金。待得归鞍到时，只怕春深。

扬 州 慢

淳熙丙申至日，过扬州。

淮左名都，竹西佳处，解鞍少驻初程。过春风十里，尽荠麦青青。自胡马窥江去后，废池乔木，犹厌言兵。渐黄昏，清角吹寒，都在空城。　　杜郎俊赏，算如今重到须惊。纵豆蔻词工，青楼梦好，难赋深情。二十四桥仍在，波心荡冷月无声。念桥边红药，年年知为谁生？

点 绛 唇

吴淞

燕雁无心，太湖西畔随云去。数峰清苦，商略黄昏雨。　　第四桥边，拟共天随住。今何许？凭栏怀古，残柳参差舞。

暗 香

石湖咏梅

旧时月色，算几番照我，梅边吹笛。唤起玉人，不管清寒与攀摘。何逊而今渐老，都忘却春风词笔。但怪得竹外疏花，香冷入瑶席。　　江国，正寂寂。叹寄与路遥，夜雪初积。翠尊易泣，红萼无言耿相忆。长记曾携手处，千树压西湖寒碧。又片片吹尽也，几时见得？

疏 影

前题

苔枝缀玉，有翠禽小小，枝上同宿。客里相逢，篱角黄昏，无言自倚修竹。昭君不惯胡沙远，但暗忆江南江北。想佩环月下归来，化作此花幽独。　　犹记深宫旧事，那人正睡里，飞近蛾绿。莫似春风，不管盈盈，早与安排金屋。还教一片随波去，又却怨玉龙哀曲。等恁时重觅幽香，已入小窗横幅。张叔夏云："《暗香》、《疏影》二曲，前无古人，后无来者，真为绝唱。"

长亭怨慢

渐吹尽枝头香絮。是处人家，绿深门户。远浦萦回，暮帆零乱向何许？阅人多矣，谁得似长亭树？树若有情时，不会得青青如此。日暮，望高城不见，只见乱山无数。韦郎去也，怎忘得玉环分付："第一是早早归来，怕红萼无人为主！"算只有并刀，难剪离愁千缕。

齐天乐

蟋蟀

庾郎先自吟《愁赋》，凄凄更闻私语。露湿铜铺，苔侵石井，都是曾听伊处。哀音似诉，正思妇无眠，起寻机杼。曲曲屏山，夜凉独自甚情绪？　　西窗又吹暗雨，为谁频断续，相和砧杵？候馆吟秋，离宫吊月，别有伤心无数。《豳》诗谩与。笑篱落呼灯，世间儿女。写入琴丝，一声声更苦。张叔夏云："全章精粹，所咏了然在目，且不留滞于物。"

念奴娇

荷花

闹红一舸，记来时常与鸳鸯为侣。三十六陂人未到，水佩风裳无数。翠叶吹凉，玉容消酒，更洒菰蒲雨。嫣然摇动，冷香飞上诗句。　　日暮，青盖亭亭，情人不见，争忍凌波去？只恐舞衣寒易落，愁入西风南浦。高柳垂阴，老鱼吹浪，留我花间住。田田多少，几回沙际归路？

湘 月

即《念奴娇》之鬲指声也

五湖旧约，问经年底事，长负清景？暝入西山，渐唤我一叶夷犹乘兴。倦网都收，归禽时度，月上汀洲冷。中流容与，画桡不点清镜。　　谁解唤起湘灵，烟鬟雾鬓，理哀弦鸿阵？玉麈谈玄，叹坐客多少风流名胜。暗柳萧萧，飞星冉冉，夜久知秋信。鲈鱼应好，旧家乐事谁省？

淡 黄 柳

合肥

空城晓一作“画”角，吹入垂杨陌。马上单衣寒恻恻。看尽鹅黄嫩绿，都是江南旧相识。　　正岑寂，明朝又寒食。强携酒，小桥宅，怕梨花落尽成秋色。燕燕飞来，问春何在？唯有池塘自碧。

侧 犯

芍药

恨春易去，甚春却向扬州住？微雨，正茧栗梢头弄诗句。红桥二十四，总是行云处。无语，渐半脱宫衣笑相顾。　　金壶细叶，千朵围歌舞。谁念我鬓成丝，来此共樽俎？后日西园，绿阴无数。寂寞刘郎，自修花谱。

惜 红 衣

荷花

枕簟邀凉，琴书换日，睡馀无力。细洒冰泉，并刀破甘碧。墙头唤酒，谁问讯城南诗客？岑寂，高树晚蝉，说西风消息。　　虹梁水陌，鱼浪吹香，红衣半狼籍。维舟试望故国，渺天北。可惜渚边沙外，不共美人游历。问甚时同赋，三十六陂秋色？

琵琶仙

吴兴

双桨来时，有人似旧曲桃根桃叶。歌扇轻约飞花，蛾眉正奇绝。春渐远，汀洲自绿，更添了几声啼鴂。十里扬州，三生杜牧，前事休说。又还是宫烛分烟，奈愁里匆匆换时节。都把一襟芳思，与空阶榆荚。千万缕藏鸦细柳，为玉尊起舞回雪。想见西出阳关，故人初别。

凄凉犯

合肥秋夕

绿杨巷陌，西风起，边城一片离索。马嘶渐远，人归甚处？戍楼吹角。情怀正恶，更衰草寒烟淡薄。似当时将军部曲，迤逦度沙漠。　　追念西湖上，小舫携歌，晚花行乐。旧游在否？想如今翠凋红落。谩写羊裙，等新雁来时系著。怕匆匆不肯寄与，误后约。

翠楼吟

武昌安远楼成

月冷龙沙，尘清虎落，今年汉酺初赐。新翻胡部曲，听毡幕元戎歌吹。层楼高峙，看槛曲萦红，檐牙飞翠。人姝丽，粉香吹下，夜寒风细。　　此地宜有词仙，拥素云黄鹤，与君游戏。玉梯凝望久，叹芳草萋萋千里。天涯情味，仗酒祓清愁，花消英气。西山外，晚来还卷，一帘秋霁。

法曲献仙音

张彦功官舍

虚阁笼寒，小帘通月，暮色偏宜高处。树隔离宫，水平驰道，湖山尽人尊俎。奈楚客淹留久，砧声带愁去。　　屡回顾。过秋风未成归计，谁念我重见冷枫红舞？唤起淡妆人，问逋仙今在何许？象笔鸾笺，甚而今不道秀句？怕平生幽恨，化作沙边烟雨。

眉　妩

戏张仲远

看垂杨连苑，杜若吹沙，愁损未归眼。信马青楼去，重帘下娉婷人妙飞燕。翠尊共款，听艳歌郎意先感。便携手月地云阶里，爱良夜微暖。　　无限风流疏散，有暗藏弓履，偷寄香翰。明日闻津鼓，湘江上催人还解春缆。乱红万点，怅断魂烟水遥远。又争似相携，乘一舸，镇长见。

石　湖　仙

寄石湖处士

松江烟浦，是千古三高，游衍佳处。须信石湖仙，似鸱夷翩然引去。浮云安在？我自爱绿香红妩。容与，看世间几度今古？　　卢沟旧曾驻马，为黄花闲吟秀句。见说胡儿，也学纶巾欹羽。玉友金蕉，玉人《金缕》，缓移筝柱。闻好语，明年定在槐府。

解　连　环

玉鞍重倚，却沉吟未上，又萦离思。为大乔能拨春风，小乔妙移筝，雁啼秋水。柳怯云松，更何必十分梳洗？道郎携羽扇，那日隔帘，半面曾记。　　西窗夜凉雨霁。叹幽欢未足，何事轻弃？问后约空指蔷薇，算如此溪山，甚时重至？水驿灯昏，又见在曲屏近底。念惟有夜来皓月，照伊自睡。

八　归

湘中送胡德华

芳莲坠粉，疏桐吹绿，庭院暗雨乍歇。无端抱影销魂处，还见篆墙萤暗，藓阶蛩切。送客重寻西去路，问水面琵琶谁拨？最可惜一片江山，总付与啼鴂！　　长恨相从未款，而今何事，又对西风离别？渚寒烟淡，棹移人远，缥渺行舟如叶。想文君望久，倚竹愁生步罗袜。归来后，翠尊双饮，下了珠帘，玲珑闲看月。

玲 珑 四 犯

越中岁暮

叠鼓夜寒，垂灯春浅，匆匆时事如许。倦游欢意少，俯仰悲今古。江淹又吟《恨赋》，记当时送君南浦。万里乾坤，百年身世，惟有此情苦。　　扬州柳，垂官路，有轻盈换马，端正窥户。酒醒明月下，梦逐潮声去。文章信美知何用，谩赢得天涯羁旅。教说与，春来要寻花伴侣。

陆　游　字务观，山阴人。以荫补登仕郎，隆兴初赐进士出身，范成大帅蜀，为参议官。人讥其颓放，因自号放翁。嘉泰初诏同修国史，升宝章阁待制。有《剑南集》词二卷。

刘潜夫云："放翁、稼轩，一扫纤艳，不事斧凿，高则高矣，但时时掉书袋，要是一癖。"

南　乡　子

归梦寄吴樯，水驿江程去路长。想见芳洲初系缆，斜阳。烟树参差认武昌。　　愁鬓点新霜，曾是朝衣惹御香。重到故乡交旧少，凄凉。却恐他乡胜故乡。

好 事 近

湓口放船归，薄暮散花洲宿。两岸白蘋红蓼，映一蓑新绿。有沽酒处便为家，菱芡四时足。明日又乘风去，任江南江北。

朝 中 措

怕歌愁舞懒逢迎，妆晚托春酲。总是向人深处，当时枉道无情。　　关心近日，啼红密诉，剪绿深盟。杏馆花阴恨浅，画堂银烛嫌明。

又

冬冬傩鼓饯流年，烛焰动金船。彩燕难寻前梦，酥花空点春妍。　　文园谢病，兰成久旅，回首凄然。明月梅山笛夜，和风禹庙莺天。

水 龙 吟

春日游摩诃池

摩诃池上追游路，红绿参差春晚。韶光妍媚，海棠如醉，桃花欲暖。挑菜初闲，禁烟将近，一城丝管。看金鞍争道，香车飞盖，争先占新亭馆。　　惆怅年华暗换，黯销魂雨收云散。镜奁掩月，钗梁拆凤，秦筝斜雁。身在天涯，乱山孤垒，危楼飞观。叹春来只有杨花和恨，向东风满。

采 桑 子

宝钗楼上妆梳晚，懒上秋千。闲拨沉烟，金缕衣宽睡髻偏。鳞鸿不寄辽东信，又是经年。弹泪花前，愁入春风十四弦。

渔 家 傲

寄仲高

东望山阴何处是？往来一万三千里。写得家书空满纸，流清泪，书回已是明年事。　　寄语红桥桥下水，扁舟何日寻兄弟？行遍天涯真老矣！愁无寐，鬓丝几缕茶烟里。

极 相 思

江头疏雨轻烟，寒食落花天。翻红坠素，残霞暗锦，一段凄然。惆怅东君堪恨处，也不念冷落樽前。那堪更看，漫空相趁，柳絮榆钱！

双 头 莲

呈范至能待制

华发星星，惊壮志成虚，此身如寄。萧条病骥，向暗里，消尽当年豪气。梦断故国山川，隔重重烟水。身万里，旧社凋零，青门俊游谁记？　　尽道锦里繁华，叹官闲昼永，柴荆添睡。清愁自醉，念此际，付与何人心事。纵有楚柁吴樯，知何时东逝？空怅望，鲙美菰香，秋风又起。

鹊 桥 仙

华灯纵博，雕鞍驰射，谁记当年豪举？酒徒一一取封侯，独去作江边渔父。　　轻舟八尺，低篷三扇，占断蘋洲烟雨。镜湖元自属闲人，又何必官家赐与！

又

夜闻杜鹃

茅檐人静，蓬窗灯暗，春晚连江风雨。林莺巢燕总无声，但月夜常啼杜宇。　　催成清泪，惊残孤梦，又拣深枝飞去。故山犹自不堪听，况半世飘然羁旅！

感　皇　恩

小阁倚秋空，下临江渚。漠漠孤云未成雨。数声新雁，回首杜陵何处？壮心空万里，人谁许？　　黄阁紫枢，筑坛开府，莫怕功名欠人做。如今熟计，只有故乡归路。石帆山脚下，菱三亩。

沁　园　春

三荣横溪阁小宴

粉破梅梢，绿动萱丛，春意已深。渐珠帘低卷，筇枝微步，冰开跃鲤，林暖鸣禽。荔子扶疏，竹枝哀怨，浊酒一尊和泪斟。凭栏久，叹山川冉冉，岁月骎骎。　　当时岂料如今？谩一事无成霜鬓侵！看故人强半，沙堤黄阁，鱼悬带玉，貂映蝉金。许国虽坚，朝天无路，万里凄凉谁寄音？东风里，有灞桥烟柳，知我归心。

又

一别秦楼，转眼新春，又近放灯。忆盈盈倩笑，纤纤柔握，雪香花语，玉暖酥凝。念远愁肠，伤春病思，自怪平生殊未曾。君知否？渐香消蜀锦，泪渍吴绫。　　难求系日长绳，况倦客飘零少旧朋。但江郊雁起，渔村笛远，寒缸委烬，孤砚生冰。水绕山围，烟昏云惨，纵有高台常怯登。消魂处，是鱼笺不到，兰梦无凭。

真　珠　帘

山村水馆参差路，感羁游正似残春风絮。掠地穿帘，知是竟归何处？镜里新霜空自悯，问几时鸾台鳌署？迟暮，谩凭高怀远，书空独语。　　自古，儒冠多误。悔当年早不扁舟归去。醉下白蘋洲，看夕阳鸥鹭。菰菜鲈鱼都弃了，只换得青衫尘土。休顾，早收身江上，一蓑烟雨。

陈　亮 字同父，永康人。淳熙中，诣阙上书，孝宗欲官之，亟渡江归，至光宗策进士，擢第一，授佥书建康府判官厅公事，未至官而卒，端平初，谥文毅。有《龙川集》词一卷。

水　龙　吟

闹花深处层楼，画帘半卷东风软。春归翠陌，平莎茸嫩，垂杨金浅。迟日催花，淡云阁雨，轻寒轻暖。恨芳菲世界，游人未赏，都付与莺和燕。　　寂寞凭高念远，向南楼一声归雁。金钗斗草，青丝勒马，风流云散。罗绶分香，翠绡封泪，几多幽怨？正销魂，又是疏烟淡月，子规声断。

洞　仙　歌

秋雨，追次李元膺韵。

琐窗秋暮，梦高唐人困。独立西风万千恨。又檐花落处，滴碎空阶；芙蓉怨，无限秋容老尽。　　枯荷催欲折，多少离声，锁断天涯诉幽闷！似蓬山去后，方士来时，挥粉泪点点梨花香润。断送得人间夜霖铃，更落叶梧桐，孤灯成晕。

虞　美　人

东风荡飏轻云缕，时送潇潇雨。水边台榭燕新归，一点香泥湿带落花飞。　　海棠糁径铺香绣，依旧成春瘦。黄昏庭院柳啼鸦，记得那人和月折梨花。

刘　过 字改之，襄阳人，一云太和人。有《龙洲词》一卷。

黄叔旸云:“改之,稼轩之客,词多壮语,盖学稼轩者也。”陶九成云:“改之造句,赡逸有思致,《沁园春》二首,尤纤丽可爱。”

贺 新 郎

赠乡人朱唐卿

多病刘郎瘦,最伤心天寒岁晚,客他乡久。大舸翩翩何许至?元是高阳旧友。便一笑相欢携手。与问武昌城下月,又何如杨子江头柳?追往事,两眉皱。　　烛花自剪明如昼。唤青娥小红楼上,殷勤劝酒。昵昵琵琶恩怨语,春笋轻笼翠袖。看舞彻金钗微溜。若见故乡吾父老,道长安市上狂如旧。重会面,几时又?

又

去年秋,余试牒四明,赋赠老娼,至今天下与禁中皆歌之。江西人来,以为邓南秀词,非也。

老去相如倦,向文君说似而今,怎生消遣?衣袂京尘曾染处,空有香红尚软。料彼此魂销肠断。一枕新凉眠客舍,听梧桐疏雨秋风颤。灯晕冷,记初见。　　楼低不放珠帘卷。晚妆残翠蛾狼籍,泪痕流脸。人道愁来须殢酒,无奈愁深酒浅。但托意焦琴纨扇。莫鼓琵琶江上曲,怕荻花枫叶俱凄怨。云万叠,寸心远。

又

西湖

睡觉啼莺晓,醉西湖两峰日日,买花簪帽。去尽酒徒无人问,惟有玉山自倒。任拍手儿童争笑。一舸乘风翩然去,避鱼龙不见波声悄。歌韵远,唤苏小。　　神仙路远蓬莱岛,紫云深参差禁树,有烟花绕。人世红尘西障日,百计不如归好。付乐事与他年少。费尽柳金梨雪句,问沉香亭北何时召?心未惬,鬓先老。

清　平　乐

新来塞北，传到真消息。赤地居民无一粒，更五单于争立。维师尚父鹰扬，熊罴百万堂堂。看取黄金假钺，归来异姓真王。

唐　多　令

重过武昌

芦叶满汀洲，寒沙带浅流。二十年重过南楼。柳下系船犹未稳，能几日又中秋。　　黄鹤断矶头，故人曾到否？旧江山浑是新愁。欲买桂花同载酒，终不似少年游。

又

重过江南

解缆蓼花湾，好风吹去帆。二十年重过新滩。洛浦凌波人去后，空梦绕翠屏间。　　飞雾湿征衫，苍苍烟树寒。望星河低处长安。绮陌红楼应笑我，为花事过江南。

沁　园　春

美人足

洛浦凌波，为谁微步，轻生暗尘？记踏花芳径，乱红不损；步苔幽砌，嫩绿无痕。衬玉罗悭，销金样窄，载不起盈盈一段春。嬉游倦，笑教人款捻，微褪些跟。　　有时自度歌匀，悄不觉微尖点拍频。忆金莲移换，文鸳得侣；绣茵催衮，舞凤轻分。懊恨深遮，牵情半露，出没风前烟缕裙。知何似？似一钩新月，浅碧笼云。

又

美人指甲

销薄春冰，碾轻寒玉，渐长渐弯。见凤鞋泥污，偎人强剔；龙涎香断，拨火轻翻。学抚瑶琴，时时欲剪，更掬水鱼鳞波底寒。纤柔处，试摘花香满，镂枣成斑。　　时将粉泪偷弹，记绾玉曾教柳傅看。算恩情相著，搔便玉体；归期暗诉，划遍阑干。每到相思，沉吟静处，斜倚朱唇皓齿间。风流甚，把仙郎暗掐，莫放春闲。

行 香 子

山水扇面

佛寺云边，茅舍山前，树阴中酒旆低悬。峰峦空翠，溪水清涟。只欠桃花，欠沙鸟，欠渔船。　　无限风烟，景趣天然，最宜他隐者盘旋。何人村墅，若个林泉？恰似敧湖，似方口，似斜川。

杨炎正 号济翁，庐陵人。有《西樵语业》一卷。

鹊 桥 仙

思归时节，乍寒天气，总是离人愁绪。夜来无奈被西风，更吹做一帘秋雨。　　征衫拂泪，阑干倚醉，羞对黄花无语。寄书除是雁来时，又只恐书成雁去。

蝶 恋 花

别范南伯

离恨做成春夜雨。添得春江，划地东流去。弱柳系船都不住，为君愁绝听鸣橹。　　君到南徐芳草渡。想得寻春，依旧当年路。

后夜独怜回首处，乱山遮莫无重数。

又

稼轩坐间作，首句用丘六书中语。

点检笙歌多酿酒。不放东风，独自迷杨柳。院院翠阴停永昼，曲栏随处堪垂手。　昨日解醒今夕又。消得情怀，长被春僝僽。门外马嘶人去后，乱红不管花消瘦。

秦楼月

东风寂，垂杨舞困春无力。春无力，落红不管，杏花狼籍。断肠芳草萋萋碧，新来怪底相思极。相思极，冷烟池馆，又将寒食。

水调歌头

把酒对斜日，无语问西风。胭脂何事，都做颜色染芙蓉？放眼暮江千顷，中有离愁万斛，无处落征鸿。天在阑干角，人倚醉醒中。千万里，江南北，浙西东。吾生如寄，尚想三径菊花丛。谁是中州豪杰？借我五湖舟楫，去作钓鱼翁。故国且回首，此意莫匆匆。

满江红

笔染相思，暗题尽朱门白壁。动离思，春生远岸，烟销残日。杨柳结成罗带恨，海棠染就胭脂色。想深情幽怨绣屏间，双㶉鶒。春水绿，春山碧。花有恨，人无力。对一奁愁思，十分孤寂。寸寸锦肠浑欲断，盈盈玉泪应偷滴。倩东风吹雁过江南，传消息。

张　辑　字宗瑞，鄱阳人。有《东泽绮语债》二卷。

朱湛卢云："东泽得诗法于姜尧章，世谓谪仙复作，不知其又能词也。"

疏帘淡月

寓《桂枝香》

梧桐雨细，渐滴做秋声，被风惊碎。润逼衣篝，线袅蕙炉沉水。悠悠岁月天涯醉，一分秋一分憔悴。紫箫吹断，素笺恨切，夜寒鸿起。　　又何苦凄凉客里，负草堂春绿，竹溪空翠！落叶西风，吹老几番尘世？从前谙尽江湖味，听商歌归兴千里。露侵宿酒，疏帘淡月，照人无寐。

如此江山

寓《齐天乐》

西风扬子江头路，扁舟雨晴呼渡。岸隔瓜洲，津横蒜石，摇尽波声千古。诗人一去，但对峙金焦，断矶青树。欲下斜阳，长淮渺渺正愁予。　　中流笑与客语，把貂裘为浣，半生尘土。品水烹茶，看碑忆鹤，恍似旧曾游处。聊凭陆谞。问八极神游，肯重来否？如此江山，更苍烟白鹭。

钓船笛

寓《好事近》

载酒岳阳楼，秋入洞庭深碧。极目水天无际，正白蘋风急。　　月明不见宿鸥惊，醉把玉栏拍。谁谓百年心事，恰钓船横笛！

月当窗

寓《霜天晓角》

看朱成碧，曾醉梅花侧。相遇匆匆相别，又争似不相识！　　南北，千里隔，几时重见得？最苦子规啼处，一片月，当窗白。

山　渐　青

寓《长相思》

山无情，水无情。杨柳飞花春雨晴，征衫长短亭。　　拟行行，重行行。行一作"吟"到江南第几程？江南山渐青。

碧　云　深

寓《忆秦娥》

风凄凄，井栏络纬惊秋啼。惊秋啼，凉侵好梦，月正楼西。卷帘望月知心谁？关河空隔长相思。长相思，碧云暮合，有美人兮。

南　浦　月

寓《点绛唇》　赋潇湘渔父

来剪莼丝，江头一阵鸣蓑雨。孤篷归路，吹得蘋风暮。　　短发萧萧，笑与沙鸥语。休归去，玉龙嘶处，邀月过南浦。

沙　头　雨

寓《点绛唇》

带醉归时，月华犹在吹箫处。晓愁情绪，忘却匆匆语。　　客里风霜，诗鬓空如许！江南去，岸花迎橹，遥隔沙头雨。

花　自　落

寓《谒金门》

春寂寞，帘底蕙炉烟薄。听尽归鸿书怎托？相思天一角。象笔鸾笺闲却，秀句与谁商略？睡起愁怀何处著？无风花自落。

垂 杨 碧

寓《谒金门》

花半湿,睡起一窗晴色。千里江南真咫尺,醉中归梦直。

前度兰舟送客,双鲤沉沉消息。楼外垂杨如此碧,问春来几日?

阑 干 万 里 心

寓《忆王孙》

小楼柳色未春深,湘月牵情入苦吟。翠袖风前冷不禁。怕登临,几曲阑干万里心!

词综卷十六

宋 词

谢 懋 字勉仲。有《静寄居士乐章》二卷。

黄叔旸云:"《居士乐章》二卷,吴坦伯明为序,称其片言只字,戛玉锵金,蕴藉风流,为世所贵。"

石 州 引

日脚斜明,秋色半阴,人意凄楚。飞云特地凝愁,做弄晚来微雨。谁家别院?舞困几叶霜红,西风送客闻砧杵。鞭马出都门,正潮平洲渚。　无语,匆匆短棹,满载离愁,片帆高举。京洛红尘,因念几年羁旅。浅颦轻笑,当时风月逢迎,别来谁画双眉妩?回首一销凝,望归鸿容与。

洞 仙 歌

春雨

愁边雨细,漠漠天如醉。摇飏游丝晚风外。酿轻寒和暝色,花柳难胜;春自老,谁管啼红敛翠?　关情潜入夜,斜湿帘栊,几处挑灯耿无寐!念阳台当日事,好伴云来,因个甚不入襄王梦里?便添起寒潮卷长江,又恐是离人断肠清泪。

念 奴 娇

中秋呈徐叔至

霁天湛碧,正新凉风露,冰壶清彻。河汉无声光练练,涌出银蟾孤绝。岩桂香飘，井梧影转，冷浸宫袍洁。西厢往事，一帘轻梦凄切。　　肠断楚峡云归，尊前无绪，知有愁如发。此夕姮娥应也恨，冷落琼楼金阙。禁漏迢迢，边鸿杳杳，幽意凭谁决？阑干星斗，《落梅三弄》初阕。

忆 少 年

寒食

池塘绿遍，王孙芳草，依依斜日。游丝卷晴昼，系东风无力。蝶趁幽香蜂酿蜜，秋千外卧红堆碧。心情费消遣，更梨花寒食。

黄　机 字几仲，一云字几叔，东阳人。有《竹斋诗馀》一卷。

乳 燕 飞

次岳总幹韵

击碎珊瑚树。为留春怕春欲去，驶如风雨。春不留兮君休问，付与流莺自语。但莫赋绿波南浦。世上功名花梢露。政何如一笑翻《金缕》。系白日，莫教暮。　　苍头引马城西路。趁池亭荻芽尚短，梅心未苦。小雨欲晴晴不定，漠漠雪飞轻絮。算行乐春来几度！鞭影不摇鞍小据，过横塘试把前山数。双白鹭，忽飞去。

摸 鱼 儿

惜春归，送春惟有，乱红扑簌如雨。乱红也怨春狼籍，揾得泪痕无数。肠断处，更唤起群鸦催发长亭路。征鞍难驻。但脉脉含颦，嗔人底事，刚爱逐春去。　　阑干凭，芳草斜阳凝伫。愁连满眼烟树。髻松不理金钗溜，鸾镜一奁香雾。花谁主？怅玉容寂寞，试问春知否？单衣懒御。任门外东风，流莺声里，尽日搅飞絮。

喜迁莺

香风亭上

平湖百亩。种满湖莲叶，绕堤杨柳。冉冉波光，辉辉烟影，空翠湿沾襟袖。静惬邻鸡啼午，暖逼沙鸥眠昼。西园路，更红尘不断，蝶酣蜂瘦。　　知否？堪画处，野荠芜菁，罥地铺茵绣。桃李阴边，桑麻丛里，斜矗酒帘夸酒。竹寺小依山趾，茅店平窥津口。春又晚，正香风有客，倚栏搔首。

水龙吟

晴江滚滚东流，为谁流得新愁去？新愁都在，长亭望际，扁舟行处。歌罢翻香，梦回呵酒，别来无据。恨荼蘼吹尽，樱桃过了，便只恁成孤负。　　须信情钟易感，数良辰佳期应误。才高自叹，彩云空咏，凌波谩赋。团扇尘生，吟笺泪渍，一觞慵举。但叮咛双燕，明年还解，寄平安否？

鹊桥仙

一番雨过，江头绿涨，催唤扁舟解去。重来言语纵堪凭一作“是相宽”，怎得似而今且住。　　《阳关》声断，同心未绾，簌簌泪珠无数。秋鸿春燕往还时，莫忘了锦笺分付。

酹江月

春愁几许？似春云蔼蔼，连空无数。隐约眉尖偏易得，没个因由分付。杨柳烟浓，海棠花暗，绿涨墙头路。小楼应是，有人和泪凝伫。　　长记宝轴妆成，鸳鸯绣懒，轻笑歌《金缕》。香雪精神依旧否？风月谁怜虚度？带减衣宽，十分憔悴，两下平分取。黄昏可更，子规声碎烟坞。

传言玉女

次岳总幹韵

日薄风柔，池面欲平还皱。纹楸玉子，磔磔敲春昼。绣衾半卷，花气浓熏香兽。小团初试辘轳银甃。　　梦断阳台，甚情怀，似病酒。冰奁羞对，比年时更瘦。双燕乍归，寄与绿笺红豆。那堪又是牡丹时候！

清平乐

西园啼鸟，留得春多少！客里情怀无日好，愁损连天芳草。博山灰冷香残，微风吹满银笺。卓午花阴不动，一双蝴蝶团圞。

又

江上九日

西风猎猎，又是登高节。一片情怀无处说，秋满江头红叶。谁怜鬓影凄凉？新来更点吴霜。孤负萸囊菊盏，年年客里重阳。

忆秦娥

秋萧索，梧桐落尽西风恶。西风恶，数声新雁，数声残角。离愁不管人飘泊，年年孤负黄花约。黄花约，几重庭院？几重帘幕？

蝶恋花

碧树凉飔惊画扇。窗户齐开，秋意参差满。先自离愁裁不断，蛩螀更作声声怨。　　山绕千重溪百转。隔了溪山，梦也无由见。归计凭谁占近远？银缸昨夜花如糁。

丑奴儿

绮窗拨断琵琶索，一一相思。一一相思，无限柔情说似谁？

银钩欲写回文曲，泪满乌丝。泪满乌丝，薄幸知他知不知？

刘　镇 字叔安，南海人。嘉泰二年进士。自号随如，学者称为随如先生。刘潜夫云：“叔安乐府，丽不至亵，新不犯陈，周、柳、辛、陆之能事，庶乎兼之。”

汉宫春

郑贺守席上怀旧

日软风柔，望暖红连岛，晴绿平川。寻芳拾蕊，胜伴陌上鲜妍。玉骢归路，记青门曾堕吟鞭。人去后，庭花弄影，一帘香月娟娟。
追念旧游何在？叹佳期虚度，锦瑟华年。博山夜来烬冷，谁换沉烟？屏帏半掩，奈梦云不到愁边。春易老，相思无据，闲情分付鱼笺。

水龙吟

丙戌清明和章质夫韵

弄晴台馆收烟候，时有燕泥香坠。宿醒未解，单衣初试，腾腾春思。前度桃花，去年人面，重门深闭。记彩鸾别后，青骢归去，长亭路芳尘起。　　十二屏山遍倚，任苍苔点红如缀。黄昏人静，暖香吹月，一帘花碎。芳意婆娑，绿阴风雨，画桥烟水。笑多情司马，留春无计，湿青衫泪。

浣溪沙

丁亥饯元宵

帘幕收灯断续红，歌台人散彩云空，夜寒归路噤鱼龙。　　宿醉未消花市月，芳心已逐柳塘风，丁宁莺燕莫匆匆。

清 平 乐

赵园避暑

柳阴庭院，帘约风前燕。著雨荷花红半敛，消得盈盈绿扇。竹光野色生寒，玉纤雪藕冰盘。长记酒醒人静，暗香吹月阑干。

危 稹 字逢吉，临川人。淳熙进士，历屯田郎，出知漳州。有《巽斋集》。

渔 家 傲

老去诸馀情味浅，诗情不上闲钗钏。宝幌有人红两靥，帘间见，紫云元在深深院。　　十四条弦音调远，柳丝不隔芙蓉面。秋入西窗风露晚，归去懒，酒酣一任乌巾岸。

吴礼之 字子和，钱唐人。有《顺受老人词》五卷。

蝶 恋 花

满地落红初过雨。绿树成阴，紫燕风前舞。烟草低迷萦小路，昼长人静扃朱户。　　沉水香销新剪苎。攲枕朦胧，花底闻莺语。春梦又还随柳絮，等闲飞过东墙去。

霜 天 晓 角

西风又急，细雨黄花湿。楼枕一篙烟水，兰舟漾，画桥侧。念昔，空泪滴，故人何处觅？魂断菱歌凄怨，疏帘外，暮山碧。

又

王生、陶氏月夜共沉西湖，赋此吊之。

连环易阙，难解同心结。痴騃佳人才子，情缘重，怕离别。意切，人路绝，共沉烟水阔。荡漾香魂何处？长桥月，短桥月。

刘光祖 字德修，简州人。登进士第，庆元初，官侍御史，改司农少卿，迁起居郎，终显谟阁直学士，提举嵩山崇福宫，卒，谥文节。有《鹤林词》一卷。

醉　落　魄

春风开者，一时还共春风谢。柳条送我今槐夏。不饮香醪，孤负人生也。　　曲塘泉细幽琴写，胡床滑簟应无价。日迟睡起疏帘挂。何不归欤？花竹秀而野。

洞　仙　歌

荷花

晚风收暑，小池塘荷净。独倚胡床酒初醒。起徘徊，时有香气吹来；云藻乱，叶底游鱼动影。　　空擎承露盖，不见冰容，惆怅明妆晓鸾镜。后夜月凉时，月淡花低，幽梦觉，欲凭谁省？且应记临流凭阑干，便遥想江南红酣千顷。

昭　君　怨

人在醉乡居住，记得旧曾来去。疏雨听芭蕉，梦魂遥。　　惆怅柳烟何处？目送落霞江浦。明夜月当楼，照人愁。

闾丘次杲

朝　中　措

浮远堂

横江一抹是平沙，沙上几千家。到得人家尽处，依然水接天涯。危栏送目，翩翩去鹢，点点归鸦。渔唱不知何处？多应只在芦花。

马庄父 字子严，建安人，自号古洲居士。

二　郎　神

柳花

日高睡起，又恰见柳梢飞絮。倩说与年年相挽，却又因他相误。南北东西何时定？看碧沼青浮无数。念蜀郡风流，金陵年少，那寻张绪！　　应许雪花比并，扑帘堆户。更羽缀游丝，毡铺小径，肠断鹁鸠唤雨。舞态颠狂，恨腰轻怯，散了几回重聚。空暗想，昔日长亭别酒，杜鹃催去。

朝　中　措

竹

龙孙脱颖破苔纹，英气欲凌云。深处未须留客，春风自掩柴门。蒲团宴坐，轻敲茶臼，细扑炉熏。弹到琴心三叠，鹧鸪啼傍黄昏。

孤　　鸾

沙堤香软，正宿雨初收，落梅飘满。可奈东风，暗逐马蹄轻卷。湖波又还涨绿，粉墙阴日融烟暖。蓦地刺桐枝上，有一声春唤。任酒帘飞动画楼晚。便指数烧灯，时节非远。陌上叫声，好是卖花行院。玉梅对妆雪柳，闹蛾儿象生娇颤。归去争先戴取，倚宝钗双燕。

李　洪 字子大，庐陵人。与弟漳、泳、泾、浙著《李氏花萼集》五卷，其侄直伦为之序。

浪　淘　沙

樱桃

上苑又春残，樱颗如丹，明光宫里水晶盘。想得退朝花底散，宣赐千官。　　往事记金銮，荔子难攀。多情更有酪浆寒。蜀客筠笼相赠处，愁忆长安。

李　泳 字子永，洪弟。

贺　新　郎

感旧

门掩长安道。卷重帘垂杨散暑，嫩凉生早。午梦惊回庭阴翠，蝶舞莺吟未了。正露冷芙蓉池沼。金雁尘昏幺弦断，理馀音尚想腰肢袅。欢渐远，思还绕。　　临皋望极沧江渺。晚潮平湘烟万顷，断虹残照。彩舫凌波分飞后，别浦菱花自老。问锦鲤何时重到？楼迥层城看不见，对潇潇暮雨怜芳草。幽恨阔，楚天杳。

水调歌头

题甘将军庙卷雪楼

危楼云雨上，其下水扶天。群山四合，飞动寒翠落檐前。尽是清秋阑槛，一笑波翻涛怒，雪阵卷苍烟。炎暑去无迹，清驶久翩翩。
夜将阑，人欲静，月初圆。素娥弄影，光射空际渺婵娟。不用濯缨垂钓，唤取龙宫仙驾，耕此万琼田。横笛望中起，吾意已超然。

李 漳 字子清，一作子申，洪弟。

多 丽

好人人，去来欲见无因。记当时窃香倚暖，岂期蝶散鹣分？到而今漫劳梦想，叹后会惨啼痕。绣阁银屏，知他何处？一重山尽一重云。暮天杳梗踪萍迹，还是寄孤村。寂寥月，今宵为谁，虚照黄昏？　细追思深诚密意，黯然一饷销魂。仗游鱼谩传尺素，望塞鸿空忆回纹。帐衾寒香销尘满，博山沉水更谁熏？断肠也无聊情味，唯是殢芳樽。沉吟久，移灯向壁，掩上重门。

李 浙 字子秀，洪弟。

踏 莎 行

送新城交代李达善

红药香残，绿筠粉嫩。春归何处寻春信？绣鞍初上马蹄轻，举头便觉长安近。　别酒无情，啼妆有恨。山城向晚斜阳褪。清江极目带寒烟，锦鳞去后凭谁问？

郑 域 字中卿，号松窗，三山人。庆元中曾使金。著《燕谷剽闻》。

念 奴 娇

戊午生日作

嗟来咄去，被天公把做小儿调戏。蹀雪龙庭归未久，还促炎州行李。不半年间，北胡南越，一万三千里。征衫著破，著衫人可知矣。　休问海角天涯，黄蕉丹荔，自足供甘旨。泛绿依红无个事，时舞斑衣而已。救蚁藤桥，养鱼盆沼，是亦经纶耳。伊周安在？且须学老莱子。

戴复古 字式之，天台人，陆游门人。有《石屏集》词一卷。

清平乐

兴国军呈李司直

今朝欲去，忽有留人处。说与江头杨柳树，系我扁舟且住。十分酒兴诗肠，难禁冷落秋光。借取春风一笑，狂夫到老犹狂。

黄　铢 字子厚，建安人。有《縠城集》。

江神子

晚泊分水

秋风袅袅夕阳红，晚烟浓，暮云重。万叠青山，山外叫归鸿。独上高楼三百尺，凭玉楯，睇层空。　人间日月去匆匆，碧梧桐，又西风。北去南来，消尽几英雄？掷下玉尊天外去，多少事，不言中！

渔家傲

朱晦翁示欧阳公鼓子词戏赋

永日离忧千万绪，雪舟远泛清漳浦。珍重故人寒夜语，挥玉麈，沉沉画阁凝香雾。　风砌落花留不住，红蜂翠蝶闲飞舞。明日柳阴江上路。云起处，苍山万叠人归去。

严 仁 字次山，邵武人，与同族严羽、严参，时称邵武三严。有《清江欸乃》一卷。黄叔旸云："次山词，极能道闺阁之趣。"

玉 楼 春

春风只在园西畔，荠菜花繁蝴蝶乱。冰池晴绿照还空，香径落红吹已断。　　意长翻恨游丝短，尽日相思罗带缓。宝奁如月不欺人，明日归来君试看。

好 事 近

舟行

晓色未分明，敲动月边鼍鼓。卯酒一杯径醉，又别君南浦。　　春江如席照晴空，大舶夹双橹。肠断斜阳渡口，正落红如雨。

一 落 索

清晓莺啼红树，又一双飞去。日高花气扑人来，独自个伤春无绪。　　别后暗宽金缕，倩谁传语？一春不忍上高楼，为怕见分携处。

鹧 鸪 天

一曲危弦断客肠，津桥捩柁转牙樯。江心云带蒲帆重，楼上风吹粉泪香。　　瑶草碧，柳芽黄。载将离恨过潇湘。请君看取东流水，方识人间别意长。

又

行尽春山春事空，别愁离恨满江东。三更鼓润官楼雨，五夜灯残客舍风。　　寒淡淡，晓胧胧。黄鸡催断丑时钟。紫骝嚼勒金衔响，冲破飞花一道红。

易　祓 字彦祥，一作彦章，长沙人，一云宁乡人。宁宗朝赐进士第一，累官礼部尚书。有《山斋集》。

蓦　山　溪

海棠枝上，留得娇莺语。双燕几时来，并飞入东风院宇？梦回芳草，绿遍旧池塘；梨花雪，桃花雨，毕竟春谁主？　　东郊拾翠，襟袖沾飞絮。宝马趁雕轮，乱红中香尘满路。十千斗酒，相与买春闲；吴姬唱，秦娥舞，拚醉青楼暮。

赵善扛 字文鼎；宗室，号解林居士。

重　叠　金

玉关芳草粘天碧，春风万里思行客。娇马向风嘶，道归犹未归。　　南云新有雁，望眼愁边断。膏沐为谁容？倚楼烟雨中。

十　拍　子

上巳

柳絮飞时绿暗，荼蘼开后春酣。花外青帘迷酒思，陌上晴光收翠岚。佳辰三月三。　　解佩人逢游女，踏青草斗宜男。醉倚画栏栏槛北，梦绕清江江水南。飞鸾与共骖。

宴　清　都

饯明远兄县丞荣满赴调

疏柳无情绪，都不管渡头行客欲去。犹依赖得，玉光万顷，为人留住。相从岁月如骛，叹回首离歌又赋。更举目斜照沉沉，西风剪剪秋墅。　　君行定忆南池，歌筵舞地，花晨月午。八砖步日，三雍奏乐，送君云路。别情未抵遗爱，试听取湖山共语。便可能无意同倾，一尊露醑。

贺 新 郎

昼永重帘卷。乍池塘一番过雨，芰荷初展。竹引新梢半含粉，绿荫扶疏满院。过花絮蝶稀蜂懒。窗户沉沉人不到，伴清幽时有流莺啭。凝思久，意何限！　　玉钗坠枕风鬟颤。湛虚堂壶冰莹彻，簟波零乱。自是仙姿清无暑，月影空随素扇。破午睡香销馀篆。一枕湖山千里梦，正白蘋烟棹归来晚。云弄碧，楚天远。

毛　幵 字平仲，信安人。仕止州倅。有《樵隐词》一卷。

满 庭 芳

自宛陵易倅东阳，留别诸同寮。

世事难穷，人生无定，偶然蓬转萍浮。为谁教我，徙宦到东州？还似翩翩海燕，舞春至归及凉秋。回头笑，浑家数口，又泛五湖舟。　　悠悠，当此去，黄童白叟，莫谩相留。但溪山好处，深负重游。珍重诸公送我，临岐泪欲语先流。应须记，从今风月，相忆在南楼。

满 江 红

泼火初收，秋千外轻烟漠漠。春渐远，绿杨芳草，燕飞池阁。已著单衣寒食后，夜来还是东风恶。对空山寂寂杜鹃啼，梨花落。
伤别恨，闲情作。十载事，惊如昨。向花前月下，共谁行乐？飞盖低迷南苑路，湔裙怅望东城约。但老来憔悴惜春心，年年觉。

谒金门

春已半，芳草池塘绿遍。山北山南花烂熳，日长蜂蝶乱。闲掩屏山六扇，梦好强教惊断。愁对画梁双语燕，故心人不见。

画堂春

华灯收尽雪初残，踏青还尔游盘。落梅强半已飞翻，划地春寒。　　多病故人日远，几时双燕来还？可怜楼上一凭栏，不见长安。

王　埜 一作彧，字子文，号潜斋，金华人。以父介荫补官，嘉定十二年进士第，宝祐初拜端明殿学士，佥书枢密院事，封吴郡侯，卒，赠七官，位特进。

西　河

天下事，问天怎忍如此？陵图谁把献君王，结愁未已！少豪气概总成尘，空馀白骨黄苇。　　千古恨，吾老矣！东游曾吊淮水。绣春台上一回登，一回揾泪。醉归抚剑倚西风，江涛犹壮人意。只今袖手野色里，望长淮犹二千里。纵有英心谁寄？近新来又报烽烟起，绝域张骞归来未？

曹　豳 字西士，号东亩，瑞安人。嘉泰二年进士第，累官左司谏，以论事忤旨，迁起居郎，进礼部侍郎，以宝章阁待制致仕，谥文恭。

西　河

和王潜斋韵

今日事，何人弄得如此？漫漫白骨蔽川原，恨何日已！关河万里寂无烟，月明空照芦苇。　　漫哀痛，无及矣！无情莫问江水。西风落日惨新亭，几人堕泪！战和何者是良筹？扶危但看天意。只今寂寞薮泽里，岂无人高卧闾里！试问安危谁寄？定相将有诏催公起，须信前书言犹未。

洪咨夔 字舜俞，於潜人。嘉定二年进士，累迁吏部侍郎，兼给事中，进刑部尚书，拜翰林学士，知制诰，加端明殿学士，卒，赠两官。有《平斋集》词一卷。

眼　儿　媚

平沙芳草渡头村，绿遍去年痕。游丝下上，流莺来往，无限销魂。　　绮窗深静人归晚，金鸭水沉温。海棠影下，子规声里，立尽黄昏。

赵汝迕 字叔午，乐清人。嘉定中登第，佥判雷州，以诗忤权要谪官，寻卒。

清　平　乐

初莺细雨，杨柳低愁缕。烟浦花桥如梦里，犹记倚楼别语。小屏依旧围香，恨抛薄醉残妆。判却寸心双泪，为他花月凄凉。

章　颖 字茂献，临江军人。第进士，累官礼部尚书、兼侍读，赠光禄大夫，谥文肃。

小　重　山

柳暗花明春事深。小栏红芍药，已抽簪。雨馀风软碎鸣琴。迟迟日，犹带一分阴。　　把酒莫沉吟。身闲无个事，且登临。旧游何处不堪寻。无寻处，惟有少年心。

郭应祥 字承禧，临江人。嘉定间进士，官楚越间。有《笑笑词》一卷。

玉　楼　春

匆匆相遇匆匆去，恰似当初元未遇。生憎黄上岭头尘，强学章台街里絮。　雨荒三径云迷路，总是离人堪恨处。从今对酒与当歌，空惹离情千万绪。

陆　淞 字子逸，会稽人，左丞佃之孙，《耆旧续闻》称为陆辰州。

瑞　鹤　仙

脸霞红印枕。睡起来冠儿犹是不整。屏间麝煤冷。但眉山压翠，泪珠弹粉。堂深昼永，燕交飞风帘露井。怅无人与说相思，近日带围宽尽。　重省。残灯朱幌，淡月疏窗，那时风景。阳台路迥，云雨梦，便无准。待归来先指花梢教看，却把心期细问。问因循过了青春，怎生意稳！张叔夏云："景中带情，屏去浮艳。"

词综卷十七

宋词

卢祖皋 字申之，永嘉人，一云邛州人。庆元中登第，嘉定中为军器少监。有《蒲江集》词一卷。

黄叔旸云："蒲江乐章甚工，字字可入律吕。"

倦寻芳

香泥垒燕，密叶巢莺，春晴寒浅。花径风柔，著地舞裀红软。斗草烟欺罗袂薄，秋千影落春游倦。醉归来，记宝帐歌慵，锦屏香暖。别来怅光阴容易，还又荼蘼牡丹开遍。妒恨疏狂，那更柳花迎面。鸿羽难凭芳信短，长安犹近归期远。倚危楼，但镇日绣帘高卷。

西江月

燕掠晴丝袅袅，鱼吹水叶粼粼。禁街微雨洒芳尘，寒食清明相近。　　谩著宫罗试暖，闲呼社酒酬春。晚风帘幕悄无人，二十四番花信。

清平乐

柳边深院，燕语明如剪。消息无凭听又懒，隔断画屏双扇。　宝杯金缕红牙，醉魂几度儿家。何处一春游荡？梦中犹恨杨花。

乌夜啼

段段寒沙浅水，萧萧暮雨孤篷。香罗不共征衫远，砧杵客愁中。

别恨慵看杨柳，归期暗数芙蓉。碧梧声到纱窗晓，昨夜已秋风。

又

西湖

漾暖纹波飐飐，吹晴丝雨濛濛。轻衫短帽西湖路，花气扑春骢。斗草褰衣湿翠，秋千瞥眼飞红。日长不放春醪困，立尽海棠风。

谒　金　门

兰棹举，相趁落红飞去。一隙轻帘凝睇处，柳丝牵不住。昨日翠蛾金缕，今夜碧波烟渚。好梦无凭窗又雨，天涯知几许！

又

闲院宇，独自行来行去。花片无声帘外雨，峭寒生碧树。做弄清明时序，料理春醒情绪。忆得归时停棹处，画桥看落絮。

水　龙　吟

淮西重午

会昌湖上扁舟，几年不醉西山路。流光又是，宫衣初试，安榴半吐。千里江山，满川烟草，薰风淮楚。念《离骚》恨远，独醒人去，阑干外，谁怀古？　　亦有鱼龙戏舞，艳晴川绮罗歌鼓。乡情节意，樽前同是，天涯羁旅。涨绿池塘，翠阴庭院，归期无据。问明年此夜，一眉新月，照人何处？

又

荼蘼

荡红流水无声，暮烟细草粘天远。低徊倦蝶，往来忙燕，芳期顿懒。绿雾迷墙，翠虬腾架，雪明香暖。笑依依欲挽，春风教住，还疑是，相逢晚。　　不似梅妆瘦减，占人间丰神萧散。攀条弄蕊，天涯犹记，曲栏小院。老去情怀，酒边风味，有时重见。对枕帏空想，东窗旧梦，带将离恨。

洞 仙 歌

茉莉

玉肌翠袖，较似荼蘼瘦。几度熏醒夜窗酒。问炎州，何事得许清凉？尘不到，一段冰壶剪就。　　晚来庭户悄，暗数流光，细拾芳英黯回首。念日暮江东，偏为魂销，人易老，幽韵清标似旧。正纹簟如波帐如烟，更奈向，月明露浓时候！

鹧 鸪 天

庭绿初圆结荫浓，香沟收拾树梢红。池塘少歇鸣蛙雨，帘幕轻回舞燕风。　　春又老，笑谁同？澹烟斜日小楼东。相思一曲临风笛，吹过云山第几重？

鱼 游 春 水

离愁禁不去，好梦别来无觅处。风翻征袂，触目年芳如许！软红尘里鸣鞭镫，拾翠丛中勾伴侣。都负岁时，暗关情绪。　　昨夜山阴杜宇，似把归期惊倦旅。遥知楼倚东风，凝颦暗数。宝香拂拂遗鸳锦，心事悠悠寻燕语。芳草暮寒，乱花微雨。

贺 新 郎

彭传师于三高祠前作钓雪亭，赵子野邀余赋之。

挽住风前柳。问鸱夷当日扁舟，近曾来否？月落潮生无限事，零落茶烟未久。谩留得莼鲈依旧。可是功名从来误，抚荒祠谁继风流后？今古恨，一搔首。　　江涵雁影梅花瘦。四无尘雪飞云冻，夜窗如昼。万里乾坤清绝处，付与渔翁钓叟。又恰是题诗时候。猛拍阑干呼鸥鹭，道他年我亦垂纶手。飞过我，共樽酒。

沁　园　春

双溪狎鸥

几叶凋枫，半篙寒日，傍桥系船。爱洞门深锁，人间福地；双溪分占，天上星躔。破帽欹寒，短鞭敲月，此地经行知几年？空赢得，似沈郎消瘦，还欠诗篇。　　沙鸥伴我愁眠，向水驿风亭红蓼边。有村醪可饮，且须同醉；溪鱼堪脍，切莫论钱。笠泽陂头，垂虹亭上，橙蟹肥时霜满天。相随否？算江南江北，惟有君闲。

高观国 字宾王，山阴人。有《竹屋痴语》一卷。

陈唐卿云："竹屋、梅溪词，要是不经人道语，其妙处，少游、美成亦未及也。"张叔夏云："竹屋、白石、邦卿、梦窗，格调不凡，句法挺异，俱能特立清新之意，删削靡曼之词，自成一家。"

兰　陵　王

春雨

洒尘阁，幂幂天垂似幕。春寒峭，吹断万丝，湿影和烟暗帘箔。清愁晓来觉，佳景愔愔过却。芳郊外，莺恨燕愁，不管秋千冷红索。　　行云楚台约，念今古凝情，朝暮如昨。啼红湿翠春情薄。谩一犁江上，半篙堤外，勾引轻阴趁画角。正孤绪寂寞。　　斑驳，止还作。听点点檐声，沉沉春酌，只愁入夜东风恶。怕催教花放，趱将花落。溟濛烟草，梦正远，恨怎托？

御 街 行

咏轿

藤筠巧织花纹细。称稳步如流水。踏青陌上雨初晴，嫌怕湿文鸳双履。要人送上，逢花须住，才过处香风起。　　裙儿挂在帘儿里，更不把窗儿闭。红红白白簇花枝，恰称得寻春芳意。归来时晚，纱笼引道，扶下人微醉。

又

赋帘

香波半窣深深院。正日上花阴浅。青丝不动玉钩闲，看翠额轻笼葱茜。莺声似隔，篆烟微度，爱横影参差满。　　那回低挂朱栏畔，念闷损无人卷。窥春偷倚不胜情，仿佛见如花娇面。纤柔缓揭，瞥然飞去，不似春风燕。

玲 珑 四 犯

水外轻阴，做弄得飞云，吹断晴絮。驻马桥西，还系旧时芳树。不见翠陌寻春，漫问著小桃无语。恨燕莺不识闲情，却隔乱红飞去。　　少年曾失春风意，到如今怨恨难诉。魂惊苒苒江南远，烟草愁如许。此意待写翠笺，奈断肠都无新句！问甚时舞凤歌鸾，花底再看仙侣？

菩 萨 蛮

春风吹绿湖边草，春光依旧湖边道。玉勒锦障泥，少年游冶时。　　烟明花似绣，且醉旗亭酒。斜日照花西，归鸦花外啼。

解 连 环

柳

露条烟叶，惹长亭旧恨，几番风月！爱细缕先窣轻黄，渐拂水藏鸦，翠阴相接。纤软风流，眉黛浅三眠初歇。奈年华又晚，萦绊游蜂，絮飞晴雪。　　依依灞桥怨别。正千丝万绪，难禁愁绝。怅岁久应长新条，念曾系花骢，屡停兰楫。弄影摇晴，恨闲损春风时节。隔邮亭，故人望断，舞腰瘦怯。

烛 影 摇 红

别浦潮平，远村帆落烟江冷。征鸿相唤著行飞，不耐霜风紧。雪意垂垂未定，正惨惨云横疏影。酒醒情绪，日晚登临，凄凉谁问？　　行乐京华，软红不断香尘喷。试将心事卜归期，终是无凭准。寥落年华将尽，误玉人高楼凝恨。第一休负，西子湖边，江梅春信。

喜 迁 莺

凉云归去，再约著，晚来西楼风雨。水静帘阴，鸥闲菰影，秋到露汀烟浦。试省唤回幽恨，尽是愁边新句。倦登眺，动悲凉还在，残蝉吟处。　　凄楚，空见诉。香锁雾扃，心似秋莲苦。宝瑟弹冰，玉台窥月，浅黛可怜偷聚。几时翠沟题叶，无复绣帘吹絮。鬓华晚，念庾郎情在，风流谁与？

霜 天 晓 角

春云粉色，春水和烟湿。试问西湖杨柳，东风外，几丝碧？
望极，连翠陌，兰桡双桨急。欲访莫愁何处？旗亭在，画桥侧。

卜　算　子

屈指数春来，弹指惊春去。檐外蛛丝网落花，也要留春住。几日喜春晴，几夜愁春雨。十二雕窗六曲屏，题遍伤春句。

少　年　游

草

春风吹碧，春云映绿，梦晓入芳茵。软衬飞花，远连流水，一望隔香尘。　萋萋多少，江南旧恨？翻忆翠罗裙。冷落闲门，凄迷古道，烟雨正愁人。

齐　天　乐

碧云阙处无多雨，愁与去帆俱远。倒苇沙闲，枯兰砌冷，寥落寒江秋晚。楼阴纵览，正魂怯清吟，病多消黯。怕挹西风，袖罗香自去年减。　风流江左久客，旧游得意处，朱帘曾卷。载酒春情，吹箫夜约，犹忆玉娇香软。尘楼故苑，叹璧月空檐，梦云飞观。送绝征鸿，楚峰烟数点。

又

中秋夜怀梅溪

晚云知有关山念，澄霄卷开清霁。素景中分，冰盘正溢，何啻婵娟千里！危栏静倚，正玉管吹凉，翠觞留醉。记约清吟，锦袍初唤醉魂起。　孤光天地共影，浩歌谁与舞？凄凉风味。古驿烟寒，幽垣梦冷，应念秦楼十二。归心对此，想斗插天南，雁横辽水。试问姮娥：有愁能为寄？

玉　楼　春

春烟淡淡生春水，曾记芳洲兰棹舣。岸花香到舞衣边，汀草色分歌扇底。　　棹沉云去情千里，愁压双鸳飞不起。十年春事十年心，怕说溅裙当日意。

永　遇　乐

次韵吊青楼

浅晕修蛾，脆痕红粉，犹记窥户。香断奁空，尘生砌冷，谁唤青鸾舞？春风花信，秋宵月约，历历此心曾许。衔芳恨，千年怨结，玉骨未应成土。　　木兰艇子，莫愁何在？谩系寒江烟树。事逐云沉，情随佩冷，短梦分今古。一杯遥夜，孤光难晓，多少碎人肠处！空凄黯，西风细雨，尽吹泪去。

金人捧露盘

楚宫闲，金成屋，玉为栏。断云梦容易惊残。骊歌几叠？至今愁思怯《阳关》。清音恨阻，抱哀筝知为谁弹？　　年华晚，月华冷，霜华重，鬓华斑。也须念闲损雕鞍。斜缄小字，锦江三十六鳞寒。此情天阔，正梅信笛里关山。

凤　栖　梧

云唤阴来鸠唤雨。谢了江梅，可踏江头路？拚却一番花信阻，不成日日春寒去。　　见说东风桃叶渡，岸隔青山，依旧横眉妩。归雁不如筝上柱，一行常见相思苦。

贺　新　郎

梅

月冷霜袍拥。见一枝年华又晚，粉愁香冻。云隔溪桥人不度，的皪春心未纵。清影怕寒波摇动。更没纤毫尘俗态，倚高情预得春风宠。沉冻蝶，挂幺凤。　　一杯正要吴姬捧。想见那柔酥弄白，暗香偷送，回首罗浮今在否？寂寞烟迷翠垅。又争奈桓伊《三弄》。开遍西湖春意烂，算群花正作江山梦。吟思怯，暮云重。

祝英台近

荷花

拥红妆，翻翠盖，花影暗南浦。波面澄霞，兰艇采香去。有人水溅湘裙，相招晚醉，正月上凉生风露。　　两凝伫。别后歌断云闲，娇姿黯无语。魂梦西风，端的此心苦。遥想芳脸轻颦，凌波微步，镇输与沙边鸥鹭。

清平乐

春芜雨湿，燕子低飞急。云压前山群翠失，烟水满湖轻碧。　　小莲相见湾头，清寒不到青楼。请上琵琶弦索，今朝破得春愁。

史达祖 字邦卿，汴人。有《梅溪词》二卷。

姜尧章云："邦卿词，奇秀清逸，融情景于一家，会句意于两得。"张功甫云："生词，辞情俱到，织绡泉底，去尘眼中，妥贴轻圆，有瑰奇警迈、清新闲婉之长，而无訑荡污淫之失，端可分镳清真，平睨方回。"

绮罗香

春雨

做冷欺花，将烟困柳，千里偷催春暮。尽日冥迷，愁里欲飞还住。惊粉重蝶宿西园，喜泥润燕归南浦。最妨他佳约风流，钿车不到杜陵路。　　沉沉江上望极，还被春潮晚急，难寻官渡。隐约遥峰，和泪谢娘眉妩。临断岸新绿生时，是落红带愁流处。记当日门掩梨花，剪灯深夜语。

双双燕

春燕

过春社了，度帘幕中间，去年尘冷。差池欲住，试入旧巢相并。还相雕梁藻井，又软语商量不定。飘然快拂花梢，翠尾分开红影。芳径，芹泥雨润。爱贴地争飞，竞夸轻俊。红楼归晚，看足柳昏花暝。应自栖香正稳，便忘了天涯芳信。愁损翠黛双蛾，日日画栏独凭。

玉楼春

梨花

玉容寂寞谁为主？寒食心情愁几许！前身清淡似梅妆，遥夜依微留月住。　　香迷蝴蝶飞时路，雪在秋千来往处。黄昏著了素衣裳，深闭重门听夜雨。

万年欢

两袖梅风，谢桥边，岸痕犹带阴雪。过了匆匆灯市，草根青发。燕子春愁未醒，误几处芳音辽绝。烟溪上采菉人归，定应愁沁花骨。非干厚情易歇，奈燕台句老，难道离别。小径吹衣，曾记故里风物。多少惊心旧事，第一是侵阶罗袜。如今但柳发晞春，夜来和露梳月。

寿楼春

寻春服感念

裁春衫寻芳，记金刀素手，同在晴窗。几度因风残絮，照花斜阳。谁念我，今无裳？自少年消磨疏狂。但听雨挑灯，攲床病酒，多梦睡时妆。　　飞花去，良宵长。有丝阑旧曲，金谱新腔。最恨湘云人散，楚兰魂伤。身是客，愁为乡。算玉箫犹逢韦郎。近寒食人家，相思未忘蘋藻香。

祝英台近

落花深，芳草暗，春到断肠处。金勒骄风，欲过大堤去。翠楼葛岭西边，恰如旧约，画栏映一枝琼树。　正凝伫，芳意欺月矜春，浑欲便偷去。多少莺声，不敢寄愁与。谢郎日日西湖，如今归后，几时见倚帘吹絮！

西江月

西月澹窥楼角，东风暗落檐牙。一灯初见影窗纱，又是重帘不下。　幽思屡随芳草，闲愁又似杨花。杨花芳草遍天涯，绣被春寒夜夜。

夜行船

正月十八日闻卖杏花有感

不剪春衫愁意态，过收灯有些寒在。小雨空帘，无人深巷，已早杏花先卖。　白发潘郎宽沈带，怕看山忆他眉黛。草色拖裙，烟光染鬓，长记故园挑菜。

蝶恋花

二月东风吹客袂，苏小门前，杨柳如腰细。胡蝶识人游冶地，旧曾来处花开未？　几夜湖山生梦寐！萍泊寻芳，只怕春寒里。今岁清明逢上巳，相思先到溅裙水。

临江仙

草脚青回细腻，柳梢绿转苗条。旧游重到合魂消。棹横春水渡，人凭赤栏桥。　归梦有时曾见，新愁未肯相饶。酒香红被夜迢迢。莫教无用月，来照可怜宵。

又

倦客如今老矣，旧游可奈春何！几曾湖上不经过？看花南陌醉，驻马翠楼歌。　　远眼愁随芳草，湘裙忆著春罗。枉教装得旧时多。向来箫鼓地，曾见柳婆娑。

八　归

秋江带雨，寒沙萦水，人瞰画楼愁独。烟蓑散响惊诗思，还被乱鸥飞去，秀句难续。冷眼尽归图画上，认隔岸微茫云屋。想半属渔市樵村，欲暮竞燃竹。　　须信风流未老，凭持酒，慰此凄凉心目。一鞭南陌，数篙官渡，赖有歌眉舒绿。只匆匆远眺，早觉闲愁挂乔木。应难禁，故人天际，望彻淮山，相思无雁足。

过　龙　门

醉月小红楼，锦瑟箜篌。夜来风雨晓来收，几点落花饶柳絮，同为春愁。　　寄信问晴鸥，谁在芳洲？绿波宁处有兰舟，独对旧时携手地，情思悠悠。

秋　霁

江水苍苍，望倦柳愁荷，共感秋色。废阁先凉，古帘空暮，雁程最嫌风力。故园信息，爱渠入眼南山碧。念上国，谁是鲙鲈江汉未归客？　　还又岁晚，瘦骨临风，夜闻秋声，吹动岑寂。露蛩鸣，清灯冷屋，翻书愁上鬓毛白。年少俊游浑断得。但可怜处，无奈苒苒惊魂，采香南浦，剪梅烟驿。

惜 黄 花

定兴道中

涵秋寒渚,染霜丹树。尚依稀,是来时梦中行路。时节正思家,远道仍怀古。更对著满城风雨。　　黄花无数,碧云欲暮。美人兮,美人兮未知何处。独自卷帘栊,谁为开尊俎!恨不得御风归去。

齐 天 乐

赋橙

犀纹隐隐莺黄嫩,篱落翠深偷见。细雨重移,新霜试摘,佳处一年秋晚。荆江未远,想橘友荒凉,木奴嗟怨。就说风流,草泥来趁蟹螯健。　　并刀寒映素手,醉魂沉夜饮,曾倩排遣。沆瀣含酸,金罂里玉,簌簌吴盐轻点。瑶姬齿软。待惜取团圆,莫教分散。入手温存,帕罗香自满。

又

白发

秋风早入潘郎鬓,斑斑遽惊如许。暖雪侵梳,晴丝拂领,栽满愁城深处。瑶簪谩妒,便羞插宫花,自怜衰暮。尚想春情,旧吟凄断茂陵女。　　人间公道惟此,叹朱颜,也恁容易凋去。涅了重缁,搔来更短,方悔风流相误。郎潜几缕。渐疏了铜驼,俊游俦侣。纵有黟黟,奈何诗思苦?

又

湖上即席分赋,得"羽"字。

鸳鸯拂破蘋花影,低低趁凉飞去。画里移舟,诗边就梦,叶叶碧云分雨。芳游自许。过柳影闲波,水花平渚。见说西风,为人吹恨上瑶树。　　阑干斜照未满，杏墙应望断，春翠偷聚。浅约挼香，深盟捣月，谁是窗间青羽？孤筝几柱！问因甚参差，暂成离阻？夜色空庭，待归听俊语。

夜合花

柳锁莺魂，花翻蝶梦，自知愁染潘郎。轻衫未揽，犹将泪点偷藏。念前事，怯流光。早春窥酥雨池塘。向销凝里，梅开半面，情满徐妆。　　风丝一寸柔肠。曾在歌边惹恨，烛底萦香。芳机瑞锦，如何未织鸳鸯？人扶醉，月依墙。是当初谁敢疏狂？把闲言语，花房夜久，各自思量。

东风第一枝

春雪

巧沁兰心，偷粘草甲，东风欲障新暖。谩疑碧瓦难留，信知暮寒较浅。行天入镜，做弄出轻松纤软。料故园不卷重帘，误了乍来双燕。　　青未了，柳回白眼；红欲断，杏开素面。旧游忆著山阴，后盟遂妨上苑。熏炉重熨，便放慢春衫针线。怕凤靴挑菜归来，万一灞桥相见。

又

立春

草脚愁回一作“苏”，花心梦醒，鞭香拂散牛土。旧歌空忆珠帘，彩笔倦题绣户。粘鸡贴燕，想占断东风来处。暗惹起一掬相思，乱藏翠盘红缕。　　今夜觅梦池秀句，明日动探花芳绪。寄声沽酒人家，款一作“预”约嬉一作“俊”游伴侣。怜他梅柳，怎忍后天街酥雨。待过了一月灯期，日日醉扶归去。张叔夏云：“不独措辞精粹，又且见时节风物之感。”

风 流 子

红楼横落日，萧郎去，几度碧云飞！记窗眼递香，玉台妆罢；马蹄敲月，沙路人归。如今但一莺通信息，双燕说相思。入耳旧歌，怕听《金缕》；断肠新句，羞染乌丝。　　相逢南溪上，桃花嫩，娇样浅淡罗衣。恰是怨深腮赤，愁重声迟。怅东风巷陌，草迷春恨；软尘庭户，花误幽期。多少寄来芳字，都待还伊！

三 姝 媚

烟光摇缥瓦。望晴檐风袅，柳花如洒。锦瑟横床，想泪痕尘影，凤弦长下。倦出犀帷，频梦见王孙骄马。讳道相思，偷理绡裙，自惊腰衩。　　惆怅南楼遥夜，记翠箔张灯，枕肩歌罢。又入铜驼，遍旧家门巷，首询声价。可惜东风，将恨与闲花俱谢。记取崔徽模样，归来暗写。

喜 迁 莺

元宵

月波凝滴。望玉壶天近，了无尘隔。翠眼圈花，冰丝织练，黄道宝光相直。自怜诗酒瘦，难应接许多春色。最无赖，是随香趁烛，曾伴狂客。　　踪迹，谩记忆。老了杜郎，忍听东风笛。柳院灯疏，梅厅雪在，谁与细倾春碧？旧情拘未定，犹自学当年游历。怕万一，误玉人，夜寒窗际帘隙。

湘 江 静

暮草堆青云浸浦，记匆匆倦篙曾驻。渔榔四起，沙鸥未落，怕愁沾诗句。碧袖一声歌，《石城》怨西风随去。沧波荡晚，菰蒲弄秋，还重到断魂处。　　酒易醒，思正苦。想空山桂香悬树。三年梦冷，孤吟意短，屡烟钟津鼓。屐齿厌登临，移橙后几番凉雨！潘郎渐老，风流顿减，《闲居》未赋。

阳　　春

杏花烟，梨花月，谁与晕开春色？坊巷晓愔愔，东风断，旧火销处近寒食。少年踪迹，愁暗隔水南山北。还是宝络雕鞍，被莺声唤来香陌。　　记飞盖西园，寒犹凝结。惊醉耳，谁家夜笛？灯前重帘不挂，殢华裾粉泪曾拭。如今故里信息，赖海燕年时相识。奈芳草正锁江南，梦春衫怨碧。

词综卷十八

宋 词

汪　莘 字叔耕，休宁人。嘉定间下诏求言，扣阍三上书，不报，为杨慈湖、朱晦庵、真西山诸公所叹服，后筑室柳溪，自号方壶居士。有《方壶存稿》词二卷。

孙山甫云："柳塘长短句似坡翁，不受音律束缚。"程洺水曰："叔耕蕴霞笺玉滴之奇，而忧深思远，未易遽班之贺白也。"

杏　花　天

美人家在江南住，每惆怅江南日暮。白蘋洲畔花无数，还忆潇湘风度。　　幸自是断肠无处，怎强作莺声燕语！东风占断秦筝柱，也逐落花归去。

好　事　近

夹岸隘桃花，花下苍苔如积。蓦地轻寒一阵，上桃花颜色。东邻西舍绝经过，新月是相识。白玉阑干斜倚，作蓬山春夕。

谒　金　门

檐漏滴，都是春归消息。带雨牡丹无气力，黄鹂愁雨湿。争看洛阳春色，忘却连天草碧。南浦绿波双桨急，沙头人伫立。

玉　楼　春

赠别孟仓使

一片江南春色晚，牡丹花谢莺声懒。问君离恨几多长？芳草连天犹觉短。　　昨夜溪头新溜满，樽前自起喷龙管。明朝飞棹下钱塘，心共白蘋香不断。

忆 秦 娥

村南北，夜来陡觉霜风急。霜风急，征途情绪，塞垣消息。　佳人独抱琵琶泣，一江明月空相忆。空相忆，寒衣未絮，荻花狼藉。

乳 燕 飞

感秋，采《楚词》赋此。

去郢频回首。正横江荪桡容与，兰旌悠久。怅望龙门都不见，似把长楸辜负。念往日佳人为偶。独向芳洲相思处，采蘋花杜若空盈手。乘赤豹，谁来后？　　云中眼界穷高厚，览山川冀州还在，陶唐何有？木叶纷纷秋风晚，缥缈潇湘左右。见帝子冰魂相守。应记挥弦相对日，酹一杯太乙东皇酒。问此意，君知否？

八 声 甘 州

惜馀春，蛱蝶引春来，杜鹃趣春归。算何如桃李，浑无言说，开落忘机。多谢黄鹂旧友，相逐落花飞。芳草连天远，愁杀斜晖。　谁向西湖南畔，问亭台在否？花木应非。看孤山山下，惟说隐君庐。想钱塘春游依旧，到梨花寒食隘舟车。寻常事不须惆怅，暮雨沾衣。

吴　潜　字毅夫，宁国人。嘉定十年进士第一，淳祐中参知政事，拜右丞相，兼枢密使，进左丞相，封庆国公，改封许国公，景定初安置循州，卒，赠少师。有《履斋诗馀》三卷。

满江红

滕王阁

万里西风，吹我上滕王高阁。正槛外楚山云涨，楚江涛作。何处征帆林杪去？有时野鸟沙边落。近帘钩暮雨掩空来，今犹昨。　秋渐紧，添离索。天正远，伤漂泊。叹十年心事，休休莫莫！岁月无多人易老，乾坤虽大愁难著。向黄昏断送客魂销，城头角。

酹江月

瓜洲会赵南仲端明

红尘飞骑，报元戎小队，踏青南陌。雪浪堆边呼晓度，吴楚半江分拆。岁月惊心，风埃眯目，相对头俱白。杨花撩乱，可怜如此春色。　谁道燕燕莺莺，多情犹自，认得年时客。重唱《江南》肠断句，为我满倾云液。画鼓舟移，金鞍人远，一晌烟波隔。斜阳冉冉，依然无限凄恻。

二郎神

小楼向晚，正柳锁一城烟雨。计十里吴山，绣帘朱户，曾学宫词内舞。浪逐东风无人管，但脉脉岁移年度。嗟往事未尘，新愁还织，怎堪重诉！　凝伫。问春何事，飞红飘絮？纵杜曲秦川，旧家都在，谁寄音书说与？野草凄迷，暮云沉黯，浑自替人无绪。珠泪滴，应把寸肠万结，夜帷深处。

鹊桥仙

扁舟乍泊，危亭孤啸，目断闲云千里。前山急雨过溪来，尽洗却人间暑气。　暮鸦木末，落凫天际，都是一番一作“团”秋意。痴儿骙女贺新凉，也不道西风又起。

青玉案

十年三过苏台路，还又是匆匆去。迅景流光容易度。鹭洲鸥渚，苇汀芦岸，总是消魂处。　　苍烟欲合斜阳暮，付与愁人砌愁句。为问新愁愁底许？酒边成醉，醉边成梦，梦断前山雨。

李昴英 一作昂英，字俊明，一云字公昂，番禺人，一云资州人。宝庆中进士第三人，任临汀推官，累官吏部侍郎，卒，谥忠简。有《文溪词》一卷。

兰陵王

燕穿幕，春在深深院落。单衣试，龙沫旋熏，又怕东风晓寒薄。别来情绪恶，瘦得腰围柳弱。清明近，正似海棠，怯雨芳踪任飘泊。　　钗留去年约。恨易老娇莺，多误灵鹊，碧云杳缈天涯各。望不断芳草，又迷香絮，回文强写字屡错。泪欲注还阁。　　孤酌。驻春脚。更彩局谁攸？宝轸慵学，阶除拾取飞花嚼。是多少春恨，等闲吞却！阑干猛拍，叹命薄，悔旧诺。

史嶲之 绍定初知江阴军。

望海潮

浮远堂

危岑孤秀，飞轩爽豁，空江泱漭黄流。吴札故丘，春申旧国，西风吹换清秋。沧海浪初收，共登高临眺，尊俎绸缪。凤集高冈，驹留空谷接英游。　　八窗尽控琼钩。送帆樯杳杳，潮汐悠悠。今古兴怀，关河极目，愁边灭没轻鸥。淮岸隔重洲。认澹霞天末，一缕青浮。未许英雄去，西北是神州。

章谦亨 字牧叔，吴兴人。为铅山令。

念 奴 娇

垂杨

垂杨得地，在楼台侧畔，无人攀折。不似津亭舟系处，只伴客愁离别。丝过摇金，带铺新翠，雅称莺调舌。芳筵相映，最宜斜挂残月。　　却得连日春寒，未教轻滚，一片庭前雪。应恨张郎今老去，难比风流时节。醉眼浑醒，愁眉都展，舞困腰肢怯。有时微笑，把伊绾个双结。

赵以夫 字用父，长乐人。端平中知漳州。有《虚斋乐府》二卷。

孤 鸾

梅

江头春早。问江上寒梅，占春多少？自照疏星冷，只许春风到。幽香不知甚处，但迢迢满汀烟草。回首谁家竹外，有一枝斜好？记当年曾共花前笑。念玉雪襟期，有谁知道？唤起罗浮梦，正参横月小。凄凉更吹塞管，谩相思鬓毛惊老。待觅西湖半曲，对霜天清晓。

龙 山 会

九日

九日无风雨。一笑凭高，浩气横秋宇。群峰青可数。寒城小，一水萦回如缕。西北最关情，谩遥指东徐南楚。黯消魂，斜阳冉冉，雁声悲苦。　　今朝寒菊依然，重上南楼，草草成欢聚。诗朋休浪赋。旧题处，俯仰已随尘土。莫放酒行疏，清漏短凉蟾当午。也全胜白衣未至，独醒凝伫。

角　　招

梅

晓寒薄，苔枝上剪成万点冰萼，暗香无处著。立马断魂，晴雪篱落，横溪略彴。恨寄驿音书辽邈。梦绕扬州东阁。风流旧日何郎，想依然林壑。　　离索！引杯自酌。相看冷淡，一笑人如削。水云寒漠漠，底处群仙？飞来霜鹤。芳姿绰约，正月满瑶台珠箔。徙倚阑干寂寞，尽分付，许多愁，城头角。

徵　　招

雪

玉壶冻裂琅玕折，骎骎逼人衣袂。暖絮涨空飞，失前山横翠。欲低还又起，似妆点满园春意。记忆当时，剡中情味，一溪云水。　　天际绝人行，高吟处，依稀灞桥邻里。更剪剪梅花，落云阶月砌。化工真解事，强勾引老来诗思。楚天暮，驿使不来，怅曲栏独倚。

二　郎　神

次陈唯道

野塘暗碧，渐点点翠钿明镜。想昼永珠帘，人闲金屋，时倚妆台照影。睡起阑干凝思处，漫数尽归鸦栖暝。知月下莺黄，云边蛾绿，为谁重整！　　曾倩雁传鹊报，心期罕定。奈柳絮浮云，桃花流水，长是参差不并。莫怨春归，莫愁栢老，蚕已三眠将醒。肠断句，枉费丹青，漠漠水遥烟迥。

双　瑞　莲

千机云锦里，看并蒂新房，骈头芳蕊。清标艳态，两两翠裳霞袂。似是商量心事，倚绿盖无言相对。天蘸水。彩舟过处，鸳鸯惊起。　　缥缈漾影摇香，想刘阮风流，双仙姝丽。闲情未断，犹恋人间欢会。莫待西风吹老，荐玉醴碧筒拚醉。清露底，月照一襟归思。

永　遇　乐

七夕和刘随如

云雁将秋，露萤照夜，凉透窗户。星网珠疏，月奁金小，清绝无点暑。天孙河鼓，东西相望，隐隐光流华渚。妆楼上，青瓜玉果，多少骙儿痴女！　　金针暗度，蛛丝密结，便有系人心处。经岁离思，霎时欢爱，愁绪空万缕。人间天上，一般情味，枉了锦笺嘱付。又何似，吹笙仙子，跨黄鹤去！

鹊　桥　仙

翠绡心事，红楼欢宴，深夜沉沉无暑。竹边荷外再相逢，又还逐浮云飞去。　　锦笺尚湿，珠香未歇，空惹闲愁千缕。寻思不似鹊桥人，犹自得一年一度。

陈经国　嘉禧、淳祐间人。有《龟峰词》一卷。

沁　园　春

丁酉岁感事

谁使神州，百年陆沉，青毡未还？怅晨星残月，北州豪杰；西风斜日，东帝江山。刘表坐谈，深源轻进，机会失之弹指间。伤心事，是年年冰合，在在风寒。　　说和说战都难。算未必江沱堪宴安。叹封侯心在，鳣鲸失水；平戎策就，虎豹当关。渠自无谋，事犹可做，更剔残灯抽剑看。麒麟阁，岂中兴人物，不尽儒冠！

又

送陈起莘归长乐

过了梅花，纵有春风，不如早还。正燕泥日暖，草绵别路；莺朝烟淡，柳拂征鞍。黎岭天高，建溪雷吼，归好不知行路难。龟山下渐杨梅初熟，卢橘犹酸。　　名场老我间关。分岁晚诛茅湖上山。叹龙舒君去，尚留破砚；鱼轩人老，长把连环。镜影霜侵，衣痕尘暗，赢得狂名传世间。君归日，见家林旧竹，为报平安。

方　岳 字巨山，祁门人。理宗朝两为文学掌故，官中秘书，出守袁州。有《秋厓先生小稿》。

台　城　路

和楚客赋芦

孤蓬夜傍低丛宿，萧萧雨声悲切。一岸霜痕，半山烟色，愁到沙头枯叶。淡云没灭。黯西风吹老，满汀新雪。天岂无情，离骚点点送归客。　　归去来兮怎得？尽鹭翘鸥倚，乍寒时节。秋晚山川，夕阳浦溆，赢得别肠千结。涛翻浪叠。那得似西来，一筇横绝。搔首江南，雁衔千里月。

满　江　红

九日冶城楼

且问黄花，陶令后几番重九？应解笑秋厓人老，不堪诗酒。宇宙一舟吾倦矣，山河两戒君知否？倚西风无奈剑花寒，虬龙吼。
江欲釂，谈天口。秋何负，持螯手。尽石麟芜没，断烟衰柳。故国山围青玉案，何人印佩黄金斗？倘只消江左管夷吾，终须有。

水调歌头

平山堂用东坡韵

秋雨一何碧，山色倚晴空。江南江北愁思，分付酒螺红。芦叶篷舟千里，菰菜莼羹一梦，无语寄归鸿。醉眼渺河洛，遗恨夕阳中。
蘋洲外，山欲暝，敛眉峰。人间俯仰陈迹，叹息两仙翁。不见当时杨柳，只是从前烟雨，磨灭几英雄！天地一孤啸，匹马又西风。

又

九日多景楼用吴侍郎韵

醉我一壶玉，了此十分秋。江涛还比当日，击楫渡中流。问讯重阳烟雨，俯仰人间今古，此意渺沧洲。天地几今夕，举白与君浮。
旧黄花，新白发，笑重游。满船明月犹在，何日大刀头？谁跨扬州鹤去，已怨故山猿老，借箸欲前筹。莫倚阑干北，天际是神州。

蝶恋花

用韵秋怀

雁落寒沙秋恻恻。明月芦花，共是江南客。骑鹤楼高边羽急，柔情不尽淮山碧。　世路只催双鬓白。菰菜莼羹，正自令人忆。归梦不知江水隔，烟帆飞过平如席。

张　矩 字方叔，润州人。有《芸窗词》一卷。

青　玉　案

被檄出郊，题陈氏山居。

西风乱叶溪桥树，秋在黄花羞涩处。满袖尘埃推不去。马蹄浓露，鸡声淡月，寂历荒村路。　　身名多被儒冠误，十载重来慢如许。且尽清樽公莫舞。六朝旧事，一江流水，万感天涯暮。

洪　瑹 字叔玙，自号空同词客。有词一卷。

蓦　山　溪

忆中都

潮平风稳，行色催津鼓。回首望重城，但满眼红云紫雾。分香解佩，空记小楼东，银烛暗，绣帘垂，昵昵凭肩语。　　关山千里，垂柳河桥路。燕子又归来，但惹得满身花雨。彩笺不寄，兰梦更无凭，灯影下，月明中，魂断金钗股。

踏　莎　行

满满金杯，垂垂玉筯。离歌不放行人去。醉中扶上木兰船，醒来忘却桃源路。　　带绾同心，钗分一股。断魂空草《高唐赋》。秋山万叠水云深，茫茫无著相思处。

永　遇　乐

送春

歌雪徘徊，梦云溶曳，欲劝春住。薄幸杨花，无端杜宇，抵死催教去。参差烟岫，千回百匝，不解禁春归路。病厌厌，那堪更听，小楼一夜风雨！　　金钗斗草，玉盘行菜，往事了无凭据。合数松儿，分香柏子，总是牵情处。小桃朱户，题诗在否？尚忆去年崔护。绿阴中，莺莺燕燕，也应解语。

瑞　鹤　仙

听《梅花》吹动，凉夜何其？明星有烂。相看泪如霰。问而今去也，何时会面？匆匆聚散，便作秋鸿社燕。最伤心夜来枕上，断云零雨何限！　　因念人生万事，回首悲凉，都成梦幻。芳心缱绻，空惆怅巫阳馆。况船头一转，三千馀里，隐隐高城不见。恨无情春水连天，片帆如箭。

齐　天　乐

辘轳声破银床冻，霜寒又侵鸳被。皓月疏钟，悲风断漏，惊起画楼人睡。银屏十二。叹尘满丝簧，暗消金翠。可恨风流，故人迢递隔千里。　　相思情绪最苦，旧欢无续处，魂梦空费。断雁无情，离鸾有恨，空想吴山越水。花憔玉悴。但翠黛愁横，红铅泪洗。待剪江梅，倩谁传此意？

方千里 三衢人。有《和清真词》。

齐　天　乐

碧纱窗外黄鹂语，声声似愁春晚。岸柳飘绵，庭花堕雪，惟有平芜如剪。重门向掩。看风动疏帘，浪铺湘簟。暗想前欢，旧游心事寄诗卷。　　鳞鸿音信未睹，梦魂寻访后，关山又隔无限。客馆愁思，天涯倦迹，几许良宵展转？闲情意远。记密阁深闺，绣衾罗荐。睡起无人，料应眉黛敛。

塞　垣　春

和周清真

四远天垂野，向晚景雕鞍卸。吴蓝滴草，塞绵藏柳，风物堪画。对雨收雾霁初晴也，正陌上烟光洒。听黄鹂啼红树，短长音如写。怀抱几多愁？年时趁欢会幽雅。尽日足相思，奈春昼难夜。念征尘满堆襟袖，那堪更独游花阴下？一别鬓毛减，镜中霜满把。

丑　奴　儿

凌波台畔花如剪，几点吴霜，烟淡云黄，东阁何人见晚妆？江南春近书千里，谁寄清香？别墅横塘，鼓角声中又夕阳。

迎　春　乐

红深绿暗春无迹，芳心荡，冶游客。记摇鞭跋马铜驼陌，凝睇认，珠帘侧。　　絮满愁城风卷白，递多少相思消息？何处约欢期？芳草外，高楼北。

汪　晫 字处微，绩溪人。开禧中，一至阙下，不就举试而归，栖隐山中，卒，里人私谥曰康范先生。

蝶　恋　花

秋夜简赵尉

午夜凉生风小住。银汉无声，云约疏星度。佳客欲眠知未去，对床只欠萧萧雨。　　素月四更山外吐。酒醒衾寒，消尽沉烟缕。料想玉楼人倚处，归帆日伫烟中浦。

尹　焕 字惟晓，山阴人。官左司。有《梅津集》。

霓裳中序第一

茉莉

青颦粲素靥，海国仙人偏耐热，飧尽风香露屑。便万里凌空，肯凭莲叶。盈盈步月，悄似怜轻去瑶阙。人何在？忆渠痴小，点点爱清绝。　愁绝，旧游轻别。忍重看琐香金箧！凄凉清夜簟茀。杳杳诗魂，真化风蝶。冷香清到骨，梦十里梅花霁雪。归来也，恹恹心事，自共素娥说。

唐　多　令

吴兴席上

蘋末转清商，溪声供夕凉。缓传杯催唤红妆。斜绾乌云新浴罢，裙拂地，水沉香。　歌短旧情长，重来惊鬓霜。怅绿阴青子成双。说著前欢佯不记一作“睬”，飏莲子，打鸳鸯。周公谨云：“可与杜牧之寻芳较晚为偶。”

冯取洽 字熙之，延平人，自号双溪翁。

蝶　恋　花

和玉林韵

秋到双溪溪上树。叶叶凉声，未省来何许？尽拓溪楼窗与户，倚栏清夜窥河鼓。　那得吟朋同此住？独对秋芳，欲寄花无处。杖履相从曾有语，未来先自愁君去。

摸　鱼　儿

和玉林韵，盖为遗蜕山中桃花作。

叹刘郎那回轻别，霏霏三落红雨，玄都观里应遗恨，一抹淡烟残缕。愁望处，想雾暗云深，忘却来时路。新花旧主，记刻羽流商，裁红剪翠，山径日将暮。　　空枝上，时有幽禽对语，声声如问来否？人生行乐须闻健，衰老念谁免此！吾所与，在溪上深深，锦绣花千坞。何时定去？但对酒思君，呼儿为我，频唱《小桃》句。

陈以庄 字敬叟，建安人。有《月溪集》。

水　龙　吟

钱塘记恨

晚来江阔潮平，越船吴榜催人去。稽山滴翠，胥涛溅恨，一襟离绪。访柳章台，问桃仙浦，物华如故。向秋娘渡口，泰娘桥畔，依稀是相逢处。　　窈窕青门紫曲，茜罗新衣翻金缕。旧音恍记，轻拢慢捻，哀弦危柱。金屋难成，阿娇已远，不堪春暮。听一声杜宇，红殷绿老，雨花风絮。

卢　炳 字叔阳。有《哄堂词》一卷。

谒　金　门

春寂寂，节物又催寒食。楼上卷帘双燕入，断魂愁似织。
门外雨馀风急，满地落英红湿。好梦惊回无处觅，天涯芳草碧。

又

春事寂，苦笋鲥鱼初食。风卷绣帘飞絮入，柳丝萦似织。
迅速韶光去急，雨过绿阴尤湿。回首旧游何处觅？远山空伫碧。

点　绛　唇

过眼溪山，向来都是经行处。骖鸾人去，冷落吹箫侣。　　小立江亭，愁对蒹葭浦。无情绪，酒杯慵举，闲看江枫舞。

踏　莎　行

秋色人家，夕阳洲渚，西风催过黄华渡。江烟引素忽飞来，水禽破暝双双去。　　奔走红尘，栖迟羁旅，断肠犹忆《江南》句。白云低处雁回峰，明朝便踏潇湘路。

沈端节 字约之，吴兴人。有《克斋词》一卷。

虞　美　人

去年寒食初相见，花上双飞燕。今年寒食又花开，垂下重帘不许燕归来。　　隔帘听燕呢喃语，似说相思苦。东君都不管闲愁，一任落花飞絮两悠悠。

潘　牥 初名公筠，梦南台人持方牛首与之，遂易名，字庭坚，闽县人。端平初进士，通判潭州。有《紫岩集》。

羽　仙　歌

雕檐绮户，倚晴空如画。曾是吴王旧台榭。自浣纱人去后，落日平芜，行云断，几见花开花谢。　　凄凉阑槛外，一簇青山，多少图王共争霸。莫闲愁，金杯潋滟，对酒当歌，欢娱地，梦中兴亡休话。渐倚遍西风晚潮生，明月里鹭鸶背人飞下。

冯艾子 字伟寿，号云月双溪子。

黄叔旸云："伟寿精于律吕，词多自制腔。"

春风袅娜

被梁间双燕，话尽春愁。朝粉谢，午花柔。倚红栏，故与蝶围蜂绕，柳绵无数，飞上搔头。凤管声圆，蚕房香暖，笑挽罗衫须少留。隔院兰馨趁风远，邻墙桃影伴烟收。　　些子风情未减，眉头眼尾，万千事欲说还休。蔷薇露一作"刺"，牡丹球；殷勤记省，前度绸缪。梦里飞红，觉来无觅；望中新绿，别后空稠。相思难偶，叹无情明月，今年已是一作"见"，三度如钩。

黄　昇 一作昃，字叔旸，号玉林。有《散花庵词》一卷。

胡季直云："玉林蚤弃科举，雅意读书，间从吟咏自适，游受斋尝称其诗为晴空冰柱。楼秋房闻其与魏菊庄友善，并以泉石清士目之。"

月照梨花

昼景，方永。重帘花影。好梦犹酣，莺声唤醒。门外风絮交飞，送春归。　　修蛾画了无人问。几多别恨，泪洗残妆粉。不知郎马何处，烟草萋迷，鹧鸪啼。

酹江月

题玉林

玉林何有？有一弯莲沼，数间茅宇。断堑疏篱聊补葺，那得粉墙朱户？禾黍西风，鸡豚晓日，活脱田家趣。客来茶罢，自挑野菜同煮。　　多少甲第连云，十眉环座，人醉黄金坞。回首邯郸春梦破，零落珠歌翠舞。得似衰翁，萧然陋巷，长作溪山主。紫芝可采，更寻岩谷深处。

又

西风解事，为人间洗尽三庚烦暑。一枕新凉宜客梦，飞入藕花深处。冰雪襟怀，琉璃世界，夜气清如许。划然长啸，起来秋满庭户。　　应笑楚客才高，兰成愁悴，遗恨传千古。作赋吟诗空自好，不直一杯秋露。淡月阑干，微云河汉，耿耿天催曙。此情谁会？梧桐叶上疏雨。

鹊　桥　仙

青林雨歇，珠帘风细，人在绿阴庭院。夜来能有几多寒？已瘦了梨花一半。　　宝钗无据，玉琴难托，合造一襟幽怨。云窗雾阁事茫茫，试与问杏梁双燕。

文及翁 字时学，号本心，绵州人。历官参知政事。

贺　新　凉

游西湖有感

一勺西湖水。渡江来百年歌舞，百年酣醉。回首洛阳花石尽，烟渺黍离之地，更不复新亭堕泪。簇乐红妆摇画舫，问中流击楫何人是？千古恨，几时洗？　　余生自负澄清志，更有谁磻溪未遇，傅岩未起？国事如今谁倚仗，衣带一江而已。便都道江神堪恃。借问孤山林处士，但掉头笑指梅花蕊。天下事，可知矣！

李芸子 字耘叟，号芳州，昭武人。

木兰花慢

占西风早处，一番雨，一番秋。记故国斜阳，去年今日，落叶林幽。悲歌几回激烈，寄疏狂酒令与诗筹。遗恨清商易改，多情紫燕难留。　嗟休！触绪茧丝抽，旧事续何由？奈予怀渺渺，羁愁郁郁，归梦悠悠。生平不如老杜，便如他飘泊也风流。寄语庭柯径菊，甚时得棹孤舟？

严　羽 字仪卿，樵川人。自号沧浪逋客。

满江红

送廖叔仁赴阙

日近觚棱，秋渐满蓬莱双阙。正钱塘江上，潮头如雪。把酒送君天上去，琼琚玉佩鹓鸿列。丈夫儿富贵等浮云，看名节。　天下事，吾能说。今老矣，空凝绝。对西风慷慨，唾壶歌缺。不洒世间儿女泪，难堪亲友中年别。问相思他日镜中看，萧萧发。

李廷忠 字居厚，号橘山。有乐府一卷。

生查子

蔷薇

玉女翠帷薰，香粉开妆面。不是占春迟，羞被群花见。　纤手织柔条，绛雪飞千片。流入紫金卮，未许停歌扇。

王以宁 字周士，长沙人。历官宣抚司参谋，制置襄、邓。

水调歌头

裴公亭怀古

岁岁橘洲上，老叶舞愁红。西山光翠依旧，影落酒杯中。人在子亭高处，下望长沙城郭，猎猎酒帘风。远水湛寒碧，独钓绿蓑翁。怀往事，追昨梦，转头空。孙郎前日豪健，颐指五都雄。起拥奇才剑客，十万银戈赤帻，歌鼓壮军容。何似裴相国，谈道老圭峰！

词综卷十九

宋 词

吴文英 字君特，四明人。从吴毅夫游。有《梦窗甲、乙、丙、丁稿》四卷。

张叔夏云："吴梦窗词如七宝楼台，眩人眼目，碎拆下来，不成片段。" 尹惟晓云："求词于吾宋，前有清真，后有梦窗，此非予之言，四海之公言也。" 沈伯时云："梦窗深得清真之妙，但用事下语太晦处，人不易知。"

倦 寻 芳

饯周纠定夫

暮帆挂雨，冰岸飞梅，春思零乱。送客将归，偏是故宫离苑。醉酒曾同凉月舞，寻芳还隔红尘面。去难留，怅芙蓉路窄，绿杨天远。　　便系马莺边清晓，烟草晴花，沙润香软。烂锦年华，谁念故人游倦？寒食相思堤上路，行云应在孤山畔。寄新吟，莫空回五湖春雁。

又

花翁遇旧欢吴门老妓李怜，邀分韵同赋此词。

坠瓶恨井，尘镜迷楼，空闲孤燕。寄别崔徽，清瘦画图春面。不约舟移杨柳系，有缘人映桃花见。叙分携，悔香瘢谩爇，绿鬓轻剪。　　听细语琵琶幽怨，客鬓苍华，衫袖湿遍。渐老芙蓉，犹自带霜重看。一缕情深朱户掩，两痕愁起青山远。被西风，又惊吹梦云分散。

又

上元

海霞倒影，空雾飞香，天市催晚。暮靨宫梅，相对画楼帘卷。罗袜轻尘花笑语，宝钗争艳春心眼。乱箫声，正风柔柳弱，舞肩交燕。念窈窕东邻深巷，灯外歌沉，月上花浅。惊梦离去，点点漏壶清怨。珠络香消空念往，纱窗人老羞相见。渐铜壶，闭春阴晓寒人倦。

烛影摇红

饯冯深居。翼日，深居初度。

飞盖西园，晚秋恰胜春天气。霜花开尽锦屏空，红叶新装缀。时放清杯泛水，暗凄凉东风旧事。夜吟不就，松影阑干，月笼寒翠。
莫唱《阳关》，但凭彩袖歌千岁。秋星入梦隔明朝，十载吴宫会。一棹回潮渡苇，正西窗灯花报喜。柳蛮樱素，试酒争怜，不教不醉。

法曲献仙音

和丁宏庵韵

落叶霞翻，败窗风咽，暮色凄凉深院。瘦不关秋，泪缘生别，情销鬓霜千点。怅翠冷搔头燕，那能语恩怨？ 紫箫远。记桃根向随春渡，愁未洗，铅水又将恨染。粉缟涩离箱，忍重拈灯夜裁剪？望极蓝桥，彩云飞罗扇歌断。料鹦笼玉锁，梦里隔花时见。

忆旧游

别黄澹翁

送人犹未苦，苦送春随人去天涯。片红都飞尽，正阴阴润绿，暗里啼鸦。赋情顿雪双鬓，飞梦逐尘沙。叹病渴凄凉，分香瘦减，两地看花。　　西湖断桥路，想系马垂杨，依旧攲斜。葵麦迷烟处，问离巢孤燕，飞过谁家？故人为写深怨，空壁扫秋蛇。但醉上吴台，残阳草色归思赊。

点　绛　唇

怀苏州

明月茫茫，夜来应照南桥路。梦游熟处，一枕啼秋雨。　　可惜人生，不向吴城住。心期误，雁将秋去，天远青山暮。

又

试灯夜初晴

卷尽愁云，素娥临夜新梳洗。暗尘不起，酥润凌波地。　　辇路重来，仿佛灯前事。情如水，小楼薰被，春梦笙歌里。

又

推枕南窗，楝花寒入单纱浅。雨帘不卷，空碍调雏燕。　　一握柔葱，香染榴巾汗。音尘断，画罗闲扇，山色天涯远。

又

时霎清明，载花不过西园路。嫩阴绿树，正是春留处。　　燕子重来，往事东流去。征衫贮，旧寒一缕，泪湿风帘絮。

西　子　妆

梦窗自度腔。湖上清明薄游。

流水麹尘，艳阳醅酒，画舸游情如雾。笑拈芳草不知名，乍凌波断桥西堍。垂杨谩舞，总不解将春系住。燕归来，问彩绳纤手，如今何许？　　欢盟误。一箭流光，又趁寒食去。不堪衰鬓著飞花，傍绿阴冷烟深树。玄都秀句,记前度刘郎曾赋。最伤心,一片孤山细雨。

唐 多 令

何处合成愁?离人心上秋。纵芭蕉不雨也飕飕。都道晚凉天气好,有明月,怕登楼。　　年事梦中休,花空烟水流。燕辞归客尚淹留。垂柳不萦裙带住,谩长是,系行舟。张叔夏云:"此词疏快不质实。"

玉 漏 迟

中秋

雁边风讯小,飞琼望杳,碧云先晚。露冷阑干,定怯藕丝冰腕。净洗浮云片玉,胜花影春灯相乱。秦镜满,素娥未肯,分秋一半。　　每圆处即良宵,甚此夕偏饶,对歌临怨。万里婵娟,几许雾屏云幔?孤兔凄凉照水,晓风起银河西转。摩泪眼,瑶台梦回人远。

祝 英 台 近

除夜立春

剪红情,裁绿意,花信上钗股。残日东风,不放岁华去。有人添烛西窗,不眠侵晓,笑声转新年莺语。　　旧樽俎。玉纤曾擘黄柑,柔香系幽素。归梦湖边,还迷镜中路。可怜千点吴霜,寒销不尽,又相对落梅如雨。

又

春日客龟溪,游废园。

采幽香,巡古苑,竹冷翠微路。斗草溪根,沙印小莲步。自怜两鬓清霜,一年寒食,又身在云山深处。　　昼闲度。因甚天也悭春,轻阴便成雨!绿暗长亭,归梦趁风絮。有情花影阑干,莺声门径,解留我霎时凝伫。

又

上元

晚云开，朝雪霁，时节又灯市。夜约遗香，南陌少年事。笙箫一片红云，飞来海上，绣帘卷缃桃春起。　　旧游地。素娥城阙年年，新妆趁罗绮。玉练冰轮，无尘涴流水。晓霞红处啼鸦，良宵一梦，画堂正日长人睡。

霜　花　腴

重阳前一日泛石湖

翠微路窄，醉晚风，凭谁为整攲冠？霜饱花腴，烛销人瘦，秋光做也都难。病怀强宽，恨雁声偏落歌前。记年时旧宿凄凉，暮烟秋雨野桥寒。　　妆压鬓英争艳，度清商一曲，暗坠金蝉。芳节多阴，兰情稀会，晴晖称拂吟笺。更移画船，引佩环邀下婵娟。算明朝未了重阳，紫萸应耐看。

喜　迁　莺

同丁基仲过希道家看牡丹

凡尘流水。正春在绛阙瑶阶十二。暖日明霞，天香盘锦，低映晓光梳洗。故苑浣花沉恨，化作夭红斜紫。困无力，倚阑干，还倩东风扶起。　　公子，留意处，罗盖牙签，一一花名字。小扇翻歌，密围留客，云叶翠温罗绮。滟潋紫金杯重，人倚妆台微醉。夜和露，剪残枝，点点花心清泪。

又

福山萧寺岁除

江亭年暮。趁飞雁又听数声柔橹。蓝尾杯单，胶牙饧淡，重省旧时羁旅。雪舞野梅篱落，寒拥渔家门户。晚风峭，做初番花信，春还知否？　何处，围艳冶，红烛画堂，博簺良宵午！谁念行人，愁先芳草，轻送年华如羽！自剔短檠不睡，空索彩桃新句。便归好，料鹅黄，已染西池千缕。

声　声　慢

闰重九饮郭园

檀栾金碧，婀娜蓬莱，游云不蘸芳洲。露柳霜莲，十分点缀残秋。新弯画眉未稳，似含羞，低度墙头。愁送远，驻西台车马，共惜临流。　知道池亭多宴，掩庭花，长是惊落秦讴。腻粉阑干，犹闻凭袖香留。输他翠涟拍甃，瞰新妆终日凝眸。帘半卷，带黄花人在小楼。

又

饯魏绣使泊吴江，为友人赋。

旋移轻鹢，浅傍垂虹，还因送客迟留。泪雨横波，遥山眉上新愁。行人倚栏心事，问谁知，只有沙鸥。念聚散，几枫丹霜渚，莼绿春洲。　渐近香菰炊黍，想红丝织字，未远青楼。寂寞渔乡，争如连醉温柔。西窗夜深剪烛，梦频生不放云收。共怅望，认孤烟起处是舟。

高　阳　台

落梅

宫粉雕痕，仙云堕影，无人野水荒湾。古石埋香，金沙锁骨连环。南楼不恨吹横笛，恨晓风千里关山。半飘零，庭上黄昏，月冷阑干。　寿阳宫里愁鸾镜，问谁调玉髓，暗补香瘢？细雨归鸿，孤山无限春寒。离魂难倩招清些，梦缟衣解佩溪边。最愁人，啼鸟晴明，叶底清圆。

又

丰乐楼

修竹凝妆，垂杨驻马，凭栏浅画成图。山色谁题？楼前有雁斜书。东风紧送斜阳下，弄旧寒晚酒醒馀。自消凝，能几花前，顿老相如！　　伤春不在高楼上，在灯前攲枕，雨外熏炉。怕舣游船，临流可奈清癯。飞红若到西湖底，搅翠澜总是愁鱼。莫重来，吹尽香绵，泪满平芜。

满　江　红

淀山湖

云气楼台，分一派沧浪翠蓬。开小景玉盆寒浸，巧石盘松。风送流花时过岸，浪摇晴练欲飞空。算鲛宫只隔一红尘，无路通。　　神女驾，凌晓风。明月佩，响丁东。对两蛾犹锁，怨绿烟中。秋色未教飞尽雁，夕阳长是坠疏钟。又一声欸乃过前岩，移钓篷。

绕　佛　阁

暗尘四敛。楼观迥出，高映孤馆。清漏将短。厌闻夜久签声动书幔。桂花又满。闲步露草，偏爱幽远。花气清婉。望中迤逦城阴度河岸。　　倦客最萧索，醉倚斜阳穿柳线。还似汴堤，虹梁横水面。看浪飐春灯，舟下如箭。此行重见。叹故友难逢，羁思空乱。两眉愁，向谁舒展？

解　语　花

梅花

门横皱碧，路入苍烟，春近江南岸。暮寒如剪。临溪影一一半斜清浅。飞霙弄晚。荡千里暗香平远。端正看，琼树三枝，总似兰昌见。　　酥莹云容夜暖。伴兰翘清瘦，萧风柔婉。冷云荒翠，幽栖久无语暗申春怨。东风半面，料准拟何郎诗卷。欢未阑，烟雨青黄，宜昼阴庭馆。

荔支香近

七夕

轻睡时闻，晚鹊噪庭树。又说今夕天津西畔重欢遇。蛛丝暗锁红楼，燕子穿帘处。天上未比人间更情苦。　　秋鬓改，妒月姊长眉妩。过雨西风，数叶井梧秋舞。梦入蓝桥，几点疏星映朱户。泪湿沙边凝伫。

尉　迟　杯

赋杨公小蓬莱

垂杨径。洞钥启，时遣流莺迎。涓涓暗谷流红，应有缃桃千顷。临池笑靥，春色满，铜华弄妆影。记年时试酒湖阴，褪花曾采新杏。　　珠窗绣网玄经，才石研开奁，雨润云凝。小小蓬莱香一掬，愁不到朱娇翠靓。清樽伴人间日永。断琴和棋声竹露冷。笑从前醉卧红尘，不知仙在人境。

霜　叶　飞

重九

断烟离绪，关心事，斜阳红隐霜树。半壶秋水荐黄花，香噀西风雨。纵玉勒轻飞迅羽，凄凉谁吊荒台古？记醉踏南屏，彩扇咽寒蝉倦梦，不知蛮素。　　聊对旧节传杯，尘笺蠹管，断阕经岁慵赋。小蟾斜影转东篱，夜冷残蛩语。早白发缘愁万缕，惊飙从卷乌纱去。谩细将茱萸看，但约明年，翠微高处。

瑞鹤仙

泪荷抛碎璧。正漏云筛雨，斜捎窗隙。林声怨秋色。对小山不迭，寸眉愁碧。凉欺岸帻，暮砧催银屏剪尺。最无聊燕去堂空，旧幕暗尘罗额。　行客。西园有分，断柳凄花，似曾相识。西风破屐，林下路，水边石。念寒蛩残梦，归鸿心事，那听江村夜笛！看雪飞蘋底芦梢，未如鬓白。

又

赠道女陈华山内夫人

彩云栖翡翠。听凤笙吹下，飞骈天际。晴霞剪轻袂。淡春姿雪态，寒梅清泚。东皇有意，旋安排阑干十二。早不知为雨为云，尽日建章门闭。　堪比。红绡纤素，紫燕轻盈，内家标致。游仙旧事，星斗下，夜香里 。□华峰□□，纸屏横幅，春色长供午睡。更醉乘玉井秋风，采花弄水。

齐天乐

新烟初试花如梦，疑收楚峰残雨。茂苑人归，秦楼燕宿，同惜天涯为旅。游情最苦！早柔绿迷津，乱莎荒圃。数树梨花，晚风吹堕半汀鹭。　流红江上去远，翠樽曾共醉，云外别墅。淡月秋千，幽香巷陌，愁结伤春深处。听歌看舞，驻不得当时，柳蛮樱素。睡起恹恹，洞箫谁院宇？

又

烟波桃叶西陵路，十年断魂潮尾。古柳重攀，轻鸥骤别，陈迹危亭独倚。凉飔乍起。渺烟碛飞帆，暮山横翠。但有江花，共临秋镜照憔悴。　华堂烛暗送客，眼波回盼处，芳艳流水。素骨凝冰，柔葱蘸雪，犹忆分瓜深意。清樽未洗。梦不湿行云，漫沾残泪。可惜秋宵，乱蛩疏雨里。

扫 花 游

送春古江村

水园沁碧，骤夜雨飘红，竟空林岛。艳春过了。有尘香坠钿，尚遗芳草。步绕新阴，渐觉交枝径小。醉深窈。爱绿叶翠圆，胜看花好。　　芳架雪未扫，怪翠被佳人，困迷清晓。柳丝系棹。问阊门自古，送春多少？倦蝶慵飞，故扑簪花破帽。酹残照。掩重城暮钟不到。

瑞 龙 吟

德清清明竞渡

大溪面。遥望绣羽冲烟，锦梭飞练。桃花三十六陂，鲛宫睡起，娇雷乍转。去如箭。催趁戏旗游鼓，素澜雪溅。东风冷湿鲛腥，淡阴送昼，轻霏弄晚。　　洲上青蘋生处，斗春不管，怀沙人远。残日半开，一川花影零乱。山屏醉缬，连棹东西岸。阑干倒千红妆靥，铅香不断。傍暝疏帘卷，翠涟皱净，笙歌未散。算柳娇桃懒，犹自有玉龙黄昏吹怨。重云暗阁，春霖一片。

解 蹀 躞

醉云又兼醒雨，楚梦时来往。倦蜂刚著梨花，惹游荡。还做一段相思，冷波叶舞愁红，送人双桨。　　暗凝想。情共天涯秋黯，朱桥锁深巷。会稀投得轻分，顿惆怅。此去幽曲谁来，可怜残照西风，半妆楼上！

玉 楼 春

京市舞女

茸茸狸帽遮梅额，金蝉罗剪胡衫窄。乘肩争看小腰身，倦态强随闲鼓笛。　问称家住城东陌，欲买千金应不惜。归来困顿殢春眠，犹梦婆娑斜趁拍。

澡　兰　香

淮安重午

盘丝系腕，巧篆垂簪，玉隐绀纱睡觉。银瓶露井，彩箑云窗，往事少年依约。为当时曾写榴裙，伤心红绡褪萼。黍梦光阴，渐老汀洲烟蒻。　莫唱《江南》古调，怨抑难招，楚江沉魄。薰风燕乳，暗雨梅黄，午镜澡兰帘幕。念秦楼也拟人归，应剪菖蒲自酌。但怅望一缕新蟾，随人天角。

惜　红　衣

余从姜石帚游苕霅间三十五年矣，重来伤今感昔，聊以咏怀。

鹭老秋丝，蘋愁暮雪，鬓那不白。倒柳移栽，如今暗溪碧。乌衣细语，伤伴惹茸红曾约。南陌。前度刘郎，寻流花踪迹。　朱楼水侧。雪面波光，汀莲沁颜色。当时醉近绣箔，夜吟寂。三十六矶重到，清梦冷云南北。买钓舟溪上，应有烟蓑相识。

风　入　松

听风听雨过清明，愁草瘗花铭。楼前绿暗分携路，一丝柳一寸柔情。料峭春寒中酒，交加晓梦啼莺。　西园日日扫林亭，依旧赏新晴。黄蜂频扑秋千索，有当时纤手香凝。惆怅双鸳不到，幽阶一夜苔生。

莺　啼　序

残寒正欺病酒，掩沉香绣户。燕来晚，飞入西城，似说春事迟暮。画船载，清明过却，晴烟冉冉吴宫树。念羁情游荡，随风化为轻絮。　　十载西湖，傍柳系马，趁娇尘软雾。溯红渐招入仙溪，锦儿偷寄幽素。倚银屏春宽梦窄，断红湿歌纨金缕。暝堤空，轻把斜阳，总还鸥鹭。　　幽兰旋老，杜若还生，水乡尚寄旅。别后访六桥无信，事往花萎，瘗玉埋香，几番风雨？长波妒眄，遥山羞黛，渔灯分影春江宿，记当时短楫桃根渡。青楼仿佛，临分败壁题诗，泪墨惨淡尘土。　　危亭望极，草色天涯，叹鬓侵半苎。暗点检，离痕欢唾，尚染鲛绡；亸凤迷归，破鸾慵舞。殷勤待写，书中长恨，蓝霞辽海沈过雁，谩相思弹入哀筝柱。伤心千里江南，怨曲重招，断魂在否？

玉　漏　迟

絮花寒食路。晴丝罥日，绿阴吹雾。客帽欺风，愁满画船烟浦。彩挂秋千散后，怅尘锁燕帘莺户。从间阻。梦云无准，鬓霜如许。
夜久绣阁藏娇，记掩扇传歌，剪灯留语。月约星期，细把花须频数。弹指一襟怨恨，谩空倩啼鹃声诉。深院宇，黄昏杏花微雨。

金　盏　子

吴城连日赏桂，一夕风雨，悉已零落，独寓窗晚花方作小蕾，
未及见开，遂有新邑之役，朅来西馆，篱落间嫣然一枝可爱，
见似人而喜，为赋此解。

赏月梧园，恨广寒宫树，晓风摇落。莓砌扫蛛尘，空肠断薰炉，烬消残萼。殿秋尚有馀花，锁烟窗云幄。新雁又，无端送人江上，短亭初泊。　　篱角，梦依约。人一笑惺忪翠袖薄。悠然醉魂唤醒，幽丛畔凄香雾雨漠漠。晚吹乍颤秋声，早屏空金雀。明朝想，犹有数点蜂黄，伴我斟酌。

绛　都　春

余往来清华池馆六年，赋咏屡矣，

感昔伤今，益不堪怀，乃复作此解。

春来雁渚，弄艳冶又入垂杨如许。困舞瘦腰，啼湿宫黄池塘雨。碧沿苍藓云根路，尚追想凌波微步。小楼重上，凭谁为唱，旧时《金缕》！　　凝伫。烟萝翠竹，欠罗袖为倚天寒日暮。强醉梅边，招得花奴来樽俎。东风须惹春云住，更莫把飞琼吹去。便教携取薰笼，夜温绣户。

十　二　郎

垂虹桥，上有垂虹亭，属吴江。

素天际水，浪拍碎冻云不凝。记晓叶题霜，秋灯吟雨，曾系长桥过艇。又是宾鸿重来后，猛赋得归期才定。嗟绣鸭解言，香鲈堪钓，尚庐人境。　　幽兴。争如共载，月娥妆镜。念倦客依前，貂裘茸帽，重向淞江照影。酹酒苍茫，倚歌平远，亭上玉虹腰冷。迎醉面，暮雪飞花，几点黛愁山暝。

蒋　捷

字胜欲，义兴人。有《竹山词》一卷。

贺　新　郎

渺渺啼鸦了。亘鱼天寒生峭屿，五湖秋晓。竹几一镫人做梦，嘶马谁行古道？起搔首窥星多少。月有微黄篱无影，挂牵牛数朵青花小。秋太淡，添红枣。　　愁痕倚赖西风扫。被西风翻催鬓鬓，与秋俱老。旧院隔霜帘不卷，金粉屏边醉倒。计无此中年怀抱。万里江南吹箫恨，恨参差白雁横天杪。烟未敛，楚山杳。

又

约友三月旦饮

雁屿晴岚薄。倚层屏千树高低，粉纤红弱。云隘东风藏不尽，吹艳生香万壑。又散入汀蘅洲药。扰扰匆匆尘土面，看歌莺舞燕逢春乐。人共物，知谁错？　宝钗楼上围帘幕。小婵娟双调弹筝，半霄鸾鹤。我辈中人无此分，琴思诗情当却。也胜似愁横眉角。芳景三分才过二，便绿阴门巷杨花落。沽斗酒，且同酌。

又

梦冷黄金屋。叹秦筝斜鸿阵里，素弦尘扑。化作娇莺飞归去，犹认窗纱旧绿。正过雨荆桃如菽。此恨难平君知否？似琼台涌起弹棋局。消瘦影，嫌明烛。　鸳楼碎泻东西玉。问芳踪何时再展？翠钗难卜。待把宫眉横云样，描上生绡画幅。怕不是新来妆束。彩扇红牙今都在，恨无人解听开元曲。空掩袖，倚寒竹。

洞　仙　歌

对雨思友

世间何处，最难忘杯酒？惟是《停云》想亲友。此时无一盏，千种离愁；西风外，长伴枯荷衰柳。　去年深夜语，倾倒书窗，窗烛心悬小红豆。记得到门时，雨正萧萧，嗟今雨此情非旧。待与子相期采黄花，又未卜重阳，果能晴否？

又

柳

枝枝叶叶，受东风调弄。便是莺穿也微动。自鹅黄千缕，数到飞绵，闲无事，谁管将春迎送？　轻柔心性在，教得游人，酒舞花吟恣狂纵。更谁家鸾镜里，贪学纤蛾，移来傍妆楼新种？总不道江头锁清愁，正雨渺烟茫，翠阴如梦。

瑞鹤仙

乡城见月

绀烟迷雁迹。渐碎鼓零钟，街喧初息。风檠背寒壁，放冰蜍飞到，蛛丝帘隙。琼魂暗泣，念乡关霜芜似织。谩将身化鹤归来，忘却旧游端的。　　欢极。蓬壶蕖浸，花院梨溶，醉连春夕。柯云罢奕。樱桃在，梦难觅。劝清光乍可幽窗相伴，休照红楼夜笛。怕人间换谱《伊凉》，素娥未识。

白苎

正春晴，又春冷，云低欲落。琼苞未剖，早是东风作恶。旋安排一双银蒜镇罗幕。幽壑。水生漪，皱嫩绿，潜鳞初跃。愔愔门巷，桃树红才约略。知甚时，霁华烘破青青萼？　　忆昨，听莺柳畔，引蝶花边，近来重见，身学垂杨瘦削。问小翠眉山，为谁攒却？斜阳院宇，任蛛丝罥遍，玉筝弦索。户外惟闻，放剪刀声，深在妆阁。料想裁缝，白苎春衫薄。

女冠子

元夕

蕙花香也，雪晴池馆如画。春风飞到，宝钗楼上，一片笙箫，琉璃光射。而今灯谩挂。不是暗尘明月，那时元夜。况年来心懒意怯，羞与蛾儿争耍。　　江城人悄初更打。问繁华谁解再向天公借！剔残红灺，但梦里隐隐钿车罗帕。吴笺银粉砑，待把旧家风景，写成闲话。笑绿鬟邻女，倚窗犹唱“夕阳西下”。

永遇乐

绿阴

清逼池亭，润侵山阁，云气凝聚。未有蝉前，已无蝶后，花事随逝水。西园支径，今朝重到，半碍醉筇吟袂。除非是莺身瘦小，暗中引雏穿去。　梅檐滴溜，风来吹断，放得斜阳一缕。玉子敲枰，香绡落剪，声度深几许？层层离恨，凄迷如此，点破谩烦轻絮。应难认争春旧馆，倚红杏处。

高阳台

送翠英

燕卷晴丝，蜂黏落絮，天教绾住闲愁。闲里清明，匆匆粉涩红羞。灯摇缥晕茸窗冷，语未阑娥影分收。好伤情，春也难留，人也难留。　芳尘满目悠悠。为问萦云佩响，还绕谁楼？别酒才斟，从前心事都休。飞莺纵有风吹转，奈旧家苑已成秋！莫思量，杨柳湾西，且櫂吟舟。

绛都春

春愁怎画？正莺背带绿，酴醿花谢。细雨院深，淡月廊斜重帘挂。归时记约烧灯夜，早拆尽千秋红架。纵然归近，风光又是，翠阴初夏。　姹娅。嚬青泫白，恨玉佩罢舞，芳尘凝榭。几拟倩人，付与香兰秋罗帕。知他堕策斜拢马，在底处垂杨楼下？无言暗拥娇鬟，凤钗溜也。

声声慢

秋声

黄花深巷，红叶低窗，凄凉一片秋声。豆雨声来，中间夹带风声。

疏疏二十五点，丽谯门不锁更声。故人远，问谁摇玉佩？檐底铃声。　　彩角声吹月堕，渐连营马动，四起笳声。闪烁邻灯，灯前尚有砧声。知他诉愁到晓，碎哝哝多少蛩声！诉未了，把一半分与雁声。

金　盏　子

练月萦窗，梦乍醒，黄花翠竹庭馆。心字夜香消，人孤另，双鹣被他羞看。拟待告诉天公，减秋声一半。无情雁，正用恁时飞来，叫云寻伴。　　犹记杏栊暖，银烛下纤影卸佩款。春涡晕，红豆小，莺衣嫩，珠痕澹印芳汗。自从信误青鸾，想笼鹦停唤。风刀快，但剪画檐梧桐，怎剪愁断？

梅　花　引

白鸥问我泊孤舟，是身留？是心留？心若留时，何事锁眉头？风拍小帘灯晕舞，对闲影，冷清清，忆旧游。　　旧游，旧游今在否？花外楼，柳下舟。梦也梦也，梦不到，寒水空流。漠漠黄云，湿透木绵裘。都道无人愁似我，今夜雪，有梅花，似我愁。

解　佩　令

春晴也好，春阴也好，著些儿春雨越好。春雨如丝，绣出花枝红袅。怎禁他孟婆合皂！　　梅花风悄，杏花风小，海棠风蓦地寒峭。岁岁春光，被二十四风吹老。楝花风尔且慢到。

虞　美　人

听雨

少年听雨歌楼上，红烛昏罗帐。壮年听雨客舟中，江阔云低断雁叫西风。　　而今听雨僧庐下，鬓已星星也！悲欢离合总无情，一任阶前点滴到天明。

又

梳楼

丝丝杨柳丝丝雨，春在冥濛处。楼儿忒小不藏愁，几度和云飞去觅归舟。　　天怜客子乡关远，借与花消遣。海棠红近绿阑干，才卷朱帘却又晚风寒。

祝英台近

次韵惜别

柳边楼，花下馆，低卷绣帘半。帘外天丝，扰扰似情乱。知他蛾绿纤眉，鹅黄小袖，在何处闲游闲玩？　　最堪叹，筝面一寸尘深，玉柱网斜雁。谱字红蔫，剪烛记同看。几回传语东风，将愁吹去，怎奈向东风不管？

行香子

舟宿兰湾

红了樱桃，绿了芭蕉，送春归客尚蓬飘。昨宵穀水，今夜兰皋。奈云溶溶，风淡淡，雨潇潇！　　银字笙调，心字香烧，料芳踪乍整还凋。待将春恨，都付春潮。过窈娘堤，秋娘渡，泰娘桥。

柳梢青

游女

学唱新腔。秋千梁上，钗股敲双。柳雨花风，翠松裙褶，红腻鞋帮。　　归来门掩银釭。淡月里疏钟渐撞。娇欲人扶，醉嫌人问，斜倚楼窗。

霜 天 晓 角

折花

人影窗纱，是谁来折花？折则从他折去，知折去，向谁家？

檐牙，枝最佳，折时高折些。说与折花人道：须插向，鬓边斜。

词综卷二十

宋　词

陈允平 字君衡，号西麓，明州人。有《日湖渔唱》二卷。

张叔夏云："词欲雅而正，志之所之，一为物所役，则失其雅正之音。近代陈西麓所作平正，亦有佳者。"

摸　鱼　儿

西湖送春

倚东风画栏十二，芳阴帘幕低护。玉屏翠冷梨花瘦，寂寞小楼烟雨。肠断处。怅折柳柔情，旧别长亭路。年华似羽。任锦瑟声寒，琼箫梦远，羞对彩鸾舞。　　文园赋，重忆河桥眉妩。啼痕犹溅纨素。丁香共结相思恨，空托绣罗金缕。春已暮。纵燕约莺盟，无计留春住。伤春倦旅。趁暗绿稀红，扁舟短棹，载酒送春去。

绛　都　春

秋千倦倚，正海棠半拆，不耐春寒。殢雨弄晴，飞梭庭院绣帘闲。梅妆欲试芳情懒，翠颦愁入眉弯。雾蝉香冷，霞绡泪揾，恨袭湘兰。　　悄悄池台步晚。任红曛杏靥，碧沁苔痕。燕子未来，东风无语又黄昏。琴心不度春云远，断肠难托啼鹃。夜深犹倚，垂杨二十四栏。

酹　江　月

赋水仙

汉江露冷，是谁将瑶瑟，弹向云中？一曲清泠声渐杳，月高人在珠宫。晕额黄轻，涂腮粉艳，罗带织青葱。天香吹散，佩环犹自丁东。　　回首杜若汀洲，金钿玉镜，何日得相逢？独立飘飘烟浪远，罗袜羞溅春红。渺渺予怀，迢迢良夜，三十六陂风。九疑何处？断魂飞度千峰。

又

霁空虹雨，傍啼螀莎草，宿鹭汀洲。隔岸人家砧杵急，微寒先到帘钩。步幄尘高，征衫酒润，谁暖玉香篝？风灯微暗，夜长频换更筹。　　应是雁柱调筝，鸳梭织锦，付与两眉愁。不似樽前今夜月，几度同上南楼。红叶无情，黄花有恨，辜负十分秋。归心如醉，梦魂飞趁东流。

清　平　乐

风城春浅，寒压花梢颤。有约不来梁上燕，十二绣帘空卷。　　去年共倚秋千，今年独倚阑干。误了海棠时候，不成直待花残。

永　遇　乐

玉腕笼寒，翠栏凭晓，莺调新簧。暗水穿苔，游丝度柳，人静芳昼长。云南归雁，楼西飞燕，去来惯认炎凉。王孙远，青青草色，几回望断柔肠！　　蔷薇旧约，樽前一笑，等闲辜负年光。斗草庭空，抛梭架冷，帘外风絮香。伤春情绪，惜花时候，日斜尚未成妆。闻嬉笑，谁家女伴？又还采桑。

八 宝 妆

望远秋平。初过雨，微茫水满烟汀。乱淇疏柳，犹带数点残萤。待月重楼谁共倚？信鸿断续两三声。夜如何？顿凉骤觉，纨扇无情。　　还思骖鸾素约，念凤箫雁瑟，取次尘生。旧日潘郎，双鬓半已星星。琴心锦意暗懒，又争奈西风吹恨醒！屏山冷，怕梦魂飞度蓝桥不成。

绮 罗 香

秋雨

雁宇苍寒，蛩疏翠冷，又是凄凉时候。小揭珠帘，衣润唾花罗绉。洗晓鹭独立衰荷，溯归燕尚栖残柳。想黄华羞涩东篱，断无新句到重九。　　孤檠清梦易觉，肠断唐宫旧曲，声迷官漏。滴入愁心，秋似玉楼人瘦。烟槛外催落梧桐，带西风乱捎鸳甃。记画帘，灯影沉沉，共裁春夜韭。

探 春

苏堤春晓

上苑乌啼，中洲鹭起，疏钟才度云窈。篆冷香篝，灯微尘幌，残梦犹吟芳草。搔首卷帘看，认何处六桥烟柳？翠桡才舣西泠，趁取过湖人少。　　掠水风花缭绕。还暗忆年时，旗亭歌酒。隐约春声，钿车宝勒，次第凤城开了。惟有踏青心，纵早起不嫌寒峭。画栏闲立，东风旧红谁扫？

秋 霁

平湖秋月

千顷玻璃，送远目斜阳，渐下林阒。题叶人归，采菱舟散，望中水天一色。碾空桂魄,玉绳低转云无迹。有素鸥,闲伴夜深,呼棹过环碧。　　相思万里,顿隔婵媛,几回瑶台,同驻鸾翼。对西风凭谁问取,人间那得有今夕!应笑广寒宫殿窄。露冷烟澹,还看数点残星,两行新雁,倚楼横笛。

百　字　令

断桥残雪

凝云沍晓,正蘗花才积,荻絮初残。华表翩跹何处鹤?爱吟人在孤山。冻解苔铺,水融莎甃,谁凭玉勾阑?茸衫毡帽,冷香吹上吟鞭。　　将次柳际琼消,梅边粉瘦,添做十分寒。闲踏轻澌来荐菊,半潭新涨微澜。水北峰峦,城阴楼观,留向月中看。巘云深处,好风飞下晴湍。

扫　花　游

雷峰落照

数峰蘸碧,记载酒绀园,柳塘花坞。最堪避暑。爱莲香送晚,翠娇红妩。欸乃菱歌乍起,兰桡竞举。日斜处,望孤鹜断霞,初下芳杜。　　遥想山寺古。看倒影金轮,溯光朱户。暝烟带树。有投林鹭宿,凭楼僧语。可惜流年,付与朝钟暮鼓。谩凝伫,步长桥月明归去。

蓦　山　溪

花港观鱼

春波浮渌,小隐桃溪路。烟雨正林塘,翠不碍锦鳞来去。芹香藻腻,偏爱鲤花肥,檐影下,柳阴中,逐浪吹萍絮。　　宫沟泉滑,怕有题红句。钓饵已忘机,都付与人间儿女。濠梁兴在,鸥鹭笑人痴,三湘梦,五湖心,云水苍茫处。

齐天乐

南屏晚钟

赤栏桥畔斜阳外，临江暮山凝紫。戏鼓才停，渔榔乍歇，一片芙蓉秋水。馀霞散绮。正银钥停关，画桡催舣。鱼板敲残，数声初入万松里。　　坡翁诗梦未老，翠微楼上月，曾共谁倚？御苑烟花，宫斜露草，几度西风弹指！黄昏尽也，有眠月闲僧，醉香游子。鹫岭猿啼，唤人吟思起。

明月引

和白云赵宗簿

雨馀芳草碧萧萧。暗春潮，荡双桡。紫凤青鸾，旧梦带文箫。绰约佩环风不定，云欲堕，六铢香，天外飘。　　相思为谁兰恨销？渺湘魂，无处招。素纨犹在，真真意还倩谁描？舞镜空悬，羞对月明宵。镜里心，心里月，君去矣，旧东风，新画桥。

唐多令

吴江道上寄郑可大

何处是秋风？月明霜露中。算凄凉未到梧桐。曾向垂虹桥上看，有几树水边枫。　　客路怕相逢，酒浓愁更浓。数归期犹是初冬。欲寄相思无好句，聊折赠雁来红。

又

休去采芙蓉，秋江烟水空。带斜阳一片征鸿。欲顿闲愁无顿处，都著在两眉峰。　　心事寄题红，画桥流水东。断肠人无奈秋浓。回首层楼归去懒，早新月挂梧桐。

恋　绣　衾

细桃红浅柳褪黄，燕初来宫漏渐长。任日转花梢也，倚兰屏犹未试妆。　　秦鸾旧曲无心理，忆年时相傍采桑。听绿树娇莺哢，一声声都是断肠。

又

银鸳金凤画暗销，晓帘栊新翠渐交。算多少相思恨，被东风吹上柳梢。　　罗窗夜夜梨花瘦，奈月明香梦易遥。便拟倩题红句，趁落花流过谢桥。

小　重　山

岸柳黄深绿渐饶。林塘初雨过，涨葡萄。秋千亭榭彩旗交。莺声里，春在杏花梢。　　慵整翠云翘。眉尖愁两点，倩谁描。斜阳芳草暗魂销。东风远，犹凭赤栏桥。

庆　春　宫

斜日明霞，残虹分雨，软风浅掠蘋波。声冷瑶笙，情疏宝扇，酒醒无奈秋何。彩云轻散，漫敲缺铜壶浩歌！眉痕留怨，依约遥峰，学敛双蛾。　　银床露洗凉柯。屏掩香销，忍埽裀罗。楚驿梅边，吴江枫畔，庾郎从此愁多。草蛩喧砌，料催织回文凤梭。相思辽远，帘卷翠楼，月冷星河。

垂　　杨

怀古

银屏梦觉。渐浅黄嫩绿，一声莺小。细雨轻尘，建章初闭东风悄。依然千树长安道。翠云锁玉窗深窈。断桥人空倚斜阳，带旧愁多少！　　还是清明过了，任烟缕露条，碧纤青袅。恨隔天涯，几回惆怅苏堤晓！飞花满地谁为扫？甚薄幸随波缥缈。纵啼鹃不唤春归，人自老。

周　密 字公谨，济南人，侨居吴兴，自号弁阳啸翁，又号萧斋。有《草窗词》二卷，一名《蘋洲渔笛谱》。

大　圣　乐

东园饯春

娇绿迷云，倦红颦晓，嫩晴芳树。渐午阴帘影移香，燕语梦回，千点碧桃吹雨。冷落锦宫人归后，记前度兰桡停翠浦。凭栏久，谩凝伫凤翘，慵听《金缕》。　　留春问谁最苦？奈花自无言莺自语。对画楼残照，东风吹远，天涯何许！怕折露条愁轻别，更烟暝长亭啼杜宇。垂杨晚，但罗袖暗沾飞絮。

花　　犯

水仙花

楚江湄，湘娥乍见，无言洒清泪。淡然春意。空独倚东风，芳思谁记？凌波路冷秋无际，香云随步起。谩记得汉宫仙掌，亭亭明月底。　　冰弦写怨更多情，骚人恨，枉赋芳兰幽芷。春思远，谁叹赏国香风味？相将共岁寒伴侣，小窗净，沉烟熏翠被。幽梦觉涓涓清露，一枝灯影里。

探　　春

修门度岁

彩胜宜春，翠盘消夜，客里暗惊时候。剪燕心情，呼卢音语，景物总成怀旧。愁鬓妒垂杨,早稚眼渐浓如豆。尽教宽尽春衫,毕竟为谁消瘦!　　梅浪半空如绣。便管领芳菲,忍辜诗酒!映竹占花,临窗卜镜,还念岁寒宫袖。箫鼓动春城,竞点缀玉梅金柳。厮勾元宵,灯前共谁携手?

瑶　　花

琼花

朱钿宝玦。天上飞琼,比人间春别。江南江北曾未见,谩拟梨云梅雪。淮山春晚,问谁识芳心高洁?消几番花落花开,老了玉关豪杰!　　金壶剪送琼枝,看一骑红尘,香度瑶阙。韶华正好,应自喜初识长安蜂蝶。杜郎老矣,想旧事花须能说。记少年,一梦扬州,二十四桥明月。

玉　京　秋

烟水阔。高林弄残照,晚蜩凄切。碧砧度韵,银床飘叶。衣湿桐阴露冷,采凉花时赋秋雪。叹轻别!一襟幽事,砌蛩能说。　　客思吟商还怯。怨歌长琼壶暗缺。翠扇恩疏,红衣香褪,翻成销歇。玉骨西风,恨最恨闲却新凉时节。楚箫咽,谁倚西楼淡月?

解　语　花

晴丝罥蝶,暖蜜酣蜂,重帘卷春寂寂。雨萼烟梢,压阑干花雨染衣红湿。金鞍误约,空极目天涯草色。阆苑玉箫人去后,惟有莺知得。　　馀寒犹掩翠户,梁燕乍归,芳信未端的。浅薄东风,莫因循轻把杏钿狼籍。尘侵锦瑟,残日红窗春梦窄。睡起折枝无意绪,斜倚秋千立。

曲　游　春

游西湖

禁苑东风外,飏暖丝晴絮,春思如织。燕约莺期,恼芳情偏在,翠深红隙。漠漠香尘隔。沸十里乱丝丛笛。看画船尽入西泠，闲却半湖春色。　　柳陌，新烟凝碧。映帘底宫眉，堤上游勒。轻暝笼烟，怕梨云梦冷，杏香愁幂。歌管酬寒食。奈蝶怨，良宵岑寂！正恁醉月摇花，怎生去得！

秋　霁

秋日游西湖

重到西泠，记芳园载酒，画舸横笛。水曲芙蓉，渚边鸥鹭，依依似旧相识。年华易失，段桥几换垂杨色。谩自惜！愁损庾郎，双鬓点华白。　　残蛩露草，怨蝶飞花，转眼西风，又成陈迹。叹如今才消量减，樽前辜负醉吟笔。欲寄远情秋水隔。旧游空在，凭高望极斜阳，乱山浮紫，暮云凝碧。

台　城　路

梅

宫檐融暖晨妆懒，轻霞未匀酥脸。倚竹娇颦，临溪瘦影，依约樽前重见。盈盈笑靥，映珠络玲珑，翠绡葱茜。梦入罗浮，满衣清露暗香染。　　东风千树易老，怕红颜旋减，芳意偷变。赠远天寒，吟香夜永，多少江南新怨。琼梳静掩，任剪雪裁云，竞夸轻艳。画角黄昏，梦随春去远。

又

东风又入江南岸，年年汉宫春早。宝屑无痕，生香有韵，消得何郎花恼。孤山梦绕。记路隔金沙，那回曾到。夜月相思，翠樽谁共饮香醪？　　天寒空念赠远，水边凭为问，春到多少？竹外凝情，墙阴照影，谁见嫣然一笑？冷香未了。怕玉管西楼，一声霜晓。花自多情，看花人自老。

又

赤壁重游

清溪数点芙蓉雨，蘋飙凉泛吟鹢。洗玉空明，浮珠沉瀣，人静籁沉波息。仙潢咫尺。想翠羽琼楼，有人相忆。天上人间，未知今夕是何夕。　　此生此夜此景，自仙翁去后，清致谁识？散发吟商，簪花弄水，谁伴空江横笛？流年暗惜。怕一度西风，井梧吹碧。底事闲愁，醉歌浮大白！

又

曲屏遮断行云路，西楼怕听疏雨。砚冻凝华，香寒散雾，呵笔慵题诗句。长安倦旅。叹衣染尘痕，镜添秋缕。过尽飞鸿，锦笺谁与寄愁去？　　箫台应是怨别，晓寒梳洗懒，依旧眉妩。酒滴炉香，花围坐暖，闲却珠鞲钿柱。芳心谩语。恨柳外游鞯，系情何许！暗卜归期，细将梅蕊数。

又

蝉

槐阴忽送《清商怨》，依稀正闻还歇。写怨声长，危弦调苦，前梦蜕痕枯叶。伤情惜别。是几度斜阳，几回残月！转眼西风，一襟幽恨向谁说？　　轻鬓犹记动影，翠蛾应妒我，双鬓如雪。枝冷频移，叶疏犹抱，肯负好秋时节？凄凄切切。渐迤逦黄昏，砌蛩相接。露洗馀悲，暮烟声更咽。

一　枝　春

酒边闻歌和韵

淡碧春姿，柳眠醒，似怯朝来疏雨。芳程乍数，唤起探花情绪。

东风尚浅，甚先有翠娇红妩。应自把罗绮围春，占得画屏春聚。
留连绣丛深处，爱歌云袅袅，低随香缕。琼窗夜暖，试与细评新谱。
妆眉媚粉，料无奈弄颦佯妒。还只怕帘外笼莺，笑人醉语。

又

春晚和韵

帘影移阴，杏芗寒，乍湿西园丝雨。芳期暗数，又是去年心绪。
金花谩剪，倩谁画旧时眉妩？空自伤杨柳风流，泪滴软绡红聚。
罗窗那回歌处，叹庭花倦舞，香销冰缕。楼空燕冷，碎锦懒寻尘谱。
幺弦谩赋，曾记是倚娇成妒。深院悄，门掩梨花，倩莺寄语。

绿盖舞风轻

白莲

玉立照新妆，翠盖亭亭，凌波步秋漪。真色生香，明珰摇淡月，舞袖斜倚。耿耿芳心，奈千缕晴丝萦系！恨开迟不嫁东风，颦怨娇蕊。　　花底谩卜幽期，素手采珠房，粉艳初洗。雨湿铅腮，碧云深，暗聚软绡清泪。访藕寻莲，楚江远，相思谁寄？棹歌回，衣露满身花气。

玲珑四犯

戏调梦窗

波暖尘香，正嫩日轻阴，摇荡清昼。几日新晴，初展绮窗纹绣。年少忍负才华？尽占断艳歌芳酒。奈翠帘蝶舞蜂喧，催趁禁烟时候。　　杏腮红透梅钿皱，燕归时海棠厮勾。寻芳较晚，东风约，还约刘郎归后。凭问柳陌情人，比似垂杨谁瘦？倚画栏无语，春恨远，频回首。

拜　星　月

春暮寄梦窗

腻叶阴清，孤花香冷，迤逦芳洲春换。薄酒孤吟，怅相如游倦。想人在絮幕香帘凝望，误认几许烟樯风幔。芳草天涯，负华堂双燕。　　记箫声淡月梨花院，砑笺红谩写东风怨。一夜花落鹃啼，唤四桥吟伴。荡归心已过江南岸，清宵梦远逐飞花乱。几千万丝缕垂杨，系春愁不断。

长　亭　怨　慢

记千竹万荷深处。绿净池台，翠凉亭宇。醉墨题香，闲箫横玉尽吟趣。胜流星聚，知几诵燕台句。零落碧云空，叹转眼岁华如许！　　凝伫。望涓涓一水，梦到隔花窗户。十年旧事，尽消得庾郎愁赋。燕楼鹤表半飘零，算惟有盟鸥堪语。慢倚遍河桥，一片凉云吹雨。

宴　清　都

《雪川图》

老去闲情懒。东风外，霏霏花絮零乱。轻鸥涨绿，啼鹃暗碧，一春过半。寻芳已是来迟，怕迤逦年华暗换。还应恨《白雪》歌空，秋霜鬓冷难管。　　凭栏自笑清狂，事随花谢，愁与春缓。持杯顾曲，登楼赋笔，杜郎才减。前欢已隔前溪，但耿耿临高望眼。溯轻红一棹归时，半蟾弄晚。

霓裳中序第一

湘屏展翠叠。恨入宫沟流怨叶。缸冷金花暗结。又雁影带霜，蛩音凄月。珠宽腕雪。叹锦笺芳字盈箧。人何在？玉箫旧约，忍对素娥说！　　愁绝。衣砧幽咽。任帐底沉烟渐灭。红兰谁采赠别？怅洛浦分绡，汉皋遗玦。舞鸾光半缺。最怕听离弦乍阕。凭栏久，一庭香露，桂影弄凄蝶。

惜馀春慢

避暑和韵

绀玉波宽，碧云亭小，冉冉水花香细。鱼牵翠带，燕掠红衣，雨急万荷喧睡。临槛自采瑶房，铅粉沾襟，雪丝萦指。喜嘶蝉树远，盟鸥乡近，镜奁光里。　　帘户悄，竹色侵棋，槐阴移漏，昼永簟花铺水。清眠乍足，晚浴初慵，瘦约楚裙尺二。曲砌虚庭夜深，月透龟纱，凉生蝉翅。看银潢泻露，金井鸦啼渐起。

祝英台近

揽秀园

倚玲珑，寻窈窕，瑶草四时碧。小小蓬莱，花气透帘隙。几回翠水荷初，苍崖梅小，绮寮掩玉壶春色。　　柳屏窄。芳槛日日东风，几阵吹吟笔。曲折花房，莺燕似曾识。最怜灯影才收，歌尘初静，画楼外一声秋笛。

又

后溪次韵日熙堂主人

殢馀醒，寻旧雨，愁与病相半。绿意阴阴，丝竹静深院。绝怜事逐春移，泪随花落，似剪断蛟房珠串。　　喜重见。为谁倦酒慵诗，篔屏掩双扇？白发潘郎，羞见看花伴。可堪好梦残时，新愁生处，烟月冷子规声断！

徵　　招

九日有怀杨守斋

江蓠摇落江枫冷，霜空雁程初到。万景正悲秋，奈曲终人杳！登临嗟老矣，问古今清愁多少！一梦东园，十年心事，恍然惊觉。肠断，紫霞深，知音远，寂寂怨琴凄调。短发已无多，怕西风吹帽。黄花空自好，问谁识对花怀抱？楚山远，《九辩》难招，更晚烟残照。

声　声　慢

柳花

燕泥沾粉，鱼浪吹香，芳堤十里新晴。静惹游丝，花边袅袅扶春。多情最怜漂泊，记章台曾挽青青。堪爱处，是扑帘娇嫩，随马轻盈。长是河桥三月，做一番晴雪，恼乱诗魂。带雨沾衣，罗襟点点离痕。休缀潘郎鬓影，怕绿窗年少人惊。卷春去，剪东风千缕碎云。

又

送王圣与次韵

琼壶敲月，白发簪花，十年一梦扬州。恨入琵琶，小怜重见湾头。樽前漫题《金缕》，奈芳情已逐东流。还送远，甚长安乱叶，都是闲愁。　　次第重阳近也，看黄花绿酒，只合迟留。脆柳无情，不堪重系行舟。百年正消几别，对西风休赋《登楼》。怎去得，怕凄凉时节，团扇悲秋。

醉　落　魄

洪仲鲁之江西，书以为别。

寒侵径叶。雁风击碎珊瑚屑。砚凉闲试霜晴帖。颂菊骚兰，秋事正奇绝。　　故人又作江西别。书楼虚度中秋节。碧栏倚遍谁人说？愁是新愁，月是旧时月。

水 龙 吟

燕翎谁寄愁笺？天涯极望王孙草。新烟换柳，光风浮蕙，馀寒尚峭。倚杖看云，剪灯听雨，几番诗酒！叹长安倦客，江南旧恨，飞花乱，清明后。　　堤上垂杨风骤。散香绵轻沾吟袖。曲尘两岸，纹波十里，暖蒸香透。海阔云深，水流春远，梦魂难勾。问莺边按谱，花前觅句，解相思否？

又

舞红轻带愁飞，宝鞯暗忆章台路。吟香醉雨，吹箫门巷，飘梭院宇。立尽残阳，眼迷晴树，梦随风絮。叹江潭冷落，依依旧恨，人空老，柳如许。　　锦瑟年华暗度。赋行云，空题短句。晴丝系燕，幺弦弹凤，文君更苦。烟水流红，暮云凝紫，是春归处。怅江南望远，蘋花自采，寄将愁与。

又

白莲

素鸾飞下青冥，舞衣半惹凉云碎。蓝田种玉，绿房迎晓，一奁秋意。擎露盘深，忆君凉夜，暗倾铅水。想鸳鸯正结梨云好梦，西风冷，还惊起。　　应是飞琼仙会。倚凉飙碧簪斜坠。轻妆斗白，明珰照影，红衣羞避。霁月三更，粉香千点，静闻十里。听湘弦奏彻，冰绡偷剪，聚相思泪。

天 香

龙涎香

碧脑浮冰，红薇染露，骊宫玉唾谁捣？麝月双心，凤云百和，宝钏佩环争巧。浓熏残炷，疑醉度千花春晓。金饼著衣馀润，银叶透帘微袅。　　素被琼篝夜悄。酒初醒，翠屏深窅。一缕旧情，空趁断烟飞绕。罗袖馀馨渐少。怅东阁凄凉梦难到。谁念韩郎？清愁渐老！

珍　珠　帘

琉璃帘

宝阶斜转春宵翳，云屏敞，霞卷东风新霁。光照万星寒，曳冷云垂地。暗忆连昌游冶事，照炫转荧煌珠翠。难比。是鲛人织就，冰绡清泪。　　犹记梦入瑶台，正玲珑透月，琼扉十二。细缕逗浓香，接翠蓬云气。缟夜梨花生暖白，浸潋滟一池春水。乘醉。恍归时人在，明河影里。

疏　　影

梅影

冰条冻叶，又横斜照水，一花初发。素壁秋屏，招得芳魂，仿佛玉容明灭。疏疏满地珊瑚冷，全误却扑花幽蝶。甚美人忽到窗前，镜里好春难折。　　闲想孤山旧事，浸清漪，倒映千树残雪。暗里东风，可惯无情，搅碎一帘香月。轻妆谁写崔徽面？认隐约烟绡重叠。记梦回，纸帐残灯，瘦倚数枝清绝。

玉　漏　迟

题吴梦窗《霜花腴词集》

老来欢意少。锦鲸仙去，紫箫声杳。怕展《金奁》，依旧故人怀抱。犹想乌丝醉墨，惊醉语香红围绕。闲自笑。与君共是，承平年少。　　雨窗短梦难凭，是几调宫商，几番吟啸！泪眼东风，回首四桥烟草。载酒倦游处，已换却花间啼鸟。春恨悄。天涯暮云残照。

南 楼 令

开了木芙蓉,一年秋已空。送新愁千里孤鸿。摇落江蓠多少恨?吟不尽,楚云峰。　　往事夕阳红,故人江水东。翠衾寒几夜霜浓。梦隔屏山飞不去,随夜鹊绕疏桐。

西 江 月

波影暖浮玉甃,柳阴深锁金铺。湘桃花褪燕调雏,又是一番春暮。　　碧柱情深凤怨,云屏梦浅莺呼。绣窗人倦冷熏炉,帘影摇摇亭午。

又

茶蘼阁

花气半侵云阁,柳阴近隔春城。画栏明月按瑶筝,醉倚满身花影。　　翠格素虬晴雪,锦笼紫凤香云。东风吹玉满闲亭,二十四帘春静。

鹧 鸪 天

清明

燕子时时度翠帘,柳寒犹未透香绵。落花门巷家家雨,新火楼台处处烟。　　情默默,恨恹恹。东风吹动画秋千。刺桐开尽声声鸟,无奈春风只醉眠。

又

相傍清明晴更悭,闭门空自惜花残。海棠半坼难禁雨,燕子初归不奈寒。　　金鸭冷,锦鸳闲。银缸空照小屏山。翠罗袖薄东风悄，独倚西楼第几栏？

夜行船

寒菊凄风栖小蝶。帘栊静，半规凉月。梦不分明，恨无凭据，肠断锦笺盈箧。　　哀角吹霜寒正怯。倚瑶筝，暗愁难说。宝兽频添，玉虫暗剪，长记旧家时节。

杏花天

瑞云盘翠侵宫额，眉柳嫩不禁愁积。返魂谁染东风笔？写出郢中春色。　　人去后垂杨自碧。歌舞梦欲寻无迹。愁随两桨江南北，日暮石城风急。

又

昭君

汉宫乍出慵梳掠，关月冷玉沙飞幕。龙香拨指春风弱，一曲哀弦谩托。　　君恩厚，空怜命薄，青冢远，几番花落？丹青自是难描摸，不是当时画错。

又

金池琼苑曾经醉，是多少红情绿意！东风一枕游仙睡，换却莺花人世。　　渐暮色鹃声四起。正愁满香沟御水。一色柳烟三十里，为问春归那里？

浪淘沙

芳草碧茸茸，染恨无穷。一春心事雨声中。窄素宫罗寒尚峭，闲倚熏笼。　　犹记粉墙东，同醉香丛。金鞍何处骤花骢？袅袅绿窗残梦断，红杏东风。

点 绛 唇

南漪钓隐年存叟

午梦初回，卷帘尽放春愁去。昼长无侣，自对黄鹂语。　絮影蘋香，春在无人处。移舟去。未成新句，一砚梨花雨。

谒 金 门

花不定，燕尾剪开红影。几点落英蜂翅趁，日迟帘幕静。　试把翠蛾轻晕，愁薄宝台鸾镜。屈指一春将次尽，归期犹未稳。

又

吴山观涛

天水碧，染就一江秋色。鳌戴雪山龙起蛰，快风吹海立。　数点烟鬟青滴，一杼霞绡红湿。白鸟明边帆影直，隔江闻夜笛。

又

芳事晚，数点杏钿香浅。恻恻轻寒风剪剪，锦屏春梦远。　稚柳拖烟娇软，花影暗藏深院。初试轻衫并画扇，牡丹红未展。

清 平 乐

晓莺娇咽，庭户溶溶月。一树湘桃飞茜雪，红豆相思渐结。　看看芳草平沙，游鞯犹未归家。自是萧郎漂泊，错教人恨杨花。

凤 栖 梧

生香亭

竹杳花深连别墅。曲曲回廊，小小闲庭宇。忽地香来无觅处，杖藜闲趁游蜂去。　老桂凝秋森玉树。涧底孤芳，苒苒吹诗句。

一掬幽情知几许？钩帘半亩藤花雨。

少　年　游

宫词拟小山

帘销宝篆卷宫罗，蜂蝶扑飞梭。一样春风，燕梁莺户，那处得春多？　　晓妆日日随春辇，多在牡丹坡。花深深处，柳阴阴处，一片笙歌。

甘　　州

灯夕寄二隐

渐凄凄芳草绿江南，轻晖弄春容。记少年游处，箫声巷陌，灯影帘栊。月暖烘炉戏鼓，十里步香红。攲枕听新雨，往事朦胧。　　还是春江梦晓，怕等闲愁见，雁影西东。喜故人好在，水驿寄诗筒。数芳程渐催花信，送归帆知第几番风！空吟想，梅花千树，人在其中。

一　萼　红

登蓬莱阁有感

步深幽。正云黄天淡，雪意未全休。鉴曲寒沙，茂林烟草，俯仰今古悠悠。岁华晚飘零渐远，谁念我同载五湖舟？磴古松斜，厓阴苔老，一片清愁。　　回首天涯归梦，几魂飞西浦，泪洒东州。故国山川，故园心眼，还似王粲登楼。最负他秦鬟妆镜，好江山何事此时游？为唤狂吟老监，共赋销忧。

词综卷二十一

宋　词

王沂孙 字圣与，号碧山，又号中仙，会稽人。有《碧山乐府》二卷，一名《花外集》。

天　　香

龙涎香

孤峤蟠烟，层涛蜕月，骊宫夜采铅水。讯远槎风，梦深薇露，化作断魂心字。红瓷候火，还乍识冰环玉指。一缕萦帘翠影，依稀海天云气。　　几回殢娇半醉，剪春灯夜寒花碎。更好故溪飞雪，小窗深闭。荀令如今顿老，总忘却樽前旧风味。谩惜馀薰，空篝素被。

南　　浦

春水

柳下碧粼粼，认麹尘乍生，色嫩如染。清溜满银塘，东风细，参差縠纹初遍。别君南浦，翠眉曾照波痕浅。再来涨绿迷旧处，添却残红几片。　　葡萄过雨新痕，正拍拍轻鸥，翩翩小燕。帘影蘸楼阴，芳流去，应有泪珠千点。沧浪一舸，断魂重唱蘋花怨。采香幽泾鸳鸯睡，谁道湔裙人远？

又

前题

柳外碧连天，漾翠纹渐平，低蘸云影。应是雪初消，巴山路，蛾眉乍窥清镜。绿痕无际，几番飘荡江南恨。弄波素袜知甚处？空把落红流尽。　　何时橘里莼乡？泛一舸翩然，东风归兴。孤梦绕沧浪，蘋花岸，漠漠雨昏烟暝。连筒接缕，故溪深掩柴门静。只愁双燕衔春去，拂破蓝光千顷。

花　　犯

苔梅

古婵娟，苍鬟素靥，盈盈瞰流水。断魂十里。叹绀缕飘零，难系离思。故山岁晚谁堪寄？琅玕聊自倚。谩记我绿蓑冲雪，孤舟寒浪里。　　三花两蕊破蒙茸，依依似有恨，明珠轻委。云卧稳，蓝衣正护春憔悴。罗浮梦半蟾挂晓，幺风冷，山中人乍起。又唤取玉奴归去，馀香空翠被。

露　　华

碧桃

绀葩乍拆。笑烂熳娇红，不是春色。换了素妆，重把青螺轻拂。旧歌共渡烟江，却占玉奴标格。风霜峭，瑶台种时，付与仙骨。　　闲门昼掩凄恻。似淡月梨花，重化清魄。尚带唾痕香凝，怎忍攀摘！嫩绿渐暖溪阴，簌簌粉云飞出。芳艳冷，刘郎未应认得。

无　　闷

雪意

阴积龙荒，寒度雁门，西北高楼独倚。怅短景无多，乱山如此！欲唤飞琼起舞，怕搅碎纷纷银河水。冻云一片，藏花护玉，未教轻坠。　　清致，悄无似。有照水南枝，已搀春意。误几度凭栏，莫愁凝睇。应是梨花梦好，未肯放东风来人世。待翠管吹破苍茫，看取玉壶天地。

眉 妩

新月

渐新痕悬柳，澹彩穿花，依约破初暝。便有团圆意，深深拜，相逢谁在香径？画眉未稳，料素娥犹带离恨。最堪爱一曲银钩小，宝帘挂秋冷。　　千古盈亏休问。叹谩磨玉斧，难补金镜。太液池犹在，凄凉处，何人重赋清景？故山夜永，试待他窥户端正。看云外山河，还老桂花旧影。

水 龙 吟

牡丹

晓寒慵揭珠帘，牡丹院落花开未。玉阑干畔，柳丝一把，和风半倚。国色微酣，天香乍染，扶春不起。自真妃舞罢，谪仙赋后，繁华梦，如流水。　　池馆家家芳事，记当时买栽无地。争如一朵，幽人独对，水边竹际。把酒花前，剩拚醉了，醒来还醉。怕洛中春色匆匆，又入杜鹃声里。

又

海棠

世间无此娉婷，玉环未破东风睡。将开半敛，似红还白，馀花怎比？偏占年华，禁烟才过，夹衣初试。叹黄州一梦，燕宫绝笔，无人解，看花意。　　犹记花阴同醉，小阑干月高人起。千枝媚色，一庭芳景，清寒似水。银烛延娇，绿房留艳，夜深花底。怕明朝小雨濛濛，便化作燕支泪。

又

落叶

晓霜初著青林，望中故国凄凉早。萧萧渐积，纷纷犹坠，门荒径悄。渭水风生，洞庭波起，几番秋杪！想重崖半没，千峰尽出，山中路，无人到。　　前度题红杳杳，溯宫沟暗流空绕。啼螿未歇，飞鸿欲过，此时怀抱。乱影翻窗，碎声敲砌，愁人多少！望吾庐甚处？只应今夜，满庭谁扫！

绮　罗　香

屋角疏星，庭阴暗水，犹记藏鸦新树。试折梨花，行入小栏深处。听粉片簌簌飘阶，有人在夜窗无语。料如今，门掩孤灯，画屏尘满断肠句。　　佳期浑似流水，还见梧桐几叶，轻敲朱户。一片秋声，应做两边愁绪。江路远归雁无凭，写绣笺倩谁将去？谩无聊，犹掩芳樽，醉听深夜雨。

齐　天　乐

萤

碧痕初化池塘草，荧荧野光相趁。扇薄星流，盘明露滴，零落秋原飞燐。练裳暗近。记穿柳生凉，度荷分暝。误我残编，翠囊空叹梦无准。　　楼阴时过数点，倚栏人未睡，曾赋幽恨。汉苑飘苔，秦陵坠叶，千古凄凉不尽。何人为省？但隔水馀辉，傍林残影。已觉萧疏，更堪秋夜永！

又

蝉

绿槐千树西窗悄，厌厌昼眠惊起。饮露身轻，吟风翅薄，半剪冰笺谁寄？凄凉倦耳。谩重拂琴丝，怕寻冠珥。短梦深宫，向人犹自诉憔悴。　　残红收尽过雨，晚来频断续，都是秋意。病叶难留，纤柯易老，空忆斜阳身世！窗明月碎。甚已绝馀音，尚遗枯蜕？鬓影参差，断魂清镜里。

又

前题

一襟馀恨宫魂断，年年翠阴庭树。乍咽凉柯，还移暗叶，重把离愁深诉。西窗过雨。怪瑶佩流空，玉筝调柱。镜暗妆残，为谁娇鬓尚如许？　　铜仙铅泪似洗，叹移盘去远，难贮零露。病翼惊秋，枯形阅世，消得斜阳几度？馀音更苦！甚独抱《清商》，顿成凄楚？谩想薰风，柳丝千万缕。

又

赠秋厓道人西归

冷烟残水山阴道，家家拥门黄叶。故里鱼肥，初寒雁落，孤艇将归时节。江南恨切。问还与何人，共歌新阕？换尽秋芳，想渠西子更愁绝！　　当时无限旧事，叹繁华似梦，如今休说。短褐临流，幽怀倚石，山色重逢都别。江云冻结。算只有梅花，尚堪攀折。寄取相思，一枝和夜雪。

三　姝　媚

次周公谨《故京送别》韵

兰缸花半绽。正西窗凄凄，断萤新雁。别久逢稀，谩相看华发，共成销黯。总是飘零，更休赋梨花秋苑。何况如今，离思难禁，俊才都减！　　今夜山高江浅。又月落帆空，酒醒人远。彩袖乌丝，解愁人惟有断歌幽婉。一信东风，再约看红腮青眼。只恐扁舟西去，蘋花弄晚。

又

樱桃

红樱悬翠葆。渐金铃枝深，瑶阶花少。万颗燕支，赠旧情，争奈弄珠人老！扇底清歌，还记得樊姬娇小。几度相思，红豆都销，碧丝空袅！　　芳意荼蘼开早。正夜色瑛盘，素蟾低照。荐笋同时，叹故园春事，已无多了。贮满�笼，偏暗触天涯怀抱。谩想青衣初见，花阴梦好。

庆　清　朝

榴花

玉局歌残，金陵句绝，年年负却薰风。西邻窈窕，独怜入户飞红。前度绿阴载酒，枝头色比似裙同。何须拟，蜡珠作蒂，湘彩成丛！　　谁在旧家殿阁？自太真仙去，扫地春空。朱旛护取，如今应误花工。颠倒绛英满径，想无车马到山中。西风后，尚馀数点，还胜春浓。

高　阳　台

浅萼梅酸，新沟水绿，初晴节序暄妍。独立雕栏，谁怜枉度华年？朝朝准拟清明近，料燕翎须寄银笺。又争知一字相思，不到吟边？　　双蛾不拂青鸾冷，任花阴寂寂，掩户闲眠。屡卜佳期，无凭却恨金钱。何人寄与天涯信？趁东风，急整归鞭。纵飘零，满院杨花，犹是春前。

又

西麓陈君衡远游未还，周公谨有怀人之赋，倚其歌而和之。

驼褐轻装，狨鞯小队，冰河夜渡流澌。朔雪平沙，飞花乱拂蛾眉。琵琶已是凄凉调，更赋情不比当时。想如今人在龙庭，初劝金卮。　　一枝芳信应难寄，向山边水际，独抱相思。江雁孤回，天涯人自归迟。归来依旧秦淮碧，问此愁，还有谁知？对东风，空似垂杨，零乱千丝。

又

残雪庭阴，轻寒帘影，霏霏玉管春葭。小帖金泥，不知春在谁家？相思一夜窗前梦，奈个人水隔天遮！但凄然满树幽香，满地横斜。　　江南自是离愁苦，况游骢古道，归雁平沙！怎得银笺，殷勤与说年华？如今处处生芳草，纵凭高，不见天涯。更消他几度东风，几度飞花！

扫　花　游

秋声

商飙乍发，渐淅淅初闻，萧萧还住。顿惊倦旅。背青灯吊影，起吟愁赋。断续无凭，试立荒庭听取。在何许？但落叶满阶，惟有高树。　　迢递归梦阻。正老耳难禁，病怀凄楚。故山院宇。想边鸿孤唳，砌蛩私语。数点相和，更著芭蕉细雨。避无处！这闲愁夜深尤苦。

又

绿阴

小庭荫碧，遇骤雨疏风，剩红如扫。翠交径小。问攀条弄蕊，有谁重到？谩说青青，比似花时更好。怎知道！自一别汉南，遗恨多少？　　清昼人悄悄。任密护帘寒，暗迷窗晓。旧盟误了。又新枝嫩子，总随春老。渐隔相思，极目长亭路杳。搅怀抱！听蒙茸数声啼鸟。

又

卷帘翠湿，过几阵残寒，几番风雨。问春住否？但匆匆暗里，换将花去。乱碧迷人，总是江南旧树。谩凝伫。念昔日采香，今更何许？　　芳径携酒处。又荫得青青，嫩苔无数。故林晚步。想参差渐满，野塘山路。倦枕闲床，正好微曛院宇。送凄楚！怕凉声又催秋暮。

又

满庭嫩碧，渐密叶迷窗，乱枝交路。断红任处！但匆匆换得，翠痕无数。暗影沉沉，静锁清和院宇。试凝伫。怕一点旧香，犹在幽树。　　浓阴知几许？且拂簟清眠，引筇闲步。杜郎老去。算寻芳较晚，倦怀难赋。纵胜花时，到了愁风怨雨。短亭暮！谩青青怎遮春去？

琐　窗　寒

趁酒梨花，催诗柳絮，一窗春怨。疏疏过雨，洗尽满阶芳片。数东风二十四番，几番误了西园宴！认小帘朱户，不如飞去，旧巢双燕。　　曾见，双蛾浅。自别后，多应黛痕不展。扑蝶花阴，怕看题诗团扇。试凭他流水寄情，溯红不到春更远。但无聊病酒厌厌，夜月荼蘼院。

又

春寒

料峭东风，廉纤细雨，落梅飞尽。单衣恻恻，再整金猊香烬。误千红试妆较迟，故园不似清明近。但满庭柳色，柔丝羞舞，淡黄犹凝。　　芳景，还重省。向薄晚窥帘，嫩阴敧枕。桐花渐老，已做一番风信。又看看绿遍西湖，早催塞北归雁影。等归时为带春归，并带江南恨。

应　天　长

疏帘蝶粉，幽径燕泥，花间小雨初足。又是禁城寒食，轻舟泛晴渌。寻芳地，来去熟。尚仿佛大堤南北。望杨柳一片阴阴，摇曳新绿。　　重访艳歌人，听取春声，犹是杜郎曲。荡漾去年春色，深深杏花屋。东风里，曾共宿。记小刻近窗新竹。旧游远，沉醉归来，满院银烛。

摸　鱼　儿

洗芳林夜来风雨，匆匆还送春去。方才送得春归了，那又送君南浦。君听取。怕此际春归也过吴中路。君行到处。便快折河边，千条翠柳，为我系春住。　　春还住，休索吟春伴侣。残花今已尘土。姑苏台下烟波远，西子近来何许？能唤否？又只恐残春到了无凭据。烦君妙语。更为我将春，连花带柳，写入翠笺句。

声　声　慢

啼螀门静，落叶阶深，秋声又入吾庐。一枕新凉，西窗晚雨疏疏。旧香旧色换却，但满川残柳荒蒲。茂陵远，任岁华苒苒，老尽相如。　　昨夜西风初起，想莼边呼櫂，橘后思书。短景凄然，残歌空扣铜壶。当时送行共约，雁归时人赋"归欤"。雁归也，问人归如雁也无？

望　　梅

画栏人寂，喜轻盈照水，犯寒先坼。袅数枝云缕鲛绡，露浅浅涂黄，汉宫娇额。剪玉裁冰，已占断江南春色。恨风前素艳，雪里暗香，偶成抛掷。　　如今眼穿故国。待拈花弄蕊，时话思忆。想陇头依约飘零，甚千里芳心，杳无消息！粉怯珠愁，又只恐吹残羌笛。正斜飞半窗晓月，梦回陇驿。

张　炎 字叔夏，循王俊裔，居临安，自号乐笑翁。有《玉田词》三卷，郑思肖为之序。仇仁近云："叔夏词，意度超玄，律吕协洽，当与白石老仙相鼓吹。"

南　浦

春水

波暖绿粼粼，燕飞来，好是苏堤才晓。鱼没浪痕圆，流红去翻唤东风难扫。荒桥断浦，柳阴撑出扁舟小。回首池塘青欲遍，绝似梦中芳草。　　和云流出空山，甚年年净洗花香不了？新绿乍生时，孤村路犹忆那回曾到。馀情渺渺，茂林觞咏如今悄。前度刘郎从去后，溪上碧桃多少！

水　龙　吟

白莲

仙人掌上芙蓉，涓涓犹滴金盘露。轻妆照水，纤裳玉立，飘飖似舞。几度消凝，满湖烟月，一汀鸥鹭。记小舟夜悄，波明香远，浑不见花开处。　　应是浣纱人妒，褪红衣被谁轻误？闲情雅澹，冶姿清润，凭娇待语。隔浦相逢，偶然倾盖，似传心素。怕湘皋佩解，绿云十里，卷西风去。

解　连　环

孤雁

楚江空晚，怅离群万里，恍然惊散。自顾影欲下寒塘，正沙净草枯，水平天远。写不成书，只寄得相思一点。叹因循误了，残毡拥雪，故人心眼。　　谁怜旅愁荏苒？谩长门夜悄，锦筝弹怨。想伴侣犹宿芦花，也曾念春前，去程应转。暮雨相呼，怕蓦地玉关重见！未羞他双燕归来，画帘半卷。

探 春

雪霁

银浦流云，绿房迎晓，一抹墙腰月淡。暖玉生香，悬冰解冻，碎滴瑶阶如霰。才放些晴意，早瘦了梅花一半。也知不作花香，东风何事吹散？　　摇落似成秋苑。甚酿得春来，怕教春见。野渡舟回，前村门掩，应是不胜清怨。次第寻芳去，灞桥外蕙香波暖。犹听檐声，看灯人在深院。

又

岁晚吴中作

列屋烘炉，深门响竹，催残客里时序。投老情怀，薄游滋味，消得几回凄楚？听雁听风雨，更听过数声柔橹。暗将一点归心，试托乡书分付。　　试问西楼在否？休忘了盈盈端正窥户。帘卸蟾冰，柳萦蛾雪，次第满城箫鼓。闲见谁家月，浑不记旧游何处。伴我微吟，恰有梅花一树。

高 阳 台

西湖春感

接叶巢莺，平波卷絮，断桥斜日归船。能几番游？看花又是明年。东风且伴蔷薇住，到蔷薇春已堪怜。更凄然，万绿西泠，一抹荒烟。当年燕子知何处？但苔深韦曲，草暗斜川。见说新愁，如今也到鸥边。无心再续笙歌梦，掩重门浅醉闲眠。莫开帘，怕见飞花，怕听啼鹃。

扫 花 游

春饮殊乡，醉馀偶赋。

嫩寒禁暖，正草色侵衣，野光如洗。去城数里。绕长堤是柳，钓船初舣。小立斜阳，试数花风第几？问春意，待留取断红，心事难寄！　　芳信成捻指。甚远客他乡，老怀如此！醉馀梦里，尚分明认得，旧时罗绮。可惜空帘，误却归来燕子。胜游地，想依然断桥流水。

又

高疏寮东墅园

烟霞万壑，记曲径寻幽，霁痕初晓。绿窗窈窕。看随花甃石，就泉通沼。几日不来，一片苍云未扫。自长啸，怅乔木荒凉，都是残照。　　碧天秋浩渺。听虚籁泠泠，飞下孤峭。山空翠老，步仙风，怕有采芝人到。野色闲门，芳草不除更好。境深悄，比斜川又清多少？

渡　江　云

久客山阴，王菊存问予近作，书以寄之。

山空天入海，倚楼望极，风急暮潮初。一帘鸠外雨，几处闲田，隔水动春锄。新烟禁柳，想如今绿到西湖。犹记得当年深隐，门掩两三株。　　愁余！荒洲古溆，断梗疏萍，更漂流何处？空自觉围羞带减，影怯灯孤。长疑即见桃花面，甚近来翻致无书？书纵远，如何梦也都无？

又

次赵元甫韵

锦香缭绕地，深灯挂壁，帘影浪花斜。酒船归去后，转首河桥，那处认纹纱？重盟镜约，还记得前度秦嘉。惟只有叶题堪寄，流不到天涯！　　惊嗟！十年心事，几曲阑干，想萧娘声价。闲过了黄昏时候，疏柳啼鸦。浦潮夜涌平沙净，问断鸿知落谁家？书又远，空江片月芦花。

绮 罗 香

红叶

万里飞霜，千山落木，寒艳不招春妒。枫冷吴江，独客又吟愁句。正船舣流水孤村，似花绕斜阳芳树。甚荒沟一片凄凉，载情不去载愁去！　　长安谁问倦旅？羞见衰颜借酒，飘零如许。谩倚新妆，不入洛阳花谱。为回风起舞樽前，尽化作断霞千缕。记阴阴绿遍江南，夜窗听暗雨。

清 平 乐

候蛩凄断，人语西风岸。月落沙平江似练，望尽芦花无雁。　　暗教愁损兰成，可怜夜夜闲情。只有一枝梧叶，不知多少秋声！

疏 影

梅影

黄昏片月。似满地碎阴，还更清绝。枝北枝南，疑有疑无，几度背灯难折。依稀倩女离魂处，缓步出前村时节。看夜深竹外横斜，应妒过云明灭。　　窥镜蛾眉淡扫，为容不在貌，独抱孤洁。莫是花光，描取春痕，不怕丽谯吹彻！还惊海上燃犀去，照水底珊瑚疑活。做弄得酒醒天寒，空对一庭香雪！

迈 陂 塘

爱吾庐傍湖千顷，苍茫一片清润。晴岚暖翠融融处，花影倒窥天镜。沙浦迥。看野水涵波，隔柳横孤艇，眠鸥未醒。甚占得莼乡，都无人见，斜照起春暝。　　休重省！莫问山中秦晋。桃源今度难认。林间却是长生路，一笑元非捷径。深更静。待散发吹箫，鹤背天风冷。凭高露饮。正碧落尘空，光摇半壁，月在万松顶。

甘　州

饯沈秋江

记玉关踏雪事清游，寒气敝貂裘。傍枯林古道，长河饮马，此意悠悠。短梦依然江表，老泪洒西州。一字无题处，落叶都愁。　载取白云归去，问谁留楚佩，弄影中洲？折芦花赠远，零落一身秋。向寻常野桥流水，待招来不是旧沙鸥。空怀感，有斜阳处，最怕登楼。

月　下　笛

甬东积翠山舍

万里孤云，清游渐远，故人何处？寒窗梦里，曾记经行旧时路。连昌约略无多柳，第一是难听夜雨。谩惊回凄悄，相看烛影，拥衾谁语？　张绪，归何暮！伴冷落依依，短桥鸥鹭。天涯倦旅，此时心事良苦。只愁重洒西州泪，问杜曲人家在否？恐翠袖正天寒，犹倚梅花那树。

台　城　路

送周方山之吴

朗吟未了西湖酒，惊心又歌南浦。折柳官桥，呼船野渡，还听垂虹风雨。漂流最苦。况如此江山，恁时情绪！怕有鸱夷，笑人何事载诗去！　荒台只今在否？再休登望远，都是愁处。暗草埋沙，明波洗月，谁念天涯羁旅？荷阴未暑。快料理归程，再盟鸥鹭。只有空山，近来无杜宇。

又

寄太白山人陈又新

薛涛笺上相思字，重开又还重摺。太白秋声，东瀛柳色，一缕轻痕轻折。虚沙动月。叹千里悲歌，唾壶敲缺。记得巴山，此时怀抱那时说！　　寒香深处话别。病来浑瘦损，懒赋情切。笑里移春，吟边慨古，多少英游消歇！回潮似咽。送一点愁心，故人天末。江影沉沉，夜凉鸥梦阔。

又

杭友抵越，过鉴曲渔舍会饮。

春风不暖垂杨柳，吹却絮云多少！燕子人家，夕阳巷陌，行入野畦深窈。筹花斗草。记小艇寻芳，断桥初晓。那日心情，几人同向近来老。　　消忧何处最好？夜游频秉烛，犹是迟了。南浦歌阑，东林社冷，赢得如今怀抱。吟悰暗恼。待醉也慵听，劝归啼鸟。怕搅离愁，乱红休去扫。

又

庚寅会汪菊坡于蓟北，恍然如梦，回忆旧游已十八年矣。

十年旧事翻疑梦，重逢可怜俱老。水国春空，山城岁晚，无语相看一笑。荷衣换了。任京洛尘沙，冷凝风帽。见说吟情，近来不到谢池草。　　欢游曾步翠窈。乱红迷紫曲，芳意今少。舞扇招香，歌桡唤玉，犹忆钱塘苏小。无端暗恼。又几度流连，燕昏莺晓。回首妆楼，甚时重去好？

又

为湖天赋

扁舟忽过芦花浦，闲情便随鸥去。水国吹箫，虹桥问月，西子如今何许？危栏慢拊。正独立苍茫，半空飞露。倒影虚明，洞庭波映广寒府。　　鱼龙吹浪自舞。渺然凌万顷，如听风雨。夜气浮山，晴晖荡目，千里无寻秋处。惊凫自语。尚记得当时，散人来否？胜景平分，此心游太古。

真　珠　帘

近雅轩即事

云深别有深庭宇。小帘栊，占取芳菲多处。花暗曲房春，润几番酥雨。见说苏堤晴未稳，便好趁踏青人去。休去，且料理琴书，夷犹今古。　　谁见静里闲心？纵荷衣未葺，雪巢堪赋。醒醉一乾坤，任此情如许！茂树石床同坐久，又却被清风留住。欲住，奈帘影妆楼，剪灯人语！

三　姝　媚

送舒亦山

苍潭枯海树。正雪窦高寒，水声东去。古意萧闲，问结庐人远，白云谁侣？贺监犹存，还散迹千岩风露。抱瑟空游，都是凄凉，此愁谁语？　　莫趁江湖鸥鹭。怕太乙炉烟，暗销铅虎。投老心情，判归来何事，共成羁旅。布袜青鞋，休误入桃源深处。待得重逢，却说巴山夜雨。

忆　旧　游

新朋故侣，诗酒迟留，吴山纵横，渺渺兮予怀也。

记开帘送酒，隔水悬灯，款语梅边。未了清游兴，又飘然独去，何处山川？淡风暗收榆荚，吹下沈郎钱。叹客里光阴，消磨艳冶，都在尊前。　　留连。殢人处，是鉴曲窥莺，兰沼围泉。醉拂珊瑚树，写百年幽恨，分付吟笺。故旧几回飞梦，江雨夜凉船。纵忘却归期，千山未必无杜鹃。

探 芳 信

次周草窗韵

坐清昼。正冶思萦花，馀醒倦酒。甚探芳人老，芳心尚如旧！消魂忍说铜驼事，不是因春瘦。向西园，竹扫颓垣，蔓罗荒甃。

风雨夜来骤。叹歌冷莺帘，恨凝蛾岫。愁到今年，都似去年否？赋情懒听山阳笛，目极空搔首。我何堪，老却江潭汉柳！

梅子黄时雨

病中怀归

流水孤村，爱尘事顿消，来访深隐。向醉里谁扶，满身花影？鸥鹭相看如一作"惊相比"瘦，近来不是伤春病。嗟流景，竹外野桥，犹系烟艇。　　谁引，斜川归兴？便啼鹃纵少，无奈时听！待棹击空明，鱼波千顷。弹断琵琶留不住，最愁人是黄昏近。江风紧，一行柳丝吹暝。

琐 窗 寒

乱雨敲春，深烟带晚，水窗慵凭。空帘谩卷，数日更无花影。怕依然旧时归燕，定知未识江南冷。最怜他树底蔫红，不语背人吹尽。

清润，通幽径。谩移灯剪韭，试温香鼎。分明醉里，过了几番风信。想竹间高阁半开，小车未来犹自等。傍新晴隔柳呼船，待教潮信稳。

又

王碧山又号中仙，越人也。其诗清峭，其词闲雅，

有姜白石意趣，今绝响矣。余悼之！

断碧分山，空帘剩月，故人天外。香留酒滞，蝴蝶一生花里。想

如今愁魂正远，夜台梦语秋声碎。自中仙去后，词笺赋笔，便无清致。　都是，凄凉意。怅玉笥埋云，锦袍归水。形容憔悴，料应也孤吟《山鬼》。那知人弹折素弦，黄金铸出相思泪。但柳枝门掩清阴，候蛩愁暗苇。

法曲献仙音

听琵琶有怀昔游

云隐山晖，树分溪影，未放妆台帘卷。篝密笼香，镜圆窥粉，花深自然寒浅。正人在银屏底，琵琶半遮面。　语声软，且休弹玉关愁怨。怕唤起西湖，那时春感。杨柳古湾头，记小怜隔水曾见。听到无声，谩赢得情绪难剪。把一襟心事，散入《落梅》千点。

西　河

史元叟依绿庄赏荷

花最盛，西湖曾泛烟艇。闹红深处小秦筝，断桥夜饮。鸳鸯水宿不知寒，如今翻被惊醒。　那时事，都倦省。阑干来此闲凭。是谁分得半机云？恍疑昼锦。想当年飞燕皱裙时，舞盘微堕珠粉。软波不剪素练静，碧盈盈移下秋影。醉里玉书难认，且脱巾露发，飘然乘兴。一叶浮香天风冷。

长亭怨

辛卯岁会菊泉于蓟北，逾八年会于甬东，

未几别去，将复之北，作此以饯。

记横笛玉关高处，万叠沙寒，雪深无路。敝却貂裘，远游归后共谁语？故人何许？浑忘了江南旧雨。不拟重逢，应笑我飘零如羽。　同去，钓珊瑚海树，底事便成行旅？烟迷断浦，更几点恋人飞絮。如今又京国寻春，定应被薇花留住。且莫把孤愁，说与当时歌舞。

又

有怀故居

望花外小桥流水，门巷愔愔，玉箫声绝。鹤去台空，佩环何处弄明月？十年前事，愁千折心情顿别。露粉风香谁为主？都成消歇。　凄咽。晓窗分袂处，同把带鸳亲结。江空岁晚，肯忘了尊前曾说！恨西风不庇寒蝉，便扫尽一林残叶。谢杨柳多情，还有绿阴时节。

西 子 妆

吴梦窗自制此曲，余喜其声调妍雅，久欲效而未能。
甲午春，寓罗江，与罗景良野游江上。绿阴芳草，
景况离离，因填此词。惜旧谱零落，不能倚声歌也。

白浪摇天，清阴涨地，一片野情幽意。杨花点点是春心，替风前万花吹泪。遥岑寸碧，有谁看朝来清气？自沉吟，甚流光轻把，繁华如此！　　斜阳外，隐约孤村，隔坞闲门闭。渔舟何似莫归来，想桃源路通人世。危栏静倚，千年事都消一醉。谩依依，愁落鹃声万里。

风 入 松

小窗晴绿占闲波，昼影舞飞梭。惜春犹问花多少？柳阴中春已无多。乍试泥金巧扇，初裁水碧轻罗。　　园林未肯爱清和，人醉牡丹坡。笑歌且醉平生事，问东风毕竟如何？燕子寻常巷陌，酒边莫唱《西河》。

瑶 台 聚 八 仙

秋月娟娟。人正远，鱼雁待拂吟笺。也知游事，多在第二桥边。

花底鸳鸯深处睡，柳阴淡隔里湖船。路绵绵。梦吹旧曲，如此山川。　　平生几两谢屐，便放歌自得，直上风烟。峭壁谁家，长啸竟落松前？十年孤剑万里，又何似畦分抱瓮泉。中山酒，且醉餐石髓，白眼青天。

南　楼　令

风雨客殊乡，梧桐傍小窗。甚秋声今夜偏长？暗忆旧时歌舞地，谁得似牧之狂？　　茉莉拥钗梁，窝云一枕香。醉瞢腾多少思量？明月半床人睡觉，听说道夜深凉。

南　歌　子

叶密春声聚，花多瘦影重。只留一路过东风。围得生香不断锦薰笼。　　月地连金屋，云楼瞰翠蓬。惺松语笑隔帘栊。知是谁调鹦鹉柳阴中？

浪　淘　沙

香雾湿云鬟，蕊佩珊珊。酒醒微步晚波寒。金鼎尚存丹已化，雪冷虚坛。　　游冶未知还，鹤怨空山。潇湘无梦绕丛兰。碧海茫茫归不去，却在人间。

词综卷二十二

宋　词

石孝友 字次仲。有《金谷遗音》一卷。

点　绛　唇

霁景澄秋，晚风吹尽朝来雨。夕阳烟树，万里山光暮。　一带长川，自在流今古。人何处？月波横素，冷浸蒹葭浦。

又

醉倚危樯，望中归思生天际。山腰渚尾，几簇渔樵市。　帆落西风，一段芦花水。八千里，锦书欲寄，新雁曾来未？

西　地　锦

回望玉楼金阙，正水遮山隔。风儿又起，雨儿又煞，好愁人天色！　两岸荻花枫叶，争舞红吹白。中秋过也，重阳近也，作天涯孤客。

好　事　近

微雨洒芳尘，酝造可人春色。闻道梦云楼外，正小桃花发。殷勤留取最繁枝，樽前待闲折。准拟乱红深处，化一双蝴蝶。

清　平　乐

天涯重九，独对黄花酒。醉捻黄花和泪嗅，忆得去年携手。去年同醉流霞，醉中折尽黄花。还是黄花时候，去年人在天涯。

谒　金　门

云树直，雨歇半空犹湿。山影插尖高几尺？依依衔落日。远岸双飞鸂鶒，一水无情自碧。飒飒白蘋风正急，断肠人独立。

临　江　仙

醉袖吟鞭行色里，帽檐低处风斜。晚山一半被云遮。残阳明远水，古木集栖鸦。　　暮去朝来缘底事？不如早早还家。曲屏深幌小窗纱。翠沾眉上柳，红揾脸边花。

又

长记梦云楼上住，残灯影里迟留。依稀绿惨更红羞。露痕双脸泪，山样两眉愁。　　一点轻帆天际去，云涛烟浪悠悠。今宵独宿古江头。水腥鱼菜市，风碎荻花洲。

南　歌　子

乱絮飘晴雪，残花绣地衣。西园歌舞骤然稀。只有多情蝴蝶作团飞。　　旧事深琴怨，新愁减带围。倚楼凝望更依依。怕见一天风雨卷春归。

又

春浅梅红小，山寒岚翠薄。斜风吹雨入帘幕。梦觉南楼呜咽数声角。　　歌酒工夫懒，别离情绪恶。舞衫宽尽不堪著。若比那回相见更消削。

鹧 鸪 天

别后应怜信息疏，西风几度到庭梧。夜来纵有鸳鸯梦，春去空馀蛱蝶图。　　烟树远，塞鸿孤。垂垂天影带平芜。凭谁写此相思曲？寄与冯川郑小奴。

眼 儿 媚

愁云淡淡雨萧萧，暮暮复朝朝。别来应是，眉峰翠减，腕玉香销。　　小轩独坐相思处，情绪好无聊。一丛萱草，数竿修竹，几叶芭蕉。

减字木兰花

赠何藻

新荷小小，比目鱼儿翻翠藻。小小新荷，点破清光景趣多。青青半卷，一寸芳心浑未展。待得圆时，罩定鸳鸯一对儿。

孙惟信 字季蕃，号花翁。有词一卷。

沈伯时云："孙花翁有好词，亦善运意，但雅正中忽有一两句市井语，可惜。"

风 流 子

三叠古《阳关》，轻寒沁，清月满征鞍。记玉笋揽衣，翠囊亲赠；绣巾拭泪，金柳初攀。自回首，燕台云掩冉，凤阁雨阑珊。天有尽头，水无西注，鬓难留黑，带易成宽。　　啼妆东风悄，菱花在，拟倩锦鸟封还。应任恨蛾凝黛，慵髻堆鬟。奈情逐事迁，心随春老；梦和香冷，欢与花残。闲杀唾茸窗阁，十二屏山。

刘　褒 字伯宠。登淳熙进士，除司门郎中，历官朝请郎，知西全州。有集。

满　庭　芳

留别

柳袅金丝，梨铺香雪，一年春事方中。烛前乍见，花艳觉羞红。枕臂香痕未落，舟横岸作计匆匆。明朝去，暮天平水，双桨碧云东。　隔篱歌一阕，琵琶声断，燕子楼空。叹阳台梦杳，行雨无踪。后会芙蕖未老，从今去日望归鸿。愁如织，断肠啼鴂，多事诉春风。

张　槃 有《梅厓集》。

绮　罗　香

渔浦有感

浦月窥檐，松泉漱枕，屏里吴山何处？暗粉疏红，依旧为谁匀注？都负了燕约莺期，更闲却柳烟花雨。纵十分春到邮亭，赋怀应是断肠句。　青青原上荠麦，还被东风无赖，翻成离绪。望极天西，惟有陇云江树。斜照带一缕新愁，尽分付暮潮归去。步闲阶时卜心期，落花空细数。

潘希白 字怀古，号渔庄，永嘉人，宝祐中登第，干办临安府节制司公事，德祐中起为史馆检校，不赴。

大　　有

九日

戏马台前，采花篱下，问岁华还是重九。恰归来，南山翠色依旧。帘栊昨夜听风雨，都不似登临时候。一片宋玉情怀，十分卫郎清瘦。　　红萸佩，空对酒。砧杵动微寒，暗欺罗袖。秋色无多，早是败荷衰柳。强整帽檐攲侧，曾经向天涯搔首。几回忆故国莼鲈，霜前雁后。

汤 恢 号西村。

二 郎 神

用徐幹臣韵

琐窗睡起，闲伫立海棠花影。记翠楫银塘，红牙《金缕》，杯泛梨花冷。燕子衔来相思字，道玉瘦不禁春病。应蝶粉半销，鸦云斜坠，暗尘侵镜。　　还省。香痕碧唾，春衫都凝。悄一似荼蘼，玉肌翠帔，消得东风唤醒。青杏单衣，杨花小扇，闲却晚春风景。最苦是蝴蝶盈盈弄晚，一帘风静。

张 矩 字子成。有《梅渊词》。

应 天 长

曲院风荷

换桥渡舫，添柳护堤，坡仙旧迹今续。四面水窗如染，香波酿春曲。田田处，成暗绿。正万羽背风斜矗。乱鸥去，不信双鸳，午睡犹熟。　　还记涌金楼，共抚雕栏，低度《浣沙曲》。自与故人轻别，荣枯换凉燠。亭亭影，惊艳目。忍到手又成轻触！悄无语，独捻花须，心事曾卜。

又

南屏晚钟

翠屏对晚，乌榜占堤，钟声又敛春色。几度半空敲月，山南应山北。欢娱地，空浪迹。谩记省五更闻得。洞天晓，夹柳桥疏，稳纵香勒。　　前度涌金楼，啸傲东风，鸥鹭半相识。暗数院僧归尽，长虹卧深碧。花间恨，犹记忆。正素手暗裁轻拆。夜深后，不道人来，灯细窗隙。

赵耆孙

远　朝　归

梅

金谷先春，见乍开江梅，晶明玉腻。珠帘院落，人静雨疏烟细。横斜带月，又别是一般风味。金尊里，任遗英乱点，残粉低坠。　　惆怅秦陇当年，念水远天长，故人难寄。山城倦眼，无绪更看桃李。当时醉魄，算依旧徘徊花底。斜阳外，谩回首画楼十二。

毛　珝 字元白，号吾竹。

踏　莎　行

题草窗词卷

顾曲多情，寻芳未老。一庭风日知音少。梦随蝶去恨墙高，醉听莺语嫌笼小。　　红烛呼卢，黄金买笑。弹丝跕躧长安道。彩笺拈起锦囊花，绿窗留得罗裙草。

翁元龙 字时可，号处静。

瑞 龙 吟

清明近。还是递趱东风，做成花讯。芳时一刻千金，半晴半雨，酬春未准。　雁横阵，数字向人慵写，暗云难认。西园猛忆逢迎，翠纨障面，花间笑隐。　曲径池莲平砌，绛裙曾与，濯香湔粉。无奈燕幕莺帘，轻负娇俊！青榆巷陌，踢马红成寸。十年梦，秋千吊影，袜罗尘褪。事往凭谁问？昼长病酒添新恨，烟冷斜阳暝。山黛远，曲曲阑干凭损。柳丝万尺，半堤风紧。

李肩吾 字子我，号蠙洲。

清 平 乐

梦魂寻遍，忽向尊前见。好似乌衣春社燕，软语东风庭院。丁宁记取儿家，碧云隐约红霞。直下小桥流水，门前一树桃花。

康仲伯

忆 真 妃

匆匆一望关河，听离歌。艇子急催双桨下清波。　淋浪醉，阑干泪，奈情何？明日画桥西畔暮云多。

覃怀高

水调歌头

游武夷

翠蕤插云表，初意隔仙凡。临风据案一见，邂逅似开颜。几欲挐舟九曲，便拟扪参绝顶，直下俯尘寰。聊此税吾驾，赢得片时闲。　　问仙人，缘底事，去不还？长风浩浩，何许清梦杳难攀！只有苍烟古木，好在清湍白石，依旧画图间。回首武夷路，窈霭没云鬟。

赵　旭

曲　入　冥

握管泪盈眸，欲写还休。人间情是阿谁留？千丈游丝不落地，风外悠悠。　　烟雨晚山稠，人在西楼。几行候雁下汀洲。一个思乡寒夜客，万种离愁。

楼　扶 字叔茂。

菩　萨　蛮

丝丝杨柳莺声近，晚风吹过秋千影。寒色一帘轻，灯残梦不成。　　耳边消息在，笑指花梢待。又是不归来，满庭花自开。

杨彦龄

浣 溪 沙

武进厅壁

倦客东归得自由，西风江上泛扁舟。夜寒霜月素光流。　　想得故人千里外，醉吟应上谢家楼。不多天气近中秋。

李　珏 字元辉。

击 梧 桐

别西湖社友

枫叶浓于染。秋正老，江上征衫寒浅。又是秦鸿过，霁烟外，写出离愁几点。年来岁去，朝生暮落，人似吴潮展转。怕听《阳关》曲，奈短笛唤起天涯情远。　　双屐行春，扁舟啸晚，忆著鸥湖莺苑。小小梅花屋，雪月后记把山扉牢掩。惆怅明朝何处？故人相望，但碧云半敛。定苏堤重来时候，芳草如剪。

方有开 字躬明，号堂溪，歙州人。中进士，授南丰尉，擢国子学录，出知和州，迁转运判官。有《堂溪集》。

点 绛 唇

七里滩边，江光漠漠山如载。渔舟一叶，径入寒烟碧。　　笑我尘劳，羞对双台石。身如织。年年行役，鱼鸟浑相识。

陈德武 三山人。有《白雪遗音》一卷。

浣 溪 沙

送春

月落桐梢杜宇啼，云埋芳树鹧鸪飞。夜阑分作送春诗。　　山上安山经几岁，口中添口又何时？相思一曲诉伊谁？

汪　存 字公泽，婺源人。授西京文学，辞官归养。学者称四友先生。

步 蟾 宫

冬日送侄赴省

玉京此去春犹浅，正雪絮马头零乱。姮娥剪就绿云裳，待来步蟾宫与换。　　明年二月桃花岸，棹双桨浪平烟暖。扬州十里小红楼，尽卷上珠帘一半。

周格非

多　　丽

陇头泉，未到陇下轻分。一声声凄凉呜咽，岂堪侧耳重闻？细思量那时携手，画楼高帘幕黄昏。月不长圆，云多轻散，天应偏妒有情人。自别后小窗幽院，无处不消魂。罗衣上，残妆未减，犹带啼痕。　　自一从瓶沉簪折，要知欲见无因。也浑疑事如春梦，又只恐人是朝云。破镜分来，朱弦断后，不堪独自对芳樽！试与问，多才谁更，匹配得文君？须知道，东阳瘦损，不为伤春。

陈袭善

渔 家 傲

忆营伎周子文

鹫岭峰前栏独倚，愁眉蹙损愁肠碎。红粉佳人伤别袂。情何已？登山临水年年是。　　长记同来今独至，孤舟晚漾湖光里。衰草斜阳无限意。谁与寄？西湖水是相思泪。

丁羲叟

渔 家 傲

十里寒塘初过雨，采莲舟上谁家女？秋水接云迷远树。天光暮，船头忘了回来路。　　却系兰舟深处住，歌声惊散鸳鸯侣。波上清风花上露。无计去，月明肠断双栖羽。

吕直夫

洞 仙 歌

征鞍带月，浓露沾襟袖。马上轻衫峭寒透。望翠峰深浅，忆著眉儿，腰肢袅，忍看风前细柳！　　别时频嘱付，早寄书来，能及清明到家否？这言语，便梦里也在心头，重相见不知伊瘦侬瘦？纵百卉千花已离披，须趁得酴醾牡丹时候。

王武子 一作子武。《文献通考经籍志》有词一卷。

玉　楼　春

闻笛

红楼十二春寒侧，楼角何人吹玉笛？天津桥上旧曾听，三十六宫秋草碧。　　昭华人去无消息，江上青山空晚色。一声落尽短亭花，无数行人归未得。

赵君举 字子发。

眼　儿　媚

晓山日薄半春阴，烟暖柳拖金。满眼新晴，歌声楼影，悠荡碧波心。　　闲亭客散人归去，疏雨湿罗襟。楼阁濛濛，断虹明处，十里暮云深。

王文甫

虞　美　人

回文

黄金嫩柳摇丝软，永日堂空掩。卷帘飞燕未归来，客去醉眠欹枕殢残杯。　　眉山浅拂青螺黛，整整垂双带。水沉香熨窄衫轻，莹玉碧溪春溜眼波横。

施芸隐

摸 鱼 儿

琼花

柳蒙茸暗凌波路，烟飞惨澹平楚。香车深驻猊镮掩，遥认翠华云母。芳景暮，鸳甃悄铢衣来按飞琼舞。凄凉洛浦。渐玉漏沉沉，清阴满地，乘月步虚去。　　销凝处，谁说三生小杜？翔螭声断箫鼓。情知禁苑酥尘涴，羞与倡红同谱。春几度。想依旧苔痕长印唐昌土。风流千古。人在小红楼，朱帘半卷，香注玉壶露。

郑觉斋

扬 州 慢

琼花

弄玉轻盈，飞琼淡伫，袜尘步下迷楼。试新妆才了，炷沉水香球。记晓剪春冰驰送，金茎露湿，缇骑星流。甚天中月色，被风吹梦南州！　　樽前相见，似羞人踪迹萍浮。问弄雪飘枝，无双亭上，何日重游？我欲缠腰骑鹤，烟霄远旧事悠悠。但凭栏无语，烟花三月春愁。

王月山

台 城 路

初秋

夜来疏雨鸣金井，一叶舞风红浅。莲渚生香，兰皋浮爽，凉思顿欺班扇。秋光冉冉。任老却芦花，西风不管。清兴难磨，几回有句到诗卷。　　长安故人别后，料征鸿声里，画栏凭遍。横竹吹商，疏砧点月，好梦又随云远。闲情似线，甚系损柔肠，不堪裁剪！听著寒蛩，一声声是怨。

房舜卿

秦　楼　月

与君别，相思一夜梅花发。梅花发，凄凉南浦，断桥斜月。
盈盈微步凌波袜，东风笑倚天涯阔。天涯阔，一声羌管，暮云愁绝。

林正大 字敬之，号随庵，嘉泰中人。著有《风雅遗音》四卷。

满　江　红

括卢仝《有所思》

为忆当时，沉醉里青楼弄月。闲想象绣帏珠箔，魂飞心折。羞向姮娥谈旧事，几经三五盈还缺。望翠眉蝉鬓一天涯，伤离别。
寻昨梦，巫云结。流别泪，湘江咽。对花深两岸，忽添悲切。试与含愁弹绿绮，知音不遇弦空绝。忽窗前一夜寄相思，梅花发。

薛梦桂 字叔载，号梯飙。

醉　落　魄

单衣乍著，滞寒更傍东风作。珠帘压定银钩索。雨弄新晴，轻旋玉尘落。　　花唇巧借妆红约，娇羞才放三分萼。尊前不用多评泊。春浅春深，都向杏梢觉。

三　姝　媚

蔷薇花谢去。更无情连夜送春风雨。燕子呢喃，似念人憔悴，往来朱户。涨绿烟深，早零落点池萍絮。暗忆年华，罗帐分钗，又惊春暮。　　芳草凄迷征路。待去也，还将画轮留住。纵使重来，怕粉容消腻，却羞郎觑。细数盟言犹在，怅青楼何处？绾尽垂杨，争似相思寸缕。

曾　揆 字舜卿，号懒翁。

西　江　月

檐雨轻敲夜夜，墙云低度朝朝。日长天气已无聊，何况洞房人悄！　　眉共新荷不展，心随垂柳频摇。午眠仿佛见金翘，惊觉数声啼鸟。

黄孝迈 字德文，号雪舟。

湘春夜月

近清明，翠禽枝上消魂。可惜一片清歌，都付与黄昏。欲共柳花低诉，怕柳花轻薄，不解伤春。念楚乡旅宿，柔情别绪，谁与温存？　　空樽夜泣，青山不语，残月当门。翠玉楼前，惟是有一波湘水，摇荡湘云。天长梦短，问甚时重见桃根？这次第，算人间没个并刀，剪断心上愁痕。

水　龙　吟

闲情小院沉吟，草深柳密帘空翠。风檐夜响，残灯慵剔，寒衾怯睡。店舍无烟，关山有月，梨花满地。二十年好梦，不曾圆合，而今老，都休矣。　　谁共题诗秉烛？两厌厌天涯别袂。柔情一寸，七分是恨，三分是泪！芳信不来，玉箫尘染，粉衣香退。待问春，怎把千红换得，一池绿水？

江　开 字开之，号月湖。

浣　溪　沙

手捻花枝忆小蘋，绿窗空锁旧时春。满楼飞絮一筝尘。　　素约未传双燕语，新愁还入卖花声。十分春事倩行云。

杏　花　天

谢娘庭院通芳径，四无人花梢转影。几番心事无凭准，等得青春过尽。　　秋千下佳期又近，算毕竟沉吟未稳。不成又是教人恨，待倩杨花去问。

词综卷二十三

宋词

文天祥 字宋瑞，又字履善，吉水人。举进士第一，历官右丞、兼枢密使，加少保、信国公，为元兵所执，留燕三年，不屈，死柴市。有《文山集》。

大江东去

驿中言别友人

水天空阔，恨东风不借世间英物。蜀鸟吴花残照里，忍见荒城颓壁！铜雀春情，金人秋泪，此恨凭谁雪？堂堂剑气，斗牛空认奇杰。　那信江海馀生，南行万里，送扁舟齐发！正为鸥盟留醉眼，细看涛生云灭。睨柱吞嬴，回旗走懿，千古冲冠发。伴人无寐，秦淮应是孤月。

邓　剡 字光荐，庐陵人，宋亡后以节行称。有《中斋集》。

卖花声

疏雨洗天清，枕簟凉生。井梧一叶做秋声。谁念客身轻似叶？千里飘零。　梦断古台城，月澹潮平。便须携酒访新亭。不见当时王谢宅，烟草青青！

南楼令

雨过水明霞，潮回岸带沙。叶声寒，飞透窗纱。懊恨西风催世换，更随我落天涯。　　寂寞古豪华，乌衣日又斜。说兴亡，燕入谁家？只有南来无数雁，和明月宿芦花。

王鼎翁 字炎午，安福人。上舍生。有《梅边集》。

沁　园　春

又是年时，杏红欲吐，柳绿初芽。奈寻春步远，马嘶湖曲；卖花声过，人唱窗纱。暖日晴烟，轻衣罗扇，看遍王孙七宝车。谁知道，十年魂梦，风雨天涯！　　休休何必伤嗟，谩赢得青青两鬓华。且不知门外，桃花何代；不知江左，燕子谁家？世事无情，天公有意，岁岁东风岁岁花。拚一笑，且醒来杯酒，醉后杯茶。

何梦桂 字岩叟，初名应祈，字申甫，淳安人。咸淳中廷试一甲三名，授台州军事判官，历仕至大理寺卿，至元中，累征不起。有《潜斋集》词一卷。

摸　鱼　儿

记年时人人何处？长亭曾共杯酒。酒阑归去行人远，折不尽长亭柳。渐白首，待把酒送君，恰又清明后。青条似旧。问江北江南，离愁如我，还更有人否？　　留不住，强把蔬盘瀹韭，行舟又报潮候。风急岸花飞尽也，一曲啼红满袖。春波皱。青草外，人间此恨年年有。留连握手。叹人世相逢，百年欢笑，能得几回又！

喜　迁　莺

留春不住，又早是清明，杨花飞絮。杜宇声声，黄昏庭院，那更半帘风雨！劝春且休归去，芳草天涯无路。悄无语，待阑干立尽，落红无数。　　谁怨，长门事！记得当年，曾趁梨园舞。《霓羽》香销，《梁州》声歇，昨梦转头今古。金屋玉楼何在？尚有花钿尘土。君不顾，怕伤心，休上危楼高处。

李南金 自号三溪冰雪翁。

贺　新　郎

赠妓

流落今如许。我亦三生杜牧，为秋娘著句。先自多愁多感慨，更值江南春暮。君看取落花飞絮。也有吹来穿绣幌，有因风飘堕随尘土。人世事，总无据。　　佳人命薄君休诉。若说与英雄心事，一生更苦。且尽樽前今日意，休记绿窗眉妩。但春到儿家庭户。幽恨一帘烟月晓，恐明朝雁亦无寻处。浑欲倩，莺留住。

莫　崙 字若山。

摸　鱼　儿

听春教燕颦莺诉，朝朝花困风雨。六桥忘却清明后，碧尽柳丝千缕。蜂蝶侣，正闲觅闲花闲草闲歌舞。最怜西子，尚薄薄云情，盈盈波泪，点点旧眉妩。　　流红记，空泛秋宫怨句。才人何处娇妒？落红无限随风絮，诗恨有谁曾遇？堪恨处，恨二十四番花信催花去。东君暗苦，更多嘱多情多愁杜宇，多诉断肠语。

徐一初

摸　鱼　儿

对茱萸一年一度，龙山今在何处？参军莫道无勋业，消得从容樽俎。君看取，便破帽飘零也得传千古。当年幕府，知多少时流，等闲收拾，有个客如许！　追往事，满目山河晋土。征鸿又过边羽。登临莫上高层望，怕见故宫禾黍。觞绿醑，浇万斛牢愁，泪阁新亭雨。黄花无语，毕竟是西风，朝来披拂，犹识旧时主。

刘辰翁 字会孟，庐陵人。举进士，值宋乱，隐居不仕。有《须溪集》，附词。

宝　鼎　现

丁酉元夕

红妆春骑，踏月花影，千旗穿市。望不尽璚楼歌舞，习习香尘莲步底。箫声断，约彩鸾归去，未怕金吾呵醉。甚辇路喧阗且止？听得念奴歌起。　父老犹记宣和事，抱铜仙清泪如水。还转盼沙河多丽。滉漾明光连邸第，帘影冻，散红光成绮。月浸蒲桃十里。看往来神仙才子，肯把菱花扑碎？　肠断竹马儿童，空见说三千乐指。等多时春不归来，到春时欲睡。又说向灯前拥髻，暗滴鲛珠坠。便当日亲见《霓裳》，天上人间梦里。

大　　酺

春寒

任琐窗深，重帘闭，春寒知有人处。当年笑花信，问东风情性，是娇是妒？冰柳成须，吹桃欲削，知更海棠堪否？相将燕归，又看香泥半雪，欲归还误。谩低回芳草，依稀寒食，朱门封絮。　少年惯羁旅。乱山断，欹树唤船渡。正暗思鸡声落月，梅影孤屏，更梦衾千重似雾。相如倦游去，掩四壁凄其春暮。休回首，都门路。几番行晓，个个阿娇深贮！而今断烟细雨。

兰　陵　王

送春

送春去，春去人间无路。秋千外芳草连天，谁遣风沙暗南浦？依依甚意绪？谩忆海门飞絮。乱鸦过，斗转城荒，不见来时试灯处。　　春去，最谁苦？但箭雁沈边，梁燕无主，杜鹃声里长门暮。想玉树凋土，泪盘如露。咸阳送客屡回顾，斜日未能渡。春去，尚来否？正江令恨别，庾信愁赋。苏堤尽日风和雨。叹神游故国，花记前度。人生流落，顾孺子，共夜语。

黄公绍 邵武人。咸淳进士。

青　玉　案

年年社日停针线。争忍见双飞燕？今日江城春已半。一身犹在，乱山深处，寂寞溪桥畔。　　征衫著破谁针线？点点行行泪痕满。落日解鞍芳草岸。花无人戴，酒无人劝，醉也无人管。

李莱老 字周隐。

清　平　乐

题《草窗词》

日寒风细，庭馆浮花气。白发潘郎吟欲醉，绿暗蘼芜千里。

西园南浦东城，一春多少闲情！日暮《采蘋》歌远，梦回唤得愁醒。

李彭老 字商隐，号筼房。

天　　香

龙涎香

捣麝成尘，熏薇注露，风酣百和花气。品重云头，叶翻蕉样，共说内家新制。波浮海沫，谁唤觉鲛人春睡？清润俱饶片脑，芳馡半是沉水。　　相逢酒边花外，火初温翠炉烟细。不似宝珠金缕，领巾红坠。荀令如今憔悴，消未尽当时爱香意。烬暖灯寒，秋声素被。

摸　鱼　儿

莼

过垂虹四桥飞雨，沙痕初涨春水。腥波十里吴歈远，绿蔓半萦船尾。连复碎。爱滑卷青绡，香袅冰丝细。山人隽味。笑杜老无情，香羹碧涧，空只赋芹美。　　归期早，谁似季鹰高致？鲈鱼相伴菰米。红尘如海丘园梦，一叶又秋风起。湘湖外，看采撷芳条，际晓随鱼市。旧游谩记。但望极江南，秦鬟贺镜，渺渺隔烟翠。

桂　枝　香

蟹

松江岸侧，正乱叶坠红，残浪收碧。犹记灯寒暗聚，簖疏轻入。休嫌郭索尊前笑，且开颜共倾芳液。翠橙丝雾，玉葱涴雪，嫩黄初擘。　　与那日新诗换得，又几度相逢，落潮秋色。常是篱边早菊，慰渠岑寂。如今谩有江山兴，更谁怜草泥踪迹？但将身世，浮沉醉乡,旧游休忆。

浣 溪 沙

题《蕖洲渔笛谱》

玉雪庭心夜色空,移花小槛斗春红。轻衫短帽醉歌重。　　彩扇旧题烟雨外,玉箫新谱燕莺中。阑干到处是春风。

清 平 乐

绿窗初晓,枕上闻啼鸟。不恨王孙归不早,只恨天涯芳草。　　锦书红泪千行,一春无限思量。折得垂杨寄与,丝丝都是愁肠。

一 萼 红

寄弁阳啸翁

过蔷薇,正风暄云澹,春去未多时。古岸停桡,单衣试酒,满眼芳草斜晖。故人老经年赋别,灯晕里相对夜何其?泛剡清愁,买花芳事,一卷新诗。　　流水孤航渐远,想家山猿鹤,喜见重归。北阜寻幽,青津问钓,多情杨柳依依。最难忘吟边旧语,数菖蒲花老是来期。几夕相思梦蝶,飞绕蘋溪。

王易简 字理得,山阴人。

天 香

龙涎香

烟峤收痕,云沙拥沫,孤槎万里春聚。蜡杵冰尘,水研花片,带得海山风露。纤痕透晓,银镂小初浮一缕。重剪纱窗暗烛,深垂绣帘微雨。　　馀馨恼人最苦,染罗衣少年情绪。谩省佩珠曾解,蕙羞兰妒。好是芳钿翠妩，恨素被浓熏梦无据。待剪秋云，殷勤寄与。

水 龙 吟

白莲

翠裳微护冰肌，夜深暗泣瑶台路。芳容淡泞，风神萧散，凌波晚步。西子残妆，环儿初起，未须匀注。看明珰素袜，相逢憔悴，当应被薰风误。　　十里云愁雪妒，抱凄凉盼娇无语。当时姊妹，朱颜褪酒，红衣按舞。别浦重寻，旧盟惟有，一行鸥鹭。伴玉颜月晓，盈盈冷艳，洗人间暑。

摸 鱼 儿

莼

怪鲛宫水晶帘卷，冰痕初断香缕。柔波荡桨人难到，三十六陂烟雨。春又去。伴点点荷钱隐约吴中路。相思日暮。恨洛浦娉婷，芳钿翠剪，夜影照凄楚。　　功名梦，消得西风一度。高人今在何许？鲈香菰冷斜阳里，多少天涯意绪！谁记取？但枯豉红盐，溜玉凝秋筋。樽前起舞。算惟有渊明，黄花岁晚，此兴共千古。

又

前题

过湘皋碧龙惊起，冰涎犹护鬐影。春洲未有菱歌伴，独占暮烟千顷。呼短艇。试剪取纤条玉溜青丝莹。樽前细认。似水面新荷，波心半卷，点点翠钿净。　　凄凉味，酪乳那堪比并。吴盐一箸秋冷。当时不为鲈鱼去，聊尔勤渠归兴。还记省。是几度西风几处吹愁醒？鸥昏鹭暝。谩换得霜痕，萧萧两鬓，羞与共秋镜。

齐天乐

蝉

碧云深锁齐姬恨，纤柯暗翻冰羽。锦瑟重调，绡衣乍著，聊饮人间风露。相逢甚处？记槐影初凉，柳阴新雨。听尽残声，为谁惊起又飞去？　　商量秋信最早，晚来吟未彻，都是凄楚。断韵还连，馀悲似咽，欲和愁边佳句。幽期与语。怕寒叶凋零，蜕痕尘土。古木斜晖，向人怀抱苦。

冯应瑞 字祥父，号友竹。

天香

龙涎香

枯石流痕，残沙拥沫，骊宫夜蛰惊起。海市收时，鲛人分处，误入众芳丛里。春霖未就，都化作凄凉云气。惟有清寒一点，消磨小窗残醉。　　当年翠篝素被，拂馀薰倦怀如水。谩惜舞红犹在，为谁重试？几片金昏字古，向故箧聊将伴憔悴。□□□□，□□□□。

唐艺孙 字英发。有《瑶翠山房集》。

天香

龙涎香

螺甲磨星，犀株捣月，蕤英嫩压拖水。海蜃楼高，仙娥钿小，缥缈结成心字。麝煤候暖，载一朵轻云未起。银叶初生薄晕，金猊旋翻纤指。　　芳杯恼人渐醉，碾微馨凤团闲试。满架舞红都换，懒收珠佩。几片菱花镜里，更摘索双环伴秋睡。早是新凉，重薰翠被。

齐　天　乐

蝉

柳风微扇闲池阁，深林翠阴人静。渐理琴丝，谁调金奏？凄咽流空清韵。虹明雨润。正乍集庭柯，凭栏新听。午梦惊回，有人娇困酒初醒。　　西轩晚凉又嫩，向枝头占得，银露千顷。蜕剪花轻，翼翻纸薄，老去易惊秋信。残声送暝。恨秦树斜阳，暗催光景。淡月疏桐，半窗留鬓影。

桂　枝　香

蟹

收帆渡口，认远岸夜篝，松炬如昼。还见沙痕雪外，水纹霜后。秦宫梦到无肠断，望明河月残疏柳。琐窗相对，茶边犹记，眼波频溜。　　渐嫩菊初筜绿酒，叹风味尊前，潇洒如旧。几度金橙香雾，玉盘纤手。清愁小醉凄凉里，拚今生容易消瘦。草心春浅，年年相忆，看灯时候。

吕同老 字和甫。

水　龙　吟

白莲

冰肌不污天真，晓来玉立瑶池里。亭亭翠盖，盈盈素靥，时妆净洗。太液波翻，《霓裳》舞罢，断魂流水。甚依然旧日，浓香淡粉，花不似人憔悴。　　欲唤凌波仙子，泛扁舟浩波千里。只愁回首，冰奁半掩，明珰乱坠。月影凄迷，露华零落，小栏谁倚？共芳盟犹有，双栖雪鹭，夜寒惊起。

齐天乐

蝉

绿阴初蔽林塘路，凄凄乍留清韵。倦咽高槐，惊嘶别柳，还忆当时曾听。西窗梦醒。叹弦绝重调，珥空难整。绰约冰绡，夜深谁念露华冷？　　不知身世易老，一声声断续，频报秋信。坠叶山明，疏枝月小，惆怅齐姬薄幸。馀音未尽。早枯翼飞仙，暗嗟残景。见洗冰奁，怕翻双翠鬓。

天香

龙涎香

冰片熔肌，水沉换骨，蜿蜒梦断瀛岛。剪碎腥云，杵匀枯沫，妙手制成翻巧。金篝候火，无似有微薰初好。帘影垂风不动，屏深护春宜小。　　残梅舞红褪了，佩珠寒，满怀清峭。几度酒馀重省，旧愁多少。荀令风流未减，怎奈向飘零赋情老！待寄相思，仙山路杳。

陈恕可 字行之，越州人。

水龙吟

白莲

素姬初宴瑶池，佩环误落云深处。分香华井，洗妆湘渚，天姿淡泞。碧盖吹凉，玉冠迎晓，盈盈笑语。记当时乍识，江明夜净，只愁被婵娟误。　　几点沙边飞鹭，旧盟寒远迷烟雨。相思未尽，纤罗曳水，清铅泣露。玉镜台空，银瓶绠绝，断魂何许？待今宵试采，中流一叶,共凌波去。

齐　天　乐

蝉

碧柯摇曳声何许?阴阴晚凉庭院。露湿身轻,风生翅薄,昨夜绡衣初剪。琴丝宛转。弄几曲新声,几番凄惋。过雨高槐,为渠一洗故宫怨。　清虚襟度谩与,向人低诉处,幽思无限。败叶枯形,残阳绝响,消得西风肠断。尘情已倦。任翻鬓云寒,缀貂金浅。蜕羽难留,顿惊仙梦远。

又

前题

蜕仙飞佩流空远,珊珊数声林杪。薄暑眠轻,浓阴听久,勾引凄凉多少?长吟未了。想犹怯高寒,又移深窈。与整绡衣,满身风露正清晓。　微薰庭院昼永,那回曾记得,如诉幽抱。断响难寻,馀悲独省,叶底还惊秋早。齐宫路杳。叹事往魂消,夜闲人悄。谩想轻盈,粉奁双鬓好。

桂　枝　香

蟹

西风故国,记乍脱内黄,归梦溪曲。还是秦星夜映,楚霜秋足。无肠枉抱东流恨,任年年褪筐微绿。草汀篝火,芦州纬箔,早寒渔屋。　叙旧别芳笃荐玉,正香擘新橙,清泛佳菊。依约行沙乱雪,误惊窗竹。江湖岁晚相思远,对孤灯谩怀幽独。嫩汤浮眼,枯形蜕壳,断魂重续。

赵汝钠 字真卿，号月洲。

水 龙 吟

白莲

露华洗尽凡妆，玉妃来侍瑶池宴。风裳水佩，冰肌雪艳，清凉不汗。解语情多，凌波步稳，酒容消散。想温泉浴罢，天然真态，浑疑是，宫妆浅。　　暗想凄愁别岸，粉痕消香腮凝腕。雪空冰冷，此情惟许，鹭知鸥见。羽扇微摇，翠帷低拥，清凉亭院。待夜深，月上阑干，更邀取姮娥伴。按：结句与调稍异。

唐　珏 字玉潜，号菊山，越州人。与林景熙相善，宋亡，同为采药之行，潜拾诸陵遗骸攒葬，树以冬青私识焉。世人多其义烈。

摸 鱼 儿

莼

渐沧浪冻痕销尽，琼丝初漾明镜。鲛人夜剪龙髯滑，织就水晶帘冷。凫叶净。最好似嫩荷半卷浮晴影。玉流翠凝。早枯豉融香，红盐和雪，醉齿嚼清莹。　　功名梦，曾被秋风唤醒。故人应动高兴。悠然世味浑如水，千里旧怀谁省？空对景。奈回首姑苏台畔愁波暝。烟寒夜静，但只有芳洲，蘋花与老，何日泛归艇？

桂 枝 香

蟹

松江舍北，正水落晚汀，霜老枯荻。还见青筐似绣，绀螯如戟。西风有恨无肠断，怅东流几番潮汐。夜灯争聚，微光挂影，误投帘隙。　　更喜荐新刍玉液，正半壳含黄，一醉秋色。纤手香橙风味，有人相忆。江湖岁晚听飞雪,但沙痕空记行迹。至今茶鼎,时时犹记,眼波愁碧。

台 城 路

蝉

蜕痕初染仙茎露,新声又移凉影。佩玉流空,绡衣剪雾,几度槐昏柳暝。幽窗睡醒。奈欲断还连,不堪重听。怨结齐姬,故宫烟树翠阴冷。　　当时旧情在否?晚妆清镜里,犹记娇鬓。乱咽频惊,馀悲渐杳,摇曳风枝未定。秋期话尽。又抱叶凄凄,暮寒山静。付与孤蛩,苦吟清夜永。

水 龙 吟

白莲

淡妆人更婵娟,晚奁净洗铅华腻。泠泠月色,萧萧风度,娇红欲避。太液池空,《霓裳》舞倦,不堪重记。叹冰魂犹在,翠舆难驻,玉簪为谁轻坠?　　别有凌空一叶,泛清寒素波千里。珠房泪湿,明珰恨远,旧游梦里。羽扇生秋,琼楼不夜,尚遗仙意。奈香云易散,绡衣半脱,露凉如水。

李居仁 字师吕,号五松。

水 龙 吟

白莲

蕊仙群拥宸游,素肌似怯波心冷。霜裳缟夜,冰壶凝露,红尘洗尽。弄玉轻盈,飞琼绰约,淡妆临镜。更多情一片,碧云不卷,笼娇面,回清影。　　菱唱数声乍听,载名娃藕丝萦艇。雪鸥沙鹭,夜来同梦，晓风吹醒。酒晕全消，粉痕微渍，色明香莹。问此花，曷贮瑶池，应未许繁红并。按：结句与调稍异。

王梦应 字静得，攸县人。咸熙中进士，调庐陵尉，元兵陷临安，起兵勤王，兵败，奔永新，卒。

念 奴 娇

欲霜更雨，记青黄篱落，东风前此。帘外秋容人共老，雁与愁飞千里。水郭烟明，竹陂波小，万叶寒声起。凭高那更，九嶷吹尽云气。　　婉娩空复多情，年年归梦，花与柴桑似。谁解魂消风日晚？短笛孤舟秋水。江蟹笼新，露黄斟浅，浇得乡关思。平芜天远，一痕黄抹秋霁。

谭宣子 字明之，号在庵。

谒 金 门

人病酒，生怕日高催绣。昨夜新番花样瘦，旋描双蝶凑。　　闲凭绣床呵手，却说春愁还又。门外东风吹绽柳，海棠花厮勾。

江 城 子

咏柳

嫩黄初染绿初描。倚春娇，索春饶。燕外莺边，想见万丝摇。便作无情终软美，天赋与，眼眉腰。　　短长亭外短长桥。驻金镳，系兰桡。可爱风流年纪可怜宵。办得重来攀折后，烟雨暗，不辞遥。

陈逢辰 字振祖，号存熙。

乌夜啼

月痕未到朱扉，送郎时。暗里一汪儿泪，没人知。　　揾不住，收不聚，被风吹。吹作一天愁雨，损花枝。

楼　采 字君亮。

瑞鹤仙

冻痕消梦草。又招得春归，旧家池沼。园扉掩寒峭。倩谁将花信，遍传深窈？追游趁早。便裁却轻衫短帽。任残梅飞满溪桥，和月醉眠清晓。　　年少。青丝纤手，彩胜娇鬟，赋情谁表？南楼信杳，江云重，雁归少。记冲香嘶马，流红回岸，几度绿杨残照。想暗黄依旧东风，霸陵古道。

法曲献仙音

花匣幺弦，象奁双陆，旧日留欢情意。梦到银屏，恨裁兰烛，香篝夜阑鸳被。料燕子重来地，桐阴锁窗绮。　　倦梳洗。晕芳钿，自羞鸾镜；罗袖冷，烟柳画栏半倚。浅雨压荼蘼，指东风芳事馀几？院落黄昏，怕春莺惊笑憔悴。倩柔红约定，唤取玉箫同醉。

二郎神

露床转玉，唤睡醒绿云梳晓。正倦立银屏，新宽衣带，生怯轻寒料峭。闷绝相思无人问，但怨入墙阴啼鸟。嗟露屋锁春，晴风暄昼，柳轻梅小。　　人悄。日长谩忆秋千嬉笑。怅烬冷炉薰，花深莺静，帘箔微红醉袅。带结留诗，粉痕销帕，情远窃香年少。凝恨极，尽日凭高目断，淡烟芳草。

奚 淢 字倬然，号秋崖。

华 胥 引

中秋紫霞席上

澄空无际，一幅轻绡，素秋弄色。剪剪天风，飞飞万里，吹净遥碧。想玉杵芒寒，听佩环无迹。圆缺何心，有心偏照歌席。
多少情怀，甚年年，共怜今夕！蕊宫珠殿，还吟飘香秀笔。隐约《霓裳》声度，认紫霞楼笛。独鹤归来，更无清梦成觅。

赵闻礼 字立之，号钓月。

水 龙 吟

水仙

几年埋玉蓝田，绿云翠水烘春暖。衣熏麝馥，袜罗尘沁，凌波步浅。钿碧搔头，腻黄冰脑，参差难剪。乍声沉素瑟，天风佩冷，蹁跹舞《霓裳》遍。　　湘波盈盈月满，抱相思夜寒肠断。含香有恨，招魂无路，瑶琴写怨。幽韵凄凉，暮江空渺，数峰清远。粲迎风一笑，持花酹酒，结南枝伴。

词综卷二十四

宋词

寇寺丞

点绛唇

春睡瞢腾，觉时鸳被堆香暖。起来犹懒，独自情何限！　　深院日斜，人静花阴转。柔肠断，凭高不见，芳草连天远。

陈参政

木兰花慢

送陈石泉自北归

北归人未老，喜依旧著南冠。正雪暗滹沱，云迷芒砀，梦落邯郸。乡心日行万里，幸此身生入玉门关。多少秦烟陇雾，西湖净洗征衫。　　燕山，望不见吴山，回首一征鞍。慨故宫离黍，故家乔木，那忍重看！钧天紫微何处？问瑶池八骏几时还？谁在天津桥上？杜鹃声里阑干。

杜郎中

玉　楼　春

风解池冰蝉翅薄，庭树枯枝翻翠萼。背寒就暖起偏慵，半卷珠帘凭画阁。　　晴景融融烟漠漠，天际行人乖信约。病身先是怕春来，长到恁时添瘦削。

德祐太学生

百　字　令

德祐乙亥

半堤花雨。对芳辰消遣，无奈情绪。春色尚堪描画在，万紫千红尘土。鹃促归期，莺收佞舌，燕作留人语。绕栏红药，韶华留此孤主。　　真个恨杀东风，几番过了，不似今番苦。乐事赏心磨灭尽，忽见飞书传羽。湖水湖烟，峰南峰北，总是堪伤处。新塘杨柳，小腰犹自歌舞。见《湖海新闻》。三、四谓众宫女行，五谓朝士去，六谓台官默，七指太学上书，八、九谓只陈宜中在。“东风”，谓贾似道；“飞书传羽”，北军至也；“新塘杨柳”，谓贾妾。

祝　英　台　近

德祐乙亥

倚危栏，斜日暮，蓦蓦甚情绪！稚柳娇黄，全未禁风雨。春江万里云涛，扁舟飞渡，那更听塞鸿无数！　　叹离阻。有恨流落天涯，谁念泣孤旅？满目风尘，冉冉如飞雾。是何人惹愁来？那人何处？怎知道愁来不去！“稚柳”，谓幼君；“娇黄”，谓太后；“扁舟飞渡”，谓北军至；“塞鸿”，指流民也；“人惹愁来”，谓贾出；“那人何处”，谓贾去。

无名氏

鱼游春水

春景

秦楼东风里,燕子还来寻旧垒。馀寒犹峭,红日薄侵罗绮。嫩草方抽碧玉茵,媚柳轻窣黄金缕。莺啭上林,鱼游春水。　　几曲阑干遍倚,又是一番新桃李。佳人应怪归迟,梅妆泪洗。凤箫声绝沉孤雁,望断清波无双鲤。云山万重,寸心千里。

眉峰碧

蹙破眉峰碧,纤手还重执。镇日相看未足时,忍便使鸳鸯只?薄暮投村驿,风雨愁通夕。窗外芭蕉窗里人,分叶上心头滴。《玉照新志》:"裕陵亲书其后:'此词甚佳,不知何人所作?'"

扑蝴蝶

烟条雨叶,绿遍江南岸。思归倦客,寻芳来较晚。岫边红日初斜,陌上花飞正满。凄凉数声羌管。　　怨春短。玉人应在,明月楼中画眉懒。蛮笺锦字,多时鱼雁断。恨随去水东流,事与行云共远。罗衾旧香犹暖。胡元任云:"非惟藻丽可喜,其腔调亦自婉美。"

踏莎行

碧藓回廊,绿杨深院。花期夜入帘犹卷。照人无奈月华明,潜身却恨花阴浅。　　密约难凭,幽欢未展。看看滴尽铜壶箭。阑干敲遍不应人,分明烛下闻刀剪。

玉珑璁

城南路,桥南树,玉钩帘卷香横雾。新相识,旧相识,浅颦低笑,嫩红轻碧。惜,惜,惜!　　刘郎去,阮郎住,为云为雨朝还暮。心相忆,空相忆,露荷心性,柳花踪迹。得,得,得!《能改斋漫录》:“近有士人,尝于钱塘江涨桥为狭斜之游,作此词。其后,朝廷复收河南,士人陷而不返。其友作诗寄之,且附以龙涎香,诗云:‘江涨桥边花发时,故人曾共著征衣。请君莫唱桥南曲,花已飘零人不归。’士人在河南得诗,酬之云:‘认得吴家心字香,玉窗春梦紫罗囊。馀薰未歇人何许,洗破征衣更断肠。’”

九　张　机

见《乐府雅词》

一张机,采桑陌上试春衣。风晴日暖慵无力;桃花枝上,啼莺言语,不肯放人归。

又

四张机,鸳鸯织就欲双飞。可怜未老头先白;春波碧草,晓寒深处,相对浴红衣。

又

五张机,横纹织就沈郎诗。中心一句无人会;不言愁恨,不言憔悴,只恁寄相思。

又

七张机,春蚕吐尽一生丝。莫教容易裁罗绮;无端剪破,仙鸾彩凤,分作两边衣。

又

九张机,双花双叶又双枝。薄情自古多离别;从头到底,将心萦系,穿过一条丝。

又

轻丝，象床玉手出新奇。千花万草光凝碧；裁缝衣著，春天歌舞，飞蝶语黄鹂。

又

春衣，素丝染就已堪悲。尘昏汗污无颜色；应同秋扇，从兹永弃，无复奉君时。

玉　楼　春

题铅山驿壁　见《能改斋漫录》

东风杨柳门前路，毕竟雕鞍留不住。柔情胜似岭头云，别泪多于花上雨。　　青楼画幕无重数，听得楼边车马去。若将眉黛染情深，直到丹青难画处。

踏　青　游

赠妓崔念四

识个人人，恰止二年欢会。似赌赛六只浑四。向巫山重重去，如鱼水。两情美，同倚画楼十二，倚了又还重倚。　　两日不来，时时在人心里。拟问卜常占归计。拚三八清斋，望永同鸳被。到梦里，蓦然被人惊觉，梦也有头无尾。吴虎臣云：“政和间士人作，都下盛传。”

调　　笑

桃源集句　见《宣和九重乐府》

相误，桃源路。万里苍苍烟水暮，留君不住君须去。秋月春风闲度，桃花零乱如红雨，人面不知何处！

祝英台近

忆别　见《乐府雅词》

海棠开，花影下，忆得旧游戏。恰似骖鸾，同在彩云里。梦回雨散云收，匆匆归去，一枕乍惊残春睡。　　甚情味？人去花也飘零，馀香半憔悴。点点飞红，都是去时泪。可堪冷落黄昏，潇潇微雨，断魂处，朱栏独倚。

又

剪酴醾，移芍药，深院教鹦鹉。消遣宿酲，欹枕熏沉炷。自从载酒西湖，探梅南浦，久不见雪儿歌舞。　恨无据。因甚不展眉头？凝愁过百五。双燕无情，难寄断肠句。可怜泪湿青绡，怨题红叶，落花乱，一帘风雨。

水调歌头

建炎庚戌题吴江　见《中吴记闻》

平生太湖上，短棹几经过。如今重到，何事愁与水云多？拟把匣中长剑，换取扁舟一叶，归去老渔蓑。银艾非吾事，丘壑已蹉跎。　脍新鲈，斟美酒，起悲歌。太平生长，岂谓今日识干戈！欲泻三江雪浪，净洗边尘千里，不为挽天河。回首望霄汉，双泪堕清波。

杨柳枝

见《乐府雅词》

簌簌花飞一雨残，乍衣单。屏风数幅画江山，水云闲。　　别易会难无计那，泪潸潸。夕阳楼上凭阑干，望长安。

浣 溪 沙

瓜陂铺题壁 见《能改斋漫录》

剪碎香罗裹泪痕，鹧鸪声断不堪闻，马嘶人去近黄昏。 整整斜斜杨柳陌，疏疏密密杏花村，一番风月更消魂。黄季岑云："蔡洲瓜陂铺，有用篦刀刻青泥壁为词。"

鹧 鸪 天

上元 见《芦浦笔记》

宣德楼前雪未融，贺正人见彩山红。九衢照影纷纷月，万井吹香细细风。 复道远，暗相通。平阳主第五王宫。凤箫声里春寒浅，不到珠帘第二重。刘兴伯云："《上元词》十五首，备述宣、政之盛，非想像者所能道，当与《梦华录》并行也。"

绿 意

荷叶 见《乐府雅词》

碧圆自洁，向浅洲远浦，亭亭清绝。犹有遗簪，不展秋心，能卷几多炎热？鸳鸯密语同倾盖，且莫与浣纱人说。恐怨歌忽断花风，碎却翠云千叠。 回首当年汉舞，怕飞去，谩绉留仙裙褶。恋恋青衫，犹染枯香，还笑鬓丝飘雪。盘心清露如铅水，又一夜西风吹折。喜静看匹练秋光，倒泻半湖明月。

撷 芳 词

见《古今词话》

风摇动，雨濛茸，翠条柔弱花头重。春衫窄，香肌湿，记得年时，共伊曾摘。 都如梦，何曾共？可怜孤似钗头凤。关山隔，晚云碧，燕儿来也，又无消息。

御 街 行

见《古今词话》

霜风渐紧寒侵袂。听孤雁，声嘹唳。一声声送一声悲，云淡碧天如水。披衣告语，雁儿略住，听我些儿事。　　塔儿南畔城儿里，第三个桥儿外。濒河西岸小红楼，门外梧桐雕砌。请教且与，低声飞过，那里有人人无寐。

应 天 长

见《古今词话》

雕鞍成谩驻，望断也不归，院深天暮。倚遍旧日曾共凭肩门户。踏青何处所？想醉拍春衫歌舞。征旆举，一步红尘，一步回顾。　　行行愁独语，想媚容今宵，怨郎不住。来为相思，却又空将愁去。人生无定据，叹后会不知何处？愁万缕，凭仗东风，和泪吹与。

念 奴 娇

和东坡韵

炎精中否，叹人材委靡，都无英物。铁马长驱三犯阙，谁作长城坚壁？万里奔腾，两宫幽陷，此恨如何雪？草庐三顾，岂无高卧英杰？　　天意建我中兴，吾君神武，卜一作“踵”曾孙周发。海岳封疆俱效职一作“顺”，堠火会看消灭。翠羽南巡，叩阍无路，徒有冲冠发。孤忠耿耿，剑铓冷浸秋月。

又

题项羽庙

鲍鱼腥断，楚将军鞭虎驱龙而起。空费咸阳三月火，铸就金刀神器。垓下兵稀，阴陵道狭，月暗云如垒。楚歌喧唱，山川都姓刘矣。　　悲泣唤醒虞姬，为伊死别，血刃飞花碎。霸业销沉骓不逝，气尽乌江江水。古庙颓垣，斜阳红树，遗恨鸦声里。兴亡休问，高陵秋草空翠！

点　绛　唇

秋社

燕子依依，晓来总为谁归去？淡云生处，已觉宾鸿度。浅笑低颦，便面机中素。乘鸾女，琐窗琼宇，会有明年暑。

乌　夜　啼

见《天机馀锦》

都无一点残红，夜来风。底事东君归去太匆匆？　　桃花醉，梨花泪，总成空。断送一年春在绿阴中。

又

见《古今词话》

一弯月挂危楼，似藏钩。醉里不知黄叶报新秋。　　征鸿断，归云乱，远峰愁。愁见绿杨凝恨在江头。

秦　楼　月

题蓬莱阁

烟漠漠，海天摇荡蓬莱阁。蓬莱阁，朱甍碧瓦，半侵寥廓。三山谩有长生药，茫茫云海风涛恶。风涛恶，仙槎不见，暮沙潮落。

又

秋寂寂，碧纱窗外人横笛。人横笛，天津桥上，旧曾听得。宫妆玉指无人识，龙吟水底声初息。声初息，月明江岸，数峰凝碧。

西 江 月

见《翰墨》

记得洛阳话别，十年社燕秋鸿。今朝相遇暮云东，对坐旗亭说梦。　　破帽手遮斜日，练衣袖卷寒风。芦花江上两衰翁，消得几番相送？

尉 迟 杯

见《梅苑》

岁云暮，叹光阴冉冉能几许？江梅尚怯馀寒，长安信音犹阻。东风无据。凭栏久，欲去还凝伫。忆溪边月底徘徊，暗香疏影庭户。
朝来冻解霜消，南枝上，香英数点微露。把酒看花，无言有泪，还是那时情绪。花依旧晨妆何处？谩赢得花前愁千缕。尽高楼，画角频吹，任教纷纷飞絮。

洞 仙 故 歌

见《梅苑》

断云疏雨，冷落空山道。匹马骎骎又重到。望孤村，三两茅屋疏篱，溪水畔，一簇芦花晚照。　　寻思行乐地，事去无痕，回首湘波与天杳。叹人生几度，能醉金钗？青镜里，赢得朱颜未老。又一点枝头破黄昏，问客路春风为谁开早？

万 年 欢

见《梅苑》

天气严凝，乍寒梅数枝，岭上开拆。傅粉凝脂，疑是素娥妆拭。先报阳和信息，更雪月交光一色。因追念，往日欢游，共君携手同摘。　　别来又经岁隔，奈高楼梦断，无计寻觅。冷艳寒容，啼雨恨烟愁湿。似向人前泪滴，怎不使伊家思忆？还只恐寂寞空枝，又随昨夜羌笛。

鞓　红

见《梅苑》

粉香尤嫩，霜寒可惯！怎奈向春心已转。玉容别是一般闲婉，悄不管桃红杏浅。　　月影帘栊，金堤波面，渐细细香风满院。一枝折寄，故人虽远，莫辄使江南信断。

忆　少　年

见《梅苑》

疏疏整整，斜斜淡淡，盈盈脉脉。徒怜暗香句，笑梨花颜色。羁马萧萧行又急，空回首水寒沙白。天涯倦牢落，忽一声羌笛。

琴调相思引

胆样瓶儿几点春，剪来犹带水云痕。且移孤冷，相伴最深樽。每为惜花无晓夜，教人甚处不销魂！为君惆怅，何独是黄昏？

眼　儿　媚

萧萧江上荻花秋，做弄许多愁。半竿落日，两行新雁，一叶扁舟。　　惜分长怕君先去，直待醉时休。今宵眼底，明朝心上，后日眉头。

步　蟾　宫

东风捏就腰肢细，系六幅裙儿不起。看来只惯掌中行，怎教在烛花影里？　　更阑应是铅华退，暗蹙损眉峰双翠。夜深著緉小鞋儿，斜靠著屏风立地。

捣　练　子

见《天机馀锦》

林下路，水边亭。凉吹水曲散馀酲。小藤床，随意横。　犹记得，旧时经。翠荷闹雨做秋声。恁时节，不堪听。

谒　金　门

见《天机馀锦》

山无数，遮断故人何处？见说兰舟独系住，溪边红叶树。　忆著前时欢遇，惹起今番愁绪。怎得西风吹泪去？阳台为暮雨！

风　光　好

见《天机馀锦》

柳阴阴，水沉沉。风约双凫立不禁，碧波心。　孤村桥断人迷路，舟横渡。旋买村醪浅浅斟，更微吟。

天　　香

龙涎香

瀛峤浮烟，沧波挂月，潜虬睡起清晓。万里槎程，一番花信，付与露薇冰脑。纤云渐暖，凝翠席氤氲不了。银叶重调火活，珠帘日垂风悄。　螺屏酒醒梦好，绣罗帱依旧痕少。几度试拈心字，暗惊芳抱。隐约仙州路杳，谩佩影玲珑护娇小。素手金篝，春情未老。

裴　湘 字楚老。仁宗时内官。有《肯堂集》。

浪　淘　沙

并门

雁塞说并门，郡枕西汾。山形高下远相吞。古寺楼台依碧嶂，烟景遥分。　晋庙锁溪云，箫鼓仍存。牛羊斜日自归村。惟有故城禾黍地，前事消魂。

僧　挥 字仲殊。安州进士。姓张氏，弃家为僧，居杭州吴山宝月寺。有词七卷。黄叔旸云："仲殊之词多矣，佳者固不少，而小令为最。"

南　柯　子

十里青山远，潮平路带沙。数声啼鸟怨年华。又是凄凉时候在天涯。　白露收残暑，清风散晓霞。绿杨堤畔闹荷花。记得年时沽酒那人家。

玉　楼　春

芭蕉

飞香漠漠帘帷暖，一线水沉烟未断。红楼西畔小阑干，尽日倚栏人已远。　黄梅雨过芭蕉晚，风尾翠摇双叶短。旧年颜色旧年心，留到如今春不管。

柳　梢　青

岸草平沙，吴王故苑，柳袅烟斜。雨后寒轻，风前香软，春在梨花。　行人一棹天涯，酒醒处残阳乱鸦。门外秋千，墙头红粉，深院谁家？

僧祖可 字正平，丹阳人，苏伯固之子，住庐山，与陈师道、徐俯、谢逸预江西诗社。有《东溪集》。

小冲山

谁向江头遣恨浓？碧波流不断，楚山重。柳烟和雨隔疏钟。黄昏后，罗幕更朦胧。　　桃李小园空。阿谁犹笑语，拾残红？珠帘卷尽夜来风。人不见，春在绿芜中。

菩萨蛮

西风簌簌低红叶，梧桐影里银河匝。梦破画帘垂，月明乌鹊飞。　　新愁知几一作"那致"许？欲似丝千缕。雁已不堪闻，砧声何处村？

又

谁能画取沙边雨？和烟澹扫蒹葭渚。别岸却斜晖，采莲人未归。　　鸳鸯如解语，对浴红衣去。去了更回头，教侬特地愁。

释惠洪 字觉范。有《石门文字禅》。

许彦周云："上人善作小词，情思婉约，似秦少游，仲殊、参寥皆不能及。"

青玉案

和贺方回韵

绿槐烟柳长亭路。恨取次分离去。日永如年愁难度。高城回首，暮云遮尽，目断知何处？　　解鞍旅舍天将暮，暗忆丁宁千万句。一寸柔肠情几许？薄衾孤枕，梦回人静，彻晓潇潇雨。

上清蔡真人

法驾导引

阑干曲，阑干曲，红飏绣帘旌。花嫩不禁纤手捻，被风吹去意还惊。眉恨蹙山青。《夷坚志》云："陈东靖康间尝饮于京师酒楼，有妓倚栏歌此词，音调清越，东不觉倾听，其后有'铿铁板，闲引步虚声。尘世无人知此曲，却骑黄鹤上瑶京。风冷月华清'五句，问何人所制，曰：'上清蔡真人词也。'"

于真人

调见彭致中《鸣鹤馀音》。按：北宋有《虚靖真君词》，内有和于真人作。

凤栖梧

绿暗红稀春已暮，燕子衔泥飞入垂杨处。柳絮欲停风不住，杜鹃声里山无数。　　竹杖芒鞋无定据，穿过溪南独木横桥路。樵子渔师来又去，一川风月谁为主？

行香子

阆苑瀛洲，金谷重楼，总不如茅舍清幽。野花铺地，算也风流。却也宜春，也宜夏，也宜秋。　　酒熟堪筜，客至须留，更无荣无辱无忧。退闲一步，著甚来由？但倦时眠，渴时饮，醉时讴。

葛长庚

自号白玉蟾，闽人，一云琼州人，居武夷。嘉定中诏征赴阙，馆太乙宫，封紫清明道真人。有《海璚集》词二卷。

酹江月

武昌怀古

汉江北泻，下长淮洗尽胸中今古。楼橹横波征雁远，谁见鱼龙夜舞？鹦鹉洲云，凤凰池月，付与沙头鹭。功名何处？年年惟见春絮。　　非不豪似周瑜，壮如黄祖，亦逐秋风度。野草闲花无限数，渺在西山南浦。黄鹤楼人，赤乌年事，江汉亭前路。浮萍无据，水天几度朝暮！

水龙吟

采药径

云屏谩锁空山，寒猿啼断松枝翠。芝英安在，术苗已老，徒劳屐齿。应记洞中，凤箫锦瑟，镇常歌吹。怅苍苔路杳，石门信断，无人问溪头事。　　回首暝烟无际，但纷纷落花如泪。多情易老，青鸾何处？书成难寄。欲问双蛾，翠蝉金凤，向谁娇媚？想分香旧恨，刘郎去后，一溪流水。

水调歌头

江上春山远，山下暮云长。相留相送，时见双燕语风樯。满目飞花万点，回首故人千里，把酒沃愁肠。回雁峰前路，烟树正苍苍。
漏声残，灯焰短，马蹄香。浮云飞絮，一身将影向潇湘。多少风前月下，迤逦天涯海角，魂梦亦凄凉。又是春将暮，无语对斜阳。

摸鱼儿

问沧江旧盟鸥鹭，年来景物谁主？悠悠客鬓知何事，吹满西风尘土。浑未悟，谩自许功名谈笑侯千户。春衫戏舞，怕三径都荒，一犁未把，猿鹤笑君误。　　君且住，未必心期尽负。江山秋事如许！

月明风静萍花路，欹枕试听鸣橹。还又去，道唤取陶泓要草归来赋。相思最苦，是野水连天，渔榔四起，蓑笠占烟雨。

霜天晓角

绿净堂

五羊安在，城市何曾改。十万人家阛阓，东亦海，西亦海。岁岁蒲涧会，地接蓬莱界。老树知他一剑，千山外，万山外。

贺新郎

且尽杯中酒。问平生湖海心期，更如君否？渭树江云多少恨？离合古今非偶！更风雨十常八九。长铗歌弹明月堕，对萧萧客鬓闲携手。还怕折，渡头柳。　　小楼夜久微凉透。倚危栏一池倒影，半空星斗。此会明年知何处？蘋末秋风未久。谩输与鹭朋鸥友。已办扁舟松江去，与鲈鱼莼菜论交旧。应念此，重回首。

又

送赵帅之江州

倏又西风起。这一年光景早过，三分之二。燕去鸿来何日了？多少世间心事！待则甚功成名遂。枫叶荻花动凉思，又寻思江上琵琶泪。还感慨，劳梦寐。　　愁来长是朝朝醉。划地成宋玉伤感，三闾憔悴。况是凄凉寸心碎！目断水苍山翠。更送客长亭分袂。阁皂山前梧桐雨，起风樯露舶无穷意。君此去，趁秋霁。

又

肇庆府送谈金华、张月窗

谓是无情者。又如何临岐欲别，泪珠如洒。此去兰舟双桨急，两岸秋山似画。况已是芙蓉开也。小立西风杨柳岸，觉衣单略说些些话。重把我，袖儿把。　　小词做了和愁写，送将归，要相思处，月明今夜。客里不堪仍送客，平昔交游亦寡。况惨惨苍梧之野！未可凄凉休哽咽，更明朝后日才方卸。情默默，斜阳下。

乩　仙

忆　少　年

凄凉天气，凄凉院落，凄凉时候。孤鸿叫斜月，伴寒灯残漏。落尽梧桐秋影瘦。菱鉴古，画眉难就。重阳又近也，对黄花依旧。

词综卷二十五

宋　词

卢　氏 天圣中，氏父作县令，自汉州归，氏随父行，有词题泥溪驿壁。

蝶　恋　花

蜀道青天烟雾翳。帝里繁华，迢递何时至？回望锦川挥粉泪，凤钗斜亸乌云腻。　　绶带双垂金缕细。玉佩珠珰，露滴寒如水。从此鸾妆添远意，画眉学得遥山翠。

舒　氏 王齐叟彦龄之妻。

点　绛　唇

独自临池，闷来强把阑干凭。旧愁新恨，耗却年时兴。　　鹭散鱼潜，烟敛风初定。波心静，照人如镜，少个年时影。按《夷坚支志》云："彦龄，元祐中枢密彦霖弟也，善为词曲，妻舒亦工篇翰。而妇翁本出武列，彦龄颇失礼于翁，翁怒，邀其女归，竟至离绝。女在父家，偶独行池上，怀其夫，乃作此词。"

魏夫人 丞相曾子宣之室。

朱晦庵云："本朝妇人能文者，惟魏夫人及李易安二人而已。"

菩　萨　蛮

溪山掩映斜阳里，楼台影动鸳鸯起。隔岸两三家，出墙红杏花。　绿杨堤下路，早晚溪边去。三见柳绵飞，离人犹未归。

好　事　近

雨后晓寒轻，花外晓莺啼歇。愁听隔溪残漏，正一声凄咽。不堪西望去程赊，离肠万回结。不似海棠花下，按《凉州》时节。

点　绛　唇

波上清风，画船明月人归后。渐消残酒，独自凭栏久。聚散匆匆，此恨年年有。重回首，淡烟疏柳，隐隐芜城漏。

延安夫人《侯鲭录》云："是苏丞相子容之妹。"

更　漏　子

寄季玉妹

小阑干，深院宇，依旧当时别处。朱户锁，玉楼空，一帘霜日红。弄珠江，何处是？望断碧云无际。凝泪眼，出重城，隔溪羌笛声。

李清照　字易安，格非之女，嫁赵明诚。有《漱玉集》一卷。

张正夫云："易安《元宵永遇乐》词云：'落日熔金，暮云合璧。'已自工致。至于'染柳烟轻，吹梅笛怨，春意知几许？'气象更好。后叠云：'于今憔悴，风鬟霜鬓，怕向花间重去。'皆以寻常语度人音律。炼句精巧则易，平淡入调者难。且《秋》词《声声慢》，此乃公孙大娘舞剑手。本朝非无能词之士，未曾有一下十四叠字者。后叠又云：'到黄昏点点滴滴。'又使叠字,俱无斧凿痕。'怎生得黑!''黑'字不许第二人押。妇人有此奇笔,殆间气也。"

凤凰台上忆吹箫

香冷金猊,被翻红浪,起来慵自梳头。任宝奁尘满,日上帘钩。生怕离怀别苦,多少事欲说还休。新来瘦,非干病酒,不是悲秋。休休!这回去也,千万遍《阳关》,也则难留。念武陵人远,烟锁秦楼。惟有楼前流水,应念我终日凝眸。凝眸处,从今又添,一段新愁。

壶中天慢

萧条庭院,又斜风细雨,重门须闭。宠柳娇花寒食近,种种恼人天气。险韵诗成,扶头酒醒,别是闲滋味。征鸿过尽,万千心事难寄。　楼上几日春寒,帘垂四面,玉阑干慵倚。被冷香消新梦觉,不许愁人不起。清露晨流,新桐初引,多少游春意!日高烟敛,更看今日晴未?黄叔旸云:"前辈称易安'绿肥红瘦'为佳句,予谓'宠柳娇花'语亦甚奇俊,前此未有能道之者。"

一剪梅

红藕香残玉簟秋。轻解罗裳,独上兰舟。云中谁寄锦书来?雁字回时,月满西楼。　花自飘零水自流。一种相思,两处闲愁。此情无计可消除,才下眉头,却上心头。

醉花阴

九日

薄雾浓云愁永昼,瑞脑销金兽。佳节又重阳,玉枕纱厨,半夜凉初透。　东篱把酒黄昏后,有暗香盈袖。莫道不销魂,帘卷西风,人似黄花瘦。

怨 王 孙

春暮

帝里春晚，重门深院。草绿阶前，暮天雁断。楼上远信谁传？恨绵绵！　　多情自是多沾惹，难拚舍。又是寒食也！秋千巷陌，人静皎月初斜，浸梨花。

浣 溪 沙

楼上晴天碧四垂，楼前芳草接天涯。劝君莫上最高梯。　新笋已成堂下竹，落花都入燕巢泥。忍听林表杜鹃啼？

又

髻子伤春懒更梳，晚风庭院落梅初。淡云来往月疏疏。　　玉鸭薰炉闲瑞脑，朱樱斗帐掩流苏。通犀还解辟寒无？

武 陵 春

风住尘香花已尽，日晚倦梳头。物是人非事事休，欲语泪先流。　闻说双溪春尚好，也拟泛轻舟。只恐双溪舴艋舟，载不动许多愁。

点 绛 唇

寂寞深闺，柔肠一寸愁千缕。惜春春去，几点催花雨。　　倚遍阑干，只是无情绪。人何处？连天芳树，望断归来路！

卖 花 声

帘外五更风，吹梦无踪。画楼重上与谁同？记得玉钗斜拨火，宝篆成空。　　回首紫金峰，雨润烟浓。一江春浪醉醒中。留得罗襟前日泪,弹与征鸿。

声　声　慢

寻寻觅觅,冷冷清清,悽悽惨惨戚戚。乍暖还寒时候,最难将息。三杯两盏淡酒,怎敌他晓来风急?雁过也,正伤心却是,旧时相识。　　满地黄花堆积,憔悴损,如今有谁堪摘?守著窗儿,独自怎生得黑?梧桐更兼细雨,到黄昏点点滴滴。这次第,怎一个愁字了得?

阮逸女

花　心　动

仙苑春浓,小桃开,枝枝已堪攀折。乍雨乍晴,轻暖轻寒,渐近赏花时节。柳摇台榭东风软,帘栊静,幽禽调舌。断魂远,闲寻翠径,顿成愁结。　　此恨无人共说。还立尽黄昏,寸心空切。强整绣衾,独掩朱扉,簟枕为谁铺设?夜长更漏传声远,纱窗映,银缸明灭。梦回处,梅梢半笼淡月。

幼　卿

《能改斋漫录》云:"宣和间,有女子幼卿,题词陕府驿壁。"

卖　花　声

极目楚天空,云雨无踪。谩留遗恨锁眉峰。自是荷花开较晚,孤负东风。　　客馆叹飘蓬,聚散匆匆。扬鞭那忍骤花骢!望断斜阳人不见,满袖啼红。

吴淑姬 嫁士人杨子治。有《阳春白雪》词五卷。

黄叔旸云:"淑姬词,佳处不减李易安。"

惜 分 飞

送别

岸柳依依拖金缕,是我朝来别处。惟有多情絮,故来衣上留人住。　　两眼啼红空弹与,未见桃花又去。一片征帆举,断肠遥指苕溪路。

祝 英 台 近

粉痕消,芳信断,好梦总无据。病酒无聊,欹枕听残雨。断肠曲曲屏山,温温沉水,都是旧看承人处。　　久离阻!应念一点芳心,闲愁知几许?偷照菱花,清瘦自羞觑。可堪梅子酸时,杨花飞絮,乱莺又催将春去。

朱淑真 钱塘人。有《断肠集》词一卷。

蝶 恋 花

送春

楼外垂杨千万缕,欲系青春,少住春还去。犹自风前飘柳絮,随春且看归何处?　　满目山川闻杜宇。便做无情,莫也愁人意。把酒送春春不语,黄昏却下潇潇雨。

眼 儿 媚

风日迟迟弄轻柔,花径暗香流。清明过了,不堪回首,云锁朱楼。午窗睡起莺声巧,何处唤春愁?绿杨影里,海棠枝畔,红杏梢头。

谒金门

春已半，触目此情无限。十二阑干闲倚遍，愁来天不管。好是风和日暖，输与莺莺燕燕。满院落花帘不卷，断肠芳草远。

生查子

元夕

去年元夜时，花市灯如昼。月上柳梢头，人约黄昏后。　　今年元夜时，月与灯依旧。不见去年人，泪湿春衫袖。

又

年年玉镜台，梅蕊宫妆困。今岁未还家，怕见江南信。　　酒从别后疏，泪向愁中尽。遥想楚云深，人远天涯近。

蒋兴祖女 靖康间，金人犯阙，阳武蒋令兴祖死之，其女为贼卤去，题词雄州驿中。蒋令，浙西人。

减字木兰花

题雄州驿

朝云横度，辘辘车声如水去。白草黄沙，月照孤村三两家。飞鸿过也，百结愁肠无昼夜。渐近燕山，回首乡关归路难。

郑意娘 杨思厚之妻，撒八太尉自盱眙掠得之，不辱而死。

好事近

往事与谁论？无语暗弹清血。何处最堪肠断？是黄昏时节！

倚楼凝望又徘徊，谁解此情切？何计可同归雁？趁江南春色！

慕容岩卿妻

浣 溪 沙

满目江山忆旧游，汀花汀草弄春柔。长亭舣住木兰舟。好梦易随流水去，芳心犹逐晓云愁。行人莫上望京楼。平江雍熙寺，月夜有客闻妇人歌此词，传之姑苏，岩卿惊曰："此余亡妻平生作也！"询所由来，正其妻殡处。

孙道绚 号冲虚居士，黄铢母。

如 梦 令

宫词

翠擘红蕉影乱，月上朱栏一半。风自碧空来，吹落歌珠一串。不见，不见，人被绣帘遮断。

忆 少 年

葛氏侄女告归，送之。

雨晴云敛，烟花淡荡，遥山凝碧。驱车问征路，赏春风南陌。正雨后梨花幽艳白，悔匆匆过了寒食。归家渐春暮，探酴醿消息。

秦 楼 月

季温归樵阳，书寄。

秋寂寞，秋风夜雨伤离索。伤离索，老怀无奈，泪珠零落。

故人一去无期约，尺书忽寄西飞鹤。西飞鹤，故人何在，水村山郭！

郑文妻孙氏

忆　秦　娥

《绝妙》作李婴

花深深，一钩罗袜行花阴。行花阴，闲将柳带，试结同心。
日边消息空沉沉，画眉楼上愁登临。愁登临，海棠开后，望到如今！

《古杭杂记》云："文，秀州人，太学服膺斋上舍。孙氏寄以词，一时传播，酒楼伎馆皆歌之。"

烛　影　摇　红

乳燕穿帘，乱莺啼树清明近。隔帘时度柳花飞，犹觉寒成阵。长记眉峰偷隐，脸桃红犹藏酒晕。背人微笑，半亸鸾钗，轻笼蝉鬓。
别久啼多，眼应不似当时俊。满园珠翠逞春娇，没个他风韵。若见宾鸿试问，待相将彩笺寄恨。几时得见，斗草归来，双鸳微润？

陆游妾

陆游之蜀，宿一驿中，见题壁诗，询之，则驿中女也，遂纳为妾。半载，夫人逐之，妾赋词而别。

生　查　子

只知眉上愁，不识愁来路。窗外有芭蕉，阵阵黄昏雨。　　晓起理残妆，整顿教愁去。不合画春山，依旧留愁住。

美 奴 陆藻敦礼侍儿。

如 梦 令

送别

日暮马嘶人去，船逐清波东注。后夜最高楼，还肯思量人否？无绪，无绪，生怕黄昏疏雨。

卜 算 子

送我出东门，乍别长安道。两岸垂杨锁暮烟，正是秋光老。
一曲古《阳关》，莫惜金尊倒。君向潇湘我向秦，鱼雁何时到！

王清惠 宋昭仪，入元为女道士，号冲华。

满 江 红

题驿壁

太液芙蓉，浑不是旧时颜色。曾记得承恩雨露，玉楼金阙。名播兰簪妃后里，晕潮莲脸君王侧。忽一朝鼙鼓揭天来，繁华歇。
龙虎散，风云灭。千古恨，凭谁说？对山河百二，泪沾襟血。驿馆夜惊尘土梦，宫车晓碾关山月。愿嫦娥相顾肯从容，随圆缺。《东园友闻》云："此词或传昭仪下张璚英所赋。"

徐君宝妻 岳州人。被掠至杭，其主者数欲犯之，辄以计脱，主者强焉，告曰："俟祭先夫，然后为君妇。"主者许诺。乃焚香再拜，题词壁上，投池中死。

满　庭　芳

题壁

汉上繁华，江南人物，尚遗宣政风流。绿窗朱户，十里烂银钩。一旦刀兵齐举，旌旗拥百万貔貅。长驱入，歌楼舞榭，风卷落花愁。清平三百载，典章人物，扫地都休。幸此身未北，犹客南州。破鉴徐郎何在？空惆怅相见无由！从今后，断魂千里，夜夜岳阳楼。

金德淑 宋宫人。入元，归章丘李生。

望　江　南

赠汪水云

春睡起，积雪满燕山。万里长城横缟带，六街灯火已阑珊，人在玉楼间。

琴　操 杭州妓，后削发为尼。

满　庭　芳

改少游词

山抹微云，天连衰草，画角声断斜阳。暂停征辔，聊共饮离觞。多少蓬莱旧侣，频回首烟霭茫茫。孤村里，寒鸦万点，流水绕红墙。　　魂伤。当此际，轻分罗带，暗解香囊。漫赢得秦楼薄幸名狂。此去何时见也，襟袖上空有馀香。伤心处，长城望断，灯火已昏黄。《能改斋漫录》云："西湖有一倅，闲唱少游《满庭芳》，误举'画角声断斜阳'，琴操在侧云：'谯门'非'斜阳'也。倅因戏曰：'尔可改韵否？'琴操即改作'阳'字韵。东坡闻而赏之。”

盼 盼 泸南官妓。

惜 春 容

侑湣翁

少年看花双鬓绿，走马章台弦管逐。而今老更惜花深，终日看花看不足。　　坐中美女颜如玉，为我同歌《金缕》曲。归时压得帽檐攲，头上春风红簌簌。

聂胜琼 长安妓，归李之问。

鹧 鸪 天

寄别李生

玉惨花愁出凤城，莲花楼下柳青青。尊前一唱《阳关》曲，别个人人第五程。　　寻好梦，梦难成。有谁知我此时情？枕前泪共阶前雨，隔个窗儿滴到明。

蜀中妓

市 桥 柳

送行

欲寄意浑无所有，折尽市桥官柳。看君著上春衫，又相将，放船楚江口。　　后会不知何日又？是男儿休要镇长相守。苟富贵无相忘，若相忘，有如此酒。周公谨云：“词亦可喜。”

玉　英 蓬莱仙人，见《夷坚志》。

浪　淘　沙

塞上早春时，暖律犹微。柳舒金线水回堤。料得江乡应更好，开尽梅蹊。　　昼漏渐迟迟，愁损香肌。几回无语敛双眉。凭遍阑干十二曲，日下楼西。

吴城小龙女

江　亭　怨

帘卷曲栏独倚，山展暮天无际。泪眼不曾晴，家在吴头楚尾。数点雪花乱委，扑漉沙鸥惊起。诗句欲成时，没入苍烟丛里。《冷斋夜话》云：“黄鲁直登荆州亭，柱间有此词，夜梦一女子云：‘有感而作。’鲁直惊悟曰：‘此必吴城小龙女也。’”

赤城韩夫人

法　驾　导　引

东风起，东风起，海上百花摇。十八风鬟云半动，飞花和雨著轻绡。归路碧迢迢。

又

烟漠漠，烟漠漠，天淡一帘秋。自洗玉舟斟白醴，月华微映是空舟。歌罢海西流。绍兴间，都下有乌衣椎髻女子歌此词，凡九阕，皆非人世语。或记之以问一道士，道士惊曰："此赤城韩夫人所制水府蔡真君《法驾导引》也，乌衣女子疑龙云。"

卫芳华 永嘉滕穆侨居临安，月夜游聚景园，遇一女鬼，自言是卫芳华，故宋理宗朝宫人。

木兰花慢

记前朝旧事，曾此地会神仙。向月地云阶，重携翠袖，来拾花钿。繁华总随流水，叹一场春梦杳难圆。废港芙蓉滴露，断堤杨柳垂烟。　　两峰南北只依然，辇路草芊芊。恨别馆离宫，烟销凤盖，波没龙船。平生玉屏金屋，对漆灯无焰夜如年。落日牛羊垅上，西风燕雀林边。

紫　姑 吴兴周权巽伯，乾道五年知衢州西安县，招郡士沈延年，邀致紫姑神，赋《牡丹》词。

瑞鹤仙

赋一捻红牡丹

睹娇红细捻。是西子当日，留心千叶。西都竞栽接。好园林台榭，何妨日涉。轻罗慢褶。费多少，阳和调燮！向晓来，露浥芳苞，一点醉红潮颊。　　双靥。姚黄国艳，魏紫天香，倚风羞怯。云鬟试插，引动狂蜂浪蝶。况东君开宴，赏心乐事，莫惜献酬频叠。看相将红药翻阶，尚馀縢妾。

词综卷二十六

金　词

完颜璹 字仲宝，一字子瑜，世宗之孙，越王永功子，自号樗轩居士，封密国公，宣宗南渡，以开府仪同三司奉朝请。所著有《如庵小藁》。

青　玉　案

冻云封却驼冈路，有谁访溪梅去？梦里疏香风暗度。觉来惟见，一窗凉月，瘦影无寻处。　　明朝画笔江天暮，定向渔蓑得奇句。试问帘前深几许？儿童笑道："黄昏时候，犹是廉纤雨。"

蔡松年 字伯坚，从父靖除真定府判官，遂为真定人，累官吏部尚书，参知政事，迁尚书左丞，封郜国公，进拜右丞相，加仪同三司，后又封卫国公，卒，加封吴国公，谥文简。有《萧闲公集》六卷。

尉　迟　杯

紫云暖。恨翠雏珠树双栖晚！小花静院相逢，的的风流心眼。红潮照玉碗，午香重，草绿宫罗淡。喜银屏小语私分，麝月春心一点。　　华年共有好愿，何时定？妆鬟暮雨零乱！梦似花飞，人归月冷，一夜小山新怨。刘郎兴寻常不浅，况不似桃花春溪远。觉情随晓马东风，病酒馀香相半。

吴 激 字彦高，建州人，宋宰相拭之子，米芾之婿，使金，留不遣，官翰林待制，皇统初出知深州，卒。有《东山集》词一卷。时彦高与伯坚才誉并推，号“吴蔡体”。

黄叔旸云：“彦高词精妙凄惋。”

风 流 子

感旧

书剑忆游梁，当时事，底处不堪伤？望兰楫嫩漪，向吴南浦；杏花微雨，窥宋东墙。风城外，燕随青步障，丝惹紫游缰。曲水古今，禁烟前后，暮云楼阁，芳草池塘。　　回首断人肠！流年去如电，双鬓如霜。欲遣从来遗恨，频近清觞。听出塞琵琶，风沙淅沥；寄书鸿雁，烟月微茫。不似海门潮信，犹到浔阳。

春从天上来

感旧

海角飘零，叹汉苑秦宫，坠露飞萤！梦回天上，金屋银屏，歌吹竞举青冥。问当时遗谱，有绝艺鼓瑟湘灵。促哀弹，似林莺呖呖，山溜泠泠。　　梨园太平乐府，醉几度春风，鬓发星星。舞彻中原，尘飞沧海，风雪万里龙庭。写胡笳幽怨，人憔悴不似丹青。酒微醒，对一轩凉月，灯火青荧。黄叔旸云：“三山郑中卿从张贵谟北使时，闻彼中有歌此调者。”元遗山云：“曾见王防御公玉说，此词皆用琵琶故实，引据甚明，惜不能记忆。”

人 月 圆

宴张侍御家有感

南朝千古伤心地，还唱《后庭花》。旧时王谢，堂前燕子，飞入人家。　　恍然在遇，天姿胜雪，宫鬓堆鸦。江州司马，青衫泪湿，同是天涯。洪景卢云：“先公在燕山，赴北人张总侍御家集，出侍儿佐酒，中有一人，意状摧抑可怜，叩其故，乃宣和殿小宫姬也，坐客翰林直学士吴激作词纪之，闻者挥涕。”《中州乐府》云:“彦高赋此时,宇文叔通亦赋《念奴娇》,先成而颇近鄙俚,及见彦高作,茫然自失,是后人有求作乐府者,叔通即批云:‘吴郎近以乐府名天下,可往求之。’”

刘仲尹 字致君,盖州人。正隆中进士,以潞州节度副使召为都水监丞。有《龙山集》。

浣　溪　沙

春情

绣馆人人倦踏青,粉垣深处簸钱声。卖花门外绿阴清。　　帘幕风柔飞燕燕,池塘花暖语莺莺。有谁知道一春情!

琴 调 相 思 引

蚕欲眠时日已曛,柔桑叶大绿团云。罗敷犹小,陌上看行人。翠实低条梅弄色,轻花吹垅麦初匀。鸣鸠声里,过尽太平村。

高士谈 字子文,一字季默,宣和末任忻州户曹,仕金为翰林直学士。有《蒙城集》。

减 字 木 兰 花

西湖睡起,飞絮游丝春老矣。涨绿涵空,十顷玻璃四面风。平时事少,天与湖山供坐啸。他日西州,却怕羊昙感旧游。

王庭筠 字子端,盖州熊岳人。大定中登第,官至翰林修撰。晚年卜居黄华山,自号黄华老人。

诉　衷　情

夜凉清露滴梧桐,庭树又西风。薰笼旧香犹在,晓帐暖芙蓉。

云淡薄，月朦胧，小帘栊。江湖残梦，半在南楼画角声中。

蝶恋花

衰柳疏疏苔满地。十二阑干，故国三千里。南去北来人老矣，短亭依旧残阳里。　　紫蟹黄柑真解事。似倩西风劝我归欤未？王粲登临寥落际，雁飞不断天连水。

百字令

小雪家集作

山堂晚色，满疏篱寒雀，烟横高树。小雪轻盈如解舞，故故穿帘入户。扫地烧香，团圞一笑，不道因风絮。冰澌生砚，问谁先得佳句？　　有梦不到长安，此心安稳，只有归耕去。试问雪溪无恙否？十里淇园佳处。修竹林边，寒梅树底，准拟全家住。柴门新月，小桥谁扫归路？

赵　可 字献之，高平人。贞元二年进士，仕至翰林直学士。有《玉峰散人集》。

望海潮

赠妓

云垂馀发，霞拖广袂，人间自有飞琼。三馆俊游，百街高选，翩翩老阮才名。银汉会双星。尚相看脉脉，似隔盈盈。醉玉添春，梦云同夜惜卿卿。　　离觞草草同倾。记灵犀旧曲，晓枕馀酲。海外九州，邮亭一别，此生未卜他生。江上数峰青。怅断云残雨，不见高城。二月辽阳芳草，千里路傍情。

刘　迎 字无党，东莱人。大定中进士，除豳王府记室，改太子司经。有诗文乐府，号

《山林长语》。

乌夜啼

离恨远萦杨柳，梦魂长绕梨花。青衫记得章台月，归路玉鞭斜。翠镜啼痕印袖，红墙醉墨笼纱。相逢不尽平生事，春思入琵琶。

又

菱鉴玉篦秋月，蕙炉银叶朝云。宿酲人困屏山梦，烟树小江村。翠甲未消兰恨，粉香不断梅魂。离愁分付残春雨，花外泣黄昏。

王特起 字正之，崞县人。擢第，为沁源令，后为司监。

喜迁莺

别内

东楼欢宴，记遗簪绮席，题诗纨扇。月枕双欹，云窗同梦，相伴小花深院。旧欢顿成陈迹，翻作一番新怨。素秋晚，听《阳关》三叠，一尊相饯。　　留恋，情缱绻。红泪洗妆，雨湿梨花面。雁底关河，马头星月，西去一程程远。但愿此心如旧，天也不违人愿。再相见，把生涯分付药炉经卷。

又

登山临水，正桂岭瘴开，蘋洲风起。玄鹤高翔，苍鹰远击，白鹭欲飞还止。江上层波似练，沙际行人如蚁。目断处，见遥峰簇翠，残霞浮绮。　　千里，关塞远，雁阵不来，犹把阑干倚。数叠悲笳，一行征旆，城郭几番成毁！白塔前朝陵寝，青嶂故都营垒。念往事，但寒烟满目，愁蝉盈耳。

又

题郝仙女庙壁

汀洲蘋满，记蘋笼采采，相将邻媛。苍渚烟生，金支光烂，人在雾绡鲛馆。小鬟顿成云散，罗袜凌波不见。翠鸾远，但清溪如镜，野花留靥。　　情睠，惊变现。身后神功，丝满吴蚕茧。汉女菱歌，湘妃瑶瑟，香动倚云层殿。彤车载花一色，醉尽碧桃清宴。故山晚，叹流年一笑，人间飞电。

梅　花　引

山之麓，河之曲，一湾秀色盘虚谷。水溶溶，雨濛濛，有人行李，萧萧落叶中。　　人家篱落炊烟湿，天外云峰迷淡碧。野云昏，失前村，溪桥路滑，平沙没旧痕。

韩　玉　字温甫，北平人。擢第，入翰林为应奉文字，后为凤翔府判官。有《东浦词》一卷。

感　皇　恩

广东与康伯可

远柳绿含烟，土膏才透。云海微茫露晴岫。故乡何在？梦寐草堂溪友。旧时游赏处，谁携手？　　尘世利名，于身何有？老去生涯殢樽酒。小桥流水，一树雪香寒瘦。故人今夜月，相思否？

减字木兰花

赠歌者

香檀素手，缓理新词来伴酒。音调凄凉，便是无情也断肠。

莫歌《杨柳》，记得渭城朝雨后。客路茫茫，几度东风蕙草长。

贺　新　郎

柳外莺声碎。晚晴天东风力软，嫩寒初退。花底觅春春已去，时见乱红飞坠。又闲傍阑干十二。栏外青山烟缥缈，远连空愁与眉峰对。凝望处，两叠翠。　　鸳鸯结带灵犀佩。绮屏深，香罗帐小，宝檠灯背。谁谓彩云和梦断？青翼阻寻后会。待都把相思情缀。便做锦书难写恨，奈菱花都见人憔悴。那更有，枕函泪？

赵秉文　字周臣，磁州人。擢第，入翰林，因言事外补，后再入馆为修撰、待制，转礼部郎中，出典岢岚、平定、宁边三郡。南渡为直学士，迁侍读，拜礼部尚书，再改翰林学士。自号闲闲居士。所著有《滏水集》。

青　杏　儿

风雨替花愁，风雨罢，花也应休。劝君莫惜花前醉，今年花谢，明年花谢，白了人头。　　乘兴两三瓯，拣溪山好处追游。但教有酒身无事，有花也好，无花也好，选甚春秋！

高　宪　字仲常，辽东人。王庭筠之甥，泰和三年登第，仕博州防御判官。

贫　也　乐

城下路，凄风露，今人犁田昔人墓。岸头沙，带蒹葭，漫漫昔时流水今人家。　　黄埃赤日长安道，倦客无浆马无草。开函关，闭函关，千古如何不见一人闲？

党怀英 字世杰，其先冯翊人。后居泰安，宋太尉进十一代孙，举进士，官翰林学士承旨，卒，谥文献。有《竹溪集》。

感皇恩

一叶下梧桐，新凉风露。喜鹊桥成渺云步。旧家机杼，巧织紫绡如雾。新愁还织就，无重数！　天上何年？人间朝暮。回首星津又空渡！盈盈别泪，散作半空疏雨。离魂都付与，秋将去。

月上海棠

傲霜枝袅团珠蕾，冷香霏烟雨晚秋意，萧散绕东篱，尚仿佛见山清气。西风外，梦到斜川栗里。　断霞鱼尾明秋水，带三两飞鸿点烟际。疏林飒秋声，似知人倦游无味。家何处，落日西山紫翠！

王　渥 字仲泽，太原人。擢第，令宁陵，召为省掾。使宋回，为太学助教，充枢密院经历官，迁右司都事。天兴中，出援武仙，战殁。

水龙吟

从商帅国器猎，同裕之赋。

短衣匹马清秋，惯曾射虎南山下。西风白水，石鲸鳞甲，山川图画。千古神州，一时胜事，宾僚儒雅。快长堤万弩，平冈千骑，波涛卷，鱼龙夜。　落日孤城鼓角，笑归来长围初罢。风云惨澹，貔貅得意，旌旗闲暇。万里天河，更须一洗，中原兵马。看鞬橐呜咽，咸阳道左，拜西还驾。

景　覃 字伯仁，华阳人。自号渭滨野叟。

天　香

市远人稀，林深犬吠，山连水村幽寂。田里安闲，东邻西舍，准拟醉时欢适。社祈雩祷，有箫鼓喧天吹击。宿雨新晴，垅头闲看，露桑风麦。　　无端短亭暮驿，恨连年此时行役。何似临流萧散，缓衣轻帻。炊黍烹鸡自劳，有脆绿甘红荐芳液。梦里春泉，糟床夜滴。

又

百岁中分，流年过半，尘劳系人无尽。桑柘周围，菅茅低架，且喜水亲山近。倦飞高鸟，算也有闲枝栖稳。纸帐练衾，日高睡起，懒梳蓬鬓。　　闲阶土花碧润，缓芒鞋恐伤蜗蚓。侧掩衡门，空解草《玄》谁信？俗驾轻云易散，赖独有莲峰破孤闷。世事悠悠，从教莫问。

凤栖梧

倦客情悰纷似缕。小院无人，卧听秋虫语，归意已搀新雁去，晚凉更作潇潇雨。　　架上秋衣蝇点素。冷菊残妆，尚被春花妒。别有溪山容杖屦，等闲不许知人处。

王　硐 字逸宾，汴梁人。以丞相马吉甫举德行才能，授鹿邑主簿，就乞致仕。

浣溪沙

梦中作

林樾人家急暮砧，夕阳人影入江深。倚栏疏快北风襟。　　雨自北山明处黑，云从白鸟去边阴。几多秋思乱乡心！

赵 摅 字子充，宛平人。官内翰。自号醉全道人。

南歌子

涧草萋萋绿，林莺恰恰啼。汀沙过雨便无泥，换得芒鞋随意到前溪。　浦溆浑堪画，云烟总是题。江湖老伴一蓑衣，真个斜风细雨不须归。

折元礼 官治中。

望海潮

从军舟中作

地雄河岳，疆分韩晋，潼关高压秦头。山倚断霞，江吞绝壁，野烟萦带沧洲。虎旆拥貔貅。看阵云截岸，霜气横秋。千雉严城，五更残角，月如钩。　西风晓入貂裘。恨儒冠误我，却羡兜牟。六郡少年，三关老将，贺兰烽火新收。天外岳莲楼。想断云横晓，谁识归舟？剩著黄金换酒，羯鼓醉《凉州》。

刘 著 字鹏南，皖城人。宣、政末登进士第，仕金，官翰林修撰，出守武遂，终忻州刺史。

鹧鸪天

雪照山城玉指寒，一声羌管怨楼间。江南几度梅花发，人在天涯鬓已斑。　星点点，月团团。倒流河汉入杯盘。翰林风月三千首，寄与吴姬忍泪看。

李献能 字钦叔，河中人。擢第，入翰林为应奉，出为鄜州观察判官，再入，迁修撰。正大末，授河中帅府经历官。

春　草　碧

紫箫吹破黄昏月。簌簌小梅花，飘香雪。寂寞花底风鬟，颜色如花命如叶。千里涴凝尘，凌波袜。　　心事鉴影鸾孤，筝弦雁绝。旧时雪堂人，今华发。肠断《金缕》新声，杯深不觉琉璃滑。醉梦绕南云，花上蝶。

李　晏 字致美，高平人。皇统中进士，官至礼部尚书，翰林学士承旨，卒，谥文简。

虞　美　人

佳人酒晕潮生颊，艳艳霞千叠。雨馀红泪湿黄昏，误认当年人面倚朱门。　　飘零又送青春暮，怅望刘郎去。教人不恨五更风，只恨马蹄无处避残红！

高　永 字信卿，初名夔，字舜卿，又名揆，渔阳人。累举不第，正大末上书，不报。自号应庵。

大 江 西 上 曲

滕王阁

闲登高阁，叹兴亡满目风烟尘土。画栋珠帘当日事，不见朝云暮雨。秋水长天，落霞孤鹜，千载名如故。长空澹澹，去鸿嘹唳谁数？　　遥忆才子当年，如椽健笔，坐上题佳句。物换星移知几度？遗恨西山南浦。往事无凭，昔人安在？漫向寻歌舞！长江东注，为谁流尽今古?

段克己 字复之,河东人。进士,入元不仕。有《遯斋乐府》一卷。

渔 家 傲

龙尾沟边飞柳絮,虎头山下花无数。花底醉眠留杖屦。花上露,随风散漫飘香雾。　　老去逢春能几度,不妨且作风流主。明日不知风共雨。回首处,夕阳又下西山去。

又

诗句一春浑漫赋一作"与",纷纷红紫俱尘土。楼外垂杨千万缕,风落絮,阑干倚遍空无语。　　毕竟春归何处所?树头树底无寻处。惟有闲愁将不去,依旧住,伴人直到黄昏雨。

段成己 字诚之,克己弟,进士,主宜阳簿,入元不仕。有《菊轩乐府》一卷。

大 江 东 去

送杨国瑞南归

西风溢浦,雁初飞秋水渺茫无际。有底忙时来复去,泛若虚舟不系。篱菊将开,村醪初熟,且住为佳耳。笑言相答:"个中吏隐无愧。"　　岁月不贷闲人,君颜非少,我发白如此。好把金杯休去手,万事惟消沉醉。日转山腰,马嘶柳外,歌阕行人起。凭高西望,相思目断烟水。

元好问 字裕之，秀容人。兴定五年进士，历官左司都事，转行尚书省左司员外郎，金亡不仕。有《遗山集》。

张叔夏云："遗山词，深于用事，精于炼句，风流蕴藉处，不减周、秦。"

水调歌头

赋德新王丈玉溪，溪在嵩前，费、庄两山绝胜处也。

空濛玉华晓，潇洒石淙秋。嵩高大有佳处，元在玉溪头。翠壁丹崖千丈，古木寒藤两岸，村落带林丘。今日好风色，可以放吾舟。百年来，算惟有，此翁游。山川邂逅佳客，猿鸟亦相留。父老鸡豚乡社，儿女篮舆竹几，来往亦风流。万事已华发，吾道付沧洲。

木兰花慢

游三台

渺涨江东下，流不尽古今情。记海上三山，云中双阙，当日南城。黄鹤几年飞去？淡春阴平野草青青。冰井犹残石甃，露盘已失金茎。　风流千古《短歌行》，慷慨缺壶声。想酾酒临江，赋诗按马，词气纵横。飘零，旧家王粲，似南飞乌鹊月三更。笑杀西园赋客，壮怀无复平生。

最高楼

商於鲁县北山

商於路，山远客来稀，鸡犬静柴扉。东家劝饮姜芽脆，西家留宿芋魁肥。觉重来，猿与鹤，总忘机。　问华屋高资谁不恋？问美食大官谁不羡？风浪里，竟安归？云山既不求吾是，林泉又不责吾非。任年年，藜藿饭，芰荷衣。

玉　漏　迟

有怀浙江别业

浙江归路杳，西南却羡投林高鸟。升斗微官，世累苦相萦绕。不如麒麟画里，又不与巢由同调。时自笑，虚名负我，半生吟啸。
扰扰马足车尘，被岁月无情，暗消年少。钟鼎山林，一事几时曾了？四壁秋虫夜雨，更一点残灯斜照。清镜晓，白发又添多少？

满　江　红

一枕馀酲，厌厌共，相思无力。人语定，小窗风雨，暮寒岑寂。绣被留欢香未减，锦书封泪红犹湿。问寸肠能著几多愁？朝还夕！
春草远，春江碧。云黯淡，花狼藉。更柳绵闲飏，柳丝难织。入梦终疑《神女赋》，写情除有文通笔。恨伯劳东去燕西飞，空相忆！

石　州　慢

赴召史馆，与德新丈别于岳祠西新店，明日以此寄之。

击筑行歌，按马赋诗，年少豪举。从渠里社浮沉，枉笑人间儿女。生平王粲，而今憔悴登楼，江山信美非吾土。天地一飞鸿，渺翩翩何许！　　羁旅，山中父老，相逢应念，此行良苦。几为虚名，误却东家鸡黍。漫漫长路！萧萧两鬓黄尘，骑驴漫与行人语。诗句欲成时，满西山风雨。

洞　仙　歌

黄尘鬓发，六月长安道。羞向清溪照枯槁。似山中远志，谩出山来，成个甚，只是人间小草！　　昇平十二策，丞相封侯，说与高人应笑倒。对清风明月，展放眉头，长恁地大醉高歌也好。待都把功名付时流，只求个天公放教空老。

江神子

梦德新丈因及钦叔旧游

河山亭上酒如川，玉堂仙，重留连。犹恨春风桃李负芳华。燕语莺啼花落处，歌扇后，舞衫前。　　旧游风月梦相牵，路三千，去无缘。灭没飞鸿一线入秋烟。白发故人今健否？西北望，一潸然！

又

观别

旗亭谁唱《渭城》诗？酒盈卮，两相思。万古垂杨都是折残枝。旧见青山青似染，缘底事，淡无姿？　　情缘不到木肠儿，鬓成丝，更须辞。只恨芙蓉秋露冷胭脂。为问世间离别泪，何日是，滴休时！

临江仙

自洛阳往孟津道中作

今古北邙山下路，黄尘老尽英雄。人生长恨水长东！幽怀谁共语？远目送归鸿。　　盖世功名将底用？从前错怨天公。浩歌一曲酒千钟。男儿行处是，未要论穷通。

又

寄德新丈

自笑此身无定在，北州又复南州。买田何日遂归休？向来元落落，此去亦悠悠。　　赤日黄尘三百里，嵩丘几度登楼。故人多在玉溪头。清泉明月晓，高树乱蝉秋。

又

内乡北山

夏馆秋林山水窟，家家林影湖光。三年闲为一官忙。簿书愁里过，笋蕨梦中香。　　父老书来招我隐，临流已盖茅堂。白头兄弟共论量。山田寻二顷，他日作桐乡。

鹊　桥　仙

梨花春暮，垂杨秋晚，归袖无人重挽。浮云流水十年间，算只有青山在眼。　　风台月榭，朱唇檀板，多病全疏酒盏。刘郎争得似当时，比前度心情又减！

鹧　鸪　天

隆德故宫，同希颜、钦叔、知幾诸人赋。

临锦堂前春水波，兰皋亭下落梅多。三山宫阙空银海，万里风埃暗绮罗。　　云子酒，雪儿歌。留连风月共婆娑。人间更有伤心处，奈得刘伶醉后何？

又

华表归来老令威，头皮留在姓名非。旧时逆旅黄粱饭，今日田家白板扉。　　沽酒市，钓鱼矶。爱闲直与世相违。墓头不要征西字，元是中原一布衣。

太　常　引

东原上清宫同杨飞卿夜话汝梁旧游，追怀钦叔内翰。

十年流水共行云，相见重情亲。沧海内扬尘，便疑是前身后身。风台月榭，舞裙歌扇，乐事几回新。莫话洛阳春，更谁似金銮故人？

清　平　乐

忆镇阳

悲欢聚散，世事天谁管？梳去梳来双鬓短，镜里看看雪满。

燕南十月霜寒，孤身去住都难。何日西窗灯火？眼前儿女团圞。

又

离肠宛转，瘦觉妆痕浅。飞去飞来双乳燕，消息知郎近远！楼前小雨珊珊，海棠帘幕轻寒。杜宇一声春去，树头无数青山。

迈 陂 塘

太和五年乙丑岁，赴试并州，道逢捕雁者云："今日获一雁，杀之矣，其脱网者悲鸣不能去，竟自投于地而死。"予因买得之，葬之汾水之上，累石为识，号曰雁丘，并作《雁丘词》。

问世间情是何物，直教生死相许？天南地北双飞客，老翅几回寒暑。欢乐趣，离别苦，就中更有痴儿女。君应有语，渺万里层云，千山暮雪，只影向谁去？　　横汾路，寂寞当年箫鼓，荒烟依旧平楚。《招魂》楚些何嗟及，山鬼暗啼风雨。天也妒，未信与莺儿燕子俱黄土。千秋万古，为留待骚人，狂歌痛饮，来访雁丘处。

点 绛 唇

醉里春归，绿窗犹唱留春住。问春何处？花落莺无语。　　渺渺予怀，漠漠烟中树。西楼暮，一帘疏雨，梦里寻春去。

江月晃重山

初到嵩山作

塞上秋风鼓角，城头落日旌旗。少年鞍马适相宜。从军乐，莫问所从谁？　　候骑才通冀北，先声已动辽西。归期犹及柳依依。春闺月，红袖不须啼。

王予可 字南云，吉州人。

生 查 子

夜色静明河，风好来千里。水殿谪仙人，皓齿清歌起。　　前声金罍中，后调银河底。一夜岭头云，绕遍楼前水。

邓千江 临洮人。

望 海 潮

献张六太尉

云雷天堑，金汤地险，名藩自古皋兰。营屯绣错，山形米聚，襟喉百二秦关。鏖战血犹殷。见阵云冷落，时有雕盘。静塞楼头晓月，依旧玉弓弯。　　看看定远西还。有元戎阃令，上将斋坛。区脱昼空，兜铃夕解，甘泉又报平安。吹笛虎牙间。且宴陪珠履，歌按云鬟。招取英灵毅魄，长绕贺兰山。陶九成云：“近世所谓大曲，苏小小《蝶恋花》、苏东坡《念奴娇》、晏叔原《鹧鸪天》、柳耆卿《雨淋铃》、辛稼轩《摸鱼子》、吴彦高《春草碧》、蔡伯坚《石州慢》、张子野《天仙子》、朱淑真《生查子》、邓千江《望海潮》。”

词综卷二十七

元 词

许 衡 字仲平，河内人。被召为京兆提学，累官集贤大学士、兼国子祭酒，领太史院事，赠荣禄大夫、司徒，谥文正，加赠太傅、开府仪同三司、魏国公，从祀孔子庙庭。有《鲁斋先生集》。

满 江 红

别大名亲旧

河上徘徊，未分袂孤怀先怯。中年后此般憔悴，怎禁离别！泪苦滴成襟畔湿，愁多拥就心头结。倚东风搔首谩无聊，情难说。 黄卷在，消白日。青镜里，增华发。念岁寒交友，故山烟月。虚负人生归去好，谁知美事难双得。计从今佳会几何时？长相忆！

张弘范 字仲畴，定兴人。官至镇国上将军、江东道宣慰使，赠银青荣禄大夫、平章政事，谥武略，加赠太师、开府仪同三司、上柱国、齐国公，改谥忠武，延祐中追封淮阳王，更谥献武。

临 江 仙

忆旧

千古武陵溪上路，桃花流水潺潺。可怜仙侣剩浓欢。黄鹂惊梦破，青鸟唤春还。 回首旧游浑不见，苍烟一片荒山。玉人何处倚阑干？紫箫明月底，翠袖暮云寒。

刘秉忠 字仲晦，邢州人。少为僧，随其师海云入见世祖，遂留之，从伐宋，时人称为聪书记，至元初拜光禄大夫，位太保，参预中书省事，卒，赠太傅，封赵国公，谥文贞，成宗时加赠太师，谥文正，仁宗时进封常山王。有《藏春散人集》。

干　荷　叶

干荷叶，色苍苍，老柄风摇荡。减清香，越添黄，都因昨夜一番霜。寂寞秋江上。

燕公楠 字国材，江州人。至元初辟赣州通判，累官资德大夫，湖广行中书省右丞。有《五峰集》。

摸　鱼　儿

答程雪楼见寿

又浮生平头六十，登楼怅望荆楚。出山小草成何事，闲却竹烟松雨。空自许！早摇落江潭，一似琅琊树。苍苍天路。谩伏枥心长，衔图志短，岁晏欲谁与？　　《梅花赋》，飞堕高寒玉宇。铁肠还解情语！英雄操与君侯耳，过眼群儿谁数？霜鬓缕，只梦听枝头翡翠催归去。清觞飞羽，且细酌盱泉，酣歌郢《雪》，风致美无度。

程钜夫 原名文海，避武宗讳，以字行。其先休宁人，后徙居郢，至钜夫始迁建昌。仕世祖，官翰林学士承旨，赠光禄大夫，追封楚国公，谥文宪。有《雪楼集》词一卷。

摸　鱼　儿

寿燕五峰右丞

记江梅向来轻别，相逢今又平楚。东风小试南枝暖，早已千林烟雨。春几许？向五老仙家，移下琼瑶树。溪桥驿路，更月晓堤沙，霜清野水，疏影自容与。　　平生事，几度含章殿宇，隔花幺凤能语。苔枝夭矫苍龙瘦，谁把冰须细数？千万缕，簇一点芳心待与和羹去。移宫换羽，且度曲传觞，主人花下，今日庆初度。

又

次韵卢疏斋题岁寒亭

问疏斋湘中朱凤，何如江上鹦鹉？波寒木落人千里，客里与谁同住？茅屋趣，吾自爱吾亭，更爱参天树。劳君为赋。渺雪雁南飞，云涛东下，岁晏欲何处？　　疏斋老，意气经文纬武。平生握手相许。江南江北寻芳路，共看碧云来去。黄鹄举，记我度秦淮，君正临清句宣城水名。歌声缓与，怕径竹能醒，庭花起舞，惊散夜来雨。

点　绛　唇

送王荩臣

绿鬓青云，王郎故是乘骢侣。阿龙风度，想在乌衣住。　　带得春来，又共春归去。江头路，美人何处？官柳吹风絮！

清　平　乐

西野使君自辽左寄诗词至滦阳，猥承见及，次韵代讯。

新来酒户，想胜看花处。带得春行平壤路，同笑同歌同住。
滦阳却近山家，芒鞋夜夜丹霞。流水落花归思，苍烟白石生涯。

卢　挚 字处道,号疏斋,涿州人。仕至翰林学士。元初称能诗者,以刘因、卢挚为首。有《疏斋集》。

摸　鱼　儿

题雪楼先生《岁寒亭诗卷》

为君歌岁寒亭子,无烦洲畔鹦鹉。江山胜概风霜地,要近鲁东家住。丘壑趣,应素爱昂霄老柏孤松树。登高作赋。想《白雪阳春》,"碧云日暮",别有倚楼处。　金闺彦,尚忆西清接武。年来乔木如许。团茅时复羲皇上,我醉欲眠卿去。歌欲举,还自悟君家琢就琼瑶句。疏斋试与,倩倚竹佳人,湘弦赴节,凉满北窗雨。

刘敏中 章丘人。至元中为监察御史,累迁翰林学士承旨,卒,谥文简。有《中斋集》。

点　绛　唇

寄程雪楼

短梦惊回,北窗一阵芭蕉雨。雨声还住,斜日明高树。　起望行云,送雨前山去。山如雾,断虹犹怒,直入山深处。

杨　果 字正卿,号西庵,蒲阴人。金正大中进士,入元为北京宣抚使,拜参知政事,出为淮孟路总管,卒,谥文献。有集。

摸　鱼　儿

同遗山赋雁丘

怅年年雁飞汾水,秋风依旧兰渚。网罗惊破双栖梦,孤影乱翻波素。还碎羽,算古往今来,只有相思苦。朝朝暮暮,想塞北风沙,江南烟月，争忍自来去？　　埋恨处，依约并门旧路。一丘寂寞寒雨。世间多少风流事，天也有心相妒。休说与！还却怕有情多被无情误。一杯会举，待细读悲歌，满倾清泪，为尔酹黄土。

仇　远 字仁近，钱塘人。官溧阳州儒学教授，一时游其门者，若张雨、张翥、莫维贤，皆有名当世。所著有《山村集》。

八犯玉交枝

招宝山观月上

沧岛云连，绿瀛秋入，暮景欲沉洲渚。无浪无风天地白，听得潮生人语。擎空孤柱。翠倚高阁凭虚，中流苍碧迷烟雾。惟见广寒门外，青无重数。　　不知是水是山，不知是树，漫漫知是何处？倩谁问凌波轻步？谩凝睇乘鸾秦女。想庭曲《霓裳》正舞。莫须长笛吹愁去，怕唤起鱼龙，三更喷作前山雨。

齐天乐

赋蝉

夕阳门巷荒城曲，清音早鸣秋树。薄剪绡衣，凉生鬓影，独饮天边风露。朝朝暮暮，奈一度凄吟，一番凄楚。尚有残声，蓦然飞过别枝去。　　齐宫往事谩省，行人犹与说，当时齐女。雨歇空山，月笼古柳，仿佛旧曾听处。离情正苦！甚懒拂冰笺，倦拈琴谱。满地霜红，浅莎寻蜕羽。

李　冶 字仁卿，栾城人。金进士，辟知钧州事，城溃，微服北渡，流落忻、崞间，世祖闻其贤，召之，未仕，晚家封龙山下，至元初，再以学士召，就职期月，以老病辞去。有《敬斋集》。

迈 陂 塘

和元遗山《雁丘》

雁双双正分汾水，回头生死殊路。天长地久相思债，何似眼前俱去？摧劲羽，倘万一幽冥，却有重逢处。诗翁感遇。把江北江南，风嘹月唳，并付一丘土。　　仍为汝，小草幽兰丽句，声声字字酸楚。拍江秋影今何在？宰木欲迷堤树。霜魂苦，算犹胜王嫱青冢真娘墓。凭谁说与？对鸟道长空，龙艘古渡，马耳泪如雨。

又

大名有男女以私情不遂赴水者，后三日，
二尸相携出水滨，是岁陂荷俱并蒂。

为多情和天也老，不应情遽如许！请君试听双蕖怨，方见此情真处。谁点注？香潋滟银塘对抹胭脂露。藕丝几缕，绊玉骨春心，金沙晓泪，漠漠瑞红吐。　　连理树，一样骊山怀古。古今朝暮云雨。六郎夫妇三生梦，幽恨从来艰阻。须念取，共鸳鸯翡翠，照影长相聚。秋风不住。怅寂寞芳魂，轻烟北渚，凉月又南浦。

鹧 鸪 天

中秋同遗山饮倪文仲家莲花白，醉中赋此。

太乙沧波下酒星，露醽秘诀出仙扃。情知天上莲花白，压尽人间竹叶青。　　迷晚色，散秋馨。兵厨晓溜玉泠泠。楚江云锦三千顷，笑杀灵均语独醒。

王　恽　字仲谋，汲县人。官至翰林学士、嘉议大夫，累进中奉大夫，赠翰林学士承旨、资善大夫，追封太原郡公，谥文定。有《秋涧集》词四卷。

春从天上来

见故宫人感赋

罗绮深宫，记紫袖双垂，当日昭容。锦封香重，彤管春融，帝座一点云红。正台门事简，更捷奏清昼相同。听钧天，侍瀛池内宴，长乐歌钟。　　回头五云双阙，恍天上繁华，玉殿珠栊。白发归来，昆明灰冷，十年一梦无踪。写杜娘哀怨，和泪点弹与孤鸿。淡长空，看五陵何似？无树秋风。

点　绛　唇

送董秀才西上

杨柳青青，玉门关外三千里。秦山渭水，未是消魂地。　　坦卧东床，恐减风云气。功名际，愿君著意，莫搵春闺泪。

水　龙　吟

赋秋日红梨花

纤苞淡贮幽香，玲珑轻锁秋阳丽。仙根借暖，定应不待，荆王翠帔。潇洒轻盈，玉容浑是，金茎露气。甚西风宛转，东栏暮雨，空点缀，真妃泪。　　谁遣司花妙手，又一番角奇争异。使君高卧，竹亭闲寂，故来相慰。燕几螺屏，一枝披拂，绣帘风细。约洗妆快泻，玉屏芳酒，枕秋蟾醉。

平　湖　乐

采莲人语隔秋烟，波静如横练。入手风光莫流转，共留连。画船一笑春风面。江山信美，终非吾土，问何日是归年？

又

秋风湖上水增波，水底云阴过。憔悴湘累莫轻和，且高歌。

凌波幽梦谁惊破？佳人望断，碧云暮合，道别后意如何？

又

安仁双鬓已惊秋，更甚眉头皱？一笑相逢且开口，玉为舟。新词淡似鹅黄酒。醉归扶路，竹西歌吹，人道似扬州。

又

秋风袅袅白云飞，人在平湖醉。云影湖光淡无际，锦屏围。故人远在千山外。百年心事，一樽浊酒，长使此心违。

后庭花破子

晚眺临武堂

绿树远连洲，青山压树头。落日高城望，烟霏翠满楼。木兰舟。彼汾一曲，春风佳可游。

赵孟頫 字子昂，宋太祖子秦王德芳之后，四世祖伯圭赐第湖州，遂为湖州人。宋末为真州司户参军，至元中以程钜夫荐入见，授兵部郎中，累官翰林学士承旨，荣禄大夫，卒，追封魏国公，谥文敏。有《松雪词》一卷。

邵复孺云："公以承平王孙而婴世变，《黍离》之悲，有不能忘情者，故长短句深得骚人意度。"

后庭花破子

清溪一叶舟，芙蓉两岸秋。采菱谁家女？歌声起暮鸥。乱云愁。满头风雨，带荷叶归去休。

蝶恋花

依是江南游冶子。乌帽青鞋，行乐东风里。落尽杨花春满地，萋萋芳草愁千里。　扶上兰舟人欲醉。日暮青山，相映双蛾翠。万顷湖光歌扇底，一声吹下相思泪。

虞　美　人

浙江舟中作

潮生潮落何时了？断送行人老！消沉万古意无穷，尽在长空澹澹鸟飞中。　海门几点青山小，望极烟波渺。何当驾我以长风？便欲乘桴浮到日华东。

浣　溪　沙

李叔固丞相会间，赠歌者贵贵。

满捧金卮低唱词，樽前再拜索新诗。老夫惭愧鬓成丝。　罗袖染将修竹翠，粉香须上小梅枝。相逢不似少年时。

浪　淘　沙

今古几齐州？华屋山丘。杖藜徐步立芳洲。无主桃花开又落，空使人愁！　波上往来舟，万事悠悠。春风曾见昔人游。惟有石桥桥下水，依旧东流。

刘　因　字梦吉，容城人。至元中征授承德郎、右赞善大夫，以母疾归，寻以集贤学士、嘉议大夫征，固辞，卒，赠翰林学士、资善大夫、护军，追封容城郡公，谥文靖。有《静修集》词一卷。

木　兰　花

未开常探花开未，又恐才开风雨至。花开风雨不相妨，为甚不来花下醉？　今年休作明年计，明日已非今日事。春风欲劝坐中人，一片落红当眼坠。

鹊　桥　仙

喜雨

纥干生处，几时飞去？欲去被天留住。野人得饱更无求，满意看一犁春雨。　　田家作苦，浊醪酿黍，准备岁时歌舞。不妨分我一豚蹄，更试听清秋社鼓。

梁　曾　字贡父，燕人。以荐起，历官湖南宣慰司副使，改淮西宣慰司副使，两使安南，授吏部尚书，改授淮安路总管，累迁昭文馆大学士，资德大夫。

木 兰 花 慢

西湖送春

问花花不语，为谁落，为谁开？算春色三分，半随流水，半入尘埃。人生能几欢笑？但相逢尊酒莫相推。千古幕天席地，一春翠绕珠围。　　彩云回首暗高台。烟树渺吟怀。拚一醉留春，留春不住，醉里春归。西楼半帘斜日，怪衔春燕子却飞来。一枕青楼好梦，又教风雨惊回。

陈　孚　字刚中，临海人。至元中官翰林待制、兼国史院编修，继出为台州路总管府治中。有集。

太　常　引

端阳日当母诞不得归

彩丝堂上簇兰翘。记生母在今朝。无地捧金蕉。奈烟水龙沙路遥！　　碧天迢递，白云何处？风急雨潇潇！万里梦魂消。待飞逐钱唐夜潮。

又

短衣孤剑客乾坤。奈无策报亲恩！三载隔晨昏。更疏雨寒灯断魂！　　赤城霞外，西风鹤发，犹想倚柴门。蒲酭谩盈尊！倩谁写青衫泪痕。

汪宗臣 字公辅，号紫岩，婺源人。与方虚谷交善。有集四卷。

蝶　恋　花

清明前两日闻燕

年去年来来去早。怪底不来？庭院春光老。知向谁家翻别调？家家望断飞踪杳。千里潇湘烟渺渺。不记雕梁，旧日恩多少。逼近清明才一到，故巢犹在朱檐晓。

姚云文 字圣瑞，高安人。宋咸淳进士。入元授承直郎、抚建两路儒学提举。有《江村遗稿》。

摸　鱼　儿

艮岳

渺人间蓬瀛何许，一朝飞入梁苑。辋川梯洞层崖出，犹带鬼愁龙怨。穷游宴，谈笑里金风吹折桃花扇。翠华天远。怅莎沼萤粘，锦屏烟合，草露泫苍藓。　　东华梦，好在牙樯雕辇，画图历历曾见。落红万点孤臣泪，斜日牛羊春晚。摩双眼，看尘世鳌宫又报鲸波浅。吟鞭拍断，便乞与娲皇，化成精卫，填不尽遗憾！

紫萸香慢

九日

近重阳偏多风雨，绝怜此日暄明。问秋香浓未？待携客出西城。正自羁怀多感，怕荒台高处，更不胜情。向樽前又忆漉酒插花人，只坐上已无老兵。　　凄清，浅醉还醒，愁不肯与诗平。记长楸走马，雕弓笮柳，前事休评。紫萸一枝传赐，梦谁到汉家陵？尽乌纱便随风去，要天知道，华发如此星星。歌罢涕零。

玲珑玉

半闲堂赋春雪

开岁春迟，早赢得一白潇潇。风窗淅簌，梦惊锦帐春娇。是处貂裘透暖，任尊前回舞，红倦柔腰。今朝，亏陶家茶鼎寂寥。　　料得东皇戏剧，怕蛾儿街柳，先斗元宵。宇宙低迷，倩谁分浅凸深凹？休嗟空花无据，便真个琼雕玉琢，总是虚飘。且沉醉，趁楼头零片未消。

齐天乐

柳花引过横塘路，萦回曲蹊通圃。插槿编篱，挨梅砌石，次第海棠成坞。吟筇独拄，待寻访斜桥，水边窥户。已约青山，云深不碍客来处。　　繁华阅人无数，问旧日平原，君还知否？啼鸟窗幽，昼阴人寂，慵困不如飞絮。匆匆燕语，似迎得春来，且留春住。惜取名花，一枝堪寄与。

詹　正 一作玉，字可大，别号天游，郢人。官翰林学士。

霓裳中序第一

至元间，监醮长春宫，见羽士丈室古镜，状似秋叶，背有金刻“宣和御宝”四字，有感，因赋。

一规古蟾魄。瞥过宣和几春色！知那个柳松花怯。曾搓玉团香，涂云抹月。龙章凤刻，是如何儿女消得！便孤了翠鸾何限，人更在天北！　　磨灭。古今离别！幸相从蓟门仙客。萧然林下秋叶。对云淡星疏，眉青影白。佳人已倾国，谩赢得痴铜旧画。兴亡事，道人知否？见了也华发！

三　姝　媚

古卫舟子谓：曾载钱唐宫人。

一篷儿别苦，是谁家花天月地儿女？紫曲藏娇，惯锦窠金翠，玉璈钟吕。绮席传宣，笑声里龙楼三鼓。歌扇题诗，舞袖笼香，几曾尘土？　　因甚留春不住？怎知道人间，匆匆今古。金屋银屏，被西风吹换蓼汀蘋渚。如此江山，应悔却西湖歌舞。载取断云何处？江南烟雨！

齐　天　乐

赠童瓮天兵后归杭

相逢唤醒京华梦，吴尘暗斑吟发。倚担评花，认旗沽酒，历历行歌奇迹。吹香弄碧。有坡柳风情，逋梅月色。画鼓红船，满湖春水断桥客。　　当时何限俊侣，甚花天月地，人被云隔？却载苍烟，更招白鹭，一醉修江又别。今回记得。再折柳穿鱼，赏花催雪。如此湖山，忍教人更说？

清　平　乐

醉红宿翠，髻亸乌云坠。管是夜来浑不睡，那更今朝早起？

东风满搦腰肢，阶前小立多时。却恨一番新雨，想应湿透鞋儿。

吴　澄 字幼清，崇安人。仕至翰林学士，追封临川郡公，谥文正。学者称草庐先生。有词一卷。

渡 江 云

揭浩斋《送春》和韵

名园花正好，娇红殢白，百态竞春妆。笑痕添酒晕，丰脸凝脂，谁与试铅霜？诗朋酒伴，趁此日流转风光。尽夜游不妨秉烛，未觉是疏狂。　　茫茫。一年一度，烂熳离披，似长江去浪。但要教啼莺语燕，不怨卢郎。问春春道何曾去？任蜂蝶飞过东墙。君看取，年年潘令河阳。

彭元逊 字巽吾，庐陵人。

汉 宫 春

元夕

十日春风，又一番调弄，怕暖愁阴。夜来风雨，摇得杨柳黄深。薰篝未断，梦旧寒残醉同衾。便是闻灯见月，看花对酒惊心。

携手满身花影，香霏冉冉，露湿罗襟。笙歌行人归去，回首沉沉。人间此夜，误春光一刻千金。明日问红巾青鸟，苍苔自拾遗簪。

玉女迎春慢

柳

才入新年，逢人日，拂拂淡烟无雨。叶底妖禽自语，小啄幽香还吐。东风辛苦，便怕有踏青人误。清明寒食，消得渡江，黄翠千缕。看临小帖宜春，填轻晕湿，碧花生雾。为说钗头袅袅，系著轻盈不住。问郎留否？似昨夜教成鹦鹉。走马章台，忆得画眉归去。

子　夜　歌

和刘尚友韵

视春衫篋中半在，浥浥酒痕花露。恨桃李随风吹尽，梦里故人如雾。临颍美人，秦川公子，却共何人语？对谁家花草池台，回首故园咫尺，未成归去。　　昨宵听危弦急管，酒醒不知何处？漂泊情多，衰迟感易，无限堪怜许！似尊前眼底，红颜消几寒暑！年少风流，未谙春事，追与东风赋。待他年君老巴山，共君听雨。

解　佩　环

江空不渡，恨蘼芜杜若，零落无数。远道荒寒，婉娩流年，望望美人迟暮。风烟雨雪阴晴晚，更何须，春风千树！尽孤城落木萧萧，日夜江声流去。　　日晏山深闻笛，恐他年流落，与子同赋。事阔心违，交淡媒劳，蔓草沾衣多露。汀洲窈窕馀醒寐，遗佩浮沉澧浦。有白鸥淡月微波，寄语逍遥容与。

罗志仁 号壶秋，涂川人。

霓裳中序第一

四圣观

来鸿又去燕，看罢江潮收画扇。谩湖曲雕栏倚倦。正船过西陵，快篙如箭。凌波不见，但陌花遗曲凄怨。孤山路，晚蒲病柳，淡绿锁深院。　　离恨，五云宫殿。记旧日曾游翠辇，青红如写便面。

帐下鹄池荒，放鹤人远。粉墙随岸转，漏壁瓦残阳一线。蓬莱梦，人间那信，坐看海涛浅！

风 流 子

泛湖

歌咽翠眉低，湖船客，尊酒谩重携。正断续斋钟，高峰南北；飘零野褐，太乙东西。凄凉处，翠连松九里，僧马溅障泥。葛岭楼台，梦随烟散；吴山宫阙，恨与云齐！　　灵峰飞来久，飞不去，有落日断猿啼。无限风荷废港，露柳荒畦。叹岳公英骨，麒麟旧冢；坡仙吟魄，莺燕长堤。欲吊梅花无句，素壁慵题。

金人捧露盘

钱唐怀古

湿苔青，妖血碧，坏垣红。怕精灵来往相逢。荒烟瓦砾，宝钗零乱隐鸾龙。吴峰越巘，翠颦锁，若为谁容？　　浮屠换朝阳殿，僧磬改景阳钟。兴亡事，泪老金铜。骊山废尽，更无宫女说玄宗。海涛落月，角声起，满眼秋风。

虞 美 人

净慈尼

君王曾惜如花面，往事多恩怨。霓裳和泪换袈裟，又送鸾舆北去听琵琶。　　当年未削青螺髻，知是归期未。天花丈室万缘空，结绮临春何处，泪痕中！

韦居安 号梅涧。

摸 鱼 儿

绕苕城水平波渺，双湖遥睇无际。就中惟有渔湾好，占得西关佳致。杨柳外，羡泛宅浮家当日玄真子。溪山信美，叹陈迹犹存，前贤已往，谁会景中意？　萧闲甚，筑屋三间近水。汀洲香泛兰芷。清风明月知多少，肯滞软红尘里！垂钓饵，趁春水生时剩有桃花鳜。烦襟净洗。待办取轻蓑，来分半席，相对弄清沘。

词综卷二十八

元　词

李　琳 号梅谿，长沙人。

六　幺　令

京中清明

淡烟疏雨，香径渺啼鴂。新晴画帘闲卷，燕外寒尤力。依约天涯芳草，染得春风碧。人间陈迹，斜阳今古，几缕游丝趁飞蝶。
谁向尊前起舞？又觉春如客。翠袖折取薦红，笑与簪华发。回首青山一点，檐外寒云叠。梨花著雨，柳花飞絮，梦绕阑干满园雪。

木　兰　花　慢

汴京

蕊珠仙驭远，横羽葆，簇霓旌。甚鸾月流辉，凤云布彩，翠绕蓬瀛。舞衣怯，环佩冷，问梨园几度沸歌声？梦里芝田八骏，禁中花漏三更。　繁华一瞬化飞尘，辇路劫灰平。怅碧灭烟绡，红凋露粉，寂寞秋城。兴亡事，空陈迹，只青山淡淡夕阳晴。未向沙鸥说得，柳风吹上旗亭。

赵　文 字仪可，号青山，庐陵人。东湖书院山长。

八声甘州

和孔瞻怀信国公韵，因念亦周弟。

是去年春草又萋萋，尘生缕金衣。怅朱颜为土，白杨堪柱，燕子谁依？谩说漫漫六合，无地著相思。辽鹤归来后，城亦全非。更有延平一剑，向风雷半夜，何处寻伊？怪天天何物，堪作玉弹棋。到今年无肠堪断，向清明独自掩荆扉。何况又禽声杜宇，花事酴醾。

瑞鹤仙

刘氏园柳

绿杨深似雨，西湖上，旧日愁丝恨缕。风流似张绪。羡春风依旧，年年眉妩。宫腰楚楚，倚画栏曾斗妙舞。想如今似我，零落天涯，却悔相妒。　　痛绝长秋别后，杨白花飞，旧腔谁谱？年光暗度。凄凉事，不堪诉。记菩提寺路，段家桥水，何时重到梦处？况柔条老去，争奈系春不住！

塞翁吟

坐对梅花笑，还记初度年时。名利事，总成非。谩老矣何为！吴山夜月闽山雾，回首鬓影如丝。懒更问，斗牛箕。强凭醉成诗。　　闲思。嗟漂泊，浮云飞絮，曾跌荡，春风《柘枝》。便万里金台筑就，已长分采药庞公，誓墓羲之。百年政尔，一笑樽前，儿女牵衣。

宋　远 号梅洞，涂川人。

意难忘

同滕玉霄、周秋阳、刘尚友、萧高峰邂逅古洪，

题樟镇华光阁志别，分韵得“重”字。

鸡犬云中，笑种桃道士，虚费春风。山城看过雁，春水梦为龙。云上下，燕西东，久别各相逢。向夜深，江声浦树，灯影渔篷。

旧游新恨重重，便十分谈笑，一样飘蓬。玄经摧意气，丹鼎赚英雄。年易老，世无穷，春事苦匆匆。更与谁，题诗药市，沽酒新丰！

周 景 字秋阳，南阳人。

水龙吟

前题得“细”字

人生能几相逢？百年四海为兄弟。旧时青眼，今番白发，年华陨涕。春更无情，抛人先去，杨花无蒂。况江程渐短，别期渐紧，须重把兰舟系。　　幸自清江如砥，指黄垆流莺声细。沧波如许，平芜何处？明朝迢递。何预兴亡？不如休去，墙阴挑荠。且相期共看，蓬莱清浅，更三千岁。

刘将孙 字尚友，庐陵人，辰翁子。

忆旧游

前题得“论”字

正落花时节，憔悴东风，绿满愁痕。悄客梦惊呼伴侣，断鸿有约，回泊归云。江空共道惆怅，夜雨隔篷闻。尽世外纵横，人间恩

怨，细酌休论。　　叹他乡异县，渺旧雨新知，历落情真。匆匆那忍别，料当君思我，我亦思君。人生自非麋鹿，无计久同群。此去重消魂，黄昏细雨人闭门。

萧　列 号高峰，涂川人。

八声甘州

前题得“文”字

可怜生，飘零到荼蘼，依然旧销魂。残春几许，风风雨雨，客里又黄昏。无奈一江烟雾，腥浪卷河豚。身世忽如叶，那自清浑！
莫厌悲歌笑语，奈天涯有梦，白发无根。怕相思别后，无字写回文。更月明洲渚，杜鹃声里，立向临分。三生石，情缘千里，风月柴门。

司马昂父 字九皋。

最高楼

花信紧，二十四番愁，风雨五更头。侵阶苔藓回罗袜，逗衣梅润试香篝。绿窗闲，人梦觉，鸟声幽。　　按秦筝学弄相思调，写幽情恨杀知音少。向何处说风流？一丝杨柳千丝恨，三分春色二分休。落花时，流水里，两悠悠。

应法孙

霓裳中序第一

和周草窗韵

愁云翠万叠。露柳残蝉空抱叶。帘卷流苏宝结。乍庭户嫩凉，阑干微月。玉纤胜雪。委素纨尘锁香箧。思前事莺期燕约，寂寞向谁说？　　悲切！漏签声咽。渐寒灺兰缸未灭。良宵长是间别。恨酒凝红绡，粉涴瑶玦。镜盟鸾影缺。吹怨笛西风数阕。无言久，和衣成梦，睡损缕金蝶。

王学文 字竹涧，眉山人。

摸　鱼　儿

送汪水云之湘

记当年舞衫零乱，《淋铃》忍按新阕！杜鹃枝上东风晚，点点泪痕凝血。芳信歇。念初试琵琶，曾识《关山月》。悲弦易绝。奈笑罢颦生，曲终愁在，谁解寸肠结？　　浮云事，又作南柯梦彻。一簪聊寄华发。乾坤桑海无穷事，才历昆明初劫。谁共说？都付与焦桐写入《梅花》叠。黄花送别。休更问湘魂，独醒何在？沉醉浩歌发。

绮　寮　怨

匆匆东风又老，冷云吹晚阴。疏帘下茶鼎孤烟，断桥外梅豆千林。江南庾郎憔悴，睡未醒，病酒愁怎禁？倚阑干一扇凉风，看平地落花如雪深。　　千曲囊中古琴。平泉金谷，不堪旧事重寻。当日登临，都化作梦销沉。元龙丘垅无恙，谁唤起，共论心？哀歌怨吟，问何似啼鸟枝上音?

柳　梢　青

友人至

客里凄凉,桐花满地,杜宇深山。幸自君来,谁教君去?剪剪轻寒!　　愁怀无语相看,谩写入徽弦自弹。小院黄昏,前村风雨,莫倚阑干。

彭芳远

满　江　红

闻笛

愁满关山,又吹得芦花雪深。西楼外天低水涌,龙挟泓吟。回首人间无此曲,数峰江上落馀音。似断云飞絮两悠悠,何处寻?　　江南路,晴又阴。声韵改,泪盈襟。自中郎去后,羽泛商沉。牛背斜阳添别恨,鸾胶秋月续琴心。待醉骑黄鹤度苍寒,霜满林。

危复之 抚州人。元帅郭昂荐为儒学官,不就,至元中累征不应,隐紫霞山中,卒,私谥贞白先生。

永　遇　乐

早叶初莺,晚风孤蝶,幽思何限?檐角萦云,阶痕积雨,一夜苔生遍。玉窗闲掩,瑶琴慵理,寂寞水沉烟断。悄无言春归无觅,卷帘见双飞燕。　　风亭泉石,烟林薇蕨,梦绕旧时曾见。江上闲鸥,心盟犹在,分得眠沙畔。引觞浮月,飞谈卷雾,莫管愁深欢浅。起来倚阑干，拾得残红一片。

颜子俞 号吟竹，太和人。

清 平 乐

留王静得

留君少住，且待晴时去。水鹤夜深云外语，明日棠梨花雨。尊前不尽馀情，都上鸣弦细声。二十四番风后，绿阴芳草长亭。

刘景翔 号溪山，安成人。

如 梦 令

独立荷汀烟暮，一霎锦云香雨。似为我无情，惊起鸳鸯飞去。飞去，飞去，却在绿杨深处。

吴元可 字山庭，吉安人。

凤凰台上忆吹箫

更不成愁，何曾是醉，豆花雨后轻阴。似此心情自可，多了闲吟。秋在西楼西畔，秋较浅，不似情深。夜来月，为谁瘦小？尘镜羞临。　　弹筝旧家伴侣，记雁啼秋水，下指成音。听未稳，当时自误，又况如今！那是柔肠易断，人间事独此难禁。雕笼近，数声别似春禽。

采　桑　子

江南二月春深浅，芳草青时，燕子来迟，剪剪轻寒不满衣。清宵欲寐还无寐，顾影颦眉，整带心思，一样东风两样吹。

刘　铉 字鼎玉。

乌　夜　啼

石榴

垂杨影里残红，甚匆匆！只有榴花全不怨东风。　　暮雨急，晓霞湿，绿玲珑。比似茜裙初染一般同。

萧允之 号竹屋。

蝶　恋　花

舟行怀旧

十幅归帆风力满。记得来时，买酒朱桥畔。远树平芜空目断，乱山惟见斜阳半。　　谁把新声翻玉管？吹过沧浪，多少伤春怨！已是客怀如絮乱，画楼人更回头看。

虞　美　人

朱楼曾记回娇眄，满座春风转。红潮生面酒微醺，一曲清歌留住半窗云。　　大都咫尺无消息，望断青鸾翼。夜长香短烛花红，多少思量只在雨声中！

点绛唇

花径相逢，眼期心诺情如昨。怕人疑著，佯弄秋千索。　　知有而今，何似当初莫！愁难托。雨铃风铎，梦断灯花落。

琐寒窗

细雨收尘，轻阴弄日，柳丝掠道。桃边杏处，犹记玉骢曾到。对东风回首旧游，香消艳歇无音耗。怅佳人有约难来，绿遍满庭芳草。　　愁抱。沉吟久，问翠珥金钿，为何人好？回文细字，尘暗当年纤缟。倚阑干斜阳又西，欢期易失春易老。待何时再觅珍丛，共把清尊倒。

黄子行 号蓬瓮。

西湖月

自度商调

湖光冷浸玻璃，荡一饷薰风，小舟如叶。藕花十丈，云梳雾洗，翠娇红怯。壶觞围坐处，正酒醁吹波潮晕颊。尚记得玉臂生凉，不放汗香轻浃。　　殢人小摘墙榴，为碎掐猩红，细认裙褶。旧游如梦，新愁似织，泪珠盈睫。秋娘风味在，怎得对银缸生笑靥？消瘦沈约诗腰，仿佛堪捻。

又

探梅

初弦月挂林梢，又一度西园，探梅消息。粉墙朱户，苔枝露蕊，淡匀轻饰。玉儿应有恨，为怅望东昏相记忆。便解佩飞入云阶，长伴此花倾国。　　还嗟瘦损幽人，记立马攀条，倚栏横笛。少年风味，拈花弄蕊，爱香怜色。扬州何逊在，试点染吟笺留醉墨。漫赢得疏影寒窗，夜深孤寂。

满　江　红

归自湖南题富春馆

津鼓匆匆，犹记得故人相送。春江上，鸟啼花影，马嘶香鞚。情逐《阳关金缕》断，泪和杨柳春丝重。算别来几度月明时，相思梦。山万叠，秋眉耸。春一点，归心动。问风俦月侣，有谁游从？百里家山明日到，一尊芳酒今宵共。任楼头吹尽五更风，《梅花弄》。

花　心　动

落梅

谁倚青楼？把谪仙长笛，数声吹裂。一片乍零，千点还飞，正是雨晴时节。水晶帘外东风起，卷不尽满庭春雪。画栏小，斜铺乱飐，翠苔成缬。　　袅袅馀香未歇。空怅望音尘，两眉愁切。翠袖泪干，粉额妆寒，此恨有谁同说？江南春信无痕迹，馀情在冷烟残月。梦魂远，兰灯伴人易灭。

小　重　山

一点斜阳红欲滴。白鸥飞不尽，楚天碧。渔歌声断晚风急。揽芦花飞雪满林湿。　　孤馆百忧集。家山千里远，梦难觅。江湖风月好收拾。故溪云深处著蓑笠。

彭履道

兰　陵　王

章台路，西出重城几步。秦楼晓，花气分明，一霎空濛洗高树。

行人半倚户。飞去黄鹂自语。秋千小，不系柳条，惟有轻阴约飞絮。钿车暗相遇。早拂拭红巾，初放鹦鹉。闻歌犹是《淋铃》处。唤鸣筝掩面，倚垆呼酒，东风重记旧眉妩。报伊共歌舞。

西去，屡回顾。渐客舍荒凉，嘶马先驻。玉关万里知何许？但倦拥荒泽，瓜洲难渡。将军垂老，望故国，夜梦苦。

李裕翁

摸　鱼　儿

讶江南许多风景，繁华只在晴昼。些儿淡浥冲融意，到处拈花著柳。疏雨后。更艳艳绵绵，泼眼浓如酒。飞浮宇宙。但借日浮香，随风著物，巧笔画难就。　　惆怅处，曾记苏堤携手。十年惊觉回首。苍埃霁景成阴晦，湖水湖烟依旧。凝望久。问燕燕莺莺，识此年华否？长门别有，脉脉断肠人，柔情荡漾，长是为伊瘦。

段弘章 号懒融，吉州人。

洞　仙　歌

茶蘼

一庭晴雪，了东风孤注。睡起浓香占窗户。对翠蛟盘雨，白凤迎风，知谁见，愁与飞红流处？　　想飞琼弄玉，共驾苍烟，欲向人间挽春住。清泪满檀心，如此江山，都付与斜阳杜宇。是曾约梅花带春来，又自趁梨花，送春归去。

刘天迪 字云闲，西昌人。

齐天乐

严县尹席上和李观我韵

瑞麟香软飞瑶席，吟仙笑陪欢宴。桐影吹香，梅阴弄碧，一味晚凉堪荐。停杯缓劝。记罗帕求诗，琵琶遮面。十载扬州，梦回前事楚云远。　　人生总是逆旅，但相逢一笑，如此何限！采石宫袍，沉香醉笔，何似轻衫小扇？流年暗换。甚新雨情怀，故园心眼。明日西江，斜阳帆影转。

一萼红

夜闻南妇哭北夫

拥孤衾，正朔风凄紧，毡帐夜惊寒。春梦无凭，秋期又误，迢递烟水云山。断肠处黄茅瘴雨，恨骢马憔悴只空还。揉翠盟孤，啼红怨切，暗老朱颜。　　堪叹扬州十载，甚倡条冶叶，不省春残。蔡琰悲笳，昭君怨曲，何预当日悲欢？谩赢得西邻倦客，空惆怅今古上眉端。梦破《梅花》，角声又报更阑！

虞美人

子规解劝春归去，春亦无心住。江南风景正堪怜，到得而今不去待何年？　　无端往事萦心曲，两鬓先惊绿。蔷薇花发望春归，谢了蔷薇又见楝花飞。

周伯阳 字霁海。

摸鱼儿

又匆匆月鞭露镫，梅花江上归路。海图破碎来时线，何似彩衣低舞？风雪暮。正望断青山一发云横处。浩歌独举。便想见迎门，牵衣儿女，总是旧眉妩。　《阳关》曲，挥洒紫薇花露，妙音清远高驻。经寒杨柳休轻折，摇动一溪霜雾。邯郸步，笑布袜青鞋去住知何许！汀鸥沙鹭，若问我重来，明年有约，今日是前度。

尹公远 号琴泉。

尉迟杯

题卢古溪响碧琴所

冰弦语，在竹树院落深深处。当年野草闲花，何许浮云飞絮。征鸿止止，纵汗漫游人远回顾。迟琼楼五色帘开，唤醒玄鹤飞舞。
何事梦断湖山，尚九里松声，八月潮怒。三十年馀台池泪，应不为花奴羯鼓。想天上群仙老矣，甚比似人间更愁苦。倩画栏留住西风，莫教吹入云去。古溪琴操浙音，故云。

曾允元 字舜卿，号鸥江，太和人。

月下笛

次韵

吹老杨花，浮萍点点，一溪春色。闲寻旧迹，认溪头浣沙碛。柔条折尽成轻别，向空外瑶簪一掷。算无情更苦，莺巢暗叶，啼破幽寂。　凝立，阑干侧。记露饮东园，联镳西陌。容销鬓减，相逢应是难识。东风吹得愁似海，谩点染空阶自碧。独归晚，解说心中事，月下短笛。

谒金门

山衔日，泪洒西风独立。一叶扁舟流水急，转头无处觅。　去则而今已去，忆则如何不忆！明日到家应记得，寄书回雁翼。

点绛唇

一夜东风，枕边吹散愁多少！数声啼鸟，梦转纱窗晓。　来是春初，去是春将老。长亭道，一般芳草，只有归时好。

水龙吟

春梦

日高深院无人，杨花扑帐春云暖。回文未就，停针不语，绣床倚遍。翠被笼香，绿鬟堕腻，伤春成倦。尽云山烟水，柔情一缕，又暗逐金鞍远。　鸾佩相逢甚处？似当年刘郎仙苑。凭肩后约，画眉新巧，从来未惯。枕落钗声，帘开燕语，风流云散。甚依稀难记，人间天上，有缘重见。

齐天乐

次赵方谷韵

碧梧枝上占秋信，微闻雨声还惬。虹影分晴，云光透晚，残日依依团箑。阑干一霎。又长笛归舟，乱鸦荒堞。两鬓西风，有人心事到红叶。　娇莲相对欲语，奈莲茎有刺，愁不成折。天上欢期，人间巧意，今夜明河如雪。新宽带结。想宝篆频温，翠衾低揭。雾湿云鬟，浅妆深拜月。

李天骥 字仁飞，庐陵人。

摸 鱼 儿

灯花

又何须向明还灭，寒花点缀孤影。玉龙度海吹鱼浪，烟淡宝钗横鬓。斜又整，是虫滴骊珠两两相交颈。夜长人静。恁玉果低抛，金钱暗卜，此意有谁领？　　欢娱事，料想凭伊先应，帕绡新泪犹凝。银篦未忍轻挑去，只恐暗风吹烬。重记省，怕莫是明朝有个青鸾信？怎知无定。算只解窥人，人孤影只，成瘦又成病。

刘应幾 号定叟，安成人。

忆 旧 游

闻雁

记铜驼载酒，翠陌吹箫，曾听相呼。不尽离离意，搅柔肠如剪，立马踟蹰。人生似此苍鬓，堪得几声疏？想怨入秋深，愁随天远，满目平芜。　　音书，未曾寄，正人在燕台，忘却回车。奈菰蒲旧地，山空水落，霜老泉枯。月明仙掌何处？转首失栖乌。待说与云间，潇湘近日风卷湖。

周孚先 号梅心，西昌人。

木 兰 花 慢

访梅江路远，喜春在剑川湄。正雁碛云深，鱼村笛晚，茸帽斜攲。旧游不堪回首，更文园多病减腰围。惟有秋娘声价，风流仍似前时。　　依稀，壁粉旧曾题，烟草半凄迷。叹单父台荒，黄公垆寂，难觅佳期。谁家歌楼催雪？遣夜来风雨紧些儿。醉后唾壶敲缺，龙光摇动晴漪。

蝶　恋　花

舟舣津亭何处树？晓起珑璁，回首迷烟树。江上离人来又去，飘零只似风前絮。　　倦倚蓬窗谁共语？野草闲花，一一伤离绪。明日重来须记取，绿杨门巷深深处。

尹济翁 字涧民，吉州人。

一　萼　红

和玉霄《感旧》

玉搔头，是何人敲折？应为节秦讴。棐几朱弦，剪灯雪藕，几回数尽更筹！草草又一番春梦，梦觉了风雨楚江秋。却恨闲身，不如鸿雁，飞过妆楼。　　又是水枯山瘦，叹回肠难贮，万斛新愁。懒复能歌，那堪对酒，物华冉冉都休！江上柳千丝万缕，恼乱人更忍凝眸！犹怕月来弄影，莫上帘钩。

王从叔 号山樵，庐陵人。

秋　蕊　香

用清真韵

薄薄罗衣乍暖，红入酒痕潮面。絮花舞倦带娇眼，昨夜平堤水浅。　　故人信断风筝线，误归燕。梦魂不怕山路远，无奈棋声隔院！

萧汉杰 号唫所，吉水人。

卖 花 声

春雨

湿逗晚香残，春浅春寒。洒窗填户著幽栏。惨惨悽悽仍滴滴，做出多般。　　和霰撒珠盘，枕上更阑。芭蕉怨曲带愁弹。绿遍阶前苔一片，晓起谁看？

彭泰翁 字会心，安福人。

拜 星 月 慢

祠壁宫姬控弦可念

雾滑觚棱，尘侵团扇，恨满哀弹倦理。控雨笼云，共闲情孤倚。敛蛾黛，怕似流莺历历，惹得玉销琼碎。可惜阑干，但苔花沉穗。　　算天音不入人间耳，何人谩裛损青衫泪！不是旧谱都忘，厌新腔娇脆。多生不得丹青意，重来又花锁重门闭。到夜永笙鹤归时，月明天似水。

赵功可 号晚山，庐陵人。

曲 游 春

千树笼芳草，正蒲风微过，梅雨新霁。客里幽窗，算无春可到，和愁都闭。万种人生计，应不似午天闲睡。起来时，踏碎松阴，萧萧欲动疑水。　　借问归舟归未，望柳色烟光，何处明媚？抖擞人间，除离情别恨，乾坤馀几？一笑晴凫起。酒醒后，阑干独倚。时见双燕飞来，斜阳满地。

戴山隐

满 江 红

闻笛

醉倚江楼，长空外行云遥驻。甚凄凉孤吹，含商引羽。薄夜冷侵沙浦雁，老龙吟彻寒潭雨。蓦凉飙一阵卷潮来，惊飞去。　　重欲听，知何处？谁为我，胡床据？谩寻寻觅觅，凝情如许！旧日山阳犹有恨，向生长往今谁赋？恐凭栏人有爱梅心，空愁伫！

姜个翁

霓裳中序第一

春晚旅寓

园林罢组织，树树东风翠云滴。草满地间行迹，时听得声声，晓莺如觅。愁红半湿，煞憔悴墙根堪惜。可念我飘零如此，一地送岑寂。　　龟石，当年第一，也似老人间风日。馀葩选甚颜色？羞捻江南断肠词笔。留春浑未得。翻些入啼鹃夜泣。清江晚，绿杨归思，隔岸数峰出。

词综卷二十九

元　词

虞　集 字伯生，号邵庵，宋相允文五世孙，家崇仁，以荐授大都路儒学教授，累官翰林直学士、兼国子祭酒，天历中除奎章阁侍书学士，卒，赠江西行中书省参知政事，封仁寿郡公，谥文靖。有《道园集》。

苏　武　慢

和冯尊师

放棹沧浪，落霞残照，聊倚岸回山转。乘雁双凫，断芦漂苇，身在画图秋晚。雨送滩声，风摇烛影，深夜尚披吟卷。算离情，何必天涯，咫尺路遥人远。　　空自笑洛下书生，襄阳耆旧，梦底几时曾见？老矣浮丘，赋诗明月，千仞碧天长剑。雪霁琼楼，春生瑶席，容我故山高宴。待鸡鸣日出，罗浮飞度，海波清浅。

又

忆昔东坡，夜游赤壁，孤鹤掠舟西过。英雄消尽，身世茫然，月小水寒星大。何似渔翁，不知今古，醉傍蓼花燃火。梦相逢，羽服翩翩，未必此时非我。　　谁解道岁晚江空，风帆目力，横槊赋诗江左。清露衣裳，晚风洲渚，多少短歌长些！玉宇高寒，故人何处？渺渺予怀无那！叹乘桴浮海，飘然从我，未知谁可？

风入松

寄柯敬仲

画堂红袖倚清酣，华发不胜簪。几回晚直金銮殿，东风软，花里停骖。书诏许传宫烛，轻罗初试朝衫。　御沟冰泮水挼蓝，飞燕语呢喃。重重帘幕寒犹在，凭谁寄银字泥缄？报道先生归也，杏花春雨江南。

鲜于枢 字伯机，渔阳人。官至太常典簿。有《困学斋集》。

念奴娇

八咏楼

长溪西注，似延平双剑，千年初合。溪上千峰明紫翠，放出群龙头角。潇洒云林，微茫烟草，极目春洲阔。城高楼迥，恍然身在寥廓。我来阴雨兼旬，滩声怒起，日日东风恶。须待青天明月夜，一试严维佳作。风景不殊，溪山信美，处处堪行乐。休文何事？年年多病如削！

宋　褧 字显夫，宛平人。泰定中进士，累官翰林直学士，赠国子祭酒，轻车都尉，范阳郡侯，谥文清。所著有《燕石集》词一卷。

浣溪沙

崑山州城西小寺

落日吴江驻画桡，招提佳处暂逍遥。海风吹面酒全消。　曲沼芙蓉秋的的，小山丛桂晚萧萧。几时容我夜吹箫？显夫《听雨贺新凉》词：“梦断罗裙天如漆，一寸乡心凄楚。点点是寂寥情绪。明日孤舟成独往，更难堪长夜潇湘浦。"亦有佳致,惜全首不称也。

刘 诜 号桂翁,庐陵人。谥文敏。有《桂隐集》附词。

谒金门

春睡倦,自拣花枝行遍。昨日新红今日变,细挼将袖染。 翠扇迎风扑面,飞去晴丝还转。帘外杨花帘里燕,相逢如未见。

曹伯启 字士开,砀山人。被荐拜西台御史,历集贤学士,引年归,天历中,召为淮东廉访使、陕西诸道行御史台中丞,不起,赠行中书左丞、上护军,追封鲁郡公,谥文贞。有《汉泉漫稿》词一卷。

南乡子

四川道中作

蜀道古来难,数日驱驰兴已阑。石栈天梯三百尺,危栏。应被傍人画里看。 两握不曾干,俯瞰飞流过石滩。到晚才知身是我,平安。孤馆青灯夜更寒。

许有壬 字可用,汤阴人。延祐二年进士,累官集贤大学士,改枢密副使,拜中书左丞,卒,谥文忠。有《圭塘小稿》词一卷。

摸鱼子

和明初韵

买陂塘旋栽杨柳,归来此是先务。他乡故里都休较,旧雨不如今雨。鸿在渚，笑尔尚南飞，吾已安孤屿。黄花解语。道人老宜秋，身安耐酒，此正有真趣。　　銮坡路，大手深惭燕许。超腾又悖钟吕。但求闲澹如元亮，不恨诗无奇句。倾绿醑，底须按乐天池上《霓裳》谱！休论往古。有三日重阳，约君同醉，老子筑西圃。

太　常　引

池荷

幽人早起赴池亭，初日照娉婷。风盖露珠倾，又胜似前时雨声。水沉香里，锦云深处，双桧插天青。一叶钓舟轻，似野渡无人自横。

又

四堤杨柳接松筠，香破水芝新。罗袜不生尘，笑画里凌波未真。红衣缥缈，清风萧瑟，半醉岸乌巾。不是葛天民，也做得江湖散人。

沁　园　春

临清舟中，次韩伯高见赠韵，寄可行。

草木无情，不问寒暄，开时便开。只黄花多事，偏怜隐逸；白头何补？且避贤才。老友相逢，清谈绝倒，休校刘郎去后栽。尊中物，胜他年千里，谩寄寒梅。　　神仙合住蓬莱，奈老去思儿忍不回？任景庄槐老，谁为痴梦；杜家酒美，且浣幽怀。渭北江东，暮云春树，何日扁舟更此来？公知否？便连朝觞咏，能几徘徊！

许有孚 字可行。官湖广儒学副提举，历中宪大夫，同佥太常礼仪院事。

摸　鱼　子

买陂塘旋栽杨柳，不妨三月农务。溪翁走报新痕涨，昨夜西山雷雨。将没渚，有复径双洲，缭绕通孤屿。黄鹂对语。正春色暄妍，物华明媚，好在浴沂趣。　　天涯路，芳草茫茫如许。蛮笺难写心吕。碧云冉冉春波绿，都是相思情句。花共醑，似梅与山礬，臭味曾同谱。堤阴树古。要乱絮漫空，柔条蘸水，慎勿折樊圃。

马　熙 字明初。

摸　鱼　子

买陂塘旋栽杨柳，梦中还理家务。十年不到衡山麓，辜负楚云湘雨。蘋映渚，渺杜若江蓠，香接烟霞屿。口心相语。为蝇骥东西，云龙上下，误却钓游趣。　　平生志，欲识平舆二许。煌煌岳降申吕。菲词聊为先生寿，博得月章星句。毋我醑，只小草幽兰，心醉《离骚》谱。松存径古。待游遍西园，荷锄归去，吾亦爱吾圃。

太　常　引

和《池荷》韵

园中风物水中亭，消得两娉婷。浊酒卷荷倾，早洗尽筝声笛声。四堤晴柳，一天花气，付与晚山青。飞絮挟云轻，任膝上瑶琴自横。

许　桢 有壬子。有壬与楚人马熙及弟有孚倡和，桢与焉，共为《圭塘欸乃集》一卷。

摸　鱼　子

买陂塘旋栽杨柳，求田专理农务。扁舟来往烟波里，青箬绿蓑风雨。时泛渚，把远岫遥岑，收拾来孤屿。霜花笑语。道凤阁鸾台，黄尘乌帽，争似醉乡趣？　　洹溪上，道士而今谁许？非熊梦断姜吕。水声山色相萦绕，涌出笔端新句。斟桂醑，听万籁笙竽，一派仙家谱。休论往古。向种菊篱边，观鱼轩外，晚节有秋圃。

太　常　引

池亭荷净纳凉时，四面柳依稀。棹得酒船回，看风里纱巾半欹。残霞照水，夕阳明树，天付画中诗。应不负归期，更谁看桃花面皮？

萨都剌 字天锡，雁门人。登泰定进士，官京口录事，终河北廉访司经历。

满　江　红

金陵怀古

六代豪华，春去也更无消息。空怅望山川形胜，已非畴昔。王谢堂前双燕子，乌衣巷口曾相识。听夜深寂寞打孤城，春潮急。思往事，愁如织。怀故国，空陈迹。但荒烟衰草，乱鸦斜日。《玉树》歌残秋露冷，胭脂井坏寒螀泣。到如今只有蒋山青，秦淮碧！

小　阑　干

去年人在凤凰池，银烛夜弹丝。沉水香消，梨云梦暖，深院绣帘垂。　今年冷落江南夜，心事有谁知？杨柳风柔，海棠月澹，独自倚栏时！

百　字　令

登石头城

石头城上，望天低吴楚，眼空无物。指点六朝形胜地，惟有青山如壁。蔽日旌旗，连云樯橹，白骨纷如雪。一江南北，消磨多少豪杰？　寂寞避暑离宫，东风辇路，芳草年年发。落日无人松径里，鬼火高低明灭。歌舞尊前，繁华镜里，暗换青青发。伤心千古，秦淮一片明月！

木兰花慢

彭城怀古

古徐州形胜，消磨尽几英雄？想铁甲重瞳，乌骓汗血，玉帐连空。楚歌八千兵散，料梦魂应不到江东。空有黄河如带，乱山回合云龙！汉家陵阙起秋风，禾黍满关中。更戏马台荒，画眉人远，燕子楼空。人生百年寄耳，且开怀一饮尽千钟。回首荒城斜日，倚栏目送飞鸿。

张　翥 字仲举，晋宁人。至正初以荐为国子助教，累官河南行省平章政事、兼翰林学士。有《蜕岩乐府》三卷。

瑞龙吟

癸丑岁冬，访游弘道乐安山中，

席宾米仁则用清真词韵赋别，和以见情。

鳌溪路，潇洒翠壁丹崖，古藤高树。林间猿鸟欣然，故人隐在，溪山胜处。　久延伫，浑似种桃源里，白云窗户。灯前素瑟清樽，开怀正好，连床夜语。　应是山灵留客，雪飞风起，长松掀舞。谁道倦途相逢，倾盖如故。《阳春》一曲，总是关心句。何妨共矶头把钓，梅边徐步。只恐匆匆去。故园梦里，长牵别绪，寂寞闲针缕。还念我，飘零江湖烟雨。断肠岁晚，客衣谁絮？

多　丽

西湖泛舟夕归，施成大席上以"晚山青"为起句，各赋一词。

晚山青，一川云树冥冥。正参差烟凝紫翠，斜阳画出南屏。馆娃归吴台游鹿，铜仙去汉苑飞萤。怀古情多，凭高望极，且将尊酒慰飘零。自湖上爱梅仙远，鹤梦几时醒？空留得六桥疏柳，孤屿危亭。　　待苏堤歌声散尽，更须携妓西泠。藕花深雨凉翡翠，菰蒲软风弄蜻蜓。澄碧生秋，闹红驻景，采菱新唱最堪听。见一片水天无际，渔火两三星。多情月，为人留照，未过前汀。

摸　鱼　儿

送黄任伯归丰城，时任伯放其妾还家，故及。

正匆匆楚乡秋晚，孤鸿飞过南浦。同来桃叶堪惆怅，一舸载春先去。愁绝处，问那曲阑干，曾听人低语？今宵最苦。向枫树溪桥，芦花野馆，剪烛卧听雨。　　吴霜鬓，破帽西风怎护？丝丝多是离绪。旧情顿冷新愁重，总付坠鞭词谱。君记取，待雪夜相思，乘兴柴冈路。唱予和汝。要款段随车，轻盈唤酒，重为国香赋。

又

春日西湖泛舟

涨西湖半篙新雨，麹尘波外风软。兰舟同上鸳鸯浦，天气嫩寒轻暖。帘半卷，度一缕歌云，不碍桃花扇。莺娇燕婉。任狂客无肠，王孙有恨，莫放酒杯浅！　　垂杨岸，何处红亭翠馆？如今游兴全懒。山容水态依然好，惟有绮罗云散。君不见，歌舞地，青芜满目成秋苑。斜阳又晚。正落絮飞花，将春欲去，目送水天远。

又

黄季景湖亭莲花中，双头一枝，邀予同赏，

而为人折去，季景惘然请赋。

问西湖旧家儿女，香魂还又连理。多情欲赋双蕖怨，闲却满奁秋意。娇旖旎，爱照影红妆，一样新梳洗。王孙正拟，唤翠袖轻歌，玉筝低按，凉夜为花醉。　　鸳鸯浦，凄断凌波梦里，空怜心苦丝脆！吴娃小艇应偷采，一道绿萍犹碎。君试记，还怕是西风吹作行云起。阑干谩倚，待载酒重来，寻芳已晚，馀恨渺烟水。

又

题熊伯宣藏梅花卷子

记西湖水边曾见，查牙老树如此。冰痕冷沁苔枝雪，的历数花才试。天也似，爱玉质清高，不入闲红紫。孤山处士，谩赋得《招魂》，烟荒水暗，寂寞抱香死。　　春风笔，休忆深宫旧事，添人多恨多思。墨池雪岭三生梦，唤起缟衣仙子。仍独自，伴瘦影黄昏，和月窥窗纸。声声字字，写不尽江南，闲愁万斛，诉与绿衣使。

又

元夕吴门姚子章席上，同柯敬仲赋。敬仲以虞学士书《风入松》于罗帕作轴，故末句及之。楚芳、吴兰，二妓名。

记苏台旧时风景，西楼灯火如画。严城月色依然好，无复绮罗游冶。欢意谢，向客里相逢，还有思陶写。金樽翠斝，把锦字新声，红牙小拍，分付倦司马。　　繁华梦，唤起燕娇莺姹，肯教孤负元夜？楚芳玉润吴兰媚，一曲“夕阳西下”。沉醉罢，君试问人生谁是无情者？先生归也，但留意江南，杏花春雨，和泪在罗帕。

疏　影

王元章《墨梅图》

山阴赋客，怪几番睡起，窗影生白。缥缈仙姝，飞下瑶台，淡伫东风颜色。微霜却护朦胧月，更漠漠暝烟低隔。恨翠禽啼处惊残，一夜梦云无迹。　　惟有龙煤解染，数枝入画里，如印溪碧。老树枯苔，玉晕冰围，满幅寒香狼藉。墨池雪岭春长好，悄不管小楼横笛。怕有人误认寒花，欲点晓来妆额。

解连环

留别临川诸友

夜来风色。叹青灯素被，早寒欺客。想寂寞人在帘栊，望塞雁欲来，又催刀尺。秋满关河，更谁倚夕阳横笛。记题花赋月，此地与君，几度游历。　　江头楚枫渐赤。对离樽饮泪，难问消息。趁一舸千里东归，渺天末乱山，水边孤驿。晼晚年华，怅回首雨南云北。算今古此情此恨，甚时尽得？

绮罗香

雨中舟次洹上

燕子梁深，秋千院冷，半湿垂杨烟缕。怯试春衫，长恨踏青期阻。梅子后馀润留寒，藕花外嫩凉销暑。渐惊他秋老梧桐，萧萧金井断蛩暮。　　薰篝须待被暖，催雪新词未稳，重寻笙谱。水阁云窗，总是惯曾经处。曾信有客里关河，又怎禁夜深风雨？一声声滴在疏篷，做成情味苦。

喜迁莺

琼花

东风吹尽，但一片绿阴，空留春恨。后土祠荒，飞琼谪久，还喜玉容堪认。二十四桥夜月，二十四番花信。便载酒，怕芳菲易老，阴晴难稳。　　娇困。羞起晚，伫立画栏，净洗闲脂粉。沉水浓薰，蜂黄淡染，自有绝尘香韵。也知世间无对，肯许浮花相近。凤箫远，待数枝折与，玉峰人问。

水 龙 吟

广陵送客,次郑兰玉赋蓼花韵。

芙蓉老去妆残,露华滴尽珠盘泪。水天潇洒,秋容冷淡,凭谁点缀?瘦苇黄边,疏蘋白外,满汀烟穟。把馀妍分与,西风染就,犹堪爱,红芳媚。　　几度临流送远,向花前偏惊客意。船窗雨后,数枝低入,香零粉碎。不见当年,秦淮花月,竹西歌吹。但此时此处,丛丛满眼,伴离人醉。

又

蜡梅

玉人梔貌堪怜,晓妆一洗铅华尽。此花应是,菊分颜色,梅分风韵。萼点驼酥,口攒金磬,心凝檀粉。甚女贞染就,仙衣绝胜,蜂儿重,鹅儿嫩。　　说与玉龙莫品,怕宫波一般流恨。故人堪寄,折枝代取,江南春信。沉水全薰,蘖丝密缀,额黄深晕。乍燕姬未识,是花是蜡,笑偎人问。

摘 红 英

莺声寂,鸠声急,柳烟一片梨云湿。惊人困,教人恨,待到平明,海棠应尽。　　青无力,红无迹,残香剩粉那禁得?天难准,晴难稳,晚风又起,倚栏争忍?

齐 天 乐

临川夜饮滏阳李辅之寓所

红霜一树凄凉叶,惊乌夜深啼落。客里相逢,尊前细数,几度雨飘风泊。微吟缓酌,渐月影斜欹,画栏东角。只怕梅花,无人看管瘦如削。　　江湖容易岁晚,想多情念我,归信曾约。尘土狂踪,山林旧隐,梦寄草堂猿鹤。离怀最恶,是酒醒香残,烛寒花薄。一段销凝,觉来无处著。

木兰花慢

次韵陈见心文学《孤山问梅》

爱西湖千树,曾几度为携樽。向柳外停桡,苔边待鹤,酒热诗温。瀛洲旧时月色,怅荒凉惟有数枝存。天上梨花成梦,江南桃叶移根。　　如今憔悴客愁村,难返暗香魂。甚岁晚春迟,角寒笛晓,雪暗云昏。登临不堪寄目,但青山隐隐月纷纷。再约与君同醉,从他啄木敲门!

真珠帘

寿韩伯清提举,时在平江。

银蟾半露婵娟影,西风早,次第中秋天气。凉透小帘栊,乍夜长迟睡。见说灵岩山色好,甚也不浓如归意。归未?趁西泠载酒,南园寻桂。　　还是客里生朝,把金尊绿酒,与谁同醉?烟雨隔垂虹,望美人秋水。桃叶妆楼《团扇》曲,但小草鸾笺相寄。传示:送白蘋一剪,碧云千里。

东风第一枝

忆梅

老树浑苔,横枝未叶,青春肯误芳约。背阴未返冰魂,阳梢已含红萼。佳人寒怯,谁惊起晓来梳掠?是月斜花外幺禽,霜冷竹间幽鹤。　　云淡淡粉痕渐薄,风细细冻香又落。叩门喜伴金樽,倚栏怕听画角。依稀梦里,记半面浅窥朱箔。甚时得重写鸾笺,去访旧游东阁?

陌 上 花

使归闽浙，岁暮有怀。

关山梦里归来，还又岁华催晚。马影鸡声，谙尽倦邮荒馆。绿笺密记多情事，一看一回肠断。待殷勤寄与，旧游莺燕，水流云散。
满罗衫是酒，香痕凝处，唾碧啼红相半。只恐梅花，瘦倚夜寒谁暖？不成便没相逢日，重整钗鸾筝雁。但何郎纵有春风词笔，病怀浑懒。

定 风 波

商角调　西江客舍，酒后闻梅花吹香满窗，醒而赋此。

恨行云特地高寒，牢笼好梦不定。婉晚年华，凄凉客况，泥酒浑成病。画栏深，碧窗静，一树瑶花可怜影。低映，怕明月照见，青禽相并。　　素衾正冷，又寒香枕上薰愁醒。甚银床霜冻，山童未起，谁汲墙阴井？玉笙残，锦书迥，应是多情道薄幸。争肯，等闲孤负西湖春兴？

八 声 甘 州

秋日西湖泛舟，午后遇雨。

向芙蓉湖上驻兰舟，凄凉胜游稀。但西泠桥外，北山堤畔，残柳依依。追忆莺花旧梦，回首冷烟霏。惟有盟鸥好，时傍人飞。
听取红颜象板，尽歌回彩扇，舞换仙衣。正白蘋风急，吹雨暗斜晖。空惆怅离怀未展，更酒边忍又送将归！江南客，此生心事，只在渔矶。

满 江 红

钱舜举桃花折枝

前度刘郎，重来访玄都燕麦。回首地暗香销尽，暮云低碧。啼鸟犹知人怅望，东风不管花狼藉。又凄凄红雨夕阳中，空相忆！繁华梦，浑无迹。丹青笔，还留得。恍一枝长见，故园春色。尘世事多吾欲避，武陵路远谁能觅？但有山可隐便须归，栽桃客。

风入松

广陵元夜病中有感

东风巷陌暮寒骄，灯火闹河桥。胜游忆遍钱唐夜，青鸾远，信断难招。蕙草情随雪尽，梨花梦与云销。　　客怀先自病无聊，绿酒负金蕉。下帷独拥香篝睡，春城外玉漏声遥。可惜满街明月，更无人为吹箫。

踏莎行

江上送客

芳草平沙，斜阳远树，无情桃叶江头渡。醉来扶上木兰舟，将愁不去将人去。　　薄劣东风，夭斜落絮，明朝重觅吹笙路。碧云红雨小楼空，春光已到销魂处。

露华

玉簪

瀛洲种玉。总付与花神，月底深劚。琢就瑶笄，光映鬓云斜矗。几度借取搔头，别试汉宫妆束。风露冷，幽香半襟，淡伫栏曲。　　亭亭雪艳愁独。爱粉沁冰筒，须捻金粟。石上那回磨断，争忍轻触？一自楚客归来，珠履旧游谁续？秋梦起，残妆半簪坠绿。

谒金门

寒食临川平塘道中

溪水漫，岸口小桥冲断。沽酒人家门巷短，柳阴旗一半。

细雨鸣鸠相唤，曲港落花流满。两两睡红瀏鵣暖，恼人春不管。

唐 多 令

花下钿箜篌，尊前《白雪》讴。记怀中朱李曾投。镜约钗盟心已许，诗写在，小红楼。　　忍泪上云兜，断魂随彩舟。等闲间惹得离愁。欲寄长河鱼信去，流不到，白蘋洲！

袁　易 字通甫，吴郡人。有《静春词》一卷。

台 城 路

和师言《送春》

落红填径东风恶，贪飞燕雏归晚。听雨楼低，留春地窄，谁念闲情消减？天涯流览，正鸥渚波宽，柳汀云黯。赖有遥峰，数尖遮断送愁眼。　　年年春草又绿，看花人自老，遗恨天远。雁柱凝尘，鲛绡暗墨，青鬓吴霜轻点。风流渐懒，但诗恼东阳，病添中散。院落无人，绣帘和絮卷。

烛 影 摇 红

日日春阴，瑞香亭畔寒成阵。凤鞯频误踏青期，寂寞墙阴冷。翠被堆床未整，睡初酣，风篁唤醒。几多心绪，鹊语难凭，灯花无准。　　得酒浇愁，旧愁不去添新病。吴绫题满断肠词，歌罢何人听？宝篆香消昼永，袅馀烟萧萧鬓影。出门长啸，白鹭双飞，清江千顷。

沈　禧 字廷锡，吴兴人。有《竹窗词》一卷。

踏莎行

杂组香绒，错综纹理。倚床脉脉如春醉。沉吟暗想玉京人，雕鞍何处鸣珂里。　　无限离愁，谁知就里？滔滔比似西江水。无情日夜向东流，一缄好寄相思泪。

洪希文 字汝质，莆田人。有《续轩渠集》词一卷。

浣溪沙

丈室萧条似病禅，打窗风雨罢吟笺。归心一点落灯前。　　犹有十三楼上酒，可无三百杖头钱？一年心老一年年。

杨立斋

鹧鸪天

听杨玉娥唱故人所撰曲有感

烟柳风花锦簇筵，霜芽露叶玉装船。谁知皓齿纤腰会，只在轻衫短帽边！　　啼粉靥，咽冰弦。旧游一去更无传。词人彩笔佳人口，再唤春风到眼前。

词综卷三十

元　词

张　埜 字埜夫，邯郸人。有《古山乐府》二卷。

水　龙　吟

游丝

落花天气初晴，随风几缕来何处？飘飘冉冉，悠悠飏飏，欲留还去。雪茧新抽，青虫暗坠，檐蛛轻度。看垂虹百尺，萦回不下，似欲系春光住。　　凭仗何人收取？付天孙云绡机杼。浮踪浪迹，忍教长伴，章台飞絮！惹起闲愁，织成离恨，万端千绪。望天涯尽日柔情不断，又闲庭暮。

又

皇庆癸丑重九，登南高峰，寄柳汤佐同知。

重阳何处登临？玉骢惯识南山路。秋空绝顶，西风两鬓，白云双屦。浙浦寒潮，苏堤画舸，吴宫烟树。不一尊琼露，数声《金缕》，将此景成虚负！　　试觅旧题诗句，早斓斑雨苔无数。琼泉宝瑟，不堪重记，泛觞流羽。笑捻黄花，闲寻红叶，故人何处？倚危栏北望，燕云晻霭，又征鸿暮。

石　州　慢

红雨西园，香雪东风，还又春暮。当时双桨悠悠，送客绿波南浦。《阳关》一阕，至今隐隐馀音，眼前浑是分携处。此恨有谁知？倚栏干无语。　　凝伫。天涯几许离情，化作暮云千缕。过尽征鸿，依旧归期无据。京尘染袂，故人应念飘零，岂知翻被功名误！无处著羁愁，满春城烟雨。

念　奴　娇

赋白莲用仲殊韵

水风清暑，记平湖十里，寒生纨素。罗袜尘轻云冉冉，仿佛凌波仙女。雪艳明秋，琼肌沁露，香满西陵浦。兰舟一叶，月明曾到深处。　　谁念玉佩飘零，翠房凄澹，几度相思苦？异地相看浑是梦，忍把荷觞深注！碧藕多丝，霜茎有刺，脉脉愁烟雨。江云撩乱，倚栏终日凝伫。

夺　锦　标

七夕

凉月横舟，银潢浸练，万里秋容如拭。冉冉鸾骖鹤驭，桥倚高寒，鹊飞空碧。问欢情几许？早收拾新愁重织。恨人间会少离多，万古千秋今夕。　　谁念文园病客？夜色沉沉，独抱一天岑寂。忍记穿针亭榭，金鸭香寒，玉徽尘积！凭新凉半枕，又依稀行云消息。听窗前泪雨浪浪，梦里檐声犹滴。

吴　镇 字仲圭，嘉兴人。

渔　父　词

题霅溪沈彦实处士画册

红叶村西日影馀，黄芦滩畔月痕初。轻拨棹，且归与，挂起渔竿不钓鱼。

倪　瓒 字元镇，无锡人。有《清闷阁遗稿》词一卷。

人　月　圆

伤心莫问前朝事，重上越王台。鹧鸪啼处，东风草绿，残照花开。　　怅然孤啸，青山故国，乔木苍苔。当时明月，依依素影，何处飞来？

又

惊回一枕当年梦，渔唱起南津。画屏云嶂，池塘春草，无限消魂！　　旧家应在，梧桐覆井，杨柳藏门。闲身空老，孤篷听雨，灯火江村。

柳　梢　青

赠伎小璚英

楼上玉笙吹彻，白露冷飞璚佩玦。黛浅含颦，香残栖梦，子规啼月。　　扬州往事荒凉，有多少愁萦思结！燕语空津，鸥盟寒渚，画栏飘雪。

江　城　子

感旧

窗前翠影湿芭蕉。雨潇潇，思无聊。梦入乡园，山水碧迢迢。依旧当年行乐地，香径杳，绿苔饶。　　沉香火底坐吹箫。忆娇娆，想风标。同步芙蓉花畔赤栏桥。渔唱一声惊梦断，无处觅，不堪招。

小　桃　红

一江秋水淡寒烟，水影明如练。眼底离愁数行雁，写晴天。绿蘋红蓼参差见。吴歌荡桨，一声哀怨，惊起白鸥眠。

顾德辉 一名阿瑛，字仲瑛，崑山人。举茂才，署会稽教谕，力辞不就，后以子恩封武略将军，钱塘县男，晚称金粟道人。有《玉山草堂集》。

蝶　恋　花

陈浩然招游观音山，宴张氏楼，徐姬楚兰佐酒，以琵琶度曲，郑云台为之心醉，口占。

春江暖涨桃花水。画舫珠帘，载酒东风里。四面青山青似洗，白云不断山中起。　过眼韶华浑有几？玉手佳人，笑把琵琶理。枉杀云台标外史，断肠只合江州死。

青　玉　案

春寒恻恻春阴薄。整半月，春萧索。晴日朝来升屋角。树头幽鸟，对调新语，语罢双飞却。　红入花腮青入萼。尽不爽，花期约。可恨狂风空自恶。晓来一阵，晚来一阵，难道都吹落？

清　平　乐

和石民瞻《题桐花道人卷》

凤箫声度，十二瑶台暮。开遍琼花千万树，才入谢家诗句。仙人酌我流霞，梦中知在谁家？酒醒休扶上马，为君一洗琵琶。

陶宗仪 字九成，台州人，流寓松江。有《南村集》。

念 奴 娇

九日有感次韵

黄花白发，又匆匆佳节感今怀昔。雨覆云翻无限态，故国寒烟榛棘。杜老漂零，沈郎瘦损，此意天应识。划然长啸，不知身是孤客。　　呼酒谩拨清愁，玉奴频劝，两脸添春色。眼底生平空四海，倦拂红尘风帻。戏马台荒，登龙人老，往事休追惜。山林无恙，也须容我高屐。

南 浦

如此好溪山，羡云屏九叠，波影涵素。暖翠隔红尘，空明里，著我扁舟容与。高歌鼓枻，鸥边长是寻盟去。头白江南看不了，何况几番风雨？　　画图依约天开，荡清晖别有越中真趣。孤啸拓篷窗，幽情远，都在酒瓢茶具。水荇摇晚，月明一笛潮生浦。欲问渔郎无恙否？回首武陵何许！

汪 斌 字以质，绩溪人。有《云坡集》。

蝶 恋 花

送春

芳草天涯犹未歇，暗绿稀红，柳絮才飘雪。有意送春还惜别，杜鹃争奈催归切！　　绣阁无人帘半揭，苦忆边城，十载音书绝。惟有东风无异说，年年来趁梅花月。

邵亨贞 字复孺，号清溪，华亭人。有《蛾术词选》四卷。

浣 溪 沙

西子湖头三月天，半篙新涨柳如烟。十年不上断桥船。　　百媚燕姬红锦瑟，五花宛马紫丝鞭。年年春色暗相牵。

后 庭 花

铜壶更漏残，红妆春梦阑。江上花无语，天涯人未还。倚楼闲，月明千里，隔江何处山？

又

刺船鹦鹉洲，题诗黄鹤楼。金谷铜驼梦，湘云楚水愁。少年游，好怀依旧，故人还在不？

凭 栏 人

题曹云西赠伎小画

谁写江南一段秋？妆点钱塘苏小楼。楼中多少愁？楚山无尽头！

扫 花 游

春晚次南金韵

柳花巷陌，悄不见铜驼采香芳侣。画楼在否？几东风怨笛，凭栏日暮！一片闲情，尚绕斜阳锦树。黯无语，记花外马嘶，曾送人去。　　风景长暗度。奈好梦微茫，艳怀清苦！后期已误。剪烛花未卜，故人来处。水驿相逢，待说当年《恨赋》。寄愁与，凤城东旧时行旅。

祝英台近

和云西老人《秋怀韵》

普天云，深夜雨，幽兴到何许？风拍疏帘，灯影逗窗户。自从暝宿河桥，露听江笛，久不记旧游湘楚。　　正无绪，可奈满目清商，萧萧五陵树！斜掩屏山，肠断庾郎赋。几回思绕蘋花，梦寻兰棹，怕惊起故溪鸥鹭。

沁园春

美人眉

巧斗弯环，纤凝妩媚，明妆未收。似江亭晓望，遥山拂翠；宫帘暮卷，新月横钩。扫黛嫌浓，涂铅讶浅，能画张郎不自由。伤春倦，为皱多无力，翻做娇羞。　　填来不满横秋。料著得人间多少愁！记鱼笺缄启，背人偷敛；雁钿交并，运指轻柔。有喜先占，长颦难效，柳叶轻黄今在不？双尖锁，试临鸾一展，依旧风流。

又

目

漆点填眶，风梢侵鬓，天然俊生。记隔花瞥见，疏星炯炯；倚栏凝注，止水盈盈。端正窥帘，瞢腾并枕，睥睨檀郎长是青。端相久，待嫣然一笑，密意将成。　　困酣曾被莺惊。强临镜挼挱犹未醒。忆帐中亲见，似嫌罗密；尊前相顾，翻怕灯明。醉后看承，歌阑斗弄，几度孜孜频送情。难忘处，是鲛绡揾透，别泪双零。

兰陵王

岁晚忆王彦强作

暮天碧，长是登临望极。松江上云冷雁稀，立尽斜阳耿相忆。凭栏起叹息，人隔吴王故国。年华晚，烟水正深，难折梅花寄寒驿。东风旧游历。记草暗书帘，苔满吟屐。无情征旆催离席。嗟月堕寒影，夜移清漏，依稀曾向梦里识，恍疑见颜色。　　空惜，鬓毛白。恨莫趁金鞍，犹误尘迹。何时弭棹苏台侧？共漉酒纱帽，放歌瑶瑟。春来双燕，定到否，旧巷陌？

摸　鱼　子

吴门九日次魏彦文韵

雁来时晚寒初劲，青灯摇动窗户。商声暗起邻墙树，触景乱愁还聚。秋又暮，奈合造凄凉，无处无笳鼓。狂吟醉舞。记满帽簪花，分筹藉草，骑马忘归路。　　怀人远，有恨凭谁寄语？虚名长是相误。天涯节序浑非旧，留得满城风雨。心万缕，谩自喜孤高，不惹沾泥絮。羁怀倦诉。好分付儿曹，耘锄三径，早晚赋《归去》。

又

乙巳九山九日

记年时满城风雨，姑苏台下重九。客楼已办登临屐，曾为好山回首。延伫久，望翠壁嶙峋，闲却题诗手。相逢野叟。强笑折黄花，乱簪乌帽，来与共尊酒。　　流光去，肯为闲人宿留？惊心节序依旧。西风只管吹蓬鬓，病骨尚堪驰骤。官渡口，便拟唤扁舟，往问江潭柳。明年健否？纵世故无情，未应迟暮，姑负此时候！

齐　天　乐

甲戌清明雨中

离歌一曲江南暮，依稀灞桥回首。立马东风，送人南浦，认得当年杨柳。梨花过后。悄不见邻墙，弄梅纤手。绮陌东头，个人还似旧时否？　　相如近来病久。纵腰围暗减，犹未全瘦。宿酒昏灯，重门夜雨，寒食清明依旧。新愁谩有。第一是伤心，粉销红溜。待约明朝，问舟官渡口。

沈景高 乌程人。

沁 园 春

和刘龙洲《指甲》

新脱鱼鳞，平分鹅管，爱勒眉弯。记掐恨香蕉，愁倧细说；划情嫩竹，怨曲新翻。才贴梅钿，旋挑铅粉，绣领重交犹道寒。娇无奈，笑轻拈杏带，浅揭湘斑。　　宫棋也学偷弹，时绾就同心羞自看。解传杯频赌，藏阄罗袖；归鞭重数，刻印阑干。暗解绡囊，倦调瑶瑟，喂蕊莺儿绣阁间。凝情处，把瓜犀谩剥，消遣春闲。俞焯云："景高，旧家子也。余见此词纤丽可爱，因定交焉。"

罗　庆

水 调 歌 头

游武夷

雨晴山泼翠，溪净水拖蓝。闲来共陪杖屦，邂逅已成三。齿齿清泉白石，步步碧桃翠竹，是处辄幽探。行到钓台下，怪树荫空潭。
踏芳洲，寻别馆，履巉岩。壶天日月长在，云气满东南。沽得一尊浊酒，唤取山花溪鸟，听我醉中谈。异日再过此，端为解征骖。

唐桂芳 字仲宦，新安人。以荐授建宁路崇安县教谕，迁南雄路儒学正，学者称白云

先生。所著有《武夷稿》。

水调歌头

前题次和

武夷最佳处，晴气碧于蓝。远瞻崖壑溪曲，六六与三三。莫问尘生沧海，休叹鹤归华表，好景且容探。铁笛破龙睡，黑雨满深潭。
笑神仙，留蜕骨，阅空岩。几人蹭蹬不遇，太史滞周南。最好擅场老子，笔底文章如许，何必事清谈？暂憩桃花下，白马税飞骖。

凌云翰 字彦翀，钱唐人。至正己亥登乡试榜，授绍兴路兰亭书院山长，不赴，退居吴兴梅林村，号避俗翁。有《柘轩集》词一卷。

蝶恋花

过雨春波浮鸭绿，草阁三间，人住清溪曲。旧种小桃多映竹，乱红遮断松边屋。　　有客抱琴穿翠麓，隔水呼舟，应是怜幽独。历历武陵如在目，几时同借仙源宿？

王　行 字止仲，长洲人。有《半轩集》词一卷。

如梦令

题雪景便面

满眼落花飞絮，回首琼林玉树。驴背是何人？得了灞桥诗句。归去，归去，春到故园深处。

虞　美　人

顾氏隐居

黄花翠竹临溪处，正是幽人住。不嫌拄杖破苍苔，便道有时阴雨也须来。　　隔帘尘土纷纷起，久厌襄阳市。若能招我作西邻，从此一溪春水两家分。

又

邹氏隐居

白云红树秋山下，一片江南画。门前流水带晴沙，更是绕篱寒菊正开花。　　如何眼底逢佳处，偏许幽人住。也须来此结茅茨，莫待有人相寄草堂资。

杨樵云 涂川人。

满　庭　芳

影

只道空烟，又疑流水，依依却是行云。了然相对，又是梦纷纭。半面春风图画，黄金在，难铸昭君。溪桥断，梅花晴雪，端的白三分。
真真，难唤醒，三年抽藕，织得榴裙。甚徘徊窥镜，交翼鸾文！一片飞花来去，并刀快，剪取晴纹。无情处，分明著眼，强半滞春醺。

水　龙　吟

梦

多情不在分明，绣窗日日花阴午。依依云絮，溶溶香雪，觑他寻路。一滴东风，怎生消得，翠苞红栩！被疏钟敲断，流莺唤起，但长记弓弯舞。　　定是相思入骨，到如今月痕同醉。教人枉了，若还真个，匆匆如此！全未惺松，缬纹生眼，胡床犹据。算从前总是无凭，待说与，如何寄？

小 楼 连 苑

梅

一枝斜堕墙腰，向人颤袅如相媚。是谁剪取，断云零玉，轻轻妆缀？不是幽人，如何能到，水边沙际！又匆匆过了，春风半面，尽长把重门闭。　　只管相思成梦，道无情又关乡意。苍苔半亩，如今已是，鹿胎田地。甚欲追陪，却嫌花下，翠环解语。待何时月转幽房，醉了不教归去？

周晴川 程雪楼云："予于近世诸家乐府，惟清真犁然当于心。晴川殊有宗风，雨坐空山，试阅一解，便如轻衫骏骑，上下五陵，花发莺啼，垂杨拂面时也。"

十 六 字 令

眠，月影穿窗白玉钱。无人弄，移过枕函边。按：《十六字令》即《苍梧谣》也。张安国集中三首，蔡伸道集中一首，其首俱以一字句断，今本讹"眠"字为"明"，遂作三字句断，非也。是词见《天机馀锦》，系周晴川作。今相沿刻周美成，然《片玉集》无此，其不系美成明矣。

张半湖

扫 花 游

柳丝曳绿，正豆雨初晴，水天清夏。石榴绽也，看猩红万点，倚亭欹榭。琐闼深中，料想酒阑歌罢。日将下，是那处藕花？香胜沉麝。　　窗外风竹打，似戛玉敲金，送声潇洒。共观古画，唤石鼎烹茶，细商幽话。宝鸭烟消，天外新蟾低挂。凉无价，又丁东数声檐马。

萧东父

齐　天　乐

扇鸾收影惊秋晚，梧桐又鸣疏雨。翠箔凉多，绣囊香减，陡觉簟冰如许。温存谁与？更禁得荒苔，露蛩相诉！恨结愁萦，风刀难剪几千缕。　　闲思前事易远，怅旧欢无据，月堕湘浦。软玉分裯，腻云侵枕，犹忆吹兰低语。如今最苦！甚怕见灯昏，梦游间阻。怨杀娇痴，绿窗还嚏否？

黄水村

解　连　环

春梦

凤楼倚倦，正海棠睡足，锦香衾软。似不似雾阁云窗，拥绝妙轻盈，霎时曾见。屏里吴山，又依约兽环半掩。乍教人觑了，疑假疑真，一种凄怨。　　游丝落花满院，料当时错怪杏梁归燕。谩记得栩栩多情，似蝴蝶飞来，扑翻轻扇。偷眼帘帷，早不见画眉人面。但凝思红生半脸，枕痕一线。

傅按察

鸭　头　绿

钱塘怀古

静中看。记昔日淮山隐隐，宛若虎踞龙盘。下樊襄指挥湘汉，鞭云骑围绕江干。势不成三，时当混一，过唐之数不为难。陈桥驿，孤儿寡妇，久假当还。　挂征帆龙舟催发，紫宸初卷朝班。禁庭空土花晕碧，辇路悄呵喝声干。纵馀得西湖风景，花柳亦凋残。去国三千，游仙一梦，依然天淡夕阳间。昨宵也，一轮明月，还照临安。

马致远 号东篱。

天　净　沙

见《老学丛谈》

枯藤老树昏鸦，小桥流水平沙，古道凄风瘦马。夕阳西下，断肠人在天涯。

无名氏

天　净　沙

平沙细草斑斑，曲溪流水潺潺，塞上清秋早寒。一声新雁，黄云红叶青山。

又

西风塞上胡笳，月明马上琵琶，那抵昭君怨多？李陵台下，淡烟衰草黄沙。

张　雨 字伯雨，号贞居，杭州人。宋崇国公九成之裔。蚤游方外，居茅山，自号句曲外史。

燕山亭

杨梅

鹤顶珠圆，蝟肌粟聚，宝叶揉蓝初洗。亲剪翠柯，远赠筠笼，脉脉红泉流齿。骨换丹砂，笑尚带儒酸风味。谁记？曾问谱西泠，绿阴青子。　　君家几度樽前，摘天上繁星，伴人同醉。纤手素盘，历乱殷红，浮沉半壶脂水。珍果同时，惟醉写来禽青李。争似，为越女吴姬染指！

满江红

玉簪，次班彦功韵。

玉导纤长，顿化作云英香荚，风弄影绿鬟撩乱，搔头斜插。璞小还思钗燕并，丛幽略比蕉心狭。看柔须点缀半开时，微烘蜡。
冰筯瘦，琼林滑。芳径底，谁偷掐？怕夜凉消得，锦围红匝！鹅管不禁仙露重，蜜脾胜借清香发。待使君绝妙好词成，须弹压。

雪狮儿

赋梅，次仇山村韵。

含香弄粉，便勾引游骑，寻芳城南城北。别有西村断港，冰澌微绿。孤山路熟，伴老鹤晚先寻宿。怕冻损，三花两蕊，寒泉幽谷。
几番花影濯足。记归来醉卧，雪深平屋。春梦无凭，鬓底闹蛾争扑。不如图画，相对展官奴风竹。烧黄烛一作“独”，自听瓶笙调曲。

蝶恋花

新柳

谁道鹅儿黄似酒？对酒新鹅，得似垂丝柳？铅粉泥金初染就，年年春雪消时候。　一缕柔情能断否？雨重烟轻，无力萦窗牖。试看溪南阴十亩，落花都聚红云帚。

早春怨

拟白石

盼得春来，春寒春困，陡顿无聊。半剔残缸，片时春梦，过了元宵。　空山暮暮朝朝，到此际无魂可消。却倚东风，水如衣带，草似裙腰。

朝中措

早春书易玄九曲新居壁

草堂移住古城隈，堂后水平阶。要结柴桑邻里，不须鸥鹭惊猜。行厨竹里园官菜，把野老山杯。说与定巢新燕，杏花开了重来。

太常引

题李仁仲画舫

莫将西子比西湖，千古一陶朱。生怕在楼居，也用著风帆短蒲。银瓶索酒，并刀斫鲙，船背锦模糊。堤上早传呼，是那个烟波钓徒！

滕　宾 字玉霄，睢阳人。官江西儒学提举，后弃家入天台为道士。

鹊桥仙

斜阳一抹，青山数点，万里澄江如练。东风吹落橹声遥，又唤起寒云片片。　　残鸦古渡，瘦驴村店，渐觉楼头人远。桃花流水小桥东，是那个柴门半掩？

齐 天 乐

华光阁志别，分韵得“与”字。

片帆呼度西山曲，匆匆载将春去。路入翠寒，浪翻红暖，一枕欹眠烟雨。酒朋诗侣，尽醉舞狂歌，气吞吴楚。一样风流，依然犹是晋风度。　　人生如此良遇，问碧翁何意，萍蓬教聚？句落瑶台，香霏珠唾，惊倒世间儿女。渭川云树，怅后夜相思，玉蟾明处。怕有新诗，雁来频寄与。

刘燕哥 伎女。

太 常 引

饯刘参议归山东

故人别我出阳关，无计锁雕鞍。今古别离难。兀谁画蛾眉远山？　　一樽别酒，一声杜宇，寂寞又春残。明月小楼间。第一夜相思泪弹。

陈凤仪 成都乐伎。

一 络 索

送别

蜀江春色浓如雾，拥双旌归去。海棠也似别君难，一点点啼红雨。　　此去马蹄何处？向沙堤新路。禁林赐宴赏花时，还忆著西楼否？

词综卷三十一补人

宋　词

苏舜钦 字子美，铜山人，易简之孙，初补太庙斋郎，寻第进士，以范仲淹荐，召试，为集贤校理，监进奏院，坐祠会除名。后起为湖州长史，罢居苏州，卒。有《沧浪集》。

水调歌头

沧浪亭

潇洒太湖岸，淡泞洞庭山。鱼龙隐处，烟雾深锁渺瀰间。方念陶朱张翰，忽有扁舟急桨，撇浪载鲈还。落日暴风雨，归路绕汀湾。
丈夫志，当景盛，耻疏闲。壮年何事憔悴，华发改朱颜？拟借寒潭垂钓，又恐鸥猜鹭忌，不肯傍青纶。刺棹穿芦荻，无语看波澜。

韩　维 字持国，雍丘人，累官太子少傅，转太师。绍圣中坐元祐党安置均州，徽宗初追复旧官。有《南阳集》。

踏莎行

次韵范景仁寄子华

归雁低空，游蜂趁暖。凭高目向西云断。具茨山外夕阳多，展江亭下春波满。　　双桂情深，千花明焕。良辰谁是同游伴？辛夷花谢早梅开，应须次第调弦管。双桂楼，千花□。

胡捣练令

夜来风横雨飞狂，满地闲花衰草。燕子渐归春悄，帘幕垂清晓。天将佳景与闲人，美酒宁嫌华皓！留取旧时欢笑，莫共秋光老。

韦　骧 字子骏，钱唐人，皇祐五年进士，累官尚书主客郎中，夔州路提点刑狱。

减字木兰花

人生可意，只说功名贪富贵。遇景开怀，且尽生前有限杯。韶华几许？鶗鴂声残无觅处。莫自因循，一片花飞减却春。

菩萨蛮

和舒信道《水心寺会》

琼杯且尽清歌送，人生离合真如梦。瞬息又春归，回头光景非。香喷金兽暖，欢意愁更短。白发不须量，从教千丈长。

刘　泰 字无言，刘谊次子，元祐中进士，为苏轼、黄庭坚所知。有《见南山集》。

花心动

梅

偏忆江梅，有尘表丰仪，世外标格。低傍小桥，斜出疏篱，似向陇头曾识。暗香孤韵冰霜里，初不怕春寒要勒。问桃李盈门，怎生向前争得？　　省共萧娘去摘，玉纤映琼枝，照人一色。淡粉晕酥，多少飞来，到得寿阳宫额。再三留待东君管，都将那别花不惜，但只恐高楼又三弄笛。

欧阳澈 字德明，崇仁人。高宗即位南京，伏阙上封事，极诋用事大臣，遂见杀。所著有《飘然集》六卷。

玉　楼　春

年时醉倚温温玉，妒月精神疑可掬。香丝篆袅一帘秋，潋滟十分浮蚁绿。　　兴来笑把朱弦促，切切含情声断续。曲中依约断人肠，除却梨园无此曲。

小　重　山

红叶伤心月午楼。袭人风细细，远烟浮。懵腾醉眼不禁秋，追旧事，拍塞一怀愁。　　心绪两悠悠。东阳消瘦损，甚风流。拟凭仙枕梦中游，无眠久，通夕数更筹。

胡舜陟 字汝名，绩溪人，大观中进士，为监察御史，建炎中以集英殿修撰知庐州，迁寿、庐等州镇抚使。

渔　家　傲

几日北风江海立，千车万马涛声急。短棹峭寒欺酒力。飞雨息，琼花细细穿窗隙。　　今我绿蓑青箬笠，浮家泛宅烟波逸。渚鹭沙鸥都旧识。行未得，高歌与尔相寻觅。

胡　仔 字元任，新安人，舜陟子，寓居吴兴，号苕溪渔隐，宣和间仕建安主簿。有《丛话》百卷。

满　江　红

泛宅浮家，何处好，苕溪清境。占云山万叠，烟波千顷。茶灶笔床浑不用，雪蓑月笛偏相称。争不教二纪赋《归来》，甘幽屏！红尘事，谁能省？青霞志，方高引。任家风舴艋，生涯笭箵。三尺鲈鱼真好脍，一瓢春酒宜闲饮。问此时怀抱向谁论？惟箕颖！

水　龙　吟

以李长吉《美人梳头歌》填

梦寒绡帐春风晓，檀枕半填香髻。辘轳初转，栏杆鸣玉，咿哑惊起。眠鸭凝烟，舞鸾翻镜，影开秋水。解低头试整，牙床对立，香丝乱，云拖地。　　纤手犀梳落处，腻无声重盘鸦翠。兰膏匀渍，冷光欲溜，鸾钗易坠。年少偏娇，鬟多无力，恼人风味。甚含情不语，下阶漫自，折花枝戏。

倪　偁　字文举，吴兴人，绍兴八年进士，官太常寺主簿。有《绮川词》一卷。

临　江　仙

结束征鞍临驿路，长林积雪消初。天回春色到平芜。不堪杯酒罢，便与故人疏。　　一曲《阳关》歌未阕，仆夫催上修途。非君思我更谁欤？西风吹过雁，应有寄来书。

王十朋　字龟龄，乐清人。由太学廷对擢第一，除著作郎，迁大宗正丞，累迁国子司业，升侍讲，历四郡守，除侍御史，以龙图阁学士致仕，谥忠文。有《梅溪集》。

点绛唇

酴醾

野态芳姿，枝头占得春长久。怕钩衣袖，不放攀花手。　　试问东风，花似当时否？还依旧。谪仙去后，风月今谁有？

洪　迈 字景卢，号野处。

踏莎行

院落深沉，池塘寂静，帘钩卷上梨花影。宝筝拈得雁难寻，篆香消尽山空冷。　　钗凤斜欹，鬓蝉不整，残红立褪慵看镜。杜鹃啼月一声声，等闲又是三春尽。

姚述尧 钱唐人。有《箫台公馀词》一卷。

临江仙

呈湘川使君丁郎中仲京

佳节喜逢长久日，翩翩凫舄朋来。霜清天宇绝尘埃。遥怜巴岭月，拟上曲江台。　　怀县从容留客宴，追欢正好传杯。使君归骑莫相催！更拚明日醉，未放菊花开。

汤思退 字进之，处州人，绍兴中由县令试博学宏词科，除秘书省正字，累官端明殿学士，佥书枢密院事，后责居永州。

菩 萨 蛮

水月寺

画船横绝湖波练，更上雕鞍穷翠巘。霜橘半垂黄，征衣尽日香。钟声云外听，金界青松映。何处是华山？峰峦杳霭间。

魏 杞 字南夫，寿春人，一云开封人，累官右仆射，兼枢密使。以使金不辱命，骤登相位。乾道丁亥以灾异同叶颙策免。卒，谥文节。

虞 美 人

梅

冰肤玉面孤山裔，肯到人间世。天然不与百花同，却恨无情轻付与东风。　　丽谯《三弄》江梅晓，立马溪桥小。只应明月最相思，曾见幽香一点未开时。

牟 巘 字献甫，吴兴人，大理少卿。有《陵阳先生集》。

木 兰 花 慢

饯公孙倅

山城如斗大，君肯为两年留？问读易堂前，修然松菊，留得君不？天边乍传消息，趁东风归待翠云裘。留取去思无限，江蓠香满汀洲。　　不妨无蟹有监州，臭味喜相投。怪底事朝来，骊歌催唱，唤起离愁！羡君戏彩脱却，一身轻无事也无忧。昨夜梦随杖履，道林岳麓同游。

渔　家　傲

病枕逢逢惊晓鼓，那堪送客江头路！莫唱《骊驹》催客去。风又雨，花飞一片愁千缕。　　折柳凄然无剩语，加餐更把篝衣护。泥滑篮舆须稳度。云飞处，亲闱安问应旁午。

王自中 字道甫，平阳人，淳熙中登进士第，光宗朝，起知邵州、兴化军。

酹　江　月

题钓台

扁舟夜泛，向子陵台下，偃帆收橹。水阔风摇舟不定，依约月华新吐。细酌清泉，痛浇尘臆，唤起先生语。当年纶钓，为谁高卧烟渚？　　还念古往今来，功名可共，能几人光武？一旦星文惊四海，从此故人何许！到底轩裳，不如蓑笠，久矣心相与。天低云淡，浩然吾欲高举。

丘　崈 字宗卿，江阴军人，隆兴元年进士，累官资政殿学士，拜同知枢密院事，卒，谥文定。有词一卷。

洞　仙　歌

辛卯元夕

江城梅柳，惯得春先处。催趁风光上歌舞。见九衢车马流水如龙，喧笑语，罗绮香尘载路。　　欢娱多暇日，樽俎风流，重见承平旧官府。有多少佳丽事，堕珥遗簪，芳径里瑟瑟珠玑翠羽。好惜取韶华醉连宵，更莫待收灯，酒阑人去。

又

赋金林檎

丰肌腻体，淡雅仍矜贵。不与群芳竞姝丽。向琼林珠殿，独占春风，仙仗里，曾奉三宫燕喜。　　低徊如有恨，失意含羞，乐事繁华竟谁记？应怜我今老去，无句酬伊，吟未就，不觉东风又起。镇独自黄昏怯轻寒，这情绪年年，共花憔悴。

沁　园　春

景明告行，颇动怀归之念。偶得帅卿词，

因次其韵。前阕奉送，后阕以自见云。

雨趁轻寒，风作秋声，燕归雁来。动天涯羁思，登山临水；惊心节物，极目烟埃。客里逢君，才同一笑，何遽言归如此哉？别离久，算不应兴尽，却棹船回。　　主人下榻高斋，更检点笙歌频宴开。便流连不到，迎春见柳；也须小驻，度腊观梅。楼上盈盈，闺中脉脉，应念胡麻好种栽。从教去，正危栏望断，小倚徘徊。

扑　蝴　蝶

蜀中作

鸣鸠乳燕，春在梨花院。重门镇掩，沉沉帘不卷。纱窗红日三竿，睡鸭馀香一线。佳眠悄无人唤。　　谩消遣。行云无定，楚雨难凭梦魂断。清明渐近，天涯人正远。尽教闲了秋千，觑著海棠开遍。难禁旧愁新怨。

夜　行　船

越上作

水满平湖香满路，绕重城藕花无数。小艇红妆，疏帘青盖，烟柳画船斜渡。　　恣乐追凉忘日暮，箫鼓动，月明人去。犹有清歌，随风迢递，声在芰荷深处。

西　江　月

明日又还重九，黄昏小雨疏风。菊英萸糁一尊同，付与今宵好梦。　　寒意梧桐叶上，客愁画角声中。小楼何日却从容？千里此情应共！

锦　帐　春

己未孟冬乐净见梅英作

翠竹如屏，浅山如画，小池面危桥一跨。著棕亭临水，宛然郊野，竹篱茅舍。　　好是天寒，倍添妍雅，正雪意垂垂欲下。更朦胧月影，弄晴初夜，梅花动也！

姜特立 字邦杰，丽水人，以恩补郎，淳熙中迁阁门舍人，充春坊官，幸于太子，太子即位，以春坊旧人，恃恩无忌，为留正所论，夺职，宁宗朝拜庆远军节度使。有《梅山续稿》词一卷。

蝶　恋　花

送妓

飘粉吹香三月暮，病酒情怀，愁绪浑无数。有个人人来又去，归期有恨难留住。　　明日尊前无觅处，咿轧篮舆，只向双溪路。我辈情钟君漫与，为云为雨应难据。

蔡　柟 字坚老，号云壑。

鹧 鸪 天

病酒厌厌与睡宜，珠帘罗幕卷银泥。风来绿树花含笑，恨入西楼月敛眉。　　惊瘦尽，怨归迟，休将桐叶更题诗。不知桥下无情水，流到天涯是几时？

张履信 字思顺，号游初。

柳 梢 青

雨歇桃繁，风微柳静，日淡湖湾。寒食清明，虽然过了，未觉春闲。　　行云掩映春山，真水墨山阴道间。燕语侵愁，花飞撩恨，人在江南。

谒 金 门

春睡起，小阁明窗儿底。帘外雨声花积水，薄寒犹在里。
欲起还慵未起，好是孤眠滋味。一曲《广陵》应忘记，起来调绿绮。

王　嵎 字季夷，号贵英。

祝 英 台 近

柳烟浓，花露重，合是醉时候。楼倚花梢，长记《小垂手》。谁教钗燕轻分，镜鸾慵舞，是孤负几番晴昼？　　自别后，闻道花底花前，多是两眉皱。又说新来，比似旧时瘦。须知两意长存，相逢终有，莫谩被春光僝僽。

夜　行　船

曲水溅裙三月二，马如龙钿车如水。风飏游丝，日烘晴昼，人共海棠俱醉。　　客里光阴难可意，埽芳尘旧游谁记？午梦醒来，小窗人静，春在卖花声里。

韩　瑯 字子耕，号萧闲。

高　阳　台

除夕

频听银签，重燃绛蜡，年华衮衮惊心。饯旧迎新，能消几刻光阴？老来可惯通宵饮？待不眠还怕寒侵。掩清尊，多谢梅花，伴我微吟。　　邻娃已试春妆了，更蜂枝簇翠，燕股横金。勾引东风，也知芳意难禁。朱颜那有年年好，逞艳游，赢取如今。恣登临，残雪楼台，迟日园林。

姚　镛 字希声，号雪蓬。

谒　金　门

吟院静，迟日自行花影。熏透水沉云满鼎，晚妆窥露井。　　飞絮游丝无定，误了莺莺相等。欲唤海棠教睡醒，奈何春不肯！

罗　椅 字子远，号涧谷。

柳梢青

萼绿华身，小桃花扇，安石榴裙。子野闻歌，周郎顾曲，曾恼夫君。　　悠悠羁旅愁人，似零落青天断云。何处销魂？初三夜月，第四桥春！

杨伯岩 字彦瞻，号泳斋。

踏莎行

雪中疏寮借阁帖，更以薇露送之。

梅观初花，蕙庭残叶，当时惯听山阴雪。东风吹梦到清都，今年雪比前年别。　　重酿宫醪，双钩官帖，伴翁一笑成三绝。夜深何用对青藜，窗前一片蓬莱月。

周　晋 字明叔，号啸斋。

清平乐

图书一室，香暖垂帘密。花满翠壶熏研席，睡觉满窗晴日。　　手寒不了残棋，篝香细勘唐碑。无酒无诗情绪，欲梅欲雪天时。

杨　缵 字继翁，号守斋。

八　六　子

牡丹，次白云韵。

怨残红，夜来无赖，雨催春去匆匆。但暗水新流芳恨，蝶凄蜂惨，千林嫩绿迷空。　　那知国色还逢？柔弱华清扶倦，轻盈洛浦临风。细认得凝妆，点脂匀粉，露蝉耸翠，蕊金团玉成丛。几许愁随笑解，一声歌转春融。眼朦胧，凭栏半醒醉中。

一　枝　春

除夕

竹爆惊春，竞喧填，夜起千门箫鼓。流苏帐暖，翠鼎缓腾香雾。停杯未举，奈刚要送年新句。应自有歌字清圆，未夸上林莺语。
从他岁穷日暮，纵闲愁，怎减刘郎风度？屠苏办了，迤逦柳欺梅妒。宫壶未晓，早娇马绣车盈路。还又把月夜花朝，自今细数。

被　花　恼

自度腔

疏疏宿雨酿寒轻，帘幕静垂清晓。宝鸭微温瑞烟少。檐声不动，春禽对语，梦怯频惊觉。攲珀枕，倚银床，半窗花影明东照。
惆怅夜来风，生怕娇香混瑶草。披衣便起，小径回廊，处处都行到。正千红万紫竞芳妍，又还似年时被花恼。蓦忽地，省得而今双鬓老。

翁孟寅　字宾旸，号五峰。

齐　天　乐

元夕

红香十里铜驼梦，如今旧游重省。节序飘零，欢娱老大，慵立灯光蟾影。伤心对景。怕回首东风，雨晴难准。曲巷幽坊，管弦一片笑相近。　　飞棚浮动翠葆，看金钗半溜，春炉红粉。凤辇鳌山，云收雾敛，迤逦铜壶漏迥。霜风渐紧。展一幅青绡，净悬孤镜。带醉扶归，晓酲春梦稳。

烛　影　摇　红

楼倚春城，琐窗曾共巢春燕。人生好梦逐春风，不似杨花健。旧事如天渐远，奈晴丝牵愁未断！镜尘埋恨，带粉栖香，曲屏寒浅。　　环佩空归，故园羞见桃花面。轻烟残照下阑干，独自疏帘卷。一信狂风又晚，海棠花随风满院。乱鸦啼后，杜宇啼时，一声声怨。

阮　郎　归

月高楼外柳花明，单衣怯露零。小桥灯影落残星，寒烟蘸水萍。歌袖窄，舞环轻，梨花梦满城。落红啼鸟两无情，春愁添晓酲。

赵汝茪 字参晦，号霞山。

梅　花　引

对花时节不曾欢，见花残，任花残。小约帘栊，一面受春寒。题破玉笺双喜鹊，香烬冷，绕云屏，浑是山。　　待眠，未眠，事万千。也问天，也恨天。髻儿半偏，绣裙儿宽了还宽。自取红毡，重坐暖金船。惟有月知君去处，今夜月，照秦楼，第几间？

梦江南

帘不卷，细雨熟樱桃。数点雰霞天又晚，一痕凉月酒初消，风急絮花高。　闲游处，磨尽少年豪。昨梦醉来骑白鹿，满湖春水段家桥，濯发听吹箫。

恋绣衾

柳丝空有万千条，系不住溪头画桡！想今宵也对新月，过轻寒何处小桥？　玉箫台榭春多少？溜啼痕盈脸未消。怪别来燕支慵傅，被东风偷在杏梢。

汉宫春

著破荷衣，笑西风吹我，又落西湖。湖间旧时饮者，今与谁俱？山山映带，似携来画卷重舒。三十里芙蓉步障，依然红翠相扶。
一目清无留处，任屋浮天上，身集空虚。残烟夕阳过雁，点点疏疏。故人老大，好襟怀消减全无。漫赢得秋声两耳，冷泉亭下骑驴。

如梦令

小砑红绫笺纸，一字一行春泪。封了更亲题，题了又还折起。归未？归未？好个瘦人天气！

冯去非 字可迁，号深居。

喜迁莺

凉生遥渚，正绿芰擎霜，黄花招雨。雁外渔灯，蛬边蟹舍，绛叶满秋来路。世事不离双鬓，远梦偏欺孤旅。送望眼，但凭舷微笑，书空无语。　　慵看清镜里。十载征尘，长把朱颜污。借筯青油，挥毫紫塞，旧事不堪重举。间阔故山猿鹤，冷落同盟鸥鹭。倦游也，便樯云柂月，浩歌归去。

许　棐 字忱父，海盐人。有《梅屋稿》及《献丑集》，嘉熙间自为序。

鹧　鸪　天

翠凤金鸾绣欲成，沉香亭下款新晴。绿随杨柳阴边去，红踏桃花片上行。　　莺意绪，蝶心情，一时分付小银筝。归来欲醉花柔困，月滤窗纱约半更。

琴调相思引

组绣盈箱锦满机，倩人缝作护花衣。恐花飞去，无复上芳枝。已恨远山迷望眼，不须更画远山眉。正无聊赖，雨外一鸠啼。

后　庭　花

一春不识西湖面，翠羞红倦。雨窗红泪摇湘管，意长笺短。知心惟有雕梁燕，自来相伴。东风不管琵琶怨，落花吹遍。

夜　行　船

一簪东风留不住，离歌断日斜春暮。多事啼莺，妒情飞燕，一路送人归去。　　文君自被琴心误，却惆怅落花飞絮。锦字机寒，玉炉烟冷，门外乱山无数。

喜　迁　莺

鸠雨细，燕风斜，春悄谢娘家。一重帘外即天涯，何必暮云遮？

钏金寒，钗玉冷，薄醉欲成还醒。一春梳洗不簪花，孤负几年华！

陆　睿 字景思，号云西。

瑞　鹤　仙

梅

湿云黏雁影，望征路，愁迷离绪难整。千金买光景。但疏钟催晓，乱鸦啼暝。花悰暗省。许多情相逢梦境。便行云都不归来，也合寄将音信。　　孤迥，盟鸾心在，跨鹤程高，后期无准。情丝待剪，翻惹得，旧时恨。怕天教何处，参差双燕，还染残朱剩粉。对菱花与说相思，看谁瘦损？

萧泰来 字则阳，号小山。

霜 天 晓 角

梅

千霜万雪，受尽寒磨折。赖是生来瘦硬，浑不怕角吹彻。　　清绝，影也别，知心惟有月。元没春风情性，如何共海棠说？

赵希迈 字端行，号西里。

八 声 甘 州

竹西怀古

寒云飞万里，一番秋一番搅离怀。向隋堤跃马，前时柳色，今度蒿莱。锦缆残香在否？枉被白鸥猜。千古扬州梦，一觉庭槐。歌吹竹西难问，拚菊边醉著，吟寄天涯。任红楼踪迹，茅舍染苍苔。几伤心桥东片月，趁夜潮流恨入秦淮。潮回处，引西风恨，又渡江来。

赵崇嶓 字汉宗，号白云。

蝶恋花

一剪微寒禁翠袂。花下重开，旧燕添新垒。风旋落红香匝地，海棠枝上莺飞起。　　薄雾笼春天欲醉。碧草澄波，的的情如水。料想红楼挑锦字，轻云淡月人憔悴。

赵希彭 字清中，号十洲。

霜天晓角

桂

姮娥戏剧，手种长生粒。宝干婆娑千古，飘芳吹，满虚碧。　　韵色，檀露滴，人间秋第一。金粟如来境界，谁移在，小亭侧？

秋蕊香

髻稳冠宜翡翠，压鬓彩丝金蕊。远山碧浅蘸秋水，香暖榴裙衬地。　　宁宁二八馀年纪，恼春意。玉云凝重步尘细，独立花阴宝砌。

王　澡 字身甫，号瓦全。

霜天晓角

梅

疏明瘦直，不受东皇识。留取伴春应肯，万红里，怎著得？
夜色，何处笛？晓寒无奈力。若在寿阳宫殿，一点点，有人惜。

赵与御 字庆御，号崑岜。

谒金门

归去去，风急兰舟不住。梦里海棠花下语，醒来无觅处。
薄幸心情似絮，长是轻分轻聚。待得来时春几许？绿阴三月暮。

楼　槃 字考甫，号曲涧。

霜天晓角

梅

月淡风轻，黄昏未是清。吟到十分清处，也不啻，二三更。
晓钟天未明，晓霜人未行。只有城头残角，说得尽，我平生。

又

剪雪裁冰，有人嫌太清。又有人嫌太瘦，都不是，我知音。谁是我知音？　孤山人姓林。一自西湖别后，辜负我，到如今。

钟 过 字改之，号梅心。

步 蟾 宫

东风又送酴醾信，早吹得愁成潘鬓。花开犹是十年前，人不似十年前俊。　　水边珠翠香成阵，也消得燕窥莺认。归来沉醉月朦胧，觉花气满襟犹润。

黄 简 字元易，号东浦。

柳 梢 青

病酒心情，唤愁无限，可奈流莺！又是一年，花惊寒食，柳认清明。　　天涯翠巘层层，是多少长亭短亭！倦倚东风，只凭好梦，飞到银屏。

陈 策 字次贾，号南墅。

摸 鱼 儿

仲宣楼赋

倚危楼酹春怀古，轻寒才转花信。江城望极多愁思，前事恼人方寸。湖海兴，算合付元龙举白浇谈吻。凭高试问：问旧日王郎，依刘有地，何事赋幽愤？　　沙头路，休记家山远近。宾鸿一去无信。沧波渺渺空归梦，门外北风凄紧。乌帽整，便做得功名，难绿星星鬓。敲吟未稳。又白鹭飞来，垂杨自舞，谁与寄离恨？

李振祖 号中山。

浪　淘　沙

春在画桥西，画舫轻移。粉香何处度涟漪？认得一船杨柳外，帘影垂垂。　谁倚碧栏低？酒晕双眉。鸳鸯并浴燕交飞。一片闲情春水隔，斜日人归。

词综卷三十二补人

宋　词

汪元量 字大有，号水云，钱塘人。以善琴事谢后、王昭仪。宋亡，随三宫留燕，后为黄冠师南归。有《湖山类藁》，多纪国亡北徙事。

满　江　红

吴江秋夜

一个兰舟，双桂桨顺流东去。但满目银光万顷，凄其风露。渔火已归鸿雁汊，棹歌更在鸳鸯浦。渐夜深芦叶冷飕飕，临平路。
吹铁笛，鸣金鼓。丝玉鲙，倾香醑。且浩歌痛饮，藕花深处。秋水长天迷远望，晓风残月空凝伫。问人间今夕是何年？清如许！

琴调相思引

越上赏花

晓拂菱花巧画眉，猩罗新剪作春衣。恐春归去，无处看花枝。
已恨东风成去客，更教飞燕舞些时。惜花人醉，头上插花归。

长　相　思

越上寄雪江

吴山深，越山深。空谷佳人金玉音，有谁知此心。　　夜沉沉，漏沉沉。闲却《梅花》一曲琴，月高松竹林。

好 事 近

浙江楼闻笛

独倚浙江楼，满耳怨笳哀笛。犹有梨园声在，念那人天北。海棠憔悴怯春寒，风雨怎禁得？回首华清池畔，渺露芜烟荻。

莺 啼 序

重过金陵

金陵故都最好，有朱楼迢递。嗟倦客又此凭高，槛外已少佳致。更落尽梨花，飞尽杨花，春也成憔悴。问青山三国英雄，六朝奇伟。麦甸葵丘，荒台败垒，鹿豕衔枯荠。□□正潮打孤城，寂寞斜阳影里。听楼头哀笳怨角，未把酒愁心先醉。渐夜深月满秦淮，烟笼寒水。　　凄凄惨惨，冷冷清清，灯火渡头市。慨商女不知兴废，隔江犹唱《庭花》，馀音亹亹。伤心千古，泪痕如洗。乌衣巷口青芜路，认依稀王谢旧邻里。临春结绮，可怜红粉成灰，萧索白杨风起。因思畴昔，铁索千寻，谩沉江底。挥羽扇，障西尘，便好角巾私第。清谈到底成何事？回首新亭，风景今如此！楚囚对泣何时已？叹人间今古真儿戏！东风岁岁还来，吹入钟山，几重苍翠！

六 州 歌 头

江都

绿芜城上，怀古恨依依。淮山碎，江波逝，昔人非，今人悲。惆怅隋天子，锦帆里，环珠履，丛香绮，展旌旗，荡涟漪。击鼓挝金，拥琼璈玉吹，恣意游嬉。斜日晖晖，乱莺啼。　　销魂此际，君臣醉，貔貅峣，事如飞。山河坠，烟尘起，风凄凄，雨霏霏。草木皆垂泪，家国弃，竟忘归。笙歌地，欢娱地，尽荒畦。惟有当时皓月，依然挂杨柳青枝。听堤边渔叟，一笛醉中吹，兴废谁知？

水龙吟

淮河舟中，夜闻宫人琴声。

鼓鼙惊破《霓裳》，海棠亭北多风雨。歌阑酒罢，玉啼金泣，此行良苦。驼背模糊，马头匼匝，朝朝暮暮。自都门燕别，龙艘锦缆，空载得春归去。　　目断东南半壁，怅长淮已非吾土！受降城下，草如霜白，凄凉酸楚。粉阵红围，夜深人静，谁宾谁主？对渔灯一点，羁愁一搦，谱琴中语。

望江南

幽州九日

官舍悄，坐到月西斜。永夜角声悲自语，客心愁破正思家，南北各天涯。　　肠断裂，搔首一长嗟。绮席象床寒玉枕，美人何处醉黄花？和泪捻琵琶。

唐多令

吴江中秋

莎草被长洲，吴江拍岸流。忆故家西北高楼。十载客窗憔悴损，搔短鬓，独悲秋。　　人在塞边头，断鸿书寄不？记当年一片闲愁。舞罢《羽衣》尘满面，谁伴我，广寒游？

施　岳 字仲山，号梅川。

水龙吟

翠鳌涌出沧溟，影横栈壁迷烟墅。楼台对起，阑干重凭，山川自古。梁苑平芜，汴堤疏柳，几番晴雨？看天低四远，江空万里，登临处，分吴楚。　　两岸花飞絮舞，度春风满城箫鼓。英雄暗老，昏潮晓汐，归帆过橹。淮水东流，塞云北渡，夕阳西去。正凄凉望极，中原路杳，月来南浦。

解　语　花

云容冱雪，暮色添寒，楼台共临眺。翠丛深窅。无人处，数蕊弄春犹小。幽姿谩好，遥相望含情一笑。花解语，因甚无言？心事应难表。　　莫待墙阴暗老，趁琴边月夜，笛里霜晓。护香须早。东风度，咫尺画栏琼沼。归来梦绕，歌云坠，依然惊觉。想恁时，小几银屏冷未了。

曲　游　春

清明湖上

画舸西泠路，占柳阴花影，芳意如织。小楫冲波，度曲尘扇底，粉香帘隙。岸转斜阳隔，又过尽别船箫笛。傍断桥，翠绕红围，相对半篙晴色。　　顷刻，千山暮碧。向沽酒楼前，犹系金勒。乘月归来，正梨花夜缟，海棠烟幕。院宇明寒食，醉乍醒，一庭春寂。任满身露湿东风，欲眠未得。

张　枢　字斗南，号寄闲。

瑞　鹤　仙

卷帘人睡起，放燕子归来，商量春事。风光又能几？减芳菲都在卖花声里。吟边眼底，披嫩绿移红换紫。甚等闲半委东风，半委小溪流水。　　还是，苔痕湔雨，竹影留云，待晴犹未。兰舟静舣，西湖上多少歌吹！粉蝶儿守定落花不去，湿重寻香两翅。怎知人一点新愁，寸心万里？

风入松

春寒懒下碧云楼，花事等闲休。红绵湿透秋千索，记伴仙曾倚娇柔。重叠黄金约臂，玲珑碧玉搔头。　熏炉谁熨暖衣篝？消遣酒醒愁。旧巢未著新来燕，任珠帘不上琼钩。何处东风院宇？数声揭调《甘州》。

南歌子

柳户朝云湿，花窗午篆清。东风未放十分晴，留恋海棠颜色，过清明。　垒润栖新燕，笼深锁旧莺。琵琶可是不堪听？无奈愁人，把做断肠声。

壶中天

月夕登绘幅堂，与篔房各赋一解。

雁横迥碧，渐烟收极浦，渔唱催晚。临水楼台乘醉倚，云引吟情闲远。露脚飞凉，山眉锁暝，玉宇冰奁满。平波不动，桂华低印清浅。　应是琼斧修成，铅霜捣就，舞《霓裳》曲遍。窃窕西窗谁弄影？红冷芙蓉深苑。赋雪词工，留云歌断，偏惹文箫怨。人归鹤唳，翠帘十二空卷。

李　演 字广翁，号秋堂。

摸鱼儿

太湖

又西风，四桥疏柳，惊蝉相对秋语。琼荷万笠花云重，袅袅红衣如舞。鸿北去，渺岸芷汀芳，几点斜阳字。吴亭旧树，又系我扁舟，渔乡钓里，秋色淡归鹭。　　长干路，蔓草疏烟断墅，商歌如写羁旅。丹溪翠岫登临事，苔屐尚粘苍土。鸥且住，怕月冷吟魂婉冉空江暮。明灯暗浦，更短笛衔风，长云弄晚，天际画秋句。

声　声　慢

问梅孤山

轻鞯绣谷，柔屐烟堤，六年遗赏新续。小舫重来，惟有寒沙鸥熟。徘徊旧情易冷，但溶溶翠波如縠。愁望远，甚云消月老，暮山自绿！　　嗔笑人生悲乐，且听我樽前，渔歌樵曲。旧阁尘封，长得树阴如屋。凄凉五桥归路，载寒秀一枝疏玉。翠袖薄，晚无言空倚修竹。

醉　桃　源

题小扇

双鸳初放步云轻，香帘蒸未晴。杏镕暗泪结红冰，留春蝴蝶情。寒薄薄，日阴阴，锦鸠花底鸣。春怀一似草无凭，东风吹又生。

南　乡　子

夜饮燕子楼

芳水戏桃英，小滴燕支浸绿云。待觅琼觚藏彩信，流春，不似题红易得沉。　　天上许飞琼，吹下蓉笙染玉尘。可惜素鸾留不得，更深，误剪灯花断了心。

八　六　子

次筼房韵

乍鸥边一番腴绿，流红又怨蘋花。看晚吹约晴归路，夕阳分落渔家。轻云半遮。　　萦情芳草无涯。还报舞香一曲，玉瓢几许春华！正细柳青烟，旧时芳陌，小桃朱户，去年人面，谁知此日重来系马，东风淡墨敧鸦。黯窗纱，人归绿阴自斜。

祝英台近

次筼房韵

采芳蘋，萦去橹，归步翠微雨。柳色如波，萦恨满烟浦。东君若是多情，未应花老，心已在绿成阴处。　　困无语。柔被褰损梨云，闲修牡丹谱。妒粉争香，双燕为谁舞？年年红紫如尘，五桥流水，知送了几番愁去？

丁　宥 字基重，号宏庵。

水龙吟

雁风吹裂云痕，小楼一线斜阳影。残蝉抱柳，寒蛩入户，凄音忍听？愁不禁秋，梦还惊客，青灯孤枕。未更深，早是梧桐泫露，那更度，兰宵永！　　空叹银瓶金井，醉乡醒温柔乡冷。征尘倦扑，闲花漫舞，何心管领！葱指冰弦，蕙怀春锦，楚梅风韵。怅芙蓉城杳，蓝云依黯，锁巫峰暝。

史介翁 字吉父，号梅屋。

菩萨蛮

柳丝轻飏黄金缕，织成一片纱窗雨。斗合做春愁，困慵熏玉篝。　　暮寒罗袖薄，社雨催花落。先自为诗忙，蔷薇一阵香。

周端臣 字彦良,号葵窗。

木兰花慢

送人之官九华

霭芳阴未解,乍天气,过元宵。讶客袖犹寒,吟窗易晓,春色无聊。梅梢,尚留顾藉,殢东风未肯雪轻飘。知道诗翁欲去,递香要送兰桡。　　清标,会上丛霄。千里阻,九华遥。料今朝别后,他时有梦,应梦今朝。河桥,柳愁未醒,赠行人又恐越魂消。留取归来系马,翠长千缕柔条。

何光大 字谦履,号半湖。

谒金门

天似水,池上藕花风起。隔岸垂杨青到地,乱萤飞又止。
露湿玉栏闲倚,人静自生凉意。泛碧沉朱供晚醉,月斜才去睡。

赵　溍 字元晋,号冰壶。

临江仙

西湖春泛

堤曲朱墙近远,山明碧瓦高低。好风二十四花期。娇骢穿柳去,文鹓挟波飞。　　箫鼓晴雷殷殷,笑歌香雾霏霏。闲情不受酒禁持。断桥无立处,斜日欲归时。

刘 澜 字养源，号江村。

齐 天 乐

吴兴郡宴遇旧人

玉钗分向金华后，回头路迷仙苑。落翠惊风，流红逐水，谁信人间重见？花深半面，尚歌得新词，柳家三变。绿叶阴阴，可怜不是那时看。　　刘郎今度更老，雅怀都不到，书带题扇。花信风高，苕溪月冷，明日云帆天远。尘缘较短，怪一梦轻回，酒阑歌散。别鹤惊心，感时花泪溅。

张龙荣 字成子，号梅深。

摸 鱼 儿

又吴尘暗斑吟袖，西湖深处能浣。晴云片片平波影，飞趁棹歌声远。回首唤，仿佛记春风共载斜阳岸。轻携分短，怅柳密藏桥，烟浓断径，隔水语音换。　　思量遍，前度高阳酒伴，离悰悲事何限！双峰塔露书空颖，情共暮鸦盘转。归思懒，悄不似留眠水国莲花畔。灯帘晕满，正蠹帙重缁，沉煤半冷，风雨闭宵馆。

王亿之 字景阳，号松间。

高 阳 台

双桨敲冰，低篷护冷，扁舟晓渡西泠。回首吴山，微茫遥带重城。堤边几树垂杨柳，早嫩黄摇动春情。问孤鸿，何处飞来，共唤飘零？　　轻帆初落沙洲暝，渐潮痕雨渍，面色风皴。旅思羁愁，偏能老大行人。姮娥不管征途苦，甚夜深尽照孤衾。想玉楼，犹凭阑干，为我销凝。

余桂英 字子发，号野云。

小 桃 红

芳草连天暮，斜日明汀渚。懊恨东风，恍如春梦，匆匆又去。早知人酒病更诗愁，镇轻随飞絮。　　宝镜空留恨，筝雁浑无据。门外当时，薄情流水，如今何处？正相思望断碧山云，又莺啼晚雨。

胡仲弓 字希圣，号苇杭。

谒 金 门

蛾黛浅，只为晚寒妆懒。润逼镜鸾红雾满，额花留半面。
渐次梅花开遍，花外行人已远。欲寄一枝嫌梦短，湿云和恨剪。

尚希尹 字莘老，号畏斋。

浪 淘 沙

结客去登楼，谁系兰舟？半篙清涨雨初收。把酒留春春不住，柳暗江头。　　老去怕闲愁，莫莫休休。晚来风恶下帘钩。试问落花随水去，还解西流？

柴　望 字仲山，号秋堂。

念 奴 娇

春来多困，正晷移帘影，银屏深闭。唤梦幽禽烟柳外，惊断巫山十二。宿酒初醒，新愁半解，恼得成憔悴。鬔松云鬓，不饮鸾镜梳洗。　　门外满地香风，残梅零落，玉糁苍苔碎。乍暖乍寒浑莫拟，欲试罗衣犹未。斗草雕栏，买花深院，做踏青天气。晴鸠鸣处，一池昨夜春水。

朱　藻 号野逸。

采 桑 子

障泥油壁人归后，满院花阴。楼影沉沉，中有伤春一片心。
闲穿绿树寻梅子，斜日笼明。团扇风轻，一径杨花不避人。

黄　铸 字晞颜，号乙山。

秋 蕊 香 令

花外数声风定，烟际一痕月净。水晶屏小敧翠枕，院静鸣蛩相应。　　香销斜掩青铜镜，背灯影。寒砧夜半和雁阵，秋在刘郎绿鬓。

王同祖 字与之，号花洲。

阮　郎　归

一帘疏雨细于尘，春寒愁杀人。桐花庭院近清明，新烟浮旧城。寻蝶梦，怯莺声，柳丝如妾情。丙丁帖子画教成，妆台求晚晴。

王茂孙 字景周，号梅山。

高　阳　台

春梦

迟日烘晴，轻烟缕昼，锁窗雕户慵开。人独春闲，金猊暖透兰煤。山屏暖倚珊瑚畔，任翠阴移过瑶阶。悄无声，彩翅翩翩，何处飞来？　　片时千里江南路，被东风误引，还近阳台。腻雨娇云，多情恰喜徘徊。无端枝上啼鸠唤，便等闲孤枕惊回。恶情怀，一院杨花，一径苍苔。

点　绛　唇

莲房

折断烟痕，翠蓬初离鸳鸯浦。玉纤相妒，翻被专房误。　　乍脱青衣，犹著轻罗护。多情处，芳心一缕，都为相思苦。

张　桂 字惟月，号竹山。

菩　萨　蛮

东风忽骤无人见，玉塘烟浪浮花片。步湿下香阶，苔粘金凤鞋。　　翠鬟愁不整，临水闲窥影。摘得野蔷薇，游蜂相趁归。

浣 溪 沙

雨压杨花路半干，蜂遗花粉在阑干。牡丹开尽正春寒。　　懒品幺弦金雁并，瘦惊双钏玉鱼宽。新愁不放翠眉间。

张　林 字去非，号樗岩。

柳 梢 青

灯花

白玉枝头，忽看蓓蕾，金粟珠垂。半颗安榴，一枝秾杏，五色蔷薇。　　何须羯鼓声催？银缸里春工四时。却笑灯蛾，学他蜂蝶，照影频飞。

朱昴孙 字令则，号万山。

真 珠 帘

春云做冷春知未？春愁在碎雨敲花声里。海燕已寻踪，到画溪沙际。院落秋千杨柳外，待天气十分新霁。春市，又青帘巷陌，红芳歌吹。　　须信处处东风，又何妨对此，笼香觅醉？曲尽索馀情，奈夜航催离！梦满冰衾身似寄，算几度吴乡烟水。无寐，试明朝说与西园桃李。

吴大有 字有大，号松壑。

点绛唇

送李琴泉

江上旗亭，送君还是逢君处。酒阑呼渡，云压沙鸥暮。　漠漠萧萧，香冻梨花雨。添愁绪，断肠柔橹，相逐寒潮去。

赵崇霄 字有得，号莲罂。

东风第一枝

妒雪梅苏，迷烟柳醒，游丝轻飏新霁。卷帘看燕初归，步屧为花早起。春来犹浅，便做出十分春意。喜凤钗才卸珠幡，早换巧梳描翠。　看数点催花雨腻，更一阵递香风细。小莺忺暖调声，嫩蝶试晴舞翅。清欢易失，怕轻负年芳流水。好趁闲共整吟鞯，日日访桃寻李。

范晞文 字景文，号药庄。

意难忘

清泪如铅，叹咸阳送远，露冷铜仙。岩花纷堕雪，津柳暗生烟。寒食后，暮江边，草色更芊芊。四十年留春意绪，不似今年。
山阴欲棹归船，暂停杯雨外，舞剑灯前。重逢应未卜，此别转堪怜！凭急管，倩繁弦，思苦调难传。望故乡，都将往事，付与啼鹃。

郑斗焕 字丙文，号松窗。

新荷叶

乳鸭池塘，晴波漾绿鳞鳞。宿藕根香，夏来生意还新。蚨钱小，钿花贴翠，相间萍星。一番雨过，一番暗展圆清。　　鱼戏龟游，看来犹未胜情。因忆年时垂钓，曾约轻盈。玉人何处？关情是半卷芳心。帘风一棹，鸳鸯催起歌声。

曹良史 字之才，号梅南。

江城子

夜香烧了夜寒生，掩银屏，理银筝。一曲春风，都是断肠声。杜宇欲啼杨柳外，愁似海，思如云。　　背灯暗卸乳鹅裙，酒初醒，梦初醒。兰炷熏篝，谁为暖罗衾？二十四帘人悄悄，花影碎，月痕深。

赵与仁 字元父，号学舟。

柳梢青

落桂

露冷仙梯，《霓裳》散舞，记曲人归。月度层霄，雨连深夜，谁管花飞？　　金铺满地苔衣，似一片斜阳未移。生怕清香，又随凉信，吹过东篱。

琴调相思引

冰箔纱帘小院清，暗尘不动地花平。昨宵风雨，凉到木犀屏。
香月照妆秋粉薄，水云飞佩藕丝轻。好天良夜，闲理玉靴笙。

西　江　月

夜半河痕依约，雨馀天气溟濛。起行微月遍池东，水影浮花，花影动帘栊。　　量减难追醉白，恨长莫尽啼红。雁声能到画楼中，也要玉人知道有秋风。

王　奕 字伯敬，号斗山，玉山人，宋亡，又自号至元逸民。有集十二卷，《梅岩杂咏》七卷，皆散失，仅存《东行斐稿》三卷，词附。

贺　新　郎

仆过鲁，自葛水买舟至维扬，又自维扬买舟至孔林，登泰山，复还淮楚，尽江山所历之妙，真所谓兹行冠平生者也。

有客过东鲁。自葛水泛舟西下，帆开三楚。万里湖光磨水镜，五老落星烟渚。又飞过二姑门户。彭泽柳青新旧色，望九华依约池阳路。风雨庙，乌江羽。　　蛾眉牛渚皆如故。问缘何滰港汀洲，江声无语？采石书生勋业在，公子锦袍何处？流恨下秦淮商女。多景楼头吟北固，笑平山堂里谁为主？且烂饮，琼花露。

又

醉醒琼花露。买扁舟邵伯津头，向秦邮去。流水孤村鸦万点，回首少游斜树。又著访山阳酒侣。细剔留城碑藓看，上歌台一啸江东主。望凫绎，过邹鲁。　　孔林百拜瞻茔墓。历曲阜少皞之墟，大庭之库。竟涉汶河登泰岱，夜半清光玄圃。迤逦问东平归路。蚩冢黄花吟笑罢，下新州，醉白楼头赋。复淮楚，寻故步。

酹 江 月

和辛稼轩《金陵赏心亭》

英雄老矣，对江山莫遣泪珠成斛。一箑西风休掩面，白浪黄尘眯目。凤去台空，鹭飞洲冷，几度斜阳木！欲书往事，南山应恨无竹。　　宁是商女当年，后来腔调，拍手《铜鞮曲》。偃蹇老松虽拗面，犹逞一枰残局。乌巷垂杨，雀桥野草，今为谁家绿？赏心何处？浩歌归卧梅屋。

临 江 仙

和元遗山《题扬州平山堂》

二十四桥明月好，暮年方到扬州。鹤飞仙去总成休，襄阳风笛急，何事付悠悠！　　几阕平山堂上酒，夕阳还照边楼。不堪风景重回头。淮南新枣熟，应不说防秋。

汤弥昌 字师言，瑞安州判官。有《碧山类稿》。

虞 美 人

题《水村图卷》。赵文敏为钱德钧图。

翰林妙写溪村趣，荷屋知何处？溪翁想像住溪湾，一笑如今家在画图间。　　西风门掩芦花溆，聊与渔樵伍。人间不信有张翰，剪取吴淞空向卷中看。

祝 英 台 近

前题

染秋云，图泽国，野趣入游戏。能事何须，五日画一水？重重杨柳陂塘，茅茨村落，芦乡外西风渔计。　　晚烟霁，有客乘扁舟，延缘度疏苇。欲访幽居，宛在碧溪尾。浩然目送飞鸿，醉歌欸乃，溪光里乱山横翠。

赵必瑑 官参军、佥书。

宴　清　都

舟中思家，用美成韵。

远远渔村鼓，斜阳外宾鸿三两飞度。茅檐春小，白云隐几，青山当户。骚人底事飘蓬？浑忘却耕徒钓侣。何时寻斗酒江鲈，悠悠千古坡赋？　　风流种柳渊明，折腰五斗，身为名苦。有秫田二顷，菊松三径，不如归去！山灵休勒俗驾，容我卧草堂深处。问故园怨鹤啼猿，今无恙否？

陈　纪 咸淳进士。

贺　新　郎

听琵琶

趁拍哀弦促。听泠泠弦间细语，手间推覆。莺语间关花底滑，急雨斜穿梧竹。又涧底松风簌簌。铁拨鲲弦春夜永，对金钗钟乳人如玉。敲象板，剪银烛。　　《六幺》声断《凉州》续。怅《梅花》岁晚天寒，佳人空谷。有限弦声无限意，沦落天涯幽独。顿唤起闲愁千斛。贺老定场无处问，到如今只鼓《昭君曲》。呼羯鼓，泻醽醁。

杨泽民 有《和清真词》一卷。

满 庭 芳

春过园林，雨馀池沼，嫩荷点点轻圆。昼长人静，芳树欲生烟。一径幽通邃竹，松风漱，石齿溅溅。平生志，功名未就，先觅五湖船。不如归去好，良田二顷，茅舍三椽。任高歌月下，痛饮花前。果解忘情寄意，又何在琴抚无弦？烟波客，扁舟过我，相伴白鸥眠。

陈 先

好 事 近

石亭探梅

寻遍石亭春，点点暮山明灭。竹外小溪深碧，倚一枝寒月。淡云疏雨苦无情，得折便须折。醉帽风鬟归去，有馀香愁绝。

束从周 合肥人。

小 重 山

题依绿轩

杨柳丝丝两岸风，前村溪路远，小桥通。人家依约水西东，舟一叶，移过苇花丛。　　清景迥涵空，好山青未了，暮云重。是谁惊起几征鸿？天然趣，都在画图中。

李 震 庐陵人。

贺新凉

题高尚书《夜山图》

楼据吴山背。倚高寒尘飞不到，越山相对。老月腾辉群动息，独坐清分沆瀣。更满听潮声澎湃。醉里诗成神鬼泣，景苍凉，又在新诗外。浑忘却，功名债。　　凭谁妙笔能图绘？羡中郎前身摩诘，宛然心会。拈出清宵无限意，半幅溪藤光怪。方信有人间仙界。云淡天低奇绝处，笑僧殊未识丹青在。留此轴，夸千载。

李　铨

点绛唇

牡丹

十二红阑，帝城縠雨初晴后。粉拖香逗，易惹春衫袖。　　把酒题诗，遐想欢如旧。花知否？故人消瘦，长忆同携手。

陈从古 字洮湖。

蝶恋花

芍药

日借轻黄珠缀露，困倚东风，无限娇春处。看尽嫣红浑谩与，淡妆偏称泥金缕。　　不共铅黄争胜负，殿后开时，故欲寻春去。去似朝霞无定所，那堪更著催花雨！

郑子玉

八声甘州慢

草

渐莺声近也，探年芳河畔柅轻轮。旋东风染绿，绵绵平野，无际烟春。最苦夕阳天外，愁损倚栏人。无奈潇湘杳，留滞王孙。
冷落池塘残梦，是送君归后，南浦消魂。赖东君能容，醉卧展香裀。尽教更行人远，也相伴连水复连云。关山道，算无今古，客恨长新。

章丽真 宋宫人。

长 相 思

送汪水云归吴

吴山秋，越山秋。吴越两山相对愁，长江不尽流。　风飕飕，雨飕飕。万里归人空白头，南冠泣楚囚。

袁正真 宋宫人。

长 相 思

前题

南高峰，北高峰。南北高峰云淡浓，湖山图画中。　采芙蓉，赏芙蓉。小小红船西复东，相思无路通。

词综卷三十三补人

金元词

耶律楚材 字晋卿，辽东丹王后。入元，累官中书令，赠太师，封广宁王，谥文正。有《湛然居士集》。

鹧　鸪　天

题七真洞

花界倾颓事已迁，浩歌遥望意茫然。江山王气空千劫，桃李春风又一年。　横翠嶂，架寒烟，野花平碧怨啼鹃。不知何限人间梦，并触沉思到酒边！

李俊民 字用章，泽州人。承安五年进士第一，应奉翰林文字，罢归不出，金亡，元世祖欲官之，不可，卒，赐谥庄靖先生。有《庄靖集》，词附。

洞　仙　歌

谢杨诚之寄梅

陇头潇洒，辜负寻芳眼。浪蕊浮花问名懒。纵看看，驿使带得春来，只恐怕，绿叶成阴子满。　暗香无恙否？月落参横，惆怅罗浮梦魂短。赖故人情重，不减西湖，花一月分我黄昏一半。更选甚南枝与北枝？是一种春风，待争寒暖！

摸 鱼 儿

送任谦甫出山

这光景能销几度，大都数十寒暑。结庐人在山深处，万壑千岩风雨。朝复暮，甚不管堂堂背我青春去。高情自许，似野鹤孤云，江鸥远水，此兴有谁阻？　　功名事，休叹儒冠多误，韩颠彭蹶无数。一溪隔断桃源路，只有人家鸡黍。歌且舞，更不住醉中时出烟霞语。暂来樵斧，贪看两争棋，人间不道，俯仰成今古。

谒 金 门

探梅

谁便道，昨夜雪中开了！次第不将消息报，探芳人草草。
宜在嫩寒清晓，兴比孤山更好。篱落逢花须醉倒，惜花人易老。

满 江 红

和张文玘

宿酒才醒，听唤起一声春晓。无限恨，满城风絮，一川烟草。年少抛人容易去，万红千紫都开了。试但教头上插花枝，花应笑。
狂言在，人绝倒。狂药尽，愁难埽。待叮咛嘱付，再来青鸟。团扇不堪题往事，断弦惟恨知音少。但时时频把镜来看，人将老！

点 绛 唇

重阳菊间小酌同申元帅

秋树风高，可怜憔悴门前柳。白衣去后，闲却持杯手。　　一笑相逢，落帽年时友。君知否？南山如旧，人比黄花瘦。

冯子振 字海粟，攸州人。仕为承事郎，集贤院待制。自号瀛洲客。

鹧 鸪 天

赠歌儿珠帘秀

十二阑干映远眸，醉香空断楚天秋。虾须影薄微微见，龟背纹轻细细浮。　　香雾敛，翠云收，海霞为带玉为钩。夜来卷尽西山雨，不著人间半点愁。

鹦 鹉 曲

和白无咎韵

巍峨峰顶移家住，旦暮见上下樵父。烂柯时树老无花，叶叶枝枝风雨。　　故人曾唤我归来，却道不如休去。指门前万叠青山，是不费青蚨买处。

黑 漆 弩

正宫　钱塘初夏

钱塘江上亲曾住，司马櫎不是村父。《缕金衣》唱彻流年，几阵纱窗梅雨。　　梦回时不见犀梳，燕子又衔春去。便人间月缺花残，是小小香魂断处。

又

溪山小景

长绳短系虚名住，倾浊酒好劝邻父。草亭前矮树当门，画出轻烟疏雨。　　看燕南陌上红尘，马耳北风吹去。一年年月夜花朝，自占取溪山好处。

白无咎

百字折桂令

敝裘尘土压征鞍，鞭丝倦袅芦花。弓剑萧萧，一径入烟霞。动羁怀，西风木叶，秋水蒹葭。千点万点，老树昏鸦。三行两行写长空，哑哑雁落平沙。　曲岸西边近水湾，渔网纶竿钓槎。断桥东壁傍溪山，竹篱茅舍人家。满山满谷，红叶黄花。正是凄凉时候，离人又在天涯。

许　谦 字益之，金华人。受业金履祥之门，累荐不起，至元三年卒，赐谥文懿。学者称白云先生。有《白云集》。

蝶恋花

正月十一日

杨柳池塘春信早，帘卷东风，犹带馀寒峭。暖透博山红雾绕，洞箫扶起歌声杳。　初试花冠金凤小，鬓乱钗横，长怯傍人笑。银烛未残樽未倒，鸡声漏水频催晓。

张可久 字伯远，号小山，庆元人。以路吏转首领。有《小山乐府》二卷。

风入松

九日

哀筝一抹十三弦，飞雁隔秋烟。携壶莫道登临晚，双双燕为我留连。仙客玲珑玉树，佳人窄索金莲。　琅琅新雨洗湖天，小景六桥边。西风泼眼山如画，有黄花休恨无钱。细看茱萸一笑，诗翁健似当年。

人　月　圆

春日次韵

罗衣还怯东风瘦，不似少年游。匆匆尘世，看看镜里，白了人头。　　片时春梦，十年往事，一点闲愁。海棠开后，梨花暮雨，燕了空楼。

又

客吴江

三高祠下天如镜，山色浸空濛。莼羹张翰，渔舟范蠡，茶灶龟蒙。　　故人何在？前程莫问，心事谁同？黄花庭院，青灯夜雨，白发秋风。

又

吴门怀古

山藏金虎云藏寺，池上老梅枝。洞庭归兴，香柑红树，鲈鲙银丝。　　白家亭馆，吴宫花草，可似当时！最怜人处，啼乌夜月，犹怨西施。

乔　吉 字梦符，太原人。有《惺惺道人乐府》一卷。

天　净　沙

一从鞍马西东，几番衾枕朦胧。薄幸虽来梦中，争如无梦，那时真个相逢！

何继高 字左昌。至正八年进士，知嵩明州。

采 桑 子

醉归那忍旋分手？竹屋灯明。石鼎茶声，坐久听来酒力轻。粉笺染就芙蓉滑，小句初成，转自凄清，寒逼春衫欲二更。

陈　深 字子微，吴郡人，与赵孟頫、钱舜举同时。

虞 美 人

题《玉环玩书图》

玉搔斜压乌云堕，攲枕看书卧。开元天子惜娉婷，一笑嫣然，何事便倾城？　马嵬风雨归时路，香骨销黄土。多情谁写画图中？江水江花，千古恨无穷！

赵　雍 字仲穆，文敏之子。官待制。

玉珥坠金环

乳燕交飞，晓莺轻哢花深处。画堂帘幕卷东风，晴雪飘香絮。犹记当时院宇，悄寒轻，梨花暮雨。绣衾同梦，鸳枕双攲，绿窗低语。春已阑珊，落红飘满西园路。强拈针线解春愁，只是无情绪。无奈年华暗度，黛眉颦，柔肠万缕。章台人远，芳草和烟，萋萋南浦。

摊破浣溪沙

春草萋萋绿渐浓，梨花落尽晚来风。试问相逢何处好？小楼东。　朱箔影移无限恨，玉箫声转曲将终。独倚阑干谁是伴？月明中。

水调歌头

春色去何急,春去尚微寒。满地落花芳草,渐觉绿阴圆。马足车轮情味,暑往寒来岁月,扰扰十馀年。赢得朱颜老,孤负好林泉。
宝妆鞍,金作镫,玉为鞭。须臾得志,纷华满眼纵相漫。功名自来无意,富贵浮云何济,于我亦徒然。万事付一笑,莫放酒杯干。

江城子

仙肌香润玉生寒,悄无言,思绵绵。无限柔情,分付与春山。青鸟能传云外信,凭说与,带围宽。　　花梢新月几时圆?再团圞,是何年?可是当初,真个两无缘!极目故人天际远,多少恨,凭阑干!

浣溪沙

杨柳楼台锁翠烟。杨花帘幕扑香绵。佳人何处隔江山!
芳草已生千里恨,玉笙吹彻五更寒。夜深和泪倚阑干。

忆秦娥

春寂寂,重门半掩梨花白。梨花白,芳心如醉,暗思当日。
金钗欲堕乌云侧,佳人望断天涯客。天涯客,今年又过,清明寒食。

人月圆

人生能几浑如梦,梦里奈愁何!别时犹记,眸盈秋水,泪湿春罗。　　绿杨台榭,梨花院宇,重想经过。水遥山远,鱼沉雁杳,分外情多。

烛影摇红

新绿成阴，落红如雨春光晚。当年谁与种相思？空羡双飞燕！寂寞幽窗孤馆，念同游芳郊秀苑。香尘随马，细草承轮，都成肠断。别久情深，几时重约闲庭院？高楼终日卷朱帘，极目愁无限。莫恨蓝桥路远，有心时终须再见。休教长怨，镜里孤鸾，箧中团扇。

王国器 字德琏，吴兴人，赵文敏婿。

菩萨蛮

题黄子久《溪山雨意图》

青山不趁江流去，数点翠收林际雨。渔屋远模糊，江村半有无。　　一峰飞醉墨，秋与天争碧。净洗绮罗尘，一巢栖乱云。

踏莎行

沐发

宝鉴凝膏，温泉流腻，琼纤一把青丝坠。冰肤浅渍麝煤春，花香石髓和云洗。　　玉女峰前，咸池月底，临风细把犀梳理。阳台行雨乍归来，罗巾犹带潇湘水。

又

破窗风雨，为性初征君赋。

润逼疏棂，寒侵芳袂，梨花寂寞重门闭。检书剪烛话巴山，秋池回首人千里。　　记得彭城，逍遥堂里，对床梦破檐声碎。林鸠呼我出华胥，恍然枕石听流水。

欧阳玄 字原功，浏阳人，从张贯之学。延祐元年以《尚书》与贡，明年赐进士，累官翰林学士承旨，进阶光禄大夫，追封楚国公，谥曰文。有《圭斋集》。

渔　家　傲

五月都城犹衣夹，端阳蒲酒新开腊。月傍西山青一掐。荷花夹，西湖近岁过苕霅。　　血色金罗轻汗搨，宫中画扇传油法。雪腕彩丝红玉甲。添香鸭，凉糕时候秋生榻。

又

八月都城新过雁，西风偏解惊游宦。十载辞家衣线绽。清宵半，家家捣练砧声乱。　　筹待中秋明月瓯，客中只作家中看。秋草墙头萤火暗。疏钟断，邻鸡唤起情何限！

又

十月都城家旨蓄，霜菘雪韭冰芦菔。暖炕煤炉香豆熟。燔獐鹿，高昌家赛羊头福。　　貂袖豹袪银鼠襮，美人来往毡车续。花户油窗通晓旭，回寒燠，梅花一夜开金屋。

孟　昉 字天伟，本西域人，寓北平。至正中为翰林待制，官至江南行台监察御史。

天　净　沙

上楼迎得春归，暗黄著柳依依。弄野轻寒似水，锦床鸳被，梦回初日迟迟。

又

依微香雨青氛，金塘闲水生蘋。数点残芳堕粉，绿莎轻衬，月明空照黄昏。

舒 頔 字道原，绩溪人。元台州学正。世乱，居华阳山中，自号华阳逸者。有《华阳贞素先生文集》，附词。

太常引

□□山色共承宣，君秩满，我迟延。几度醉花前，曾怪杀春山杜鹃。　　菱花再照，鸾胶再续，应笑雪盈颠。深夜语婵娟，也曾是都门少年。

风入松

纱厨过雨晚凉生，枕簟不胜情。冰肌玉骨元无汗，香风迥，深院语流莺。翠幌光摇绛蜡，画堂暖泻银瓶。　　玉筝牙板按新声，云髻宝钗横。银丝脍细江鳐脆，扬州月，照我醉吹笙。旧事十年犹记，壮怀此日堪惊。

舒 逊 字士谦，号可庵，绩溪人，贞素先生之弟。

感皇恩

疏雨滴清秋，洗残流火，爽动凉飙透帘幕。寒蛩吟彻，谁道小窗萧索？青灯相伴我，情依约。　　萤照更残，乌啼月落，悲壮山城数声角。漫漫长夜，扣角长歌方觉。人生能有几，须行乐。

刘忠之

太　常　引

送郭复斋

少年南北快飞腾，身到处，有佳声。甓社化才行，又出使馀杭故城。春风满路，堤边杨柳，难系去留情。何处望双旌？泛千里孤舟月明。

何可视 字思明，嘉兴人。值元末世乱，不仕，自号烂柯樵者。

蝶　恋　花

送春

金井啼鸦深院晓，飏尽东风，柳絮吹难了。燕子多情相识早，杏梁依旧双双到。　　一缕沉烟帘幕悄，满眼飞花，只搅人怀抱。十二玉楼春树杪，天涯不断青青草。

玉　楼　春

邻鸡喔喔晨窗白，檐树深沉初辨色。鸳鸯瓦上露溶溶，翡翠帘边风瑟瑟。　　小楼一半屏山隔，不灭银缸通照夕。还乡好梦却忘愁，梦破那堪仍在客！

袁　华 字子英，崑山人。

水调歌头

宴顾仲瑛金粟影亭赋桂

山横眉黛浅，云拥髻鬟愁。天香笑携满袖，曾向广寒游。素腕光摇宝钏,《金缕》声停象板,歌罢不胜秋。十指露春笋,佯整玉搔头。　　记钱塘,朝载酒,夜藏钩。青衫断肠司马,消减旧风流。三百六桥春色,二十四番花信,重会在苏州。《水调》按新曲,明月照高楼。

于　立 字彦成,南康人,学道会稽山中,与顾仲瑛友善。

水调歌头

前题

微红晕双脸,浓黛写新愁。好似《霓裳》仙侣,曾向月中游。忆得影娥池上,金粟盈盈满树,风露九天秋。折取一枝去,簪向玉人头。　　夜如年,天似水,月如钩。只恐芳时暗换,脉脉背人流。莫唱竹西古调,唤醒三生杜牧,遗梦绕扬州。醉跨青鸾去,双阙对琼楼。

陆　仁 字良贵,河南人。

水调歌头

前题

露冷广寒夜,唤醒玉真愁。银桥忆得飞度,曾侍上皇游。一曲《霓裳》按罢,两袖天香归后,人去已千秋。笑倚金粟树,斜插玉搔头。　　忆钱塘,今夜月,也如钩。题诗欲寄红叶,又怕水西流。谁把琵琶弹恨?愁绝多情司马,不是在江州。醉饮玉山里,有雾绕飞楼。

张　逊

水调歌头

前题

《玉树后庭》曲，千载有馀愁。碧月夜凉人静，曾赋采华游。玉露细摇金缕，香雾轻笼翠葆，折下一天秋。张绪总能老，还自锁眉头。　　把鸾笺，裁绣句，写银钩。回文巧成锦字，长恨与江流。漠漠梁间燕子，款款花边蝴蝶，梦觉却并州。独感旧时貌，还复照西楼。

石民瞻 京口人。

清　平　乐

题桐花道人吴国良卷

吴郎丰度，邂逅春城暮。暖日晴云花满树，恰似故人诗句。坐中翔凤飞霞，来寻弄玉仙家。说与江州司马，泪痕只为琵琶。

郯　韶 字九成，吴兴人。

清　平　乐

次前韵

湘云微度，六曲朱栏暮。帘外香飘梅子树，知有王孙索句。谁将琼琯吹霞？柳花飞过东家。说与门前去马，断肠休为琵琶。

柯九思 字敬仲，号丹丘，天台人。

柳 梢 青

咏梅

懊恨春初，飘零月下，轻离轻隔。重酝梨云，乍舒椒眼，羞人曾识。　　已堪索笑巡檐，早准备怜怜惜惜。莫是溪桥，搀先开却，试驰金勒。

王　逢 字原吉，江阴人。至正中作《河清颂》，台臣荐之，称疾不起。有《梧溪集》七卷。

如 梦 令

菰村赋赠

檐耸数株松子，村绕一湾菰米。鸥外迥闻鸡，望望云山烟水。多此，多此，酒进玉盘双鲤。

何景福 字介夫，淳安人，别号铁牛翁。至正末遭乱不仕。有《介夫文集》四卷，词附。

虞 美 人

别鲁道源

三年奔走荒山道，喜说苕溪好。苕溪秋水漫悠悠，载将离恨上杭州。　　干戈未已身如寄，安乐知何处？青溪溪上钓鱼矶，纵使无鱼，还有蟹螯肥。

钱抱素 字素庵，南金之兄。

台 城 路

次邵复孺韵。

碧云深处遥天暮，经年雁书沉影。雨散梅魂，风醒草梦，还见春回乡井。花明柳暝，念贾阁香空，谢池诗冷。流水斜阳，旧游那是旧风景！　怀思横泖雅趣，故人吟啸里，得意酬领。谱缀《台城》，缄传茜水，肯把俊游重省？凭高倚迥，纵老兴犹浓，不堪驰骋。隔断相思，浦潮波万顷。

春 草 碧

客窗闲理清商谱。弹到断肠声，伤今古。自怜素发无多，犹记纹疏夜深语。空剩旧时踪，迷南浦！　梨花燕子清明，谁家院宇？没个好情怀，杯慵举。天涯行李萧萧，还是新愁老羁旅！那更落花深，红似雨！

琐 窗 寒

题玉山草堂

书带生香，忘忧弄色，四窗虚悄。茅茨净覆，栋宇洗空文藻。卷珠帘雨痕暮收，绮罗静隔红尘岛。对纸屏素榻，拂潭烟树，埽檐风篠。　深窈，西园晓。似日照炉峰，数声啼鸟。璚莲倚盖，晓水靓妆孤袅。浣花溪尚馀旧春，秾芳剩馥吟未了。望东林小径斜通，梦约香山老。

吴　瓘 字莹之，又号竹庄人。

柳梢青

墙角孤根，株身纤小，娇羞无力。蟹眼微红，粉容未露，不禁春色。　　待东君汩没芳姿，渐迤逦檀心半拆。缓步回廊，黄昏淡月，那时相得。

钱应庚 字南金。

八声甘州

倚和邵复孺

折兰难寄远，渺汀蒲烟柳思依依。甚檐花听断，《骚》章歌罢，此意谁知？满眼孤村流水，肠断去年时。过了重阳日，重问归期。
同是天涯羁旅，叹湘灵鼓瑟，笑我全非。九江风雨外，客有澹忘归。正木杪褰情愁予，又吴潮吹上《竹枝词》。西窗夜，待剪灯深坐，却话相思。

隔浦莲近拍

水槛对雨

绯榴开满露井，竹映琅玕莹。幔卷方池雨，微微落飞檐影。荷盖擎万柄，明妆靓，浪破鱼吹镜。　　翠禽并。梅风乍起，桃笙微带新润。潇湘旧梦，唤我绿蓑归兴。凭遍阑干暗自省，人静，夕阳移下清景。

春草碧

次韵酬复孺

折冲尊俎谈兵略。还记五湖船，烟波约。东邻有客归来，应讶山翁瘦如鹤。问讯旧玄都，今非昨。　　当年锦里依稀，青山似削。天地一蘧庐，从栖泊。西园长记前游，乘兴重来看兰药。白首友于情，同忧乐。

台　城　路

寒食后雨轩独坐，次复孺韵。

一庭芳草闲春昼，疏疏弄帘花影。鼓子风暄，苔痕雨润，还听鸣蛙喧井。沉吟坐瞑，正绮席杯空，蕙炉烟冷。老去无情，好春不减旧芳景。　　天涯谁念倦旅？闭门风雨意，独自难禁。南浦歌长，西堂梦远，往事不堪追省。沧浪望迥，记那日归舟，此怀犹骋。莫倚危楼，乱红愁万顷。

王　蒙 德琏之子，字叔明，别号黄鹤山樵。

忆　秦　娥

花如雪，东风夜埽苏堤月。苏堤月，香销南国，几回圆缺？钱塘江上潮声歇，江边杨柳谁攀折？谁攀折？西陵渡口，古今离别。

陆祖允

菩　萨　蛮

题赵松雪《水村图》

当年图画知何处？如今身向沧洲住。吾亦爱吾庐，芸窗几卷书。　　青山天际小，目送飞鸿杳。试问钓鱼船，芦花浅水边。

王 燧 吴人。

台 城 路

题《楚江秋晓》

黄陵庙下潇湘浦，依稀少年羁旅。梦泽风生，渚宫花落，收尽峡云巫雨。长天带水，正日出三竿，客船犹舣。回望苍苍，秋光都在白蘋渚。　　流年暗惊易度，向画中空见，旧游如许！鼓瑟人遥，纫兰事往，谁折芳馨寄与？销魂凝伫，待收拾闲情，写成新句。心与鸿飞，空江烟浪里。

张 翯 嘉兴人。

踏 莎 行

破窗风雨，为性初征君赋。

檐宿吴云，风经楚袂，门深不似春宵闭。碧疏吹雷湿灯花，客乡无梦寻珂里。　　剪韭吟边，听潮浪里，江悬漏杳归心碎。相思鸠外绿蓑寒，一帘蕉响秋如水。

金 絅 嘉兴人。

踏 莎 行

前题用韵

草带残编，荷衣断袂，破窗风雨深深闭。江南倦客正思家，灺花摇梦来乡里。　　翠竹檐前，碧蕉丛里，秋声斗合愁心碎。不教潘鬓总成霜，也应有泪如铅水。

王容溪

如　梦　令

林下一溪春水，林上数峰岚翠。中有隐居人，茅屋数间而已。无事，无事，石上坐看云起。

梦　庵

齐　天　乐

题燕文贵《楚江秋晓卷》

晓风吹醒篷窗梦，惊心断魂潮尾。深鬓萧萧，秋烟黯黯，残月渐看西坠。披衣乍起，对万顷苍茫，半空飞露。曙色才分，巫山隐隐埽晴翠。　　行舟此际竞发，叹还吴适楚，尽趋名利。投老襟怀，思乡情绪，慵赋天涯羁旅。鸥汀雁渚，记仿佛当年，暗经行处。今日披图，旧游如梦里。

无名氏

忆　秦　娥

花蹊侧，秦楼夜访金钗客。金钗客，江梅风韵，海棠颜色。
尊前醉倒君休惜，河桥去后空相忆。空相忆，山长水远，几时见得！

管道昇 字仲姬，赵子昂室。

渔 父 词

遥想山堂数树梅，凌寒玉蕊发南枝。山月照，晓风吹，只为清香苦欲归。

词综卷三十四补词

宋　词

谢　绛

诉　衷　情

宫怨

银缸夜永影长孤，香草续残炉。倚屏默默无语，粉泪不成珠。双粲枕，百娇壶，忆当初。君恩莫似，秋叶无情，欲向人疏。

晏幾道

更　漏　子

槛花稀，池草遍，冷落吹笙庭院。人去日，燕西飞，燕归人未归。数书期，寻梦意，弹指一年春事。新怅望，旧悲凉，不堪红日长。

又

柳丝长，桃叶小，深院断无人到。红日淡，绿烟晴，流莺三两声。雪香浓，檀晕少，枕上卧枝花好。春思重，晓妆迟，寻思残梦时。

两　同　心

楚乡春晚，似入仙源。拾翠处闲随流水，踏青路暗惹香尘。心心在，柳外青帘，花下朱门。　　对景且醉芳尊，莫话销魂。好意思曾同明月，恶滋味最是黄昏。相思处，一纸红笺，无限啼痕！

张 先

卜 算 子

梦短寒夜长，坐待清霜晓。临镜无人为整妆，但自学孤鸾照。楼台红树杪，风月依前好。江水东流郎在西，问尺素何由到？

燕 归 梁

去岁中秋玩桂轮，河汉净无云。今年江上共瑶尊，都不是去年人。　　水晶宫殿，琉璃台阁，红翠两行分。点唇微破秀眉颦，清影外见歌尘。

怨 王 孙

花暮，春去，都门东路。嘶马将行。江南江北，十里五里邮亭，几程程！　　高城渐远重凝睇，烟容细，晚碧空无际。不知今夜何处？冷落衾帏，欲眠时。

晁补之

洞 仙 歌

柑

江陵种橘，尚比封侯贵。何况江涛转千里！带天香，含洞乳，宜入春盘，红荔子，驰驿风流仅比。　　齿疏潘令老，怯咀冰霜，十颗金苞谩分遗。觞前须细认，别有馀甘，从今去，枉却栽桃种李。想相如酒渴对文君，迥不是人间等闲风味。

又

温江异果，惟有泥山贵。驿送江南数千里。半含霜，轻噀雾，曾怯吴姬，亲赠我，绿橘黄柑怎比？　　双亲云水外，游子空怀，惆怅无人可归遗。报周郎须念我，物少情多，春酒醉，独胜甜桃醋李。况灯火楼台近元宵，似不减年时袖中香味。

贺　铸

思　越　人

重过阊门万事非，同来何事不同归？梧桐半死清霜后，头白鸳鸯失伴飞。　　原上草，露初晞，旧栖新垄两依依。空床卧听南窗雨，谁复挑灯夜补衣？

好　女　儿

车马匆匆，会国门东。信人间自古消魂处，指红尘北道，碧波南浦，黄叶西风。　　堠馆娟娟新月，从今夜与谁同？想深闺独守空床思，但频占镜鹊，悔分钗燕，长望书鸿。

浣　溪　沙

鹦鹉无言理翠衿，杏花零落昼阴阴。画桥流水一篙深。
芳径与谁同斗草？绣床终日罢拈针。小笺香管写春心。

又

烟柳春梢蘸晕黄，井栏风绰小桃香。觉时帘幕又斜阳。　　望处定无千里目，断来能有几回肠？少年禁取恁凄凉。

又

秋水斜阳绕绿阴，平山隐隐隔横林。几家村落几声砧。　　记得西楼凝醉眼，昔年风物似而今。只无人与共登临。

山　花　子

弹筝

锦鞯朱弦瑟瑟微，玉纤新拟凤双飞。缥缈烛烟花幕暗，就更衣。约略整鬟钗影动，迟回顾步佩声微。宛是春风蝴蝶舞，带香归。

惜　双　双

皎镜平湖三十里，碧玉山围四际。莲荡香风里，彩鸳鸯觉双飞起。明月多情随舵尾，偏照空床翠被。回首笙歌地，醉更衣处长相记。

厌　金　杯

风软香迟，花深漏短，可怜宵画堂春半。碧纱窗影，卷帐蜡灯红，鸳枕畔，密写乌丝一段。　　采蘋溪晚，拾翠沙空，尽愁倚梦云飞观。木兰艇子，几日渡江来，心目断，桃叶青山隔岸。

下　水　船

芳草青门路，还拂京尘东去。回想当年，离声送君南浦。愁几许？樽酒留连薄暮，帘卷津楼烟雨。　　凭栏语，草草蘅皋赋，分首惊鸿不驻。灯火红桥，难寻弄波微步。谩凝伫。莫怨无情流水，明日扁舟何处？

踏莎行

荷花

杨柳回塘，鸳鸯别浦，绿萍涨断兰舟路。断无蜂蝶慕幽香，红衣脱尽芳心苦。　返照迎潮，行云带雨，依依似与骚人语。当年不肯嫁东风，无端却被秋风误。

定风波

桃

墙上夭桃薮薮红，巧随飞絮入帘栊。自是芳心贪结子，翻使，惜花人恨五更风。　露萼鲜浓妆脸靓，相映，隔年情事此门中。粉面不知何处在？无奈，武陵流水卷春空。

鹤冲天

冬冬鼓动，花外沉残漏。华月万枝灯，还清昼。广陌衣香度，飞盖影相先后。个处频回首，锦坊西去，期约武陵溪口。　当时早恨欢难偶。可堪流浪远，分携久。小畹兰英在，轻付与何人手？不似长亭柳，舞风眠雨，伴我一春销瘦。

清平乐

阴晴未定，薄日烘云影。临水朱门花一径，渡口鸟啼人静。　厌厌几许春情，可怜老去兰成。看取镊残双鬓，不随芳草重生。

木兰花

银簧雁柱香檀拨，镂板三声催细抹。舞腰轻怯绛裙长，羞按筑球《花十八》。　东城柳岸匆匆发，画舫一篙烟水阔。可怜单枕欲眠时,还见尊前前夜月。

新 念 别

咏梅花

湖上兰舟暮发,扬州梦断灯明灭,想见琼花开似雪。帽檐香,玉纤纤,曾为折。　　渔管吹还咽,问何意煎人愁绝?江北江南新念别。掩芳樽,与谁同,今夜月?

南 柯 子

别思

斗酒才供泪,扁舟只载愁。画桥青柳小朱楼,犹记出城车马为迟留。　　有恨花空委,无情水自流。河阳新鬓尽禁秋,萧散楚云巫雨此生休。

舒 亶

一 落 索

长春花

叶底枝头红小,天然窈窕。后园桃李谩成蹊,能占得春多少?不管雪消霜晓,朱颜长好。年年若许醉花间,待拚了花间老。

王 诜

行 香 子

蓼花

金井先秋,梧叶飘黄,几回惊觉梦初长。月微烟淡,疏雨池塘。

渐蓼花明，菱花冷，藕花香。　　幽人已惯，枕单衾冷，任商飙催换年光。问谁相伴终日清狂？有竹间风，樽中酒，水边床。

周紫芝

卜　算　子

和王彦猷

霜叶下孤篷，船在垂杨岸。早是凄凉惜别时，更惜年华换。　　别酒解留人，拚醉君休管。醉里朱弦莫谩弹，愁入参差雁。

晁端礼

鹧　鸪　天

荼蘼

红紫飘零绿满城，春风于此独留情。谁将十幅吴绫被，扑向熏笼一夜明？　　风不定，雨初晴，晓来苔上拾残英。速教贮向鸳鸯枕，犹有馀香入梦清。

万俟雅言

尉　迟　杯　慢

李花

碎云薄，向碧玉枝上缀万萼。如将汞粉匀开，疑使柏麝熏却。雪魄未应若，况天赋标艳仍绰约。当暄风暖日佳处，戏蝶游蜂粘著。　　重重绣帘珠箔，障秾艳霏霏，异香漠漠。见说徐妃，当年嫁了，信任玉钿零落。无言自啼露萧索，夜深待月上栏干角。广寒宫要与姮娥，素妆一夜相学。

吕渭老

燕 归 梁

楼外东风杜宇声，双枕细眉颦。女郎番马小山屏，金笼冷，梦魂惊。　　起来重绾双罗髻，无个事，泪盈盈。杨花蝴蝶乱分身，飞不定，暮云晴。

木 兰 花 慢

石榴花谢了，正荷叶盖平池。试玛瑙杯深，琅玕簟冷，临水帘帷。知他故人甚处，晚霞明断浦柳枝垂。唯有松风水月，向人长似当时。　　依依，望断水穷云起处，是天涯。奈燕子楼高，江南梦断，虚费相思。新愁暗生旧恨，更流萤弄月入纱衣。除却幽花软草，此情未许人知。

豆 叶 黄

轻罗团扇掩微羞，酒满玻璃花满头，小板齐声唱《石州》。月如钩，一寸横波入鬓流。

赵 鼎

贺 圣 朝

断霞收尽黄昏雨，滴梧桐疏树。帘栊不卷夜沉沉，锁一庭风露。

天涯人远，深期梦悄，苦长宵难度。知他窗外促织儿，有许多言语。

李弥逊

念　奴　娇

坐上次王伯开韵

风帘弄影，正闲堂永昼，香销人寂。轧轧邻机芳思乱，愁入回文新织。燕蹴巢泥，莺喧庭柳，好梦无踪迹。那堪春事，背人何计留得！　　谁似爱酒南邻，岸巾坦腹，醉踏西山碧。彩笔阳春传雁足，催我飞觞浮白。老去情怀，凭君试看，鬓上秋霜色。故园千里，月华空照相忆。

水　调　歌　头

次向伯恭芗林见寄

不见隐君子，一月比三秋。惊涛如许，梦魂无路绝横流。安得如云长翮，命驾不须千里，上下逐君游。此计杳难就，注目倚江楼。西风里，多少恨，寄歌头！飞奴接翼，为我三度下南州三得伯恭佳词。正是天寒日暮，独酌一江残雪，风猎碧莎裘。和子浩然句，一醉散千忧。

花　心　动

七夕

水馆风亭，晚香浓一番芰荷经雨。簟枕乍闲，襟裾初试，散尽满轩袢暑。断云却送轻雷去，疏林外玉钩微吐。夜未阑，秋生败叶，暗催庭树。　　天上佳期久阻，星河畔，仙车缥缈云路。旧恨未平，幽欢难驻，洒落半天风露。绮罗人散金猊冷，醉魂到华胥深处。洞房悄，南楼画角自语。

蝶 恋 花

福州横山阁

百叠青山江一缕。十里人家，路绕南台去。榕叶满川飞白鹭，疏帘半卷黄昏雨。　　楼阁峥嵘天尺五。荷芰风清，习习消袢暑。老子人间无著处，一樽来作横山主。

天 仙 子

次富季申韵

飞盖追春春约伫，繁杏枝头红未雨。小楼翠幕不禁风，芳草路，无尘处，明月满庭人欲去。　　一醉邻翁须记取，见说新妆桃叶女。明年却对此花时，留不住。花前语，总向似花人付与。

朱 翌

朝 中 措

五月菊

玉台金盏对炎光，全似去年香。有意庄严端午，不应忘却重阳。菖蒲九叶，金英满把，同泛瑶觞。旧日东篱陶令，北窗正卧羲皇。

张元幹

临 江 仙

荼蘼

莺唤屏山惊睡觉，娇羞须索郎扶。荼蘼斗帐冷熏炉，翠穿珠落索，香净玉流苏。　　长记枕痕消醉色，日高犹倦妆梳。一枝春瘦想如初，梦迷芳草路，望断素鳞书。

刘子翚

满　庭　芳

桂花

秋入微阴，凉生平远，小山愁绝天南。似闻还断，飞策遍千岩。叶底轻黄纂纂，恼人是微裂方缄。翛然胜，清真冷淡，无艳寄尘凡。
澄潭，攲两岸，波光摇动，碧影相参。任西风十里，吹度松杉。我自寒灰槁木，凝神处不觉熏酣。归来晚，飞花无迹，明月满空涵。

张　抡

西　江　月

瑞香花

剪就碧云斗蕊，刻成紫玉芳心。浅春不怕峭寒侵，暖彻熏笼瑞锦。
花里清芬独步，尊前胜韵难禁。飞香直到玉杯深，消得厌厌夜饮。

朱敦儒

桂　枝　香

南都病起

春寒未定，是欲近清明，雨斜风横。深闭朱门，尽日柳摇金井。

年光自趁飞花紧，奈幽人雪添双鬓！谢山携妓，黄垆贳酒，旧愁慵整。　　念壮节漂零未稳，负九江风笛，五湖烟艇。起舞悲歌，泪眼自看清影。新莺又向愁时听，把人间如梦深省。旧溪鹤在，寻云弄水，是事休问。

醉落魄

泊舟津头有感

海山翠叠，夕阳殿雨云堆雪。鹧鸪声里蛮花发。我共扁舟，江上两萍叶。　　东风落酒愁难说，谁教春梦分吴越？碧城芳草应消歇。曾识刘郎，唯有半弯月。

卜算子

碧瓦小红楼，芳草江南岸。雨后纱窗几阵寒，零落梨花晚。　　看到水如云，送尽鸦成点。南北东西处处愁，独倚阑干遍。

侯寘

四犯令

月破轻云天淡注，夜悄花无语。莫听《阳关》牵离绪，拚酩酊花深处。　　明日江郊芳草路，春逐行人去。不似酴醾开独步，能著意留春住。

渔家傲

过尽百花芳草满，柳丝舞困阑干暖。柳外秋千裙影乱。人逐伴，旧家心性如今懒。　　斗帐宝香凝不散，黄昏院落莺声晚。红叶不来音信断。疏酒盏，东阳瘦损无人管。

又

小舟发临安

本是潇湘渔艇客，钱唐江上铺帆席。两处烟波天一色。云幂幂，吴山不似湘山碧。　　休费精神劳梦役，鸥凫难上铜驼陌。扰扰红尘人似织。山头石，潮生月落今如昔。

辛弃疾

金　缕　曲

柳暗凌波路。送春归猛风暴雨，一番新绿。千里潇湘葡萄涨，人解扁舟欲去。又樯燕留人相语。艇子飞来生尘步，唾花寒，唱我新翻句。波似箭，鸣柔橹。　　黄陵祠下山无数。听湘娥泠泠曲罢，为谁情苦？行到东吴春已暮，正江阔潮平稳渡。望金雀觚棱细舞。前度刘郎今重到，问玄都千树花存否？愁为倩，幺弦诉。

鹧　鸪　天

陌上柔桑破嫩芽，东邻蚕种已生些。平冈细草鸣黄犊，斜日寒林点暮鸦。　　山远近，路横斜，青旗沽酒有人家。城中桃李愁风雨，春在溪头荠菜花。

又

山上飞泉万斛珠，悬崖千丈落鼪鼯。已通樵径行还碍，似有人声听却无。　　闲略彴，远浮屠，溪南修竹有茅庐。莫嫌杖屦频来往，此地偏宜著老夫。

西 江 月

夜行

明月别枝惊鹊，清风半夜鸣蝉。稻花香里说丰年，听取蛙声一片。　　七八个星天外，两三点雨山前。旧时茅店社林边，路转溪头忽见。

河 传

春水，千里，孤舟浪起，梦携西子。觉来村巷夕阳斜，几家，短墙红杏花。　　晚云做造些儿雨，折花去，岸上谁家女？太狂颠，那边，柳绵，被风吹上天。

酒 泉 子

流水无情，潮到空城头尽白；离歌一曲怨残阳，断人肠。　　东风官柳舞雕墙。三十六宫花溅泪，春声何处说兴亡？燕双双。

瑞 鹤 仙

南涧双溪楼

片帆何太急？望一点须臾，去天咫尺。舟人好看客。似三峡风涛，嵯峨剑戟。溪南溪北，正遐想幽人泉石。看渔樵指点危楼，却羡舞筵歌席。　　叹息，山林钟鼎，意倦情迁，本无欣戚。转头陈迹。飞鸟外，晚烟碧。问谁怜旧日南楼老子，最爱月明吹笛？到而今扑面黄尘，欲归未得。

洞 仙 歌

飞流万壑，共千岩争秀。孤负平生弄泉手。叹轻衫衰帽，几许红尘，还自喜，濯发沧浪依旧。　　人生行乐耳，身后虚名，何似生前一杯酒？便此地结吾庐，待学渊明，更手种门前五柳。且归去，父老约重来；问如此青山，定重来否？

词综卷三十五补词

宋词

程垓

玉漏迟

一春浑不见，那堪又是，花飞时节。忍对危栏数曲，暮云千叠。门外星星柳眼，看谁似当时风月。愁万结。凭谁为我，殷勤低说？　　不是惯却春心，奈新燕传情，旧莺饶舌。冷篆馀香，莫放等闲消歇。纵使繁红褪尽，犹自有酴醾堪折。魂梦切，不奈飞来蝴蝶。

凤栖梧

有客钱塘江上住，十日斋居，九日愁风雨。断送一春弹指去，荷花又绕南山渡。　　湖上幽寻君已许，消息不来，望得行云暮。芳草梦魂应记取，不成忘却池塘句。

谒金门

浓睡醒，惊对一帘秋影。梧叶乍零风不定，半窗疏雨影。　　愁与年光不尽，人老星星双鬓。只拟上楼寻远信，雁遥烟水暝。

韩元吉

浪　淘　沙

芍药

鶗鴂怨花残，谁道春阑？多情红药待君看。浓淡晓妆新意态，独占西园。　　风叶万枝繁。犹记平山。五云楼映玉成盘。二十四桥明月下，谁凭朱栏？

京　镗

满　江　红

中秋前同二使者赏月

乘兴西来，问谁是平生相识？算惟有瑶台明月，照人如昔。万里清凉银世界，放教千丈冰轮出。便招邀我辈上层楼，横孤笛。　阴晴事，人难必。欢乐处，天常惜。幸星稀河澹，云收风息。更著两贤陪胜赏，此身如与尘寰隔。笑谪仙，对影足成三，空孤寂。

刘克庄

摸　鱼　儿

海棠

甚春来冷烟凄雨，朝朝迟了芳信。蓦然乍暖晴三日，又觉万株娇困。天怎忍。潘令老，不成也没看花分？才情减尽。怅玉局飞仙，石湖绝笔，辜负这春韵。　　倾城色，懊恼佳人薄命。墙头岑寂谁问？东风日暮无聊赖，吹得胭脂成粉。君细认。花共酒，古来二事天尤吝。年光去迅。谩绿叶成阴，青苔满地，做取异时恨。

卜　算　子

海棠为风雨所败

片片蝶衣轻，点点猩红小。道是天工不惜花，百种千般巧。　朝见树头繁，暮见枝头少。道是天工果惜花，雨洗风吹了。

长　相　思

饯别

风潇潇，雨潇潇，相送津亭折柳条，春愁不自聊。　烟迢迢，水迢迢，准拟江边驻画桡。舟人频报潮。

吴　琚

浪　淘　沙

云叶弄轻阴，屋角鸠鸣。青梅著子欲生仁。冷落江天寒食雨，花事关情。　池馆昼盈盈，人耐寒轻。一川芳草只销凝。时有入帘新燕子，明日清明。

赵彦端

祝　英　台

兽金寒，帘玉润，梅雪印苔絮。春意如人，易散苦难聚。几多丝竹深情，池塘幽梦，犹倚赖与君同住。　旧游处。谁唤别浦仙帆，风前问征路？烟雨连江，吹恨正无数。莫教紫燕归来，红云开后，空怅望玉人轻去。

月中桂

送杜仲微赴阙

露酽无情，送长歌未终，已醉离别。何如暮雨，酿一襟凉润，来留佳客。好山侵坐碧，胜昨夜疏星淡月。君欲翩然去，人间底许，员峤问帆席。　　诗债病非畴昔。赖亲朋对影，且慰良夕。风流雨散，定几回肠断，能禁头白。为君烦素手，荐碧藕轻丝细雪。去去江南路，犹应水云秋共色。

满庭芳

道中忆钱唐旧游

云暖萍漪，雨香兰径，西湖二月初时。两山十里，锦绣照金羁。柳外栏干相望，弄东风倚遍斜晖。朋游好，乱红堆里，一饮百篇诗。　　三年江上梦，青衫风日，白纻尘泥。听几声黄鸟，粤树闽溪。长是春朝多病，今年更添得相思。须归去，倦游滋味，犹有个人知。

管鉴

洞仙歌

访郑德与郎中留饮

悠然堂上，山色浑如画。堂下梅花未多谢。向小亭留客处，晴雪初飞，香四面，不比茅檐低亚。　　绿窗帘昼卷，吹到眉心，点缀新妆称闲雅。缓歌喉，馀舞态，云遏风回，须信道欲买青春无价。任匆匆归去酒醒时，镇梦绕琼梢，月寒清夜。

玉 连 环

泊英州钟石铺

江上青山无数，绿阴深处。夕阳犹在系扁舟，为佳景留人住。已办一蓑归去，江南烟雨。有情鸥鹭莫惊飞，便相约长为侣。

刘 儗

江 神 子

东风吹梦落巫山，整云鬟，却霜纨。雪貌冰肤，曾共控双鸾。吹罢玉箫香雾湿，残月坠，乱峰寒。　　解珰回首忆前欢，见无缘，恨无端。憔悴萧郎，赢得带围宽。红叶不传天上信，空流水，到人间。

蝶 恋 花

小立东风谁共语？碧尽行云，依约兰皋暮。谁问离怀知几许？一溪流水和烟雨。　　媚荡杨花无著处，才伴春来，忙底随春去。只恐游蜂粘得住，斜阳芳草江头路。

姜 夔

清 波 引

梅

冷云迷浦，倩谁唤玉妃起舞？岁华如许，野梅弄眉妩。屐齿印苍藓，渐为寻花来去。自随秋雁南来，望江国，渺何处？　　新诗谩与,好风景长是暗度。故人知否?抱幽恨难语。何时共渔艇?莫负沧浪烟雨。况有清夜啼猿,怨人良苦。

陆　游

乌　夜　啼

纨扇婵娟素月,纱巾缥缈轻烟。高槐叶长阴初合,清润雨馀天。弄笔斜行小草,钩帘浅醉闲眠。更无一点尘埃到,枕上听新蝉。

刘　过

醉　太　平

情高意真,眉长鬓青。小楼明月调筝,写春风数声。　　思君忆君,魂牵梦萦。翠销香暖云屏,更那堪酒醒!

张　辑

祝　英　台　近

竹间棋,池上字,风日共清美。谁道春深?湘绿涨沙嘴。更添杨柳无情,恨烟颦雨,却不把扁舟偷系。　　去千里。明日知几重山?后朝几重水?对酒相思,争似且留醉。奈何琴剑匆匆,而今心事,在月夜杜鹃声里。

谢　懋

蓦　山　溪

厌厌睡起，无限春情绪。柳色借轻烟，尚瘦怯东风倦舞。海棠红皱，不奈晚来寒；帘半卷，日西沉，寂寞闲庭户。　　飞云无据，化作溟濛雨。愁里见春来，又只恐愁催春去。惜花人老，芳草梦凄迷；题欲遍，锁窗纱，总是伤春句。

浪　淘　沙

黄道雨初干，霁霭空蟠。东风杨柳碧毵毵。燕子不归花有恨，小院春寒。　　倦客亦何堪，尘满征衫。明朝野水几重山？归梦已随芳草绿，先到江南。

黄　机

虞　美　人

十年不作湖湘客，亭堠催行色。浅山荒草记当时，篠竹篱边羸马向人嘶。　　书生万字平戎策，苦泪风前滴。莫辞衫袖障征尘，自古英雄之楚又之秦。

马庄父

天　仙　子

水仙花

白玉为台金作盏，香是江梅名阆苑。年时把酒对君歌，歌不断，杯无算，花月当楼人意满。　　翘戴一枝蝉影乱，乐事且随人意换。西楼回首月明中，花已绽，人何远，可惜国香天不管。

李　泳

清　平　乐

乱云将雨，飞过鸳鸯浦。人在小楼空翠处，分得一襟离绪。片帆隐隐归舟，天边雪卷云游。今夜梦魂何处？青山不隔人愁。

戴复古

木　兰　花　慢

莺啼啼不尽，任燕语，语难通。奈一点芳心，十年不断，恼乱春风。重来故人不见，但依然杨柳小桥东。记得同题粉壁，而今壁已无踪。　　兰皋空涨绿溶溶，流恨落花红。念著破征衫，当时送别，灯下裁缝。相思谩令自苦，叹云烟过眼总成空！落日楚天无际，凭栏目送飞鸿。

卢祖皋

小　阑　干

桂花

露华深酿古香酥，一树出云丛。窗间试与，闲培秋事，聊寄幽悰。钩帘静对西风晚，尘外小房栊。轻阴淡日，浅寒清月，想见山中。

吴 潜

南 柯 子

池水凝新碧，栏花驻老红。有人独倚画桥东，手把一枝杨柳系春风。　　鹊伴游丝坠，蜂粘落蕊空。秋千庭院小帘栊，多少闲情闲绪雨声中。

海 棠 春

郊行

天涯芳草迷征路，还又是匆匆春去。乌兔里光阴，莺燕边情绪。云梢雾末，溪桥野渡，尽是春愁落处。把酒劝斜阳，小向花间驻。

汪 莘

行 香 子

腊八日与洪仲简溪行，其夜雪作。

野店残冬，绿酒春浓，念如今此意谁同？溪光不尽，山翠无穷。有几枝梅，几竿竹，几株松。　　篮舆乘兴，薄暮疏钟，望孤村斜日匆匆。夜窗雪阵，晓枕云峰。便拥渔蓑，顶渔笠，作渔翁。

又

雪后闲眺

策杖溪边，倚杖峰前，望琼林玉树森然。谁家残雪？何处孤烟？向一溪桥，一茅店，一渔船。　　别般天地，新样山川，唤家僮访鹤寻猿。山深寺远，云冷钟残。喜竹间灯，梅间屋，石间泉。

李昴英

摸 鱼 儿

敞茅堂茂林环翠，苔矶低蘸烟浦。青蓑混入渔家社，斜日断桥船聚。真乐处。坐芳草瓦樽满酒频频注。皋禽自舞。惯松径穿云，梅村踏雪，朗笑自来去。　　乘车坠，争似修筇稳步。前尘回首俱误。安闲得在中年好，抱瓮尚堪蔬圃。高眼觑。算不识人间宠辱除巢许。风篁解语。应共笑群狙，无端喜怒，三四计朝暮。

瑞 鹤 仙

甲辰灯夕

玉城春不夜。映月璧寒流，烛蕖光射。鳌山海云驾。拥遨头箫鼓，锦旗红亚。东风近也。趁乐岁良辰多暇。想阳和早遍南州，暖得柳娇桃冶。　　堪画。纱笼夹道，露重花珠，尘吹兰麝。歌朋舞社。玉梅转，闹蛾耍。且茧占先探，芋郎戏巧，又卜紫姑灯下。听欢声犹自未归，钿车宝马。

赵以夫

忆 旧 游 慢

荷花

望红蕖影里，冉冉斜阳，十里沙平。唤起江湖梦，向沙鸥住处，细说前盟。水乡六月无暑，寒玉散青冰。笑老去心情，也将醉眼，镇为花青。　　亭亭。步明镜，似月浸华清，人在秋庭。照夜银河落，想粉香湿露，恩泽初承。十洲缥缈何许，风引彩舟行。尚忆得西施，馀情袅袅烟水汀。

黄 昇

清 平 乐

宫词

珠帘寂寂，愁背银缸泣。记得少年初选入，三十六宫第一。当时掌上承恩，而今冷落长门。又是羊车过也，月明花落黄昏。

吴文英

天 香

蜡梅

蝉叶粘霜，蝇苞缀冻，生香远带风峭。岭上寒多，溪头月冷，枝北枝南开小。玉奴有姊，先占立墙阴春早。初试宫黄淡泊，偷分寿阳纤巧。　　银烛泪珠未晓，酒钟悭贮愁多少。记得短亭归马，暮衙蜂闹。豆蔻钗头恨袅，但怅望天涯岁华老。远信难封，吴云雁杳。

古 香 慢

自度腔，夷则商犯无射宫，赋沧浪看桂。

怨蛾坠柳，离佩摇葓，霜讯南圃。谩掩桥扉，倚竹袖寒日暮。还问月中游，梦飞过金风翠羽。把残云剩木万顷，暗熏冷麝凄苦。渐浩渺凌山高处，秋澹无光，残照谁主？露粟侵肌，夜约羽林轻误。剪碎惜秋心，更肠断珠尘藓路。怕重阳，又催近满城风雨。

水 龙 吟

惠山泉

艳阳不到青山，淡烟冷翠成秋苑。吴娃点黛，江妃拥髻，空濛遮断。树密藏溪，草深迷市，峭云一片。二十年旧梦，轻鸥素约，霜丝乱，朱颜变。　　龙吻春霏玉溅。煮银瓶羊肠车转。临泉照影，清寒沁骨，客尘都浣。鸿渐重来，夜深华表，露零鹤怨。把闲愁换与，楼前晚色，棹沧波远。

西　平　乐

过西湖先贤堂

岸压邮亭，路攲华表，堤树旧色依依。红索新晴，翠阴寒食，天涯客又重归。叹废绿平烟带苑，幽渚尘香荡晚，当时燕又飞来，无言对立斜晖。追念吟风赏月，十载事，梦惹绿杨丝。　　画船为市，妖妆艳水，日落云沉，人换春移。谁更与苔根埽石，菊井招魂，谩省随车载酒，立马临花，犹认嫣红傍路枝。歌断宴阑，荣华露草，零落山丘，过此西湖，恨拟西州，羊昙泪落沾衣。

柳　梢　青

与龟翁登研意观雪，怀癸卯岁腊朝断桥并马之游。

断梦游轮，孤山路杳，越树阴新。流水凝酥，征衫沾泪，都是啼痕。　　玉屏风冷愁人，醉烂熳梅花翠云。傍夜船回，惜春门掩，一镜香尘。

桃源忆故人

越山青断西陵浦，一岸密阴疏雨。潮带旧愁生莫，曾折垂杨处。
桃根桃叶当时渡，呜咽风前柔橹。燕子不留春住，空寄离樯语。

齐　天　乐

与冯深居登禹陵

三千年事残鸦外，无言倦凭秋树。逝水移川，高陵变谷，那识当时神禹？幽云怪雨，恨萍湿空梁，夜深飞去。雁起青天，数行书似旧藏处。　寂寥西窗坐久，故人悭会遇，同剪灯语。败藓残碑，零圭断壁，重拂人间尘土。霜红罢舞，谩山色青青，雾朝烟暮。岸锁春船，画旗翻赛鼓。

又

毗陵陪两别驾宴丁园

竹深不放斜阳入，横波澹墨林沼。断莽平烟，残荷剩水，宜得秋深才好。荒亭旋扫，正著酒寒轻，弄花春小。障锦西风，半园歌袖半吟草。　独游清兴易懒，景饶人未胜，乐事长少。柳下停车，尊前岸帻，同抚云根一笑。秋香未老，渐风雨西城，暗攲客帽。背日移舟，乱鸦溪树绕。

醉落魄

题藕花洲尼扇

春温红玉，纤衣学剪娇鸦绿。夜香烧短银屏烛，偷掷金钱，重把寸心卜。　翠深不碍鸳鸯宿，采菱谁记当时曲？青山南畔红云北，一叶波心，明灭淡妆束。

蝶恋花

题华山女道士扇

北斗秋横云髻影。莺羽衣轻，腰减青丝剩。一曲《游仙》闻玉磬，月华深处人初定。　十二阑干和笑凭。风露生寒，人在莲花顶。睡重不知残酒醒，层城几度啼鸦暝。

望江南

三月暮，花落更情浓。人去秋千闲挂月，马停杨柳倦嘶风，堤畔画船空。　　厌厌醉，长日小帘栊。宿燕夜归银烛外，啼莺声在绿阴中，无处觅残红。

金　缕　曲

陪履斋先生沧浪看梅

乔木生云气。访中兴英雄陈迹，暗追前事。战舰东风悭借便，梦断神州故里。旋小筑吴宫闲地。华表月明归夜鹤，叹当时花竹今如此。枝上露，溅清泪。　　遨头小簇行春队，步苍苔寻幽别坞，看梅开未。重唱梅边新度曲，催发寒梢冻蕊。此心与东君同意。后不如今今非昔，两无言相对沧浪水。怀此恨，寄残醉。

陈允平

瑞　鹤　仙

燕归帘半卷。正漏约琼签，笙调玉管。蛾眉画来浅。甚春衫懒试，夜灯慵剪。香温梦暖。诉芳心芭蕉未展。渺双波望极空江，二十四桥凭遍。　　葱茜。银屏彩凤，雾帐金蝉，旧家坊院。烟花弄晚。芳草恨，断魂远。对东风无语，绿阴深处，时见飞红数片。算多情尚有黄鹂，向人睍睆。

周　密

三　姝　媚

送圣与还越

浅寒梅未绽。正潮过西陵，短亭逢雁。秉烛相看，叹俊游零落，满襟依黯。露草霜花，愁正在废宫芜苑。明月河桥，笛外尊前，旧情消减。　　莫诉离觞深浅，恨聚散匆匆，梦随帆远。玉镜尘昏，怕赋情人老，后逢凄惋。一样归心，又唤起故园愁眼。立尽斜阳无语，空江岁晚。

献　仙　音

吊雪香亭梅

松雪飘寒，岭云吹冻，红破数枝春浅。衬舞台荒，浣妆池冷，凄凉市朝轻换。叹花与人凋谢，依依岁华晚。　　共凄黯。问东风几番吹梦，应惯识当年翠屏金辇。一片古今愁，但废绿平烟空远。无语消魂，对斜阳衰草泪满。又西泠残笛，低送数声春怨。

探　芳　信

西泠春感

步晴昼。向水院维舟，津亭唤酒。叹刘郎重到，依依漫怀旧。东风空结丁香怨，花与人俱瘦。甚凄凉，暗草沿池，湿苔侵甃。　　桥外晚风骤。正香雪随波，浅烟迷岫。废苑尘梁，如今燕来否？翠云零落空堤冷，往事休回首。最消魂，一片斜阳恋柳。

王沂孙

长　亭　怨

重过中庵故园

泛孤艇东皋过讯，尚记当日，绿阴门掩。屐齿莓阶，酒痕罗袖事何限。欲寻前迹，空惆怅，成秋苑。自约赏花人，别后总风流云散。　　水远。怎知流水外，却是乱山尤远。天涯梦短。想忘了绮疏雕槛。

望不尽苒苒斜阳，抚乔木年华将晚。但数点红英，犹识西园凄惋。

庆　宫　春

水仙

明玉擎金，纤罗飘带，为君起舞回雪。柔影参差，幽芳零乱，翠围腰瘦一捻。岁华相误，记前度湘皋怨别。哀弦重听，都是凄凉，未须弹彻。　　国香到此谁怜？烟冷沙昏，顿成愁绝。花恼难禁，酒消欲尽，门外冰澌初结。试招仙魄，怕今夜瑶簪冻折。携盘独出，空想咸阳，故宫落月。

踏　莎　行

题草窗词卷

白石飞仙，紫霞凄调，断歌人听知音少。几番幽梦欲回时，旧家池馆生青草。　　风月交游，山川怀抱，凭谁说与春知道？空留离恨满江南，相思一夜蘋花老。

摸　鱼　子

玉帘寒翠痕微断，浮空清影零碎。碧芽也抱春洲怨，双卷小缄芳字。还又似，系罗带相思几点青钿缀。吴中旧事，怅酪乳争奇，鲈鱼谩好，谁与共秋醉？　　江湖兴，昨夜西风又起，年年轻误归计。如今不怕归无准，却怕故人千里。何况是，正落日垂虹，怎赋登临意？沧浪梦里，纵一舸重游，孤怀暗老，馀恨渺烟水。

词综卷三十六补词

宋金元词

张　炎

壶　中　天

夜渡古黄河，与沈尧道、曾子敬同赋。

扬舸万里，笑当年底事，中分南北？须信平生无梦到，却向而今游历。老柳官河，斜阳古道，风定波犹直。野人惊问：泛槎何处狂客？　迎面落叶萧萧，水流沙共远，都无行迹。衰草凄迷秋更绿，惟有闲鸥独立。浪挟天浮，山邀云去，银浦横空碧。扣舷歌断，海蟾飞上孤白。

又

养拙园夜饮

瘦筇访隐，正繁阴闲锁，一壶幽绿。乔木苍寒图画古，窈窕行人韦曲。鹤响天高，水流花净，笑语通华屋。虚堂松外，夜深凉气吹烛。　乐事杨柳楼心，瑶台月下，有生香堪掬。谁理商声帘外悄？萧瑟悬珰鸣玉。一笑难逢，《四愁》休赋，任我云边宿。倚栏歌罢，露萤飞上秋竹。

疏　　影

余于庚寅岁北归，与西湖诸友夜酌，因有感于旧游，寄周草窗。

柳黄未结，放嫩晴消尽，断桥残雪。隔水人家，浑是花阴，曾醉好春时节。轻车几度新堤晓，想如今燕莺犹说。纵艳游得似当年，早是旧情都别。　　重到翻疑梦醒，弄泉试照影，惊见华发。却笑归来，石老云荒，身世飘然一叶。闭门约住青山色，自容与吟窗清绝。怕夜寒吹到梅花，休卷半帘明月。

红　　情

荷花

无边香色，记涉江自采，锦亭云密。剪剪红衣，学舞波心旧曾识。一见依然自语，流水远几回空忆！动倒影，取次窥妆，玉润露痕湿。　　闲立，翠屏侧。爱向人弄芳，背酣斜日。料应太液，三十六宫土花碧。清兴凌风更爽，正无数满汀如昔。泛片叶烟波里，卧横紫笛。

风　入　松

赋稼村

老来学圃乐年华，茅屋短篱遮。儿孙戏逐田翁去，小桥横，路转三叉。细雨一犁春意，西风万宝生涯。　　携筇犹记渡晴沙，流水带寒鸦。门前少得宽闲地，绕平畴尽是桑麻。却笑牧童遥指，杏花深处人家。

满　庭　芳

小春

晴皎霜花，晓熔冰羽，开帘觉道寒轻。误闻啼鸟，生意又园林。闲了凄凉赋笔，便而今不听秋声。销凝处，一枝借暖，终是未多情。
阳和能几许？寻芳探粉，也恁忺人。笑邻娃痴小，料理护花铃。却怕惊回睡蝶，恐和他草梦都醒。还知否？能消几日，风雪灞桥深！

声 声 慢

送琴友季静轩还杭

荷衣消翠，蕙带馀香，灯前共语生平。苦竹黄芦，都是梦里游情。西湖几番夜雨，怕如今冷却鸥盟。倩寄远，见故人说道，杜老飘零。　　难挽清风飞佩，有相思都在，断柳长汀。此别何如？一笑写入瑶琴。天空水云变色，任愔愔山鬼愁听。兴未已，更何妨弹到《广陵》。

水 龙 吟

寄袁竹初

几番问竹平安，雁书不尽相思字。篱根半树，村深孤艇，阑干屡倚。远草兼云，冻河胶雪，此时行李。望去程无数，并州回首，还又渡桑干水。　　笑我曾游万里，甚匆匆便成归计。江空岁晚，栖迟犹在，吴头楚尾。疏柳轻寒，断槎浮月，依然憔悴。待相逢说与相思，想亦在相思里。

湘 月

余载书往来山阴道中，每以事夺，不能尽兴。戊子冬晚，与徐平野、王中仙曳舟溪上，天空水寒，古意萧飒。中仙有词雅丽，平野作《晋雪图》，亦清逸可观。余述此调。

行行且止，把乾坤收入，篷窗深里。星散白鸥三四点，数笔横塘秋意。岸嘴冲波，篱根受叶，野径通村市。疏风迎面，湿衣原是空翠。　　堪叹敲雪门荒，争棋墅冷，苦竹鸣山鬼。纵使如今犹有晋，无复清游如此。落日沙黄，远天云淡，弄影芦花外。几时归去，剪取一半烟水。

木兰花慢

舟中有怀澄江陆起潜皆山楼昔游

水痕吹杏雨，正人在隔江船。看燕集春芜，鱼栖暗竹，湿影浮烟。馀寒尚犹恋柳，怕东风未肯擘晴绵。愁重迟教醉醒，梦长催得轻圆。　　楼前，笑语当年。情款密，思留连。记白月依弦，青天堕酒，衮衮山川。垂髫至今在否？倚飞台，谁掷买花钱？不是寻春较晚，都缘听得啼鹃。

张　槃

浣　溪　沙

习习轻风破海棠，秋千移影上回廊。昼长蝴蝶为谁忙？　　度柳早莺分暖绿，过花小燕带春香。满庭芳草又斜阳！

汤　恢

倦　寻　芳

饧箫吹暖，蜡烛分烟，春思无限。风到楝花，二十四番吹遍。烟湿浓堆杨柳色，昼长闲坠梨花片。悄帘栊，听幽禽对语，分明如剪。
记旧日西湖行乐，载酒寻春，十里尘软。背后腰肢，仿佛画图曾见。宿粉残香随梦冷，落花流水和天远。但如今，病恹恹海棠池馆。

满　江　红

小院无人，正梅粉一阶狼藉。疏雨过，溶溶天气，早如寒食。啼鸟惊回芳草梦，峭风吹浅桃花色。漫玉炉沉水熨春衫，花痕碧。绿縠水，红香陌。紫桂棹，黄金勒。怅前欢如梦，后游何日？酒醒香销人自瘦，天空海阔春无极。又一林新月照黄昏，梨花白。

祝英台近

宿酲苏，春梦醒，沉水冷金鸭。落尽桃花，无人扫红雪。渐催煮酒园林，单衣庭院，春又到断肠时节。　恨离别！长忆人立荼蘼，珠帘卷香月。几度黄昏，琼枝为谁折？都将千里芳心，十年幽梦，分付与一声啼鴂。

又

中秋

月如冰，天似水，冷浸画栏湿。桂树风前，浓香半狼藉。此翁对此良宵，别无可恨，恨则恨古人头白。　洞庭窄。谁道临水楼台，清光最先得？万里乾坤，元无片云隔。不妨彩笔银笺，翠尊冰酝，自管领一庭秋色。

翁元龙

水 龙 吟

雪霁登吴山见沧阁，闻城中箫鼓声。

画楼红湿斜阳，素妆褪出山眉翠。街声暮起，尘侵灯户，月来舞地。官柳招莺，水荇飘雁，隔年春意。黯梨云，散作人间好梦，琼箫在锦屏底。　乐事轻随流水，暗兰消作花心计。情丝万轴，因春织就，愁罗恨绮。昵枕迷香，占帘看夜，旧游经醉。任孤山剩雪残梅，渐懒跨东风骑。

风流子

闻桂花怀西湖

天阔玉屏空，轻阴弄，淡墨画秋容。正凉挂半蟾，酒醒窗下；露催新雁，人在山中。又一片，好秋花占了，香换却西风。萧女夜归，帐栖青凤；镜娥妆冷，钗坠金虫。　　西湖花深窈，闲庭砌曾占席地歌钟。载取断云归去，几处房栊。恨小帘灯暗，粟肌消瘦；熏炉烟减，珠袖玲珑。三十六宫清梦，还与谁同？

醉桃源

柳

千丝风雨万丝晴，年年长短亭。暗黄看到绿成阴，春由他送迎。　　莺思重，燕愁轻，如人离别情。绕湖烟冷罩波明，画船移玉笙。

谒金门

莺树暖，弱絮欲成芳茧。流水惜花流不远，小桥红欲满。　　原上草迷离苑，金勒晚风嘶断。等得日长春又短，愁深山翠浅。

绛都春

秋晚，海棠与黄菊盛开。

花娇半面，记蜜烛夜阑，同醉深院。衣袖粉香，犹未经年如年远。玉颜不趁秋容换，但换却春游同伴。梦回前度，邮亭倦客，又拈笺管。　　慵按《梁州》旧曲，怕离柱断弦，惊破金雁。霜被睡浓，不比花前良宵短。秋娘羞占东篱畔，待说与深宫幽怨。恨他情淡陶郎，旧缘较浅。

楼 扶

水 龙 吟

和清真《梨花》韵

素娥洗尽繁妆，夜深步月秋千地。轻腮晕玉，柔肌笼粉，缁尘敛避。霁雪留香，晓云同梦，昭阳宫闭。怅仙园路杳，曲栏人寂，疏雨湿，盈盈泪。　　未放游蜂叶底，怕春归，不禁狂吹。象床困倚，冰魄微醒，莺声唤起。愁对黄昏，恨催寒食，满襟离思。想千红过尽，一枝独冷，把梅花比。

莫 岑

卜 算 子

红底过丝明，绿外飞绵小。不道东风上海棠，白地春归了。
月笛曲栏留，露舄芳池绕。争得闲情似旧时，偏索檐花笑！

李莱老

惜 红 衣

寄弁阳翁

笛送西泠，帆过杜曲，昼阴芳绿。门巷清风，还寻故人屋。苍华发冷，笑瘦影相看如竹。幽谷，烟树晚莺，诉经年愁独。
残阳古木。书画归船，匆匆又南北。蒉洲鸥鹭素熟，旧盟续。甚日浩歌招隐，听雨弁阳同宿？料重来时候，香荡几湾红玉。

青　玉　案

草窗词卷

吟情老尽江南句，几千万，垂丝缕。花冷絮飞寒食路。渔烟鸥雨，燕昏莺晓，总入韶华谱。　　红衣妆靓凉生渚，环碧斜阳旧时树。拈叶分题觞咏处。荀香犹在，庾愁何许，云冷西湖赋。

生　查　子

妾情歌《柳枝》，郎意怜桃叶。罗带绾同心，谁信愁千结？
楼上数残更，马上看新月。绣被怨春寒，怕学鸳鸯叠。

高　阳　台

落梅

门掩香残，屏摇梦冷，珠钿糁缀芳尘。临水搴花，流来疑是行云。蘚梢空挂凄凉月，想鹤归犹怨黄昏。黯销凝，人老天涯，雁影沉沉。　　断肠不在听横笛，在江皋解佩，翳玉飞琼。烟湿荒村，背春无限愁深。迎风点点飘寒粉，怅秋娘满袖啼痕。更关情，青子悬枝，绿树成阴。

杏　花　天

年时中酒风流病，正雨暗蘼芜深径。人家寒食烟初禁，狼藉梨花雪影。　　西湖梦红沉翠冷，记舞板歌裙厮趁。斜阳苦与黄昏近，生怕画船归尽！

李彭老

木兰花慢

正千门系柳，赐宫烛，散青烟。看香靥芳唇，涂妆晕色，试尽春妍。田田，满阶榆荚，弄轻阴浅冷似秋天。随处饧香杏暖，燕飞斜亸秋千。　　朱弦，几换华年。扶醉向落红前。记旧时游冶，灯楼倚扇，水院移船。吟边，梦云飞远，有题红都在薛涛笺。听绝残箫倦笛，夜堂明月窥帘。

高阳台

落梅

飘粉杯宽，盛香袖小，青青半掩苔痕。竹里遮寒，谁念减尽芳云？幺凤叫晚吹晴雪，料水空烟冷西泠。感凋零，残缕遗钿，迤逦成尘。　　东园曾趁花前约，记按筝筹酒，戏挽飞琼。环佩无声，草暗台榭春深。欲倩怨笛传清谱，怕断霞难返吟魂。转销凝，点点随波，望极江亭。

生查子

罗襦隐绣茸，玉合销红豆。深院落梅钿，寒峭收灯后。　　心事卜金钱，月上鹅黄柳。拜了夜香休，翠被听春漏。

王易简

齐天乐

客长安赋

宫烟晓散春如雾，参差护晴窗户。柳色初分，饧香未冷，正是清明百五。临流笑语，映十二阑干，翠嚬红妒。短帽轻鞍，倦游曾遍断桥路。　　东风为谁媚妩？岁华频感慨，双鬓何许！前度刘郎，三生杜牧，赢得征衫尘土。心期暗数，总寂寞当年，酒筹花谱。付与春愁，小楼今夜雨。

庆　春　宫

谢草窗惠词卷

庭草春迟，汀蘋香老，数声佩悄苍玉。年晚江空，天寒日暮，壮怀聊寄幽独。倦游多感，更西北高楼送目。佳人不见，慷慨悲歌，夕阳乔木。　　紫霞洞窅云深，袅袅馀音，凤箫谁续？《桃花赋》在，《竹枝词》远，此恨年年相触。翠笺芳字，谩重省当时顾曲。因君凝伫，依约吴山，半痕蛾绿。

葛长庚

好　事　近

赠赵制机

行到竹林头，探得梅花消息。冷蕊疏英如许，更无人知得。
冰枯雪老岁年徂，俯仰自嗟惜。醉卧梅花影里，有何人相识？

完颜璹

渔　父　词

杨柳风前白板扉，荷花雨里绿蓑衣。红稻美，锦鳞肥，渔笛闲拈月下吹。

又

钓得鱼来卧看书，船头稳置酒葫芦。烟际柳，雨中蒲，乞与人间作画图。

段克己

水调歌头

癸卯八月十七日，逆旅平阳，夜闻笛声，有感而作。

乱云低薄暮，微雨洗清秋。凉蟾乍飞破镜，倒影入南楼。水面金波滟滟，帘外玉绳低转，河汉截天流。桂子堕无迹，爽气袭征裘。
广寒宫，在何处？可神游！一声羌管谁弄？吹彻古《梁州》！月自与人无意，人被月明催老，今古共悠悠。壮志久寥落，不寐数更筹。

望月婆罗门引

癸卯元宵，与诸君各赋词以为乐。寂寞山村，无可道者，因述其昔年京华所见，以《望月婆罗门引》歌之。酒酣击节，将有堕开元之泪者。

暮云收尽，柳梢华月转银盘。东风轻扇春寒。玉辇通宵游幸，彩仗驾双鸾。间鸣弦脆管，鼎沸鳌山。　　漏声未残。人半醉，尚追欢。是处灯围绣毂，花簇雕鞍。繁华梦断，醉几度春风双鬓斑。回首处，不见长安。

蝶恋花

闻莺有感

鹈鴂一声春已晓。蝴蝶双飞，暖日明花草。花底笙歌犹未了，流莺又复催春老。　　早是残红枝上少，飞絮无情，更把人相恼。老桧独含冰雪操，春来悄没人知道。

段成己

满　江　红

新春用遯庵韵

料峭东风，吹醉面向人如旧。凝伫立，野禽声里，无言搔首。庭下梅花开尽也，春痕已到江边柳。待人间事了觅清欢，身名朽。
菟裘计，何时有？林下约，床头酒。怕流年不觉，鬓边还透。往事不堪重记省，旧愁未断新愁又。把春光分付少年场，从今后。

又

偶睹春事阑珊，谨用遯庵《登鹳雀楼》韵以写所怀。

检点花枝，风雨外雪堆璚矗。春去也，朱丝弦断，鸾胶难续。眼底光阴容可惜，旧游回首寻无迹。对青山一饷倚枯藤，滩声急。
人已老，身犹客；家在迩，归犹隔。纵语音如旧，形容非昔。芳草绵绵随意绿，平波渺渺伤心碧。到愁来惟觉酒杯宽，人间窄。

元好问

迈　陂　塘

泰和中，大名民家小儿女，有以私情不遂赴水者，官为踪迹之，无见也。其后踏藕者，得二尸水中，衣服仍可验，其事乃白。是岁，此陂荷花开，无不并蒂者。沁水梁国用时为录事判官，为李用章内翰言如此。

问莲根，有丝多少？莲心知为谁苦？双花脉脉娇相向，只是旧家儿女。天已许！甚不教白头，生死鸳鸯浦。夕阳无语。算谢客烟中，湘妃江上，未是断肠处。　　香奁梦，好在灵芝瑞露，中间俯仰今古。海枯石烂情缘在，幽恨不埋黄土。相思树，流年度，无端又被西风误。兰舟少住。怕载酒重来，红衣半落，狼籍卧风雨。

青玉案

代赠钦叔所亲乐府恽生

苎萝坊里青骢驻，爱鹦鹉，垂帘语。一捻娇春能几许？寒梅欲动，小桃初放，恰是关心处。　　西城流水东城雨，绿叶成阴惯相误。只恐韶华容易去。一声《金缕》，一卮芳酒，且为花枝住。

刘 因

风中柳

饮山亭留宿

我本渔樵，不是白驹空谷。对西山悠然自足。北窗疏竹，南窗丛菊，爱村居数间茅屋。　　风烟草屦，满意一川平绿。问前溪今朝酒熟。幽禽歌曲，清泉琴筑，欲归来故人留宿。

仇 远

生查子

钗头缀玉蚕，耿耿东窗晓。京洛少年游，犹恨归来早。　　寒食正梨花，古道多芳草。今夜试青灯，依旧双花小。

虞　集

南乡一剪梅

招熊少府

南阜小亭台，薄有山花取次开。寄语多情熊少府：晴也须来，雨也须来。　　随意且衔杯，莫惜春衣坐绿苔。若待明朝风雨过，人在天涯！春在天涯！

宋　褧

穆　护　砂

烛泪

底事兰心苦？便凄然泣下如雨！倚金台独立，揾香无主。肠断封家相妒，乱扑簌骊珠愁有许，向午夜铜盘倾注。便不似红冰缀颊，也湿透仙人烟树。罗绮筵前，海棠花下，淫淫常怕凤脂枯。比洛阳年少，江州司马，多少定谁如？　　照破别离心绪，学人生有情酸楚。想洞房佳会，而今寥落，谁能暗收玉箸？算只有金钗曾巧补，轻湿尽粉痕如故。愁思减舞腰纤细，清血尽媚脸肤腴。又恐娇羞，绛纱笼却，绿窗伴我检诗书。更休教邻壁偷窥，幽兰啼晓露。

萨都剌

水　龙　吟

赠友

王郎锦带吴钩，醉骑赤鲤银河去。绛袍弄月，银壶吸酒，锦笺挥兔。

秃鬓西风,短篷落月,东吴西楚。怅丹阳郭里,相逢较晚,共剪烛西窗雨。　　文采风流俊伟,碧纱巾挂珊瑚树。出门万里,掀髯一笑,青山无数。扬子江头,冻沙寒雨,暮天飞鹭。待明朝酒醒金山,过瓜洲渡。

酹 江 月

题《清溪白云图》

周郎幽趣,占清溪一曲,小桥横渡。溪上红尘飞不到,惟有白云来去。出岫无心,凌江有态,水面鱼吹絮。倚门遥望,钟山一半留住。　　涵影淡荡悠扬,朝朝暮暮,是几番今古!指点昔人行乐地,半是鹭洲鸥渚。映水朱楼,踏歌画舫,寂寞知何处?天涯倦客,几时归钓春雨。

又

过淮阴

短衣瘦马,望楚天空阔,碧云林杪。野水孤城斜日里,犹忆那回曾到。古木鸦啼,纸灰风起,飞入淮阴庙。捶牛酾酒,英雄千古谁吊?　　何处漂母荒坟?清明落日,肠断王孙草。鸟尽弓藏成底事?百事不如归好。半夜钟声,五更鸡唱,南北行人老。道傍杨柳,青青春又来了。

倪 瓒

凭 栏 人

赠吴国良

客有吴郎吹洞箫,明月沉江春雾晓。湘灵不可招,水云中,环佩摇。

顾　瑛

水调歌头

桂

金粟缀仙树，玉露浣人愁。谁道买花载酒，不似少年游？最是宫黄一点，散下天香万斛，来自广寒秋。蝴蝶逐人去，双立凤钗头。向樽前，风满袖，月盈钩。缥缈羽衣天上，遗响遏云流。二十五声秋点，三十六宫夜月，横笛按《伊州》。同蹑彩鸾背，飞过小红楼。

陶宗仪

露　华

赋碧桃用南湖韵

武陵夜寂。记露影璇空，一笑曾识。素脸晕铅，巧把黛螺轻幂。莫是歌渡烟江，浣却旧家颜色。还又讶，深宫绀袖，唾花犹湿。
问他阿母消息，甚落寞梨云，青鸟难觅。不比锦红轻薄，容易狼藉。嫩绿护出溪头，谁顾采香仙客！春晚也，频温玉笙是得。

唐桂芳

南　乡　子

送李仲先还集庆

社雨燕交飞，不解行人有别离。明月凤凰台上酒，堪思。天阔云昏海树低。　　风正一帆迟，帘卷芙蓉江上移。去去霜台消息近，谁知？满眼江山太白诗。

张 雨

东风第一枝

玉簪

清泪如铅，绿房迎晓，宝阶低拥云叶。蜻蜓飞上搔头，依前艳香未歇。西窗夜雨，怪帘底参差凉月。正一丛深倚琅玕，石上只愁磨折。　　问瑶草应怜短发，曾醉堕无声腻滑。羞他金雀钿蝉，高似水仙罗袜。芳心断绝，谁与赠湘皋琼玦？试折花掷作银桥，看舞素鸾回雪。

《国学典藏》丛书已出书目

周易［明］来知德 集注
诗经［宋］朱熹 集传
尚书 曾运乾 注
仪礼［汉］郑玄 注［清］张尔岐 句读
礼记［元］陈澔 注
论语·大学·中庸［宋］朱熹 集注
孟子［宋］朱熹 集注
左传［战国］左丘明 著［晋］杜预 注
孝经［唐］李隆基 注［宋］邢昺 疏
尔雅［晋］郭璞 注
说文解字［汉］许慎 撰
战国策［汉］刘向 辑录
［宋］鲍彪 注［元］吴师道 校注
国语［战国］左丘明 著
［三国吴］韦昭 注
徐霞客游记［明］徐弘祖 著
荀子［战国］荀况 著［唐］杨倞 注
近思录［宋］朱熹 吕祖谦 编
［宋］叶采［清］茅星来 等注
传习录［明］王阳明 撰
（日）佐藤一斋 注评
老子［汉］河上公 注［汉］严遵 指归
［三国魏］王弼 注
庄子［清］王先谦 集解
列子［晋］张湛 注［唐］卢重玄 解
［唐］殷敬顺［宋］陈景元 释文
孙子［春秋］孙武 著［汉］曹操 等注
墨子［清］毕沅 校注
韩非子［清］王先慎 集解
吕氏春秋［汉］高诱 注［清］毕沅 校
管子［唐］房玄龄 注［明］刘绩 补注
淮南子［汉］刘安 著［汉］许慎 注

坛经［唐］惠能 著 丁福保 笺注
楞伽经［南朝宋］求那跋陀罗 译
［宋］释正受 集注
世说新语［南朝宋］刘义庆 著
［南朝梁］刘孝标 注
山海经［晋］郭璞 注［清］郝懿行 笺疏
颜氏家训［北齐］颜之推 著
［清］赵曦明 注［清］卢文弨 补注
三字经·百家姓·千字文
［宋］王应麟等 著
龙文鞭影［明］萧良有等 编撰
幼学故事琼林［明］程登吉 原编
［清］邹圣脉 增补
梦溪笔谈［宋］沈括 著
容斋随笔［宋］洪迈 著
困学纪闻［宋］王应麟 著
［清］阎若璩 等注
楚辞［汉］刘向 辑
［汉］王逸 注［宋］洪兴祖 补注
曹植集［三国魏］曹植 著
［清］朱绪曾 考异［清］丁晏 铨评
陶渊明全集［晋］陶渊明 著
［清］陶澍 集注
王维诗集［唐］王维 著［清］赵殿成 笺注
李商隐诗集［唐］李商隐 著
［清］朱鹤龄 笺注
杜牧诗集［唐］杜牧 著［清］冯集梧 注
李煜词集（附李璟词集、冯延巳词集）
［南唐］李煜 著
柳永词集［宋］柳永 著
晏殊词集·晏幾道词集
［宋］晏殊 晏幾道 著

苏轼词集［宋］苏轼 著［宋］傅榦 注
黄庭坚词集·秦观词集
［宋］黄庭坚 著［宋］秦观 著
李清照诗词集［宋］李清照 著
辛弃疾词集［宋］辛弃疾 著
纳兰性德词集［清］纳兰性德 著
古文辞类纂［清］姚鼐 纂集
玉台新咏［南朝陈］徐陵 编
［清］吴兆宜 注［清］程琰 删补
乐府诗集［宋］郭茂倩 编撰
花间集［后蜀］赵崇祚 集
［明］汤显祖 评
词综［清］朱彝尊 汪森 编
花庵词选［宋］黄晟 选编
阳春白雪［元］杨朝英 选编
唐宋八大家文钞［清］张伯行 选编
宋诗精华录［清］陈衍 选编

古文观止［清］吴楚材 吴调侯 选注
唐诗三百首［清］蘅塘退士 编选
［清］陈婉俊 补注
宋词三百首［清］朱祖谋 编选
文心雕龙［南朝梁］刘勰 著
［清］黄叔琳 注 纪昀 评
李详 补注 刘咸炘 阐说
诗品［南朝梁］钟嵘 著
古直 笺 许文雨 疏证
人间词话·王国维词集 王国维 著
西厢记［元］王实甫 著
［清］金圣叹 评点
牡丹亭［明］汤显祖 著
［清］陈同 谈则 钱宜 合评
长生殿［清］洪昇 著［清］吴人 评点
桃花扇［清］孔尚任 著
［清］云亭山人 评点

部分将出书目

（敬请关注）

周礼
公羊传
穀梁传
史记
汉书
后汉书

三国志
水经注
史通
孔子家语
日知录
文史通义

金刚经
文选
孟浩然诗集
李白全集
杜甫全集
白居易诗集